JN180636

高山宏セレクション〈異貌の人文学〉

シェイクスピアの生ける芸術

SHAKESPEARE'S LIVING ART　ROSALIE L. COLIE

ロザリー・L・コリー

正岡和恵❖訳

白水社

シェイクスピアの生ける芸術

SHAKESPEARE'S LIVING ART
by
Rosalie L. Colie
Copyright © 1974 by Princeton University Press
Japanese translation published by arrangement
with Princeton University Press
through The English Agency（Japan）Ltd.
All rights reserved.

No part of this book may be reproduced or transmitted
in any form or by any means, electronic or mechanical,
including photocopying, recording
or by any information storage and retrieval system,
without permission in writing from the Publisher.

装幀　山田英春
企画・編集　藤原編集室

はしがき

本書題名は、そこで最初に取り上げ詳細に論じた『恋の骨折り損』という初期の実験的な劇に由来している。ナヴァール王は、宮廷を改革しようと思いたち、自らが創造者であることを、こう高らかに宣言する。

わが宮廷を、生ける学芸《リヴィング・アート》に静かに思いを巡らす、
小さなアカデミーたらしめよう。

私も含め、いまの時代の静かでもなければ思いも巡らさない、小さくもないアカデミーに住んでいる人間にとって、皮肉にしか聞こえない一節である。だが、そこで用いられているいくつかの主要な語は、本書の主題にきわめて重要な関わりをもっている。シェイクスピアにとって「アカデミック」とは、その濫用された語の二通りの意味において、何であったのだろう——すなわち、彼にとって、何が単純で、容易で、自然であり、何が研究や学識を要するものであると感じられたのだろう。諸事、アートのなかに封じられると、慣習のかたちをとって「静」と化し、我々が思い巡らす相手とされる。

だが、アートが静を破って、アートがなすはずの、そして現になすようなありとあらゆる仕方で、「生ける」かのように見え、我々を「ゆさぶる」ように見えるとき、もっと実り豊かではあるが、もっと困難な道のりが始まる。本書で私は、現代で言う最悪の意味において「アカデミック」としか見えないものを、甦らせようと、いやともかく改めて生き直してみようと試みた。技と文化をつうじて作家に継承されるそれら静かな形式もろもろを、それによって芸術家が生き、それゆえ芸術また生きる形式もろもろを、ということである。私は、具体的な文学作品のあれこれにおいて、またそれらの作品が創られる過程において、そうした形式がいかなる「意味」をもつのかを見定めようと試みた。だから、理解したいと熱望する、人間としても学識においても未熟なあの若者の口をついた言葉は、私の座右の銘ともなるであろう。ナヴァール王のように、私はこの実験からきわめて多くのことを学びとった。

シェイクスピアの作品からの引用は、以下の版本に拠る。アーデン版（出版地はロンドンとマサチューセッツ州ケンブリッジ）を用いたのは、次の劇である。A・R・ハンフリーズ編『ヘンリー四世・第一部』、『ヘンリー四世・第二部』。リチャード・デイヴィッド編『恋の骨折り損』。M・R・リドリー編『オセロー』。T・S・ドーシュ編『ジュリアス・シーザー』。M・R・リドリー編『アントニーとクレオパトラ』。J・H・P・パフォード編『冬の夜ばなし』。J・M・ノスワージー編『シンベリン』。フランク・カーモード編『あらし』。ケネス・ミュア編『リア王』。『ハムレット』についてはサイラス・ホイを編者とするノートン批評校訂版を用いた（ニューヨーク、一九六三年）。その他の作品については、ピーター・アレグザンダーが編纂した四巻本の『ウィリアム・シェイクスピア全集』（ロンドン、一九五一年）に依拠した。

いまさら改めることはできそうにないが、お詫びしたいことがある。骨の髄までアッティカ風の、私の平明すぎる文体についてである。親切な友人にこう言われたことがある。「あなたって話す通りに書くんだから、ほんとうに私たち［私たち！］もお手あげだわ」。さらにもうひとつ、推敲のさい何とかできないかと現に努力してはみたのだが、どの一般論にも異論の余地を残し、そうした異論も同時に提示してしまう多年にわたる悪癖を断つことは、やはり無理であった。文学作品やその他もろもろのことに私なりの確固たる意見をもっているのに、そうした事柄をきっぱりと開陳することができないのは、異論があることも知っておいてもらわねばという内なる義務感に駆られてのこととしか思えない。続く各章の論の組み立て方は私には明確であるように見えるのだが、論理的なつながりをつけるべきなのに——目がかすみがちな私には、きちんとつながっていると見えるのだが——つながっておらず、どのパラグラフも、個別から一般へと螺旋を描いて展開しているように思われる読者もいるだろうと思う。

私は多くの方々からさまざまな恩義を受けたが、そのなかには本書の一部を講演というかたちで辛抱強く聴いて下さった、スミス・カレッジ、ウィリアムズ・カレッジ、オハイオ州立大学、ミシガン州立大学、ウォーバーグ研究所、ノース・カロライナ大学、エセックス大学における聴衆の方々も含まれている。そうした学術機関において私を受け入れて下さった方々や議論の相手になって下さった方々に感謝の意を表したい。フランクとコンスタンスのエリス夫妻、ジョウン・ウェバー、ジュリアン・マーケルズ、ロア・メッガー、E・H・ゴンブリッチ、J・B・トラップ、エリザベス・ハーゲマン、フィリップ・エドワーズ、フィリップ・ロングといった方々である。アイオワ大学、トロント大学、イェール大学、ブラウン大学の学生たちからも恩義を受けたが、その幾人かについては名前を記して感謝したい。ジョン・P・バーンズ、エリザベス・ホルム、ロビン・マキャリスター、ウィリー・メルツァー、マーサ・アンダスン、マイケル・エングル、スティーヴン・グリーンブラット、アラリク・スカーストロム、シスター・ジーン・クリーン、バーバラ・ボウノウ、ジューン・フェロウズ、ゲイブリエル・モウジズ、デイヴィッド・オーシーニ、エドワード・ド・サンティス、ウィリアム・ウォタスンの各氏である。本書はとりわけ「ブラウン大学で育まれた本」である。というのも、私はそこの教員になる前に〔コリーは一九六九年に着任し在職中の七二年に急逝した〕本書に関するコロキアムを開催し、それ以来、同僚たちや学生たちとともに多くの問題に取り組んできたからである。特別の助けを下さった、シンシア・グラント・タッカー、アーリーン・R・スタンドリー、マックス・イェイ、アイリーン・サミュエル、マリ・クリーガーの諸氏に感謝したい。本書の美点のほぼすべては、ブリジット・ゲラート・ライアンズ、ジェシーとロジャーのホーンズビー夫妻、エドワード・ウィリアムスン、アラン・トゥルーブラッド、メイナード・マック、カート・ジマンスキー、シェルドン・P・ジトナーから頂戴したものであるが、この方々は欠点にはもちろん関与していない。バーバラ・ルウォルスキーはつねに変わらぬ理想の同僚であるし、シアーズ・R・ジェインは模範的な迅速さと正確さをもって外国の図書館に所蔵されている特殊な必要文献を探し当てて下さったばかりか、私という書き手が挫折しないで書き通すための力となって下さった。またE・H・ゴンブリッチは、たいていは、私よりも上手に、私がここで言ったことを別の文脈ですでにすべて語っているのである。

　さまざまな機関も私を助けてくれた。私が本書の執筆に集中的に取り組んだ最初の場所は、豊かですばらしいニューベリー図書館であり、仕事が順調にはかどるようにと多くの人々が助けて下さったが、なかでもマット・ロウマンとジェイムズ・M・ウェルズに感謝したい。後にグッゲンハイム奨学金を得て、さらに集中して書くための時間を手にした私に、執筆のための場所を与えてくれたのがレイディ・マーガレット・ホールであった。レイディ・マーガレット・ホールの教員談話室のメンバーの御厚誼がなければ、そしてまた、あの寛大なカレッジに一九六六年から一九六七年まで私と同じく客員フェローとして滞在していたロミラ・ターパル教授の友情がなければ、本書は存在しなかったであろう。ブラウン大学の助けによってタイプ原稿を作成するための手筈が整い、ジャネット・クビンガ、パトリシア・シュローサ、ジェニヴィー・マーティンが実際にタイプして下さった。ボドリアン図書館とバイネッキ図書館は、ニューベリー図書館と並ぶ、本書の「故郷」とも言える図書館である。プリンストン大学出版局の二人の査読者のうち、とりわけジェイムズ・コールダーウッドには貴重な訂正と助言をいただいた。また、ジョージ・ロビンスンからは、もはやお返しすることができないほどの大きな恩義を受けた。

どんな本にもそれぞれが受けた特別の恩義があり、個人的な失意が痕跡されている。パトリックとヘレンのマッカーシー夫妻とハリー・バージャー二世は本書に関して何か具体的な助言を下さったというわけではないが、彼らの精神が一部なりとも私の論に受け継がれていることを願っている。本書を書き始めた時、嬉しかったことのひとつは、ジョン・クロウから思いがけない励ましと惜しみない助けをいただけたことである。彼は何についても議論を尽くし、膨大な文献を挙げて私を圧倒し、私のいくつもの思い違いを親切に正してくださった。あのとき彼がいなければ、私は泥沼に幾度あえいだことだろう――そして、彼を永遠に失ってしまったいま〔シェイクスピア学者のジョン・クロウは一九六九年に死去〕、これからはいつも泥沼にあえぐのではないかと思う。本書では示しきれなかったかもしれないが、多くの洞察を発揮して私を助けて下さったコシア・トマジーニにも感謝したい。あまりに遅筆だったので、ハインリヒ・ブリュッヒャーに、私がどれほど彼のことを思いながらこの本を書いたかを告げることができなかった〔マルクス主義哲学者のブリュッヒャーは一九七〇年に死去〕。彼にベルリンでの少年時代にシェイクスピアを発見し、自分がいかに価値あるものを発見したかがわかったのだ。私はただこう言うことしかできない。彼とその妻〔最晩年のハンナ・アーレント〕がいなければ、本書はけっして生まれなかっただろう、と。

ロザリー・L・コリー
コネティカット州オールド・ライムにて
一九七二年七月

付記

ロザリー・コリーは、悲劇的な死を遂げる一週間前に、本書の原稿を完成させ編集者に渡していた。この原稿をめぐるその後の作業は、彼女の助言や快活なユーモアを欠いたまま行われた。私たちは、本文はいっさい改変せず、固有名詞、年号、参照事項その他を確認するだけにとどめた。それゆえ、私たちは願っている、本書の声と手はまぎれもなく彼女のものであり、誤りはすべて私たちの責任に帰せられることを。

ブリジット・ゲラート・ライアンズ
ラトガーズ大学
ジョージ・ロビンスン
プリンストン大学出版局

シェイクスピアの生ける芸術　目次

シェイクスピアの生ける芸術

本文中の〔　〕は訳注を示す。

序論

I

本書は、もちろん、何かを――ここではシェイクスピアを――、彼の有名な「英国性」にとくに拘束されることのない一群の比較研究家《コンパラティスト》（比較文学を研究するあらゆる世代の人々を、私はこう呼んでいる）に教えようとした結果、生まれてきたものである。道徳劇、国家年代記、英訳聖書の言語、イングランドの舞台状況といった事柄にまったく関心のない学生たちにシェイクスピアを理解してもらおうと、私はシェイクスピアが実際に利用した、あるいは利用したとされる大陸の「水源（sources）」（ボッカッチョ、チンティオ、ベルフォレ）を振り返るばかりでなく、これらの、またその他あまたの水源を糧とするあのさらに豊饒な水流、ルネサンスの学校で教えられ文芸世界で学ばれた、あの力強い文学伝統へと思いをはせもした。とはつまり、クラウディオ・ギリェンが教えてくれているように、「影響（influence）」という厄介な問題をこの作家とのからみで再考しなければならないことを意味している。こうしたメタファーはまさしく水さながら捉えどころのないもので、そうした主題を相手に「正しい学問」（友人の歴史学者が誇りをこめて言った言葉）を言うことがいかに難しいかが、それゆえまた、そうした試みをなぜ私がここでしないかがおわかりいただけるかもしれない。本書における私の関心は、シェイクスピアの作品の起源を、ある特定の資料や準資料に求めることよりも、シェイクスピアが名匠の技をふるって、大小こもごもに人口に膾炙《かいしゃ》した主題や手法を、いかに利用し、誤用し、批判し、新しいものに創り直し、ときには一大変革したのかということにある。先述した、捉えどころのない用語をもう一度だけ使わせてもらうなら、作家はパンのみにて生くる者にあらずということなので、作家自身の肉体におけるように、その作品の書体においても、水源から発する滋味豊かな水流が主要な四大要素《エレメント》となっている。だから、ここで私がある特別な意味においてこだわっていくのは、もろもろの「伝統」とシェイクスピアの関係なのである。もちろん、多くのシェイクスピア学者たちの関心が、まさにこのことに向けられてきた——ハリー・レヴィンの小論ながら力強い「比較文学の観点から見たシェイクスピア」など、すぐさま心に浮かんでくる。だが、ある作品がその水源に当たる作品や類似した作品に対して、系譜ということだけではなく、どのような批判的関係をもっているかということについては、我々の理解はほんの緒についたばかりである。シェイクスピア研究でなら、ブリジット・ライアンズやシェルドン・ジトナーの著作が模範的だ。シェイクスピアがイタリア喜劇に何を負っているかを考察したルイーズ・クラブの近刊予定書〔Louse George Clubb の関連する著作としては *Italian Drama in Shakespeare's Time*. New Haven : Yale UP, 1989 がある〕のような試みもそうである。

本書の目的はもうひとつある。シガート・バークハート、ジェイムズ・コールダーウッド、ヒルダ・ヒューム、シェルドン・ジトナーら(1)がシェイクスピアの言葉をめぐってさまざまに試みているようなことを、シェイクスピアが種々の文学の形式をいかに用いたのかということについて、試みてみたいのである。シェイクスピアの形式あれこれを扱おうとすれば、この分野を率いてきたE・E・ストール、E・K・チェインバーズ、T・W・ボールドウィン、E・M・W・ティリヤード、アルフレッド・ハーベッジ、ハリー・レヴィン、ロバート・オーンスタイン、そして（とりわけ）ミュリエル・ブラッドブルック、マデライン・ドーランらの著作や、慣習や手法に対するシェイクスピアの幅広い反応について我々の理解を深めてくれた、区々に名前は挙げないが、他のあまたの学者たちの業績に間違いなく多くを負うことになる。現象学や構造主義を用いた批評が全盛の今日、「形式」について語ることは、どうしようもなく旧弊な響きがする。フォルマリズムはもう「乗り越え」られたとする批評家もいる。すなわち、文学研究におけるフォルマリズムの効用は尽きてしまったというのだ。もちろん、私はそうは思わない。むしろ、材源研究、新批評的読解、修辞分析、ジャンル論争の歳月を経たいまだからこそ、「形式」――韻文形式、トポス、手法、モティーフ、主題、慣習、語の伝統的な配置構成、ジャンル――を、作家が生まれ出た文化やその作家に固有な素材の構成や選択の仕方にからめること、すなわち「形式」を批評に結びつけることがようやくできるようになってきたと思っている。フォルマリズムは袋小路であるどころか、作家のいまある姿を創り、作家がなしていることを可能にした過程そのものに我々が参入し、理解するための土台であると私には思える。

　別の言い方をすれば、『芸術と幻影』[2]（心に残る、それでいてなに威張る気配もない名著）において、芸術を独自の社会的体系、あるいは社会学的体系としてすら理解することを我々に教えてくれたE・H・ゴンブリッチに共感する。芸術を存在せしめ、想像力から想像力へ、世代から世代へ、専門家から素人の公衆へ、創り手から芸術愛好家へと伝えるのは、その規範《ノーム》と形式《フォーム》[3]をつうじてなのであり、芸術は、規範と形式、および規範としての形式によってのみ理解できると考えるのである。そのような見解は、創造的知性の斬新さや価値ある芸術作品の独自性を重んじるロマン主義以降の姿勢を脅かすように見えるが、実際は必ずしもそうではない。むしろ、こうした見方をすることによって、我々は、芸術作品が現実にどのような状況から生じてきたかということばかりか、作品を独自のものにする個々の方法も認知できるようになると思う。シェイクスピアが生きて創作した時代については、たしかに、両様に見ることが可能である。いかなる作家、いかなる芸術家であれ、継承した形式を棄てて「新しくやる」ことなど絶対にできなかった。一方ではまた、先人たちの業績を凌《しの》ぎ超えようとするこだわりがあり、だれしもが、伝統がもたらす最良のものと意識的に競いつつ、自らの受け継いだ伝統を脱したり、あるいはそれに逆らいながら、新しいものを創り出したのである。

このことは、とりもなおさず、己れの技が拠って立つ諸伝統に対する感覚を、その内部から、そして外部から書く作家は問題提起的（problematical）に書かねばならないこと、そしてまた、己れの技法につきものの慣習的素材を——文芸家であれば、先述したような諸々の伝統的要素を——使い直す、というか新たな方法で用いるためには批判的（critical）な目で眺めねばならないということを意味している。

作家が用いる「形式」のほとんどは、もちろん、その人の技芸《クラフト》——ジャンル、慣習、手法、詩学や修辞のトポス——に深く根ざしている。しかし、役に立つ諸形式としては他にも、ハリー・バージャーの著作がとくに強調しているように、ある文化における思考の形式というものがある——進歩の観念、存在の大いなる連鎖、世界の調和《ハーモニー》＝和声という観念などは、その古典的なトポスである。「ハードな」牧歌と「ソフトな」牧歌ではその知的形態が異なる。その点ではパラドックスも同じである。規範的なパラドックス——「笑うよりは泣くほうがよい」、「王宮よりは賤《しず》が屋に住むほうがまし」、「究極の暴政こそ最良の統治」、「最も快適な生活とは、つねに危険にさらされていること［である］」——は、論理的かつ社会的な意味合いをもち、観念や社会政治的な組織を感じる感じ方と、そのような観念や組織について思考する思考の仕方をあいともに、しばしばきびしく批判する。だが、そのような定石《コモンプレイス》やお定まりの思考習慣をいかに批判しようと、そのようなパラドックスは、まさにトポスとして固定化されているそのことによって、それ自体が定石と化し、修辞的な手法や戦略を開発しようとする意味においても、この意味（クルティウス的意味〔クルティウスはトポスの歴史的変遷を古代修辞学におけるトピカから常套句への用法の変化であるとした〕）においても、「修辞的」になるのである。

あるいはまた、牧歌の定式に書き込まれる洗練かプリミティヴィズムかという議論のように、ジャンルやモードに由来する主題が思考の形式になることもある。その主題は型通りに表現されることもあれば（『お気に召すまま』におけるタッチストーンとコリンの会話）、『冬の夜ばなし』におけるパーディタを養育した家族〔老羊飼いとその息子〕とオートリカスのやりとりに見られるように、非常に鋭い社会批評の道具ともなりうる――あるいはそれは、カスティリオーネの『宮廷人』の構造そのものに、かすかながらも執拗な通底音として響いていたり、さらにはロックの『統治二論』のような、種類をまったく異にする著作の背景に聞きとることもできる。私は別のところで、思考の型《パターン》、すなわちルネサンスの知の「形式」について、そしてそれらの形式が文学的なものとなるさまざまなあり方について考察してきた――ロックの赤ん坊の心のタブラ・ラサ〔白紙状態〕だって、ピカレスク小説の悪漢《ピカルーン》の心理になにかしら負っていたはずだし、ロックの盲人は、アーリーン・スタンドリーのディドロ論が示しているように、一八世紀にあって哲学のトポスとも文学のトポスともなるはずのものだったのである〔知覚が経験によって得られるか生得的なものであるかという問題は、一八世紀認識論の一大主題としてしきりに議論された〕。あるいは、ひとつの文学ジャンルが丸ごと、文学外の形式に起源をもつ場合もある――ユートピアというジャンルなどが、これだというのは言を俟《ま》つまい。恋愛対話、肉体と霊魂の議論、書簡体の献辞にしても、それらがいかにジャンルとして表現されるようになろうとも、もともとは文学的なものとは言えない観念の定式に由来している。要するに、文学は、その習得がいかに困難であるにしろ、一個の芸の秘義であるにとどまるものではないのである。文学はその活力の多くを、文学の外なる観念から引き出してくる。こうして得られたものが、文学的な過程、芸の規則に従属するようになるのである。そのような文学化（literarization）が、ライアンズが示しているように、メランコリーという医学的＝哲学的概念に起こったのだと私は思う。医学的な記述と処方の、多様ながらも明確な「形式」は、文学にいつでも転用がきいたのである。

本書における私の主たる関心は、文学の形式に、そして文学が文学外の形式を用いる方法にあるが、私はもちろん、思考はすべて、形式によって組織化され媒介されるものであると考えている。ときにはそれが、あまりにも自然で無自覚になされるため、知覚した当人さえも、それが形式的知覚、形式による知覚であることに気づかないことも少なくない。探す気があれば、「形式」はどこにでも見つけられる。だが、研究対象が何であるか――哲学か、歴史か、美術史か、文学か――によって、ある形式が他の形式よりも重要であり、より関連性の高いものとなる。たとえば、体液説において、メランコリーと粘液は、医師にとってはいずれも等しく分類上の一項目であるが、文学や美術においては、メランコリーが重要であり、粘液はてんで重要でない。ルネサンスの種々の主題について今後研究が進むにつれて、思考や表現のさまざまな形式や、それらの形式が芸術作品や歴史や哲学などの書き物において機能する個々のありようが明らかになってくると思うが、そのような研究には、いかなる専門領域においても必要とされる同じ勤勉さとともに、同じ鋭敏さ、同じ常識がつねに求められることであろう。

形式の研究は解釈の大きな助けになるだろうが、だからといって、読者や書き手が批評の仕事を免れるわけではない。そもそも本書が書かれたのが、形式とは技《クラフト》の定式化とする概念が、ルネサンスの作家たちにとって最大の関心事であったことを示すためである。これらの作家たちは、同時代のある解釈流派の言い分とは逆に、技を習得するためには、ましてや燦然と輝く先達を凌ごうという気概があればなおのこと、技を理解する必要があることを心得ていた。ルネサンス期に新たに発見された古代の書き物が歓迎されたことからもわかるように、彼らは過去の重みにあえぐのではなく、過去によってさらに豊かになったのである。芸術家は、負荷を己れ自身の作品のなかに再配分することによって、それが重荷にならないようにした。学んだこと、それを彼らは軽やかに担った。なぜなら、彼らにとって、技の人間であること、それを職能とするとはまさにそれに尽きていたからだ。

とすれば、技《クラフト》は、解決すべき一連の問題とみなすことができる。そして、芸術家の作品は、問題提起と問題解決のための実験場となる。この意味において、シェイクスピアの劇は、創作歴の三分の二を過ぎて書かれた一群の暗い喜劇だけではなく、そのすべてが問題劇（problem-plays）である。本書で取り上げた作品を、私は、この意味における「問題」として扱い、シェイクスピアというこの特定の作家の技の問題系《プロブレマティックス》を、この特定の作家が何を問題とみなしたかを、探究し開示する作品として考えてみようとした。この目的を果たすべく、私は、島国イングランドの作家たちの実践だけではなく、英語圏の彼方に拡がっているルネサンスの広範な書き物にシェイクスピアを結びつけるような主題《トピック》を研究対象として選ぼうとした――言うなれば、長期にわたる豊かな大陸のルネサンスと親和した、比較研究家から見たシェイクスピア像を提示しようと試みたのである。形式への関心は、研究の針路を限定するものではない。もちろん、視点をイングランドに限ったとしても、シェイクスピアの問題提起的な技のなかに諸形式を位置づけることはうまくいくだろうし、あるいはむしろそうするほうが、よりうまくいくのかもしれない。だが私には、国境を越え過去へ未来へと眺望を開くようなシェイクスピアの研究書、ダンテ、セルバンテス、ヴォルテール、ゲーテが明らかにそうであるように、シェイクスピアを今後は比較研究家の教育に欠かせない作者であると思わせるような本を書く余地はあると、思えるのだ。

だから私は、ほとんどの場合、ひとつないしは複数の劇の何らかの形式的側面を扱うような主題

――さまざまな様式《スタイル》やジャンルが対置されせめぎ合うさま、人物類型《ステレオタイプ》を用いて舞台実践上きわめて独創的な登場人物《キャラクター》を造型すること、可能性に富む様式《モード》（ここでは牧歌《パストラル》）をさまざまに操作すること――をひとつ取り上げ、いまなおひときわ「独創的な」作品をシェイクスピアが形成した固有の仕方を理解しようと試みた。また、私が主として考察した作品と照らし合わせるため、先行作品にはできるだけ目を配るようにしたが、もちろんそれは『ソネット集』についてはできなかった。伝統主義者たちは、当然のことながら、「伝統」や伝統を担い、それを認知可能なものとする形式に惹きつけられる。私が大きな拠り所とした理論家たちは、おそらくは彼ら自身も「より古い」研究領域に携わっているせいなのだろうが、一般に受容されている図式群《スケマータ》（schemata）、心的構造《メンタル・セット》（mental sets）〔『芸術と幻影』におけるゴンブリッチの用語で、受容者をあらかじめ条件づけている知覚の図式〕、あり得る他の選択肢、あるいはいままさに再検討され見直されつつある「影響」というこれまた一筋縄ではいかない文学概念をさえ動員してさまざまな議論を展開してきた。E・R・クルティウス[4]、E・H・ゴンブリッチ、クラウディオ・ギリエン[5]は、可能性の領域を幅広く設定した。それに鑑み、一時代前の実証主義的な影響論は、作者がさまざまな選択肢から選んでいることを認めて軌道修正すべきなのである。すなわち、ギリエンが言うように、影響研究は完成態としての作品を関心事とするのではなく、作品の生成史――作者は何に集中しようと決めたのか――に目を向けるべきなのである。作者は何を無視したのか、無視したのであれば、それは意図的にか、偶然にか、それとも無知ゆえにか。あるいは、ゴンブリッチが賢明にもあらゆることについて問いかけるように、「あり得る他の選択肢としては何があるか」。ここで私が試みているのは、批評の力点を作品の完成された姿から、その姿を目指していく過程へとずらすことである[6]。私は、たとえば、シェイクスピアはソネットで友人と恋人には文体を使い分けて書いているとか、ハムレットが憂鬱症者であると言ったりしても誰も驚かないことを知っている。そのような意味においては、本書の各章は対象とした作品についてめったに「新しいこと」を語らないし、（そのようなことは）意図してもいないのである。そうではなく、私が理解したいのは、作品がいまある姿をいかにしてとるにいたったか、『ソネット集』に二つの主要な様式が作用していることが我々にいかにしてわかるのか、ハムレットの気が塞《ふさ》ぐのはいつなのかというようなことである。そうした印象がどのような規範に照らされて形成されたのか、現にいまある形姿となるために、どのような形式が取り込まれ、たわめられ、裏返しにされ、混ぜ合わされたのかということである。ジャンルとは形式を素材に即合《マッチ》させよという誘いであるというギリェンの言葉[7]は、難題を定式化していて、きわめて有用なのである。おかげで我々は、『冬の夜ばなし』を悲喜劇として造型するのは、形式へのある特定の誘い――もっともこの誘いは、設定された問題の解決までも作者に指図することはなかったが――に応えているからであることが理解できる。それと同じく、復讐劇ははっきりそうわかるある形式への誘いである――もっとも、よほどしたたかな作者でなければ、その主人公を知識人に、しかもメランコリーを患う知識人にすることなどできなかっただろう。こうした特別の問題を眺めるには、それらをジャンルの混淆とみなす方法もある――「雑種的」悲喜劇というシドニーの苦情を逆手にとって、形式への招待が二つ同時に発せられたと考えるのである。アントニー・スコロウカーが『ダイファントゥスへの書簡』（一六〇四年）で述べていることから、『ハムレット』がそのような混淆ジャンルとみなされていたことがわかる。

……卑俗な輩《やから》に大受けするのは、悲劇役者が爪先立ちをしているかたわらで喜劇役者が馬を駆る、親切なシェイクスピアの悲劇のようなものです。まこと、王子ハムレットのごとく、すべての者を喜ばせます。だが沈鬱なところでは、王子が発狂するのではないかと心配させる、というわけです。

『ハムレット』においては、さまざまな形式――悲劇、喜劇、復讐劇、文学の中の思索家――の規範がせめぎ合っているので、このさまざまな作法《デコールム》をいかに融合させるかが問題であった。とすれば、規範のなかで、というよりはむしろ規範という観念のなかで、作家は何を残し、何を改変するのだろう。たとえば『冬の夜ばなし』において、「悲劇」は、そして「喜劇」はどのように扱われているのだろう。『ハムレット』は、喜劇と悲劇の両形式、復讐劇の形式、そして批判的・哲学的主人公という（出現しつつあった）形式をわけへだてなく取り入れることによって、どのような益を得たのか。

「批判的・哲学的主人公」は、別の問題も提起する。文学上、それはいったいどのような代物なのか。そのような人物像はどのような作法に属するのか。人間に秘められた可能性についてのピーコ・デッラ・ミランドーラの大演説のなかに、その姿を探し求めてもみようか――教養豊かなハムレットは台詞のひとつ（二幕二場二八六―九六行）のモデルを、現にそこに求めているようだ。だがシェイクスピアが、このモデルを王子に使っていないのは明らかである。文学の銘句《デヴァイス》のほとんどには――E・R・クルティウスを見ればよいが、といっても、あの偉大な手引書、『ヨーロッパ文学とラテン中世』は、別段このことばかりを教えようとしていたわけではないが――さまざまな意味がたたみこまれている。たとえば、「立ち止まれ、旅人よ（*Siste, viator*）」〔墓碑銘の決まり文句〕は、何らかの個人的妄執にかられて通行人を見境なく呼び止め、老水夫《エインシャント・マリナー》を演じさせることを表しているだけではない〔コールリッジの長詩「老水夫行」では老水夫が道で若者を呼び止めて物語を語り始める〕。というよりも、この二つの語は、ひとつの呼びかけの形式的様式《モード》を丸ごと含んでおり、銘文が、記憶に値すべき事柄《メモラビリア》を、個々のとはいえ不特定の聴き手に声高に語りかけているのである。碑銘の静が旅人《ウイアトル》の動に対置され、エピグラムの行句に必須の簡潔さが意味の濃密さを際立たたせる。あるいはまた、夜明けから始まり宵闇をもって締めくくられる詩は、『リシダス』や「アプルトン屋敷を歌う」のような多様なジャンルの作品からもわかるように、どこか理想化された一日、ほかの日とはどこか違う一日を含意している。また、『恋の骨折り損』にいとも愉しく導入された武芸と学問をめぐる論議[8]には、そこでは文学上の問題が、倫理、道徳、文化にまたがる意味合いを帯びることになるひとつの作法全体が含まれている。あるいは、メランコリーを患う男、とりわけ旅行家とされている男は、どこにいても諷刺家の雰囲気を漂わせるものと期待されよう。ジェイクウィーズはアーデンの森にあってすら変わらない[9]。だが、憂鬱家で散発的に諷刺を放つ王子はどうなのだろう。ピーコの『人間の尊厳について』はこの王子には楽天的すぎて、あまり役に立たなかった。ハムレットにふさわしい風土《ミリュー》は、医学書か、よくても人間という組織体をめぐる哲学的論考だったのではないかと思えるのだが、いずれにしろ劇文学ではめったにお目にかかれない作法である——感嘆すべきは、シェイクスピアがそうした症例上の諸類型を舞台《いた》の上にのぼせたばかりか、あまつさえそれらを一人の登場人物に凝集させ、観客にとってすこぶる複雑な性格をもつと見える人物に造型したことである。

続く各章において、私は二つの方向を目指す。ひとつは、大きい形式（ジャンル、様式《モード》）が、少なくともその形式の主調と響き合っている作品（たとえば、悲喜劇としての『冬の夜ばなし』。『ソネット集』のエピグラム的要素）のなかでいかなる意味合いを帯びているのかを吟味すること、もうひとつは、個々の小さな慣習——デヴァイス、トポス、ステレオタイプ——が担うもっと大きなナチュラルな風土《ミリュー》が、それが置かれた新しいもっと大きい文脈にいかなる意味をもたらすのかということ（たとえば『ロミオとジュリエット』における後朝《きぬぎぬ》の歌、前に拙著、『パラドクシア・エピデミカ』で論じた『リア王』におけるパラドクシー、〈若者（*adulescens*）〉としてのキャシオ）。そのような慣習的形式のすべてが、技の文化と、より大きい社会的文化の双方に深く根ざしているのであれば、当然のことながら、形式対内容という二元論の入りこむ余地はなくなる。そのような形式は、その大小にかかわりなく、それが発現する作品を「特徴づけ《インフォーム》」、その独自性を形成する根幹となるはずである。同時にそれは、自らの性質や含意について、観客や読者の「心にかたちを与える《インフォーム》」――すなわち情報を与える――ものでなければならない。いや、それだけにとどまらない。そのような形式は、理解するのに必要な構造を提供し、心的構造《メンタル・セット》を提示し、受け手の心を「形成する」という、また別の意味においても観客や読者の「心にかたちを与える」ものになっている。形式は、文化的に理解しやすいものであるがゆえに、我々自身が生きている環境、異なる場所や時代の環境、ある特定の芸術作品の環境といった、環境について把握できることは何でも把握できるようにしてくれる図式群《スケマータ》（schemata）なのである。

それゆえ、形式は、美的観念も含めて、観念を人の心から心へと伝達するうえで決定的な役割を果たしているのは明らかだ。形式は文化の媒介者であり、この場合、形式は観念が提示され、伝えられ、理解され、判断されるための文学的媒体となる。媒介されないヴィジョンは伝達することができないし、ましてや解釈できるものではない。伝達不能な純粋な状態のままでいることしかできないのだ――ヴィジョンとはまさにそういうもの、それ以下でもなければ（たしかに）それ以上のものでもない。シェイクスピアの作品は、媒介され、自らも媒介することにおいては抜きん出ており、そうやって万人の心に語りかけてきた。だから、彼の作品における形式の存在や重要性を、私がいまさららしく説く必要はない。それは了解済みのことだからだ。私がいささか声をあげて主張しなければならないのは、彼の作品にはもろもろの「規範」が存在することである。というのも、あらゆる作者のなかで、シェイクスピアほど自由に型を壊し、なじみ深い文学上の常套句《クリシェ》の脱比喩化や再比喩化を行い、後継者への遺産として新しい形式やパターンを創造した者はいないと思われるからである。

「脱比喩化（unmetaphoring）」という概念は、まこと、ごく単純なものである。常套的な比喩表現を、あたかも現実そのものの描写であるかのごとく扱う作者は、その比喩表現を脱比喩化（unmetaphor）しているのである。シェイクスピアが、処女の愛を表す〈閉ざされた庭〉を、ロミオとジュリエットが二度目に言葉をかわす場所〔バルコニーの場面におけるキャピュレット家の庭〕にさりげなく重ねてみせたり、高貴なメランコリーの図《タブロー》にはつきものの小道具たる髑髏を、死んだ友人の本物の頭蓋骨に転化しているのは、そのような例である。また、『アントニーとクレオパトラ』の修辞的文体を調べてみれば、ここにおいても、言語様式を選択された生の様式と一致させることによって、劇作家が「再比喩化（remetaphoring）」を行っていると言える。とはいえ、この特有の詩的再評価が施されるとき、我々には何がなされているのかがつねにわかっている。規範とは、それぞれの作家が等しく話す共通語であるが、たとえ規範が作中で声高に示されていなかったり「与えられて」いなかったりする場合でも、言外に含まれる意味によって、ぼんやりとであれ、はっきりとであれ、つねにうかがい知ることができるものだ。どの作品においても、我々は、そこに示されている形式がいかなる改変を施されたものであるかを、意識的であれ無意識的であれ、それとして認知することができる。パロールはしっかりとラングを含んでいるのである。つまり、リア王が

　　こんな晩に
儂《わし》を閉め出すのか。いくらでも降れ。儂は平気だぞ。
こんな晩にか。
（三幕四場一七―一九行）

と言うのを聞いて我々が思い出すのは、『ヴェニスの商人』におけるジェシカとロレンゾの抒情的な語らいであり、背後に潜む〈ああ、なんという夜（*O qualis nox*）！〉というトポスの大いなる伝統全体であり、もしかしたら、『夏の夜の夢』で職人たちが演じた茶番劇にまでこの連想は及ぶかもしれない。娘たちがリアにした仕打ちは、抒情的讃歌というこの特別な文脈に瞬時はめこまれることによって、その酷さをより痛烈に感じさせるだろう。

　先述したように、章のほとんどは、ひとつの問題だけを扱っているが、第一章と終章では、さまざまな劇の多様な相について、ごく簡略にではあるが触れようと試みた。もちろん、いかなる劇であれ、あるひとつの劇にいかなる形式が組み込まれているかを探っていけば、シェイクスピアの織りなし芸術について（彼は実のところは染物屋ではなく〔ソネット一一一番で、シェイクスピアは染物屋の手のように自分の仕事で汚れてしまった、と言って己れの職業を蔑んでいる〕、ボトムのような織屋だったのである）、それこそ無限の発見がなされるだろう。そして私は、そのような研究を愛おしく思う。一作品を対象にしたその種の研究書をひとつだけ挙げるなら、メイナード・マックの『われらの時代の「リア王」』[10]は、『リア王』がもつほとんど信じられないほどの文学的豊饒を開示してくれたし、後続の研究者たちに実りある土壌を提供した。マックの見解のいくつかは、マーサ・アンダスンの『リア王』[11]や、コリー、フレイヒフ編の『「リア王」の諸相』[12]に収められた諸論文において、より詳細に論じられている。作品の形作る=告げ知らせる《インフォーミングな》形式《フォーム》のひとつを分析するたびに、ますます不思議な気持になり、一人の人間がいかにして、これほどのものを、これほどみごとに、ひとつの作品のなかに盛り込むことができたのかという、謎深まるばかりの問いを発したくなってくる。これからのそれぞれの章において、私は、考察すべく選んだ個々の形式が、その作品のインフォーミングな唯一の要素であるとほのめかしたり、主要な要素であるとすらほのめかしたりするつもりはない。もちろん私は、それらのどの作品であれ、その偉大さを、ただひとつの要素に帰することはできないと思うし、ある特定の図式《スケマ》を取り上げたからといって、劇がその考察点に縮んでしまうわけでもない。私自身の経験から言えば、それとはまったく逆のことが起こるのである。数年前、私は、『リア王』の言語、プロット、構造のなかに、オルテンシオ・ランドがヨーロッパで集成した常套的パラドックス群[13]がシェイクスピアによってずいぶん多く用いられていることを発見し、この劇の複雑さは完全に理解したと有頂天になって一月を過ごした後、この劇の、パラドクシーでは「説明」のつかないところが目につきだした[14]。とりわけそれは、ぞっとするような出来事に満ちているにもかかわらず、ゆるぎない道徳性が存在するという、この劇が我々に感じさせてくれる安心感を説明してはくれない。さらなる研究によって、安心感をそのようにからくも保証してくれる文学上の理由のいくつかが示唆された——そしてそこから、考察すべきさらなる主題が生じてきた。私はまた、本書の『オセロー』論が劇を説明する[15]と思ってはいない——英雄的な言語、身振り、心理に関する、あるいは劇における名誉の問題についての同種の論文のほうが、本書での章よりも劇の意味の核心にさらに迫っているだろう。だが、私が取り上げた主題は、思うに不当になおざりにされてきたし、この劇がそもそも示していた概念化にとっての根本的な問題をさまざま扱っているのである。

『ハムレット』に関しては、王子のメランコリーについて多くのことが言われてきたにもかかわらず、メランコリーの研究書で王子の振舞い以上のことを説明しているものは、私の知るかぎり、ブリジット・ライアンズの模範的な著作[16]しかない。本書において、私は、王子の謎と同様、この劇の謎がメランコリーの観念や図式群という文脈からどこまで解き明かせるのかということ、そしてメランコリーの複雑な症候群のなかにこそ、この劇の不可解な統一性の秘密がひそみうることを示そうとした。とはいえ私は、自分の洞察がこの劇を理解するのに欠かせないとか、「新作『ハムレット』」を見た卑しい職人連中がみな、メランコリーこそが劇の統一性の源であると認識したと主張しているのではない――私が言いたいのは、シェイクスピアはその症候群に、よりはっきりそれと識別できる伝統的な文学形式に見たのと同じ、自らの技を発揮すべき可能性を見ることができたこと、より伝統的に文学的とみなされる素材を扱うがごとく、メランコリーを独自の方法で利用したのだということである。E・H・カントーロヴィチが「王の二つの身体」という概念から『リチャード二世』を論じたのに倣って、私も、それぞれの伝統的形式を劇を代表するものとして扱い、水に浸すと花開く日本の紙の水中花のように思いながら考察してみた。その花には精妙な仕掛けが施されていて、好ましい環境に置かれると、内に含んだ幾重もの花弁が文字通り拡がって開いていく。それと同じく、シェイクスピアの劇においても、それぞれの形式が団々と花開いているのである。

シェイクスピア批評の多くは（主要な芸術家の作品の批評はおおむねそうなのだろうが）、他の書き物すべてがこの劇作家の作品に貢献するため、あるいはその精髄を極めてもらうために産出されたかのような印象を与えがちである。シェイクスピアを一国以上のより大きい文脈に移植しようとするなかで、私もまた、シェイクスピアは先行するすべてのヨーロッパ文学の精華であると示唆しているように見えるかもしれない――だがもちろん、シェイクスピアはルネサンスを一身に凝集した小宇宙ではないし、彼がいなくてもどのみち偉大だったはずの文化を収めたタイムカプセルでもない。ルネサンスには、シェイクスピアには絶対に見出せない、重要なものがたくさんある――シェイクスピアには、たとえば、モンテーニュの木霊《こだま》は聞きとれても、ルネサンスのあの「新しい発見《ノウム・レペルトゥム》（*novum repertum*）」たるエッセイの痕跡はない。ならず者や無頼な所業は描かれても、一筋縄ではいかないピカレスク形式は見当たらない。哲学的なトポスや、哲学的立場への諷刺はあっても、新プラトン主義の大いなる復興に対するさしたる反応は見られないし、懐疑主義への反応は、せいぜいよくて、新しさや変化に逆らうありふれた人間のありふれた自己保存の域を出ない。それでもなお、シェイクスピアはいかなる時代、いかなる場所に生まれても偉大だっただろう。だが彼は、彼自身の文化によって、文化が己れの技に与える可能性を熟達者の腕で捌《さば》き、いかにも彼らしい想像力を発揮して複合的に反応しつつ文化を利用することによって、独自のありようで偉大だったのである。続く各章では、その比類ない反応がいかなるものであったのか、不十分ながらもその感じをいささかなりとも伝えたいと思っている。

II

すぐにおわかりになるように、本書の章の多くはジャンルの問題を論じている。E・H・ゴンブリッチやE・D・ハーシュ[17]のように、私も、作品のジャンルを特定することはきわめて重要であると考えている。というのも、ジャンルはまさに、それによって文学作品に対する反応を組織すべき、一揃いのごく型通りの期待を喚起するからである。クローチェや新批評の理論家たちが、作品の運命をあらかじめ決めてしまうような外在的ジャンルという概念に激しく異を唱えてきたにもかかわらず、ルネサンス研究者たちは、少なくとも自分の研究領域においては、ジャンルの重要性を主張するだけの自信をだんだんと得てきている[17a]。ハーシュは、作品の「内在的ジャンル（intrinsic genre）」という概念を提示しているが、思うにそれは、構造主義言語学者の仕事に共通して見られる形式へのこだわりにとてもよく似たものを指しているらしい。存在する作品と同じ数だけ内在的ジャンルがあってもよいのではないかと思う――だが、たとえそうであるにせよ、内在的ジャンルを特定するためには、人口に膾炙《かいしゃ》した外在的ジャンルを経由しなければならない。たとえば私は、内在的であれ外在的であれ、『トロイラスとクレシダ』のジャンルを特定することができないのであるが、なぜできないのか、われながら不思議である。『トロイラスとクレシダ』は『シンベリン』――ロマンスの様式で書かれた、あの喜劇的・悲劇的・歴史的・牧歌劇――や『リア王』を凌ぐほどジャンルが混淆しているとは思えない。だが、『トロイラスとクレシダ』のジャンルを構成する諸要素はひどく宙ぶらりんになっていて、きちんと定位させることができないのだ。それらの要素を特定することができる（と思っている）だけに、ジャンルという観点からこの劇をきちんと議論すべきことは明らかなのに、そうすることがどうしてもできないのはなおさら奇妙に感じられる。このようなことすべてが、ハーシュの正しさを示している。作品をジャンルのなかに位置づけないかぎり、解釈や批評が劇の根本的な問題へと導かれることはないのである[18]。

　文学解釈や批評においてジャンルがいかに重要であろうと、ジャンルの特定さえしていればよいわけではない。ユリウス・カエサル・スカリゲルや、誰であれルネサンスの偉大なジャンル批評家を読めば、文人たちはミケランジェロが素材の大理石に抱いていたとされるような見方、すなわち、それぞれの石が独自の本質的形態《フォーム》をそなえていて、彫刻家の仕事はその形態をまわりの石塊から解放することであるという見方に近い感覚を、ジャンルに対して抱いていたことが理解できよう。ジャンルも大理石のごとく堅固であり、腕の劣る技術屋をはねつけ（ダヴィデ像となった石塊がバンディネッリ（正しくはシモーネ・ダ・フィエーゾレ。ただしバンディネッリにも、彼が劣った芸術家であることを示す大理石がらみの別の逸話がある）の手を拒んだように）、純粋で完璧な秘められた形態を発見できる人間にのみ服従するかのようである。そのような批評理論においては、理論も芸術作品もあいともに批評や解釈を蔑み、観客や鑑賞者や読者とは関わりのない、ほぼ完璧な世界に安住しているのである。

シェイクスピアは、そうした単純化されたジャンル観にまっこうから戦いを挑んでいる。己れの技の伝統的諸相に対するシェイクスピアの関心は、まさに問題含みなその本質にあるのであって、類型としての力にあるのではない。続く各章で論じているように、私は、文学の理論や実践に内在する問題系は人生の問題系に通じている――すなわち文字は精神へと至る道を指し示すために存在しているのであるという仮定から、シェイクスピアが出発したのだと考えている。ある特定の問題をめぐって働いている想像力がある特定の要求をするとき、それは何を措《お》いても従うべき重要な文学上の命令となる――だが想像力は、自らの知的・芸術的環境や文学的・道徳的相関物に頼ることなしに、その問題に作用することはできない。シェイクスピアの作品は、その「意味」を表現手段に頼っており、それらの表現手段にしても中立的で空疎な形式ではない。それらもまた、それぞれが観念の文脈をそなえているので、それゆえ文学的な意味は、少なくともこの時代においては、ひとつの劇や詩の枠をはみ出して、より大きな道徳的・社会的状況を含もうとするのである。シェイクスピアは、実践においても美的にも、ゴンブリッチが「観照者の役割（beholder's share）」[19]と呼ぶものに依存していたせいもあって、プラトン的イデアの世界で完全性を目指すといった贅沢にふける余裕は、たとえ己れの芸術家気質がそうした甘えを許したとしても、なかっただろう。スペンサーのように、といっても彼とはきわめて異なる方法で、シェイクスピアは生の雑然としたありよう、生成のさまざまな様態を、文学作品の実質として受容した。彼にとって、文学の素材はミケランジェロの大理石ではなかった[19a]。彼は素材を粘土のごとくこねまわし、生の似姿へと――あるいはアダムが創られたときのように、生命そのものへと――成型した。彫刻家の粘土のように、シェイクスピアの材料も、さまざまな壺から取り出され、さまざまな種類の土が用いられた――すなわち、彼の素材は、異なる範疇や図式を源泉とし、想像力や技術の要求に適うように、さまざまに組み合わされ、組み直されるのである。

シェイクスピアの劇は、悪名高くも誉れ高くもジャンルが混淆しているのであるが、全体として見れば、劇がどのジャンルと結びついているのかは、おおむねはっきり印づけられている。『冬の夜ばなし』において、何が「悲劇的」で何が「喜劇的」なのかは間違えようがないし、これら二つの要素が牧歌の傘のもとで結ばれていることもすぐにわかる。だが演劇以外のジャンルについては、ふつうそれほどはっきりとは見えてこない。『ロミオとジュリエット』においては、演劇ではないソネットというジャンルがめだって貢献しており、『オセロー』においては、それほどめだってはいないが、さらに重要性を増して出現する。『恋の骨折り損』においては、とりわけ、主題《トピック》と劇中の登場人物たちのやりとりの双方に、ルネサンスの対話篇（dialogue）というジャンルが影を落としているのが認められる。それより後の喜劇である『空騒ぎ』においては、『ソネット集』でソネット批判の慣習を扱ったときのように、論議（debate）が生命を得て登場人物の姿になり、論議や対話の争点がベアトリスとベネディックに組み込まれて、『恋の骨折り損』におけるように賛否を論じ合うのではなく、劇のアクションとして展開する。ついには『ハムレット』において、我々が見聞きするのは、あの学究的な若き王子ハムレットが偉大な独白を学問的な言葉で語るとき、論議という形式が、きわめて重要なものであるとはいえ、銘句《デヴァイス》へと縮小されていることである。とはいえ、生と死、生きることと死ぬこと、行動と隠棲をめぐる独白の言葉は、ハムレットの学者気質を示すだけのものではない――たしかにそのような効果もあるが。それは、圧倒するような力で解決を迫ってくる人生の問題を、しばしのあいだだけでも客観視し、そこから距離を置くためのハムレット流の決疑論的戦術なのだ。

『恋の骨折り損』において、対話形式は劇構造のかなりの部分に浸透し、登場人物たちは正統的な形式をパロディ化しながら己れの喜劇的運命を全うしていく。だが『ハムレット』がいかに弁証法的であれ、想像力をいかにたくましくしてみても、この劇が肉体と魂、行動と観想――これらの問題は劇中では重要で厄介なものではあるが――をめぐる論議にジャンルとしての根をもつと言うことはできまい。かたや、『冬の夜ばなし』はまぎれもない悲喜劇である――たとえば、類似した劇である『シンベリン』などよりもさらにあからさまに。そして、このジャンルの考案者であるグァリーニが定めた諸条件とはまた異なるかたちの悲喜劇である。一六世紀イタリアの文芸批評に関するバーナード・ワインバーグの重要な研究書を読めば[20]、シェイクスピアがいかに自由にジャンルを操作し実験を行ったかがわかる。ジャンル理論は文学についていかに考えるかということを支配しており、その力があまりにも強かったので、主要な作品でジャンルの範疇に合わないものが出てくるたびに(『神曲』、『狂えるオルランド』、『忠実なる牧人』)、理論修正するための長大な論議をしなければならなかった。新しい形式の衝撃によってジャンル理論の輪郭は変わりこそすれ、実のところ、そのイデオロギーは変わらなかった――ヤコポ・マッツォーニのダンテ擁護、グァリーニの牧歌劇擁護、ピーニャ(一六世紀イタリアの人文主義者で、アリオストの騎士道韻文ロマンスの詩法を擁護した)のロマンス擁護はすべて、容認しうるジャンル範疇の規範の枠を拡げよと主張したもので、ジャンル理論の正当性そのものを問題にしたわけではなかった。悲喜劇の厳密な性質や喜悲劇との相違[21]についてはかまびすしい議論が続いたが、どのジャンルも何らかの独自性をもち、ジャンル間の相違は説明できるものであるという明快な前提はつねにあった。だが、シェイクスピアのジャンル混淆は、そのような前提に支配されてはいない。『冬の夜ばなし』は悲喜劇的であるが、ひどく特異なものなので、グァリーニもポンタヌス(一五世紀イタリアの人文主義者で詩人)も、この劇を模範的な悲喜劇とは認めなかっただろう。シェイクスピアがジャンルを混淆するさまは、法則からいちじるしく自由である。彼の混淆ジャンルが、他の人々によって意識的に提起された理論上の諸問題と実践面でつながっていることがいかに顕著にうかがえようと、我々を惹きつけてやまないのは、正統性や学者気質《アカデミシズム》からそれが自由であることなのだ。文学上の諸問題によって召喚され、それらの問題を解決すべく定式化された文学的教条《ディクタ》の気配は、たしかにそれとなく感じられる。だがそれらの教条が、われらの劇作家に指図したことは一度もなかったように見える。文学上の問題に独自の解決を施したということは言うに及ばず、その問題を解釈する方法においてすら、シェイクスピアは己れがいかに融通無碍で独創的であるかを華々しくひけらかしているのだから。

　本書で私が示そうとしているのが、最近の理論がきっぱりと分けてしまった「解釈」と「批評」のいずれであるかは定かではないが、そのいずれをも提示できればと願っている。私が試みているのは、通常の意味からは少しずれた意味におけるテクスト解釈学（*explications de texte*）、すなわち、なぜテクストがいまあるものになったのか、なぜそのような固有の形をなすにいたったかを説明する方法を、範例を挙げながら示すことなのである。そのような試みをなすためには、文学形式が所与の作品に出現するありようを見定める必要がある——とすれば、文学史についての何らかの感覚も必要となってくる。だが私は、重要な文学作品に敬意を表するには、各部分を名指しするだけで事足りると言っているわけではない。というよりも、大切なのは、解釈にせよ批評にせよ、文学作品のために、文学作品のなかで、それぞれの部分が何をなすかということだろう。薬を飲む前のジュリエットの台詞に、ルイス・マーツが教えてくれたような[22]、死についての瞑想法の手順を認めることは重要であるし、文体や文脈こそいたく異なりはするものの、オフィーリアとパーディタの両人が、私的な祝いの場に闖《ちん》入《にゅう》してきた外界からの人物のそれぞれに「即合《マッチ》する」花を、想像のなかでずらりと喚起するのも見落としてはならない。

　そのようなもののなかでひとつ、なじみ深い例を挙げてみよう。シェイクスピアは、『ヘンリー四世』二部作においてすばらしい創造物サー・ジョン・フォールスタッフを登場させた。彼は、ヘンリー王子のかつての仲間で実在の伝説的人物サー・ジョン・オールドカッスルとは似ても似つかぬ人物である。だが、なぜこのようなフォールスタッフが誕生することになったのか。その答えのいくぶんかは、物語《ナラティヴ》の材源が明かしてくれる。若い頃のヘンリー五世は、年代記においても舞台上でも、ある決まった型——ごつごつして、整っておらず、まとまりはないが、すこぶる厳密な模倣《ミメーシス》が可能なほどのしっかりした型——にはめこまれてきた。放蕩無頼な青春時代、死の床での王冠のエピソードに相前後して示される父への恭順（眠っている父王を死んでいると誤解した王子は王冠をもちさり、国王としての責務に思いをはせる。目が覚めた王は枕許にあった王冠がないので父が死ぬのも待てないのかと王子をなじるが、王子の真情を知り父子は和解する）、国内不和の癒し手として、外国の脅威に対する勝利者としての彼の模範的行動など、すべてがしっかり定着していた。そしてヘンリー五世は「このイングランドの星」、国家《レスプブリカ》の積年の悲願の成就者とされた。この若きイングランドの王子に性格の深みを与えるような源泉を、材源からは見つけにくい。なにか別の手だてを講じなければ——というわけで、これといった定まった指針が確立していなかったフォールスタッフが、王子の引き立て役として活躍することになったのである。

シェイクスピアが王子を見出したのは、年代記、史詩（『為政者の鑑』やダニエルの『ランカスター、ヨーク両家の内戦』）、道徳劇風年代史劇（『ヘンリー五世の有名な勝利』）のなかであったが、そうした文学風土を彩る史実に制約されているという意味において、王子はきわめて「決まりきった」素材であった。フォールスタッフは逆である。多くの文学上の流れが合わさって彼に実質的な形姿を与えており、その流れのいくつかは優れた諸研究によって指摘されている。フォールスタッフに認められるのは、ローマ喜劇、コンメーディア・エルディータ（学者喜劇）（一六世紀イタリアで発展した喜劇で、古代ローマ喜劇を手本にして創作され大学などで上演された）やコンメーディア・デッラルテに登場する〈法螺吹き兵士〉、〈寄食者〉、〈道化《ブッフォーネ》〉である。[23] あるいは道徳劇の悪役《ヴァイス》[24]（イングランドのハル王子も看て取ったように）や、〈幼児《インファンス》〉とともにいる〈現世《ムンドゥス》〉、〈大食〉、〈肉欲〉、〈放埒〉をはじめとする、この重要な放蕩息子を攻めたてる他の誘惑の数々。あるいは、中世の民衆的祝祭に見られる無礼講や謝肉祭の王[25]。あるいは、中世の阿呆劇《ソティ》における〈愚者の王《ロワ・デ・ソ》〉、国王付きの宮廷お抱え道化[26]、そしてルネサンスの道化の複雑で批判的でパラドクシカルなありよう[27]。また、フォールスタッフというこの特定の人物には、若者と老人の特権をともに主張する〈老人のような少年（*puer senex*）の面影も認められる。それゆえ、逆説的に、ジャンル固有の登場人物や性格類型のこの驚異的混淆物、少なくとも文学においては「世界のすべて」を含んでいるかのように見える、まっさらな布《アウト・オブ・ホウル・クロス》から作りあげられた＝虚構のこの人物（ゴム引き綿《バックラム》〔膠などで強化された布。転じて、絵空事〕）は、模倣という観点から見れば、歴史に実在した遊び仲間の若者、ハル王子よりもはるかに「現実味」を帯びている。

　それにしてもフォールスタッフは、それらすべての類型《タイプ》のなかでも、なんという破天荒で破格の見本であることか――法螺吹き兵士《ミレス・グロリオスス》（*miles gloriosus*）で、王子の期待通りのあつらえたかのような見え透いた法螺を吹くが、お芝居から抜け出してきたかのような「本物の」法螺吹き兵士ピストルと対決すると、彼を果敢に舞台から追い払う。身分の高い権力者に寄生するばかりか、居酒屋の女将《ホステル・キーパー》で女衒《ぜげん》にも寄生し、文字通り、自分の宿主《ホスト》とする寄食者。〈放埒〉であり宮廷祝典局長であるが、祭りの主賓ハル王子は浮かれ騒ぎにいずれ終止符が打たれることがずっとわかっている。道化ぶりが王や王の正義ばかりか、己れ自身をも笑い者にする道化。王位継承者をあの手この手でそそのかしても、キリストを荒野で誘惑するサタンさながら、あのよそよそしく醒めた若者にはちっとも効を奏さない悪魔。エラスムスの痴愚神のごとく、フォールスタッフは我々すべての平衡感覚を狂わせてしまう――が、王子だけは別で、劇が始まる前からですら、宴にはかならず終わりがあり、乱痴気騒ぎの元締めは放逐される運命にあることが王子にはわかっている。終幕のどんでん返しでは、おそらくは道徳劇の伝統に負うところもあるのだろうが、この〈馬のない騎士《シユヴァリエ・サン・シユヴァル》〉(28)、この放埒な大食漢、この道化も、己れの可愛い小羊がいまや発揮する堅苦しい世知に虚をつかれ、足をすくわれるはめになる〔即位して王となったハルはフォールスタッフを拒み追放を命じる〕。

　道徳劇風に読んでもマキアヴェッリ主義の視点から読んでも、『ヘンリー四世』二部作は、若者が国を治める術《すべ》を学び、王者にふさわしい成長を遂げ、天に定められた使命を全うすべく人格を陶冶《とうや》するさまを描いた為政者の鑑《かがみ》、統治者養成のための指南書である。だがこの性格造型のかなりの部分はシェイクスピアの手になるもので、ハルがしだいに能力を発揮していくさまが、彼を劇中のさまざまな象徴的人物と対比することによって示されている。そのような人物配置から、ハルの出発点がどこにあるかが看て取れる。彼の特徴は「中間状態にいる」(29)ことである。祝祭の偽王《モック・キング》であるフォールスタッフと、きまじめで、愚痴をこぼし、実際的なヘンリー四世とのあいだにいる。戦場にいやいや連れ出された法螺吹き兵士のフォールスタッフと、フォールスタッフが思慮深くも拒絶した「名誉」のために大義をなげうつもう一人の花形兵士、過剰に英雄的なホットスパーとのあいだにいる。主人の大義名分や人命には無頓着なフォールスタッフ（「ふん、人間はどうせ死んじまうんだからな」）と、お国のためとあらば誓約も人命もお構いなしといったランカスター公ジョンとのあいだにいる。いかさまをやったと公言してはばからないフォールスタッフと、高等法院長というあの廉直な王の僕《しもべ》とのあいだにいる。人物同士をこのように組み合わせることによって、劇中ではとりたてて性格の発展が見られないのに、状況にますます自在に対応するようになる王子という人物が、見定めやすくなるのである。さらに重要なのは、ハルがフォールスタッフ当人に、いわば「ぶつけられている」場合である。そのような状況からわかるのは、意外にも、両者が似た者同士であることなのだ。二人とも、責任を負うことを心の底から嫌っている。ハルは、王子たちが追い剝ぎに加わったフォールスタッフを騙してからかうギャッズヒルの一件では口の減らないフォールスタッフをやりこめるが、放埒無頼を楽しみ、王国で広く行われている高官たちの盗賊行為を、それぞれの仕方でパロディ化する点では相通じるものがある。二人つるんでの無礼講はイングランドの現況を物語っており、イーストチープで交わされる冗談には（そこの住人は曲者《くせもの》ぞろいでありながらも）、王や陰謀者たちがとうに喪失してしまった無邪気さすら漂っている。ハルもフォールスタッフもマキアヴェッリ主義者で、他の人々（クウィックリー、フランシス、ポインズ）を操り、互いを操ろうとする――ギャッズヒルでの出来事の後で交わされるゴム引き綿《バックラム》を着た男をめぐるやりとりでは謎めかし、審判の場面や、ホットスパー討伐の手柄をハルがフォールスタッフに横取りさせてやるところでは寛大に。この二部作ではっきりしているのは、ハルの最初の独白から、フォールスタッフの徴兵とシャロー判事やクウィックリーをめぐる顛末を経て、「お前など知らぬ、ご老体」という道徳劇風の厳しさへといたるまで、ハルはひとたび即位してしまえばフォールスタッフを容赦するつもりはないことである。だが、この劇は、ハルがフォールスタッフと付き合うのを楽しんでいて、王という天職に最終的に赴くまえに、身分に縛られることへの己れ自身の反抗心を毒のないものにし、父の宮廷における窮屈な生活への不満のはけ口を提供する、気晴らしになる人物を必要とすることも、同じくはっきりと示している。フォールスタッフはハル王子に、若さのもつ象徴的な自由だけではなく、人間らしくなる修練をする機会をも与えるのだ。

　劇そのものから、劇がいかに作られたかということに議論の次元をずらすことで、シェイクスピアが小うるさい文学上の問題からいかに逃れて、劇作家としての数々の名人芸を見せるにいたったかがわかってくる。シェイクスピアの手本、すなわち彼が物語を借用した生彩のない年代記や詩は、リチャード二世のときには鮮やかにやりおおせたが、王子については、納得のいく個性を造型するには乏しいものであった。それにハルの生涯には、成功を重ねてさらなる高みへとたゆみなく昇っていくというところがなく、運命の転変による壮大な没落といったリチャード二世にはあった演劇的な範型《パラダイム》が欠けている。手持ちの図式群では、この実在の王から劇の登場人物を創出するには不十分だったのである。というわけでシェイクスピアは、別のところ、他の演劇的文脈に活路を求め、自分が利用できる図式群のごった煮から、〈陽気な若者〉と気脈を通じながらもその引き立て役となるような人物を(でっちあげで、まったくの筆一本で)創造しなければならなかった。その若者は、中世の先祖に倣い、国家が失政によって無駄にした時間ばかりか、酒場で乱痴気騒ぎをして費やした時間をも最後には贖《あがな》うだろう。

フォールスタッフを、そうしたさまざまな人間味のない類型とからめて考察することは、その人間臭い実在感を幾分か殺《そ》ぐことになる。というのも、この登場人物が本物の人間であるという幻想はあまりに強力であるからである。フォールスタッフがいないと夜も日も明けないハル王子や、追放されたフォールスタッフを呼び戻してほしい(少なくとも、舞台の上に)と願ったエリザベス女王(ニコラス・ロウによれば、『ウィンザーの陽気な女房たち』は恋をしたフォールスタッフが見たいという女王の求めに応じて書かれたとされる)には、それなりの理由があった。世界そのもの(「全世界」)、肉そのもの(「肋肉《ばら》」、「脂身」、太鼓腹)、悪魔そのもの(「よぼよぼの白髭サタン」)と化したこの脱比喩化された人物、公的生活の抱える問題群を王子ばかりか我々にも押しつけてくる、この反宮廷の自発的道化は、まさにその巨体とあらゆる形式の混沌たる拒絶によって、ハルをイーストチープからシュルーズベリーへ、そしてついには国家の責務が待つウェストミンスターへと駆り立てる弁証法的運動にかたちを与える。ごく単純に言うならば、見てのとおり、自然は人工《アート》に影響を及ぼすが、人工はそれ以上の影響を人工に及ぼすのである。シェイクスピアが、人工から生まれたフォールスタッフを、史実から生まれたヘンリー・プランタジネットよりも「さらに現実味を帯びた」人物に造型することができたのは、詩は歴史より強しというアリストテレス的見解を実践した何よりの例である。

この劇の「喜劇的・悲劇的・歴史劇的方法[30]」は、劇中の諷刺的要素もさることながら、見逃しようのないものである。フォールスタッフが多様な作法に由来するさまざまな人物類型から構成され、これらすべての作法からそのなにがしかを劇中にもちこんできているように、これは「雑種の」芝居、シドニーがすこぶる遺憾とした王と道化同居の芝居である。では結局、この劇は何からできているのだろう——ずばり、簒奪によって王になろうとする者から、バーレスクの劇中王としてのフォールスタッフ、きちんとした叙事詩に根をもつ騎士道精神の権化ホットスパー、ロマンスから出てきた策謀家の魔術師グレンダワーとその抒情的な娘からである。ロンドン市の「無頼漢物」パンフレットから出たきた居酒屋の常連どもからである。そうしてハルが、それらの人々と謎めいた付き合いをしながら、見習い給仕やホットスパーの声に已れの声をぶつけてその有効性を試しつつ、真に自分のものと呼べるような場と声を確立していく。エンプソン氏がずいぶん前に論じたように[31]、そこから生じる超歴史的効果は、模範的統治へとハルが歩んでいくなかで、全イングランドがこの劇に巻きこまれているという印象を与えるためのものなのである。この劇が依拠するさまざまな文学作法は、ひとつの国の文化のきわめて複雑なありようを意味しているとともに、そっくり「物それ自体（the thing itself）」だと感じてよさそうな、ひとつの象徴的なテクステュアを織り出してもいるのである。

Ⅲ

しばし、王子とフォールスタッフの放蕩を詩人自身の放蕩の隠喩として考えてみよう。シェイクスピアは、ほとんどの詩人が苦心して取り入れる以上のものを投げ棄てている。だから、彼の作品やルネサンス文化の研究者は、しばしば行く先々で（ホワイトヘッドがプラトンについて言ったように〔「西洋哲学史のすべてはプラトンへの脚注にすぎない」〕）、シェイクスピアが甦ってくるのに出くわすような気がするのである。だがシェイクスピアの技は秘められることはなはだしく、盛り沢山な劇そのものに気をとられて、ほんの一皮むいたところに文学上および文学理論上の問題が潜んでいることは必ずしも見えてこない。それらの問題が水面下に隠れていると見えるのは、長きにわたり研究してはじめてそれとわかるものだからという理由もあれば、我々にはそうでないのに、シェイクスピアがそれらを当たり前のことと思って一向に強調する必要を感じなかったということもある。あるいは、批評上の概念やその基本の素材が（『ヘンリー四世』におけるように）変形させられて新しい形式に吸収されてしまったので、それとはすぐにはわからないということもある。

なかでも最も重要なのは、シェイクスピアは劇中で他のことを盛んに行っているので、注意をまっさきに惹きつける——また、惹きつけてしかるべき——文学批評的要素を、我々はしばしば見逃してしまうことである。シェイクスピアはどこにおいても放蕩そのものだったため、我々はすべてをいちどきには消化できない。たとえば彼のイリュージョニズムは、作品中のひときわ形式的で慣習的な側面よりも、それとは異なる、しばしばより自然主義的《ナチユラリスティツク》な諸相へと我々の注意を向けさせる。シェイクスピアの放蕩は、節約によって釣り合いが保たれている。彼はときに、素材や形式に、その通常の限界をはるかに超える負荷をかけるというとてつもない危険を冒している（『リア王』における牧歌様式《パターン》、恋人に宛てたソネット群）。あるいは、「材源」や形式にほとんど手は加えていないのに、自分の印はちゃんと残しておく（たとえば、ロザリンドの森での振舞い、毛刈り祭におけるパーディタの言語、処女性に関するパローレスの台詞）。同時代のほとんどの作家たちの作品と比べてみると、シエイクスピア劇の自然主義的イリュージョニズムがいかに強力であるかがわかる。彼のこの点に関する気前よさを示す例にはことかかない。ジュリエットがおでこに怪我をした時のことを回想する乳母の長広舌は、劇が始まる一〇年前の、乳母の家庭生活や心理状態を丸ごと喚起する――すると我々はこんなお喋り、劇にはとりたてて関係ないじゃないかと思う。だがやがて、乳母が伝える現実的で情愛に満ちたジュリエットの成長の姿が、ロミオの大仰な理想化の言語をいかに和らげるものであるかがわかってくる。マブの女王の台詞では、マーキューシオの機智と創意が、プロットの進行とは無関係な主題をめぐって、お定まりの型《セット・ピース》、アリアとなって発揮される――つまるところ、ロミオとジュリエットはマブの女王をきちんと迎え入れる暇がなかったのだし、そのことも二人の状況の悲しさをいささか物語っているのである。だが、それでもやはりその台詞は、輝かしい若さという主題や、きらきらして想像力に溢れた無為徒食のそうした若者を生む社会学的背景と深いところで結びついているのである。この台詞からは、主たるアクションからずれてはいるが劇の主題を支えている他のこともわかる。すなわち、愚かな不和の空費感が、一味違って伝わってくるのである。あれほど若く生気に満ちていたジュリエットと恋人ロミオが死をもって訴えるのと同じくらい声高に、ごくつぶしのマーキューシオ風情が、年寄りどもの確執をきちんと解決しろと迫ってくる。この場合、あり余る創意の才のおこぼれと見えるものは、やりくりの成果でもあるのだ。放蕩と節約というあの相矛盾する二重の才を、シェイクスピアは幾度となく発揮してみせた。あからさまに冗漫なポローニアスは、また別の好例である。シェイクスピアは彼をつうじて、一家全体の気風がどのようなものであるかを伝えている。だから、父親の価値観や行動様式を知ることによって、レアティーズやオフィーリアの振舞いや運命がよりまざまざと理解できるようになるのである。

　言語においても、シェイクスピアは同じくらい浪費家で節約家であり、何行も削除し、まとまった台詞や一場をそっくり棄ててさえいる。だがその言語を吟味してみれば、一見さりげない言葉や台詞が登場人物や先々のプロットをいかに支え、主題をいかに強調しているかが見えてくる。イメジャリも、スパージョンからハイルマン、フォウクス、クレメン、チャーニーに至るまでの学者たちの研究が示しているように(32)、劇をまとめる作用をもつ。だがそれに加えて、シェイクスピアは、このうえない無駄のなさをもって言語を操り、ひどく異なる二つのことを同時にやらせることができた。たとえば二人の登場人物が対話しているとき、二人とも与えられた役柄にぴったりと即合《マッチ》する台詞を喋りながらも、片方の話者（ジトナーが挙げた例によれば(33)、ハル、ハムレット、エドガー、リア）が、自分自身の役割を放棄したり対話者の役割に対する感覚を失ったりすることなく、ただの役割でしかないものをつうじて、あるいはそれを超えたところで語ることによって、聞き手の責任ある人間性に訴えるというふうに、シェイクスピアは書くことができるのである。徴兵手付金をめぐるリアの台詞は、表向きは狂った老人、気のふれた老王のとりとめのない言葉でしかない。だがそれは、古典への言及をともなうきわめて理知的で整然とした台詞でもある——もっとも、いささか距離を置かないと、どうしてそうなのかは見えてこない(34)。ハムレットの笛《リコーダー》をめぐる台詞は、はじめは無造作で、でまかせで、気まぐれであるように響くが、この劇のプロットの主要素であり主題のひとつでもある、人が人を道具として用い操ることについての論評に眼目があるのだ。

シェイクスピアは、言語をずいぶん多重に用いたが、それは慣習的な仕掛け《デヴァイス》についても同じである。リアがコーディリアに「儂《わし》らを狐のようにここから燻《いぶ》り出す」と言うとき、この短い語句はずいぶん多くのことを想起させる——害をなす狐を殺そうと巣穴に火を放つ農夫、サムソンの狐と麦をめぐる計略〔旧約聖書。サムソンは尾に松明を付けた一五〇組の狐をペリシテ人の麦畑に放って焼き打ちをかけ報復した〕、「雅歌」の小さな害獣たち、悪人や罪人を地獄の業火に送りこむ伝統的な道徳劇を、という具合。それとは種類の異なる、フォールスタッフの例とよく似た例を挙げてみよう。イアーゴーは不可解な心理の動きをみごとに具現化した人物であるが、マキアヴェッリ的な演出家でもあり、その意味においては、プロットを説明し狂言廻しの役を務めるという特徴をもつまた別の〈ニック爺〉〔悪魔の通称〕、すなわち道徳劇の悪魔の系譜に連なっている。このことはスピヴァックの著書(35)からわかるのだが、忘れてはならないのは、イアーゴーは〈寄食者〉、〈不平家《マルコンテント》〉、〈ブリゲッラ(36)〔コンメーディア・デッラルテの下男役で金儲けが好きな策士〕〉、〈法螺吹き兵士〉でもあることである。さらに、フォールスタッフが、落ちぶれてみすぼらしい虱《しらみ》だらけのジェントリ（郷紳）の困窮ぶりとともに、クレメント法学院やマイルエンド・グリーン〔ロンドン市の東部近郊に拡がっていた野原で、当時はアーチェリーの競技やパジェントなどが行われた〕の祝祭行事といった本物の過去の香りを我々に味わわせてくれるように、イアーゴーもまた、新しい人間、実務の才と経験による適応力によって浮き沈みの激しい世界でのしあがっていく才覚者《テクニシャン》という人物像を、現実世界に相似形としてもっているのだ。ハムレットは、仇討ちに巻きこまれた他の多くの息子たちと同様、余儀なく復讐を誓う。だが彼は——何ゆえにか——熟慮や懐疑へのモンテーニュ的志向によっても特徴づけられている。だがモンテーニュとは異なり、ハムレットは不平家につきものの鋭い洞察力と弁舌をそなえている。フォールスタッフ、イアーゴー、ハムレットは、演劇とそれ以外の多くの異なる伝統が寄り集って造りあげた、みごとなまでに鮮やかな劇的人物である。諸伝統をときにはごく単純な方法で組み合わせることによって、シェイクスピアの放蕩と、そうした気前よさの成果としての節約は発揮された。シェイクスピアは明らかに、創造性が枯渇するという恐れを抱いていなかったので、葡萄酒のごとく、それも必要に応じて量が増えるカナの葡萄酒〔新約聖書。婚礼の祝宴中に葡萄酒が足りなくなりイエスは水を葡萄酒に変えた〕のごとく、己れの創意を奔出させることができたのである。〈少しにおいて多く〈*Multum in parvo*〉〉——だがその〈少し〉が劇というすでに大きなものなのだから、いったいどれほど多くのものが、そこから得られることだろう。

批評的に言うならば、この凝縮された、暗示引用と含意に富む複合主義《プルーラリズム》は、我々を魅了してあらぬほうへと誘いこむ可能性がある。シェイクスピアはずいぶん多くのことを、しかもこれほど「沢山のこと」をいちどきに言ったので、彼の作品の読者は、批評や論評をするさい何を言ってもよいのだと思い込みがちであった。これほどまでに包括的な作品は、どんな解釈でも、必ず受け入れるはずである――こんなふうに正当化されているように思える。だから、個人がテクストといかに放埒に関わろうと、それをまったくのナンセンスとして斥けることもできない。まこと、極端な例になると、独自の新しい洞察を示すために、批評家がテクストを強いて誤読することさえできるのである。

とはいえ、シェイクスピアの劇は合財袋ではないのだから、劇がメッセージをやみくもに発しているという想定は無意味である。多少の配慮と学識があれば（〈わずかなラテン語〉でもここでは役立つ〔学識豊かなベン・ジョンソンは、シェイクスピアを「わずかなラテン語と、さらにわずかなギリシア語」しか知らなかったと評した〕）、劇中に何が入りこんでいるのかが理解できるし、それがわかれば、特定の事柄がなぜ取り入れられたのかも見えてくる。さらに、シェイクスピアは特異なまでに技の手の内を見せ、観客に隠しだてしなかったので、正々堂々としており、文学上のあるいは文学以外の文脈に依拠するたびに、それを必ず我々に指し示してくれる――ジョンソンのように教師然としてではなく、ただわれらの劇作家として、己れの（そして我々の）文化から得た洞察を伝達し分かち合いながら。シェイクスピアは、衒学者でも韜晦屋でも独占家でもなかった。彼は、己れの文化から取ったものを、豊かにし、価値を変え、形を変えて、惜しみなく送り返してきたのだ。

形式――デヴァイス、ステレオタイプ、ジャンルなど――を真剣に受けとめることは、それらを尊びかつ批判すること、己れの職技《クラフト》の道徳規範そのものに身を委ねることである。シェイクスピアは、たとえば、慣習的な表現形式を茶化している。『恋の骨折り損』においては比喩言語、『ヘンリー五世』においては大言壮語、『ハムレット』においては堅苦しい物言いと滑らかな弁舌という二様の宮廷言語が嘲られている。シェイクスピアは、いかなる文体でも自在に使いこなせたので、パロディ化し、模倣し、対照的な文体で書き、言語を「創造」することさえできた。彼はそうした技法上の側面には長けていたが、技量誇示《エピディクシス》(*epideixis*)のためだけにそうしたわけではない。彼の作品において、話し方は生き方に、文体は道徳性に、つねに結びつけられている(37)。シェイクスピアの文学的論評は、文学用語のみを用いて語られた道徳的論評でもある。観念、主題、慣習、ジャンル、モードも、また同じである。彼はそれらを「見透かして」、ひとつ以上の意味合いを看取した。『リア王』において、ごく月並みな修辞的・道徳的パラドックスから、はるかに深い道徳的意味を看取したように。形式は彼にとっては素通しする——ダンの言葉を借りれば「透光(through-shine)する」(through-shine は「別れ——窓硝子に残した僕の名に寄せて」と「ベッドフォード伯爵夫人に宛てて」で用いられている)——わけなので、それは我々にも透けて見えるものとなる。己れの職業上の技巧の核心を見透かすことによって、シェイクスピアはなじみ深い図式を、その人工性も、あるいはその「真実」も失うことなく提示することができた。それゆえ、我々は、文学そのものを「新しい」美的経験として、かつ批判的経験として感得できるのである。我々はそれを新たな目で、新たになったものとして眺めるので、たとえば、現世・肉体・悪魔といったなじみ深い三つ組も、たゆみなく脱比喩化されフォールスタッフに組み込まれていくと同時に、フォールスタッフの個別性そのものから、我々は、「誘惑」がいかに陳腐《コモン》で、定石《コモンプレイス》ですらあるものになりうるかがわかるのである。フォールスタッフを単に道徳的に考察するのは誤っている——それは複雑な美的経験に目を塞《ふさ》ぐこと、『ヘンリー四世』二部作から伝わってくる、層をなして縺《もつ》れ合う生の感覚を無視することである。とはいえ、道徳的な状況こそが、この劇がまさにその問題含みで複雑なありようの隅々にわたって伝えてもいるものなのだ。

　これらすべてが研究対象として、かくも魅惑的な文学用語をもって差し出されているのだから、文学批評家は手いっぱいである。技法《アート》を理解するための方法を幾通りも提示する複合主義《プルーラリズム》そのものが、テクストへの配慮を欠き独り善がりの思い込みばかりがはびこる、我々が今日これほどまでに陥りやすい悪癖への最良の反論となるのである。

Ⅳ

シェイクスピアの作品をこのような観点から眺めることによって、我々は、シェイクスピアがジャンルの個々の限界のなかで慣習にいかに圧力をかけているかを真剣に考えるようになる。ゴンゴラ〔シェイクスピア同時代のスペインの詩人。奇抜な詩的表現を特徴とする〕や他の作家たち〔モルゲンシュテルン〔一九世紀末前後に活躍したドイツの詩人。ナンセンスな言葉遊びで知られる〕、ルイス・キャロル、ホプキンズ、リルケ〕が言語を無理強いして、通常の統語法によるつながりから逸脱した文や語を表現したように、シェイクスピアも〔言語の無理強いということでは、彼もまったく同じことをしている。『ヴェニスの商人』の砂目〔sandblind は「かすみ目」の意〕、砂利目〔gravelblind は登場人物の言い違えによる造語〕、石目〔stoneblind は「全盲」の意〕のように〕、手法《デヴァイス》や慣習といったより大きいものに強引な力をかけた――隠喩や隠喩様式をそっくり脱比喩化し、伝統的な類型を響き豊かな現実性《リアリティ》のなかに弾き返し、異なる諸ジャンルの言語を互いにせめぎ合わせたりしながら。それはまた我々に、ギリエンが繰り返し述べているように、ジャンル固有の習慣がなじみ深い形式に対して、何か別のこと、何かそれ以上のこと、何か新しいことをする「誘い」であるような、そのさまざまな方法をより深く感知させてくれる。私は別のところで、ルネサンス期に我々が見出すような混淆ジャンル《ゲネラ・ミクスタ》（*genera mixta*）の非凡な例（混淆ジャンルをめだって実践した作家を二、三挙げるとすれば、ラブレー、セルバンテス、ミルトン）を輩出した時代はどこか特別な時代であり、集大成的な作品（それはしばしば、ノースロップ・フライの言う意味での「解剖《アナトミー》」である(38)）は、時代や作家業の文化的多様性に対する感覚にとりわけ良心的で熾烈な方法で応えたものであると論じておいた。現代のジャンル研究に批評の声がいかに異を唱えても、私にはわかっている。ジャンルの境界、ジャンルの定義、ジャンルの範型《モデル》に対する無自覚は、少なくとも、ルネサンス文学の大半をまるで理解できないものにするのだ、と。

　だから私は、続く各章において、ある特定の文学的「材源」よりはむしろ、知られている素材の背景（「伝統」）を問題にしたのである。シェイクスピアは、たとえばカトゥルスを当然知っていただろう。だが彼が（ジョンソンならばかくやとも思われるが）、カトゥルスを諳《そら》んじていたり座右に置いたりしていたとは思えない。マルティアリス、オウィディウス、プラウトゥス、セネカについても同じことが言える。シェイクスピアはさまざまな種類の〈法螺吹き兵士〉については直接もしくは間接的に知っていただろうが、フォールスタッフがある特定の大法螺騎士に由来するとは思えない。メランコリーに関する諸々の註解を彼は知っていたし、治療師がこの病についてさまざまに矛盾したことを言いがちであることも何かしら心得ていたのであるが、メランコリーの症状を投影させて描くとき、特定の註解や症例を必ずしも参照したわけではあるまい。私は「伝統」を、中心こそ不動だが輪郭はゆらいでいる意味や実践の集合体と考える傾向があり、シェイクスピアも他の芸術家たちと同様、伝統をそうしたものとして受容したのではないかと思っている。

　私はまた、この種の書物には苦情が出るであろうことも承知している。文学通《コノシエンティ》は論じられてないものがあるといって苛立つだろうし、他の読者たちにとっても、私のアプローチは、いまや衒学者しか認知できず、当時も（おそらくは）衒学者でなければ使えない、もしくは衒学者のみが意識的に使うことができるような諸々の「伝統」、「慣習」、「言語」にどっぷりと浸った、どうしようもなく学者ぶったものと見えるだろう。そのような読者はおそらく、シェイクスピアの「わずかなラテン語と、さらにわずかなギリシア語」とか、娯楽提供者としての彼の金儲けの才や観客の次元の低さ（無教養であればあるほど「真正の」観客とされるのだろう）を引き合いに出して反論してくるだろう。この種の反論は、シェイクスピアの天才は森の調べを囀《さえず》るごとく野生のままのものであるとするミルトンの説の現代版であり、書いたものを一行たりとも消さなかったというベン・ジョンソン流のシェイクスピア観を奉じている。それには、以下の諸点を挙げてたやすく反駁できる。シェイクスピアが「わずかなラテン語と、さらにわずかなギリシア語」しか知らないといっても、ほとんどの現代人よりはよほどよく知っていたのであり、そのおかげで、今日では鍵穴から垣間見るだけで幸運とせねばならないような文学的経験の世界に参入できたのである。卑しい職人連中を楽しませる能力があるからといって、その人間が己れのふるう技について知ることを禁じられているわけでもあるまい。シェイクスピアの観客が無知蒙昧の輩であったにせよ（大多数はそうではなかったのだが）、芝居を見る目は肥えており、それぞれの劇形式の慣習を知っていたので、自分が期待していたものに変化の手が加えられていても、それと気づくことが十分にできたのである。

最後に、ヘミングズとコンデルは、全集《フォリオ》のための素材を集めていたとき、上演において偉大であったそれらの劇は、読み物としても偉大であることに気づいていた。

……私どもの務めは、作品を収集し、それを皆様にお渡しすることであって、彼を称讃することではありません。それは彼の作品を読む皆様方の務めなのです。願わくば皆様方が、おのおのその能力に応じて、心を惹きつけ、捉えるものを存分に見つけて下さいますように。彼の機智は、失われることも隠れたまま目に留まらないこともありません。ですから彼を読んで下さい。幾度となく繰り返して読んで下さい。それでもなお、好きになれないのであれば、その方はまぎれもなく、彼のことが理解できていないという危険におちいっているのです。

二人の編纂者は、シェイクスピアの複合主義《プルーラリズム》がわかっていた。「幾度となく繰り返して」という言葉は、彼の劇の、見たところ無尽蔵な奥深さを彼らが認識していたことを示している。数多くの優れた著作がシェイクスピアの技法のまさにその演劇性《シアトリカリティ》を強調してきたのだから、私が彼の技法を読む対象として扱ってもお許しいただけることであろう。つまるところ、チョーサーがその時代には作品をパフォーマンスとして朗誦していたことを我々は知っているが、チョーサーの作品を読み物として扱っても言い訳する必要はないのである。それらの劇を観たり演出したりするのではなく読むことについての私自身の弁明は、一言で言って、上演とは必要上、批評がしなくてもすむことをしなければならないからである。明快さのため整合性のためという理由で、上演はひとつの視点を取らねばならない。すなわち、かくも複合的な作品に対して還元主義的な立場を取らざるをえないのだ。コールリッジが認めていたように、読者は有利な立場にある。だからその立場を精一杯活用しようではないか。まずはじめに、無用な論議をやめるというのはどうだろう。仕事も演戯もこなす気鋭の劇作家兼劇団幹部が、劇団や観客が期待し要求することだけを果たしていると主張したり、眼鏡をかけたシェイクスピアが、ルネサンスの文化体系《システマティックス》の命じるがまま課題作文を黙々と書き綴っている姿を想定したりする必要はないのだ。偶然ないしは付随的に発見したものをテクストに組み入れること（私室にこもって書いている詩人たちは、結局それしかしていない）を、上演に関わる他の劇作家たちと同様、シェイクスピアだってなぜしてはいけないのか。それと同じく、文学上の実践や理論についての精妙な理解を、シェイクスピアだけがなぜそなえていてはならないのか。男女両性をかくも鮮やかに楽しませ感動させたシェイクスピアと、文学上の意味について素人鑑賞の域をはるかに超えた意識をもっていたシェイクスピアを、どちらかきっぱり選ばねばならない理由など微塵もない。明らかに、この劇作家は、たとえ彼がベイコン、マーロウ、オックスフォード伯爵、もしくは他のシェイクスピア候補者ではないにせよ、少なくともこれら二つの顔を併せもっていた人物だったのである。

　とはいえ、シェイクスピアがしていることをすべて同時に知覚することは、誰にとってもとうてい無理な芸当であろう――だが、よく似た例はほかにもある。「この作者が君の言っていることを、すべて承知のうえでしていたなんて本当に信じられるか」という問いかけがなされるのは、作家についてのみなのである。ユリウス・ヘルト教授が繰り返し示しているようにルーベンスは、そしてケネス・クラーク卿がレンブラントとイタリア美術に関する著作[39]のなかで明らかにしているようにレンブラントは、並外れた視覚的記憶力をそなえていた――作品をめざましく豊かにしている「水源」を、必要が生じるたびに彼らがいちいち参照できたはずはないのだから。卑俗な例で申し訳ないが、シェイクスピアの才能は、かの伝説的な知的障害者の算数少年に通じるところがある。その少年はほかの点では愚鈍なのに、私なら紙と鉛筆を使っても（おそらくは計算機を使ってすら）絶対にできないような、口頭で出された算術の問題を不気味なほど早く正確に暗算してしまうのである。シェイクスピアは言語的・文学的な問題を、知的障害者でありながらも不思議にも算術の天才《ナチユラル》であったあの有名な賢い愚者とほとんど同じ反射的正確さで解いてしまうように見える。もちろんシェイクスピアは愚者などではなく、ただ特別な意味においてのみ「天才＝自然児《ナチユラル》」だったのである。私のシェイクスピアは、たしかに、学者となるには知りすぎていた。ヘミングズとコンデルが評しているように、「淀《よど》みなさ」が彼の作品の特徴である。「彼の心と手は相和していて、心で思ったことをあの淀みなさをもって表現したので、原稿に修正の跡はほとんど見受けられませんでした」。こうしたことすべてに当てはまる高尚な類似例として、ルーベンスとレンブラントのほかにもう一人、若きモーツアルトを挙げておこう。モーツアルトは「何でも」することができたし、シェイクスピアのように、才能を放埒に蕩尽した。物惜しみはしなかったが慎重な作家であったベン・ジョンソンは、ヘミングズとコンデルが讃美した淀みない筆捌《さば》きを杜撰《ずさん》であるといって嘆いている。シェイクスピアが一行も消すことはなかったために、我々には時にわかりづらくなることがある。だがもちろん、それこそが、これほど豪奢で多様な豊饒を彼の作品に与えているのは言うまでもない。

その豊かさと互角に取り組んでいくためには、文化のなかに遊んで、彼の技から発せられる合図のいくつかに反応できるだけの英気を養っておかねばならない。作者の合図の言語から、作者自身のプロ意識のようなものが伝わってくるとともに、彼がどのような問題を抱えており、それを解決するためにはどのような選択肢があると考えていたのかがわかってくる。そうすれば、彼のディレンマも、そこからいかに脱出していったかも、さらにたやすく察知できるようになるのである。きわめて偉大な作者は、己れの受け継いだ伝統にどんなしがらみがあろうとも、がんじがらめになったりはしない。彼は可能性を拡げ、伝統のさまざまな流れのなかに、己れがそこから掬《すく》い取ったのと同じ分だけ、いやしばしばはるか多くをたっぷりと注ぎ返す。シェイクスピアは伝統における〈放蕩息子〉であった——だが使っても使っても、彼の才能は何十倍にもなって返ってきて、先人たちが思いもしなかった選択肢の遺産を、後に続く者たちに遺した。私がこれから論じるのも、そうした才能についてである。

第一章　技《クラフト》の批評と分析――『恋の骨折り損』と『ソネット集』

I　『恋の骨折り損』

シェイクスピアは、まさに駆け出しの頃から、文学の素材――文学上の慣習、伝統、ジャンル、様式《モード》、創作に利用できるありとあらゆる要素や道具――を扱うのが驚くほど巧みだった。『タイタス・アンドロニカス』においては、セネカの手本を改変して膨らませているのが認められるし、『間違いの喜劇』の独特の面白さは、主として、プラウトゥスの型《パターン》を豊かにしたことに由来している。『恋の骨折り損』もやはり初期の喜劇であるが、劇作家はここでも趣向をがらりと変えて、ジョン・リリーによって華やかに実践された流行の宮廷劇のもつ意味合いをいちじるしく敷衍《ふえん》して、言語と劇の登場人物との関係を吟味した。『恋の骨折り損』において、シェイクスピアは「言語」の問題を徹底的に追求したので、劇のプロットさえもが言語的状況と呼びうるものによって構成されることになった。すなわち、振舞いや発話《スピーチ》の諸様式――国王の仰々しいアカデミー（メンバーたちに学がないので成果のほどは期待できない）、仮面劇の余興（巡幸中の王族をもてなすために実際に上演されていたような）が催される王女一行の訪問、リアルな幻想もあればそれが貴族たちの妄執に邪魔されたりもする田舎者たちの日常生活など、これらすべてがさまざまな想像上・文学上の様式にはめこまれている――が合わさって、この劇のあるかなきかの貧弱な「プロット」を構成しているのである。これらの要素は、お定まりの型《セット・ピース》さながらに表現され、単に併置されることによって、たえず干渉し合い、互いを脅かし、ゆるがし、互いに暴き合おうとする。これは、発話や生活の相異なるスタイルが己れの権利や存在すら主張し合って争い葛藤するさまを描いた劇である、と考えることもできるだろう。ジョン・リリーやロバート・グリーンのような教養ある才子たちと同様、シェイクスピアも、いっしょくたに来るもののそれぞれは独立した文学伝統の挑戦に応え、そうした伝統が己れの職技《クラフト》にとって有効な要素になりうるかを試すとともに、作家としての己れ自身をも試していたように思える。こうして彼は、この劇を書くうえでも、さまざまな文学上の貯蔵庫からさまざまな文学上の蓄えを引き出して用いた。しかも、問題となっているそれぞれ個々の文学手法につきものの独自の特質を指し示し――ついには、虚構を創ること全般にいかなる問題が含まれるかを指し示すような方法で、用いたのである。少なくとも、一見するかぎりでは、『恋の骨折り損』にパロディ的要素があることは明らかである。この劇が当時放っていた魅力の大半は、そして今日でもその楽しさのいくぶんかは、当世風の気取った物言い、言葉の遣い方《マナー》や様式的表現《マナリズム》を自信たっぷりに揶揄しているところにあり――その潑剌とした才気で、同時代の劇作の陳腐さをやりこめているところにある。たしかにパロディはある――だが、この劇への批評が次々と示しているように[1]、そこにはただのパロディ以上のものがあると思える。

この劇は主要な「材源」が特定されていないので、その材源作や類似作をめぐって、多くの「解答」が示されることになった。本章にしてもたしかに劇の「背景」を扱ってはいるが、マルグリット・ド・ナヴァールによる夫ナヴァール王アンリへの訪問や、マルグリットの母親、カトリーヌ・ド・メディシスが旗幟《きし》をくるくる変えるくだんの王のもとへ出向いたという特定の出来事に訴えるつもりはないし、劇の内であれ外であれ、何か〈夜の学派（School of Night）〉（サー・ウォルター・ローリーのもとでさまざまな問題を近代合理主義的な立場から論じ、しばしば無神論者と同一視されていたグループ）めいたものが実在したかどうかという好奇心をそそってやまないあの憶測の数々に頼るつもりもない(2)。たしかなのは、この劇にこめられている意味そのものが開示を求めていることである。C・L・バーバーがこの劇を、「祝祭的《フェスティヴ》」という包括的な傘のもとに入れたのは正しい。この劇は、その遊びの精神によって、今日大流行のホイジンガ的議論の格好の対象となる。この劇はまた、学識ある機智を、学者気取り、衒学である、形式倒れの言葉遣い《マナリズム》であるとしてからかうことにおいても、たしかに祝祭的である――だが、ジェイムズ・コールダーウッドがみごとに示しているように(3)、それよりはるかに多くのものがこの劇には含まれている。というのもここでシェイクスピアは、多くの学問的伝統と、言語という見地に立って戯れているからである。すなわち、言語をつうじて学ぶこと、そして（ついには）言語に抗い言語を虚仮《こけ》にして学ぶことの伝統、と戯れているのである。シェイクスピアはこれみよがしに、多様な伝統、様式《モード》、作法《マナー》、文体《スタイル》を、それらがあたかも単に言語でしかなくそれ以上のものではないかのように扱い、そうした言語がどこまで柔軟であるかによってその強さと脆《もろ》さを測っているが、それは究極、言葉と行い、言語と振舞い、誓約とぎりぎりの必要の関係について真剣に論評しようためなのである。この劇から看て取れるのは、何よりもまず、己れの継承した伝統を劇作家が空っぽに（empty out）していることである――だが、そんなすげない言い方では目配り不足というものだろう。伝統は、たとえ抜殻となっても、一貫して遊び手の方に批評的重要性を移して行くことをやめない、美しく精緻な、愉しい手駒《カウンター》であることも、一方では示されているのだから。

『恋の骨折り損』は、まぎれもなく、シェイクスピア劇のなかで最も顕著に様式化された芝居のひとつである。本章の冒頭で示唆したように、この劇はお定まりの型《セット・ピース》をしきりに用いているのであるが、それは、見せるとともに見せびらかす機会として、他方、ある精神の慣習やありようを定めた「定め《セット》」として、すなわち、ある役割に向けた、そしてその役割によって要請される状況《セッティング》として、二重に劇中に「定めこま《セットさ》」れている。それはまたもうひとつ別の意味において、台詞の一節、場、やりとりが、ある特定の修辞的ないしは知的な構え、役割、姿勢を表すにぴったりのなじみ深い形式にがっちりと固まる、というか「定ま《セットされ》」るということでもある。この劇は、そうした決まりきった型によって幕を開ける。「小さなアカデミー」を讃美するナヴァール王の高らかな宣言は、学を言う詩文をそのまま形にした「生ける学芸に静かに思いを巡らす[4]」アカデミーを宮廷の飾りのひとつとして当地に創設するようにと人文主義者の臣下たちに説きつけられた、ルネサンス君主たちのあの誇らしい発見《ディスカヴァリ》（彼らに言わせれば「復古《リカヴァリ》」）の声である。バルダッサーレ・カスティリオーネの規範的な著作、『宮廷人』は、ルネサンスの宮廷を精緻な芸術作品としていかにしつらえることができるかを、いとも絢爛と我々に示している。芸術作品としての宮廷を構成する要素は、自己陶冶《とうや》を「全うした」宮廷人であるが、彼らは言葉と作法における美的洗練の極致であり、すでに十分に美しい宮殿をさらに美しくするために代々のウルビーノ公の命によって描かれたピエロ・デッラ・フランチェスカやラファエッロの絵画にも匹敵する存在である。だから、名声を「我々の真鍮の墓に刻ませ」、「ナヴァールを世界の驚異たらしめよう」というナヴァール王の目論見には、世の人々——とりわけ、他国のすべての君主や宮廷——のために、宮廷世界を社会的・知的完成の手本にせんとする君主の努力が記されているのである。

シェイクスピアはこれらすべてを、荘重で雄弁な人文主義の謳《うた》い文句によって我々に伝えているが、彼が我々に何を見せるかは、また別の問題である。王とその仲間たちは、掲げられた修練目標をまっこうから否定する主題にのみ専念し、瞑想や論議や思索に耽《ふけ》っている様子は微塵もない。王の冒頭の台詞が指しているようなモードについて確たる知識を得るためには、カスティリオーネを読み、そこで交わされている宮廷人たちの対話に耳を傾け、フィチーノの書簡やヴィットリーノ・ダ・フェルトレ〔イタリアの人文主義者で教育家〕の教育プログラムに目を配り、マントヴァ、グッビオ、ウルビーノ、アーゾロにある宮殿を眺めて、かくも真剣な学問遊戯がいかなる環境のもとで営まれていたのかを理解しなければならない――あるいは、そうした知識をてっとり早く得たいのであれば、フランシス・イェイツの『十六世紀フランスのアカデミー』(5)を読めばよい。シェイクスピアは、当世風の学究生活の構想あるいは図式をほのめかしておきながら、劇中でさまざまな出来事を生じさせて、その実現をこっぴどく頓挫させる。『恋の骨折り損』において、宮廷的な学問世界は遠い日に遠い場所で花開いた懐旧的な夢でしかない（おそらくは、イングランドにおいて、それがつねにはかない夢のまま終わることになったように）。

　我々はすぐさま、そうした試みに嘴《くちばし》をはさむ登場人物ビルーンに出会うが、彼ははじめから、学究生活の陥穽を心得ている。仲間たちは王の提案にたやすく同調するのに、ビルーンは、そうした誓約につきものの脆《もろ》さばかりか（ブラバントで踊ったことのある若者たちが誓うのだからなおさらのこと〔二幕一場でビルーンとロザラインは「ブラバントで一緒に踊りませんでしたか」とやりとりする〕）、そうした誓約にこめられた倫理規範の胡散臭さにも気づいている。人文主義が女性嫌悪《ミソジニー》を表明するのは珍しいことではないし、女性はまこと今日ですら、男性にとって思索や勉学の妨げにすらなりうる。だが、女っ気が微塵もない暮らしをする人文主義者など、ナヴァール王の誓約などとても成就できそうにないとビルーンが舞台上で悟るよりずっと昔に、時代遅れの代物とみなされるようになっていたのだ。なかでもカスティリオーネは、そしてそこには彼よりさらに権威ある人々もいるのであるが、宮廷人の生活や宮廷生活には――どこの宮廷であれ――女性を全面的に参加させるべきであるという論を展開した。カスティリオーネが示した貴婦人教育の模範は、女性が装飾的かつ知的でもある存在として、洗練された社会においていかなる場を占めるべきかを論じたあまたの女性擁護論の流れを汲みつつ、その流れをさらに豊かにすることになった。この点において、ビルーンは、女性を排除しようとする仲間たちとは対照的なその現実的態度によって、実際家のロザラインにぴったりの相手となる（少なくとも喜劇においては）。というのも彼女は、「必要というもののせいで、我々はみな誓いを破ってしまうだろう」ということを彼に劣らずわきまえており、「必要というもの」もさして必要とは思えなくなるだろうことも心得ているのだから。誓言は、ましてや人間の本性に逆行する誓言は、生を支えるにはあまりにも脆弱な土台である。この劇では、男の誓約が吟味の対象となっている――あるいは、より適切な言い方をすれば、男の誓約とその誓約を守る能力との関係こそ、この劇が探究する要点のひとつである。(6)

だから、ナヴァール王の布告が、施行を待たずして疑問に付され、拒絶できない客たちの到着によって喜劇的に修正されるのは、さして意外ではない。ナヴァール宮廷の門の外、フランス王女は宮廷風牧歌の流儀で快く野営しており、誓約にもかかわらず、高貴な身分にふさわしいもてなしが必要である。社会階級の対極のところでは、田舎者のコスタードが、女（あるいは乙女、生娘、娘っ子）と一緒にいるところを捕えられた者は一年の禁固刑という新法に触れて処罰されようとしている。だがコスタードは放免され、自分が参入した言語階層の有効性を試しつつ劇中を闊歩する。また、相手の女（乙女、生娘、娘っ子）のジャケネッタが虜にするのはコスタードだけではない。「スペインのハイカラな漫遊家」であるドン・エイドリアーノ・ド・アーマードーは、コスタードに劣らず強引に彼女に夢中になってしまう。ドン・アーマードーにとってジャケネッタは、同郷のより有名な旅行家ドン・キホーテにとってドゥルシネーアが意味するものと同じであること、すなわち彼女は男性の内的欲求にいかようにも応じられる虚構の産物であり、コスタードが知っているような「女《ウエンチ》」ではないことは、王の法令の愚かさをさらに際立たせるものでしかない。男とはやむにやまれず愛するもの、お手頃な相手がいれば、それで事足りるものである。だから我々は、ナヴァール王自身が、女絶ちをすることであれ女に魅惑されることであれ、そのいずれの愚かしさも認識することなく、新プラトン主義の恋愛理論の教条に従い、身分も徳性も最高の女性に一目惚れするのを見ても、意外とは思わない。我々は、王の忠実な誓約仲間であるデュメイン、ロンガヴィル、ビルーンが、他のことでもそうであったように、ここでも王に倣って恋に落ちるさまを見る――だが、そうしたことすべては、君主の忠実な鏡になるという宮廷人の作法にのっとっているとともに、正統的な喜劇の作法にものっとっているのである。

この劇に我々が見出す学問の痕跡は「アカデミック」と呼ぶにふさわしいものであるが、それはときにナヴァール王が考えたアカデミーのプログラムとは対立することになる。話がずいぶん先に進んで、王と仲間の貴族たちが月並みな恋に呆けた男であると暴露されたとき、ビルーンは誓約破りの言い訳になるような効能ある学説を述べてくれと頼まれる。ビルーンは、あまたの愛の理論家やソネット詩人が唱えているように、真の観照《コンテンプレーション》は女性の顔から始まるのだと言って、一同を安心させる。すなわち彼は、主君が認可するものよりもずっと多くのプログラムに通じており、主君の学者としての名声を救うのに必要な詭弁的屁理屈をこねることができるのである。

女の眼から、私はこの教義を学びとった。

女の眼こそ、土台であり、書物であり、学堂であり、
そこからこそ、真のプロメテウスの火が燃えいずるのだ……
というのも、女の眼ほど美しいものを教えてくれる
作家がこの世にいるだろうか……

だから、我々のいるところに学問もある。
しかるに、婦人の眼のなかに我々がいるのならば、
我々の学問もまた、そのなかにあるのではないか？
（四幕三場二九九―三〇一行、三〇九―一〇行、三一二―一四行）

すなわち、ビルーンは、女性における美の宗教の教義、あまたの愛の理論家たちが散文や韻文で説いた教義[7]、男が女を愛するという人間の最も素朴な情熱を気高いものとすることに専心するソネット詩人が借用した、かの教義のことを知っているのだ。ビルーンは、そのプログラムにつきものの常套句を、それとは正反対の見解を正当化したときと同様、すらすらと口にする。ビルーンが、ある学問的立場から仲間たちを救い出すために、宮廷アカデミーでそれと同じく支持されている（先に引用した台詞には及びもつかない精緻な論理に富んでいる）別の学問的立場を援用することは、シェイクスピアのこの劇での典型的なやり口である。『恋の骨折り損』においては、知と様式の諸作法が虚構化された現実とぶつかり合い、ある慣習の一群が別の慣習の一群と睨《にら》み合っているので、我々は、教条化がよりゆるやかであるものを、よしんばそれがいかに人工的で様式化されていようと、何らかの漠と

した「現実」により忠実なものとして受け容れる。だが実のところ、哲学は女の眼に宿るとするビルーンの新しい教義も、王のかりそめの女性嫌悪と同じくらい様式化され「定められて《セットさ》」いる——たとえばこの新しい教義こそ、シェイクスピアが別の作品、別の文脈において、すなわち恋人に宛てたソネット群のなかで攻撃しているものなのである。(8) だが『恋の骨折り損』において、我々は、学問上の教義は制約ともなるが源泉ともなりうるさまを見せられる。我々は、ビルーンのなかに、その不毛と栄養をともに認めるのである。

同輩にとってみれば、ビルーンは啓発的な人物であり、これらの賢い若者たち、これら未来の知識人たちのあいだで指導者と目されている。劇中で繰り広げられる修辞や論議のふざけた掛け合いでも、彼の機智は最も鋭い。ビルーンは他の者たちに答えさせるべく質問を課す——「では尋ねますが、学問の目的とは何でしょう?」——そして、みなの返答を、己れ自身の変幻自在の目的に合わせてねじ曲げてしまうのである。韻を踏むことであれ理屈をこねることであれ、ビルーンは無敵であり、仲間たちの警句や諺の上手をとり（一幕一場九七行）、相手に語呂を合わせては語呂合わせの巧みさで相手を凌ぎ、最も才気豊かな女性を得る。だから自然に仲間たちも、板ばさみの苦境から救ってくれとビルーンに頼ることになる——「ビルーン、頼むから証明してくれ／我々の恋が正当なもので、誓約破りではないことを」。ビルーンの口舌をもってすれば、そんなことはわけなくできてしまうのである。

ビルーンは劇中のさまざまな知的欲求を満たすのに加えて、宮廷陣営の主要な代表者であるとともに活発な解説者でもあるという、劇中での己れ自身の立場を心得ている。アン・バートンがいみじくも述べたように、(9) 彼は、眼前で繰り広げられる人々の振舞いや行動を解説する説明役を務めている。彼はいわば宮廷祝典局長《スーパーヴァイズ》であって、仲間たちが恋心を教科書通りに披瀝するのを、文字通り（舞台の高いところから）上から見る＝監督する。ビルーンは、若者たちのなかでただ一人、己れの個性を表出する人間である。ロザラインは正統的な美人ではないが、真の才智と気概があることをビルーンは知っている。哲学を学ぶ場である彼女の眼が「顔にはめこまれた二つの炭団《たどん》」であろうとも、そして彼女がいかに苛酷な命令を下そうとも、ビルーンは己れの本能が選んだものを信じ抜き、自分の意志を曲げて相手の意志に合わせ、彼女の鑢《やすり》のような知性のうえで己れの機智と分別を砥ぎすます。すなわちビルーンは、説明役《コーラス》と主人公の二役を兼ね、この意外な取り合わせのために、客観性とこよなき献身がたえずぶつかり合うことで、彼の役割にはかなりの緊張が生じている。その舌先三寸の機智は、まずは己れの知的自我、ついで己れの道徳的自我の潜在的可能性にふさわしいものとなることを強いられる。己れの適応力や才能に助けられ、彼は己れ自身をよりよく知るようになる。換言すれば、シェイクスピアはビルーンに一人二役をやらせており、二つの伝統的な劇的役割を混ぜ合わせて一つの役にしたのである。まさにそうして融合させることによって、劇作家は二つの役割をともに吟味し批判することができる——そして我々は、それらの役割がビルーンの人格にどれほど影響を及ぼすかによって、その力を測るのである。

ビルーンは言語遊戯へと逃避するが、彼が言語に仕掛けるゲームは、言語やさまざまな慣習的言葉癖に対してこの劇が示しているより大きい関心のほんの一部でしかない。というのも、口達者なモスが言うように、この芝居は「言葉の大饗宴」であり、さまざまな言語が試される、まさに饗宴《シンポジアム》そのものであるからだ。ビルーンはここでも、宮廷の洗練された言語体系を、その体系の深部から実践し試練にかける主要人物となっている。王はビルーンを「春一番に萌えいずる若芽を枯らす／つむじ曲がりの霜のごとし」（一幕一場一〇〇—一行）と描写して、ルネサンス詩人には不可欠な直喩《シミリ》の才を見せつける。だがビルーンはここぞとばかり、王の詩句全体をもじって拡張隠喩（extended metaphor）とし、主君をはるかに凌駕する詩才を披露する。

それはそうかもしれません。でもどうして夏が偉そうに
囀《さえず》る鳥もまだいないのに、しゃしゃり出てこなきゃならんのです。
時に満たない早産を嬉しがる私でもあるまいに。
クリスマスに薔薇の花が欲しいとか
あでやかな五月の花祭に雪が降ればとか、思ったこともありません。
私はね、季節、季節にふさわしいものが好きなんです。

（一幕一場一〇二―七行）

「何事にも時節がある」（モンテーニュ『エセー』第二巻二八章）というこの言明こそ、劇が最終的に主張していることである。ビルーンは、われながら皮肉だと思いながらも、恋に落ちるにはふさわしい年頃である。「恋に鞭打ち懲らしめてきた俺」も、いまや自説を翻し他の掟に従わねばならない。彼は、長きにわたって演じてきた女っ気なしの独身者という役割を棄て（「恋煩いに溜息をつく奴らに鞭をふるう役人／批判者、いやそれどころか夜警係／小童のキューピッドを叱りつける教師／この俺ほど威風堂々とした人間はいなかったのに」）、キューピッドの僕《しもべ》という新しい役回りを引き受ける。

あの目隠しをした、泣き虫で盲目の気まぐれ小僧
ひよっ子のくせに爺くさい、小人のくせに巨人のような、キューピッド殿
恋歌の摂政閣下、腕組みのお殿様
溜息と呻《うめ》き声の真正の君主

怠け者や愚痴り屋のご主人様
ペチコートの大君、股袋の王
教会裁判所の威張りくさった召喚係の
皇帝でもあれば偉大な将軍でもある……
（三幕一場一七六—八三行）

恋人の正統から外れた美しさや人となりに喜んで身を捧げようという気持がわかるような言葉で彼女のことをけなした後で（シェイクスピアの恋人に宛てたソネットのように）、ビルーンは、恋する男はかくあるべしという掟に身を委ねる。

うむ、俺は恋をし、恋文を書き、溜息をつき、お祈りをし、口説き、呻きもしよう。
貴婦人に恋するのも、田舎娘に惚れるのも、これもまた定めなのだ。
（三幕一場二〇一—二行）

ビルーンの恋人ぶりは、次元は違うとはいえ、「田舎娘」に惚れこんだドン・アーマードーにそっくりである。すなわち二人の恋する男たちは、恋における思いこみをいささかは免れているものの、それでもまだ教本通りに恋している。一幕の終わりで、ドン・アーマードーは、武芸と学問（*armas y letras*）(10)をめぐる議論に前代未聞の速さでけりをつけ、武人気取りはやめて物腰優雅な色男になることにする。「武勇よ、さらば！　剣よ、錆びよ！　太鼓よ、静まれ！　おまえたちのご主人様は恋に落ちた。そう、恋しているのだ。どこかの即興詩の神様、われに力を与えたまえ、これからは恋の唄うたいになりますから。機智よ、ひねりだせ、筆よ、書いてくれ。大型本を何冊も書けそうな気がするわい」(一幕二場一七一―七五行)。もちろんそれは、ただの構《ポーズ》えでしかない。アーマードーの当初の武人ぶりにはなんの実体もなかったし、彼の恋人ぶりも間が抜けている。それらの、そして他にもさまざまな例を繰り返し見せられるので、我々は、役割が様式《スタイル》のなかでいかに表現されるかを――そして、役割が十分なものであるか不十分なものであるかが、まさに様式のなかにこそ看破できるのはなぜなのかを――考えざるをえなくなる。ビルーンが劇中ずっと演じている二つの役割が彼に緊張を強いるように、劇中の異なる登場人物たちが同種の状況に反応するときのさまざまな様態《モード》、調子《トーン》、様式も、たがいに協調したり拮抗したりしながら劇全体の緊張を保持している――貧弱であからさまに作り物めいたプロットしかないのに、そうなのである。そうした遠近法主義《パースペクティヴィズム》には、慣習や伝統、トポスや陳腐な決まり文句とのありとあらゆる駆け引きとともに、何らかの心理的リアリズムも含まれる。ビルーンとアーマードーの両人は、他の恋人たちの誰にもまして、己れが選んだ社会的ポーズを演じ続けていくだけでは学ぶことができないような、何かより多くのものを愛について学ぶことになる。ポーズから脱皮することによって、まとっている言語という衣装が窮屈になり、この独特の「より多くのもの」を会得するのだ。ジェイムズ・コールダーウッドが示しているように、ドン・アーマードーは、ジャケネッタ(女、乙女等々)を愛することは、はじめ想像していたよりもさらに切実な人間としての責任感をともない、騎士の役割を棄てて彼女のために鋤《すき》を取ることをともなうと悟る。ビルーンはロザラインのために「琥珀《こはく》織りの言辞、心地よい絹糸言葉/きらびやかな大言壮語」を諦め、「はいもいいえも質素な手織言葉、素朴な粗布文句」で語ろうと決意する。彼はまた、苦労して習得したこの文体改革が批判されても、彼女のためにそれを甘んじて受ける(「その『なきに』というのはなしにして頂戴」)。劇の終わりに、彼女は彼に務めを課す――すなわち、次に会うまでの一年間、

もの も言えない病人をお見舞いになって、毎日
苦しみ呻く哀れな人たちのお相手をしなさい。あなたのお務めは
あらん限りの機智をふりしぼって
痛みにあえぐ病人たちを笑わせることです。
（五幕二場八四一―四四行）

そこからわかるのは、ビルーンが生来軽薄な男で、内容よりも言葉を好み、言葉の才に溺れるあまり言葉を濫用することを、彼女が見抜いていることである。

ビルーンの抱えている道徳的・修辞的問題にロザラインが解決策を与えて劇は終わる。だがこの結末に至る前、ビルーンは、恋することにもおそらくは励んでいたと思われるが、恋人らしく振舞うのにも忙しく、ロザラインに六歩格のソネットを送るが、お芝居ではよくあるように、その手紙は誤配される。それは、修辞にうるさいナサニエルとホロファーニーズの手に渡り、やがてビルーンの、誓約破りという正体が露見した盟友たちの手に落ちる。そのソネットは伝統的で型をふまえたものであるが、この詩のせいでビルーンは、己れの批判的機智がいままで餌食にしてきた人々からここぞとばかりに揶揄される。そのソネットは、劇冒頭で議論された誓約の問題に関わっており、愛する女性を学ぶべき書物であるとみなして（ビルーンが口舌を弄して友人たちに後で証明するように）、女性が恋する男を支配するという慣習的な構図を打ち立てる。

ビルーンのソネットは、ナサニエルとホロファーニーズという批評家たちがもったいぶって評するように、凡庸なものでしかない。だが仲間たちの詩と比べると、彼の詩にはどこかほっとさせるとこ

ろがある。王の詩、すなわち二組の二行連句を末尾に付けた五歩格のソネットは、ソネットの奇想の格好の実験場であり、「ソネット」というジャンルにつきものの詩句をばらばらに選び出し、互いにまったく無関係なものを結び合わせた奇想が数多く見られる。シェイクスピアが『ソネット集』の執筆を進める一方（この二作は同時期という説もある）、ソネットの手法をこんなふうに手玉に取っていることは、形式に深く献身しながらも、それをいかにも匠らしい醒めた眼で彼が眺めていることを示している。ロンガヴィルがものした五歩格のソネットから、「誓約はただの息」、恋人「である」太陽に照らされて蒸発する蒸気でしかないことを、我々は学ぶ。四歩格の二行連句からなるデュメインの詩は、アナクレオン風の韻律においても主題においても、春を恋にふさわしい季節として讃えている。若者たちは、大陸とイングランドにおけるルネサンス恋愛詩を渉猟して、ふさわしい詩を書こうとしている。彼らのへぼ詩は、恋に落ち恋に恋する若者たち、ロマンティックで高み志向のルネサンス的価値観に染められた若き宮廷人たちにつきものの、嗜《たしな》みないしは身振りでしかない。だが若者たちは、学者の構えが身に着かないのと同様、恋人として振舞う才に生まれつき恵まれているわけでもない。生まれながらの宮廷人であるはずなのに、ビルーン以外の連中には、カスティリオーネの勧める優雅な磊落さ《スプレッツァトゥーラ》（*Sprezzatura*）が欠けている。それらの男たちが恋することで言語的に難しい役割をうまく演じねばならないのであれば、むしろ女っ気のないほうが馬鹿をさらさなくてすむであろう。だがこの劇の文脈において、そうした現実的な判断をする余地はない。というのは、気だても容貌もよい若者たちにとって、恋人という役割は、へぼ詩しか作れずとも、学者という役割よりはるかになじみやすいものなのだから。

幸運なことに、彼らは、教本通りのひとりよがりの詩を書いて愛する女性を称讃するだけではなく、それ以外の伝達手段も心得ている。彼らのこわばりをほぐすのに、貴婦人たちも一役買う。女たちは男たちよりも闊達に言語を操り、カスティリオーネのエミーリア・ピオが範を示した機智に富む会話に長けている——もっともこれは、女たちのほうが男たちよりも自分の言語を操るすべをよく心得ているだけかもしれないが。興味深いことに、貴婦人たちはそれぞれ独自の表現様式をもっている。喋っているのを聞けば、それが誰なのかわかるのである。しかるに恋する貴人たちの書いた詩は、ビルーンのものを除けば（とはいえ似たりよったりというところだが）、いずれも真に「創作された」ようには見えず、誰の声だかわからない個性なきものと思える。

この格調高い言辞すべては、脇筋のより下層の社会階級によって、コンメーディア・デッラルテ風人物たち（ビルーンはすぐさま「衒学者に、法螺吹きに、田舎坊主に、阿呆に、小僧[11]」と喝破している）が織りなすあの対照的なアクションによって、パロディ化される。法螺吹きのドン・アーマードーは、当初の印象とは違って、さほど単純な人物ではない。なるほど彼は、スペイン支配下（一五五九年のイタリア戦争終結後、スペインは南イタリアを支配する）のイタリア人が現実によく出くわした型の人物で、しばしばスペイン人の法螺吹き兵士として造型される「スパベント隊長」を彷彿とさせる。だがアーマードーは、別の〈旅行家殿〉である『お気に召すまま』のジェイクウィーズがもつ激しい妄執的なメランコリーや、コンメーディア・デッラルテの〈博士殿《ドットーレ》〉につきものの学問への真剣な探究心も何かしらそなえている。ドン・アーマードーとホロファーニーズは、その衒学家ぶりこそ異なっているものの、〈博士殿〉の伝統的な特質がいずれにも見られる。もっとも、ホロファーニーズのできそこないの衒学癖は、改革されたばかりのグラマー・スクールでの教育をうかがわせるものでもある。シェイクスピアはそこで、オウィディウスやホラティウスの主題を学び、彼の作品に顕著な古典語由来の語源や言語構造に対する豊かな感覚を育んだ。ホロファーニーズはまことに貧弱な学者であり、教師としては明らかに、なおのことお粗末である。ドン・アーマードーは、荘重な文体をいじらしいほどひたむきに追求することにおいて、ホロファーニーズとは一線を画している。ホロファーニーズは、言葉の滑稽な誤用《マラプロピズム》という点で、社会的にも言語的にもジャケネッタ、コスタード、ダルにはるかに近い存在である。コスタードは道化《ザンニ》だと私は思う。だが、女＝乙女＝生娘＝娘っ子とくねくねと言い連ね、祝儀（guerdon）と報酬（remuneration）のどちらのほうが多く貰えるのかと思案するコスタードのたゆみない一途さは（三幕一場）、彼よりも身分の高い連中の言語的気取りを批判するものとなる。寄食者型のナサニエルも、彼ならではの独特の言葉遣いで楽しませてくれる。「サー・」ナサニエルは紳士階級に属する村の司祭である。彼は大学に行ったことがあり、文章を分析し奇想を玩味することを学んだ。彼は、いかにも田舎司祭らしく、格言を自在に引用することができる。すなわち、この一団の銘々が、己れの社会的役割や衣装にぴったりと合う言語を身にまとっているのである。

そうした人物たちのなかには、詩人もいる。「恋の唄うたいになる」と誓ったドン・アーマードーは、誤って王女に届くことになるが、ジャケネッタに宛てた絢爛たる恋文の結びに詩をひとつしたためている。ホロファーニーズは、弱強七歩格の頭韻詩という体裁で、王女がしとめた若者ないしは「若鹿の死を悼む即興歌」を作り、滑稽な頭韻を用いたりローマ数字の判じ物を織り込んだりして、機智のあるところを示す。ナサニエルは、「なんとも非凡な詩才《タレント》ですな！」ともっともらしく批評する。その一方、無学ながらも耳聡いダルは、その言葉をすっかり誤解して「その猛鳥の鉤爪《タロン》とやらが動物の爪《クロー》みたいなものなら、こりゃたしかに、うまいことひっかけてへつらってやがる」（四幕二場六四―六五行）と、創造的でより的を得た批評をする。宮廷人たちは文学的な語呂合わせをし、田舎者たちは無学なりの語呂合わせをするが、どちらが一枚上手かといえば、どちらに軍配が上がるかははっきりしている。

手紙の誤配はありふれた舞台手法であるが、この場合は、コスタードとジャケネッタが字を読めないことから起こっている。だからそのぶん重要と思えるのは、そうした田舎者たちが、言語をさんざん誤用しながらも、言語に対して敏感で、文体の大切さを意識しており、新しい言葉を熱心に覚え、学識ある者たちの思い違いをがんとして正すことである。ダルはホロファーニーズの「我信ずることあたわず」という意味のラテン語「ハウド・クレド」を聞き違え、それを年老いた灰色の雌鹿《オールド・グレイ・ドウ》ではなく「二歳の雄鹿」であったと訂正する。ラテン語を知らない奴と嘲られながらも、田舎の住人としてそなえている己れの鹿の知識を最後まで押し通すのだ。ホロファーニーズがダルを食事に誘うのも、そこを見込んでのことかもしれない。警吏と司祭＝騎士＝寄食者は、学校教師のお供をして「ある生徒の父親のところでご馳走になる」ために連れだって出かけていく——ホロファーニーズは、文芸批評というこの劇の主題にふさわしく、それを文学の饗宴とし、ビルーンの詩が「詩情や機智や創意の味わいを欠いた、いかに無教養なものであるか」をそこで証明してみせましょうと客たちに約束する。かくして（ホロファーニーズの言によれば）、紳士がたは「狩猟」を楽しみにいき、自分たちは腹と頭を楽しませにいく。だからどちらの集団も、娯楽がそのまま己れの生きざまを表している。彼らの言葉の大饗宴において、人は「その食するものによって知られる《イスト・ダス・ヴァス・エア・イスト》」のである。要するに、諷刺小僧のモスから警吏のダルにいたるまで、これらは、単に諸々の文体《スタイル》が生命線を得た登場人物である。いや、あるいは、彼らの自己批判の能力がかなりのものであることに我々が気づくまでは、そう見えるのである。コスタードとダルは、身分の高い者たちが駆使する言語技術を懸命に習得しようとする。モスは、ただの文体どころではない存在感を発揮し、ビルーン風の清新な文体を駆使して己れの状況の核心に切り込んでいく。ドン・アーマードーは、自己愛ではなく他の人間を愛することが何をともなうものであるかを理解するようになるにつれて、類型の殻を打ち破る。

　この劇のほぼ全体に潜んでいる慣習への志向は、いまよりさらに形式的な言語の遣い方を求めて突き進んでいく。だがその一方で、技巧を離れて自然さへと向かう力も働いており、それによって、御しがたい言語を御しおおせたときの登場人物の達成感は損なわれる気味がある。コスタードとダルは、「より優れた」言語への努力が無益であると悟ることで、報われるのだろうか。技巧的言語にあれこれ疑義を唱えながらも、劇全体が技巧的言語という土台の上に成立しているので、言語的なもの以外にはどこにも行き場がないのである。この劇の言語は、揶揄にせよ讃辞にせよ、ことのほか形式的なものにならざるをえない。そして、形式的な言語構造がたえずからかわれているので、我々は劇そのものを怪しまざるをえなくなる。その例として挙げられるのは、劇中の韻《ライム》の多さである。シェイクスピアのソネットと比べてみると、『恋の骨折り損』は、愛の伝統の皮相な社会的世界を吟味することによって、きわめて自己中心的かつ閉鎖的な窮屈なソネット世界の言語の対極を示している。人工的な愛の世界をからかい質《ただ》すと同時に、(『ソネット集』も鮮やかに行っているように)愛とその表現を、さまざまな社会的身分、さまざまな気質、さまざまな状況にぶつけて検討することによって、そうした激しい感情がなぜ独自の形式によって表現されねばならないのかを理解しようとしているのだ。

この劇において、形式的な慣習は、まこと、しばしば人格を表す指標となる。韻は、そうした指標のひとつである。朋輩たちの押韻形式を整えて辻褄合わせをすることができるビルーンは、最も俊敏で最も「優れた」唄作り《ライムスター》である。たとえば第四幕で、散文に転向するぞとロンガヴィルが言うと――「こんな詩は破り棄てて、散文で書くことにしよう」(四幕三場五七行)――、ビルーンは「ああ、詩は気まぐれ小僧キューピッドのズボンの飾りだ」と茶々を入れ、こじつけの韻を踏んで我々を楽しませる〔ロンガヴィルとビルーンの台詞の末尾の語 prose と hose が韻を踏んでいることを指す〕。互いに姿は隠したまま、それでも宮廷人たちは、韻《ライム》も韻律も乱すことなく相手の詩行を補い合う(四幕三場八七―九一行)。相手がいることを知らないのに、我々を楽しませようと作法はきちんと守られているのである。姿を現して互いを叱りつける段になると、韻の応酬はさらに活発になる。たとえば王は、韻の踏み方を定めるというビルーンがつねづね行使してきた特権を奪い、いままでビルーンの独擅場《どくせん》だったあの当意即妙の詩的弁証を駆使して、交差二行連句を埋める詩行をひねり出す（四幕三場二六五―六九行）。かくして、王ばかりかデュメインやロンガヴィルにまでお株を奪われたビルーンは、婦人の顔は哲学の源泉であるという長広舌（哲学の作法に倣って、ここでは無韻詩で）をぶつことによって主導権を取り戻す。ビルーンはもちろん、その演説のなかでここぞとばかり己れの技量を披瀝してみせ、生理学の素材を借りて心理学を説明し、疑似経験主義的な例を雨あられと降らせて屁理屈をこね（「君たちは食を断つことなどできるのか？」、「陛下、あなたも、君も、それに君だって今までにいったい……」）、動物寓話集や古典神話の例を引いて恋の属性を数えたてる。大言壮語をそんなふうに連ねた後、ビルーンは弁証に転じる。

とすれば、女を断つと誓った君たちが愚かだったわけだ、
はたまた、その誓いを守り続けようなどというのは馬鹿の上塗り。
万人が愛する知恵のために、
もしくは、万人に優しい愛のために、
もしくは、女というものを創造した男のために、
もしくは、男を男たらしめてくれる女のために、
ここはひとつ誓いを捨てて、自分自身に立ち戻ることにしよう、
でなければ誓いを守ろうとして、自分自身を失うことになってしまう。
（四幕三場三五二―五九行）

文体は、装飾的なものから平明なものへ――あるいは、こってりした修辞的言語から陳述の論理的言語へと変化している。とはいえ、きらびやかなビロードから己れの存在の素朴な粗布のような部分へと話者が移行したと考えるのは、もちろん間違っている。この一節の語彙と統語法はたしかに平明ではあるものの、修辞の糸はつねと同じく複雑精緻に織りなされている。ビルーンは言葉を媒体とする人間である。ロザラインはそのことを知っており、結末で課題を課してなんとか改めさせようとするわけである。語の連想的結合をきびしく統御しているこの台詞を、連想を放恣にたたみかけ言葉のうえで感情の波間を揺れ動いているような――「罠を仕掛けた」、「罠のなかでもがいている」、「真っ黒に汚す罠」等々〔原文はそれぞれ"pitched a toil"、"toiling in a pitch"、"pitch that defiles"。toil（罠）からtoil（あくせくする）へと、pitch（据え付ける）からロザラインの黒い眼を想起させるpitch（瀝青）へと連想が移っている〕――この場の冒頭の台詞と比べてみると、文体こそまったく異なるものの、そこには同じ人間の声が響いている。もっとも、「男を男たらしめてくれる女のために」という言葉には、ロザラインがビルーンに目覚めてほしいと願っている、現実の感情や現実の結果が存在するあの世界が垣間見えているのだが。言葉遊びが生の創造力の域にだんだんと近づいてくるさまを、我々は、分析するとまではいかなくとも、それと認めることはできるようになる。

我々がそのことを、愛情も才気もことに豊かなビルーンから学ぶのは、さして意外ではあるまい。だがあのコスタードが同じ教訓を我々に垂れるとなると、これは驚きである。コスタードは、言語にみるみる習熟していく――彼は、ロザラインとボイエットのあけすけな掛け合い（「射止めて、射止めて、射止めて！」）に感心しつつ、そのようなやりとりに自らも参入し、マライアの語に韻を合わせる〔foulに対して、自分の台詞をbowlで締めくくる〕。ボイエットが促すと、コスタードは韻、韻律、性的な両義語《ドゥーブル・アンタンドル》をいずれもみごとに使いこなし、上品めかしたマライアからお小言まで頂戴する。宮廷人たちがいなくなると、コスタードはボイエットをだしにして、ちょっとした凱歌をあげる――「こりゃ、ただの田舎者、ひでえ抜け作じゃねえか！／ご婦人がたとおいらとで、コテンパンにのしてやったただ！」コスタードの快哉《かいさい》は、ボイエットの盤石の作法を彼が理解し損なっていることを示しているだけではない。それはまた、自分にも言語遊戯の能力があり、それによって、大学出の才子たち（university wits）が独占していたヘスペリデスの詩的な木〔ヘスペリスたちがヘラの果樹園で守っている黄金の林檎の木。教養豊かな大学出の才子たちは、詩の題材をしばしば古典に求めた〕ばかりか、（才気ある若者たちがしているように）立身出世の梯子にも登ることができるという気概を示してもいるのである。

批評家たちは、人間関係が役割、遊戯、仮面劇、修辞や詩の競演へとみごとなまでに還元された、この劇の休日と遊びの精神を強調してきた。とすれば、上昇気運に乗っていたコスタードの言語的役割が衰え、彼が大ポンピオン〔「ポンペイ」の言い誤り。なお pompion には「かぼちゃ」「デカ男」の意味もある〕、いわゆるデカポンペイの役をしくじるのはいささか期待外れだろう。劇の最初の場面で、女と一緒にいるところを捕えられたのは自分であるということが事実としてわかっているので、アーマードーの大仰な言いまわしにも惑わされず「おらのことか」と看破したコスタードは、いざ英傑役を演じる段になると冷静さを失い、ホロファーニーズやナサニエルが用意した間延びした台詞すら喋れなくなる。コスタードはきっと、自分自身でいるときはひとかどの人物なのに、他人の役を演じるときは取り柄がまるでなくなってしまうのだろう。

それはおそらく、この劇の要点のひとつだろう。たしかに、仮装パーティであれ、茶番劇であれ、頻繁な変装は批評の論点のひとつである。主として、登場人物たちは自ら選んだ様式を切り崩され役割から引き離されて正体が暴かれるにもかかわらず、そのさまざまな変装にしがみつく。貴婦人たちは若者たちに惹かれていることを隠し、若者たちは心中の恋心を互いから隠している。貴族たちはロシア人の仮装をする。衒学者、法螺吹き、田舎坊主、阿呆、小僧は、舞台上で「現実」とみなされている世界から登場して九英傑を演じるが、役の下から素顔が丸見えになっている。ドン・アーマードー、ホロファーニーズ、ナサニエルの自己提示は、彼らの演じる田舎芝居《コンメーディア》のごとく脆弱なものでしかない。我々は、誰が誰で、誰がどこに属しているか、わからなくなることなどない。我々は最初から、この劇の「本質」を把握している、あるいは把握したような気になっている。だが、劇作家が我々を裏切るのは、まさにこの瞬間なのだ。ビルーンが言うように、「我々の求愛は、ジャックとジルが結ばれて、という古い芝居のようには終わらない」。我々は、この結末によって、この劇が吟味するよう求めている演劇的イリュージョニズムという保護膜の最後の層に突き当たることになる。我々は、劇全体をつうじて、遊戯《ゲーム》——目隠し遊びやフラップドラゴン〔燃えているブランデーから干しぶどうなどをつまんで食べる遊び〕のような子供の遊び、トランプ遊びや賽子《さいころ》遊び、複数の人間によって行われる歌遊び、遊戯としての舞踊（ブラーンル〔フランス起源の田園風の活発な輪舞〕、モリス・ダンス、ヘイ〔輪になって踊るカントリー・ダンスの一種〕、仮面劇の最後に行われる宮廷舞踏）、言葉の掛け合いから王の狩猟にいたるまで、種々様々な宮廷余興——に注目するようにと促されている。王女がナヴァール王の門前に現れたときの、宮廷対田園という牧歌的瞬間は遊戯である。彼女は王の新しい掟に同意し、野外で暮らすことに徳性を見出す。学問への誓いは、ビルーンがはなから我々に告知しているように、遊戯である。そしてこれらすべては、ビルーンが仲間たちの正体暴きを監督し演出しつつ、結局は自分自身もしっぺ返しを食うことになる、あの芝居がかった、振付けられた場面で最高潮に達する。

社会によって割り振られた、あるいは自ら引き受けた型、範型、役割についてのこの劇では、慣習や観念も振付けられている。そのような型を、最も執拗に、最も形式的な方法で見せてくれる媒体は言語である。「修辞の妙なる煙幕」――そして、文法、統語法、語源、詩学の煙幕――は、劇中にくまなく張り巡らされている。ひとつの文字（「赤文字」「金文字」〔古い暦では赤文字のSが日曜日を表しており、金文字も日曜日や聖日を示すのに用いられた〕）から、発音（「デト」、「コーフ」、「ネバー」〔“debt”“calf”“neighbor”のアーマードー流発音で、ホロファーニーズは、「デブト」、「カルフ」、「ネイバー」と発音すべきだと難癖をつける〕、地口や駄洒落）、特殊用語の選び方（ハウド・クレドなのか二歳の雄鹿なのか）にいたるまで、あるいはコンメーディア・デッラルテ的なのっぽのホノリフィカビリトゥディニタティブス〔中世の洒落で最も長い単語とされる。ここではモスが、この単語ほどの背丈もないちびだとからかわれている〕というごった煮の一単語から、書かれた手紙、文芸批評、詩的・学問的な恋愛擁護論の横溢《コピア》を経て、ロザラインとビルーンのやりとりにうかがえる言語様式に対する道徳的な批評にいたるまで、言語をめぐるありとあらゆることが扱われているのである。善用も悪用もできるという言語の潜在的可能性が、言語による創造の――それがいかなるものであれ――可能性に対する喜びをつねにともないながら、劇化されているのである。劇中では言語上の欺瞞や高慢《ヒュブリス》がさかんに正されるが、そうした矯正も、言葉がいかなる脈絡においてもうまく機能しないことがわかったとき、なされるにすぎない。

この劇では、言語の概念は拡げられ、ジャンル的とか主題的とか呼びうる様式《スタイル》もそのなかに取り込んでくる。王の宮廷に隣接している田園にむさくるしく棲んでいる粗野な田舎者どもが余興を見せにやって来ると、ビルーンはすぐさま、コンメーディア・デッラルテ一座のご到来と察知する。彼らは、自ら意識しているかどうかはともかくとして、ある決まった作法に属する定型的人物である。我々は彼らを、それよりはるかに膨らみをそなえたもの――役どころの衣装の縫い目がはちきれそうになっている人格――と見るのであるが、このあらかじめ定められた文学上の人物としての属性を、彼らが完全に棄て去ってしまうことはない。ドン・アーマードーは恋愛には率直さが肝要であるとばかりに、

「小僧、儂《わし》はな、賢い道化者のコスタードと庭園で一緒にいるところを捕まえたあの田舎娘に惚れてしまったのだ」と第一声をあげ、終幕では「愛しいジャケネッタのために、三年間、鋤を握ると誓ったのです」と言い切ることができるのに、その間は、二通目の手紙と詩を型通りに書いたり、いかにも学者然として学芸、武芸、恋愛のそれぞれの利点や互いの関係について議論したりしている。アーマードーはナヴァール王の友人であると自称しているが、王はもちろん、勿体《もったい》ぶり屋の成りあがり者という彼の正体を見抜いている。だがアーマードーは、そのような気取りもジャケネッタのためになげうち、よくてせいぜい独立自営農民《ヨーマン》程度という身分に甘んじる。彼は、劇が始まったときと同じ途方もなく尊大な口調で三年間と誓うが、その誓約は愛という直截の行為を旗印にしている。アーマードーにはおそらく、王が最初に看て取った以上のものが現にあるのだろう。分別があり、読み書きはできないが独自の言語でみごとに切り返すことができるコスタードも、自己と役割を混同して言葉も出ず、田舎者の愚鈍さに逆戻りする。ナヴァールの宮廷では、学問のための独身主義と同様、教本通りの恋愛も、その愚かしさが暴かれる。教師のホロファーニーズと司祭のナサニエルから我々が学ぶのは、学校と教会という根本のところで書物が腐敗していることである。というのも、それら二人の役人は、コスタードやアーマードーのような者たちすべてにとって、教育の可能性を表しているからである。貴婦人たちは、男たちが最初にたてた学問への誓いを無効にすることはできたものの、王には一年間の隠遁生活、気短な若者には病院で一年間冗談を言い続けるという厳しい試練を課すことによって、恋人である男たちにいまひとたび、誓約という陳腐な行為を強いている。すなわち、貴婦人たちは、ある慣習を別の慣習とすげ替え、そのような献身が突飛で現実離れしたものであることを意識しつつ、愛する女性への奉仕というより古い様式を求婚者たちに課すのである。誓いをとりつけることは、四季の巡りを讃える問答歌にともなう身振りであり、劇を終わらせるためのきわめて文学的な手法でもある。

　この喜劇は閉じられている。とはいえ、通常の喜劇のようにではない。そういうものとして見るなら、この劇の結末ははなはだしく開かれている。この劇はいわば、まさにその主題によって、それが扱う諸々の慣習によって、閉じられているのである。ここでふたたび、劇中で扱われている慣習の数に思い巡らせてみると、並々ならぬ力業《ちからわざ》の成果とでも言えようか、ほとんど網羅的なのである。終幕だけでも、はっとするほど多彩な慣習がひしめいている。ホロファーニーズの台詞ではあからさまに、彼とナサニエルとのやりとりでは暗に示されている言語の問題（*questione della lingua*）。こましゃくれて小うるさいモスを片側にコスタードとダルをもう片側に従えた、ホロファーニーズとアーマードーの遭遇から生じる大仰な文体同士のぶつかり合い。貴婦人たちの言葉遊び。ロシア人の仮面劇へのボイエットの対応策。その仮面劇を演じつつバーレスク化してしまうモス。貴婦人たちが相手を違えて踊ること、そしてその踊りの種明かし。九英傑の劇中劇。死を告げる使者マーケイドがアクション上では唐突と見える出現をして、文学的な遊び場と化していた宮廷の浮かれ騒ぎを、尻切れとんぼの一言で飛散させること。(12) 貴婦人たちが新しい誓約を課すこと。また結末には、四季の循環を讃えるための、純粋に祭式的な文学手法、すなわち、簡単なものではあるが冬と春との討論があり、ここでは梟《ふくろう》と郭《かっ》公《こう》が、問答という長い伝統をもつジャンルにのっとって、冬の寒々とした閉鎖的な生活と、間男されてもなおおおらかな春の男女の媾合について歌う。(13) この完璧に伝統的な調べをもって、劇は終わる——何も解決されず、開かれたままで。二つの歌は、不毛性と創造性に深いところで根を通じ、それゆえ劇全体に関わっているとともに、この劇を構成する多くの、互いにほとんど相容れない文学慣習の最後の一例ともなっている。

　このような選集《アンソロジー》、文学的豊饒《コピア》と資源のこのような教科書を、我々はどう理解すべきなのか。劇作家はただ見せびらかしているだけ、我々をからかっているだけなのだろうか。たしかに、劇中の登場人物たちは、己れの役割が課す制約を逃れて何か他のものを求めていく。貴族たちですら、英傑の寸劇を野次ったり、ドン・アーマードーが懸命に隠そうとしていた貧乏ぶりをみなに暴露したりするときには、慇懃《ポリテス》さなどかけらもない。あたりが大混乱になりかけた矢先にマーケイドが登場して、彼らと周囲の観客に、生のまた別の次元、死を含む次元を思い出させる。彼は、世界全体に充満する豊饒の角《つの》の中味を空にし、劇が続いているあいだ堰《せ》き止められていたかのような「時間」の意味を強調するため、労働《ネゴティウム》（*negotium*）の世界から、支配と支配者が存在し人々が生き働き死ぬ現実の世界から、現れてくる。だが我々は、時間がいかにしげしげと登場したか憶えている――三年間という誓い、妊娠二か月、頓挫した寸劇。マーケイドが喜劇を中断させ〈二人はいつまでも幸せに暮らしました〉という大団円を阻んだため、通常の結末を欠くことになった劇本体。時間は、言葉のうえだけではなく、物事が生起する現実世界における新しい形式をもって――まるまる一年喪に服し、アーマードーはジャケネッタのために三年間畑を耕し、冬と夏の象徴的な季節（王ですら、冬には王女を野営させることはできないのだから）が巡りくるなかで――新たに測り直される。時間は、主要な登場人物たちにもう一度機会を与える。無鉄砲と軽薄に終止符を打ち、己れ自身の言葉、感情、行いに忠実になる機会を。

マーケイドの象徴する暗い世界や郭公と梟の歌の厳しさにもかかわらず、こうした結末においてすら、この劇は文学的構築物としての己れの軽やかさを最後まで保持している。アポロの歌とマーキュリーの言葉が競い合う[14]という結びの両義的な設定は、対置対照が織りなす絢爛たる言葉の織物と、この劇のめだった特質である言葉への――言葉そのものへの、そして言葉の暗示的な豊かさへの――耽溺と響き合っている。慣習は、それが表現される様式と同様、その本性がいんちきだと暴露されてもなお我々を楽しませる。この劇の関心は、いくつもの意味において、ビルーンが冒頭の場で言った「常識ではどうしても見極めのつかないこと」に向けられてきた。劇の登場人物たちはみな、あれかこれかの様式、あれやこれやの様式が課す役割に忠実であろうとするが、それぞれ異なる手段によってその役割から引き裂かれる。だが我々は、役割や、そうした役割が含意する世界にいささか郷愁を覚えざるをえない。このような愚行のなかに（エラスムスらが知っていたように）、貴重な真実が潜んでいることもあるだろうからである。喜劇の作法から、あるいは道化たちがからみ合うコンメーディア・デッラルテ風喜劇から代表者が現れて、定型的な言葉のわざとらしさとともに、その愉しさも発信する。人工的な鋳型で固められた人物たちが愛や死のような危機に直面するときにのみ、そうした型にどこまで可能性があるのかが探られ──そして、この劇が巧みに示しているように、登場人物たちが選択する言語と生のさまざまな様式の価値が測られる。

この劇が通常の結末を拒むのも、その全体の戦略の一部である。貴婦人たちの要求は、劇冒頭でたてられた誓いと同様、様式化されている。この「新しい」芝居は、「古い芝居」の伝統を拒んで劇世界の外部へと、「ひとつの芝居には長すぎる」時間のなかへと、そう、我々の生そっくりの世界へと抜け出していく。古風な〈冬と春の対話（*Dialogus Hiemis et Veris*）〉を橋渡しにして、喜劇の、そして喜劇の慣習的な言語や登場人物の、生成的な伝統を再検討し再評価できる世界へと抜け出してしまうのである。『恋の骨折り損』は、我々をみな、否応なしに批評家にしてしまうのだ。

Ⅱ　『ソネット集』

『ソネット集』もまた、批評家であれと我々を誘い、詩を書くこと、虚構を作ることについて、詩人やすべての文学愛好家にとって詩がもっている意味について、いささかなりとも経験してみよと我々を促す。[15]『恋の骨折り損』は、文学上の常套的な慣習や手法と戯れ、劇のプロット、アクション、性格造型に文学批評的な懐疑の目を投げかけているが、『ソネット集』はまた違って、文学批評を劇化することに取り組んでいる。『恋の骨折り損』は、ずいぶん多くの慣習からその慣習的な意味内容を骨抜きにしているが、かたや『ソネット集』は、ソネットというジャンルの重要で特徴的な慣習のなかでもとくに、ソネット創作という詩作行為そのものに含まれる自己言及的で自己批判的な傾向を活気づかせている。

シェイクスピアのソネット集の批評家は、この連作《シークエンス》（あるいは複数の物語の集合体（sequences）、続き物（series）、詩群（cycle）、複数の詩群の集合体（cycles）。これらの詩の関連をきちんと確定するのは難しい）の劇的性質にたえず言及してきた。イングランドであれ大陸であれ、ルネサンスの他の偉大なソネット連作と比較してみても、シェイクスピアのソネット群は、ルネサンスのソネットの詩的ペルソナや慣習を劇化して人格にまで高めているという点で、たしかに異彩を放っている。[16]創作の順序や詩人の「意図」がいかなるものであれ、これらの詩の配列（作者による？　編纂者による？　印刷者による？　それとも偶然によって？[17]）は、生々しい感情と魅了する力に溢れた「プロット」がゆるやかながらもあることを、何者かが（話をわかりやすくするために、それは詩人だということにしておこう）意識していることを明らかに示している。登場人物たちが二組の三角関係――詩人と友人と恋人、詩人と友人と対抗詩人――をなすという構成の仕方は、いずれの関係もその片鱗はソネット文学に見出せるとはいえ、私の知るかぎり、ルネサンスのソネットの作り方としては類を見ない。友人同士の二人が同じ女性に恋をするという設定は、ロマンスや喜劇では決して目新しいものではない。文芸理論も実践も、ソネットが様式固有の主題について自己言及することを認めていた。シェイクスピアのソネットは、ソネットという文学ジャンルの慣習をきわめて特異な方法で処理している。おそらく最も大胆なのが、人物同士を組み合わせて三角関係を作ったことであり、詩人はそうすることによって、伝統を逆転させ裏返して、慣習的な言辞に潜む「真の」含蓄を吟味したり、場合によっては、詩の前提をなす心理的でも詩的でもあるような状況のもとで、そうした意味合いにぎりぎりまで負荷をかけ、可能性の幅を拡げたりしているのだ。ルネサンスのソネット詩人のなかで、ふつうは恋人のために用いられる言葉で友人を崇拝の対象として讃美し、そのうえ恋人――それもジャンルの範型からはなはだしく逸脱した恋人[18]――のことも長々と歌いあげた者がいるだろうか。さらに、多くのソネット詩人は、愛する女性を慣習に即して讃美しながら、相手の女性の現実の、あるいは想像上の愛の欠点のあれこれに難癖をつけ讃辞に水を差しているのに、自分を裏切り、これからも裏切ることは明らかな不実な女をそれでも愛し続けようというソネット詩人が、いったいどこにいるだろうか。心理的な物語をこうして繰り広げていくだけで、シェイクスピアは、文学上の恋愛の掟《コード》と愛の個別的な経験との関係について重要な見解を述べることができた。シェイクスピアは、他の作品で恋愛を扱うときと同様、困難でありながら人を虜にし、脅威でありながら充足感に満ちたあの経験について考察し、恋愛を習わし《モレス》――そのしきたりや道徳性――と修辞の双方から吟味している。あるいは、修辞を広義に捉えるとすれば、恋愛の表現様式と振舞いとの関係を、詩人は吟味しているのである。

抒情詩において表現できる、あるいは表現せねばならないような恋愛の心理的状況とはどのようなものなのか。また、これらの問題について語るための有効な手段として、どのようなものがあるのか。己れの技《クラフト》に深く身を献げている詩人が、恋愛文学につきものの伝統的条件を遵守しつつ、愛という個々の経験に対する感情的反応の個別性を表現することは、いかにすれば可能なのか。『ソネット集』においては、さまざまな種類の失望が吟味される。崇拝する友人とのいまなお続く関係に対する失望、恋人に対する失望、互いに求め合う二人が友人関係からも恋愛関係からも詩人を疎外したことに対する失望、愛人として詩人としての自己に対する失望、そしてときには、詩そのものに対する失望すらも。漂っているのは、もちろん、失望感だけではない。だが失意の雰囲気は、ソネットを書く恋愛詩人の伝統的態度にはそぐわない——この詩人の失望が心に迫ってくるのも、ひとつには、ソネットではそのような気分がめったに表明されないからである。なるほどソネット中の恋する男は、伝統的に、己れの心理状態をたえず分析し修正する者として自己提示してきた。だがシェイクスピアは、詩集のなかで設定した人間関係をきわめて問題提起的に扱い、それらの関係をすこぶる「現実的な」問題に仕立てたので、慣習的な自己分析の姿勢がひときわ豊かになり深くなった。たとえば、友人への愛と恋人への愛が争うとき、そのどちらとも愛情関係を結んでいる当人はどうなるのか。文学上の問題に焦点を合わせたうえで、別の言い方をしてみよう。作家は拮抗する二つの理想化された愛のかたちをいかに扱うのだろう。そのような葛藤にふさわしい作法とはいかなるもので、詩人はいかなるペルソナのもとで語るべきなのだろう。恋愛をめぐる慣習もろもろの「皮相性」に取り組んだ『恋の骨折り損』とは異なり、シェイクスピアは『ソネット集』において、恋愛と文学の恋愛プロットが提起する心理的・文学的な問題、豊かな創作生活をつうじて幾度となく回帰することになる問題を実体化する——すなわち、その問題に肉体と精神を与える——ことに取り組んでいる。[19]

シェイクスピアは詩集のなかで、ソネットというジャンルにおいて常用される素材をあれこれと試し、それらの素材を改変した。そのため彼のソネット連作は、形式も主題も完璧に伝統的でありながら、伝統の囲いをほとんど跳び出しそうな勢いをもっている。[20] たとえば、サー・シドニー・リーの選集『エリザベス朝ソネット作品集』に収録されているイングランドの連作ソネットを読み進むにつれて、このジャンルそのものが反復性（repetitiousness）——あるいは豊饒性《コピア》（*copia*）と言い換えてもよいが――への誘いのように思えてくるという事実にまずはっとさせられる。しかも、ただ詩人から詩人へというだけではなく、一人の詩人の作品のなかにも反復性があるのである。すなわち、このジャンルそのものが、主題とその主題の諸変奏を受けいれよと要求しているのである。次に否応なしに目につくのは、シェイクスピアのソネットの反復性ではなく、それが反復性が守るべき規範からいかに逸脱しているかということであり、詩人はなんと、一七篇ものソネットにおいて結婚するよう若者を説きつけているのだが、そのときでさえ、自己表現、自己分析、自己言及という慣習が高度に精緻化されたジャンル[21]のなかで書きながら、彼の詩がいかに特異なまでに個人的であるかということである。シェイクスピアのこの独自性は、パトリック・クラットウェルの洞察に富む著作が示唆するように[22]、「単に」歴史的なもの、シェイクスピアがソネットを書くにいたったあの一五九〇年代なる一〇年間という要因に、いくぶんかは帰せられるかもしれない。シェイクスピアが恵まれた時代に生まれてきたのは明らかであるが、歴史を振り返ってみれば、それは才能ある詩人すべてに当てはまることだ。だが、シェイクスピアは、その利点をさらに活かした。詩的・演劇的実践の継承者としてのみならず遺贈者としても、シェイクスピアは、世紀の変わり目におけるイングランドの書き物に表現様式の変化をもたらすことに一役買った。シェイクスピアの才能は溢れんばかりだったので、地に埋もれたままだったり、隠し通しておくことなどできなかった。劇における実験と同様、ソネットにおいても、シェイクスピアはさまざまな難問に取り組み、己れが用いているもろもろの伝統の深奥まで分け入り、彼自身が関与したことによって、それらの伝統を永遠に変容させてしまった。

　シェイクスピアのソネットが、同時代の実践と比べていかに逸脱していると見えようとも、ソネットの伝統に深々と根を下ろしていることでは同じである。十四行詩《キャトルザン》（quatorzain）を主要な構成要素として連ね、まとまりのある一続きの物語を作るという様式は、ダンテによって始められた〔詩と散文によって構成された自叙伝風詩文『新生』）。さらに、ペトラルカがあの驚嘆すべき連作〔ソネットその他各種の詩形を用いた三六六篇の詩からなる抒情詩集『カンツォニエーレ』〕を書くや、必然的に、短詩によって構成されるより長大な抒情的語りが、古典古代にほとんど負うところがないと見える「近代の」発明品として、ルネサンスの偉大な形式のひとつとなった[23]。ダンテは、散文の解題を詩の枠として付けることで、物語の隙間を埋め、己れの詩作への努力や意図について語り、短い詩形でできるよりもより詳細に己れ自身の抒情的感情を吟味したが、それによって、私的で個人的で抒情的な自己批判への志向とともに、文学的な自己批判への志向をも、ソネット連作に組み入れてきた。同じ精査のまなざしは、詩人自身と詩人が書いている詩にも向けられ、ソネットの伝統全体が内省的傾向を帯びるようになった。ソネットだけが、自己論評する抒情的形式というわけではない。中世のさまざまな詩形、とりわけカンツォーネ（*canzone*）は、詩人が自らの詩や詩作への意気込みについて語ることを可能にし促したし、詩的な自己言及は多くの古典的形式（抒情詩、エピグラム、オード）にも見られる。ともあれ、そうした自己論評は、ソネット連作における副次的主題であると認められていた。やがてソネットについて語るソネットやソネット形式について語るソネットが出現し、ワーズワスやジョン・アップダイクがソネットについてのソネットを書くが、もちろんそれはずっと後の時代のことである。

『新生』の文芸批評的な部分は、詩ではなく散文にある。詩は散文という陳列箱に、それぞれがひとつの宝石のごとく収まっている。散文はさまざまな機能を果たしており、ダンテの自己分析はそのひとつでしかない。ペトラルカは、ソネットの註解をソネットそのもののなかに書き込んでいる。ロレンツォ・デ・メディチは、自作のソネット集の序として散文の解題を付した〔『いくつかの愛のソネットへの註解』〕。ソネットの長い伝統も終わりかけていた頃に書かれたブルーノの『英雄的狂気について』（一五八四年）において、ソネットは、広漠たる叙述的散文のなかにときおり打たれた句読点のように、論じられている話題を例示するものとしてはめこまれている。(24) もともとは散文など付いていなかったペトラルカの詩にも、ほどなく散文による解題が加えられることになった。彼の編纂者たちは、なかには自身もペトラルカ派の詩人である者もいたが（たとえば、ベンボ〔一六世紀初頭のイタリアの文人で『カンツォニエーレ』の編纂によって名高い〕）、ペトラルカの詩行を説明し、解釈し、批評的註解を加え、正当化をはかった。ペトラルカ追随者《ペトラルキスト》の多くは、自作の詩によるばかりか、師匠の詩を評釈することによっても名声を博した。ペトラルカについて講義することは、ダンテについて講義することと同様、フィレンツェにおける批評活動の主流となった。だから、たとえばタッソのような詩人が、ペトラルカ、デッラ・カーサ、そして己れの詩について重要な論文を書くこともできたのである。ペトラルカが崇敬されているのにあやかろうと、俗語で書いたルネサンスの他の抒情詩人たちを編纂する者が次々に現れてきた。なかでも最も有名なのは、ロンサールを編集したミュレである――まこと、人文主義者で同じ詩人の編纂者たちが南方の手本を意識しつつ彼の詩に注目したことが、ロンサールが世に認められたというひとつの証しとなったのである。(25)

だから明らかに、ソネットは、詩人が定められた義務として内的自我を吟味するだけではなく、己れ自身の詩や己れが用いている伝統について批評する場を与えるという点でも、文学的な自己言及や自己評釈を行うための主要な機会となりえたし、また実際にそうなりもしたのだった。『新生』の詩に加えられたダンテの散文の註解は、自己に対するある種の関心を示しており、ペトラルカは、様式化されたロマンティックな表現を成熟していく自我に与えるという異なるこだわりを示している。ロンサールは、自分自身と自分がそれまで書いた詩について（ついでに、先行する連作で讃美された女性たちについてすらも）あくことなく語っており、デュ・ベレーの抒情詩には、詩人と自らの詩との関係が記されている。ロンサールは遊び心たっぷりに己れを引き合いに出してくるが、技量誇示《エピデイクシス》を本分とするジャンルなので、いかなる調子で、いかほど真面目に語っているのかという興味深い疑問が生じてくる。シドニーはロンサールを大いなる手本として、『アストロフェルとステラ』において自らも自己言及の遊戯をしている――ソネットのなかで己れの詩や文体が目指しているものを否定しつつ、同時にそれらのソネットが、己れが批判したまさにその目的を表明し例示する（思うに、とてもみごとな）試みになっているような、己れの書いている詩が瓦解する瀬戸際のところをしばしば自意識一杯にかすめとりながら、言葉の次元で戯れているのである。(26)

シドニーのソネット集はある貴婦人を讃えているが、それはペトラルカが『カンツォニエーレ』においてなした整然として明快で順序だった称讃とはまったく異なっている。また、少女めいたニンフのようなカッサンドルから、成熟した貴婦人で名前通りの美女であるエレーヌ〔トロイア戦争の原因となった絶世の美女ヘレネーのフランス語読み〕へと「進行」する、連作がさらに連作をなすようなロンサールの作品群〔ロンサールは、初期のカッサンドル・サルヴィアティに宛てた『恋愛詩集』から晩年の『エレーヌへのソネット』で筆を折るまで旺盛な創作活動を展開した〕とも異なっている。シドニーは、詩について繰り返し思い巡らし、ときには詩を称揚することに立ち帰る。彼は、慣習的な素材や言語自体にどこまで可能性があるのかと、その限界を試している。「言葉は何を言うことができ、また何を言うことができないのだろう」（『アストロフェルとステラ』三五番）は、この抒情的連作における主たる関心事のひとつとなり、すべての言辞に対する、本質的で、引用にうってつけの、簡明さの模範のような問いかけとして屹立する。シドニーの議論は、ソネット創作にはまことにふさわしい、きわめて慣習的な言葉――詩神、さらさらと流れ出す泉、アガニッペの泉〔ギリシアのヘリコーン山の麓にある詩神の泉で、その水を飲むと詩の霊感が得られる〕――によってなされている。真実としての称讃か追従《ついしょう》としての称讃かというより大きな問いかけについても、そのことは変わらない。

言葉は何を言うことができ、また何を言うことができないのだろう。
真実そのものが追従のごとく語らねばならないときは。

愛する女性の完璧さは、ソネット詩人にとっては「所与の」事柄である。ステラの美のように自明に発露するものに対して、文法規則、辞書的方法、凝った寓意の枠づけが何の役に立つだろう。

シドニーは、ソネット詩人の実践につきもののそうしたさまざまな問題を、詩のなかに直接書き込んでいる。彼は、己れ自身や己れの範とした詩人たちが「あわれなペトラルカの絶えて聴かれぬ嘆きの歌」といかなる関係をもっているのかを知っていたし、己れの恋人や愛が比類なきものであると説きつけるためには、外国産ではなく自国の機智に頼らねばならないこともわかっていた。シドニーの連作の魅力の一端は、壮麗な言語や暗示引用を駆使して伝統を利用することと、その伝統をあからさまに批判することのあいだに緊張が生じていることにある[27]。

おそらくは、シドニーのソネット集がかくもはっきり先鞭をつけてしまったからなのだろう。シェイクスピアのソネットは、シドニーの『アストロフェルとステラ』をめだって特徴づけているあのパラドクシカルな自己矛盾性を探究しようとはしていない。シェイクスピアのソネットも、たがいに矛盾する修辞的な転義《トロウプ》(trope)、撞着語法《オクシモロン》(oxymoron)、パラドックス(paradox)を含んでいるが、自らが意図的に戯れている詩的な自己破壊を克服するために、文法や修辞の技巧的な操作に頼ることはまれである。とはいえ、ソネット詩人としての技量を我々に見せつける独自の方法が、シェイクスピアになかったというわけではない。彼は、老練な読者が期待するソネット連作につきものの慣習的な主題やテーマに、印象深いさまざまな変化を与えている。スティーヴン・ブースが、控え目ながら重要な著作においてみごとに示しているように(28)、シェイクスピアはソネットのなかで、他のソネット詩人たちとはかなり異なる効果をあげるために、いくつもの言語的・構造的体系を互いに比較対照しつつ同時に操ることができたし、また実際そうしている。シドニーと同様、シェイクスピアも、ヨーロッパにおける長きにわたるソネットへの関心が終わりかけているときに書いたので、ペトラルカ的伝統につきものの対立や誇張から、ベンボとロンサールの甘い流麗な調べを経て、デュ・ベレーやワイアットの自国語による比較的簡素な様式に至るまで、ソネットというジャンルにふさわしい文体や主題を全領域にわたって探索することができたのである。ここでは、『ソネット集』において、己れのあるいは他の詩人たちの詩についてシェイクスピアがいかに語っているのか、そして自ら構築した叙述の枠内でいかに批評をなしおおせているかに焦点をしぼって論じてみたい。

詩の不滅性を表す典型的な転義《トロウプ》である〈青銅よりも恒久なる記念碑（*monumentum aere perennius*）〉〔ホラティウスの『カルミナ』第三巻第三〇歌からの引用〕から説きおこすことにしよう――「王侯のために造られた、大理石や金ぴかの記念碑すらも／〔この強靭な詩ほど〕永らえることはあるまい」、「喰《くら》い尽くす時の翁よ、汝は獅子の爪を鈍らせるがよい」、「人に息があり、眼が見えるかぎり／この詩は生き続けて、君にいのちを与えるのだ」、「青銅も、石も、大地も、果てしない大海も〔無力であるとするならば〕」、「きみの美はこの黒い詩行のなかに現れいで／とこしえに生きるその詩行のなかで、君はつねに若いままだ」。詩は人間のはかない生から真実の最も純粋なエキスを抽出することができ、詩はそのエキスを永遠にとどめる壜《びん》である、という詩人特有の自負を、シェイクスピアは繰り返し歌っている。古典期このかた歌われてきた、詩が授けるその不滅性は、詩人の贈り物《ギフト》＝才能によってのみ存在しうるものなのである。与えるも与えないも、詩人の意のままである――もっともこの物惜しみしない詩人については、与えることができるのに与えないことは決してない。この詩人は、その詩が記しているように、どれほど才能を濫費してもなおみずみずしく、「浪費（spending）」と「金利（use）」（意味深長な混喩である）[29]によってつねに増えていく才能をもっているのだから。かくして詩における不滅性は、芸術（記念碑）の転義《トロウプ》から、自然における創造性のイメージへとゆるやかに移行していく。たとえばソネット一一五番において、詩人は成熟しつつある己れの詩才と現在の愛の境地を融合させ、ひとつのものとして歌っている――「私がかつて書いた詩は嘘をついている／君をこれほど愛することはもうできまいと歌った、あの詩だ」。キューピッドについての慣習的な表現にあるように、「愛の神は赤ん坊」だから、愛が育っていくにつれて創造力も大きくなる、というのも創造力は、「たえず成長していく」愛と緊密な絆をもち、そこから力を引き出してくるからである。

記念碑《モヌメントゥム》の転義《トロウプ》は、誇らしげに主題を歌うそれらの詩のなかで、さまざまな変奏を奏でながら、晴れやかに示される。詩人は、友情の価値もその友情を称揚する詩の価値も心から信じており、詩そのものが友人の完璧さを讃える記念碑の碑文となる。その転義《トロウプ》にこめられているのは、詩の記念するという機能である。その機能は、碑文もその一部であるエピグラムの伝統において、正式に中心に据えられている。『恋の骨折り損』におけるナヴァール王の冒頭の台詞には、名声、碑文、詩の連関が認められる[30]。だがここでは、含意する技法である詩が、碑に刻まれた言葉の一枚岩的な厳密さを押しのけている。

のちの世の誰が、私の詩を真実と信じるだろう、
君のこのうえない美点の数々でそれが満たされていても。
私の詩は、ああいまだ、墓標のごときものでしかない
君のいのちを埋め、君の資質の半分も示していないのだから。　（一七番）

私が永らえて君の墓碑銘を書くにしても
君が永らえて、私が地中で朽ち果てているにしても
……
大地は私に慎ましい墓しか用意してくれなくても、
君は人々の眼を墓とするのだから、忘れられはしないはず。
君の記念碑となるのは、私のこの優しい詩、
それはいまだ生まれぬ人々の眼にも親しまれ、
やがて生まれくる舌は君の存在を歌い続けるだろう。
いまの世に息づく者が死に絶えてしまっても。　（八一番）

人々の生を記録する墓や記念碑を超え、あらゆる時代の読者に訴えることによって――あの時には「いまだ生まれぬ」我々の眼が、いまやこの詩に親しんでいるのだから、詩人の予言と自負は成就された――、手本通りの慣習的な意味が膨らんで、永続的な生をそのなかに含むようになる。「息づく者」は、生の最も基本的な機能への言及であるとともに、詩的霊感の語源をも想起させる〔inspire のラテン語の原義は「息を吹き込むこと」であり、プラトンによれば、詩人は詩神に取り憑かれ霊感を受けて語るとされた〕。詩人がそばにいるので、詩人の友人は大理石や金ぴかの記念碑に金を遣う必要はなく、詩人の詩神を頼みにしていればよい。というのも、それが詩人の役目だからだ。

金ぴかの墓をはるかに凌ぐ、永いいのちを彼に与え、

称讃を世々にいたるまで伝えること。　（一〇一番）

このように、詩人は、碑文の讃辞の明晰で謎めいた特質とともに、抒情詩人が詩の主題に不死性を授けるときの大言壮語をも呼び起こす――たいていはまったく出会うことのない伝統同士のこのめざましい融合のなかで、陳述の詩と称讃の詩がひとつになっているのである。[31]

メタファーを字義通りに解釈し、その意味合いを読者に無理強いするというこの方法は、シェイクスピアの全般的な手口であり、そこからも、素材を批判的に扱うのが彼の本質的な態度であることがうかがえる。そのことがおそらくさらにはっきりわかるのは、シェイクスピアが、書いている自分を片方の眼で観察しているかのごとく、書きながら己れの作品を吟味するときであろう。

のちの世の誰が、私の詩を真実と信じるだろう……　（一七番）

この悲しい別離のときを、大海にも喩えたまえ

……

あるいは冬とでも呼ぶことにしようか……　（五六番）

君を夏の日に喩えようか。　（一八番）

――これらの詩行は、「否」という言外の答えと、そうした直喩がなぜ主題を十分に表現することができないかという理由を、ともに含んでいる。ソネット二一番において、詩人は「壮麗な比喩を連ね

ること」を拒否し、愛する友のすばらしさを素朴な真実としてあるがままに語ろうとする。ソネット五九番では「創意（invention）」の問題が丸ごと考察される。

太陽のもと新しいものは何もなく、いまあるものが
昔からあったものだとすれば、我々の頭脳は空回りしているだけ、
創意の産みの苦しみが、ただむなしく
以前とまったく同じ子を産み直すにすぎないのなら。

詩的創造性と不即不離の関係にある愛は、「赤ん坊」であり「たえず成長していく」ものであった。あるいは詩という記念碑は、死を超えて、来るべき時代の人々に訴えるものであった。だが五九番では、詩的言語の探求すら、結局は二番煎じのまがい物しか産めなかった母親の失意の陣痛に喩えられている。

ああ、いにしえを振り返り、太陽五百周の歳月をさかのぼって、
過去の記録を繙《ひもと》くことができるなら、
ひとの心情がはじめて文字で表現されたとき以来の、
古書のどこかに、君の似姿を探すこともできようか。
そうすればわかるだろうに、どこをとってもただ驚嘆するばかりの
君の容姿について、古人が何を言うことができたかを。
はたまた、我々が進歩しているのか、古人のほうが優れていたのか、

それともみな、同じところに回帰していくのかについても。
ああ、でも私は信じている、いにしえの詩人たちは
はるかに劣る対象を褒めそやしていたのだと。

このソネットは、創意に関する（*de inventoribus*）転義《トロウプ》の核にある観念と戯れている。シェイクスピアは、クルティウスの再発見――古典の影響を受けている文学（人間の思考習慣はもちろんのこと）は、一連の定式、図式、トポスによって特徴づけられており、人はそれらのものによって、ロマン主義による転回以降、詩人に求められている「創意」という責任を免れていたこと――が示している重荷を現実に担っていた。この詩はまた、循環の可能性、それも文化というよりは自然がもたらす循環の可能性にも目を向けており、それによって、当の若者は、すばらしいことに、「古書のどこかに」権威をもって語られている何かの美の再来であるとしか思えなくなる。すなわち、技量誇示というつねの責務、特定可能な主題である「君」という固有の対象を讃美する務めは怠りなく果たしつつ、詩人と過去の詩業との関係という問題を丸ごと提起しているのである。詩人は、己れ自身の創意が枯渇してしまったかのような口調で、創意とは、言葉《トポス》か再生産された美しい対象のいずれかの反復でしかないのだから、古代の語句や転義《トロウプ》の物真似しかできないような文学的状況に置かれていることに甘んじようとほのめかす。だが、それでも彼は、自意識を抱えて近代的であろうとする時代に生きる人間として、権威ある古人の業績を疑問視せずにはいられない。「はたまた、我々が進歩しているのか、古人のほうが優れていたのか／それともみな、同じところに回帰していくのかについても（Or whether revolution be the same）［revolution は、宇宙全体の時の移り変わりを意味する］」というくだりは、歴史的出来事に関する古代の見解のいくつかを反復しているにすぎなくとも、古人はつねに絶対に正しいという確

信に疑問を投げかけてもいる。末尾の二行連句には倦み疲れた響きがある。あたかも詩人が、いとも容易にただの追従に堕すという悪癖が同時代の詩人たちにあることを知っているので、過去の時代の詩人たち、すなわちあの無謬の権威をもつ古代の巨匠たちが、同時代の詩人たちよりも正確に対象を讃美していたとは信じられなくなったかのように。

友人を「十番目の詩神、十倍も価値のあるもの／詩人たちが召喚する、いにしえの九人の詩神たちより」（三八番）と呼び、「ああ、自惚れ屋と言われることなく、どのように君の価値を歌えばよいのか／君が私のよりよい部分すべてであるならば」（三九番）と言えるほど、己れの詩と友人への愛、己れ自身と友人とを一体視している詩人は、現実の「息」――友人の存在、会話、親しい交わり――が、自らの詩の霊感であると認める。それは、友人が不在のときすら働くことができるような（二七番、九八番）己れの「創意」の源泉にとどまらず、己れの創造性の源泉ともなっている――ソネット二七番は、友人の面影がいかに他のすべての面影を消し去ってしまうかを記しており、「春風が戻り（*Zefiro torna*）」（ペトラルカ『カンツォニエーレ』ソネット三一〇番）にひねりをきかせた感のある九八番は、次のように歌っている。

けれども私は、鳥たちのさえずりを聴いても、
香りも色もとりどりに乱れ咲く花々がどれほど芳しくても、
心愉しい夏の物語を口にする気にはならなかった……
百合の純白を嘆賞することも、
深紅の薔薇の色鮮やかさを讃美することもなかった。

それらはただ美しいだけ、喜びの形骸でしかない、
それらすべての原型である君から、写し取られたもの。

その一方で、ソネット一一三番は、詩人の隠喩作りの能力が働いているところを見せてくれる。友人と離れている詩人は、見るものすべてを友人の姿に移し変える。

山であれ海であれ、昼であれ夜であれ、
烏《からす》であれ鳩であれ、みな君の姿になってしまう……

そして詩人は一一四番で、「怪物やおぞましいものどもから／美しい君によく似た天使の姿を創り出す」ことができる。我々は、それらのソネットのなかで、イメージが創出される過程を目撃し、善と悪、烏と鳩と怪物といったありとあらゆるものを彼の妄執に即合《マッチ》させるという、己れが詩中でなしている表出作用に目を凝らす詩人の姿を眺めるのである。

だが、このような記述は、詩的「真実」のたえざる強調——友人が詩を美しく飾るのだから、修辞や詩法の教本から美辞麗句を借りてきて飾る必要はない——とは相容れない。求めるべきは「真実が与える美しい飾り」であり、「壮麗な比喩を連ねること」ではない。そのような主題を抱えている詩人は、技巧も文彩も創意も必要としない。というのも主題そのものが、ただその名を呼ぶだけで、詩に十分な完璧さを賦与してくれるからである。

中傷のソネット群は、このことと考え併せると興味深い。というのもこれらのソネットは、中傷者の嘘と詩人の抱える表現の問題には一脈通じるものがあると認識しているからである。何よりもまず、

詩中で己れの存在を告げ知らせることによって詩に特別の価値を与える完璧さそのものが、実生活ではただ完璧であるだけで中傷の種になる――「猜疑とは美の飾りのようなもの」。だが同時に、中傷者の言葉にはいくばくかの真実も含まれているかもしれない（六九番）。なぜなら中傷者たちは、友人をその行状によって判断しているからである――詩につきものの大仰な讃辞と同様、中傷ならではの大仰な悪口のなかにも、まさにこの若者の個人的特質と即合するところがある。ともあれ詩人は、つまるところ、友人の敵たちが嘘をついたと非難しなければならない。ともに詩人は、己れ自身の詩の美辞麗句に対処するときと同様、彼らの嘘も、謗《そし》っていることが明らかであれ、ある種の讃辞とみなさねばならない。

君の生きざまをあれこれと噂するその舌は、
君の蕩児ぶりを、みだらな口調で語りながらも、
誹謗する言葉がむしろある種の讃辞となる。
君の名前を口にすると、悪評すら神聖なものとなる。（九五番）

だが、己れ自身の名声が危機に瀕しているとなれば、詩人にとって事はそれほど容易には収まらない。自分について流布している「悪評」を、詩的讃辞という虚構にたちどころにすり替えたりはできないのだ。それどころか、その悪評は、真剣なソネット詩人として、あるがままの自分の姿を冷厳な眼で吟味し、自己を評価し自分についての中傷の正当性を判断せよと、詩人に内省を迫る。「人に邪悪と思われるくらいなら、ほんとうに邪悪であるほうがよい」というくだりを、友人に向けて言うことは考えられない。だが詩人は手のこんだ弁明をしながら、それを己れのありようとする。

現実にはそうでないのに、そうだと人から誇られたり、
自分でそう感じるからではなく、人の眼にそう映るからと、
そんなことで、真っ当な快楽を奪われてしまうくらいなら。　（一二一番）

恋人への詩群において、詩人の怨嗟が客観性を帯びた自己評価の機会になり変わっているように、この詩においても、他人の非難は、それがいかに耐えがたいものであっても、自己批判する機会となり、それは人から受けるどのような批判よりもはるかに核心を突くものとなる。

というのも、人のみだらな偽りの眼がなぜ
私の情熱の戯れに知ったかぶりをしなくてはならないのか。
私を凌ぐ自堕落者が、私の欠点をあげつらうことができようか、
私がよいと思うものを、手前勝手に悪いと決めつける者たちが。

このソネットで注目すべきは、その散文に近い語り口である。「現実にはそうでないのに、そうだと人から誇られたり」は、厳密で語調もなめらかであるが、想像的で比喩的なイメジャリはいっさいない。ここでは友人に宛てた詩群とはまったく異なる詩的努力がなされており、素のままの平明な言葉で陳述することが目指されている。たとえば次の鮮やかなひねりに見られるように。

いや、私は私なのだ。私の行状を悪く言う輩《やから》は

自分たちの悪行を数えたてているようなもの。

全能の神のごとき詩人が飾り気のない詩的言語で述べたこの自己宣言の一節ほど、素朴で大胆なものがあるだろうか。まさにそのため、我々はこの詩を信じる気になるのである。

詩人の陳述の平明さは、詩作上の立場となる。対抗詩人をめぐる詩群において、詩人はその立場をかまびすしく擁護する。むかしむかし、詩人は、競争相手など意識せず、「飾りを少しも用いずに」友人のことを歌ったと言うことができた。むかしむかし、詩人は、「新しい時代のさらに優雅な作品」に比べると自分の詩が「つたなくて野暮な詩」に見えてもなお、自分の死後、友人が自分の詩を好む姿を思い描くことができた。そして詩人の想像のなかで、友人はこう言うのである。

「だが彼は死に、いまの詩人たちが優っているのは明らかだから、
彼らの詩は文体ゆえに、彼の詩は愛ゆえに読むことにしよう」。　（三二番）

だが、「よその詩人」が現実にこの友人の関心と愛顧を得ると、詩人は、自分自身と詩の関わり、とりわけ説得としての詩、愛する友に顧みてもらうための手段としての詩と自分との関わりをすべて考察し直さねばならない。明らかに、詩人の文体は高雅ではない——友人の庇護という「底知れぬ深海」をいまや航行する「威容を誇る華やかな」巨船に比べれば、彼はさながら「みすぼらしい小舟」、「身のほど知らずの舟」のようである（八〇番）。いまや彼自身の「詩句の優美さは色あせ」、彼の詩神は病んでいる。「愛しいひとよ、君の美しさを語るのは／私よりも優れた詩人の筆がふさわしい」（七九番）と、詩人は認めざるをえない。だが、友人とのつながりを詩作の導きにしている彼自身や

他のすべての詩人たちと同様、この新たに出現した詩人も、彼がずっとそうしてきたように、対象の美をただ反復することしかできない。友人の美に一致するものが書けるかという即合（matching）の問題が、別の文脈で浮上してくる。「君を飾りたてる必要があるなど、私は考えたこともなかった」、と詩人は切々と語る。

私にはわかっていた、いやわかっていた気がしていたのか
庇護に応えるための詩人の貧しい献辞を、君がはるかに凌いでいることを。（八三番）

この豊かな讃辞——君は君だからすばらしい——は
究極の褒め言葉、それ以上のことを誰が言うことができようか。（八四番）

詩人の文体に装飾がないので、それを不満とする友人は、そのような讃辞では己れの真価を十分に言い尽くすことはできないと考え、「時代のたゆみない進歩が刻む当世風の意匠を／新たに求め」ずにはいられない。だが修辞という、言語を用いて説得する術だけでは説得することはできないのだ。

だが詩人たちが知恵をしぼり
こりにこった修辞を、弁舌巧みにいかにひねりだそうとも、
真に美しい君は、あるがままの真の姿で描かれる
真実しか語らぬ友の、飾らない真実の言葉によって……（八二番）

友人との別離や己れの詩才の乏しさに苦しんだあげく、結局詩人にできるのは、沈黙が「帆を誇らかにひろげて疾駆する、かの詩人の堂々たる調べ」（八六番）に優る雄弁な説得となると信じつつ、口を閉ざし、物言えぬ者のように黙りこむことでしかない（八三番、八五番）。

ソネット七六番では、詩作の心理学とともに詩作の社会学も射程に入れた幅広い考察がなされている。

私の詩はなぜ、当世風の華やかさを欠いているのか。
多様さや変幻自在の軽やかさになぜ無縁なのか。
私はなぜ、時代のはやりに合わせて、新しい詩法や
風変わりな造語に、目を向けようとはしないのか。

この一節では、文学の流行で重要なのは新奇さであり、自分の詩は、この意味において時代遅れであるという認識が示されている。続く四行連句では、詩を「進化」させるのは時の歩みであるという全般的状況から、詩業における己れの個人的状況へと関心が移っている。

私はなぜ、同じ調べをただひたすら繰り返し、
せっかくの創意をおなじみの衣で包んでしまうのか——

思いはさらに、詩藻の「衣」である己れ自身の文体へと及ぶ。

言葉のひとつひとつが、その生まれ育ちをあらわにして、
私の名をいまにも呼びたてんばかり。

この詩のなかで、流行としての文体は、個性の表現としての文体とまっこうから対立している——そして我々は、その問題をめぐって構築されたプロットから、すなわち、その問題を吟味すべきそもそもの「理由」が示されているプロットから推量して、個性的な文体は時代の命令に屈するだろうと考える。だが、讃辞のあのいつもの反転作用によって、この詩は、友人の完璧さを詩人が同語反復的に繰り返すことを是とし、詩人の実践をすべて正当化するという論理的筋道をたどっていく。

ああ愛しい君よ、わかってほしい、私がいつも君のことを書き、
君と愛が、つねに私の主題となっていることを。
だから私にできるのは、古い言葉に新しい衣装をまとわせ、
すでに使われてしまったものを、いまひとたび使うことだけ。
太陽が日毎に新しくなり、また古くなるように、
私の愛も、すでに語ったことを繰り返し語っている。

太陽は夜毎消えても必ず戻ってきて光と豊饒を日々世界にもたらすという、晴れやかながらも完璧に常套的な比喩表現によって、詩人は、己れの愛とその愛を表現する自分なりの方法の双方に根源的性質を帯びさせる。人間の表現は、流行に対して、そして人工《アート》＝技に対してすら打ち勝たねばならないのだ。

対抗詩人をめぐるソネット群は、詩人が歌い、省察し、友人との疎遠に折り合いをつけるという別離の詩群の一角をなしている。先行するソネットのなかでも詩人が友人から「離れて」いたことがあるし、不興を買って疎んじられたこともたしかにある。だがこの別離は、徹頭徹尾、詩的文脈のなかに置かれている。詩人の愛だけではなく、彼が用いる言語や詩人としてのありかたも疑問に付される。友人の愛顧の回復は、詩的再会ももたらす（九七番—一〇三番）。詩神が、愛の復活を讃えるために、呼び覚まされる——「忘れっぽい詩神よ、私のところへ戻ってこい」、「目を醒ませ、微睡《まどろ》みがちの詩神よ」、「ああ、怠け者の詩神よ」、「詩神よ、私に答えてくれ」、「詩神よ、おまえの務めを果たすがよい」——詩人の詩的信念が価値あるものであることを、ふたたび主張するために。

「真実の色はもともと定まっているので、色を加える必要はない。
美も同じで、それに真実を添えようと筆を加える必要はない。
最高のものは混ぜものをしていないから最高なのだ……」　（一〇一番）

反復的であること、すなわち詩人の文体がかわりばえしないことは、ついには模倣原理をこじつけることによって正当化される。彼の論拠は「美しく、優しく、真実である」ことにしかない。なぜならそれが、讃美されている若者の本質的特質なのだから。飾らない言葉で語ることに真実があるといって、流行はしまいには拒絶される。

頭のなかに浮かんできて、インクで書き写すことができるもので
私の真の心情を、君に表現しなかったものがあるだろうか。

私の愛、あるいは君のかけがえのない美質について、
新たに語ること、記すべきことがまだ何かあるだろうか。
いや何もない、愛しい君よ。それでも神に祈るように、
私は日々、同じ文句を唱えるほかない。
私が君の美しい名を讃えた、あのはじめてのときのように、
使い古した言葉を古いとは思わず、君は私のもの、私は君のものと。　（一〇八番）

一〇八番から一一三番までのソネットは、いまは和解しているが、友人と別れていたときのことを改めて考察したものである。ソネット集のなかでもひときわ鋭く分析的なソネットのいくつかのなかで、詩人は自己を検証する。「ああ、なるほど私はあちらこちらと遍歴し／斑服《まだらふく》の道化さながら、見世物になり」で始まるソネットでは、「つまらぬ交わりを重ねることで、君が最高の愛人であるとわかった」という主張をのぞいて、詩人は己れ自身を容赦なく責めたてている。運命の女神は意地悪で、自我の最良の部分に背かせるような生き方を彼に強いた。

ああ君よ、私のために運命の女神を叱ってくれ、
私にあまたの悪行をさせた、あの罪深い女神は、
さもしい生き方が身になじむような芝居稼業しか
生活の手だてとして、私に与えてくれなかった、
私の名前に烙印が押されたのは、そのためである……　（一一一番）

詩人は、己れをかくも脅かす「芝居稼業」に言及する。そこには、自己嫌悪に満ちていながら、自己卑下の衣をつうじて職業作家としての己の技《アート》への献身について語る、すばらしいイメージが現れてくる。

おそらくはそのせいだろう、染物屋の手のように
私の性格が、生業《なりわい》とするものに染められてしまったのは。

「染物屋の手のように（like the dyer's hand）」――染料がしみつき、素材に技をふるってきたことを如実に示す職人の手は、それでも新しい模様を描くことができるし、布を有用で美しいものとすべく下ごしらえをしなくてはならない。詩人もまた、己れの生業が扱う素材によって、染物屋の手のように、身も心もまがうことなく染めあげられ、新しい詩的目的のために新しい模様を創出し、（修辞と詩法の）彩りを選んで、その社会的目的が美しいものになるようにする。詩の下僕である詩人の詩は、他の人々に語りかけ、「いまの世に息づく者が死に絶えてしまっても」世々に語り続けるだろう。

明らかに、詩人のこの友人に対する関係は詩にもとづいている。詩は、庇護者、友人、恋人に訴えかけるための慣習的な手段、美を讃美する慣習的な声であるだけではない。詩は詩人自身でもあり、その人格の隅々まで浸透し、彼という人間が実現することのすべて、彼という人間が結ぶ絆すべてを（染物屋の手のごとく）特徴づけているのである。シェイクスピアは、詩の理論に架空の対抗詩人という身体と人格を与え、詩による詩についてのドラマをその詩人をめぐって繰り広げることによって、ソネットの詩作術《メタポイエーシス》について語る詩（metapoiesis）という純粋にアカデミックな慣習に血を通わせた。だが我々をさらに驚かせるのは、そうすることによって、様式の問題――讃辞、模倣、自己投影などさ

まざまなものの様式――を執拗に問いかけながら、詩人がそれらの問題を濃密で劇的なものにしたことである。対抗詩人は明らかに詩の「文体」を論じるための話題提供者という役割を演じてはいるが、「文体」を示す声としてのみ登場してくるだけではない。放蕩児の節約というシェイクスピアの詩的営みにおいて、現に詩はまこと人そのものであり、詩人の用いる文体は詩人の個性とわかちがたく結びついているので、対抗詩人は、われらの詩人が詩人として、友人として、人間として存在を保ち続けていくうえでの現実の生きた脅威となる。そしてその脅威は、詩的誠実《インテグリティ》さに清らかな献身を誓うことによってのみ祓いのけることができるのである。思うに、シェイクスピアの創造への努力すべてが、我々にこう告げているのではないだろうか。詩的誠実さとは、彼にとって、詩的価値をたえず吟味し直し、文学が詩人につねに提起するさまざまな問題にたゆみなく取り組むことにあるのだ、と。『恋の骨折り損』において、シェイクスピアは、様式の皮相さがまことと見かけ倒しのものであることを、際限なく愛おしげに暴きたて、創造の奇跡を技《クラフト》の吟味へと還元してしまった――だが技巧はそのイリュージョニズムを暴露されながらもなお、文学的創造性に奉仕するものとしてその価値を再認識される。『ソネット集』から、我々は別のことを学ぶ。すなわち、人間の根源的な道徳的ありようが、いかにして様式の問題となりうるのかを学ぶのである。

第二章　甘《メル》みと辛《サル》み──ソネット理論におけるいくつかの問題点

I　甘《メル》みと辛《サル》み*──二行連句《カプレット》

きわめて多くの才能ある読み手にとって、シェイクスピアのソネットは、頭を悩ませる問題となってきた。かくも偉大な作家であり、縦横無尽で創意工夫の才に富む詩人が、あからさまに落胆させるような詩をかくも多く書きえたことが、アイヴァ・ウィンターズ〔二〇世紀アメリカの詩人・批評家〕やジョン・クロウ・ランサム〔アメリカの文芸批評家・詩人、自らの詩論を実践した詩を書いた〕から、そしてとりわけ詩人たち自身や二〇世紀詩学の主要な理論家たちから、いみじくも、きわめて辛辣な批判の声をあげさせることになった。こうした批評家たちの不満は、往々にして、ソネットの結びの二行連句《カプレット》に向けられていた。エドワード・ハブラーやC・L・バーバーのごときソネットの擁護者でさえ、二行連句のかなり多くに「生彩のなさ」や「欠陥」があることを遺憾とせねばならなかった(1)。そのような不満

*──mel はラテン語で「蜜」を、sal は「塩」を意味する。

が、ある詩学の必然の産物であることは明らかである。すなわち、詩における驚きを尊びはするが、内的な首尾一貫性や全体的な調子《トーン》のむらのなさにこだわる詩学、あるいは、ぎくしゃくした辻褄の合わないところがあると見えても、それがより大きい調和に役立つならば是とする、という詩学である——調和の欠如は、ソネットのような短詩においては耐えがたい詩的過ちであると見えよう。シェイクスピアの二行連句は、詩の先行する部分とはあからさまに異なるちぐはぐな調子や話題に転じることがしばしばある——そして、一九三〇年代や一九四〇年代の新批評家たちにとって、詩的技巧のかくまでの欠如は、言い訳にも値しない愚かしいことと見えた。詩の終わり方にとくに関心を抱いているバーバラ・ハーンスタイン・スミスのような批評家でさえ、シェイクスピアの二行連句をすべて擁護しているわけではなく、そのいくつかは、詩の閉じ方としては失敗であるとあからさまに見えたのである。[2] シェイクスピアの『ソネット集』に関するスティーヴン・ブースの鋭敏な研究は、詩はそれぞれがことのほか複雑なものであり、さまざまな「体系」(音、統語法《シンタックス》、論理、「意味」、主題の体系)のもとで同時進行的に作用していると一貫して主張しており、かくも多くの二行連句が先行する四行連句群とは趣をがらりと「異にしている」ことについての詩的文脈を与えてくれる。[3] 私は、シェイクスピアのソネット群を、それらがソネット理論の抱える特定の問題あれこれを典型的に表現しているという可能性にとりわけ注意を払いつつ、一連のまとまった総体として眺めてみたい。そして二行連句のいくつかを「問題」としてとくに注視し、『ソネット集』を作法の侵犯や詩的技量の未熟さとして解釈しなくてもすむような詩的かつ理論的な枠組を確立することができないものか、考えてみたい。もちろん私は、すべての二行連句を、ましてやすべてのソネットを正当化しようなどとは思っていないし、それと同様、連作全体の(あるいはすべての詩群の)それぞれの語が、どの語にもましてふさわしい最良の語であるなどと言うつもりもない——世界で最も偉大な作家の一人であると皆が認める人間の作品のなかに、かくも多くの有能で鋭敏な批評家たちが詩的「過ち」と見てきたものが、なぜ執拗に存在するのかという理由を探りたいと思っているだけである。

　助けの一端は言語学からもたらされる。[4] イジー・レヴィの分析は、大陸の（すなわちロマンス語の）従姉たちとは異なり、イギリス型のソネットはなぜ二行連句で結ばねばならなかったかという理由を、英語という言語の根本から我々に示している。レヴィはまた、イギリス型ソネットが総じて「二行連句」によって構成されている――交差二行連句〔abab と交互に韻を踏む二つの二行連句〕からなる四行連句を連ね、それを押韻した対連で締めくくるというかたち――理由や、そうした構成の仕方が、対照構造になりがちであるというイギリス詩に顕著な特徴をいかに後押ししているのかも明らかにしてくれる。たしかに、イギリス型ソネットは、押韻構造、それゆえ論理において、[5] 大陸の模範からいちじるしく逸脱している（それはときに、イギリス人が模範や権威に縛られず独立不羈《ふき》であることや、イギリス人が詩的に自立していることの称讃すべき証しとしてもちだされることがある）。レヴィの分析が我々に教えるのは、英語という言語の構造を考えれば、二行連句による構成というこの特有のソネットのかたちも、英語にとってなんら驚くべき展開ではないということである。

　イギリス型ソネットは、たいていは二行連句で結ばれ、シェイクスピアの完成形のソネットはみなそうなっているので、かくも瞭然とした話題に――ともかく英語では、二行連句は言語的に自然なかたちと思えるのだから――多くの時間を費やすのは愚かしいことと見えよう。にもかかわらず、シェイクスピアの二行連句は批評のうえで重要であると私は思う。というのも、イングランドのほとんどのソネット詩人は、まさしく二行連句によって詩を結んでいたのだが、シェイクスピアが常習的に行っていたと見える、嘆かわしくも詩全体とは関連しない二行連句や、独立した対連《ディスティック》として考察せよと求める二行連句を書くことは、まずなかったからである。もしこの習癖が（ランサムやウィンターズが示唆したように）、シェイクスピアの詩作における由々しい欠陥であるとすれば、ワイアット、サリー、シドニー、スペンサーのほうがみなシェイクスピアよりも優れたソネット詩人だということになるばかりか（この主張に対しては、全面的にも部分的にも反論しうる）、サー・シドニー・リーの便利な詩選集[6]から詩人を三人ほとんど無作為に挙げるなら、トマス・ワトスン、マイケル・ドレイトン、バーナビー・バーンズもまたシェイクスピアより優れていることになる――それらの詩人たちは、結びの二行連句が作法破りだとか拙劣だとかということで非難されることはまずないのだから。言い方を変えよう。シェイクスピアがソネットでなした多様な業のただひとつの側面のためだけに、二〇世紀の詩学を放棄する必要はない。だが、別のところによりどころを求めれば、それらの二行連句が、今まで言われてきたほど無頓着でもなければ、気まぐれなものでもなく、詩全体にそぐわないわけでもないことが見えてくるはずである。

シェイクスピアの二行連句は、もちろん、ただひとつの定式に従っているだけではない。それらの二行連句は、きわめて異なる流儀で作用し、しばしば、きわめて異なる種類の事柄について「語る」。それらはときに、ソネット一三番（「ああ、君がいまのままの君でいられるなら！」）やソネット六五番（「真鍮も、石も、大地も、茫洋たる大海も」）のように、四行連句で発せられた問いかけに応答するものとなる。またあるときは、二一番（「私はあの詩人のようには歌わない」）や一〇六番（「過ぎ去った時代について記した年代記のなかで」）のように、四行連句で展開された議論に尖鋭なポイントやひねりを加えたりする。またあるときは、四行連句の主題を取り上げ、それを一語で表現してより鋭く焦点化することもある。たとえばソネット一〇九番（「私に真の心がなかったなどと言わないでほしい」）においては、弁証法的に展開されてきた主張が、二行連句の晴れやかな結びによってひときわ力強いものとなる。また、二行連句がその詩にはたしかに「ふさわしくない」と思われる場合もある。たとえば九五番（「君は恥辱をなんと甘美で愛らしいものに変えることか」）において、ナイフのイメージは、すでに多くの対置されたイメージ――薔薇、舌、館、ヴェール――を抱えているこの詩を混乱させるだけである。三六番と九六番には同じ二行連句が用いられている。

だから、そんなことはやめてほしい。私は君を愛している、
君が私のものであるように、君の名声も私のものと思うほど。

印刷所のしくじりのためなのか、詩人の不注意のせいなのかわからないが、この二行連句がふさわしいものなのかという疑問は当然のことながら生じてくる。三六番も九六番も、ぜひともこの二行連句でなければという感じではない。まこと、九六番（「ある者は君の欠点は若さだと言い、ある者は色好みだと言う」）において、友人の「名声」を分かち合いたいという詩人の気持は、出だしの四行連句で語られてはいるものの、一二行目と一二行目にこめられた思いには反している。というのも、そこでは友人の「すべての称讃者」を虜にする能力が手放しで是認されているわけではないからだ。ソネット三六番（「私たち二人は二人でしかないことを認めよう」）において、二行連句はまずまずの成功を収めている。というのも、四行連句の二行目から、詩人と友人、詩人の名誉と友人の名誉は互いにからみ合っていると語られているからである――だがここですら、若者の「名声」は、愛のあるなしにかかわりなく理想的な誠心と理想的な振舞いを身上とする詩人がよりどころにできるほど強い動機とは見えない。

よくあるのは、二行連句が詩の本体で提示されたイメージと関連しているのは明らかなのに、間に挟まれたイメジャリによって、つながりが絶たれるという場合である。たとえば六番（「だから、冬

の荒々しい手が損なわないうちに」）と五六番（「甘美なる愛よ、おまえの力を甦らせておくれ」）では、二行連句は先行する四行連句で表現された意味群のいくつかをたしかにまとめてはいるのだが、他の意味がおざなりになってしまった。スミスは、ソネット一四八番、一八番、二九番の結びはそれぞれ異なる方法で効果をあげていると指摘している。[7] スミスとブースがともに強調しているのは、シェイクスピアの二行連句に、思考作用（intellection）とさえ言えるような知的性質が認められることである。[8] たとえばシドニーやスペンサーの成功作のソネットとは対照的に、シェイクスピアのソネットは、しばしば、ことのほか明敏で計算づくの切れのよさを示している。換言すれば、シェイクスピアの二行連句は、文彩よりも思想を強調し、言葉の綾《あや》（figure of speech）から離れて思想の綾（figure of thought）へと向かう傾向がある――そしてときには、文彩を排した簡潔さをまさにそのめざましい特徴とする言明の詩と化す。二行連句は、しばしば、思考を促そうとして言葉遊びをする。この種の戯れのひとつとして認められているものに、単語のさまざまな変化形を――ときにはほんの少しだけ変化させて――用いるということがある。二八番の二行連句のように。

だが昼（day）は日毎に（daily）私の悲しみを長びかせ
夜（night）は夜毎に（nightly）悲しみの強さ（strengths）を強める（stronger）ように感じさせる。

そしてときには、一四六番におけるように、さらに激しく。

そうしておまえは人を喰らう死神を喰らうのだ、
死神（Death）が死んで（dead）しまえば、もう死ぬこと（dying）はないのである。

ここでは教条的な定型表現が、鋭く印象深い言葉で語り直されている。そうした語形変化による結びは、たしかにきわめて「尖鋭《ポイント》」にして「意味《ポイント》」深く、エピグラムの理論と実践を想起させる言語的機智にあふれている。だが、他の大多数の二行連句は、はるかに穏やかで、それほどきっぱりとはしておらず、それほど知的に威圧するふうでもない。

ほら、このように、昼は旅のために手足が、夜は私の心が、
君を思って、安らぐときはないのだ。　（二七番）

最良のものが、それが何であれ最良ならば、君にそなわることを私は願う。
こう願うことによって、私は十倍も幸せになる。　（三七番）

君を思って私が夜通し目を覚ましているとき、君もどこかで起きている。
ほかの者たちのすぐそばで、でも私からは遠く離れて。　（六一番）

いっさいに倦み疲れて、私はもう死んでしまいたい、
ただ、死んで、愛する者をひとり残すのは気がかりだ。　（六六番）

ほぼすべての場合において、これらの二行連句は、先行する一二行かそこらに存在理由を頼ってはいない。それらは簡潔かつ明快であり、ある特定の理解しやすい状況を喚起して、その状況に直接語り

かけており、それだけで十分な表現力をそなえている。こうした二行連句はあまり多くを語らないが、とはいえ謎めいているわけではないし、我々が「形而上」詩の文体の特徴とみなすようになった、統語法と思想のあの捉えどころのない難解さがあるわけでもない。この詩がどのような文脈で語られているかが、我々は理解できるし、想像することもできるだろう。

この点をもう少し敷衍《ふえん》してみよう。二二番（「鏡を見ても、私は自分が老いたとは思わない」）の二行連句は、四行連句で展開してきた鏡のイメージ、若さと老い、咲き誇る生と死のイメージをきっぱり放棄しており――

私の心を殺して、君の心を取り戻そうなどと思うな。
返さなくてもよいということで、君は私にそれをくれたのだから。

――ソネットの掉尾に置かれるよりも、それだけで独立しているほうがさらによい。[9] この二行連句に含まれている奇想《コンシート》――深く愛し合っている恋人たちが心を交換すること――はなじみ深いものである。この二行連句は、それに先立つ四行連句に比べると生彩に欠けるが、独立した詩句として用いれば、それはすばらしい恋愛エピグラムになる。公式的な恋愛の奇想を読者が知っていることを前提にして、恋人たちの仲違えをなじみ深い口調で語ってみた、というわけである。それだけで完結しているとしか見えない末尾の二行連句は、読み返すほどに、まこと独立した対連ではないかという印象が強くなる。

君の美は、投資しなければ、君と一緒に墓に入るしかない。

運用すれば、それが生きて遺言執行人になる。（四番）

たとえば上述の二行連句は、〈その日を摘め《カルペ・ディエム》〉の思想と響き合い、刻まれた墓碑銘の文句さながらである。次なる二行連句が歌うのは、それとは異なる主題であるが、伝統的主題——ここでは、古典とキリスト教における永遠性の概念——と響き合っていることでは同じである。

人に息ができるかぎり、あるいは眼が見えるかぎり、
これは生き永らえて、君にいのちを与えるのだ。（一八番）

「これ」が何であるかは言うまでもない。我々は、詩そのものに媒介されて詩人の心情にじかに触れ、文学は不滅であり詩は不滅の生を得る手段であるということがここでの主題であると理解する。またときには、二行連句が慣習的なイメージを最大限に膨らませ、称讃の声を高らかに響かせることもある。

ああ、でも、君の愛が流すこの涙はまるで真珠だ。
貴くて、いままでの仕打ちをすべて贖《あがな》ってくれる。（三四番）

私はさらに多くの花々を眺めたが、そのどれもが
香りや色を君から盗み取っているように見えた。（九九番）

讃辞はときに、エピグラムのような辛辣さを帯びることもある。八一番におけるように。

　そうした下品な厚化粧は、血の気のない頬をした人に
施せばよい。君に用いるのは間違っている。

あるいは、一四八番におけるように。

　ああ狡猾な愛〔愛神と愛人をともに指す〕よ！　おまえは涙で私の眼を曇らせる、
よく見える眼に、おのれの忌わしい欠点を見させまいとして。

あるいは、五七番におけるように。

　愛はつくづく愚かなもの、君の意《ウィル》のおもむくままに
愛しい君が何をしようと、ゆめ悪く思ったりしないのだから。

八四番の二行連句は、愛しい友を、ひときわ率直に、とはいえソネットらしからぬ口調で非難している。

　天から賜った数ある美質に、君は災いを招いている。
称讃を求めるあまり、へつらいばかり降りかかることになる。

一二九番と一三一番の二行連句において、舌鋒の鋭さは苦々しさを帯びる——

こうしたことは世間ではよく知られていること。ただ誰も知らないのは、
人をこの地獄に導いていく天国に、近寄らずにすますこと。

君が黒いのは、ただ君の行為においてのみ、
だから、この中傷の根もそこにある、と私は思うのだが。

二行連句が個々のソネットの文脈において他にどのように作用しているにせよ、シェイクスピアの二行連句は、おのずから、独自の不可思議な力をもち、先行する四行連句に統語的にしっかりと結ばれているときでさえ、社会状況や心的状態をじかにまざまざと指し示す、凝縮された劇的なエピグラムであるかのように読めるのである。たとえば以下のような二行連句は、その文脈をたやすく思い浮かべることができる。

だから、美しく愛らしい若者よ、君もまた同じ、
花の盛りは移ろっても、私の詩が君の真実を蒸溜し香り続ける。（五四番）

だがもしそうした時に君を思うと、愛しい友よ、
損失はすべて償われ、悲しみも終わる。（三〇番）

だからといって私の愛は彼をいささかも蔑《さげす》みはしない。
天の太陽が曇るなら、地上の太陽だって曇ることもあろう。　（三三番）

こうした性悪説を説くのでもないかぎり。
すなわち、人間はみな悪で、悪に栄えるという説を。　（一二一番）

「だから」、「だがもし」、「だからといって」、「でもないかぎり」。先行する事柄を論理的あるいは擬論理的に連結する接続語には関わりなく、先立つ説明を読まずとも、我々は二行連句の内容がわかる。我々は、文学上の状況と社会的な状況をともに理解し、詩人によって詩人の好む方法で始められた解釈の交渉に読者として参入する。

　こうしたことすべてから、比較的はっきりした示唆が導き出せる。すなわち、シェイクスピアは、ソネットを書くにあたって、ソネットの様式《モード》のみならずエピグラムの様式も用いており、それらをときには調和させ、ときには対立させながら、二つのジャンルの様式をぶつけ合わせて戯れているのである、と。まこと、ルネサンスの理論家や学校教師たちによって理解されていたようなエピグラムの伝統のなかにこそ、ソネットの批評家たちを長きにわたって悩ませていた問題へのなんらかの答えが見出せるだろう。ルネサンス期の理論において、エピグラム理論はソネットと興趣をそそるつながりをもっており、そこからとりわけ多くのことを我々は教わるはずだ[10]。シェイクスピアのソネットにおける様式上の問題は、長いあいだ、詩人の誠実さ（それが何を意味しているのかはともかく）という観点から扱われてきた。だが、関係はあるもののいたく異なるこれら二つの短詩形式の主題《トピック》、文体、声に、詩人がきわめて実験的な態度で取り組んだという脈絡で考えれば、そうした問題はそれほど悩ましいものとは見えなくなる。

ルネサンス文芸批評に分け入れば、ソネットとエピグラムが「似たもの」同士であるとみなされ、ときにはほとんど双子のように、ときには兄妹のように扱われてきたという証拠をふんだんに見つけることができる。エピグラムであることを表す一連の徴候《シンドローム》は、どのみち、ソネットであることを表す一連の徴候と見分けがつきにくいような流儀で解釈されたので、これら二つの詩形のあいだに、形式、主題、言語をめぐるさまざまな種類の混乱を引き起こした。この批評上の結びつきに照らしてシェイクスピアのソネットを眺めれば、ある一派は「黄金の」輝きと「くすんだ」生彩のなさと言い、別の一派は「装飾的な」ものと「簡明な」ものと言う、シェイクスピアの様式混淆をめぐるかまびすしい議論が理解しやすくなるだろう。ソネットは「くすんだ」ものにも「簡明な」ものにも当てはまらないと見えるかもしれないが、エピグラムは、なるほど言明の詩を志向する傾向があり、それゆえ修辞という観点からはきわめて「くすんだ」ものとなり、技巧という観点からはまこと「簡明な」ものとなりうる。こうした背景に照らせば、恋人たる女性についてシェイクスピアが用いた感情的で描写的な言語は、今までは必ずしも腑《ふ》に落ちるものではなかったと思われるが、ある種理解できるものとなる。[11] さらに、エピグラムという参照枠は、『ソネット集』の「諷刺的」性質に着目した幾人もの批評家たちの議論にはずみをつけることだろう。[12] だが、さしあたっては、二行連句の議論を続けよう。

これらの対連《ディスティック》がそれだけで印刷されているならば、読者はそれが「何」であるか、どのジャンルに属しているかが、迷うことなくわかるはずだ。

君の美はイヴの林檎にいかによく似てくることか、

君の美徳が君の美貌に釣り合わぬとしたら。（九三番）

君の優しい愛を思えば、こよなく心が満ち足りるから
私の身分をたとえ国王であれ取りかえたいとは思わない。（二九番）

彼を私は失った。おまえは彼と私をともに手中におさめた。
彼は全額を支払ったのに、私はまだ自由になれない。（一三四番）

最高に甘美なものも行為しだいで苦くなる。
百合は腐ると雑草よりもひどい臭いを放つ。（九四番）

これらの二行連句が発揮するエピグラム的特質は、イングランドの他のソネット（とりわけワイアットのソネット）にも存在するが、とりわけシェイクスピアの領分であることは間違いない。ダニエル、ワトスン、バーンズや、スペンサーにおいてさえ、二行連句はこの種の独立した意味をそなえていないし、鋭いメッセージを伝えてもいない。イングランドのソネット詩人のなかでは、ドレイトンとシドニーだけが、独立したエピグラムとして用いることもできるような二行連句をときに書いた——だがシェイクスピアに比べると、その数ははるかに少ない。

エピグラムの境界線（主題、行数、形式についての）がどこにあるのか、見定めるのはなかなか難儀ではあるが、ルネサンスの批評家や学者は、エピグラムというジャンルについて今日の学者ほど頭を悩ませてはいなかった。さらに、ルネサンスの作家たちは、ラテン語、ギリシア語、俗語《ヴァナキュラー》（自国語）

でエピグラムを書く修練を積んでいた。エピグラムは、表現の問題で書き手を四苦八苦させながらも、詩的機智や才人を磨くための主要な砥石《といし》であった。ほとんどの真面目な詩人たちは、短く辛《から》いあるいは短く甘い（ヘレフォードのジョン・デイヴィーズがジョン・オーエン〔一六〇六年にラテン語の『エピグラム集』の刊行を開始した〕のエピグラムを評したように[13]）、規範に適うエピグラムを書くのを習わしとしていたが、シェイクスピアは例外である——そして、マルティアリスこのかた、批評家たちは、簡潔さ《ブレウィタス》（*brevitas*）こそがエピグラムたる第一の証しであると信じてきたが、ルネサンスのエピグラムには、マルティアリス自身のものでさえ、短いとはとても言えないものもあった。

　ルネサンス期の主要な大陸文学において俗語で書かれたエピグラムは珍しくなかったが、[14]思うに、イングランドでは、英語でエピグラムを書くことは、それほどありふれたことではなかった。だが英語のエピグラムで用いられている通常の形式は、ソネットの形式とよく似ていた。英語のエピグラムは、英語のソネットと同様、えてして二行連句や交差二行連句を用いて書かれている。押韻のしやすさや、二行連ごとにまとまっているために自然と二項対立的な構成になりやすいという英語の特性に関するレヴィの分析をふまえると、英語のソネットと英語のエピグラムの詩形が似通っているのはさして意外ではない[15]。英語のソネットについてのレヴィの評言は、英語のエピグラムについてもうまく当てはまる。すなわち、英語のエピグラムも、交差二行連句を連ねた後、ほとんど独立した対連で締めくくるという構成になっていることが多いのである。「異なるパターンをとりうるという可能性は、英語ソネットの詩行が潜在的に独立しうるものであるという可能性をもたらす。そして——詩の型によっては——対連を独立した自己完結性のあるものにせざるをえなくなる。そこから、二行ずつにまとめられ、それが統語法にも押韻構造にも映し出されているという特有のかたちが生じてくる[16]」。

英語のエピグラムは、もちろん、二行詩であることがほとんどだが、それより長いかたちとなると、交差二行連句を連ねて対連で締めくくったり、二行連句のみで構成されていたりすることが多い。トマス・バスタードの「エピグラム集」は、内容からして完璧に慣習的なソネットであると判断できる十四行詩《キャトルザン》を何篇も含んでいる。たとえば序をなす詩「自作の主題について読者に寄す」（第一巻エピグラム五番）や、常套的な称讃の転義《トロウプ》を用いて女王を讃えた十四行詩のように。[17] フランシス・シン（一六世紀後半のイングランドの紋章官で、父親ウィリアムはチョーサーの編纂者）の『寓意画とエピグラム集』（図像はなく、イメージは言葉によって描写される）には、二行連句か交差二行連句のいずれかで書かれた詩が収められている。その幾篇かは十四行詩であり、そのなかの一篇（女王についての詩）では、愛の君主のことが、ソネットのどの女性にも当てはまるような口調で比喩的に歌われている。ある一篇は運命の女神に寄せられているが、それは、ソネット詩人が歌う気まぐれで恣意的でつれない恋人に宛てられたものと言ってもよいくらいだ。[18] ヘレフォードのデイヴィーズの『痴愚を鞭打つ』は、諷刺的なものと諷刺的でないものをともに含むエピグラム集である。諷刺的でないものは、しばしば十四行詩のかたちをとり、他の種類の書物に収められているのなら、讃辞のソネットとみなすこともできよう。ある歴然たる十四行詩は「詩について」と題され、ある十四行詩は「読者に寄せて」と題されている。詩について歌ったそれらの穏健な十四行詩は、ソネットの自己批判的な伝統の枠内にしっかりと収まっている。[19] サー・ジョン・デイヴィーズの「騙しのソネット集」は、それについては後でさらに述べるつもりだが、ソネットとエピグラムをつなぐ重要な鎖の輪である。それは、抒情的な称揚と正式のエピグラムの双方に達者な人間によって書かれた（興味深いことに、彼のエピグラムはたいてい、交差二行連句を連ねて二行連句で締めくくるというかたちをとっている。「騙しのソネット集」と、まさしく同じ形式で書かれていることになる）。シェイクスピアのソネットにおいて、あるソネット（一二六番）は一二行の長さしかなく、二行ごとの平行韻になっている。[20] だからそれはエピグラムであるはずで、間違いなく、連作中で重要な変奏を奏でている。形式破りなのはもうひとつ、一四五番のソネットがあるが、これは四歩格《テトラミター》で書かれている〔他のソネットでは一行一〇音節の五歩格が用いられている〕。

これらはすべて、こう言いたいがためである。すなわち、英語での実践において、ソネットとエピグラムはいくつかの形式的な要素、とりわけ十四行詩というかたちを共有していたのである、と。そして、たいていのエピグラム作者やソネット作者は、ソネットと十四行詩のエピグラムのあいだに厳密な形式上の区別をつけなかった。こうした背景に徴するならば、サー・ジョン・ハリントンの「ソネットとエピグラムの比較(21)」は、すこぶる合点のいくものとなる。

あるとき、運悪く、二人の詩人が口論になった、
ソネットとこのエピグラムの比較をめぐって。
フォースタス〔マーロウをあてこすっているという説もある〕は長々と考えたあげく、
しまいにソネットのほうに軍配をあげた。
さて、その判断の根拠はといえば、彼は主としてこう弁じた、
自分の甘い官能に、その甘い味わいが好ましい、と。
さて、砂糖はたしかに味わって快いものであるが、
私の詩は長持ちしてほしいから塩を利かせることにしよう。

ハリントンの用いた語、砂糖と塩は――イタリア起源のルネサンス文芸批評が堪能させてくれるように――、まこと、ソネットとエピグラムという二つのジャンルを、いとも趣深い方法で言い表す語であった。「砂糖」(あるいは、より正確に言うならば「蜜」)と「塩」という二つの保存料が、詩の様

式全体を表すメタファーとなっていたのだ。二つの甘く、またぴりっとした調味料は、詩に生彩を与え、読者や作者が好む味をいかようにもこしらえることができるとされた。それらの語がいかにして用いられるようになったのか、その二つがなぜ頻繁に一緒に出てくるのかは、エピグラムとソネットに関するルネサンス期の理論をたどれば見えてこよう。さまざまな観念、理論、定義、見解が群れをなすなかへと、私はいま目を転じることにする。

II　ルネサンスの文芸理論におけるソネットとエピグラム

明らかに近代の形式であるソネットとは異なり、エピグラムは古典期からその存在を認知されている形式ないしはジャンルであり、「尖鋭な」ことで知られる詩人のマルティアリスが偉大な手本としてただ一人そびえたっている。[22]だが、プラヌデスの詞華集が掘り起こされ一四九四年に出版されるや、「ギリシアのエピグラム」がその後の詩人たちにとって広範な模倣と霊感の源泉となった。「ギリシアのエピグラム」は、鮮やかなイメージや奇想をそなえ、「ポイント」、即ち舌鋒鋭く人を刺す結論部はローマのエピグラムよりも目立って穏やかで、[23]恋愛の主題を強調していた。「ギリシア風」とみなされる類のエピグラム、ことに恋愛エピグラムは、抒情詩の創作に、とりわけソネットとルネサンスのあのすばらしい発明である寓意画《エンブレム》を含むソネット関連の諸形式に、即座に影響を及ぼした。[24]イングランドにおいて、この詞華集の影響はトマス・ワトスンの『百の情熱』〔イングランド初のソネット連作とされる〕にありありとうかがえるが、我々にとっては、シェイクスピアのソネット集の最後を飾るソネット一五三番「キューピッドが松明をかたわらに眠りこんだ」と一五四番「あるとき幼い愛神が眠りこんだ」のほうが、ギリシアの恋愛エピグラムにおける主要な主題のひとつを、それにともなう文彩とともに、ルネサンスがいかに料理したかを典型的に示すものとして役立つだろう[25]。これらのソネットに類似した詩は、ラテン語やイタリア語、フランス語、オランダ語、英語およびその他の俗語のなかに数多く見出せる。ローマのものであれギリシアのものであれ、エピグラムの要点は、すべての理論家たちが同意しているように、簡潔さである。すなわち、短ければ短いほどよいのである（これについては、マルティアリスの辛辣な言及が第一巻一一〇歌〔『寸鉄詩』〕にある）。

マルティアリスがエピグラム作家の範型とみなされているかぎり、エピグラムは、二行詩以上の長さをもち、様式上のポイントをもち、その関心はえてして個人や社会の振舞いにおける悪弊や矛盾に向けられるが、人や制度のすばらしさを讃美することもあり、墓碑銘として書かれることが多いもの、と考えてよいであろう。マルティアリスは、広範な主題をさまざまな調子で（より適切な言い方をすれば、潤沢な語彙を用いて）書いた。皇帝や公的人物についての堂々たる称揚からあけすけな猥褻にいたるまで幅広く歌うなかで、きわめて短い詩もあれば、ずいぶん長い詩もあるという具合である。ルネサンスの批評家たちが同意しているように、マルティアリスの様式はポイントをきちんとそなえていた。だが、問題の詞華集が人文主義の世界に浸透すると、エピグラムの公式の射程はいちじるしく拡がり、主題にせよ調子にせよ、はっきりしていた輪郭がはなはだ曖昧なものになってしまった。ルネサンスの詩人たちがギリシアのエピグラム作者に見出したのは、ヨーロッパの詩の世界ですでになじみ深いものとなっていた恋愛讃辞をさらに豊かにするような、イメージと奇想の貯蔵庫であった。この詞華集は、恋愛についての短詩を提供し、ローマのエピグラムが性愛——すなわち、売春、娼婦、少年愛、淫乱、姦通、欺瞞——のみを関心事にしていたのとは異なり、胸中に去来する感情についても歌った。ソネット詩人はそれと知らずに用いていたが、ソネットの特徴的なイメージの多くは、ギリシアの恋愛エピグラムに由来し、ローマの道を経由してすでに流れこんでいたのであった。だがこの詞華集がルネサンスの作家たちにひとたび正式に知られると、そこに示されている手本が規範となり、そこで用いられている文彩はすぐさま言葉の貯蔵庫に蓄えられ、ネオ・ラテン語や俗語で恋愛詩を書く詩人たちの源泉になった[26]。

そのあいだも、マルティアリスは、鋭く尖った「辛口の（"salty"な）」書きもののための主たる模範として仰がれていた。マルティアリスを遡ればギリシアの抒情詩人たちに行き着くことに気がついたルネサンスの批評家たちは、カトゥルスの詩に「恋愛エピグラム（epigramma amatoria）」の形式を見出し、マルティアリスのより厳格でより公的な種類の詩の対極をなすものとした。カトゥルスを祖とし、当然ながらペトラルカを経由して近代にいたるまでの、恋愛エピグラム詩人たちの系譜をたどることは可能だろう（し、また実際たどられもした）。そうした系図が確立されると、ソネットとエピグラムを形式と内容から厳密に区別する境界は、また一段と曖昧になった。英語において、十四行詩がソネットにもエピグラムにもかくも便利に用いられたという事実は、これら二つの形式が密接に関連していたことを示す一例である。

エピグラムとは何だったのだろう。さまざまな批評家がさまざまな方法でエピグラムを定義してきたが、みなが一様に強調したのは、エピグラムは簡潔を旨とすることと、その歴史的起源が石に刻まれた銘であったということである――まこと、そうした起源をもつからこそ、簡潔性が求められたとされたのである。ある者は、エピグラムをより長い形式に――喜劇、諷刺、あるいは悲劇にさえ――結びつけたり、そこから派生したものであると考えた。またある者は、エピグラムという形式はつねに独立して存在してきたものであって、たとえばホメロスやヘシオドスなど、より長い形式で書いている詩人たちのより長い作品から抽出されたただの警句的な対連や格言（sententia）とみなされるべきではないと考えた。

ルネサンスのエピグラム理論家はみな、マルティアリスはたしかに卓越した書き手であると認めていたが、そうした議論が交わされるなかで、カトゥルスは一貫して重要な役割を果たしていた。たとえば、アリストテレス派の批評家であるフランチェスコ・ロボルテッロは、カトゥルスの詩を碑銘の伝統に由来するものとして引用しており、「あの小舟（Phasellus ille）」（『詩集』第四歌）と「島々のうちの宝、シルミオよ（Paene insularum, Sirmio）」（『詩集』第三一歌）はそうした銘文の形式を模しており、明らかに、前者は事物、後者は記念すべき場所を記した碑文であると考えた。ロボルテッロによれば、エピグラムそのものはさまざまに異なる調子で書くことができるので、小さいながら、より偉大な詩の形式の「ようである」。エピグラムが追悼詩（墓碑銘）のごとく「悲嘆」を表明するとき、それは悲劇のようである。著名な人物を讃美するとき（カトゥルスがキケロを、マルティアリスがドミティアヌス帝を讃えたように）、それは頌歌《オード》の小型版なのである。エピグラムが主題の選択や言葉遊びに“*facetiae*”すなわち機智を発揮するとき、それは喜劇や諷刺のようである。[27] 後にポンタヌスは、影響力のあった文芸手引書のなかで、マルティアリスとカトゥルスをエピグラムの二大作家として挙げ、エピグラムという形式を、判断（*judicatio*）、熟考（*deliberatio*）、装飾（*exornatio*）の三つの部分に分けた。エピグラムの真骨頂は、その簡潔性（*brevitas*）と機智（*argutia*）にあるとされた。ポンタヌスは、カトゥルスのエピグラムを甘美さ（*suavitas*）ゆえに称讃したが、こうした甘さは多くのギリシアのエピグラムに、とりわけ恋愛を主題とするエピグラムに共通するものであった。[28] ルネサンスの理論家たちは、“*argutia*”すなわち機智あるいはポイントにしだいに固執するようになるが、これは古典期の理論家がめだって強調した特徴ではないし、まこと、掘り起こされた詞華集の（「ギリシア風の」《ア・ラ・グレック》）詩の多くに見られるというわけでもない。だがそれは、マルティアリスの諷刺のきついエピグラムには顕著に見られる特質であった。エピグラムをめぐる論議がなされるなか、マルティアリスとカトゥルスの対置や対立が、エピグラムを批評するさいの比喩的な参照枠とみなされるようになった。そしてついには、エピグラム作者としての両者の公式の競合関係が、エピグラムの適切な様式とは何かをめぐるどの主要な議論においても、多かれ少なかれ、必ずと言っていいほど取り沙汰されるようになったのである。(29)

このことだけをとってみても、エピグラム理論がソネットにとって大きな意味合いを帯びていたことが容易にわかる。というのもソネットは、(たいていは)恋愛の主題を扱うが、著名な公的人物を礼讃することもある短い詩形式だからである。一五四八年にセビエが示した有名な見解は、それゆえ、さして意外ではない。すなわち、ソネットは「題材といい短さといい、エピグラムときわめてよく似ている。とどのつまり、ソネットは、フランスの十行詩がフランスの完璧なエピグラムであるように、まさにイタリアの完璧なエピグラムであると言える(30)」。それよりも前の時代に、ロレンツォ・デ・メディチは、自作のソネットに付した『ソネット註解』――自らのソネット理論を集約した評釈――において、ソネットのエピグラム的特質についてこう述べている(31)。

ソネットの簡潔さは、ひとつの言葉も無駄であることを許さない。そして、この理由のゆえに、ソネットの真の主題と題材は、適切に語られ、数行の詩句に切り詰められ、曖昧さと硬さを逃れた、鋭敏で洗練された格言でなければならない。この文体の様式は、題材の鋭敏さと文体の巧妙さという点において、エピグラムときわめて類似しており、それに合致している。しかし、ソネットにはより重々しい格言がふさわしく、またそれが可能なので、エピグラムよりもはるかに難しいものとなる。

一六世紀イタリアの詩人で批評家のミントゥルノは、俗語(イタリア語)で書いた詩法論のなかでエピグラムとソネットを関連づけているが、二つの詩形式は主題や語法において異なっているとした[32]。

ベルナルディーノ・ロータ――ところで、あなたはソネットを、ギリシア人とローマ人がエピグラムと呼ぶものに類似していると考えることはありませんか。

ミントゥルノ――それどころか私は、それらはとても異なっていると思います。というのも、エピグラムは叙事詩に属していますが、ソネットは抒情詩に属しているからです。加えて、エピグラムにおいては、構成の優美さも優雅さも要求されず、箴言や格言の鋭敏さが要求されます。ソネットにおいては、優美に、また優雅に秩序づけられ構成された、選ばれた言葉とともに、厳粛な、あるいは激烈な、あるいは甘美な情感が要求されます。エピグラムにおいては、詩行の数は規定されておらず、もし二行、あるいは四行以上ならば、むしろエレジーと呼ぶべきでしょう。ソネットにおいては、最終行が限定されており、それに違反することはできません。

これら二つの詩形式は、それぞれ強調するところは異なっているが、ミントゥルノにとっても他の人々にとっても、ソネットとエピグラムは、いずれも“*brevitas*”すなわち短さという同じ形式的土台のうえに成立していた。ミントゥルノは、エピグラムは尖鋭さに依拠し、ソネット（抒情詩《ポエジーア・メリカ》）は甘美さに依拠している（ペトラルカの詩から例がいくつか挙げられている）として、二つの種類の詩形式のそれぞれ独自の性質を注意深く区別している――「さて私は、ソネットがその題材において、ときおりエピグラムに類似していることを否定はしません。しかし、それに関わるさいには、別の様式と別の文体を採っていることを強く述べておきます」。エピグラムの主たる特徴である機智《アルグティア》ないし尖鋭さは、ミントゥルノによれば、名状しがたいもので、手本となる例を挙げることはできない。それは、かきたてられた感情によって記憶に留められるものなので、通常の方法では説明できないのである。[33]

他の批評家たちもその話題を取り上げている。ジョヴァンニ・ピーニャは『ロマンス』論において――主に論じているのは、別の熱い論議の的となっていたアリオストの騎士物語詩『オルランド狂乱』であるが――、群小の詩形式を扱うさいにエピグラムに触れている。エピグラムは明らかにソネットやマドリガルと関わりがある、とピーニャは言う。[34]

双方に対して、ソネットは異なる道を通して近づく。しかしながら、ソネットはときおり、抒情詩やエピグラムにおいては、その情感を説明しえないようなものなのであり、すなわち、しばしば、双方に含まれているものがソネットのなかに無理やり順応させられていたり、あるいは実際、そこではふさわしいものと見えないのである。

ベネデット・ヴァルキにとって、「ソネットはエピグラムに照応し」、マドリガルもまたそうであった。すなわち彼は、釣り合いをとるために、独立したエピグラムに「匹敵する」ような短い抒情的な詩形式を挙げるべきだと感じたのである。[35] タッソも、エピグラムの領分である「ポイント」をソネットとからめて論じ、ソネットの最終行ないしは最後の数行がポイントを置く最もよい場所であると述べている。[36]

これらすべてが意味しているのは、俗語によるさまざまな詩形式がエピグラムに結びつけられたこと、そして恋愛を主題とする相似した詩形式が必要とされたため、カトゥルスの系譜を引くとされるソネットが――マドリガル、八行詩、十行詩、十二行詩も、さまざまな批評家たちが引き合いに出してきたが――その規範的形式であると理解されたこと、にほかならない。現代のソネット批評家はしばしば口にするが、当時の理論書にはほとんど言及のない形式がひとつある。それはストランボット（*strambotto*）で、押韻する二行連句を末尾にもつイタリアの短詩である。その主題は、つねにというわけではないがたいていは公的で、政治的で、諷刺的ですらあった――もっともセラフィーノが書いたストランボットは、ペトラルカの恋愛詩と恋愛の奇想を伝播するうえでの重要な橋渡しとなっている[37]。イングランドの理論家や批評家は誰一人として、ソネットを「より鋭い」種類の詩と結びつける形式上の特徴〔ストランボットもソネットも結びの二行が韻を踏み独立している〕に触れなかった。だから、シェイクスピアの同時代人がストランボットと他の短い詩形式の関係をどう認識していたのか、あるいはそもそも認識していたかどうかを知ることは難しい。たしかにストランボットの末尾の二行連句は、イギリス型ソネットの結句のように、イタリアやフランスの理論で繰り返し取り上げられ、盛んに議論されてきたエピグラムの結び（*clausura*）やポイントと同じ範疇に当たる。「ポイント」と結びはつねに重なっているわけではないが、ポイントはえてしてソネットの末尾に置かれていたし、そこにあるものと期待されてもいた。結句がいかに鮮やかであるかを示すために、ペトラルカのソネットが数多く引用された。だがポイントは、詩の前のほうのどこかの転機に置くこともできる。ペトラルカのソネットには、もちろん末尾の二行連句はないわけだから〔ペトラルカ型ソネットは二つの四行連句と二つの三行連句で構成される〕、ポイントを作るには、最終行で言葉遊びをするか、あるいはしばしば前半の八行《オクターヴ》から後半の六行《セステット》への変わり目で、はっとするような言葉の妙技を披露するかのいずれかになりがちだ。フランスの理論家たちも、ポイントについては一家言あった。彼らはそれを押韻する詩行という見地から考えたので、彼らの定式化はイギリス型ソネットの末尾の二行連句にもたやすく当てはめることができた。

文芸理論への主要な貢献者であり自らもラテン語エピグラムの作者であったユリウス・カエサル・スカリゲルは、エピグラム論を著わし、小論ながらも先達の批評家たちが強調した要点を咀嚼したうえ、エピグラムを範疇化する隠喩的語彙を提供している。スカリゲルは、簡潔さ《ブレウイタス》と機智《アルグテイア》が肝要であるとした。だが、どこまで簡潔であるべきかについては、正確には定義しがたい。エピグラムのポイントは、パラドックス的であるか、さもなければ巧妙な意表を突く結び《クラウスラ》によって感得されるか、経験されなければならない。それは忘れがたい《メモラブルな》ものである以上に、実際に記憶に留めて思い出すべきものである、云々。スカリゲルにとって、マルティアリスは疑う余地なくエピグラムの筆頭作家であった。カトゥルスはときにしくじることがある。だがスカリゲルは、カトゥルスの詩が“mel”、すなわち蜜や甘さの最良の見本であるとして、彼を恋愛エピグラムの王者とする。「これらの詩は、輝かしく、洗練され、磨かれており、しなやかで、情熱に満ちていることがふさわしい。これに反して他の種類は、活発で、生き生きとしており、空中を漂うがごとく、マルティアリスの詩のようなものである」。エピグラムのそれ以外の種類、「これに反して他の種類」については、彼はそれを四つの型に分け、それぞれの範疇の特徴をメタファーによって表現した[38]。

> 第二の種類には四つの型がある。一つ目は、嫌悪すべき型……。二つ目は悪意の型。辛辣で、非難し、貶《けな》し、悪口を言い、悪意を放つ毒の型である……。三つ目は皮肉な型。棘があり中傷はしないが悩ませる型……。四つ目は機智の型で、非難とか毒舌なしでそこから笑いが生まれるというものである。

それらの範疇のうち、“*foeditas*”すなわち汚《けが》らわしさ（とりわけ、現実のものであれ比喩的なものであれ、悪臭ふんぷんたるもの）が際立つ最初の範疇のエピグラムは、真剣な作家にはまったくふさわしくない。他の範疇こそが、まともな詩人たちが筆をふるうべきところである。[39] すなわち、*"mel"* あるいは蜜（甘美な恋愛エピグラム）、*"fel"* あるいは胆汁（苦み）、*"acetum"* あるいは酢、*"sal"* あるいは塩（辛み）という範疇である。だからこそハリントンも、「ソネットとエピグラムの比較」のなかでソネットを「砂糖」とし、エピグラムを「塩」とした。酢のように、それらは詩を長持ちさせる薬味であり、詩人はそのどちらを選んでもよい。胆汁には、また別に、浄化作用という効能がある。そのメタファーにおいて、「苦い胆汁」は諷刺的な書き物における特質のひとつであり、エピグラムと諷刺はしばしば重なり合っていた。ベン・ジョンソンは、序のエピグラム〈わが本に寄せる〉〔一六一六年に出版された最初のフォリオ版『ベンジャミン・ジョンソン作品集』にエピグラム集が収録されている〕において、こう述べている。[40]

わが本よ、『エピグラム集』というおまえの題や作者としての私の名前を
目にしたたけで、おまえはこう期待されることであろう。
大胆で、歯に衣着せず、胆汁、ニガヨモギ、硫黄でいっぱい、
舌鋒鋭く、噛みつくための歯が生えていて……

同時代のイングランドのエピグラム理論では、苦み《フエル》が重視されたことがここからわかる。概して言えば、蜜《メル》と塩《サル》、あるいは蜜と胆汁《フエル》が、甘いエピグラムと辛辣なエピグラムを論じるさいのつねの範疇として用いられていたのであった。なかば結び合い、なかば対立する二つの型のエピグラムの古典的模範としてきまって引き合いに出されるのが、カトゥルスとマルティアリスであった。フ

ランスでは、セビエがセーヴ（ソネットではなく十行詩を書いた）を蜜の範疇における最良の書き手とし、マロを塩の範疇における第一人者で、辛辣なエピグラムの俗語（フランス語）による最初の真の書き手とした。セビエは八行と一〇行（八行詩と十行詩）のエピグラムを推奨した。八行は「こよなく軽妙で快い題材」のため、一〇行は「こよなく厳粛で教訓的な」事柄のためである。エピグラムはできるかぎり「流麗」であるべきだ。若い詩人が従うべき掟のひとつは、「末尾の二行で核心を鋭く突いて結ぶこと。なぜならこの二行にこそエピグラムの妙味が宿っているからである」。セビエが思うに、末尾のポイントの最大の名手であるフランスの詩人はマロとサン゠ジュレであるが、それは「彼らのエピグラムに辛みが効いているから」である。前述したように、セビエは、十行詩が完璧なフランスのエピグラムであるように、ソネットはまさに完璧なイタリアのエピグラムであるとみなした。ソネットの題材は「ソネットの原型を生み出した、イタリアの詩人の王者たち」の手本に倣って、「快い」ものでなければならない。ソネットは「よりふさわしいことであるが、真剣な愛情や情熱を受け容れるのである」。ペトラルカ風ソネットも十行詩も末尾が二行連句ではないので、最終行はしばしば「尖鋭」ではあったものの、（イギリス型ソネットにおいては）二行連句で生じるとされるポイントは、ペトラルカ風ソネットにおいてはそれより前に置かれねばならなかった。十行詩の場合、ポイントは五行目から六行目、もしくは七行目から八行目に置かれた。ペトラルカ風ソネットでは、ポイントは押韻する二行目と三行目か、（こちらのほうがよいが）六行目と七行目に置くべきである、とセビエは考えた。あるいは、末尾の押韻しない二行に警句や言葉遊びをあしらってポイントとすることもできるだろう。[41]

自らもソネットの最終行の名手であったデュ・ベレーは、『フランス語の擁護と顕揚』において、十行詩のエピグラムを書いているへぼ詩人たちをからかい、一〇行目のポイントのためだけに九行を犠牲にしていると述べた。真に力強い効果を得たいのなら、マルティアリスを綿密かつ徹底的に模倣するのがよい、とベレーは勧める[42]。ジャック・ペルティエ・デュ・マンにとって、エピグラムは短く、なじみ深く、より真剣な主題と機智に富む主題をともに扱えるものでなければならなかった。また結末が精妙で、ポイントをもち、効果的でなければならなかった。マルティアリスが「そのジャンルの師」であるとされた。ソネットについては、ペルティエの見るところでは、ペトラルカとベンボが最高の名手であり、「結びで一味効かせなければならないところが、エピグラムに通じている[43]」。エピグラムではふつう結びはひとつであるが、ソネットは複数の結びをもつこともある[44]。

だがさらに、ソネットは精緻でなければならず、感情を持続させねばならず、詩行すべてにおいて真剣な響きがなければならない。そして概念においてほぼすべて哲学的なものであるべきである。要するに、二つないし三つの結びをもつようにせねばならない。

ヴォークラン・ド・ラ・フレネは、十四行詩のイタリアのソネットとセーヴやサン＝ジュレの十行詩との関係について記した。彼は、ポンチュス・ド・チヤールとロンサールを讃美した後、デュ・ベレーが恋愛を主題にしたソネット連作『オリーヴ』から『ローマの古跡』と『哀惜詩集』というソネット連作へと移行したことの意味について述べた[45]。

そしてデュ・ベレーは愛の炎から離れて、
ソネットにはじめて彼のエピグラムを味わわせた……

換言すれば、「エピグラム」という用語はさほど厳密には用いられなかったのである。セーヴは、ペトラルカ風を実践した先達の恋愛詩人たちに大いに依拠しながら、フランス語における最初の主要な恋愛連作詩集を十行詩で書いたが、詩集の序をなす八行詩において、みずからこう述べている。(46)

私にはよくわかっている、かの厳しいエピグラムのなかにさえ
あまたの誤りを、おまえが読むことができるだろうということを。
愛神は（それでもなお）エピグラムを見者である私に書き
おまえのために、そのエピグラムを愛の炎に通したのである。

ソネットとエピグラムという用語の密接な結びつきや、ときには交換可能ですらあることを示す例を思いつくまま挙げてみよう。一六世紀後半に活躍したフランスの詩人ジャン・ド・ラ・ターユは自作の詩集を『ソネットとエピグラム集』と呼ぶとともに、ソネット形式で書かれた詩を含む『エピグラム集』や、『愛のソネット集』および『ポワトゥーの戦場の諷刺ソネット集』と題された小詩集を出版した。イングランドでは、ウィリアム・ウェッブが「エピグラム、挽歌、および愉しい小唄」を「喜劇的な様式」に結びつけた。ソネットとエピグラムは同じ傘のもとでくくられている。(47)フランシス・シンの『寓意画とエピグラム集』は、十四行詩を数多く含むとともに、その標準的な行数よりも長かったり短かったりはするが、だいたいは交差二行連句を連ねたうえで二行連句をもって結ぶというかたちのエピグラムも含んでいる。スペンサーは『無信仰者の戒め（*Theatre of Worldlings*）』〔オランダからのプロテスタント亡命者ヤン・ファン・デル・ヌートによる一五六九年の小冊子。そこに付されているペトラルカとデュ・ベレーの詩の翻訳者がスペンサーだとされる〕に己れが寄せた詩のいくつかを「エピグラム」と呼び、またいくつ

かを「ソネット」と呼んでいる。それらはまさしく不規則な韻律と押韻をもつ短詩であって、同族ならではのいちじるしい類似を示している。スペンサーは詩集『嘆きの歌』を出版したさい（一五九一年）、初期のきわめて不規則なかたちの詩を整えて、かなり多くの詩を十四行詩に改めた。デイヴィーズの「騙しのソネット集」（一五九四年）に至る頃には、ソネットの形式と言語はエピグラムや諷刺の様式とみごとに混ざり合っていた。デイヴィーズは、ソネット詩人およびエピグラム作者をもって任じていた。彼のエピグラム集において、最初の詩は（マルティアリスやカトゥルスの、本の内容を告げ知らせる序としての詩と同様）エピグラムに関するもので、十四行詩で書かれている。その反対側にある、本を閉じるための後口上としての詩は一八行の詩で、交差二行連句を連ねたうえで押韻する二行連句で結んでいる㊽。デイヴィーズのエピグラムの多くは性格類型に関するもので、エピグラムにつきものの鋭い批判的な分析口調で語られている。そのうちの一つである「ゲラのこと」は、その格好の例である㊾。

ゲラの美を吟味するなら、
彼女はどんより死んだ目をしていて、鼻ときたら鞍のよう、
顔中シミだらけの造作の悪い容貌で、
笑ったときに覗かせる歯はぼろぼろだ。
要するに、彼女は娼婦の手管を使う女のなかでは、
街いちばんの醜い女。
だがサテンのドレスを身にまとい、
裁ち寒冷紗の前垂れ、ビロードの靴、

緑の絹の長靴下、金色の縁飾りがぐるりとついた
琥珀織のペティコートでめかしこみ、
麝香猫《じやこう》のむらむらする香水をふりかけて、
つんとくる臭い息をごまかすなら。
いや、それらすべてで飾りたてても、彼女はやはり
甘く汚く、麗しいほど醜い娼婦なのである。

娼婦は、エピグラムにはふさわしい主題である。衣服をめぐる転義《トロウプ》を入念に繰り出したり個人的特徴を列挙したりすることも、エピグラムにはつきものである。これらすべてが、典型的な取り消し《パリノード》のソネット（palinode-sonnet）に明らかに類似した完璧な十四行詩によって表現されている。伝統的なソネットの恋人の美質を、そうした美質を描写する言語もろともことごとく撤回するのが取り消しの詩であるが、デイヴィーズの詩の場合は、ソネットの最終行のほぼ義務化した矛盾した言い回し（ポイント！）に至るまで、詩全体が逆さまにされているのである。

それゆえこの詩は、フランチェスコ・ベルニの反ペトラルカ的なブラゾン型ソネット（blazon-sonnet）を代表例とする、大陸のなじみ深い伝統に属している。(50)

本物の銀のような、剛毛の、巻き付いた髪が
手入れをいっさいされず、黄色の美顔の周りに。
皺の寄った額を見て、僕は青ざめる、
そこにアモルやモルテ〔死〕が矢を放っても無駄だ。

真珠のような両眼は虚ろで、光が失せ、
　あらゆる対象がそれらから逸れている。
雪のような睫毛。そして、僕を摑もうとするのは、
　少しごつく、短い十の指と両手。
牛乳のような唇。大きな、天空のような口。
　黒檀のような、まばらで粗末な歯。
　聞き取れない、言葉にならない協和。
尊大で重々しい衣服。お前たちに、アモルの
　神々しい従者たちに、私は明らかにする、
　これらが僕の恋人の美しさだ。

まさにそうした反ペトラルカ的精神のもと、ナッシュは、ソネットが女性を過剰に讃美するのにうんざりしてこう書いた(51)。

　そこで戯言だらけのバラッドやわれらが新たに発見した唄やソネットとなるわけだが、それは、赤鼻のフィドル弾きがみな指先でつまびき、無知な酔いどれ騎士がみな、オツムがかっかしてくるや酒杯を前に口ずさむという代物である。連中の歌わんとすることがよしんば本当のことであれ、韻律をそろえるためにそこには一つ二つの嘘が混ざっており、詩を調子よくするのが先決で真実は後回しになる……

デイヴィーズの「騙し《ガリング》のソネット集」——人を欺くソネット、間抜け《ガル》のためのソネット——は、ソネットの言語とソネット詩人の真実に集中砲火を浴びせるための試みである。彼のソネットは、ダン、ホール、マーストンの諷刺のなかで描写されているのと同じ文芸世界を故郷とし、ロンドンの裏社会を舞台とする。そして、ソネットの修辞の偉大な慣習をことごとくからかっている。ここではバーナビー・バーンズ、ウィリアム・パーシー、そしてサー・フィリップ・シドニーさえもが当てこすられ、そうした詩人たちが朗々と歌いあげた言葉の綾（figure of speech）や思考の綾（figure of thought）が卑しめられ、デイヴィーズの「カメレオンのような詩神」によって、ただの戯言に堕してしまう。「騙しのソネット集」は、ソネット創作そのものに深く切り込む。たとえば、一連のソネットの冒頭に置かれた「ここでわがカメレオンのような詩神は変身して」は、ソネット特有のものであると我々がみなすようになった批判の流儀そのままに自己言及的である。その詩は詩人の意図を表明するだけではなく、ソネット詩作そのものを見渡している。デイヴィーズの十四行詩は、ソネット世界をエピグラム作者の眼で眺めており、理想主義的なジャンルに社会的でリアリスティックで苛酷な光を当て、恋愛詩人たちの嘘に騙されている、あるいは騙されてきた読者を間抜け扱いしているのだ。これらのソネットは、慣習を野卑に裏返して、ソネット固有の誇張表現、讃辞、文彩、統語法を狙い撃ちする。それも、美しい意味すべてを即刻骨抜きにしてしまうような言い回しを用いながら、ソネットの大流行が重大な危機に瀕しているとほのめかすような方法で、そうするのである。これらの十四行詩はたしかにソネットの形式をふまえているが、あからさまに諷刺的なので、ソネットのパロディ版であると言えよう。それらのソネットの読者さえ、一杯食わされてしまう。恋に苦しむソネット詩人という象徴的な衣装を着けた裸のキューピッドが、愛神どころか、ロンドンの裏社会出身の、行く先々で厄介事を起こす若者であると判明するのだから。(52)

「甘い」言語に辛口の諷刺を効かせたデイヴィーズの詩は、エピグラムとソネットの両形式を、まさに橋渡しするものである――たとえば、キューピッドの衣服をめぐる最終行は、スカリゲルが定式化した調味料の語彙を想起させる。（こともあろうに）キューピッドの着衣のそれぞれの品について語り、頭から爪先までつぶさに検分した後、デイヴィーズはこう締めくくる。「そしてこよなく甘く渋い靴下」。渋い、甘い――デュ・ベレーの「私はペトラルカ風に歌うすべを忘れてしまった」で始まる有名な詩が心に浮かぶかもしれない。そこにはこのような一節がある。(53)

あなたの優しさは、砂糖や蜂蜜でしかなく、
あなたのつれなさは、アロエや胆汁でしかない……

デュ・ベレーは、そうした用語を注意深く用いている。『哀惜詩集』のソネットの序として置かれたラテン語のエピグラム「読者に寄す」において、詩人はこう述べている。(54)

読者よ、我々があなたに提供するこのささやかな本は、
胆汁と蜂蜜をあわせもち
塩の風味が混ぜられています。
あなたの味覚に好ましいものがあれば、
宴の仲間として来てください。この饗宴はあなたのために用意されました。
だがあなたの味覚に合わないのであれば、立ち去っていただきたい。
この饗宴にあなたを招待するつもりは私にはなかったから。

デュ・ベレーの序としての詩は、苦み《フエル》、甘み《メル》、辛み《サル》に整然と言及しているが、それはまた、本体のソネット群にどのような創意工夫が施されているかを何かしらうかがわせるという点で重要である。望郷の詩、批判的な詩、個人的な詩、公的生活、公的人物、公的出来事についての公的な詩、(数人の)徳高い男たちを讃える礼讃詩、邪悪な男たちや邪悪な習慣を罵る詩、とさまざまなソネットがここに収録されている。デュ・ベレーは、都市(とりわけローマ)の風習を攻撃したユウェナリスとマルティアリスから調子と語彙をともに幅広く借用し、その結果、苦みと辛みに意図的に特化したみごとなソネット連作がここに生まれた。

詩の様式やジャンルを表すメタファーは、詩的言及全般を取り揃えている調味料庫に見出すことができる。スカリゲルが定式化した分類を踏まえた、そうした略記号の言及例が、『恋の骨折り損』におけるビルーンと王女のやりとりに見られる。

ビルーン　白い手のご婦人、甘い言葉を一言。
王女　蜂蜜、牛乳、お砂糖、もう三言よ。
ビルーン　いえ、そこまでお手並み鮮やかならば、それではさいころの三の目をもう一組出しましょう。
蜂蜜酒、甘麦酒、甘葡萄酒。よし、ぴったりの目が出たぞ。
これで甘いものが六つになりました。
王女　七番目の甘いおかた、ではさようなら!
いかさまをなさるから、もうあなたとは勝負しません。

ビルーン　こっそり、一言だけ。
王女　甘くないのにして頂戴。
ビルーン　気《ゴール》を挫くようなことをおっしゃる。
王女　肝《ゴール》ですって！　じゃあ苦いわね。
ビルーン　ですからお口に合うでしょう。
（五幕二場二三〇―二三七行）

シェイクスピア時代の文人のジョン・ウィーヴァーは、『最も古い型および最も新しい流儀のエピグラム集』（一五九九年）のなかで、この自作の詩集についてこう述べている。[55]

接吻が欲しいと恋人にむかって呻くような
恋の病におかされた軟弱な間抜けはお好きではない。
だが塩に砂糖を、蜜に苦みをきかせれば、
称讃され、万人に好まれること間違いなし。

またマシュー・グロウヴはこう歌う。[56]

砂糖と塩のこと

砂糖と塩は同じサ行で始まる、

砂糖はよいものだが、塩のほうが優っている。
この砂糖は口にすると甘い、
だが聖書はしまいに我々にこう教えた、
塩は世に在るすべてのものに味つけをするのだと。
だが砂糖については一言も触れていない。

サミュエル・ダニエルは恋人のディーリアについて「あの女《ひと》の蔑みは胆汁のように苦い。あの女の好意は蜜のように甘い」と歌っており、それらの用語は、詩の様式ばかりか、感情の全領域を表現するものになっている。ジャンルに固有の言語は、その詩のために、修辞的調子を定め、「内容」も与えてくれる。詩人が「甘い」ことについて書き、甘いことを「甘美に」書くということは、読者がよく知っているという確信を持って、詩人がひとつの作法《デコールム》を喚起していることを意味している。ビルーンと王女とのやりとりや、ダニエルがディーリアの振舞い（実際には、詩人が彼女の振舞いをどう感じたかが転移して、彼女がそう振舞ったとされているもの）を胆汁と蜜になぞらえることは、ただの飾り、ただの言葉遊びにすぎないかもしれない。だが、どちらの詩句も、それぞれの文脈において、どの文学的契約が俎上に上っているのかを読者に示す文学的意味をみなぎらせている。それゆえ、『パルナッソスからの帰還』（一五九八年から一六〇二年にかけてケンブリッジ大学の学生によって上演された諷刺喜劇）に登場する明敏な若者たちは、盛期ルネサンスの恋愛詩の主要な特質とされる甘みを誇張しながら、スペンサーについて（「ポー川のどの白鳥（アリオストやタッソを指す）よりも甘い調べで歌う詩人」）、「甘美なコンスタブル」について、「甘い蜜を滴らせるダニエル」について、「ドレイトンの甘美なる詩神」について語り、シェイクスピアについてはこう述べる。[57]

アドニスの恋愛やルークリー〔ス〕の凌辱を愛さない者が〔いようか〕。
彼のひときわ甘美な詩には胸を〔高〕鳴らせる言〔葉〕がある……

だが、詩そのものにとって、そうした文学的含蓄を帯びた語は、テクストの外に出て熱心な読者にメッセージを発信する批評信号として機能するだけではない。そうした用語は、居場所であるテクストに対して負う義務をまず果たさねばならないし、その文学的環境にしっくりとなじむよう調整が必要である。それは、何よりもまず、文脈のなかできちんと作用しなければならないのだ。ビルーンのやりとりは、この劇のなかでは、当世風の機智をもつ宮廷人同士の互角の勝負であり、階級と場の作法に適う言語遊戯となっている。とともに、そうした語句は略式ながらも、言語と修辞を主要な主題とする劇に完璧に調和している。ダニエルの詩は、ペトラルカ様式の実践者たちが展開してきた対立の修辞にぴったりとおさまっている。たとえば、「わが恋人は美しく、その美しさと同じくらいつれない」で始まる詩のように。と同時に、ビルーンのやりとりが示しているように、詩の調子を定める語は、それが置かれている直接の文脈を超える含蓄を帯び、テクストの迅速な流れの水面に文芸批評上の要点をぐいと浮かびあがらせてくる。ソネットは“*mel*”、すなわち蜜、砂糖、甘みである。エピグラムは塩、酢ないしは胆汁である。両者の語彙、そしてそれゆえ文彩は、それぞれの詩的様式のメタファー上の対比が詩作における実践においても対比をなすようにあつらえられている。

このセクションで引用した大陸の理論家たちからわかるように、ソネットとエピグラムの同盟は、安泰ではあったがしっくりとはいかなかった。両者は、ときには一人が金髪で一人が黒髪の双子とみなされ、ときには対照をなすものとみなされた。それらは一組にされ、一対のものとして論じられたが、同時にそれらは、異なる調子と語彙を操るいちじるしく異なる詩形式であると理解されてもいた。英語で書いたどのソネット詩人にもまして、シェイクスピアはエピグラムと恋愛エピグラム、辛みと甘みの二つの様式を、ここでぶつかり合わせたかと思えば、あそこで両者を織りなされた全体の一部として提示するという具合で、それぞれの特徴をみごとに利用し尽くした（この点においてシェイクスピアに伍するのは、間違いなくシドニーだろう）。イングランドの詩人のなかで、シェイクスピアこそが、ソネット創作にまつわる問題すべてに最も深く分け入り、ソネット理論にさえ思いを巡らし、ソネットの形式、語彙、理論が含意するものを取り上げては一つ一つ入念に試したのだ。そして、ソネットという源泉の驚嘆すべき豊かさとともに、ソネット理論に内包されるさまざまな概念を、くまなく表現したのである。私は、シェイクスピアはたとえばスカリゲルを「知っていた」（熟知していたとしても不思議ではないが）とか、ルネサンス文芸批評の正統を形成した他のそのような大家を知っていた、と言っているのではない。まとまった文学的素材を扱うといつも自然に呼び覚まされるらしい持ちまえの分析能力のおかげで、シェイクスピアが、その素材の根本的な諸問題に対して――同時代の人々はそのことを熟知していたので、その主題に関する理論を渉猟する必要はなかった――尋常ならざる洞察力をまたもや発揮することができた、と言いたいだけなのである。

ソネットはエピグラムの「ようである」が、次に続く議論からわかるように、エピグラムとはずいぶん違うものでもある。二つのジャンルに何が共通しているのかを、シェイクスピアは理解しようと試みた。甘みと辛み、ソネットとエピグラムを組み合わせたり対比したりする意味を、ここで我々は考えさせられることであろう。シェイクスピアは明らかに、同時代人や後続の評者たちが述べたように、いちじるしく「甘い」詩を書いた。だが彼は、どの連作恋愛詩集にもないような、こよなく辛辣で諷刺的なソネットもいくつか書いた。パトリック・クラットウェルは、シェイクスピアは流行のソネットの素材が自ら用いるにはあまりにも空疎で陳腐であると思ったので、常套句に手垢が付いていることを示すためにソネットの慣習を修正したのだと言おうとしている[58]。その可能性は大いにある。だが、こう言うこともできる。シェイクスピアの「甘い」、「酸っぱい」、「酢」は、きわめて個人的な感情の発露という文脈で生じており、試行的実践や慣習的修飾の結果でしかないことなどあるはずもない。それらはまた、思うに、まったく新しい詩的対比を発信している。それは、ソネット連作に深く根ざしてはいるが、文芸理論によって輪郭を描かれ定式化された詩的対比である。それらの語は、何にもまして、シェイクスピアが努力したしるしである。ソネット連作を、どのみち英語ではジャンル史上一度も試みられたことのないような文体と感情の領域に凝縮しようと、シェイクスピアが努力したしるしである。己れが選んだ形式の正統的な可能性を、シェイクスピアが熟練の技をふるって、きわめて文学的に利用した成果がそこにはあるのだ。

III　甘み《メル》と辛み《サル》——シェイクスピアの、友人に宛てたソネット

「甘美な（sweet）」がシェイクスピアのお気に入りの形容辞であったとするエドワード・ハブラーの評言[59]は、なかなか的を射ている——たしかに彼の同時代人は、シェイクスピアの詩はそうであると思っていた。ウィーヴァーは『エピグラム集』において「蜜の舌をもつシェイクスピア」と評し、ミアズは「甘麗にして蜜の舌をもつシェイクスピア」はオウィディウスに匹敵すると語り〔フランシス・ミアズの一五九八年の評論集『知恵の宝庫』より〕、バーンフィールドはシェイクスピアの「蜜のように流れる詩」を讃えた[60]〔リチャード・バーンフィールドの一五九八年の詩 'A Remembrance of some English Poets' より。これはシェイクスピアに関する最初期の称讃である〕。もちろん、甘美さについてのこうした言及のなかには、シェイクスピアが恋

愛詩、とりわけミアズの言うような「砂糖のように甘い『ソネット集』」や、『ヴィーナスとアドニス』および『ルークリース』を書いたことを意味するだけのものもある。それらの詩は、正真正銘「抒情的（melic）」であるために語源が混同され〔melicは「メロディー」や「歌われるための抒情詩」を意味するギリシア語のmelosに由来するが、「蜜」を意味するラテン語のmelが語源であると誤解された〕、「蜜のよう」であるとされたのである。「砂糖のように甘い（sugared）」は、先述したように、シェイクスピア以外の抒情詩人にも用いられた形容辞である。アイヴァ・ウィンターズが一六世紀の抒情詩の様式を二極化してくれたおかげで、我々は今日、その時代の抒情的な書き物の、より趣を凝らした詩とより素朴な詩のあいだに、ある種の緊張が読みこめることを知っている。ウィンターズの用語は、まさにクラウディオ・ギリェンが嘆じたような意味において、時代錯誤的である。[61] ギリェンは形而上的、バロック、マニエリスムという用語は反歴史的で曖昧化するものとみなしているが、私もそう思う。ルネサンスの実践に二〇世紀の理論を当てはめる是非はともかく、選択肢としてさまざまな様式が利用できたことは明らかである。そしてまた、ルネサンスの詩人にとって、「装飾」は、音の甘麗さや感覚の甘美さ（軽蔑的に言えば、感傷的な甘ったるさ）をえてしてともなっていたことも明らかである。「砂糖のように甘い」という語は、多くの場合、修辞的で詩的な文彩を凝らしたという意味でしかなかった。[62] シェイクスピアに関して言えば、ハブラーの評言は的を射ている。シェイクスピアのソネットには、「甘い（sweet）」という語が現に高い頻度で現れてくるし、甘美さにまつわるイメージ――花々、香水、蜜、春など――も重要である。若者は「愛しい人（sweet love）」、「麗しい君自身（sweet self）」であり、やがては「優しい夫（sweet husband）」ともなり、彼自身が白髪となり塵となった後も「美しい子供たち（sweet issue）」が「君の美しい姿を受け継ぐ（sweet form should bear）」ために、「どこかの壜を甘い香水で満たす（make sweet some vial）」義務があるのだ。また、甘美さの文彩を詩人から引き出すのは――定式通りの詩人の愛する女性ではなく——若い男性である。

このことを、いったいどう考えればよいのだろう。若い男性が、愛する女性を称讃するために用いられるあの特有の豪奢で装飾的なイメジャリをまとって世の人々に提示されることを(63)。よく知られた慣習を——ソネットに関する限り、定番となっているあの有名な慣習を——このように逆さまにしてしまうとは、詩人はいったい何をもくろんでいるのだろう。これらのソネットの言語を考えると、その若者の正体をめぐって、ひいてはシェイクスピアの人となりをめぐって、たゆみない憶測がなされてきたのも不思議ではない。若者の家柄や身分を称讃する明らかにきっぱりした語調が（その母親の美貌を間接的に讃美することも含めて）、若き日のシェイクスピアの庇護者が誰であったかという興味をかきたて、パトロン探しがしきりに行われることになった。情熱的な呼びかけは、「ウィリー・ヒューズ」問題〔すなわち「モデル探し」のこと。ウィリー・ヒューズは、オスカー・ワイルドが『W・H氏の肖像』のなかで若者の正体であるとした少年俳優の名前〕を引き起こした(64)。男性に宛てて書かれたソネットの長い伝統を眺めると（ペトラルカからコロンナとセンヌッチョへ、マンボとデッラ・カーサから英雄的な庇護者と同僚に、タッソが亡きアントニオ・ソランツォに宛てた詩、プレイヤッド派の詩人たちが庇護者や互いに宛てて）、男性に宛てたソネットは、慣習的に、恋愛を歌うというよりは、英雄的であったり、諷刺的であったり、文芸批評的であったりすることがわかる。男性に宛てたソネットのなかには、情感の激しさが際立つミケランジェロの偶成詩〔ある出来事をきっかけにして作られる詩〕のように、いま挙げたばかりの事例ほど公的なものでないソネットもある。だがミケランジェロはまとまった連作を書かなかったので、彼の詩から愛の理論を、それがいかなるものであれ、説得的に抽出してくるのは難しい——批評家たちはまさにそうした試みを情熱的に繰り返してきたのであるが(65)。リチャード・バーンフィールドのギャニミードに宛てた詩（そのいくつかはソネットである）は、しばしばシェイクスピアの詩と比較されてきたが、そこにはまこと、称讃と求愛のある種のサイクルが繰り広げられている。バーンフィールドの詩的ペルソナは、羊飼いの若者ギャニミードに宛てて男同士の愛を率直に語るが、バーンフィールド自身は後に、ギャニミード詩群で表明された情熱は自分自身の実人生とは関係がないとし、手本と仰いだウェルギリウスの『牧歌』第二歌の含蓄に従い、牧歌風土で許容される愛を作法通りに描いたにすぎないと主張した。

男性に宛てたソネットの伝統において、シェイクスピアの連作に似た重要な作品はひとつとしてない。シェイクスピアのソネットにおいて、若い男性に対して用いられる言語は、明らかにペトラルカ的な情感と称讃の言語であるが、それはふつう愛する女性に対して用いられるものであって、シェイクスピアの若者は、その女性が甘美であるのと同じように、内気で、つれなく、気まぐれで、崇めてまつられているにもかかわらず、あらゆる点で典型的に甘美である。[66] この若者の詩人に対するつれなさが奇妙だと感じられるのは、主として、刷り込まれた心的構造《メンタル・セット》のせいであると私は思う。ソネットに登場する若い男たち（もちろん彼らは、愛の対象としてよりも、詩人の代弁者《ペルソナ》として登場するほうが多いのであるが）は、アドニスのように振舞って恋人を避けるのではなく、恋人を、場合によっては複数の恋人を受け容れる「べき」なのである。このソネットの友人の冷淡さは、恋人である女性の慣習的なよそよそしさの「ようである」が、それよりはるかに謎めいている。文学類型、作法、ジャンルという背景に照らしてみれば、情熱の欠如が若者の属性になっているのは「独創的」——すなわち、文学上の定式から外れている——である。甘美なペトラルカ風の語彙を若者に用いることが独創的であるように——そして、それらすべてが、しっくりと収まっているのである。

つまり詩人は、己れの連作のなかで、女性に用いる言語を男性に用いることによって、役割を入れ替えたのだ。もっとも、若者の男らしさは何度も強調されているので、彼に女性の役を割り当てているわけではけっしてない。その男性に女役が割り振られたと思わせるのは、もっぱら読者の文学的素養のなせる業である。というのも、詩人は、詩中で呼びかけられている人物に遠くから無私の献身を尽くすという伝統的な役割を貫いており、文体は明らかにペトラルカ的状況を表現するものなので、そう思えるのである。だが詩人は、何が目的でそうした書き方をしているのだろう。バーンフィールドのペルソナである牧歌詩人がギャニミードをあからさまに欲していたのとは異なり、詩人は、若者に肉欲を抱いているというそぶりを微塵も見せない。この甘美な恋人に蜜のような言葉で語りかけているにもかかわらず、シェイクスピアは、こうした場面における己れ自身の感情や期待から肉体性を排除しおおせている。それができるのは、部分的には、「プロット」の作り方による——というのもそれは、友人が女性を愛しうる人間であると詩人が考えていることや、情人と友人との三角関係によって、友人が現に女性を愛しうる人間であることをはっきり示しているからである。また、「庇護を受けている」ことが明らかな詩人が守るべき作法にも一因がある——詩人は、友人の身分が高く、詩人自身とは異なる関心事をもち、まったく異なる活動領域において社会的・制度的な義務を負っていることを意識している。また、たとえばソネット第二〇番（「造化の女神がみずからの手で描いた、女の顔」）に示されているような、男たちだけのあいだの連帯意識にも一因がある。

　この連作は、伝統的なソネットのもろもろの慣習をただ機械的にゆさぶるだけでは得られない力を帯びている。詩人の感情の峻烈さ——詩人の内的感情を分析しこね回すジャンルだとはいえ、極端に激しい——は、その対象が謎めいているがゆえに、すなわち、よそよそしく、威厳があり、冷淡であるかと思えば、気まぐれで、放縦で、つれなかったりする若者、詩人の強い理想主義と痛切な自己露呈が発する諸力の焦点と化した若者が謎めいているがゆえに、いっそう強力に伝わってくる。ともあれ、この連作が男女を逆転させたのは、その最も単純な相においてさえ、いささかの注目に値する。

たとえば、ソネット詩人が対象に対して能動的に愛せよと懇願するのは驚くべきことではない。というのも、ソネット詩人は、己れの内なる熱愛に応えてほしいと冷淡な愛人に嘆願するのが習わしだからだ。だがシェイクスピアの場合、ソネット詩人は対象に結婚せよと説きつけている。結婚は、ソネット世界では常態ではない。スペンサーの『アモレッティ』は伝統を破り、締めくくりの『祝婚歌』〔スペンサーは、八九篇の求愛のソネットからなる「アモレッティ」と長詩「祝婚歌」（エピサレイミオン）を合わせた詩集『アモレッティと祝婚歌』を一五九五年に出版した〕によって、連作全体を、成就した求愛という調和的な語り《ナラティヴ》へと向かって（語りのなかに組み込むところまでいかなくとも）方向づけた。シェイクスピアはスペンサーの先を行く発想をした――ソネットというジャンルを用いて若者に結婚を勧めるのは、賢く、意表を突くもので、時節に適うものですらある。[67]だが、別のジャンル、すなわち頌歌《オード》では、それはさほど型破りではない。オードなら、家という制度の存続を願う気持からそうした戒めがなされても、おかしくはないからである。ソネットの下位ジャンルである、あのオード志向のヒロイック・ソネット〔四つの四行連句か二つの八行連句を二行連句で結ぶ十八行詩〕も、公的人物に対する公的な呼びかけを扱い、彼らの私的生活に起こったさまざまな出来事を公的事件として扱う――身分の高い人物であれば、個人的になしたことがまさに公的な出来事となる――ので、そこにおいても同様に、きわめて異例というわけではない。[68]この連作は、慣習的な讃辞を入念に繰り出すことによって、正式なソネットの系譜に連なることをこれみよがしに主張しているのであるが、結婚を懇請するその口調にはどこか戯れめいたところがある。不真面目であるというわけではない――懐妊、誕生、成長の力強い言語は、そのような見解を許さない。というよりも、この連作には、独特の気迫、上手をとって出し抜こうとする広範な身振り、詩人の競争相手である恋愛ソネット詩人たちを屈服させてやろうという構えがめだっていると言いたいのだ。別の言い方をすれば、詩人とその友人のあいだに感じられる隔てに加えて、客観視するために距離をとるという文学的な態度が見られ、それを詩人がさまざまな方法で利用しているのである。

これらのソネットの誇張的な讃辞についてはしばしば言及されてきた。そして、ときには詩人の実人生を明かすものと自伝的に解釈されたり、ときには友情、愛、人間性について詩人がいかに深遠に、哲学的にすら感じることができるかの証左であるとされてきた[69]。もし我々が、これらのソネットを、ソネットの伝統における習作であるとともに、とりわけソネットの限界を試す習作——感情の深さはあるが、技巧が自意識的に凝らされたもの——であり、ソネット作りにつきものの慣習という障壁を押しのけて、ソネットの慣習もろもろの土台だけを吟味するような習作であるとみなしても差し障りないのであれば、利用可能な、そして（使い古された）ジャンルに刷り込まれている心的構造《メンタル・セット》の枠内にある文学的素材を捌《さば》くうえで、詩人がいかに創意工夫を発揮したかがすぐさま看て取れるようになる。若者は、恋人である女性に用いられる言語で呼びかけられているのだから、彼を讃美するさいの大仰な物言いはまことにきわめて大仰であると見えてくるし、同じ奇想を用いても女性に用いるときよりもはるかに誇張されているように見える。だが、この連作において、誇張よりもさらに興味深いのは、誇張を和らげる抑止的な手法が用いられていることである。そのようなもののひとつが、さまざまな思考の綾（figure of thought）によって、詩中の誇張表現を抑えるとともに、読者の感情的な反応を抑えることである。我々は幾度となく、呼び覚まされた感情を全面的に解放することを妨げられ、ソネット中に満ちている統語法や屈折のなすトリックや機智のうねりをじりじりと掘り進んでいかねばならない。そうした遊びは、とりわけ二行連句に見られる——ソネット四番のように、「投資されない（unus'd）」が「投資する（use）」に、「投資する（use）」が「高利貸（usury）」に対置され、読者はそれらの語にまつわる禁欲的、快楽主義的、金銭的な連想についてじっくりと思案しなければならない。

ソネット二八番には、昼（day）と日毎に（daily）、夜（night）と夜毎に（nightly）、息（breath）と息づく（breathe）があり〔これは誤りで、breath と breathe の組み合わせが出てくるのはソネット八一番〕、ソネット一八番には「この詩は生きる（lives this）」と「この詩がいのちを与える（this gives life）」という対置がある。換言すれば、シェイクスピアのソネットは、ソネットならば当然もつべき「ポイント」をもち、ソネットのポイントは、言語のうえではたいていはエピグラムの様式で表現されるのである。

とはいえ、私がまず取り上げたいと思うのは、ぴりっと辛いものではなく、甘美な味のするものである。

早咲きの菫《すみれ》の花を、私はこう叱りつけた。
馥郁《ふくいく》たる盗人よ、おまえはその芳しい香りをどこで盗んだのか、
私の恋人の息からにちがいない。おまえの柔らかな頬を
華やかに彩るその深紅の色も
明らかに、私の恋人の血管にひたして染めたものだ。
私は百合を、わが君の手の白さを盗んだとなじり、
マヨラナの蕾《つぼみ》を、わが君の髪の色香を盗んだとなじった。
薔薇は罪悪感におののきながら棘《とげ》のうえに咲き乱れ、
あるものは恥で赤らみ、あるものは絶望でまっ青になっている。
赤でもなく白でもない第三の薔薇は、両方から色を盗み、
色ばかりか、君の息まで奪っていた。
だが悪行の報いを受けて、若々しい花の盛りに

　復讐の毛虫に食い荒らされて枯れてしまった。
　私はさらに多くの花々を眺めたが、そのどれもが
　　香りや色を君から盗み取っているように見えた。（九九番）

恋人の身体各部の美しさを表現するものとして花を喚起してくるのは、常套的な手法である――菫は愛する女の肌の滑らかさや芳しい香りを、百合は愛する女の手の白さを、マヨラナは愛する女の髪の匂い立つ美しさを、薔薇は愛する女の芳しい香りや美しい肌の色を表しているが、そうした奇想は、恋愛詩の、とりわけソネットの定番表現のひとつとして、女性の美しさを「説明する」ために繰り返し用いられた。ヘンリー・コンスタブルのダイアナもこれらすべての花々の「ようで」あったが、コンスタブルが匂いのきついマリゴールドを用いているのとは異なり、シェイクスピアは香り豊かなマヨラナを用いている(70)。

　せんじつめれば、すべての花がそれぞれの美点をあの女《ひと》から貰っている。
　花々の甘い香りは、彼女の芳しい息から生まれるのだ。
　あの女の眼の光がもたらすいのちある熱が
　大地を暖め、種子を目覚めさせる。
　彼女が花々に水やりをするための雨は、
　私の眼から降ってきたものなのだが、それを彼女は絹雨に変える。

シェイクスピアは、まさにこのソネットをもとにして、その変奏を試みていたのかもしれない。だ

が、何をしていたにせよ、シェイクスピアは、ジャンルの本質をなす「甘い」イメージに、まっこうから取り組んでいたのである。見てのとおり、シェイクスピアのソネット九九番には呼びかけられた当人の性別を示す代名詞がまったく用いられていないので、それが独立したソネットであれば、我々は間違いなく、それは愛する女性に宛てて書かれたものと考えるだろう。だがそのソネットが通常の順番に置かれているかぎり、明らかにそれは、相前後するソネットが語るように、友人である若者の愛情と関心が詩人から離れて、言葉においても一緒にいても彼をより楽しませる別の相手に向けられていることを歌った一連のソネット群の一つである。だから、この一連のソネット群において、男性に宛てられた奇想は、愛する女性に宛てられた同種の詩よりも、この詩をさらに大仰で、極端で、より深い恋着を表現しているように見せる。かくも馥郁と匂い立つ美しい男性がエピグラムではどのような姿で表現されるかを考えると、シェイクスピアの大胆さはさらに際立つ。エピグラムの世界では、香水をつけた若者は、たちどころに型にはめられ、エピグラム作者に蔑まれることであろう。だがこれらのソネットにおいて、詩人が若者にそのような感情を抱いている気配は微塵もない――たとえばソネット二〇番において、彼は若者の際立つ男性性を強調することによって、彼の美貌が暗示する女々《めめ》しさを笑い飛ばしている。

　連作中のそれぞれ異なる場面、まず「美しい若者」に宛てられた冒頭のソネット群、次いで詩作についてのソネット、そして最後に甘みと辛み、蜜と塩の戦い《プシュコマキア》において、甘さの言語がどのように用いられているかを見てみよう。冒頭のソネット群は、そのほとんどが若者に「殖やす」よう説いているのであるが、[71]「甘い」イメージャリに満ちており、sweetという語がめだって用いられている詩もいくつかある。なかでもとくに、ソネット一一三番に注目したい。

ああ、君がいまのままの君でいられるなら。だが、愛しい人よ
君はいま生きているままの君でいることはできないのだ。
この来るべき終わりにしっかりと備えるため、
その美しい姿の面影を誰かに伝えねばならぬ。

最初の四行連句は、先行するソネット群や詩全般で表明されるありふれた詩藻を繰り返しているにすぎない。すなわち、時間と死がすべてを奪ってしまうこと、死が愛しい人に対して絶対的な権利を有しているのだから、愛しい人は自分自身をわがものとして所有しておらず、「いまのままの君」ですらいられないこと。

そうすればいまは借りているにすぎない君のその美しさを
いつまでも所有することができるようになる。君自身は死んでも
君の美しい子孫が君の美しい姿を受け継げば、
君はふたたびいまのままの姿で甦るわけだ。

反復には厄介なところがある——甘みがくどいと、パロディではないかと思われてしまうのだ。たとえばシドニーのソネット七九番「甘い接吻よ、おまえの甘さを僕は甘美に歌いあげたい」は、甘い言葉を多用するというソネットの特徴をパロディ化している[72]。だが明らかに、シェイクスピアは、ソネット様式の伝統的な甘美さ（*suavitas*）であれ、自分がその語（sweet）を頻用することであれ、パロディ化しているわけではない。というのも、同じ言語が他のソネットでは濃厚さを増し、凝縮された甘

美さ、すなわち蒸溜のイメージのもとで用いられているからである。ソネット五番と六番は、四季の巡りを表す言葉を用いて、破壊者としての時間について語っている。

けっして止まることのない時間が夏をいざない
恐ろしい冬に導き、そこで滅ぼしてしまう。

しかしながら、夏の精華を保ち、蓄えておく方法もメタファーによって語られている。

とすれば、夏の花から蒸溜されたエキスを蓄えておかなければ
硝子壜のなかに液体の囚人として閉じこめておかなければ、
美が生むものも美そのものも奪われてしまい、
美も、その美の思い出もなくなってしまう……

ソネット五番はふさわしい二行連句で結ばれている。だが、詩本体から切り離しても、それは完璧な対連のエピグラムになるであろう。

だが、花を蒸溜しておけば、冬を迎えても、
失われるのは見かけだけ、実体はとこしえに芳しく生きる。

ソネット六番は、概念やイメージを引き継ぎつつ、蒸溜の奇想を今度は愛する若者その人に当てはめ、

美貌が時に屈して花のように色褪せるまえに、香水の創り手となり子をなすようにと説きつける――「どこかの壜に甘い香水を詰めてやりなさい」。

この一連のソネットの後のほうに出てくる、愛の衰退と復活を扱うソネット群――それは、愛の表現にまつわる諸問題について歌う詩群とも関わっている――の中心に置かれたソネットにおいて、不滅という概念は、子孫という人間の、あるいは「現実の」ものに当てはめられるのではなく、詩における不滅性という、実世界にはあまり関わりはないが詩的文脈においては等しく「実体のある《リアルな》」言語によって語られる。「蒸溜」という概念は、ソネット五四番でふたたび現れるが、その時それは、有機的な生命体や生殖ではなく詩に関係するものとして語られている。

ああ、美は、真実が与えるあの美しい飾りによって
いかばかり引きたってみえることか。
薔薇は眼に美しく映るが、そこに宿っている
あの芳しい香りによって、さらに美しいものと思える。
野薔薇とて同じこと、この匂いたつ薔薇に優るとも劣らない
濃く深い色合いをそなえている。
棘のある茎に咲き、夏のそよ風が閉じた蕾《つぼみ》を押しひろげると
浮かれ女のように風と戯れるさまも同じである。
だが野薔薇は見かけのよさだけが取りえなので、
求められないまま咲き、顧みられることなく色褪せて、
ひっそりと死んでいく。甘い薔薇はそうではない。

その馥郁とした骸《むくろ》から、極上の香りを放つ香水がつくられるのだ。
美しく愛らしい若者よ、君もまた同じ、
花の盛りは移ろっても、私の詩が君の真実を蒸溜し香り続ける。

この詩はきわめて多くの事柄「について」語っている。あるいは、より適切な言い方をするならば、さまざまな話題にまつわるさまざまな種類の連想を数多く喚起してくる。明らかに、まっさきに喚起されるのは、「主題」であり、詩が高らかに歌いあげている状況であり、ここではっきり若い男性として呼びかけられている友人に宛てて詩人が書いていることである。このソネットは、詩においてまた人生において、美がいかなる問題を宿しているかを語っている。野薔薇（canker-bloom）〔canker には「胴枯れ病に罹った」という意味もある〕は、健やかな（別の意味においては「甘い」）薔薇と見かけは同じくらい美しいが、芳香という本質、すなわち見かけを超えるところに美を宿す力をそなえていない。しかるに薔薇は、蒸溜すれば香水となりエキスとなってその甘美さを保つ。若者の美は、そのような美なのである。だがこの大いなる讃辞の裏には、詩の機能という概念が潜んでおり、文体の問題もほのめかされている――文体の問題は、「文体」、「飾り」、「真実」のことは語るが「甘美さ」については語らない別のソネット群のなかで、より直截的に扱われている。この詩における甘い言語は、とりわけ以下の響き合う二行におけるように、対象の若者の美しさと重ね合わされているため、納得のいくものとなる。

ああ、美は、真実が与えるあの甘い飾りによって
いかばかり引きたってみえることか。

すなわち、香水のメタファーは、奇想とも見えるのだが、「美しく愛らしい若者」というこの特定の個人のすばらしい甘美さを転写したものなので、つまるところ、事実をありのままに描写したものとなる。薔薇が甘い芳香のエキスとともに生き続けるように、その比類ない対象の甘美さの蒸溜物である詩も生き続け、次には詩が現に香水になり、その甘美さを保たせるものとなる。詩人はまた、何か別のことも試みている。すなわち、「砂糖のように甘いソネット」の甘味料である蜜《メル》を批判的に用いたとみなしうる英語のメタファーの実例を示そうと試みているのである。この詩は甘味がくどくなりすぎるという危険を冒している――それはシドニーが、ソネット七九番で純然たるからかいの的にした危険であり、「真実そのものを語ってもそれがお世辞としか聞こえないとき／言葉は何を言うことができ、あるいは何を言うことができないのだろう」(73)〔シドニーのソネット三四番から〕と冗談口調で読者に語る危険である。シェイクスピアは、この詩のなかで、その危険と対峙し、それを吟味し、詩を紡ぎ出しながら己れの主要なイメージを論理的に展開した。ソネットの作法という本陣に切り込んでその危険を吟味することによって、詩人はそれを、ささやかながらも優美な戦術的勝利に変えることができたのである。

　ソネット三五番において、詩人は、ペトラルカの遺産である矛盾表現、ソネット言語につきものの対立のいくつかと戯れている(74)。

君がしてしまったことを嘆くのはもうよしたまえ。
薔薇には棘があるし、澄んだ流れの泉にも泥はまじる。
太陽や月には雲がかかり、日蝕や月蝕だってある。

いまわしい毛虫はこよなく美しい蕾にもひそんでいる。

この最初の四行連句は、お定まりの詩的表現を繰り返しているにすぎない。さて、次に来るのは、それを当てはめること、メタファーを「事実」へと転化し、イメージを詩の対象と即合《マッチ》させることである。

人はみな過ちをおかすもの、この私とてそうなのだ、
君の非行をいろいろなものと引き比べて容認し、

――すなわち、若者の「非行」を、陳腐ではあるが、棘、泥、雲、日蝕や月蝕、毛虫と引き比べ――

君の不品行に膏薬をすりこみ、私自身を堕落させ、
君の罪にはもったいないほどの大きな赦しを与えている……

二番目の四行連句は、がらりと異なる言説の場を志向している。それはいちじるしく平明な言葉で語られ、イメージはそこで断ち切られるか（「君の不品行に膏薬をすりこみ」）、放棄される――詩人は、詩的振舞いと感情的振舞いの混淆物を吟味し、吟味した結果を包み隠さずさらけ出す。「人はみな過ちをおかすもの」は、一行目の「君がしてしまったこと」という言明されていない罪を引き継ぎ、その罪に関する言い訳がさらに続いていることを暗示している――だがここで詩人はベクトルを逆さまにして、一般論を自分自身へと当てはめ、彼がいままさに行っていることを批判している。要するに、

自分が感情のうえで逃避していることや、心痛をもっともらしく正当化するために詩で「引き比べ」をしていることを批判しているのである。「人はみな過ちをおかすもの」は、だから、友人の「過ち」とともに自分自身の過ちも糊塗するための法則なのだ――「君の罪にはもったいないほどの大きな赦しを与えている」、あるいは、誇張的な言語を用いて「君がしてしまったこと」の深刻さの度合いを強め、二人の関係を抒情的なものから劇的なものに壮大化しようとしているのである。そうした複雑な手順を踏みながら、三番目の四行連句は、〈われ憎み、かつ愛す（*odi et amo*）〉〔カトゥルスの『カルミナ』八五歌より〕という、たいていは、薔薇と棘、泉と泥、太陽や月と雲や蝕《しょく》などの対立するイメジャリをつうじて伝達されるペトラルカ風詩人のあの心的状態、心中の葛藤劇へと移行していく。

君の色欲の過ちを擁護しようと私は分別を呼び入れ――
君の告訴人でありながら君の弁護人にもなり――
自分自身を相手どって訴訟を起こすはめになる。
愛と憎しみが私の胸中でせめぎあっているものだから
　私から苦く奪っていくあの甘い盗人にたいして
　私は共犯者にならざるをえない。

ここには、〈甘い〉と〈苦く〉は言うまでもなく、〈色欲〉と〈分別〉、〈告訴人〉と〈弁護人〉、〈訴訟〉と〈共犯者〉をめぐる言葉遊びといった、エピグラムの伝統に属するものが数多く含まれており、目下の論旨にうってつけである。ソネットによくある類の撞着語法《オクシモロン》が、一転平らかにされて、より調和した対立をもたらしている。さまざまな対立が思考の綾（figure of thought）にくるまれ、詩人が若者の罪の共犯者になり、ついには友人を責めるよりも自分自身が罪あるとする過程で、対立が詩人の自我のなかで統合される。詩はくるくると方向を転じる。詩人はある作法のもとで書くことをやめ、別の作法へと移る――あるいはある種類の詩を書くことをやめ、別の種類の詩を書き始める（あるいは書き終える）。この詩にはさまざまな種類の分裂が示されている。詩人と友人とのあいだの分裂、詩人自身の感情における分裂、詩の第一連と残りの部分における文体や調子のうえでの分裂。

『ソネット集』のどのソネットにもおそらくは当てはまることなのだろうが、この詩は、言語を形式に、言語と形式を内容に即合《マッチ》させるという問題を顕在化させている。さらには、その自己言及的な操作によって、この詩はそうした問題意識すら無意味なものにしてしまう。この詩が語っていることはそれがなしていることであり、語っていること、あるいはなしていることがこの詩そのものなのである。「飾り」さえここでは内に秘められているのだから、ウィンターズの詩論が瓦解していくのが感じられるはずだ。この時点で、我々は、蜜と塩が互いに浸透し合うさまを見る。塩はほとんど「分別《センス》」と化しているように思える。というのも詩人は、自分が何をしようとしているかを知覚し、その感情的欺瞞を察知し、（ある領域においては）あからさまな欺瞞によって――すなわち奇想によって――それを正すのだから。主題における対立は互いに依存するものとなり、ついには一つのもの《シングル》、唯一無比《シンギュラー》のものとなる。

「中傷」のソネット群において、詩人は若者が悪い仲間と交わっていると嘆き、悪評が立っていることを気にかける。文学における諷刺や諷刺的なエピグラム――舌鋒「鋭い」のが決まりであり、言葉の苦さが浄化作用をもたらすとされるような――につきものの語彙を用いて、詩人は、中傷の辛辣さ、苦々しさ、不快感について多くを語っている。ソネット三五番はめざましくも、詩人と友人を一体化させていた。だが詩人がいかに友人の罪深さを引き受けようと、友人が犯したことは何であれ、たとえ明示されなくとも厳然たる事実として存在する。詩人はその咎《とが》をわが身に振り向けるとはいえ、彼を許してはいない。詩人はそうはしなくとも、中傷者たちはこきおろすことを楽しむ。ソネット六九番において彼らは、

君の心がいかほどに美しいか探ろうとして、
そうして、それを君の行いから推し量る。
すると、彼らの眼は優しくても、思っていることは意地悪く、
君という美しい花に雑草の悪臭をまといつかせる。

結びの二行連句は、多様な意味を含む地口〔soil には「土台」「汚れ」「解答」などの意味が含まれる〕を含み、支配的なイメージを保ちながら、若者がいかなる過ちを犯したために中傷者たちが非難することになったかを「説明」している。

だが君の匂いがなぜ君の姿にそぐわないのか、
おおもとの理由はこうだ——君が卑しい土（soil）に根をおろすからだ。

ソネット七〇番は、いかなる中傷を浴びようと若者に罪はないという見解を繰り広げる。中傷そのものを心理的・社会的に鋭く分析しながら、詩人は友人の美質を「証明する」。

君が責められているのは君が悪いからではない、

美しい人間は、いつだって中傷の的になってきたから。
猜疑とは美の飾りのようなもの、
晴れわたった天空にぽつんとうかぶ烏《からす》のようなものだ。
君さえ立派なら、中傷は君の価値をいや増すだけ
だって世間にもてはやされているのだもの。
悪徳という毛虫は最も美しい蕾を好むが、
君は清らかで汚れない花の盛りを誇っている。
君は青春の日々にひそむ伏兵をうまくやり過ごし、
襲われずにすんだことも、挑まれて勝利者になったこともある。
だが君にたいするこの讃辞も、嫉妬を鎖につなぐほどの
讃辞にはならず、嫉妬はつねについてまわる。
　悪の疑惑が君の姿を翳《かげ》らせていないのなら、
　君が心の王国を独り占めすることになってしまう。

前半の二つの四行連句では、一連目も二連目も、「飾り」が施されているのは中傷に対してである――「烏」と「悪徳という毛虫」。詩人が自らの声をもって友人について語る言葉は、ほぼ純然たる陳述と言ってもよい。三番目の四行連句では、道徳劇じみた短い一幕が提示される。若者は若さにつきものの「伏兵をうまくやり過ごし」、「襲われずにすんだ」こともあるし、行く手に潜む危険を出し抜いて「勝利者」になったこともある。だが嫉妬は、彼がどんなにうまく危険を回避しようとも「つねについてまわる」のであり、結びの二行連句では、実はそれが嫉妬の姿をした恵みであることが判

明する。
ソネット九五番では、若者に対して、まったく異なる態度が示されている。詩人はここでは、若者を自らの口で批判し、他人の中傷する口を借りて己れ自身のメッセージを響かせたりほのめかしたりしてはいない。この詩は、「甘美で愛らしい」という冒頭の語句の甘い言語から、「最も堅いナイフ」、「濫用すれば」、「刃」という鋭さの表現のために選ばれたイメージへと移っていき、それらをひとつの言説の小宇宙になんとか収めている。詩人は友人の不品行をじかに批判してはいないが、言い繕《つくろ》いもしていない。罪は罪であり、それ以外のなにものでもない――

ああ、なんという甘美さのなかに君は罪を囲っているのだ。

ああ、なんというみごとな館をそれらの悪徳は手に入れたことか
君を住処として選び出したのだから……

――だが、詩人はどうしても若者を責めることができない。というのも若者の恥辱、罪、遊蕩にもかかわらず、彼にあっては「眼に見えるものすべてが美しいものに変えられる」のだから。この詩では、先に論じた詩がそうであったように、非難すらある種の称讃と化している。その平衡感覚たるや、めざましいものがある。一行目は甘美（sweet）＝愛おしい（lovely）＝恥辱（shame）。二行目は毛虫（canker）＝薔薇（rose）。三行目は汚点（spot）＝美（beauty）＝蕾ほころぶ（budding）。四行目は甘美さ（sweets）＝罪（sins）。以下、非難する（dispraise）＝称讃（praise）、祝福する（blesses）＝悪い（ill）、悪徳（vices）＝美の覆い（beauty's veil）＝汚れ（blot）＝美しいもの（fair）というふうに続いている。だから、エ

ピグラム風の二行連句がエピグラム風の語彙をもって問題と詩を締めくくるとき、我々はその語調の辛辣さにたじろぎながらも驚きはしない。

　愛しい君よ、このありあまる特権に用心したまえ。
　最も堅いナイフですら濫用すれば刃はなまくらになる。

シェイクスピア時代の古物研究家・翻訳家のリチャード・カルーがシェイクスピアをカトゥルスになぞらえたのも、故のないことではない[75]。一二行目には、あけっぴろげの讃辞――「眼に見えるものすべてが美しいものに変えられる」――があるのだから。だが、最終行には、個人的な怨嗟によって研ぎ澄まされた、断固たる道徳的な切れのよさが見られる。

ソネット九四番「傷つける力はあるがけっして傷つけようとはしない人」は、幾度となく繰り返し解釈されてきた[76]。だが、その核心にはいまだ深遠なる謎がある。比喩的な言語が、言明しつつ、それが言明していると思しきものに逆らっているのである。

　傷つける力はあるがけっして傷つけようとはしない人、
　うわべはそうしそうに見えるのに現実にはしない人、
　他人の心をゆさぶりはするが、己れ自身は石さながらで、
　ゆるがず、冷たく、誘惑に屈しにくい人――

これは手放しの讃辞ではない。そうした人々が害をいっさいなそうと「しない」のは、大いに好まし

いことである。だが己れは石のようにゆるがないまま他人の心をゆさぶるというのは、讃辞とは言えないだろう。「誘惑に屈しにくい」のは、誘惑にすぐ負けるよりはたしかによいが、誘惑される可能性はあることになる。「ゆるがず」、「冷たく」は、確実に、その当人を計算高く、よそよそしく、無反応で、感情に乏しい人間に見せてしまう。彼は、そうしそうに「見える」最たる人間なのに、それを――おそらくは、彼がしていると中傷者たちが主張する悪行を――しない。詩人は、友人の振舞いには問題があると一貫して認めている。友人は、明らかに、普通の人間のもつ炎の温かさとは無縁な男の偽善的冷淡さのために称讃されているのである。だが、そのようなイメジャリが何を囁こうが、言明の骨子は明快である。

そうした人こそ天の恩寵をまさに受け継ぎ、
自然の富を浪費せず堅実に用いる。
そうした人こそ己れの美貌の主人であり所有者であるが、
そうでない者たちはただ己れの美質の差配人でしかない。

単独の詩として眺めてみても、このソネットはなかなかの難物である。だが、この詩群――これら一連のソネットは、ある種の自己浪費や自己放擲、ある種の「過剰」を戒め、己れ自身を分け与えよという若者に対する誘いから始まっているのであるが――のなかに置かれると、このソネットは、単独の詩として読むよりもさらに難解なものと見えてくる。己れ自身の主人であるというのはよいのだが、「所有者」であるというのは奇妙である。そして己れの美貌（face）の主人であり所有者であることは、道徳的に表現されたそのような讃辞にふさわしい状態であるとは思えない。もっとも、韻を踏むために（*um des Reimes willen*）〔クリスティアン・モルゲンシュテルンの詩集『絞首台の歌』からの一節〕、詩人が選べる語は限られていただろうが。三番目の四行連句は、引き続き、本質的な善性を讃美しているが、一番目の四行連句ではっきりと喚起され、二番目の四行連句で示唆される社会的な相互関係を詩想から排除している。それは、ソネットの基本言語とも呼びうるような言い回しを用いてなされる。

夏咲きの花は孤独のうちに生き死んでも
甘い香りを夏に漂わせる。
だがもしその花が卑しい疫病におかされれば、
どんなに卑しい雑草よりもうらぶれた姿になる。

「卑しい疫病」と「卑しい雑草」は、さまざまな階層の人々が存在する社会という世界に属しており、若者の卑しい仲間に言及したソネットを否応なしに思い出させる。純粋であるためには、夏咲きの花は、二行連句が完璧なエピグラムと化して説明しているように、孤独のうちに生きなければならない。

最高に甘美なものも行為しだいで苦くなる。
百合は腐ると雑草よりもひどい臭いを放つ。

シェイクスピアが定型表現《コモンプレイス》をどう料理したかを知りたいのであれば、バーンフィールドの百合の奇想を見ればよい[77]。

まこと、百合ほど忌わしい匂いを放つものが
あるだろうか。芳香はセージが一番ではあるまいか。
だが純白ということでは百合に勝るものはない
枯れ衰えて色褪せていくまでは……

純白を誇る花盛りの百合が嫌な臭いを放つかもしれないことを、シェイクスピアは我々に考えさせまいとしている。だが、後になんらかの神秘的な腐敗によって腐るのはそうした完璧な百合だけであり、悪臭を放ち、麗しい姿も地に堕ちて地面の（新鮮な香りがする）雑草にすら値しないものになるのである。

　このソネットは、その非の打ちどころのないエピグラム風の結びやみごとなエピグラム風のポイントによって、シェイクスピアが甘いソネット言語をいかに操っているのかを、我々にいまひとたび考えさせる。シェイクスピアは素材を準備するさい、よそから語彙、修辞的調子、詩的態度を借りてきて、その塩と酢でいとも優雅に味つけするのがしばしばであった。感情の別の領域、人格や社会に対する反応が異なる領域の塩と酢をもってである。典型的なソネット言語は、甘いと酸っぱいを対立させる——語そのものを対立させることもあるし、甘いものと酸っぱいもの、善いものと悪いもの、快いものと苦痛をもたらすものをめぐる奇想を対立させることもある。また、イメージや奇想における対立のみならず、あけっぴろげで率直な文法上の対立もある。「甘い（sweet）」と「酸っぱい（sour）」、「甘い（sweet）」と「塩（salt）」という語を用いることは、多くの場合、ハリントンの「ソネットとエピグラムの比較」に見られるジャンル領域をまっすぐに指し示し、抒情的《メリック》な詩とエピグラム的な詩の書き方や認識方法のあいだに存在する、より深い対立を喚起する。シェイクスピアは、連作を書くう

えで実に多くの業をなしているが、なかでも特筆すべきことは、彼がこうした両極端のジャンルの調子や言語の中間にいて、それらを調和させたり衝突させたりしながら書いていたことである。だからこそ、シェイクスピアの連作は、他のソネット連作（デュ・ベレーのものですら）には類のないほど、多彩で幅広い感情を表現し喚起するのだ。ソネット七〇番は、一見すると単純な教訓や手放しの讃辞のようであるが、その称讃は高らかながらも曖昧である。このソネットは、明快さと複雑さ、率直さと晦渋さ、称讃の口調が強まったり弱まったりするはざまで、ソネットとエピグラムの根本的性質を二つながらに発現させているのである。

Ⅳ　甘み《メル》、辛み《サル》、苦み《フエル》――恋人

慣習を覆すひとつの方法は、それをパロディ化することである。シェイクスピアのソネット一三〇番は、なるほど、ペトラルカ風讃辞の直截的なパロディである――

私の恋人の眼はちっとも太陽に似ていない。
唇の紅さだって、珊瑚《さんご》のほうがはるかに紅い。
雪が白いのなら、彼女の乳房は薄墨色だ。
髪が針金であるならば、頭に生えているのは黒い針金。
私は赤白まじった色合いの薔薇を見たことがあるが、
彼女の頰にそんな薔薇が咲いているのは見たことがない。
香水にはよい匂いのするものがいろいろあるが

恋人が吐く息はそれほど芳しいわけではない。
彼女がしゃべるのを聴くのは好きだが、音楽のほうが
はるかに快く響くのはあたりまえのことだろう。
まこと私は女神が歩むのを見たことはない——
だが恋人が歩くとき、足は地面を踏みしめている。
　とはいうものの、まこと、私の女は嘘つきの比喩が
　こしらえたどの女にもひけをとらない稀有な女だと私は思う。

似てはいるが低俗なベルニの手本は、すでに引用した。英詩には、ロッジのフィリスに宛てたソネット二二番、グリフィンのフィデッサに宛てたソネット三九番〔六二篇のソネットからなる、一五九六年の連作ソネット集 *Fidessa, more chaste then kinde*〕、リンチのディーラに宛てたソネット三一番〔三九篇のソネットからなる、一五九六年の連作ソネット集 *Diella : certaine sonnets*〕があるが、それらすべてが同工異曲の伝統的な高雅な様式で書かれており[78]、より優れた詩人ならば、からかってみたくなるようなものである。グリフィンのソネットは、シェイクスピアのソネットとの興味深い類似を示している[79]。

　私の愛する女《ひと》の髪は打ち延ばされた金の糸。
　　その額は、澄んだ眼がいままで見たなかで最も清らかなもの。
　その眼は、天にあるなかでひときわ輝く星。
　　その頬は、まれにしか咲くことのないみごとな紅い薔薇。
　愛らしい唇は、鮮やかな朱の色。

その手は、純白の象牙でできている。
彼女が頬を染めると、朝空に曙の女神が現れたよう。
彼女の乳房には二つのきらめく銀の泉がある。
その声は、天球の音楽。その優美さは、三美神そのもの。
彼女の身体は私が崇拝する聖人。
彼女の足は、美しいテティス〔銀色の足をした女神〕すら褒めてやまない。
だが、ああ、最後に待ちかまえているのは最悪のもの。
あの女の心は猛々しいグリフィンのよう。

詩人が自分の名前をそっとしのばせているのはさておき〔最終行の「グリフィン」〔頭と翼は鷲で胴体が獅子の伝説上の怪物〕〕、グリフィンのソネットは最終行で完全に反転し、恋人の最高の属性がきわめて卑しい性質のものであることを明かしている。シェイクスピアもソネットを反転させているが、恋人の美を大仰に言いたてるという正反対の誇張によって落ちをつけようとはしていない。それどころか、シェイクスピアは、ここにすら「分別をもちこむ」のである。「まこと私は女神が歩むのを見たことはない」は、ベルニのソネットのような芸のない単調なパロディ、反エロティックなペトラルカ風恋愛詩の伝統とは一線を画している[80]。シェイクスピアのソネットは、お定まりの反ペトラルカ的な感情と言語から始まるが、一転、個人的で、独特で、くだけた調子の——一言で言えば独創的な——まったく異なる様相を帯びる。恋人——「薄墨色」、「針金」、「吐く」など、エピグラムや諷刺が女性を性的対象として語るさいの「騙し(gulling)」の語彙によって描写される——は、一方では伝統的な誇張的様式をからかいながら、その一方でソネットの公式をなす女性像がいかに空疎で、個性がなく、薄っぺらであるかを嘲ってもいる。デイヴィーズの「騙しのソネット集」のように、ジョウゼフ・ホールの諷刺詩八番は、シェイクスピアの有名な取り消し《パリノード》を理解するうえで有益である。ホールの詩のなかで、ソネット詩人は、「ソネット言葉をあれこれ継ぎはいで／恋情、色情、おぞましいお世辞を」吐き散らす[81]。

　そして彼は汚い醜女の花嫁をこう呼ぶのだ
　貴婦人にして女王、神聖なる処女であると。
　女が炭のように色黒であれ、スグリのように褐色であれ、
　彼女は朝のしぼりたての乳のように、咲きたての亜麻の花のように白い。

また、ジョデルの短い連作『反恋愛（*Contr'amours*）』に収められた最後の詩は、詩人が称讃の慣習に従うよう強いられていると辛辣に語っているだけではなく、己れの愛の言語がいかに人工的であろうと、詩人も恋する男として、みなと同じく愛の痛みに苦しむことを読者に思い出させてもいる[82]。

　幾度、私の詩が金色に染めただろう
　メドゥサのような女にふさわしい黒髪を。
　幾度、私を愉しませるこの黒に、
　私は百合と薔薇で色づけしたことだろう。
　　深い皺のよったこの額に
　私はいったい何をしたのか。私のミューズは

いったい何をしたのか、あの太い眉のうえに、
愛のアーチを描くというおかしな思い違いをするなんて。
　彼女の金壺眼《かなつぼまなこ》に私はいったい何をしたのか。
彼女の大きな赤鼻に私はいったい何をしたのか。
彼女の唇に、そして彼女の黒い歯に私はいったい何をしたのか。
　彼女のからだの残りの部分に私はいったい何をしたのか。
いったい誰が、あまたの死を私が堪えるのを感じながら、
私の死にいたる苦しみを糧にして幸せに生きていたのか。

ジョデルの恋人のように、シェイクスピアの恋人も、歩くときには地に足がついている。誇張が否定されていることからわかるのは、彼女が固有の実体をそなえていることである。彼女は、より常套的な方法で讃美されたどの女性にも「ひけをとらない稀有な女」――どの女性よりも稀有であるというわけではない――でしかない。だが、恋人のすばらしさを誇張することを拒むことで、まさに詩人は彼女への愛を「稀有な」ものとして提示しているのである。稀有なるもののイメージを用いて讃美される女性のほうが、女性をそう褒めちぎる詩人と同様、はるかにありふれた存在なのだ。
　我々が見てきたように、通常ならばソネットの愛しい女性に捧げられるような「甘い」讃辞を、シェイクスピアは若い男性に捧げている。若者の理想化された特質には、黒い女《ダーク・レイディ》が対置される――そして、まこと、この連作の劇的なプロットは、二つの恋人像を力づくで衝突させる。シェイクスピアの恋人《ミストレス》は、容貌ばかりかさまざまな点において、ソネットの従来の女性とはまったく異なっている。彼女はまさに「情婦《ミストレス》」であって、たえまない求愛をはねつけるよそよそしい貴婦人ではない。ある

いは、求愛者の男性を形而上的な梯子のさらなる高みへと昇らせて、神へと、あるいは真実の美の愛へと向かわせる清新体《ドルチエ・スティル・ノーヴォ》〔一三世紀末から一四世紀初頭にかけて北イタリアで興った詩法で、男女の愛を神の愛につうじる霊的で超俗的なものとして表現した〕の詩人たちが歌った貴婦人でもないし、エリザベス・ボイル〔スペンサーの妻となった女性で、『アモレッティと祝婚歌』には彼女への愛が歌われている〕のように、求愛して妻にすべき立派な女性でもない。今を楽しもうと詩人が誘いかける必要はない——生来の浮気女なので、他のことではあまりあてにはならないが、そうした誘いにのることはたしかだから。詩人を冷たくあしらうときですら、彼女はけっして冷たい女ではない。彼女について語るとき、キリスト教的なものであれプラトン主義的なものであれ、何であれ、天上の至福への言及はない。彼女の足は地を踏みしめている。彼女は詩人と、あるいは他の男たちと寝床を共にする。

　氷のように冷たいとされる女性たちが褒めそやされているとはいえ、唯々諾々と身を任せる恋人について書くときに、詩人が無礼である必要はない。そして、シェイクスピアはこの詩において現に無礼ではない。彼の讃辞は、その整えられた自然さによって、いっそう強められている。詩人はこの女性を、他の人々がその容貌について、あるいはその性格について何と言おうが（ソネット一二七番、一三一番）、あるがままに愛している。すなわち彼は、文学の流儀《モード》ではなく、現実の流儀で彼女を愛している。このソネット一三〇番と対をなしているのが、若者に宛てた一連の詩群に属するソネット二一番である。

私はあの詩人のようなやり方はしない、
飾り立てられた美人に感動して詩をつくり、
天そのものを修飾のために用い、

恋人の美を讃えるのに美しいものをあれこれ並べたて、
誇らかな喩えをもって二つの美を結びつける
太陽や月、大地や海からとれる貴重な宝石、
四月の早咲きの花、この巨大な天球のひろがりが
含んでいる、ありとあらゆる稀有なものをもって。
ああ、愛において真実である私は、詩作においても真実でありたい、
これが本当のこと、私の恋人は人の子の誰にも負けず美しいが
天空に据えられたあの黄金の蠟燭〔星〕ほど輝いてはいない。
　だから空っぽの美辞麗句が好きな者はなんとでも言えばよい。
　私は売る気がないのだから褒めそやしたりしないのだ。

もちろん、シドニー的な仕掛けは明らかだ。詩人は、己れがここで否定している、まさにその言語を用いて友人を讃美してきた。だが我々は、そうした慣習的な美辞麗句がいかに空疎になりうるかを詩人が承知していたことがわかると、「これが本当のこと」というほうに軍配をあげたくなる。我々は、この「人の子」の美を現実の女性の美として受け容れる。結びの二行連句は、先行する四行連句が黙して語らない問題を提起している。この詩においても、その周辺の詩においても、その文脈から絶対に思いつかないのは、詩人が愛を「売る」ことである——もっとも、この二行連句でどちらがより声高かといえば、愛にせよ恋人にせよそれを売るという概念よりも、大仰な文彩に対するお定まりの批判のほうであるのだが。ハリントンに「貧しい詩人のための慰め」と題されたエピグラムがあるが、そこにも同じ主題が見られる(83)。

詩人は今後、年金の心配をする必要はない、
君たちを物乞いと呼ぶ者を、嘘つきと呼び返せる、
詩の商品価値はうなぎのぼりだから、
しがないソネット売りはいまやお大尽さま。

シェイクスピアのこの美辞麗句についてのソネットは、飾りを排して詩の真実を見極めようとしているが、詩人はここでも、今までもしばしばそうしたように、二行連句を作るのにエピグラムの言語資源に頼っている——だが、そうしつつも、当の恋人がこよなく美しく、こよなく価値があり、こよなく愛されているという概念は保ち続ける。彼は、髪も肌も暗色《ダーク》で、ロマンティックな伝統に反する恋人について、いささか型破りな褒め方をしている。彼女はいたく魅力のない女であるかのように表現されているので、ある種の倒錯した逆しま世界がほのめかされているのではないか、人々に顧みられることのない醜さ《レデール》(*laideur*)そのものに魅せられているのではないか、と勘繰りたくなるほどだ——だが、物語が展開していくにつれて、魅せられているのは詩人だけではないことがわかる。恋人をめぐる詩群は、友人をめぐる詩群とはうってかわって、恋人の、ひいては彼女を愛する詩人の官能性を強調している。これらの詩には、下卑たいやらしさはないものの、エピグラムの猥褻さが、スカリゲルが非難した臭み《フォエディタス》(*foeditas*)が、いくぶんか漂っている。

だがこの点においても、シェイクスピアは、マルティアリスよりも、あるいはカトゥルスと比べてさえも、はるかに控えめである。彼は性的に倒錯した行為をあからさまに描いたことはないし、詩のなかで翻訳がはばかられるような箇所もない(ロウブ版はカトゥルスの詩の何篇かを未翻訳のままに

した）。だがシェイクスピアにも、奔放でくだけた口調の瞬間がある。友人をめぐる詩群のなかで、詩人は、ペトラルカ風ソネットから決まって排除される猥褻さと、なかなか軽やかに戯れている。友人の魅力を数えあげるこのソネット二〇番のように。

君の顔は、自然がみずからの手で描いた女の顔だ、
私の恋情を支配する男でも女でもある恋人よ。
女の優しい心をもちながら、不実な女の習いである
移り気のことは知らない。
その眼は女の眼より輝いていて、眺めるものを黄金の色に染めるが、
不実な流し眼をすることはない。
ありとあらゆる容色をそなえもち思うがままに操って、
男の眼を奪い女の魂をうっとりさせる。
君ははじめ女性として創られた。
ところが自然が、君を創っているうちに惚れこんでしまい、
余計なものをくっつけて私から君を奪った
私には無でしかないある物をくっつけてさ。
　だが自然が君を女の歓びのために印づけたのだから、
　君の愛は私のものだが、君の愛を用いるのは女たちの宝だ。

詩中の「無（nothing）」と「印づけた（prick'd）」は、詩群全体を貫く両性具有の暗示と戯れている

〔nothingはヴァギナを、prickはペニスを暗示する〕。それらは、愛をからかいもするが、好色、ひとりよがり、盲愛はそこにはない。その男性は女性のようであるが、女性に優るえもいわれぬ美を放っている――そしてその人は、彼《ヒー》であり、まぎれもない男性なのだ。この時点で、我々は気づいてもよいであろう。友人をめぐる詩群でシェイクスピアが若者に結婚を勧めるのは、ソネット連作の慣習にそぐわないものではないということに。女々しい男たちに自分の身体を男らしく「用いる」よう戒めるのはエピグラムではよくあることだが、この詩はそれを高尚な次元へと引き上げているのである。

エピグラムの臭み《フオエディタス》にはるかに近いのは、恋人をめぐる詩群のほうである。当の女性に宛てたソネット群のなかにも、当時の英語にはよく見られる「無（nothing）」の言葉遊びがある。(84)この“nothing”という語は露骨なまでに猥褻な性的意味をもっているが、シェイクスピアがこの語を弄ぶさまは、遊び心にあふれてもいる。なぞなぞのような、屁理屈をこねまわしているような詩のなかで、彼は愛する女性にこう告げる。

いろんな数があるなかで一はものの数には入らない。
だから数のなかにしのばせて私のことは数えないでほしい、
きみの財産目録のなかでは、私もひとつと数えられるはずだけど。
私のことはゼロ（nothing）とみなしてよい、そんなゼロ（nothing）の私でも
君にとって愛しいものだと思ってくれるなら……
（一三六番）

ここには、娼婦をめぐるギリシア・ローマのエピグラムを想起させるものがたくさんある。数量化（たいていは金を払うことに結びつけられているが、ここでは数多くの愛人がいることを示唆してい

る）。愛する女性が損得勘定をする人間であるという前提。ヴァギナを婉曲にほのめかしていること。さらに、この詩において、詩人は愛する女性が性的に活発であることになんら痛痒を感じていない。自分を愛人として受け容れてくれるなら、それでよいのだ。彼は、同じようにあけすけな口調で、己れの名前ウィリアム、すなわちウィルと戯れる――愛する女性のウィル（will）は彼女の性欲とも詩人ともなる。

ほかの女たちはただ願うだけ、だが君はウィルをまんまと手に入れた、
おまけのウィルと、おまけのおまけのウィルまでいる……

……………………

ウィルに恵まれている君なのだが、君のウィルにもうひとつ
私のウィルを加えて、君のウィルをさらに大きくしたまえ。
まともな求愛者たちにつれなくして、見殺しにしないでくれ。
すべてはひとつと考え、そのひとつのウィルに私も加えてほしい。　（一三五番）

この詩には、マルティアリスの恋愛エピグラムに見られる肉体地理学がはっきりほのめかされている。愛する女性が性的に貪欲であることを暗示しつつ、詩人は自らの性欲も認知し、己れのウィルが（彼女の性欲ほど旺盛ではないが）彼女のウィルに包み込まれることを熱望している。

君のウィルは大きくて広やかだから、せめて一度だけでも、
君のウィルのなかに私のウィルを入れてくれないだろうか。

ソネット一五一番は、愛の高尚なイメージをからかっている。愛あるいは、愛神キューピッドは若すぎて分別がどのようなものかわからないが、分別は愛から生まれる。魂が肉体に愛せよと命じるので、詩人の肉体はすぐさまそれに従って、このうえなく肉体的な反応を示した。己れの肉体が「君の名前を聞いておっ立ち、勝利の獲物だと／君にまっしぐらに向かっていく」、そして「きみの奉仕のために蜂起し、きみのかたわらで斃《たお》れる」のも辞さない、と詩人は歌う。結びの二行連句は、すでに突き技十分の詩のなかでの、エピグラム風の最後の一突きである。それもまた、性のエピグラムとして独り立ちできるものだ。

私が彼女を「恋人」と呼んでも、無分別とは思ってくれるな
愛しい女のために私は蜂起もし斃れもする。

詩群中のきわめて多くの詩が独立したエピグラムとなりうるもので結ばれているが（一三四番、一三五番、一三六番、一三七番、一三八番、一四一番、一四八番、一五〇番、一五一番）が、恋人をめぐる詩群がエピグラム的様相を帯びるのは、結びの二行連句においてだけではない。それらの詩群は、ソネットの恋する男のまぎれもない関心事である恋愛よりも、妄執を考察することのほうにあからさまに専念している(85)――そして、言葉を濁すことなく、色欲について語っている。詩人は、恋人の美が人にもてはやされるものではないこと、そして、そうした美しくない美を選んだ自分が倒錯的に見えるだろうということから歌い起こす。恋人は「黒い」、あるいは肌や髪の色が暗く《ダーク》、公式上は金髪女性よりも劣るとされる褐色の髪の女性である(86)。この恋人の黒さはあまりにも強烈なので、詩人はそれを

「美しい《フェア》」〔fairは美の規範とされる金髪碧眼の女性を形容する語〕と呼ばざるをえず（一二七番、一三一番）、美神自身が黒い女で金髪女性はみな醜い、と彼女のために喜んで誓う（一三二番、一四七番）。だが、詩人はしだいに悟るのだが、彼女が黒いのは肌の色だけではない。

君が黒いのは、ただその振舞いにおいてだけ、
そこからこうした悪評も生まれると、私は思うのだが。（一三一番）

というのも私は君が美しいと誓い、まばゆいばかりだと思ったが、
ほんとうは地獄のように黒く、夜のように暗いから。（一四七番）

私は君が美しい《フェア》と誓った――偽りに偽りを重ねたのだ、
真実にそむいて、こんなに真っ黒な嘘をつくとは。（一五二番）

これは、憤怒にかられて猛り狂う諷刺家の口調である。ここには苦い胆汁がある。ソネット一三七番は、完璧に恋愛表現の伝統の枠内にある転義《トロウプ》から始まるが、詩の残りの部分には、ソネットの風土では絶対に許されないエピグラムの言語が用いられている。

盲目の道化、愛の神よ、おまえは私の眼になにをしたのだ
見てはいるのに、見ているものが何であるのか判断がつかないとは。

キューピッドは伝統的に盲目である。だがこの語り手は恋の初心者というわけではない。

眼は美がどのようなものであって、どこにあるかも知っているのに、
最も悪いものを最も優れたものとして見るのである。

続く四行連句では、定型表現に峻烈な新しい命が吹き込まれている。

贔屓目《ひいきめ》ばかりしているうちに、眼が曇ってしまい、
どんな男でも乗り入れる入江に錨を下ろしたのならば、
なぜ君は眼のあやまちから釣り針をこしらえ、
私の心の判断力を引っかけてしまうのか。
広い世間の共有地だと心ではわかりながら、
なぜそれが個人の私有地と考えたりするのだろう。
なぜ私の眼は、これを見ながらこれではないと言い、
あんな醜い顔に美しい真実をまとわせるのか。
　真実このうえないものを私の心も眼も見損ねるばかりで、
　いまやこの偽りの疫病にとり憑かれてしまった。　（一三七番）

眼は曇って真実を伝えない。そのうえ、眼は心をも曇らせる。これらすべては、新プラトン主義的な愛の教義――愛は眼から入り、恋する男の身体、自我、魂すべてを支配するとされる――を踏まえつ

つ、その愛の教義を逆さまにしたものである。恋する男が船であるという奇想（これは『ギリシア詞華集』などさまざまなところに由来する定型表現である）が、「どんな男でも乗り入れる入江に錨を下ろしたのならば」という苦い詩行を彩っている。「入江」と「乗り入れる」は、性的にいとわしい響きがある。詩人の判断力は縛られており、「釣り針をこしらえ（forged hooks）」（みごとな地口！〔forgeには「作る」のほかに「捏造する」という意味があり、「あやまち」falsehoodという語やソネット全体の主題に共鳴している〕、その針に「引っかけ」られているので、メタファーがほのめかしているように、詩人は自由に出帆することができないのだ。愛しい女性は「広い世間の共有地」である。彼女の顔は（そのものずばりの表現であるが）、「醜い《ファウル》」。この詩が興味深いのは、その非難の口調が「エピグラム風」で、対象を蔑む語彙や転義《トロウプ》を用いているためだけではない、と私は思う。それはまた、ペトラルカ風恋愛詩の枠内にも十分に収まっている——愛神によって盲目にされた詩人がいて、しかも彼は愛の感情や表現の公式を憶えているのだ。詩群中の他のいくつかの詩におけるように、詩人は、己れの愛の激しさと己れの愛の対象の価値のなさという二重の意識をもつことについて語っている。彼は、対極的な性質をもつこの二つの真実をともに覚知することの痛みを、是認することはできないが、黙認しているのである。

ソネット一三一番においては、四行連句を読んでいくと、詩人は愛する女のために苦しむというソネット詩人の責務を受け容れ、女の気まぐれな仕打ちを何があっても耐え忍ぶつもりであると見えるのだが、その印象は結び《クラウスラ》でみごとに覆され、女はその内実も見かけと同じく黒いのだ、と明言される。「君が黒いのは、ただその振舞いにおいてだけ」。こうした哀訴には、いったいどのような意味があるのだろう。もちろん、慣習によれば、ソネット詩人の務めは苦悩することである。だから詩人も、己れが定め通りに懊悩し恋人や友人の気まぐれに耐えているさまを縷々《るる》として語っている。そしてたしかに、ソネットの物語的連続《サイクル》は、恋する者ならばみな感じる、あるいは感じるとされる（少なくとも西洋の伝統においては）錯綜する感情を微細に探究し、定義し、開陳するために展開されているというところもある。撞着語法《オクシモロン》という修辞法は、ソネットでは相反するものが無理やり結び合わされてきたことを意味しており、詩人はそうした修辞的手段によって胸中の葛藤を表明する。「天国」と「地獄」が恋心の浮き沈みを表現するお定まりの語として頻出するが、それはふつうは、感情の状態を示すためのメタファー的なトポスであって、そうしたものであると理解されてもいるものである。

シェイクスピアは、そうした用法にみなぎる濃密な含意を失うことなく、と同時に、慣習的な規範もろもろから離脱していき（思うに、もっぱら語り口をより平明にすることによって）、恋人をめぐるソネット群から慣習的含意を払拭しおおせている。天国と地獄はふつう比喩的なものであること、詩の文脈においては詩人の心の領域を指すものであることを我々は知っている。とことん幻滅した理想主義者（すなわち、諷刺家）でもないかぎり、「それ〔帯〕から下は悪魔のものだ」（『リア王』四幕六場において狂ったリアが女性は生来淫蕩であると呪詛する）とは言わないものだ。『ソネット集』において、シェイクスピアはそうしたことは決して言わない。心にどのような傷を負おうと、詩集のどこを見ても、生殖の価値や、媾合の価値ですら絶対に否定することはない。社会的価値に対する信念を棄てることもない。と同時に、彼の「地獄」は、真《まこと》の愛が天上での贖《あがな》いへといたる途上の単なる様式化された通過点ではない。この地獄には、キリスト教的な運命の絶対性のようなものが感じられる。つまるところ、詩人は、女との関係にどこか逃れがたいもの、己れ自身の性格の諸相において、良きにせよ悪しきにせよ、どこか固着したものがあると認識しているのである。

一二九番はしきりに評釈されてきたソネットであるが、私はここで、エピグラム様式を想起させるさまざまな要素——詩人はそれを恋人に対する愛欲と折り合いをつけるために用いている——を見ていきたい。ペトラルカ風ソネットもエピグラムも、控えめに言っても蓮っ葉な女（それよりはるかに悪い女である、と詩人はほのめかしている）に善良な男が抱く愛を表現するのに必要な言語を、詩人に与えてはくれなかった。だが彼が己れの愛欲を非難する口調は、好色を罵るときの諷刺的言語に似ている。さらに、このソネットは、大陸のエピグラムの流儀でポイントを真ん中（六行目と七行目）にもってきている。また、天国と地獄に言及した結びも鮮やかである。全体として、語彙はめだって簡素で、抽象的で、飾り気がない。

　恥ずべき濫用のうちに精気を蕩尽する
　それが肉欲にかられた行為というもの。また行為にいたるまで、肉欲は
　偽りの誓いをし、人を殺《あや》めることもいとわず、血腥《ちなまぐさ》く、罪悪にあふれ、
　野蛮で、激情にかられ、粗暴で、残酷で、信頼できない。
　だがいったん楽しんでしまうや、それは厭わしいだけになる。
　理性をなくすほど追い求めても、得られるやいなや、
　理性をなくすほど憎悪される。食いつけば狂うようにと、
　しかけられた餌を呑みこむようなもの――
　求めるときも、得られたときも狂おしい。
　やり終えても、その最中も、やりたくてたまらないときも、猛々しいばかり。
　営んでいるときは至福、終わってしまうと、ただ悲哀だけ。
　事前は、歓びが約束されている。事後は、はかない夢のよう。
　こうしたことは世間ではよく知られていること。ただ誰も知らないのは

人をこの地獄に導いていく天国に、近寄らずにすますこと。（一二九番）

Th'expense of spirit in a waste of shame
Is lust in action; and till action, lust
Is perjur'd, murd'rous, bloody, full of blame,
Savage, extreme, rude, cruel, not to trust;
Enjoy'd no sooner but despised straight;
Past reason hunted, and, no sooner had,
Past reason hated, as a swallowed bait,
On purpose laid to make the taker mad—
Mad in pursuit, and in possession so;
Had, having, and in quest to have, extreme;
A bliss in proof, and prov'd, a very woe;
Before, a joy propos'd; behind, a dream.
　All this the world well knows; yet none knows well
　To shun that heaven that leads men to this hell.

詩人はただの肉欲について語っているのではない。肉欲は理性ある生き物における獣的な部分であるだ、その獣性も、つまるところ同じ自然に即している。この詩が語っているのは妄執（obsession）についてである。それは人間だけが経験する精神状態であり、一二行連句が絶望のうちに認めているように、そこから癒されることはないし、そのためにいっさいの理性が——ましてや詩のなかでは——失われてしまうものだ。この詩における言語技法には、かなり型破りなところがある。荒々しい詩行は、感情が弱強五歩格の枠に収まりきれず、勢いあまって余分の強勢を必要とする(「野蛮で、激情にかられ、粗暴で、残酷で、信頼できない」〔通常ならば弱音節と強音節を組み合わせた詩脚が五つ連なっているが、このソネットでは三番目の詩脚(rude, cru)で二つの強音節が組み合わされている〕。「やり終えても、その最中も、やりたくてたまらないときも、猛々しいばかり」〔最初の詩脚(Had, hav)で二つの強音節が組み合わされている〕)。時制や動詞の変化は、機械的ながらもわざとらしいまでに正確である——

やり終えても(Had)、その最中も(having)、やりたくて(have)たまらないときも、猛々しいばかり。
営んでいるときは(proof)至福、終わってしまうと(prov'd)、ただ悲哀だけ。
事前は、歓びが約束されている(propos'd)。事後は、はかない夢のよう……

これらの詩句は経験を断片化すると同時に、それが愛の営みという経験に類似したものであることが音をつうじて強調される。"had"と"mad"が苛烈なまでに繰り返され——had-mad-mad-had-having-have——、激情を、たゆみなくゆるぎなく我々に刻みつける。hated-bait-laid-taker の一連の流れに響く長い音節と短い音節の変化するリズムが、この詩のきれぎれの叩きつけるような音楽を奏でている。冒頭の問題提起——「恥ずべき濫用のうちに……それが肉欲にかられた行為というもの」——は厳格に進行するように見えるが、ついには詩人の怒りで弾けんばかりの苦い形容詞が次々にほとばしって、秩序正しく連なっていた統語法と韻律をかき乱す。記述的な語をあふれんばかりに畳みかけ、はじめは韻律を守っているが（Is perjur'd, murd'rous, bloody, full of blame）、ついで（四行目）リズムが粗くなり、二行連句の絶望的な押韻で締めくくられる。これは何よりもまず、定義詩〔概念や感情をさまざまな表現を用いて定義する詩〕であるが[87]、体系的に定義づけていこうという姿勢はほとんど見られない。定義は一連のさまざまな形容詞によって始まり、次に危うい均衡のもとに配置された語句――"Enjoy'd no *sooner* but despised *straight*"、"Past reason hunted..., Past reason hated"、"in pursuit...in possession"、"A *bliss* in proof, and prov'd, a very *woe*"、"Before, a joy... behind, a dream"――が定義づけをし、そして二行連句の「天国」と「地獄」で絶頂に達する。

　肉欲をあらんかぎりに罵ること、自己嫌悪に攻めたてられること、がみごとなまでに凝縮されて歌われている――だが、この詩の雰囲気は二行連句によって一変する。二行連句は、心痛や恥辱を和らげはしないが、そうした状況を普遍化することによって慰めを与える。天国と地獄に介在するものとして「世間」を導入してくることで、〈魂の戦い《プシュコマキア》（psychomachia）〉という葛藤する感情を、人間の生にはつきものの状況であるとしたのだ。

　構造という点から見ると、このソネットは、別の幻滅の詩によく似ている。友人をめぐる詩群に属するソネット六六番「いっさいに倦み疲れて、私は安らかな死がほしい」である。この詩のなかで、詩人は現世蔑視《コンテンプトゥス・ムンディ》（*contemptus mundi*）の情を縷々《るる》と述べ、「いっさい」に含まれるものを数えあげる。それは一一行にわたって述べられた社会と道徳における悪であり、そのうち一〇行までが「そして（And）」という語で始まっている。ソネット六六番は、何よりもまず、文法と内容の均一化（sameness）の大胆な実験である。この詩においても、二行連句がすべてを覆している。安らかな死への願いを要約するような結びではなく、歌われるのは、肯定の極に詩を引き戻す個人的愛情という重石である。

いっさいに倦み疲れて、私はもう死んでしまいたい、
ただ、死んで、愛しい者をひとり残すのは気がかりだ。

この詩の厭世という主題は、ソネット一二九番のもつ〈生彩〉(マルティアリスの『エピグラム集』第一一巻四二番にある言葉で、ルネサンスのエピグラム理論が要件として重視した)を欠く。一二九番には、「この地獄」が何であるか、定義したうえで理解したいという絶望的にひたむきな思いがあった。この詩が恋愛ソネットであるとは、まず言えない。恋愛の対極にあるものが強調されすぎているので、この詩はほとんど反エロティックである。それは、理想的なペトラルカ風恋愛詩の言語が排除し、棄て去り、拒絶した類の愛の研究なのだ。

恋人をめぐる詩群と友人をめぐる詩群は、支配的な調子はすこぶる異なっているものの、それぞれの詩群の詩には比較や対比を促すものもあると思える。先ほど論じたばかりの二つの詩から、こう結論づけてもよいであろう。すなわち、友人をめぐる詩群は、全体としてより優しく、より穏やかで、自己嫌悪の度合いははるかに少ない。親密で、直截的で、情熱的な、恋人をめぐる詩群とは異なり、友人をめぐる詩群は、追憶の念《ノスタルジア》、静謐のなかでの省察、甘美な黙想の集積といった観が強い。だが詩人の二人に対する関係はほぼ同じである。詩人の友人たちは恋人を讃美しないし(一三一番、一四八番、一五〇番)、友人も中傷される(六九番、七〇番)。いずれの場合も、詩人の愛と愛する者への献身はゆるがない。もちろん、献身のありようはいちじるしく異なる。詩人と友人との関係は理想的に表現されているが、恋人との関係は現実的に表現される。友人への献身は、嫉妬、悪評、無思慮に対して、詩人の理性と誠心が勝利したと見えるように描かれている。だが女性への献身は、執拗な妄執が

詩人自身を虜にしていくにつれて、固着したものとなる。魂の戦いや感情の内乱、自己分析、自己没入、自己定義はすべて、ダンテやペトラルカこのかた、ソネット連作のなかに脈々と書き込まれてきた。シェイクスピアが、己れの「内乱」、眼と心のあいだで繰り広げられる「生死をかけた戦い」、愛しい人と別れたために自分自身からも切り離されることについて歌ったのは驚くべきことではないし、恋する男が己れを疑ったり己れを責めたり、恋人がつれないために、また当然ながら自分がそれを恨めしく思うために、己れを卑下したりすることも伝統に適っている。先述したように、ソネット三五番において、詩人は友人が罪を犯したことで自分を責め、ただそれだけで共犯者になるのである。ソネット八九番と九〇番において、詩人は友人の過ちを背負おうとし（己れ自身に罪はないと知りながら）、二人の別離も自分が悪いのであるとする。愛しい女性を高みに据えその前でへりくだるのはソネットの恋する男の務めであるが、シェイクスピアは、彼の想像力によってのみ可能な大いなる謙譲と恥辱の様式を創出し、誇大なまでにへりくだっているような印象をもたらしている。

なにかの過ちのために私を棄てたのだと言うのなら、
それならば私が自分でその罪状を読みあげよう。
私が足萎えだと言うのなら、すぐさま足をひきずりもしよう。
君が申したてることに、逆らったりするものか。
愛する君よ、別れるためのもっともな理由をつけようとして、
私をどんなに罵ろうと、君の心を知って、
私が己れ自身を罵るほど悪しざまには言えまい……
……………

君のために、私は己れ自身を相手に戦うと誓おう、
私は君が憎んでいる男を愛してはならないから。　（八九番）

いまのは友人に宛てた詩であったが、以下は恋人に宛てた詩である。

ああ残酷な女《ひと》よ、わが身に背いて君に味方しているというのに、
私が君を愛していないなどと言えるのか。
暴君よ、私が己れを顧みず君にいれあげているというのに
君のことを考えてないというのか。
君を憎む者を私が友と呼ぶことがあろうか。
君が顔をしかめて疎《うと》んじる者に私がへつらったりするだろうか。
いや、君が私に不機嫌な顔を見せれば、私はすぐさま
呻吟してわれとわが身を痛めつけるのではないか。
君への奉仕を蔑むほど思いあがれるような美点を
私がわが身のうちに認めているなどということがあろうか。
君の眼の動くがままに私は従い、
最善をつくして君の欠点を崇拝しているというのに。
　だが、愛しい女《ひと》よ、憎み続けるがよい、君の心はいまわかった。
君は眼の見える者たちを愛する、だが私は盲目なのだ。　（一四九番）

友人から離れているとき、詩人は心休まらず不幸である。ソネット二八番と二九番は、詩人が昼も夜も不安にかられていると歌っており、そうした旅の詩は身を苛《さいな》む孤独感を伝えている。だが恋人に宛てたソネット一四七番では、詩人は女の残酷さゆえに「不安に憑かれて錯乱し」、理性にも見棄てられた状態である。彼女の仕打ちがもたらす苦しみは、友人がもたらす苦しみよりもはるかに痛切である。もちろん、詩人は両者から疎外されている。この対をなすがごとき両詩群の力は、部分的には、そうした二つの不安定な関係性のなかで、事態がいかに進行してこうなるに至ったかを詩人が醒めた目で理解しようと試みていることから生じている。友人をめぐる詩群の憂鬱な雰囲気は、詩人が、地位や立場だけではなく、不在であったり疎んじられたりすることによって、友人から切り離されていることと関わりがある。恋人の場合は、彼女が他の男たちを中でもてなしているため(エピグラムの伝統的な流儀で)、詩人は家の外に締め出されていると感じているように見える。

この詩の卓抜な着想(*trouvaille*)は、若者と女をいっしょにし、二つの愛で三角関係を構築したうえ、[88]二人がつながることによって詩人にいっさいの慰安を許さず、二人の交わりを想像して苦しませるという設定にしたことである。詩人は、恋人よりも友人に対するほうがつねにより穏やかである。ソネット四一番において、彼は友人をこう言って許す――「女に言い寄られれば、女から生まれた息子たるもの/すげなく逃げて、その誘いにのらないということがあろうか」――もっとも詩人は、「忠誠が二重に破られた」と認めている。

君の美貌で女を誘惑して、私にたいする彼女の忠誠を破り、
君の美貌で私を裏切って、私にたいする君の忠誠を破る。

このソネットには、いかにも彼らしい、詩人自身の言葉によれば「私の名前をあからさまに告げんばかり」（七六番）の詩句のひとつがある。「男たるもの」と書くかわりに、彼は「女から生まれた息子たるもの」と書き、母親がすべての男の子供にとって初めての女性関係であることに鑑《かんが》み、息子の女性への反応に母親が関与していることを喚起する。友人による友情の裏切りは、今日ではきわめて重要なものとなっているある奇想、損得という経済に関わる奇想のもとで、許される。

君が彼女を得たことが、私の悲しみのすべてではない、
でもまあ、私が彼女にぞっこんだったと言うことはできようが。
彼女が君を得たことが私のいちばんの嘆きであり、
私の心をより苦しめる失恋の痛手である。
愛の犯罪人たちよ、私が君らをこう弁護してやろう。
君は私が彼女を愛すると知ったがゆえに彼女を愛する。
それは彼女も同じこと、私のためを思って私を裏切り、
友人が私のためを思って彼女を味わうのを許すのである。
私が君を失えば、私の損は私の女の得になり、
私が彼女を失えば、私の友がその損失を取り戻す。
二人はたがいを見つけ、私は二人をともに失い、
二人とも私のためを思ってこの十字架を私に背負わせる。
だがここに歓びがある。私の友人と私はひとつのもの。
ああ甘美な妄想よ。とすれば彼女は私一人を愛しているのだ。
（四二番）

だが、女を諦めることは、そうした理にかなう慰めをもたらさない。

彼を私は失った。おまえは彼と私をともに手中におさめた。
彼は全額を支払ったのに、私はまだ自由になれない。　（一三四番）

ソネット一四四番には、諦念にはほど遠い心境が歌われている。道徳劇風の奇想のなかで、男と女は詩人の心中でそれぞれの役を振られる。

善いほうの天使は白皙の美青年で、
悪いほうの精霊はよこしまな黒い色をした女だ。

さらに「私の女の悪霊が／私の善いほうの天使を私のそばから誘いだし」、それだけでは満足せずに「私の聖者を堕落させて悪魔に変えようとする」、すなわち彼女のような悪霊に変えようとするのである。

だが二人とも私から離れて、お近づきになったのだから、
天使のほうはかたわれの女陰地獄に堕ちたのだろう。
だがこれは私にはわからぬこと、疑いながら生きていくだけ、
堕天使が善天使を梅毒の火でいぶりだすまで。

黒い女は悪魔である。男のほうには、まだ弁解の余地があるというわけだ。

このソネットは内的葛藤を抽象化して語っているが、二人の天使という〈魂の戦い《プシユコマキア》〉のイメージによって、それを劇的なものとしている。ソネット一四六番「あわれな魂よ、罪深きこの土くれの肉体の中心よ」は、肉体と魂を互いに争わせ、最終的には魂が肉体の朽ちていく館に勝利する。そして詩人は二行連句で、女性嫌悪をエピグラム風に表明して締めくくることができるのである。(89) ソネット一四八番では、ソネット四六番で友人をめぐって争っていた心と眼が、恋人をめぐってふたたび争う。シェイクスピアの連作においては、内的葛藤と葛藤についての自意識が、それを表現するために彼が用いた手法の多くが常套的であるにもかかわらず、斬新な装いをまとっている。その工夫のひとつとして、我々はすでに見たが、対抗詩人をめぐる詩群で行っていたことと似て、血肉をそなえた登場人物に葛藤を体現させ劇化することがある。また別の工夫としては、驚くほど多様な様式を資源として用い、それぞれの様式に特有の感情を喚起することがある。ソネット九二番と九三番は、詩人が友人の不実を承知したうえで、心が痛むにもかかわらず、忍ぶつもりであることをはっきりと歌っている。九二番の二行連句は、それらすべてを支配的な視点から見せてくれる。

だが汚点を恐れなくてすむほどの、恵まれた美がどこにある。
君が不実であれ、それが私にわからないこともある。

ソネット九三番は、友人の裏切りを新しい気持で受け容れよう、と歌い始める。

君が忠実だと信じながら、私は生きていこう、
欺かれている夫のように。そうすれば愛しいひとの顔は
心変わりをしていても、いつものように愛しいままであろう——
君の顔は私に向けられていても、君の心はよそにあるわけだ。

二行連句がほのめかしているように——

君の美はイヴの林檎にいかによく似てくることか、
君の美徳が君の美貌に釣り合わぬとしたら。

——詩人は、友人が与えるさらなる痛みに備えて、自己欺瞞をときどきは強化しなければならないだろうということがわかっている。自分が愛を注ごうと決めた相手とのあいだには、なんの安らぎもありえないと、彼は正直に認めている。この詩において、詩人は、理想主義的な理由にもとづき選択をするのであるが、それが危険をはらんでいるという現実的な感覚を失ってはいない。恋人についても、彼女が不実であることは承知のうえという同じ状況があるのだが、同じように選択する。だがここには、友人をめぐる詩群に組み込まれた、何があろうと縋《すが》りつき通せた理想主義という防波堤は存在しない。ソネット一三八番は、シェイクスピアが赤裸々に心情を吐露した詩のひとつであり、ありふれてはいるが縺《もつ》れ絡《から》む感情のありようを、みごとなまでに的確に物語っている。

愛する女《ひと》が自分は真実そのものと誓うとき、

それが嘘だと知りながら、その言葉を信じこむ。
私が初心《うぶ》な若者で、世間の手練手管など、
なにも知らないと女に思わせたいために。
女は私が若さの盛りを過ぎたことを知っているのに、
若いと思ってくれるのではと空頼みしながら、
間抜けのふりをして、私は女の嘘つきの舌を信じる。
こうしてどちらの側も単純な真実を覆い隠す。
だがなぜ、女は己れが不実であると言わないのだろうか。
そしてなぜ、私は己れが老いていると言わないのだろうか。
ああ、愛のいちばんの晴れ着は信頼を装うこと、
そして年寄りが恋すると年齢を数えられるのは好まない。
　だから私は彼女と寝て嘘をつき、彼女も私と寝て嘘をつく。
　そして二人は欠点を嘘でつくろい、よい気分になっているのだ。

詩人はここで、己れの官能の過ちに分別をもちこんでいる。それは、思いやりのある、嘘ではあるが寛大な反応にこめられた調和と信頼の感覚である。二行連句の言葉遊び[90]によって言葉のうえで到達した境地は、幻滅をともなうがゆえ現実味をいっそう帯びた愛をもって表明される。「だから私は彼女と寝て嘘をつく」――二人の愛はあまりに力強く、あまりに快いから、どちらもそれを諦めることができないのだ。他の詩でもそうであったが、ここでも詩人は自らの官能性と折り合いをつけ、それを己れの一部として受け容れている――ソネット一二一番で歌ったように、

「私は私なのである（I am that I am）」。詩人は、快楽や痛みとともに、そして己れの性質からもたらされる、己れの個性に拭いがたくそなわっているそのような痛みが生む快楽とともに、生きていくことを学んだのだ。ソネット一一〇番には、言い訳することも弁明することもない、別のかたちの自己受容が示されている。

ああ、なるほど私はあちらこちらと遍歴し
斑服《まだらふく》の道化さながら見世物になり、
うちに秘めた想いを汚し、こよなく貴重なものを安売りし、
新たな愛を求めては古い愛を傷つけた。
たしかに私は真《まこと》の愛をさげすんで
うとんじるような眼で見ていた。だが天に誓おう、
こうした流し眼は私の心を若返らせてくれたし、
つまらぬ交わりを重ねることで、君が最高の愛人であるとわかった。
いまはすべてが終わったのだから、永遠に終わらぬ愛を受けてくれ。
私の欲望を新しい友人という砥石のうえで砥ぎすまし、
古い友人の真価を試したりすることはもはやない……

ソネット一四二番において、詩人は、古代ローマの娼婦が生きる無頼な世界を想起させるような詩句を用いて、恋人が「他人の寝床だもらうべき愛の家賃を横取りした」という事実を受け容れよう、と歌っている。己れ自身の官能性を受け容れることによって、彼女の官能性を受け容れることを彼は学

んだ。

ああ、私の状況を君自身の状況と比べてさえくれるなら、
非難するほどのことではないと君にはわかるはずだ。
私を非難するにしても、君の唇から言われる筋合いはない、
その唇は神聖な緋色の飾りを濫用し穢《けが》して、
私の唇と同様、愛の偽証文に幾度となく封印をほどこしてきた……

ソネット一三九番において、詩人は「君のために弁明しよう」と女に言う。ソネット一四一番も前言を撤回するパリノードのソネットであるが、そこで詩人は非難の語調を、ソネットの定式よりもはるかにエピグラムの定式に近いものに変化させている。

まこと、眼で見ることで君を愛しているわけではない、
というのも、私の眼は君のなかに無数の欠点を認めるから……

また、この二つのソネットからわかるように、詩人は、女は美を欠いているばかりか愛においても実《じつ》を欠くと強調する。

眼が蔑むものを愛するのは私の心のほうである、
眼で見たものにさからって心は愛に溺れたがる。

　耳は君の舌が奏でる音色を聴いても楽しまない。
（直前の数篇のソネットに記されていた劇的な事実が、またここでも語られる）。

　繊細な指はいやらしく愛撫したいと疼《うず》いてはいないし、
　味覚も嗅覚も君ひとりだけを相手にして
　官能の饗宴にあずかることを願ってはいない。

だが展開部にいたると、一転、愛の献身が誓われる。

　だが、知性の五つの働きによっても五感によっても
　ひとつの愚かな心が君に仕えるのをやめさせることはできない、
　心は去って抜け殻となった私はあとに残り、
　卑しい奴隷となって君の高慢な心に仕える。
　　ただひとつ、このわざわいが益になると思えるのは、
　　私に罪を犯させる女が私に罰もほどこしてくれること。

ラウラ、エレーヌ（ロンサールの『エレーヌに寄せるソネ』で歌われた女性）、エリザベス・ボイルにこんなふうに呼びかけることはまず考えられないし　若者に対しても、たとえ彼の「官能の罪」が詩人の五感をいかに痛めつけようと、こんな呼びかけができるとは思えない。にもかかわらず、詩人とこの恋人

との関係がともに恋愛経験の豊かな男女の関係であるという、作法をゆがめて歌われたこの詩は、讃美の詩である。これは奇妙な詩である。幻滅した放蕩者といった口調で大体は続けた後で、一二行目に宮廷風恋愛の言語をしのびこませ、恋人に官能的な魅力があると認めながらも、純然たる快楽主義的な価値観を否定し、しまいには、機智に富む感情の節約《エコノミー》を称揚する二行連句で締めくくる。このソネットはアイロニーの価値と寛大さの価値を結びつけている。

友人をめぐる詩群のうち、ソネット一一五番は、ソネットでは定番となっている主題を展開する。すなわち、詩人には、愛が以前よりも言葉にできないほど深まったことを表明する務めがある。

私がかつて書いた詩は嘘をついている。
君をこれほど愛することはもうできまいと歌った、あの詩だ……
ああ、あのとき私が、時の神の暴虐を恐れるがゆえに、
「いま君を最高に愛している」と言ったのは無理からぬことではないか。
いまを最良のときとし、ほかはみな儚《はかな》いものとみなすことで、
定めなさに打ち勝つことができると確信していたあのときに。
　愛の神は赤ん坊である。だからそう言ってはいけないのだ、
たえず成長していくものを大人だと言うことになるのだから。

ソネット一五〇番は同じ問題を扱っているが、これよりはるかに切実であり、詩人の己れの愛に対する両面価値的な感情がもたらしてくる葛藤劇をともなっている。

ああ、どのような神からそれほどまでに強い力を授かったのか
欠点によってさえ私の心を支配することができるような。
そのため私は眼に映る真実の姿を偽りであるとし、
昼を快いものにするのは明るさではないと誓わねばならぬ。
醜いものを美しく見せる力をおまえはどこで手に入れたのだ、
塵芥《ちりあくた》さながらのおまえの厭わしい所業のなかにも
手練手管のゆるぎない力がみなぎっているので
私の胸中ではおまえの最悪がすべての最善よりも善いものとなる。
憎んでしかるべき理由を見聞きすればするほど、
愛をつのらせるような手口をおまえは誰から教わったのか。
ああ、私は人が忌み嫌うものを愛しているが、
そんな私を人といっしょに忌み嫌う資格はおまえにはない。
　おまえの価値のなさが私の愛をかきたてるのなら、
それだけいっそう私はおまえに愛される価値がある。

オセローは、妻の不貞を信じ込んだとはいえ、自分の妻がこの恋人のようであるかもしれないなどと、考えることさえできないだろう。そのような愛の概念は、彼にとっては耐えがたいものでしかない。アントニーは、人間のそうした制約のある愛から実りがもたらされることを学ぶとともに、そのような愛がもたらす破滅もともに身に引き受けた。だから、詩人はここで、ソネット式恋愛の陰画を描きながらも、苦さを最大限に利用し、文字通り、そこから最善のものを引き出している。

官能的な愛とそのように折り合っていくすべを、詩人は若者との経験から学んだ。詩人はあの時、感情の痛みをやり過ごし抑えるために、「酢の一服」を飲むことで己れを甦らせていた。

どんなに苦くても苦いとは思うまい、
懲らしめに懲らしめを受け、二重に罰を受けるのも厭うまい。（一一一番）

彼の芸術家としての眼は、若者を愛するがゆえに見るものが歪曲されるという状態を受け容れた（一一三番）。そして今度は詩人のほうで、あらゆるものを歪曲して己れの好きな姿に創り変え、「奇怪なものや粗雑なものから／美しい君によく似た智天使」をこしらえる（一一四番）。若者の「飽くことのない甘さ」を堪能したので、「苦いソース」が好みの味になるようにした、と詩人は語る（一一八番）。ソネット一一九番では、エピグラムの苦み《フェル》の語彙を用いながらも、己れの困難な愛の勝利をからくも歌いあげている。

地獄のようにおぞましいランビキから蒸溜された、
魔女《セイレーン》の涙を私はどれほど飲みほしたことか、
希望には恐怖を、恐怖には希望を処方し、
自分が勝ったと思ったときも実はいつも負けていたのだ。
私の心はこよなき至福を味わっているつもりでいたが、
それはなんという惨めな過ちであったことか。
私の眼球はこの狂わんばかりの熱病に罹って錯乱し

発作を起こしていかに天球から飛びだしたことか。
ああなんという悪の恵みか。いま私は悟ることができた
善いものは悪に試されつねにいっそう善いものになるのだと。
愛は崩れても、あらたに建てなおせば、
まえよりもより美しく、より強く、はるかに大きくなる。
　だから私は、責められて平安をとりもどし、
　わざわいのおかげで元手の三倍の利益を得る。

それゆえ「悪の恵み」とは、彼の学びの成果であり、恋人に対するこもごもの想いを処理するために彼が用いる方便である。友人との心理戦で「真鍮でも鍛えられた鋼鉄でも」〔いずれの金属も無感覚を意味する〕ないことを証明した彼の心の琴線は、恋人からの試練への備えができている。恋人の不実な振舞いに荒れ狂ってわめきちらしたあげく、酢の一服や魔女の空涙によって、詩人は、女をその罪過もろとも受け容れる境地にいたる。彼女が貞淑の誓いを破ったことを苦々しく思いながらも、詩人は自分自身も女と同罪であると認める。

だが誓いを二回破ったといってどうして君を責められようか、
私は二十回も破ったというのに。　（一五二番）

ソネット一一九番「魔女《セイレーン》の涙を私はどれほど飲みほしたことか」において、詩人はまさに、苦みと甘みが入り混じったイメジャリを用いて、ジャンル固有の常套句が感情的事実においていかに意味深

いものになるのかを認識せよと、我々に突きつけてくる。詩人は、悲劇的で諷刺的な惨めさを嘗《な》めてもなお、不思議なことに、「善いものは悪に試されつねにいっそう善いものになる」という思いを抱くことができるのである。己れの生がたどってきた苦渋の道のりから、大いなる甘美さが生じるのだ。ソネット一五二番は、誓いを破ることについて歌っているが、詩人はそこで嘘つきのパラドックス(Liar paradox)と戯れている。彼は、愛する女性がそなえていない美質をそなえていると誓うのだが、それがまさしく偽りの誓いであるがためにその誓いは真実となり、誓いにおける彼の嘘は愛における彼女の不実な本性と即合《マッチ》するものとなる。

そのような詩の数々は真情を驚くほど赤裸々に明かしており、不実の動機や不実な振舞いについて語り、そうした事柄を理解して判断し――そして、忍ぼうという意欲を示している。諷刺的な罵倒の烈しさにもかかわらず、また、愛する女性の乱脈な反応、世間での悪評、友人との情事、詩人の自己嫌悪や自己憎悪にもかかわらず、それらのソネットは、根源的な受容の精神と快活さの印象をもたらしている。友人をめぐる詩群に比べると、これらの詩にははるかに強い怒りが表れているが、怒りをより自然に処理している。それらの詩は、愛を条件付きで享受するなかでの自己受容や黙従という成熟の幻想を、少なくとも与えている。繰り返すが、こうした結末は、ソネット連作の規範に明らかに沿っていない。本来ならば、友人や恋人のしているような振舞いは、ソネットの恋する男性を、ただの人間でしかない誤謬に満ちた愛の対象から遠ざけ、なんらかの形而上的なイデアをめざして愛の梯子を一気に昇らせるものであった。だが、この連作では、詩人の肉欲は恋人の肉欲によってかきたてられ、彼の自己評価は彼の愛によって危機に瀕する――そして詩人はそのことを、完璧に承知している。さらに、ソネット連作において、己れ自身のものであれ、恋人のものであれ、友人のものであれ、官能性を受け容れ、みながついている嘘を黙認することを学ぶのは、正統的な愛による浄化とはとても言えない。それは、人間的な価値、人間の可能性、人間の限界を受容することである。シェイクスピアが我々に残した、切れ切れで、不規則で、継ぎはぎだらけのソネット連作は、己れ自身の人間性――そして他の人々の人間性――を経験した詩人が、それを劇化したものなのだ。

ソネット連作は、特徴として、閉ざされた世界を提示する。それは恋する男とその恋人が住んでいる世界であり、他の人々は、その閉ざされたカーテンにぼんやり映る影でしかない。それは、詩人である恋する男の個人的想念のなかで内面化された世界である。シェイクスピアの連作は、こうした私的性格をしっかりと保持している――まこと、彼の自己精査はめだって正直であり分析的である。だが、私的行為は外界に開かれた場でなされている。友人に宛てた詩群において、詩人は、自分と友人が社会の侵入を排除することができるような想像上の世界を前提とすることはない。まずもって、友人の身分や職務が、それが実際にどのようなものであれ、そうした牧歌的試みを不可能にしている。だが、詩人の想定のなかでも、友人の感情生活を同化吸収することへの期待などない。というよりは、それとはまったく逆である。詩人と友人との関係は、世間の評判――それは、若者を讃美したり誹《そし》ったりもする声であり、詩人を嘲る声でもある――が聞こえるところで営まれている。詩人と恋人の情事も、社会的文脈が認められるなかで営まれている。彼女は詩人の仲間たちに知られており、詩人は彼女を悪い女であるとする仲間たちと縁を切る。換言すれば、なんらかの恋の中傷屋〔“losengeour”は中世の韻文で用いられた語で、追従したり騙したりする二心のある人間を意味する〕が、明らかに詩人のためを思いながら矛盾した感情にゆれつつ、詩人の情事《リエゾン》を自由に議論しているという状況がここにはある。

はるかに重要なのは、ソネットが伝統的な順番で並べられている場合、恋人と友人はときおり二人だけの時間を過ごしていたと見えるのに、詩人はいずれとであろうが、愛する者と真に二人きりになることはないことである。この想像上の状況は、最小限ながらもどうしようもなく社会的なものとして構築されているのである。詩人と友人と恋人との三角関係の描写には、共有の感覚がみなぎっている。彼らの経験は結び合い、それぞれがあまりにも訳知りなので、たがいのことを知りすぎていることを知らずにいることはできないのだ。詩人の自己探求は、社会的態度――称讃、非難、仕事、多様な関心事や義務――に拮抗してなされ、連作を世間という場に開いている――それはまたもや、ソネットが普通するようにではなく、エピグラムがするようになされる。ここでは、典型的なソネット連作においては考えられないような妥協が強いられている。世間と妥協し、互いを意味深く活気づかせている、連作中に配された登場人物たちと妥協することが強いられるのだ。

次のように言うとすれば、単純化が過ぎている。かくも非凡な高みへといたる道のひとつが、まさにジャンルという道である、と。エピグラムは、伝統的に社会的態度や社会的作法を凝縮したものであって、社会が前提とする規範に個人の偏倚《へんい》が衝突するさまを解釈するものであるゆえ、エピグラムは、ソネット詩人が定番とする愛の枠外にある種類の愛を扱うための言語を可能にすることによって、詩人がみごとな成果をあげるのに貢献したのである、と。エピグラムの言語は、ソネット詩人が特徴的に強調するものとはほぼ対極をなし、たいていのソネット詩人があえて無視する社会的現実性を帯びることを厭わないのだ、と。だがここでは、ソネット一三〇番におけるように、言語が現実に仕えている。ソネットの語彙やソネットの転義を用いた誇らかな技巧が背景にあればこそ、赤裸々に語られる愛が、対比の妙があればこそ得られるような現実味を帯びているように見えてくるのだ。同様に、エピグラムの「事実」と言語の冷笑的な放埒さが背景にあればこそ、ソネットの愛の理想がぱっとひきたつ。まことに、ここまで言ってしまったからには、私はさらに深入りしてこう述べたい。シェイクスピアは、抒情詩とエピグラムの文体に生命を吹き込み、蜜と塩に濃密な個性を与え、それぞれの作法のもつ含蓄を、人間的な文脈のもとで究め尽くしたのだ、と。双子のようではあるが正反対で、結びつけられてはいるが対照的な、エピグラムと恋愛エピグラムのそれぞれの様式をもとにして、シェイクスピアは、活力ある人物たちの三角関係を構築し、自分自身を作中の詩人として二人の友人の欲求に応え、二人が彼に要求するものと折り合いをつけ、二人をつうじて愛そして恋人としての己れ自身と和解した。無償の愛《アガペー》の饗宴と官能の祝宴のそのいずれもが、ともかくはこの詩人の味覚に合うようにと、ひとつまみの塩をふられて、きりっとしまり、洗練もされたのだった。

第三章　『オセロー』と愛の問題系

伝統的に喜劇の素材である恋愛物語から悲劇を創るのは、なかなか難しいことであった。我々は、たとえば『ロミオとジュリエット』や、『オセロー』や、『アントニーとクレオパトラ』などの劇にあまりにも親しんでいるので、愛をめぐる家庭の問題もろもろを劇作家が悲劇として十分に深刻なものにするためには、さまざまな技術的な問題がともなうことを忘れがちになる。「恋愛」は、ルネサンス期にはさまざまな重要な文学形式をまとっていたが、おおむねそれらの形式は悲劇的なものではなかった——まこと、どちらかといえば、愛が人を結びつける力は、劇においては、崇高な悲劇的決定性よりも喜劇的解決にふさわしいものとみなされていた。さらには、恋愛そのものがうつろいやすい要素だということがある。それは軽佻浮薄なものであり、そうしたものであるがゆえに笑劇《ファルス》には格好の主題となるが、悲劇には向かない——よくてせいぜい、晴れやかな和解で終わるロマンティック・コメディが、恋愛物語にふさわしいジャンルとして受け皿になったくらいであった。

演劇以外では、恋愛は、二つの主要な文学形式をとる傾向にあった(1)。そのひとつであるロマンスは、喜劇と密接に結びついており、その構成は喜劇の慣習に多くを負う一方で、そのお返しにルネサンス喜劇の定式を豊かにもした。もうひとつは恋愛抒情詩であり、そこにはまったく異なる愛の世界が描かれている。抒情詩形式における恋愛は、ダンテが力強く表現して以来、喜劇やロマンスで描かれる愛よりも高尚であると見えた。それは、わずかな数の人々がひときわ激しい感情を享受するひっそりとした世界——喜劇やロマンスの世界とは正反対の——における、私的経験なのであった。(2) 恋愛抒情詩において、詩人たちはありとあらゆる種類の内面の探究を試みるようになった。その結果、実人生においてはそうでなくとも、文学においては、心理的な自己省察や自己描写がありふれた営みとなり、自己精査のトポスが膨大に蓄積されて、ルネサンスの偉大な唄やソネットの創り手たちに継承されたのである。

とりわけソネット詩群《サイクル》は、恋愛という抒情的主題を展開するための可能性を提供した。(3) ダンテが基調を定め、ペトラルカが確立した流れは、長きにわたるルネサンスのあいだに抒情詩群やソネット詩群の書き手たちに影響を及ぼした。書き手たちはお返しに、それぞれ独自の変化を加え、イタリアの師匠たちがありふれた恋愛抒情詩をはるかに超える高みへと引き上げたジャンルに、おのがじしの洞察を加味した。恋愛悲劇に手を染めたとき、シェイクスピアは、ルネサンスの文学における主要な恋愛形式をすでにいくつも手がけていた。彼のソネット集は抒情詩の伝統における主要な作品であり、初期の喜劇の多くは、主要な恋愛悲劇である『ロミオとジュリエット』と『オセロー』を準備する助けとなった。『ヴェローナの二紳士』は『ロミオとジュリエット』を書くための習作の一種であり、『空騒ぎ』は『オセロー』に備えての喜劇版本稽古という側面をもつ。『ロミオとジュリエット』を書いていなければ、シェイクスピアに『オセロー』によって提起された問題を扱うのにより難儀したのではないか、と私は思う。

だから、まずはじめに私が考えてみたいのは、その初期の悲劇なのだ。『ロミオとジュリエット』において、シェイクスピアは、哀しくもはなはだ低俗なノヴェッラ〔ルネサンス期のイタリアで流行した短篇物語集〕からプロットを借りてきて、初めての恋愛悲劇に取り組んだ。野心的で実験心に富んだ劇作家シェイクスピアは、この課題にどのように向き合ったのだろう。まず第一に、シェイクスピアは、ルネサンスの散文物語にすでにひしめいていた、正式に「喜劇的」とされる類型《タイプ》を利用した。(4) 彼はごくなじみ深い方法で、自分の劇を喜劇につきものの登場人物で満たしたのだ。若い娘、娘の父親が疎《うと》んじている求婚者(〈恋する若者(*adulescens amans*)〉)、父親が贔屓《ひいき》にしている別の〈若者(*adulescens*)〉(パリス伯爵)。〈老人(*senex*)〉である父親は、娘が逆らうと、当然ながら〈怒れる老人(*senex iratus*)〉になる。乳母は、定番の〈乳母(*nutrix*)〉であるばかりか、その特殊型である〈お喋りな乳母(*nutrix garrula*)〉でもある。主人公は友人に、それもベンヴォーリオとマーキューシオという二人の友人にともなわれている。喜劇であれば、釣り合いをとるために、おそらくはジュリエットにも二人の学友がいて、劇の終わりで二人の若者と結ばれることになるのだろう。だがここでは、ジュリエットには仲間がいない。またこの劇は悲劇なので、マーキューシオが殺されベンヴォーリオの姿が消えてしまっても、我々はそれを不思議には思わないし、ロミオの「余分な」友人たちの伴侶となるのにふさわしい娘たちがいないのを嘆くこともない。

喜劇は都市で生起するが、この悲劇は都市志向がとても強い。修道士ロレンスの庵《いおり》ですら、二つの名家から歩いて行ける距離にある。ヴェローナを逃れたロミオは、いかにもロマンスの主人公らしく(オーランドーがするように)森へおちのびることはせず、事態が好転するまでの辛抱と、近隣のマントヴァに落ち着く。喜劇的な都市の場面に似つかわしい、さまざまな種類のすばらしい召使いたちがここにはいて、たがいにいがみ合ったり、仕えながら主人を苛立たせたりもして、アクションがひどく陰鬱な方向へと展開していくなかでの息抜きとなっている。

ここまではよい。だが、劇を恋愛悲劇に仕立てるにはどうすればよいのだろう。たとえば、どのような言語を用いるべきか。『ロミオとジュリエット』の冒頭から、すなわち、口上役のソネット形式で語られる台詞から、我々は劇の言語の主要な源泉であるソネットの伝統へと導かれる。そこからすぐにわかるのは、ロミオがこの伝統にどっぷり浸っていることである。ナヴァールの宮廷の若者たちのように、ロミオは、ルネサンスの若き紳士にふさわしい文学様式を心得ている。批評家たちは、劇そのものにソネットが組み込まれていることを、繰り返し指摘してきた(5)。一四行が丸ごと一人の話し手によって語られたり、二人の話し手によって唱和されることすらある――ロミオとジュリエットの出会いの場面でかわされるソネット形式のみごとなやりとりは、二人の修辞的洗練と、二人が琴瑟《きんしつ》相和しているさまを示している。ソネットのなかには、四行連句や、六行連句さえ余分に付けられているものもある。独立した八行連句が一度出てくるし、六行連句は何度も出てくる。ソネット形式がこのように目につくので、我々は、劇作家が何をしているのかと注目せずにはいられない――即ち、高邁で献身的なある特定の種類の愛につきものとされる言語を用いて、出来事に深みを加えているさまに、注意が惹きつけられるのである。シェイクスピアは、この悲劇を書くために他のジャンルから手法や言語を借りてくることによって、この劇に関与しているのはどのような種類の愛なのかを我々に知らせている。恋愛に関するすべての抒情詩形式、いやまこと、すべての文学形式のなかで、とりわけソネット連作は、愛という感情の深遠な厳粛さを重んじる。愛はソネットの語り手《ペルソナ》の生と存在の中枢を占めている。語り手は、己れが感じている甘美な苦悩に没入し、精魂を傾け詩的能力のすべてを結集してその苦悩を讃美する。単発の恋愛抒情詩には見られないことであるが、ソネット連作は深く多面的に自己吟味する機会ともなり、ソネット詩人はたえず変化する己れの感情のありように思い巡らし、行きつ戻りつしながらゆれまどう己れ自身の内面の軌跡をあらんかぎり入念に記録するのである[6]。

我々はロミオに出会う。彼は舞台に出現する前から憂鬱症の恋人という型にはめられ、典型的なペトラルカ風修辞である撞着語法《オクシロモン》を用いて「気がふれたように」喋りながら登場する。ロミオは恋愛詩人の修辞的実践をひとわたり、驚くほど易々とさらってみせる。まず自ら基調を定め――「憎しみゆえのいさかいだが、恋ゆえのいさかいのほうがつらい」（一幕一場一七三行）――それを膨らませてみせるのである。

とすれば、ああ、争いながらの恋、恋しながらの憎しみ！
ああ、そもそも無から生まれた有なるもの！
ああ重苦しい浮気心！　真剣な戯れ心！
美しいみせかけから生まれた醜悪な混沌！
鉛の羽毛、燃え立つ煙、冷たい炎、病んだ健康！
眠りとはいえぬ、覚醒したままの眠り！
こういう恋を感じている僕なのだが、恋人はつれないのだ。
（一幕一場一七四―八〇行）

ペトラルカ風の文彩に精通していることを、このように、鮮やかながらも喜劇的に披瀝した直後に、ロミオは恋愛を定義する。あるフランスの理論家が言うところによればブラゾン〔一六世紀のフランスで流行した詩のジャンルで、女性の肉体の各部分をそれぞれにふさわしい比喩を用いて讃えたもの〕風に、あるいは（イギリスの批評家たちがよく言うように）定義詩風に[7]。

恋は溜息とともにたち昇る煙なのだ。
浄めれば、恋人たちの瞳にきらめく炎となる。
乱されれば、恋ゆえに流す涙に膨らんだ大海となる。
でないとしたら、いったい何だ。こよなく思慮深い狂気、
息をつまらせるほどの苦みでありながら、生命を保つ甘露。
（一幕一場一八八―九二行）

ロミオは演目をひとわたりさらってみせる――撞着語法をいとも無造作に駆使し、伝統的様式で書かれた無数のソネットの変奏を奏でる。ここには明らかに技量誇示《エピデイクシス》がある――「とすれば」や「でないとしたら、いったい何だ」をきっかけにしてほとばしる言葉は、最良の文学上の手本もろもろに倣って己れ自身の役割を創ろうとする気概みなぎる若者が発するにふさわしい調子をもっている。

ロミオのロザラインを、我々が目にすることはない。彼女は古典への言及によって織りなされた、まったくの虚構の人物である。

あの女《ひと》には
キューピッドの矢も通用しない。処女ダイアナの分別があり、
純潔の堅い鎧でしっかりと武装していて、
愛神のか弱い子供じみた矢では傷ひとつ負わせられない。

口説き文句で攻めたてても陥落せず、
流し眼で仕掛けてもいっかな平気、
聖者すら惑わす黄金にもなびいてこない。
ああ、あの女は美に富んでいる。欠けているものはただひとつ
あの女が死ねば、美とともに、宝も失せてしまうこと。
（一幕一場二〇六—一四行）

ロミオの常套句は、愛の快楽主義というエピクロス風旋律を奏でており、恋愛抒情詩によってすっかりなじみ深いものとなっている（そしてシェイクスピア自身の瞠目すべきソネット連作がさらになじみ深いものとした）、〈その日を摘め《カルペ・ディエム》〉や生殖の主題を用いている。ロミオは、そうしたソネット群と驚くほど似た口調でこう続ける。

というのも、つれなさも度をすごして美が飢えてしまえば、
子孫に伝えるべき美まで摘み取ってしまうことになる。
（一幕一場二一七—一八行）

続く二行連句は、これまたソネットの常套であるが、至福と絶望の華々しい対比によって自らの技巧性をひけらかす。その二行連句は、次いで、なじみ深いパラドックスへとつながっていく。

あの女《ひと》はあまりにも美しく、賢く、賢くも貞潔すぎて、

僕を絶望させ天国の至福をなげうってしまう。
あの女は恋をしないと誓った、その誓いのおかげで
いまこのように話している僕は、生ける屍《しかばね》といったところ。
（一幕一場二一九―二二行）

自己を批判しながら自己に耽溺するという、ソネット詩人にはおなじみの自己否定をするときですら、ロミオは恋する男たる作法を守っている。(8)

作法通りであろうがなかろうが、我々がこのロミオに見るようにと求められているのは、ペトラルカ的役割を引き受け、それを最大限に実践する――詩においても、孤独な夜の過ごし方においても、母親をひどく心配させる沈鬱なメランコリーにおいても――教本通りに恋をする若者の姿、作法に適いすぎている恋人の姿である。ロミオは恋愛の掟を堅持する。他の女性との恋の出会いもあろうと、キャピュレット家の宴会にベンヴォーリオが誘うと、ロミオは衝撃を受ける――それも六行連句で。

ただひたむきに信心する僕の眼が
そんなまやかしに眩《くら》むことがあれば、涙よ炎となるがよい。
涙の洪水に幾度となく溺れても、まだ生き永らえているこの両の眼を、
このみえすいた異端者どもを、嘘つきといって焼き殺すがよい！
僕の恋人より麗しい人だなんて！　すべてをみそなわす太陽とて
開闢《かいびゃく》以来、あれほどの佳人は見たことがないというのに。
（一幕二場八八―九三行）

ロミオの誇張的な忠節には、すこぶる疑わしいところがある。というのも彼は、一目見るなりジュリエットに恋してしまい、なじみ深い言語をこよなく美しくしつらえて、その新しい恋を即座に詩で歌うのだから。

ああ、あの女《ひと》は松明に輝かしさの手本を示している！
夜の頬に垂れさがるあの姿はさながら
黒人娘の耳を飾る豪奢な宝石のよう……

という調子で続いていき、こう締めくくられる。

俺の心はこれまで恋をしたことがあるのだろうか。ないと言え、眼よ。
今宵までまことの美を見たことがなかったのだから。
（一幕五場四二―四四行、五〇―五一行）

ロミオもジュリエットも、ともにこの種の言語には敏感である。二人が交互に語る、末尾に「余分の」四行連句が付いたソネットは、出会って互いを探り合う若い二人の機智に富むやりとりをこよなく洗練させればかくやとも思われる、すばらしい見本である。ロミオがはじめの四行連句を歌い、ジュリエットが次の四行連句を歌う。続く六行連句は二人で分け、ジュリエットが韻を定めロミオがそれに合わせる。ジュリエットが指摘するように、ロミオは恋愛の規則を心得ている――「教本通りに接吻なさるのね」——そして彼女も、その点ではたしかに彼と同じなのだ。というのも彼女は、恋愛についてすこぶる陳腐な機智をとばすことができるし、後に判明するのだが、憎しみについて常套的に語ることもできるのだから。

マーキューシオは、ロミオのより柔和な声とは対照的な辛口の声を響かせている。若者たちが舞踏会に行く道すがら、マーキューシオはロミオをからかい、ベンヴォーリオが以前に仕掛けてきたのとよく似た機智合戦をロミオに挑んでくる。三人の若者たちはみな、手持ちの修辞に何があるかを心得ており、己れの文体を自由に選ぶ。マーキューシオは、ロミオの言語が恋愛指南書通りだと彼をからかう。

ロミオ！　気まぐれ者！　狂人！　情熱の虜！　恋狂い！
溜息に化けて出てこい。
詩の一行でもよいから喋れ、それでよいぞ。
「ああ」という呻《うめ》きでも、「愛しい女」、「可愛い女」でも……
（二幕一場七—一〇行）

そうして彼は、恋愛の真の目的について、みごとなまでに猥褻な語呂合わせをやってのける。ここでマーキューシオが発しているのは、オウィディウス風の声、血気盛んな放蕩児の声であり、愛の肉体的悦楽に対する意識が、ペトラルカ風の伝統的言語の甘さや、女々しさに近いものを打ち消している。マーキューシオとのその後のやりとりにおいて、ロミオは同じ口調でやり返し、ふたたび「つきあいやすい」男になった、すなわち恋から覚めてまともな男に戻った、と友人に信じ込ませる。マーキューシオが言うように――「おまえの洒落もぴりっと効くぜ。めっぽう辛いソースだな」――ロミオは違う作法に変えたのである。すなわち、憂鬱症者のソネット詩作から、洒落者風の、男たちのあいだだけで通用するような、エピグラム作者の文体に乗り換えたのだ。ロミオは、マーキューシオのオウィディウス風の声を、マルティアリスの口調により近い舌鋒鋭いものにする。そしてもちろんそれこそが、マーキューシオを騙して、ロミオの恋情が冷めたと思い込ませたものである。というのも、恋人気取りでいる男なら、二幕四場のような猥褻な冗談を口にすることなどできるはずがないからだ。だがもちろん、我々は騙されない。ロミオはとうとう、決定的に恋におちた――しかも、あくまでも慣習を遵守して、一目惚れしてしまうのである。恋が芽生える正当な場所（眼）を定めたこの掟は、饗宴の場面では、行動のなかに書き込まれ、現実性を与えられ、脱比喩化《アンメタファー》されている。若い二人は、宮廷風恋愛の規則を守り、情熱に火をつける慇懃な言葉遊びの掟に従いつつ、その一方で自分たちに何が起こりつつあるのかがわかってもいるのである。

ロミオはけっしてソネットの言語を棄てはしない。なぜなら彼は、まさに本物の恋におちたのだから――ジュリエットに対する、あるいは彼女についてのロミオの台詞には、ソネットの慣習的な表現が繰り返し現れてくる。ロミオは、窓辺にたたずむ新しい恋人について、眼を星に喩えるという慣習をふまえて語る。

　　大空でひときわ美しい二つの星が、
　　用事がすんで戻るまで、あの女《ひと》の眼に
　　その座で煌《きら》めいていてほしいとせがんだのだ。
　　あの女の眼が空にあり、あの女の顔に星々があるとしたらどうだろう。

あの女の頬の輝きは、日光がランプを恥じ入らせるように、
それらの星々ですら恥じ入らせることだろう。天に昇ったあの女の眼は
空一面にこうこうたる光を流し
鳥たちも朝が来たと思って囀《さえず》り始めることだろう。
（二幕二場一五―二二行）

とすると、彼女の眼は星ではなく、太陽に似ているのだ。ロミオは奇想あふれる詩人であり、奇想を純然たる誇張へと膨らませる――後に見るように、彼の恋人ジュリエットも同じことができるのである。ロミオは、他の常套的な要素もソネット詩人から借り入れている。果樹園で、彼はジュリエットがはめている手袋になって、その手にもたれかかる彼女の頬を感じたいと願う。マントヴァで、彼は家に住む動物のなかで一番つつましい鼠になって、ヴェローナにいるジュリエットの姿を見たいと願う。また彼は、恋する男は水先案内人で相手の女性は商品という、ソネットにおける二つのありふれたイメージを組み合わせる――この魅力的な三行において。

僕は水先案内人ではないけれど、あなたがたとえ
地の果ての海に洗われる荒涼とした浜辺ほど遠方にいようとも、
あなたのような商品のためなら、僕は海原に乗り出していくでしょう。
（二幕二場八二―八四行）

批評家たちが好んで言うように、ジュリエットの言語はロミオの言語ほど技巧的ではないので、彼

女の愛が彼の愛よりも素朴さにおいて優り、彼女のほうが彼よりもより現実的に状況を把握しているように見える。(9) だが彼女もまた、恋愛の修辞を嗜《たしな》んでいる。ロミオは、「夜の翼に乗っていらっしゃるあなたは／烏《からす》の背に降りかかる新雪よりもさらに純白にきらめいている」（三幕二場一八―一九行）と表現される。彼女も奇想をとことんまで追求し、荒唐無稽な結論を導くことができるのである。

あのかたが亡くなったら、
連れていって切り刻んで星屑にするがよい、
そうすればあのかたは大空の顔《かんばせ》を美しく飾るので
地上にいる誰もが夜を愛するようになり、
ぎらつく太陽など崇めなくなるだろう。
（三幕二場二一―二五行）

注目すべきは、ジュリエットのほうがロミオよりずっと大胆なメタファーを用いることである。彼女は独自のイメージを提起して、太陽か星かという問題を一刀両断に解いてみせる。かたやロミオのイメジャリは、彼女のものほど熱烈でも厳密でも極端でもない。彼のほうが彼女よりも、手本通りに語っている。ロミオを星の座に据えて古典的不死性へと転化させるジュリエットの「星屑」という奇想は、ロミオが彼女を太陽に喩えたことを思い出させる。彼女の言語は、彼女の愛が胚胎される闇を讃え、なかでもひときわ醜怪でひときわ力強いイメージ（「切り刻んで星屑にするがよい」）は、恋人たちの暴力的な死を予言している。

ティボルトがロミオの手にかかって殺されたという報せをもって乳母が入ってくると、ジュリエットは堰を切ったように撞着語法《オクシロモン》で語り始め、ロミオがひとりよがりの偽りの恋をしていたときに口にしたのと同じくらい極端な修辞に満ちた台詞を吐いて、恋人を激しく非難する。

ああ、花の顔《かんばせ》に蛇の心がひそんでいたなんて！
竜があれほど美しい洞窟に棲んでいたことがあるだろうか。
美しい暴君！　天使のような悪魔！
鳩の羽をまとった烏！　狼のように貪欲な小羊！
うわべは神々しくても心根は下劣そのもの！
（三幕二場七三―七七行）

このように激した口調で彼女はさらに言葉を続けるが、やがて理性を取り戻し、この二人の若者のうち、ロミオを失うよりはティボルトを失うほうがはるかにましだということを思い起こす。そのことに気づくと、ジュリエットは、より彼女らしい語り口の、より素朴な詩に戻っていく。レヴィンが示唆しているように、ジュリエットの言語における放埒は、彼女の心がロミオから離れたことを表しているのかもしれない――たしかなのは、彼女が憤激のあまりわれを忘れたということだ。だが一方で、ジュリエットがこの一節で用いるイメージは、彼女が前にロミオに寄せる深い恋心を表現するために用いたイメージと、ロミオが彼女に用いたイメージの両方に結びついている。このような場面ですら、恋人たちは言語のなかで睦《むつ》み合っているのである。
　恋人たちの言辞を振り返ってみると、表現の問題がありありと見えてくる。恋情の表現手段そのも、の、であるペトラルカ風言語は、マーキューシオやベンヴォーリオが批判する常套句としての用しか果たさないこともある。だがその言語は、撞着語法《オクシロモン》という修辞形式が指し示す深遠な対立を恋人たちが経験して、はじめて習得できるものでもある。ロミオとジュリエットが胸に迫る感情を表現しようとするとき、彼らはつねに、手垢がついて形骸化したペトラルカ様式へと戻っていく――だが観客は、二人が恋人として成長するさまを見届けると、二人がどうしても頼らざるをえない言語を、有効なものとして受け容れることができる。ロミオが死ぬ覚悟をするとき、彼は、以前に用いた正統的なソネットのイメジャリをふたたび用いる――

さあおまえ、絶望への水先案内人よ、さあいますぐ
航海に倦み疲れたこの舟を、岩にうちつけ、粉々に砕いてしまえ。
（五幕三場一一七―一一八行）

この危機〔ロミオのティボルト殺害にジュリエットが激怒したこと〕がジュリエットの認識とともに過ぎ去ったあと、二人の恋はまた元に戻って、中世以来の伝統をもつなじみ深い暁の愛の歌、恋人たちがとりかわす歌となって表現される。この後朝の歌《オーバード》（*aubade*）をみごとな例とするような、この劇の全般的な特徴が、ここにいたって見えてくるかもしれない。この劇には、さまざまな種類のお定まりの型《セット・ピース》がひしめいている。キャピュレット夫人と乳母は、パリス伯爵の魅力を二重唱で歌いあげる。ジュリエットが死んだと思ったキャピュレット夫妻、乳母、パリスは四重唱で嘆く。分担対話〔“double exchanges”二人で交互に対話しながらまとまりのある内容を提示していくこと〕も多く見られる――舞踏会でのロミオとジュリエットのソネット形式による対話、ロミオとベンヴォーリオおよびマーキューシオとのやりとり、ロレンス修道士の庵でのジュリエットとパリスの隔行対話《スティコミシア》〔“stichomythy”二人の登場人物が通常一行ずつ詩で交互に

対話する形式で、ギリシア古典劇で用いられた）。独唱《アリア》もある――オウィディウスの響きが感じられる夜を召喚するジュリエットの壮大な祝婚歌「疾駆せよ、炎の足をもつ駿馬らよ」、ジュリエットが薬を飲む直前に死や納骨堂について手順通りに瞑想すること、夢の主題をマーキューシオが創意をもって語ること。それらの台詞は、この劇の詩、すなわち劇の言語の喚起力に我々の注意を大いに惹きつける反面、別の効果ももつ。詩情豊かな見せ場のためにアクションが中断されるという、抒情詩にとっては理想的だが芝居にとっては好ましくない働きもするのである。

　いささか距離を置いて、紋切り型の修辞様式という観点からこの劇を眺めてみると、その構成のかなりの部分が、きわめて形式化され固定化されたものであって、絵画的場面《タブロー》やお定まりの型《セット・ピース》にいかに依存しているかが理解できる。序詞役《コーラス》によるソネットの口上で幕が開くと、一群の人物が登場し、次いで別の集団が登場する（おそらくは、舞台装置の「両家」のそれぞれの開口部から）。二つの集団が仇討ちもどきの小競り合いをしていると、ティボルトが舞台に登場し、いさかいはたちまち現実の暴力へと発展する。そして大公が治安維持を命じて混乱を収拾する。劇の終わりでは、ひとつの集団が登場して娘の死を嘆くと、もうひとつの集団が登場して息子の死を嘆く。それらの集団はひとつになって、ロレンス修道士から事の経緯を聞き、大公から厳しくとがめられる。悲嘆にくれる父親はいずれも、その場にふさわしく、子供たちと二人の愛と長きにわたる確執のこの悲しい終息を記念して、互いの子供の彫像を墓に建てようと約束し合う[10]。最後に六行連句で教訓を垂れて、威厳ある〈機械仕掛けの神《デウス・エクス・マキナ》〉である大公がアクションを締めくくる。劇全体の調子や心理を定めるうえできわめて重要な、端々に挿入される抒情的間奏は、パジャント風の作劇術にしっくりとなじんでいる。そうした抒情的間奏には、話者の心理状態を我々に明かすが、それはプロットや性格やアクションの微妙な綾《あや》をあるがままに再現する言語ではなく、状況に命じられてなされるのである。言語は、己れがすこぶる依存するソネットという母体からさまざまな方法で自由になろうとするが、『ロミオとジュリエット』において、言語は『オセロー』におけるほど融通無碍《むげ》にはなりきれていない。『オセロー』では、同じ一群の慣習的言語を用いても、それだけが目立ちすぎるということはなく、登場人物やプロットの要求にうまく合致《フィット》している。

『ロミオとジュリエット』は、さまざまな点において、習作期の作品である。詩人はここで、抒情的恋愛を悲劇に仕立てるさいに生じる現実的な問題もろもろにはじめて直面することになった。コーラスは冒頭で、恋人たちは星に呪われているとわざわざ断っているし、我々がそのことを忘れないようにと、ロミオはあとで「いやな予感がする／いまはまだ運命の星の手にある定めが／今宵の宴をきっかけに／終わりへの時を仮借なく刻みはじめるのではないかと」（一幕四場一〇六―九行）と、こじつけめいた台詞を述べる。ロレンス修道士の格言風《センテンティア》の言い回しは無分別な性急さという概念を強めているが、だからといって劇のテンポに弾みがつくという感じはしない――むしろ、格言風の言い回しがもつある種の冗漫さで、進行をゆるくしてしまうのである。無分別な性急さと星の呪いは、アクションの不動の前提をなし、疑ったり考えたりする余地のないものである。恋愛は不幸で、切実で、美しく表現される。青春は、頑迷な老齢のために空費される。だが、悲劇的振舞いはあっても、この劇ではまだ、それにふさわしい言語は見出されていない。その一方で、ペトラルカ風修辞が織りなす絢爛たる対立は拡げられ、プロットのなかに、そしてまた、劇の感情的・社会的構造のなかに組み込まれているのである。

それでもなお、『ロミオとジュリエット』には、みごとな技を駆使しているところがいくつかある。シェイクスピアの数ある才能のなかでも、私をとりわけ楽しませてくれるもののひとつは、文学的手法を「脱比喩化《アンメタファー》（unmetaphor）」する才、「現実」であると納得できてしまうものに慣習を沈潜させるオ、言語上の慣習を、場面、アクション、あるいは劇そのものの心理の一部にしてしまう、その手並の鮮やかさである。一目惚れは、ロミオのロザラインに対するひとりよがりの恋のわざとらしさや非現実性に対置されているので、ここではまったく不自然な感じはしない。アクションによって脱比喩化されるので、その陳腐さが意識されなくなるのである。ふたたび、〈後朝《きぬぎぬ》の歌〉は、まこと、愛の一夜を過ごした恋人たちが別れていくときに歌う暁の歌であるが、ここでは、愛し合う二人がその特別な日に引き裂かれていくことによって、ひときわ痛切で時宜を得た歌になっている。みごとで自然な脱比喩化のもう一つの例として、〈囲われた庭（*hortus conclusus*）〉がある。それは処女性を表す慣習的なメタファーであり、「雅歌」やそれ以降に書かれたあまたの詩やロマンスによれば、純愛の生来の住処でもある。ジュリエットのバルコニーはそのような果樹園、閉ざされた庭に面しており、ロミオがそのなかに忍びこむ。処女は、壁で囲われた庭であるとともに、そのなかに囲われてもいる。その庭の壁は、ロミオが果樹園に跳び込んでくるように、真《まこと》の恋人によって破られることになるのだ。

さらに重要なのは、しばしば注目されてきたように、この劇では光と闇がたくみに用いられていることである。ロミオとジュリエットにとって、日々の暮らしは逆転し、闇だけが二人が本当に愛をかわすことができる安全な時間となる。彼らは夜に出会い、その結婚は一夜限りで、朝の光が二人を分かつ。二人がついに再会を果たすのは夜の墓のなかであり、それが彼らの現実の墓となる。彼らがともに過ごす二番目の夜は、〈果てしなき眠りの夜（*nox perpetua una dormienda*）〉（カトゥルス『カルミナ』第五歌より）である。抒情詩の伝統においては慣習的なメタファーでしかない背景が、ここでは「現実の」背景となり、ある独特の象徴的意味合いをこの劇に帯びさせる。

『ロミオとジュリエット』では、ありふれた〈恋愛と戦争〉の対置や対比も用いられているが、ただ直喩としてだけではない。ヴェローナでは、愛は争いにからめとられている。ロミオとジュリエットの愛は、諍《いさか》いや不和と対比されているが、二人の愛が痛切なのは原因不明の宿怨の苦さがあるからである。恋人たちは、生にあっては平和と和解を訴え、死にあっては両家の和解の象徴である墓を飾る彫像となる。愛も戦いもいずれも実体化されているが、この劇の世界では愛と戦いが共存することはないし、共存することなどできはしない。争いは愛を破壊するしかない。抒情詩の伝統におけるメタファーとして結びつけられてきた愛と死を、現実に結びつけることによって、この劇はまぎれもなく非喜劇的なものとなった。死は、恋愛の主題と戦争の主題を結ぶ環であり、アクションの取り返しのつかない要素として、この劇を悲劇として刻印づけている。それでもなお、ロミオとジュリエットはピラマスとシズビー——二人の死の叙述が多くを負う物語、オウィディウスの『変身物語』の恋人たち——と同様、ほとんど偶然のようにして死んでいく。恋人たちはまさに、オウィディウス風とも言えるような方法で保存される。植物に変身はしなくとも、文がそっくり形になるエクフラシス（*ecphrasis*）的な記念の像となって、後世の人々に愛の手本を示すのである。

『オセロー』を書くに至る頃には、シェイクスピアは、『ロミオとジュリエット』では未解決のままだった問題のいくつかに対処するすべを学んでいた。しかも、この初期の悲劇で創出したみごとなまでに高揚した愛の言語をあますことなく利用しながら、そうすることができたのである。『オセロー』は、凝縮されたアクションや首尾一貫したイメジャリをもつだけでなく、プロット、アクション、主題の要請に応じながらも、さまざまな登場人物の個性と深々と結び合う言語をそなえた、すばらしくまとまりのある劇である。(11)『オセロー』においては、劇の相異なる諸相が互いにがっちりかみ合っていて、偏狭な批評家の誰かが劇全体を損なうという危険を冒して分かとうとでもしないかぎり、それらを分かつことはできそうにない。私にはわかっている——そんなことはできないのだ、と。本章での私の論の進め方だと、どうしても別の要素を犠牲にしてある要素を強調することになってしまう。だから、主題はできるだけ軽やかに扱い、どこであれ可能であれば、私の強調点が劇の他の部分とどう結びついているのかを示すよう努力することとする。

『オセロー』は、恋愛についての、そして、恋愛が恋愛以外の生の領域といかに関わっているかについての劇である。『アントニーとクレオパトラ』を別にすれば、イギリス・ルネサンス期の主要な悲劇で、恋愛がかくも率直に中心を占め、かくも赤裸々に扱われているものを他に探すのは難しい。この劇において、恋人たちは星に呪われているのではなく、彼ら自身の個性、ひときわ優れて高邁なその性質によって、そして彼らが生活を営んでいる狭く緊密な社会の特殊性によって呪われているのである。『ロミオとジュリエット』のように、この劇も古典喜劇の伝統につきものの状況や登場人物を利用している。[12] 視点をわずかにずらすなら、この劇のさまざまな要素は都市喜劇のものと見ることもできるだろう。年取った男、それも黒い肌のムーア人が、若い妻を娶《めと》り自分の若い部下に嫉妬する。我々はふつう、『オセロー』を、ジャニュアリィとメイの物語〔チョーサー『カンタベリー物語』中の「商人の話」で語られる、老人が若い女と結婚して間男される話〕とはみなさない。もっともイアーゴーとオセローは、状況をすぐさまそう解釈してしまうのであるが。実際のところ、シェイクスピアは、〈老人（*senex*）〉、〈若い娘（*puella*）〉、〈若者（*adulescens*）〉の三角関係を逆さまにしたのである。デズデモーナは〈老人〉を心底から愛している。キャシオは、なるほどデズデモーナを讃美しており、彼女に話しかけたり彼女について語ったりするときは、宮廷風恋愛の伝統にのっとった物言いをするが、彼の愛情は、明らかに他の女に向けられている。オセローは、若い女メイに浮気をされた老人ジャニュアリィであると、世間が自分を嘲っているのではないかと恐れるが、現実には、これほど美しい女を妻にしたことでますます称讃されているのだ。劇中の定型的な人物たちも、けっして我々の期待通りにはならない。たとえば島に住みついて、陸軍や海軍の通りすがりの男たちの相手をする娼婦ビアンカも、定型としての枠をはるかに超えて、キャシオを「真に」愛していることがわかる。

　主要な登場人物たちについて、シェイクスピアはすばらしい芸当をやってのける。オセローは、舞台の慣習によれば、卑屈であり好色かつ粗暴であると期待されるムーア人である。ムーア人はそのような姿でイングランドの舞台に登場したし、シェイクスピア自身も、『タイタス・アンドロニカス』ではその一人であるエアロンに典型的な東方の悪党役を演じさせた[13]。ところがこの劇ではのっけから、そのような性格類型《ステレオタイプ》を観客の心から払拭するほどの、ムーア人オセローの比類ない気高さが観客に提示される。だが後に、我々は突きつけられる。シェイクスピアはとどのつまり、感情過多、激しやすさ、騙されやすさという類型化された特質を、オセローの悲劇的破綻の原因にしたのだということを――しかも、そのような欠点をかくも立派な主人公がもつはずがないと思いこませておいてから、そうするのである。この術策によって、ほかでもしばしば行ってきたように、シェイクスピアは二股をかけおおせる。伝統的提示を解体し、定型のもつ含蓄を状況から払拭したあとで、定型が最も常套性を帯びている部分を利用するのだ。オセローは現に高貴な人物であるが、彼の本性には当人が最も恐れている特質、すなわち類型化されたムーア人がまさにそなえている暴力性、ずる賢さ、騙されやすさという特質が宿っている。偉大な悲劇を書くときはつねにそうであるように、シェイクスピアは、はっとするほど特異な主人公を選んでいる――復讐者の役を割り振られた思索的な王子ハムレット。めだって愚かで理不尽な気のふれた老人リア。開幕早々に邪心を吹き込まれ、アクションが進行するにつれて、その邪悪さをあますところなく発揮するマクベス。己れの味方でも敵でもある狡猾で軽薄で官能的な女とつるんでいる、誇り高く軽率で好色なアントニー。冷淡で傲慢で情熱家で道理をわきまえないコリオレイナス。オセローも、勇猛さでは遜色ない武人である。彼は、ヴェニスのムーア人、恋人に転向した戦士であり、洗練の極たるヴェニス人よりも礼節に富む野蛮人なのである。

『オセロー』においては、中世およびルネサンスのロマンスや抒情詩の伝統にたいていは関係する、脱比喩化《アンメタファリング》の例が多く見られる。私はとりわけ、といってもこれに限るというわけではないが、シェイクスピアが劇中でソネットの伝統をいかに用いているのかを考えてみたい。まず考察すべきは、主人公と女主人公の外観である。恋人である女性は伝統的に、肌や髪の色合いが淡く、心ばえも美しい。金髪と白い肌が愛しい女性の典型的な特質となっているため、シドニーは自分が創造したステラは個性的な黒い眼をしていると強調し、シェイクスピアは栗毛の女を愛することによって独創性を主張することができた。デズデモーナは心身ともに美しい。典型的な宮廷愛の恋人兼詩人は美しさも精神の精妙さも相手の女性よりは劣るとされているが、オセローの背景や容貌には、まさにその劣位が書きこまれている。彼は現に黒いのであり、やむにやまれぬ状況が生じると、ヴェニス人たちは彼にそのことを思い出させる。我々は逆のことを期待するよう仕向けられるが、オセローの黒い肌といううわべは、妻に対してどう振舞うかという外面的なことはもちろん、彼の内的生活のある一面を結局は表していたのである。白と黒という慣習的な対比を字義通りに解釈することによって、シェイクスピアは、無意味とも見えるほど陳腐で人工的な決まり事に新しい境地を開いた。二人の結婚がもたらす衝撃は、社会慣習のみならず、文学慣習をゆるがすことからも生じている。ロマンスや抒情詩が伝統的に描いてきた、恋する男と相手の女性——彼女は彼よりも道徳的に優れている——との関係も、この劇では深められ、愛する女性への決まりきった讃辞を超える意味合いを帯びている。まこと、ただの讃辞はこの劇にはそぐわない。『オセロー』においては、慣習が、現実の結果をともなう道徳的事実へと変化しているのだから。

『ロミオとジュリエット』におけるように、『オセロー』においても、光と闇、昼と夜の対比が大いに利用されており、ここではそれが、女主人公と主人公の寓意的な白と黒にしっかりと結びつけられている。『ロミオとジュリエット』におけるように、『オセロー』においても、重大な場面は夜に起こる。オセローの初夜がトルコ軍進撃の報せで中断される唐突で鮮やかな幕開け、またしても妨げられるキプロス島での二度目の初夜、供犠としての妻殺し——それぞれの場面が、光と闇の言語をもち、白い女主人公と黒い主人公、道徳的潔白と心理的暗黒の結合を強化している。ほかにもさまざまな種類の対比があるが、なかのひとつについては、払うべき関心が今まで払われてこなかった——あまりに明白であるために、それだけ注目するに値する対比である。『ヴェニスの商人』と同様、この劇についても、「ヴェニス」をひとつの生活様式として捉える議論が最近しきりに行われている[14]。我々は、この種の場面の背景としてヴェニスがいかにふさわしいかを、おそらくはエリザベス朝の観客よりもさらによく理解している。功績主義がなぜオセローを利してイアーゴーを苛立たせることになったのか、異邦人がそもそもなぜヴェニスにいるのか、異邦人が、いかに厚遇されようと、ヴェニスにおける己れの他者性と折り合いをつけるのがなぜ難しいのかを、我々は知っている。デズデモーナの出身階級が社会的にいかに排他的であるか、ヴェニスの支配階級の人々が、莫大な金を払ってまでなぜ戦争を日常生活から遠ざけておこうとするのかを、我々は知っている（「おい、ここはヴェニスだぞ。野中の一軒家ではないんだ」）。本土決戦を回避するうえでの国家にとってのオセローの有用性は、名門の家長が娘の結婚を左右する権利すら覆す力をもっている。ヴェニスが舞台であることを材源が明示しているということはさておき、シェイクスピアは、偉大な交易都市の安逸や物質主義をオセローの勇気やデズデモーナの貞潔という無形の価値と対比しつつ、ヴェニスという場所をみごとに利用したのである。

こうしたことすべてを別の言葉で言うならば、シェイクスピアは、物質主義的なヴェニスのありようと愛のありようを——あるいは、愛に最もふさわしい場所ということであれば、ヴェニスのありようとキプロスのありようを、対比したのである。キプロス島はヴェニスから離れてはいるが、ロードス島と同様、ヴェニスをトルコから守るための重要な軍事上の拠点だった。キプロスは、ヴェニス人たちが現実的な観点からつねに口にする名前だった。オセローとイアーゴーは、劇が始まる前の出来事であるが、そこで戦ったことがあった。ヴェニスの人々は、危機が「明らかにキプロス島に迫っている」と確認されないうちから、キプロス島やロードス島のことをささやいている。オセローとデズデモーナがひとたび島に到着するや、劇のアクションはすべてそこで展開する。しかもこの島は、生贄が——本物であれ比喩的なものであれ——捧げられたヴィーナス祭儀の中心地であったことを考えれば、いかにもふさわしい舞台である。[15] キャシオにとってキプロスは「この勇敢な島」であり、イアーゴーにとっては「この好戦的な島」、「この美しい島」である。ここには「立派な島民」が住んでおり、戦勝と己れの結婚の晩にあたって、オセローは祝祭の布告を喜んで出す。チンティオの原話では、キプロスは、ムーア人が策士と謀ってヴェニス女の妻を殺す錯綜した殺害がなされる場ではあるものの、この場所が帯びている象徴性に特に言及があるわけではない。シェイクスピアは、海の泡から誕生したアフロディテが真珠貝に乗って漂っていった島、愛の発祥の地としてのこの島の潜在的可能性を引き出すことによって、キプロスへのさまざまな言及に深みを加えた。この場所がもつ意味合いは、デズデモーナが島に上陸するときのキャシオの態度にはっきりと示されている。「われらが将軍の、またその将軍であるお方」というデズデモーナの到来を告げる彼の言葉は、ヴィーナス女神のように海から到来する彼女を迎える「神々しいデズデモーナ」(二幕一場七三行)という祝禱へと変わる。「おお、御身はたしかに女神なり(*O dea certe*)」〔ウェルギリウス『アエネイス』第一巻から〕。

ああ、ご覧なさい、
貴い船荷が上陸された！
キプロスの方々、膝を折ってご挨拶ください。
ようこそデズデモーナ様！　天の恵みが、
いつもあなたの前、後ろ、両側にあって、
あなたを取り巻いてくださることを！
（二幕一場八二―八七行）

オセローの航海の無事を祈願する数行前の台詞のなかで、キャシオはこの島が愛の聖地であることを明かしている。

偉大なるユピテルよ、オセローを護りたまえ、
汝の力強い息吹きで、将軍の船の帆をいっぱいにふくらませ、
その栄えある姿をこの港に送りこみたまえ、
そしてデズデモーナの腕にすみやかに抱かれ、
われらの消えかかった志気を新たに燃えあがらせ、
キプロス全島に安寧をもたらしますように……
（二幕一場七七―八二行）

イアーゴーのあてこすりはここにはない。キャシオはただひたすら、場面、登場人物、島にふさわし

い愛の儀式を言祝《ことほ》いでいる。オセローもまた、愛の祭儀を意識しつつ上陸してくる。彼は、華麗な誇張に彩られた台詞を妻に語ると、ようやく指揮官としての義務を思い出し、「島の旧知の人々」に慇懃な挨拶を送る。

愛が単純素朴であることはめったにない。アフロディテが愛の純朴な喜びを与えると見えても、それはつかのまの虚妄でしかない。愛の女神に捧げられたこの島は、劇が明らかにするように、ロードス島ほど守りが堅くないのである。オセローは、過去に滞在した経験から「かの島の防備」に通じているとされる。だが現実には「かの島の防備」こそ、その比喩的な意味において、オセローが心得ていなかったものなのである――彼を打ち倒すのはアフロディテに秘められた強大な力であり、性的嫉妬(そのようなものが存在するとは彼にはとても信じられなかったのだが)が、彼の心とついには人格をも支配するようになる。これらのキプロスへの言及はすべて――言及は他にもたくさんあるし、イアーゴーによる言及のなかには濃厚な性的含意がこめられているものもある――この劇の実際の人物配置において、うわべは完璧に意味をなす。だが、象徴的な言及に秘められた意味を考え合わせると、キプロスの意味は、『オセロー』の中心的関心事である「真の」愛と呼ばれるものをめぐる問題系に、より深く沁みわたっていく。

島はさながら魔法のように戦争の脅威を逃れ平和を回復するが、いまなお戦争や戦争の噂に包囲されている。オウィディウスが歌うように、戦争は愛を表す格好のメタファーであり、愛にふさわしい住処ですらある。

恋する者はみな戦士で、クピドは己れの陣を構えている。
アッティクスよ、信じてくれ、恋する者はみな戦士だ。

（『恋の歌』第一巻九歌）

この詩は、恋愛と戦争、恋人と戦士のメタファーをめぐって展開する。兵士も恋人も夜通し眠らず、地面に横たわり、務めとあらばめざましい働きをし、防備された地点に攻撃を仕掛け、いずれも敵が眠っているあいだに襲いかかるのを得策と心得ている。オウィディウスのエレジー、恋愛エレゲイア詩のジョン・ダン版たる「愛の戦争」は、この広範なメタファーをさらに複雑にしていることにおいて、オウィディウスの詩に勝っている。二人の詩人を隔てる幾世紀ものあいだに、このイメージがしきりに用いられてきたおかげで、ダンはいとも容易にオウィディウスを出し抜くことができた。ダンの詩において、恋愛と戦争は、メタファーによって結ばれているだけではない。それらはまた、論の展開によっても、完全に相互依存していると見えるほど深々と混ざり合っている。オセローはキプロスに上陸しつつ、デズデモーナに呼びかける――「ああ美しいわが戦士」――キャシオは彼女を「われらが将軍の、またその将軍であるお方」と呼び、イアーゴーは「我々の将軍の奥方がいまや将軍だ」と嫌味を言うが、それらはすべて、恋する男が、封建領主を主人として仰ぐがごとく、愛する女性を指揮官としてあるいは「御身《ドミナ》」、「お方様《ドンナ》」、女主人《レイディ》（恋愛詩においてdomina、donna、ladyはすべて「女主人」と「恋人」の二重の意味をもつ）として崇めるペトラルカの定句「ああ、わが麗しき女戦士！（*O dolce mia guerrera*）」（『カンツォニエーレ』ソネット二一番）に由来している。それはソネットで繰り返し歌われてきた主題であり、スペンサーの『アモレッティ』五七番の「美しき戦士よ、わたしはいつあなたと和睦できるのでしょう」は、そのあまたの例のなかの一つである。『ロミオとジュリエット』において、愛と戦争は共存しているが、つねに鋭い対立のなかに置かれていた。『アントニーとクレオパトラ』と『トロイラスとクレシダ』において、恋愛と戦争の相互関係は劇全体にわたって探究される。また、ヘレナはパローレスとこの主題について軽口を交わすし、アドニスは愛の女神と戯れるかわりに野猪と戦う。

『オセロー』においても、ダンのエレジーのように、戦いの世界が愛の世界を侵略しているため、このメタファーがこじつけの様式化に終わることなく文字通りの真実と化している。この劇では、戦いのない愛など考えることができない。これはさして驚くべきことではない――私はヴィーナスについて多くを語ってきたが、彼女はまさしく軍神と大恋愛をしていたのだ。この女神にはまこと、喜劇の類型的人物めいたところが多分にある。年寄りで醜男の夫をもつ彼女は、血気盛んで武勇あふれる若い男と密通する。ウルカヌスは己れの恥を逆手にとって、威神力のこもった火で金の網を造った。その網はとても強靭だったので、妻〈若い娘（*puella*）〉と相手の〈若者（*adulescens*）〉は網にからめ取られたままオリュンポス山に運ばれ、神々の晒《さら》し者にされたのである。西欧文学をつうじて、恋愛と戦争はずっと結びつけられている。『イリアス』において、恋愛は文明を破壊する戦争を引き起こした。中世のロマンスにおいて、騎士はきまって恋愛によって気高くなり徳性が高められて、主君と仰ぐ貴婦人のために武勇をさらにとどろかせる。

ときには恋する男性が、ヴィーナスによって女々しくなることがある。男の志操堅固は、女性を拒絶できるかどうか、全裸で添い伏している己れの愛する女性さえをも拒絶できるかどうかによって試される。妻を溺愛するようになったエレック〔アーサー王物語群を形成する最初期の作品のひとつ、クレティアン・ドゥ・トロワによる騎士物語『エレックとエニード』の主人公〕は、マーキューシオが死んだ後のロミオのように、己れの男性性が脅かされたかのように感じる。壮大な遍歴の旅に出て、己れの男らしさを証明しようと出くわす敵とことごとく一戦交えるニレックのように、ロミオも剣を取り、首尾よくマーキューシオの仇を討つ。このような伝統は、夫とともに戦地に赴きたいというデズデモーナの願いをめぐって公爵の前で交わされるやりとりにもその一端をのぞかせている。オセローは、妻の望みを聞き入れて、愛に溺れて腑抜けになることはないと強調する。

わたしがこう願うのは
わが身の欲情を満たそうとするためでも、
血気盛んな年頃ならばいざ知らず、情熱のおもむくまま
ひたむきに思いを遂げようとしてのことでもない、
妻の望みを快くかなえてやりたい、ただそれだけのこと。
御一同の方々、わたしが妻と一緒にいるために
この由々しき国事が疎《おろそ》かになるのではないかと、
つゆほどにもお疑いになりませぬよう……
（一幕一場二六一―六八行）

この台詞ははからずも、オセローの自己欺瞞を、愛において肉体が当然ふるう力について彼が明らかに無知であることを、さらけ出している。だがここでは、男を打ち負かして務めをなおざりにさせる力が愛にはあるのだとオセローが現に承知している、あるいは承知していると言ったことに注目するだけで十分だろう。オセローはさらに言葉を続け、己れ自身の弱さを制御することが自分にはできると主張する。

いや、軽やかな羽をしたいたずら小僧ども、

翼のあるキューピッドにふわふわと浮かれ
眼はくらまされ手足は萎えて、
責務をなおざりにして呆けているようであれば、
わたしの兜を鍋代わりにして女中どもに使わせてください、
どのような恥辱がわが身にふりかかって、
不名誉にまみれましても結構でございます。
（一幕三場二六八―七四行）

「軽やかな羽をしたいたずら小僧ども」、「翼のあるキューピッド」、「兜を鍋代わりにして」の連なりは、それらがオウィディウスという共通の泉に由来するものであることを示している。それは絵画に繰り返し描かれた主題であり、画中では愛の営みを終えて疲れ果てほとんど死んだように眠りこけているマルスの側で、満ち足りたヴィーナスが憩っている。ヴィーナスが引き連れている小さなアモリーノ（キューピッド）たちは、しばしば軍神の鎧冑をおもちゃにして遊んでいる。現在ロンドンにあるボッティチェッリの絵のなかでは、子供のキューピッドがマルスの巨大な兜をかぶろうとして、ほとんどすっぽりそのなかにはまりこんでいる。

『ロミオとジュリエット』におけるように、ここでは、「中世の」ロマンスの慣習もろもろが数多く用いられている——あの呪わしいハンカチは、貴婦人と騎士のあいだで交わされるありふれた愛の記念の品である。また、イアーゴーが卑猥に語るキャシオとデズデモーナが共寝する姿は、宮廷ロマンスにおける「裸で同衾しながら貞潔を保つ」という、自制心を試すための典型的な試練を想起させる。イアーゴー自身も、多くの文学的起源をもつ人物である。スピヴァックが入念に検証しているように、イアーゴーは悪魔と密接な関わりをもつ道徳劇の〈悪徳〈Vice〉〉型に属している(16)。彼は、マキアヴェッリ型の策士であるニック爺〔悪魔〕のような人物である。彼は、インタールードの狂言廻しであるとともに、ローマ喜劇に登場する詭計を弄する食客でもある。彼はまた、オウィディウス風あるいは放蕩児風の声を響かせ(17)、真の愛を損なうために語る。その点において、彼は中世の〈中傷屋〈losengeour〉〉風人物でもあり、人を欺く覗き屋で、恋人たちを引き裂く嘘をつく。

イアーゴーとキャシオのデズデモーナをめぐるやりとりには、恋愛をめぐる二つの修辞法がせめぎ合うさまが看て取れる。すなわち、事のすべてを卑しめる〈中傷屋〉の声と、誠実な愛を信じる純朴な男の声である。

イアーゴー　……将軍殿はデズデモーナといちゃつきに、早々とお引き取りになってしまわれたが、文句を言うわけにもいきませんな。まだただの一夜もお楽しみになっていないのだから。あれはまったく、ユピテル神もそそられるような上玉ですな。

キャシオ　あれほど素晴らしい女性はいない。

イアーゴー　それに請け合ってもよい、お楽しみのこつを心得ている。

キャシオ　まこと、稀にみる瑞々しい麗人だ。

イアーゴー　それにあの目ときたら、挑みかかるような色気がある。

キャシオ　惹きこまれるような、それでいて淑やかなあのまなざし。

イアーゴー　それにあの声、むらむらさせるような声ではないか。

キャシオ　まことに、非の打ちどころのないお方。

（二幕三場一四―二五行）

イアーゴーは、性愛につきもののイメージを用いて、キャシオを誘導しデズデモーナを淫らな目で見させようとする――狩猟（「お楽しみのこつを心得ている」〔“full of game”は「獲物がいっぱい」という意味にもなる〕）、戦争（「挑みかかるような色気」〔“parley of provocation”には「戦いを挑むための和平会談」という矛盾した意味がある〕、「むらむらさせるような声」〔“alarm to love”の“alarm”には「兵士に戦闘の準備をさせる警報」という意味がある〕）。だがキャシオは淫猥への誘いをしりぞけ、きわめて抽象的な言葉でデズデモーナを讃え続ける――「あれほど素晴らしい女性はいない」、「稀にみる瑞々しい麗人だ」、「それでいて淑やかな」、「まことに、非の打ちどころのないお方」。

キャシオはここで、ペトラルカないしはペトラルカの模倣詩人風の誇張表現を用いてはいない。己れの将軍の妻に対する彼の態度には敬意と情愛が感じられるが、それは個別的なものではなく、情熱は微塵もない。ソネットの恋する男の大言壮語を用いてデズデモーナについて語ったり彼女に語りかけたりするのは、オセローである。オセローは、自分は修辞を弄する質《たち》ではないと言いつつ、ヴェニスに来るたびに圧倒的な弁舌の才を発揮する。この否認の手管は注目に値する――ロンサールもシドニーもシェイクスピア自身も、ソネットのなかで、その慣習を最も自意識的に利用しているまさにその時、己れが文学的言辞を雄弁に駆使していることを否定するのである。[18] ソネットの言語は、『ロミオとジュリエット』においては高度に様式化され耳障りですらあるが、『オセロー』においては控えめで自己主張するわけではない。にもかかわらず、ソネットの言語は、恋人たちやその愛に対する我々の反応を形成するうえで、そして、二人の互いに対する態度や愛を明らかにするうえでも、きわめて重要である。ソネットの言語が最も多くを語っているのは、オセローが上陸するときとデズデモーナの殺害直前の、両人をめぐる二つの場面である。その一番目の場面に、シェイクスピアはチンティオの叙述にはない要素、すなわち島に向かう恋人たちの船を離ればなれにした嵐の詳細な描写を書き加えた。ルネサンスの恋愛詩には、そのような嵐が多く見られる。たとえばワイアットには、嵐の美しい描写がある。(19)

おおいなる嵐のあと静穏が戻ってくる、
嵐のゆえにいっそう快美なものとなって……

ペトラルカの一節を挙げよう。(20)

暗い嵐の荒波に揉まれ疲れて
港へと逃れる舵取りよりも、
さらに速く私は逃げる、陰鬱な逆巻く想いから
激しい情熱が私をかりたて敬わせるところへと。

先述したように、キャシオは、嵐について、そしてオセローをデズデモーナの腕のなかへと運んでくる船が無事に入港したことについて、流麗な言語で語っている。ここにもまた、慣習的なイメージをプロット上の「事実」として現実化する、脱比喩化《アンメタファリング》の例が見られる。

劇のアクションに照らしてみれば、オセローのデズデモーナへの破局の予感に満ちた呼びかけは、通常の詩的手続きを逆さまにしている。オセローは、恋愛の心理的段階を表すメタファーとして架空の嵐を創り出すかわりに、本物の嵐を己れの心情に結びつけるのである。

ああなんという嬉しさ、
嵐の後にいつもこのような安らぎが得られるのであれば、
風よ、死人を眠りから覚ますほど吹き荒れるがよい、
さかまく波に翻弄される船がオリュンポスの山ほども高く、
もちあげられたかと思えば、天国から地獄の底へと
波間を真っ逆さまに落ちていっても構いはしない。

（二幕一場一八四―八九行）

劇の終わりでオセローが、恐ろしい過ちを犯したことを悟り、天国から地獄へとはてしなく堕ちながら己れが最期を遂げる定めだと知るとき、海のイメジャリはふたたび、異様な力をもって寄せ返してくる。デズデモーナの亡骸《なきがら》を前にして、オセローは言う。

ここがわたしの旅路の果て、ここがわたしの目的地、
長い航路の終わりを告げる港の標識がいまここに……

（五幕二場二六八―六九行）

「ああ美しいわが戦士」には、ペトラルカの「わが麗しき女戦士」が木霊《こだま》している。それはあまたのソネット詩人たちに用いられ、ロンサールはカッサンドルを「わが女戦士カッサンドル」と呼び、シドニーはステラを「愛しい女指揮官」と呼んだ。キプロス島についても歌われてきたが、ヴィーナス

の島という意味が、妻に再会したオセローの「おまえもこのキプロスではずいぶん歓迎されるだろう」という言葉の味わいを深めている。この劇は、ソネットをさらに利用している。わけてもペトラルカとロンサールは、ヴィーナスをキプロス女と呼び、彼らの愛する女性たちのこともキプロス女やヴィーナスと呼んでいる。ロンサールの「ウェヌスへの祈願――キプロス島をトルコ軍から護りたまえ」は、もちろん直接の影響関係があるわけではないが、この劇とひときわ切実に響き合う。(21)

イダリエンヌ、アマトント、エリシーヌ、
おまえの美しい住処であるキプロスを、トルコ人から護りたまえ。
おまえのマルスに接吻し、おまえの両腕を曲げて
彼の首に回し、彼の胸をかき抱くがよい。

野蛮な君主がおまえの島を蹂躙《じゅうりん》し
おまえの名誉を汚すのを許してはならぬ。
おまえのゆりかごから戦《いくさ》をよそに追い払うのだ。

キプロスについてのサリーの詩は、愛の全般的な力とともに、島の力についても明らかにしている。(22)

ヴィーナス女神が棲んでいたキプロスの泉のなかに、
たいそう熱い泉があって、その水を口にすれば、
石の心をもとうとも、氷のように心とろけて、

ひそかな焔で胸を焦がすことになる。
その水は毒でありわが憎しみを融かして消した。
そのちろちろと燃える炎はわたしの冷たい体を攻めたて
先ごろまで自由を宿していたのびやかな心を
果てしない長い絶望の虜にした。
さらにまた凍てつく雪にたいそう冷たい泉もあって、
そのおぞましい猛毒は身も凍る冷たさで
キューピッドの矢傷の狂おしいほてりを鎮め、
いまわしい移り気で心を冒す。
愛しい女《ひと》はその水を味わいわたしを苦しめる。
わたしの愛の奉仕もかくしてただ蔑まれるだけ。

愛のこのより暗い側面に、オセローはまったく疎いのである。デズデモーナとの関係においてオセローが抱いている高められた自己像――二人の関係については、オセローのほうがデズデモーナよりもはるかに慣習に捉われた見方をしている――は、戦士であり高貴な魂をもつ人間としての「完璧さ」のみからなり、愛の惑乱が深刻な力をもちうることは無視している。オセローの用いるイメジャリは、キプロス島での彼の歓迎の言葉と同様、暗い予感に満ちている。

いま死ねるのならそれこそが、
いちばんの幸福であるのかもしれぬ、というのも

俺の魂はこのうえなく満ち足りていて、
これほどの安らぎが、先行き知れぬ未来に
ふたたび訪れようとも思えぬから。

（二幕一場一八九―九三行）

あまたの恋愛詩におけるように、生における至福を修辞的に表現しようとすると、詩人の心はその対極へと、すなわちこの台詞でかくもはっきり口にされる死における虚無へと向かう。歓喜と死のこのイメジャリのすぐ後、オセローは音楽のメタファーに転じ、デズデモーナに接吻しつつこう語る。

そうして、これが、そう、これが、
二人の心が奏でる最大の不協和音だ！

（二幕一場一九九―二〇〇行）

イアーゴーはこのメタファーにすぐ反応し、彼自身のように能動的で策略に富むイメージを用いて、二人の調和《ハーモニー》＝和声から不協和音を創り出す。

ああ、しっくりと音色が合っているようだな、
だがそのうち音締めをいじって調子を狂わせてやる、
誠実な俺様の名にかけても。

（二幕一場二〇〇―二行）

調和のイメージは、ダンテこのかた恋愛詩における きわめて重要なイメージとなってきた。それは、プラトンの宇宙の調和＝和声というイメージに由来し、伝統的に、混沌を秩序立てる愛の力が関わっている。そのイメージは、思想においてと同様、文学においてもただの定型表現でしかなかったが[23]、ソネット詩人たちはそれを最大限に利用し、愛が満たされているときには調和が生じ、そうでないときには万物が混沌に帰すると歌った。オセローは、自分のもとをしばし離れていく妻を目で追いながら混沌について語るが、それは、嵐に関するみごとな一節のなかで幸福の絶頂を味わいながら彼が用いた、天国と地獄のイメジャリを想起させる。

すばらしい女だ、おまえを愛さないくらいなら、
魂よ地獄に堕ちるがよい、おまえを愛さなくなるときが来たら、
混沌がふたたび訪れてくるだろう。
（三幕三場九一―九二行）

興味深いことに、イアーゴーの誘惑の合い間にはさまれたこの台詞は、オセローが鉄壁の自我を確信しながら口にする最後の台詞であり、無敵の充足感を味わっている男のいささか誇大な自負心――神の愛やソネット詩人の歌う愛のように、己れの愛が混沌を正せるのだと言うのだから――が発露した最後の台詞である。恋する男の誓いという文脈で語られたロンサールの詩の一節は、オセローの台詞と似ているために、かえってその違いを見せてくれる[24]。

ところであなたが望むなら、わたしを苦しみに呻吟させるがよい、
死が私の神経と血管を停止させなにも感じなくなるまでは、
わたしはあなたのもの。むしろ混沌がすみやかに
　太古のごとく悩ましく喚きたてるほうがまし、
あなたではないほかの美、ほかの愛が、
わたしの背中にほかの軛《くびき》をかけるくらいなら。

ロンサールの詩において、混沌はたんに慣習的なものでしかない——詩人がほかの美、ほかの愛を思い描くことができるという事実が、かくも大仰に否定されている心変わりもありうるのではないかと思わせるのだ。彼のカッサンドルは、この詩からすらわかるように、一連の恋人たちのうちの一人でしかない。だが、オセローの言語にはそのような余地はない。彼の生命と世界を支えているのは愛なのだから、それは、劇のプロットに定められた彼の現実の未来をまっすぐ指し示している。

オセローの言語には、文学的な愛の伝統に由来する他のさまざまな誇張表現も、その木霊《こだま》を響かせている。「これの貞淑なことには命を賭けましょう」は紋切り型と言ってよい表現だが、それほど深くは愛していない、あるいは恋愛経験がより豊富な男であれば、オセローの場合ほど、それを完璧に実践せずにすんでいたことであろう。だがオセローは、その言葉を文字通りに解釈した。彼がデズデモーナの芳しい香りを強調したり、(25) 彼女を薔薇に喩えたりするのは、ソネットの伝統における聞き古された表現である——だが、それとともに、デズデモーナ自身が夫に対して圧倒的な肉体的魅力をそなえていることや、愛のあるべき姿についてオセローがすこぶる陳腐な見解しか抱いてないということを強調する効果ももつ。いや、それだけではない。そうした言及の端々から、オセローの自己欺瞞

や、言葉のうえでは退けようとする感覚的経験に彼が歓びを感じていることも強調される。「おまえはたいそうよい香りがする、五感がうずくほどだ」と、彼はデズデモーナを痛罵しているさなかに叫ぶ。劇の終わりには〈その日を摘《つ》め〉の伝統的なイメージである薔薇が、すさまじいほど正確に再現される。オセローはまさにその日を摘み、薔薇を摘んでしまうのである。

　　この薔薇はひとたび摘んでしまえば、
もう二度と咲き誇ることはない、
だ枯れしぼむだけだ。まだ枝にあるうちにその香りを、
ああ、この息のかぐわしさ……
（五幕二場一三―一六行）

『ギリシア詞華集』以降〔アンソロジーの語源である古代ギリシア語のアントロギアは、元来は「花を集める」という意味〕、心も軽く手折《たお》られてきた愛の薔薇は、常套として用いられてきたため、個別性を欠きがちであった。だがオセローの台詞においては、ありふれたメタファーが、現実味を帯びたもの、つねにない緊張感のみなぎるものに変化している。にわかに、薔薇の花弁に包まれていたイメージの含意すべてが、いまひとたび団々とほころんできて、我々に開示される——摘んでしまえば、すべての薔薇は枯れてしまうということが。まこと、たとえ枝から手折られずとも、どの薔薇もいずれは枯れてしまうのである。ひとたび壊されてしまえば、薔薇も、光も、愛も、生命も「ふたたび灯す（relum'd）」ことはできないのだ。ロンサールは歌う[26]。

おまえのように愛らしいこの薔薇を手に取りなさい
それは最も美しい薔薇たちにとっても薔薇の鑑《かがみ》となり、
最も新しい花々にとっても花の鑑となる、
そのかぐわしさはわたしをすっかり虜にする……

この詩は花の死で終わっている。ロンサールは別の詩で、ほころびかけた薔薇が放つすばらしく魅惑的な芳香について歌っているが、その薔薇は、ほんのつかのま咲き誇って死んでしまうのである。(27)

その花びらのなかに、優雅と愛が憩っている
庭と樹々を馥郁《ふくいく》たる香りで満たしながら。
だが、雨や炎熱にうたれると、
はらはらと花弁を散らし、やつれながら死んでしまう……
弔いとして受けよ、わたしの涙と嘆きを……

薔薇のえもいわれぬ甘美さは、しばしば他の驚異的な甘美さのイメージと混ざり合う——不死鳥とその住処である香料の地アラビア、あるいは東方の甘松すべてを合わせたよりも匂い立つラウラ〔ペトラルカが『カンツォニエーレ』のなかで讃美した恋人〕の芳しさ、そしてソネットが歌う他の恋人たちのラウラを凌ぐほどの甘美さ。デズデモーナが死んで、オセローはそのような東方の樹になる。

情に動かされて泣くということを、

かつて知らなかった眼が、
アラビアのゴムの樹が樹液を滴らせるように
とめどなく涙を流している……

（五幕二場三四九―五二行）

これとは別に宝石のイメジャリも、ジュリエットが「黒人娘の耳を飾る豪奢な宝石のよう」と言われるように、愛する女性の描写にはつきものである。デズデモーナは何度も宝石として言及される。それは、ブラバンショーの恐ろしい別れの言葉から始まり、

おまえのせいでな（儂《わし》の宝石、可愛い娘よ）、
儂はほかに子がいなくてよかったと思うぞ……

（一幕三場一九五―九六行）

それよりはるかに凄惨な、オセローがデズデモーナの殺害者として自らを語るところで終わる。

われとわが手で、
卑しいインド人のように、おのが血族にもまさるほど貴い真珠を、
投げ棄ててしまった男……

（五幕二場三四七―四九行）

宝石は、慣習的な讃辞を収めた宝石箱から取り出される。だがオセローの「血族《トライブ》」〔tribe はオセローの人種的・民族的出自を想起させる語〕という語は、オセロー自身の人生におけるもろもろの苦難を思い起こさせるとともに、その「血族」の属性である激しやすい性格をオセローがいかに残酷にあらわにすることになったかを思わせる――その激しい気性を己れの内部に封じ込めようと、長いあいだ、うわべは破綻なく努力してきたというのに。さらに、ペトラルカのソネット五一番においては、宝石、老人、モロッコに伸びる影というイメージが結びついている。愛する女性は永遠に変わらない宝玉である〔ただしペトラルカのソネット五一番では、宝石のイメージは恋人ではなく詩人に対して用いられている〕。デズデモーナの価値も、宇宙全体に輝きを放つあの「完全無欠な碧玉」に匹敵し、彼女の夫はその石と引き換えてもデズデモーナを売り渡しはしないと言う(28)。

オセローの最後の台詞に現れる他の主題も、文学上の慣習的な恋愛表現をひとひねりしている。伝統的に、愛しい女性はダイアモンド、ヘリコーン山の泉、雪、氷のように「冷たい」とされる。ベアトリーチェもラウラも冷然としており、ロンサールの寛容な恋人たちすらもときに「冷やか《フロワド》」になる。デズデモーナは、我々が知っているように、生きているときは冷たくはなく、死んではじめて冷たくなる。

冷たい、冷たい、おまえの体、
貞潔だったおまえの心さながらに。
〔五幕二場二七六―七七行〕

いまひとたび、メタファーは残酷な実体へと突き返され現実となる。デズデモーナは、ついに「冷たく」なるのである。
光と闇のイメジャリは多くの文脈のもとで作用しているが、デズデモーナを殺害する前の偉大な台詞において頂点に達する。デズデモーナは、親不孝な振舞いをすることを釈明する言葉から明らかなように、オセローと結婚することによって彼の黒さをきっぱりと受け容れていた。だがオセローは、心中ではどう思っていたにせよ、結局は己れの黒さを受け容れていなかった。イアーゴーの教唆が心に食い入ってくるにつれて、オセローは、デズデモーナがなぜ自分を愛するはずがないのか、理由をあれこれと考える。

おそらく、俺は肌の色が黒く、
伊達男のように優美に振舞えるわけでもないし
あるいは俺も齢を重ねて
盛りを過ぎてきたので……
（三幕三場二六七―七〇行）

オセローは、痛ましくも曖昧な口調で自分を納得させようとする。だがその少し後で、彼は激怒してこう叫ぶ。

月の女神の顔《かんばせ》のごとく清らかであった
俺の名が、いまやこの顔のように汚され
どす黒くなってしまった……

デズデモーナは、「わたしはオセローの心のなかにその真の姿を見たのです」と抗弁した。だが事のなりゆきが示しているように、彼の心もその顔と同じように「汚され」て、黒くなりうる。

ロバート・ハイルマンらは、オセローの壮麗な言語が放埒で激烈で断片的で悪意ある言語――イアーゴーが好んで用いる統語法や語彙とますます似通ってくるような言語――に堕していくさまを考察した(29)。興味深いことに、このように堕落してさえも、文学的な恋愛の慣習の痕跡がうかがえるのである。オセローはデズデモーナを全人格的に捉えるのをやめてしまう。ふしだらな女に見えてくるにつれて、彼女は断片としてしか認識されなくなる――そして、それよりはるかに重要なことであるが、オセローは憤怒のあまり彼女を八つ裂きにしてやりたいと思うのである。我々に最も強烈な印象を与えるのは、当然ながら、彼の情熱的な怒りである。だからこそ、オセローの「鼻を、眼を、唇を［二人がすり合わせていた］」という悪罵が、ブラゾンやソネットの書き手にとってこよなく貴重なものであった愛する女性の個々の身体部位の目録をあからさまに揶揄したものとは見えないのだ。そうした文学的要素は、もちろん、ついでながらという類のものである。そうした要素は目立とうとはしないし、我々もそれに拘泥しない。だが、デズデモーナの顔の造作がばらばらになるのは、オセローの惑乱や彼女への気持の乱れに呼応していることが見えてくるにつれて、我々は、劇作家がこの種の言及を現実的に用いていることがわかってくる。

　不貞を働かれたと思い込んだオセローは、光と闇のイメジャリを反転させ、デズデモーナを「このどす黒い毒草」と呼ぶ――もっとも彼女の白い肌＝美《フェアネス》しさは、その恐ろしい瞬間ですら彼を惹きつけてやまないのだが。彼女を殺す覚悟を決めながら、オセローは、白い肌＝美しさ、冷たさ、硬さ、死の主題すべてを結集させたイメージ群を用いて語る。

雪よりも白く、彫像の大理石のように滑らかな、
あの肌を傷つけることはすまい……
血は流すまい、
（五幕二場三―五行）

『ロミオとジュリエット』においてまざまざと具現化される墓という概念（「彫像の大理石（monumental alabaster）」は墓石彫刻を想起させる）は、ここではちらりとよぎっていくだけである。だが言及が間接的であるがゆえに、それはかえって強烈に迫ってくる。そこから数行進むと薔薇が現れてきて、冷たさと暖かさ、枯衰と濃密さ、死と生とが対比される。これと類似したイメージを文学作品のなかに求めるならば、ペトラルカのソネット一三一番がふさわしいだろう。そこでは薔薇が雪のなかに花開き、つかのまの生を終えると、もはや甦ることはない。ペトラルカの詩は類似表現を探すにはなかなか頼りになるところで、この劇にぴったりの光と闇の結合までそこにはある。もちろん、光と美が合わさって稀有な輝きを放っているのはラウラ自身である。彼女の不完全な恋人、それも彼女から離れると、とりわけ不完全になる恋人には闇が巣くっている――そう、闇のなかでもまさに最も黒々した種類の闇が。ペトラルカはそれをこう呼ぶ。モロッコあるいはムーアの闇、と。

他の恋愛詩人たちは、ペトラルカの撞着語法や対照法――炎のなかで凍えたり、氷のなかで燃えさかったり、富んでなお貧しかったり、「甘い怒り（*dolce ire*）」、「甘い苦しみ（*dolcezza amara*）」、「甘い躓き（*dolce errore*）」とか、夜を明るくし、昼を暗くし、蜜を苦くし、酢を甘くする愛や、休戦を結んだ

のになお得られぬ平和など——のさまざまな変奏を奏でてきた。撞着語法や矛盾表現が公式の文彩となり、激しい恋情があらわにする内面の葛藤を比喩的に略記して表現するものとなった。撞着語法という修辞技法は、抒情詩人たちが何世代にもわたって用いるうちに、より長い統語形式を志向するようになる。すなわち、矛盾したさまやパラドックスが、文章によって表現されるようになるのである。オセローも、そうした矛盾表現を用いて語る——「このどす黒い毒草め、なぜそんなに美しい」は、オセロー流の「われ憎み、かつ愛す（*odi et amo*）」である。それは矛盾する感情のせめぎ合いを高度に凝集して表現した一例であり、妄執について歌うソネット群でシェイクスピアが大々的に展開してみせたものだ。(30) 最後に、デズデモーナを殺害する前の独白を挙げておこう。

これほど美しいものがこれほど邪悪であったためしはない。泣けてくる、
だがこれは裁きの涙。この悲しみは神聖なもの、
愛するがこそ懲らしめる天の鞭だ……
（五幕二場二〇——二二行）

言語の混乱と矛盾が、彼の苦悩の大きさを物語っている。デズデモーナも名誉も永遠に失ってしまったオセローの最終地点に現れてくるのは、恋愛詩の残響を響かせ、さらに哀切なことに、キプロス上陸時のオセロー自身の台詞を木霊《こだま》のように繰り返す、「いまの俺には死ぬほうが幸せなのだ」というパラドックスである。「死ぬこと」はここでは、デズデモーナとの再会で味わった至福ではなく、大いなる犯罪と大いなる悲嘆の結果としてもたらされる。ロミオのように、オセロー自身も、ソネットの恋する男にふさわしく、接吻して死ぬ。

おまえを殺す前に口づけをした、いまはただ、
われとわが身を殺して、おまえに口づけしながら死ぬだけだ。
（五幕二場三五九―六〇行）

メタファーはもうここにはない。だが残響はまだ漂っていて、オセローばかりか我々にも、あの愛とともに、あの貴婦人の命とともに、失われてしまったものの大きさを思い出させる。

このような言語すべてが、『ロミオとジュリエット』でなしたのと同じ作用を『オセロー』においてなしている。すなわちそれは、恋愛抒情詩が何を表明するために存在するのかを、我々に思い出させてくれるのである。誤解、暴力、人や自分自身に対する裏切りに満ちていてもなお、愛は基本的に人間の経験のなかで最も美しいものであり、その充足感はあまりにも深いので、愛の喪失は壊滅的な打撃になりうることを、思い出させてくれるのである。それはまた、絵空事でありながらも、詩人が述べていることは正しいのではないかということを――すなわち、人生に起こる他の何にもまして、己れの内面をあらわにし赤裸々に見せてくれるのが愛であり、私生活を公的な生活を凌ぐほど重要なものとするのもまた愛であることを――思い出させてもくれる。『ロミオとジュリエット』において、恋人たちは、私的世界が絶対に許されない社会状況のもとで、二人だけで生きようとする。二人が用いるソネットの言語は、いかにもそれにふさわしく、自己中心的で自己言及的であり、愛が力をふるえるかぎり他に考慮すべきことといっさいを退けている。その劇の抒情的言語は美しく溌剌としているが、それと同時に、若者をめぐるこの若さあふれる劇の主題や活力にふさわしいきわめてよく目立つ言語でもある。その一方、『オセロー』の抒情的要素はごく控えめで、劇全体に沈潜しているので、

それがいかに多くのことをなしているかを我々はほとんど意識しない。『オセロー』のプロットさえもが、まこと、ソネットの典型的な物語《ナラティヴ》を脱比喩化《アンメタファー》したものであると我々がついに悟るとき、はっとはするが目から鱗《うろこ》が落ちたような気もする。だがまさに、その通りなのである。ソネット連作のプロットが、人物の姿をとって劇のアクションのなかに置かれた。白い肌の花嫁と黒い肌の恋人が、さまざまな苦難を乗り越えて完璧な幸福を手にするが、そこに嫉妬が割って入る。ソネットの物語において、嫉妬はまこと、愛の死を招くこともある。だが、それはせいぜい比喩的な死でしかない。ソネットの恋人たちはたいていは死なないで、誤解が晴れて愛をより深めるか、恋人をあるまじき妄想から自由にする。もちろん、実人生において、そうした結末はまれである。本物の誤解、本物の嫉妬、本物の理不尽は、愛を衰えさせ消滅させる。日常生活において、恋愛がそのように終わるのは、たとえ二人が偉大な男女であろうとも、英雄的ではないし、悲劇的であることもめったになく、ただ虚しくて悲しいだけだ。この劇では、ソネットの常套的な終わり方のひとつが示されている――比喩的な死がまさに脱比喩化されたかたちで。そう、愛は文字通り死んでしまう。それは取り返しのつかない行為であり、デズデモーナと愛を甦らせること、呼び戻すことはもはやできない。だがこれほどの誤解がありながらも、しまいにはある種の和解がもたらされる。主人公は、愛する女性が貞節であり、己れの見方が誤っていたと悟る。妻が貞潔を貫いたことに気づくと、この新たな認識のもとで、己れの過ちがもたらした恐ろしい結果をわれとわが身に引き受けることができるのである。我々がオセローにヒロイズムを認めるのは、かつてのデズデモーナ像と彼女への愛を復活させる、そのすみやかで断固たるさまを見るからでもある。妻のゆるぎない美徳を讃えた後、彼は己れ自身を罪人として裁き罰して、自らの命を断つ。おそらくそれは、実生活ではありそうにないことだろう。だがデズデモーナが死に、愛の虚構はその責めを負った。それによって、愛の虚構は新たな道徳的次元へと移行し、悲劇にふさわしい責任の虚構となる。

公式のロマンティックな恋愛がもつ図式群《スケマータ》は、オセローの心理にも深い刻印を残している。型にはまった恋愛観しかもっていないので、オセローは妻のありのままの姿を見ることができず、イアーゴーの描く虚像を真に受けてしまう。デズデモーナは実のところ寛大で、率直で、献身的であり、そうした気質をソネットの定式通りのつれない恋人よりもさらに公然と示している。彼女がロマンティックな類型から逸脱しているというまさにその理由のために、オセローは、そのぶん容易にイアーゴーの見方を受け容れてしまう。つまり、現実の人物のかわりに（まことに、驚くべきことではあるが）、なじみ深い文学上の定型を受け容れてしまうのである。この劇の凄まじいアイロニーは、ある意味において、オセローがイアーゴーの作り話を受け容れることが、世間あるいは文学の世界がリアリズムとみなすようなある種のリアリズムに適っていることからも生じている。デズデモーナの振舞いはあまりにもロマンティックで理想的すぎるので、現実にはとてもありそうにないものと見えてしまう。イアーゴーの世界観は安っぽくて辛辣であるが、世間がいわゆる現実と思い込みがちであるものに適っている――あるいは、イアーゴーの解釈が、紋切り型のリアリズムを最も説得的に提示しているとも言える。『リア王』ではエドマンドの庶子擁護の台詞を聞いて、我々もはじめは彼にいささかの同情を覚える。だがエドマンドの振舞いは、彼の言葉とも相まって、やがては彼の根源的な無法性をさらけだす。イアーゴーも、これと同じである。シニシズムの慣習は、ロマンティシズムに堕すことへの心中の懸念によって保護されているが、その正体が薄弱なまやかしでしかないことが、とどのつまり暴露された。要するに、我々は、愛をめぐる問題系――愛とその対概念である嫉妬の心理、言語、振舞い――は、つきつめていくと、表現豊かな愛の定型《ステレオタイプ》をつうじて再考察できることがわかるのである。

定型はそれ自体、問題をはらんでいる。なぜならそれは、取るに足らないものであるとともに、価値あるものでもあるからである。その薄っぺらさは意味を薄め、その陳腐さと決め事の繰り返しは、それを自動的でつまらないものに見せてしまう。だがそれでも、定型が発展してきたのは、そもそもは、それが現実の単純版としてであれ、何か単純な方法で現実を再解釈したいという我々の深い願望にかたちを与えるためであれ、そうした根源的欲求にある程度まで応えているからである。技にそなわる定型や図式群を創作に用いる芸術家や作家は、そうした諸問題を慎重に扱い、誰もが知っていることや先読みできることを言わないようにしながらも、誰もが理解できるような言葉で語るよう努めている。

シェイクスピアは、ソネットを劇化したものから悲劇を創ろうと試み、奇跡的な成功をおさめた。ソネットのプロットを、リアリティと見えるもののなかに跳ね返すことによって、愛の力を、恋愛抒情詩における囲われて護られた庭というつねの住処にあるときよりも、にわかにさらに強力で、さらに深刻で、さらに決定的なものにしたのである。抒情詩の、とりわけソネットの恋する男の自己吟味と自己表現を利用することによって、そうした私的感情が、俄然ほとんど英雄的に見えてくるようにしたのである。私的生活を公的生活のなかに組み入れ、愛の深遠な内面性を英雄的性格のなかで作用させ、かくして悲劇的可能性への道を開くことによって、シェイクスピアは抒情詩のプロットに悲劇的な拡がりをもたせた。換言すれば、劇作家は、文学上の愛の慣習を真摯に受けとめ、さまざまな文学慣習を現実の状況を構成する要素のごとく見せかけることによって、慣習が表現する愛の力と痛ましさを我々に見せてくれたのである。

シェイクスピアは物語の一部と言語のかなり多くの部分を、文学的な慣習からさまざま借り入れてきた。意のままに利用できる文学的な慣習がなければ、そしてそうした慣習を自らの先行する諸作品のなかで試みたことがなければ――チンティオの物語集《ノヴェッラ》のごときまこと瑣末で低俗な話の重要性、わけてもその悲劇的重要性を説得的に提示するのに苦労したことだろう。この劇の核心には、様式化された言語に組み込まれた人工性と、その言語が許容し促しさえする振舞いに対する批判がある。『ロミオとジュリエット』において、恋愛の言語はかまびすしく批判される――ペトラルカなど詩人たちが「流麗に歌った」(二幕四場)詩に対するマーキューシオの揶揄が多くを物語っているように。だがこの批判が、慣習の奥底に潜む道徳性に向けられることは絶対にない。『ロミオとジュリエット』において、恋愛の言語は感情の状態に向けられてはいるが、表現不能なまでに微妙なその感情の襞《ひだ》を明らかにしてはいない。またソネットの倫理《エトス》も、きわめてありふれた方法で鵜呑みにされる。自分の恋人の言語よりもより「現実的な」言語を話すジュリエットは、二人のうちでより気高い、あるいはより成熟した人物とみなすことができるだろう――我々は、まこと、ロミオの言語がより平明になっていくなかに、彼が新しい愛によって成長するさまを読み込もうとする。デズデモーナの言語は、ジュリエットの言語よりさらに直截的である。両者の台詞を比べてみても、それぞれの劇の文脈に照らしてみても、そうなのである。それがために、デズデモーナは明らかに、夫ほど修辞を弄せず詩的ですらない。彼女の言語の率直さは、その性質の飾り気ない「真実」を表していると我々は考える。オセローの言語は、何かまったく異質なものを見せつけている。それは、オセローのほうが妻よりも、心理的現実性から遊離したはるかに定型的な恋愛観を抱いていることを我々に示している。オセローが求愛したのは、どのみち誰もがすばらしいと認める女であった。デズデモーナは夫を見定め、多大な自己犠牲を払って彼を選んだ。オセローの脆さは、並外れた自負心と表裏一体である。そのため、彼の人格的な均衡は崩れやすく、特異で慣れない緊張にさらされるととりわけ危うい、と我々は――オセローは、ではなく――察知する。デズデモーナは、感覚の歓びや己れが官能的に見えることをさほど怖れてはいないので、絶対的な忠節を――いわゆる実生活においては稀にしか見られないような忠節――を、オセローよりもずっと容易に、愛する人のために貫くことができる。まこと彼女は、夫に罪を着せまいとして、寛大にも夫をかばいながら死んでいく。慣習によれば、女性は彼女を恋する男性よりも優れた資性の持ち主であるとされる。慣習によれば、彼女の高邁さは彼の道徳性を高めるとされる。デズデモーナは美しい。スペンサーの言葉を借りれば、彼女は「真の美しさ、それは優しい知力／そして貞潔な心……」[31]をそなえており、それゆえ恋人の徳性を高めることができるのである。だがそのために、彼女はなんという法外な犠牲を払うことだろう。愛は軽々しく扱うべきものではないし、その慣習が『オセロー』におけるように現実と化しても、慣習通りに解釈できるものでもない。シェイクスピアは、『オセロー』において、人工性を利用しつつ同時に批判することによって、文学的な愛の伝統の核をなす道徳体系や心理的真実を再検討し、生命を吹きこむことができた。愛の慣習をめぐる問題系（problematics of love）を明らかにし、その現実離れした理想の美しさを、新たな、そしてきわめて深刻な文脈のなかで改めて肯定したのである。

第四章　『アントニーとクレオパトラ』

——文体のスタイルとライフ・スタイル

I

本章は、先行する各章と同様、シェイクスピアがひとつの様式《スタイル》、あるいは複数の様式《スタイルズ》をいかに操ったかを示す具体例について考察する。言うまでもなく、シェイクスピアは、まさにスタイリッシュな書き手であった。入手できるスタイルにどんなものが含まれているか考えながら、スタイル固有の作法を守り、表現様式の可能性を（そうした作法の公式を覆すほどまでに）拡大した。我々はその放蕩と言ってもよい分析ぶりを『恋の骨折り損』に見たし、『ソネット集』ではエピグラムの様式とソネットの様式が対置されているのを見た。スタイルが、トピック、主題、道徳的調子といかに密接に結びついているかを、そしてまた、スタイルがそこからどこまで背伸びしていけるかを見た。『オセロー』において、ソネットの言語で書かれた高揚した台詞の数々が心に迫るのは、ソネットの「言語」という資源をシェイクスピアが意味深く操ったこと、トポス、形容辞《エピセット》、常套句を、ソネット詩作の全伝統に由来するジャンル固有の意味合いと共鳴させる才をシェイクスピアが発揮したことによる。ソネットの言語に頼っている点では『アントニーとクレオパトラ』も同じで――規範的な恋愛の慣習もろもろに対するこの劇の脱比喩化《アンメタファリング》については、一冊の本が書かれてもよいくらいだ。だが、私のここでの関心は、様式上のまた別のパラダイムにある。ソネットを書くにあたって、ジャンルの異なる二つの短詩形の相互関係、〈ピン（ping）〉と〈ポン（pong）〉[1]をシェイクスピアが利用したように、『アントニーとクレオパトラ』にはまた別の、ルネサンスに復活した文学上のパラダイムの〈ピン〉と〈ポン〉が組み込まれている。そしてここでも、彼の鋭い文学眼は、ひとつの様式的な常套句《クリシェ》に込められている意味合いにぴったりと据えられ、悲劇にはいかなるスタイルがふさわしいかという問題を全面にわたって、改めて問いかけてくるのである。

今回、吟味の対象となっているパラダイムとは、解説的な散文の文体をめぐる議論において当時注目されていた古典期の対立項、すなわち「アッティカ（Attic）」様式と「アジア（Asiatic）」様式をめぐる論議である。それは、厳格なキケロ主義をめぐる論議から派生してきたもので、リプシウス、マルク＝アントワーヌ・ミュレ、モンテーニュ、ベイコン、サー・トマス・ブラウンといった人々を、あまつさえロバート・バートンまでをも夢中にさせた。『アントニーとクレオパトラ』において、シェイクスピアは、その論議に込められた個人的、心理的、文化的な意味合いを精査の対象とし、ギリシア人がペルシア人に対峙する随分前の、それらの対立語のそもそもの母胎となった道徳的生活の定型《ステレオタイプ》をまさに扱い――そしていかにも彼らしく、男女の主人公たちの生き方に、それらのスタイルをくわしく見ようとしたのである。[2]

明らかにシェイクスピアは、「個人的」であると見える文体で話す登場人物を造型するのに長けていた――ハルとフォールスタッフ、ホットスパーとグレンダワー、ハムレットとポローニアス、ハムレットと墓掘り、イアーゴーとオセローとの、そうした文体間の対決がすぐさま思い浮かぶだろうし

——あるいは、イアーゴーとキャシオ、ケントとコーンウォール、コーディリアと姉たち、リアと道化の対決すら思いつくことであろう。性格、階級、動機についてこれほど多くのことをこれほど無駄なく明かしてみせるそうしたエピソードの一覧表をつくろうとすれば、これはとても長くなるだろう。

すでに見たように、『恋の骨折り損』において、劇作家は言語様式のなかにまた別のもの、すなわち社会階層や職業の上下を移植し、そうすることで階級や職業に特有の気取りをからかいおおせた。『恋の骨折り損』においては、ナンセンス言語が繰り広げられるなかで、きわめて重要なメッセージが発せられていた。すなわち、技巧を弄した言葉は、男や女の振舞いの真意を反映していないということである。喜劇的様式のなかに安住していながら、もの（*res*）と言葉（*verbum*）、情念とその表現、あるいは人格と生活様式さえもが分裂し、その裂け目が、個人の好み、衝動、人格すらも意味をなさなくなる罠として示される。言語は弄ばれ、批判され、称讃されるが、それらすべては喜劇の枠内で行われる——もっとも、そうした問題が提起される当の喜劇は、通常の喜劇的解決を拒むのであるが。この劇は慣習的な言語の枠の内、枠の上、枠の外とあちこちを動き回るが、それでもなお、己れがときに叱りつける言語の泉の豊かさをつねに称揚しているのである。我々は、言語における、あらかじめ決定された部分と自由に変化できる部分をともに見せられるが、だからといって永遠に苦しむよう運命づけられている者は誰もいない。というのも、劇の終わりに、さまざまな言語は、登場人物が社会や己れ自身を新たに理解し直すのに合わせて、浮かれ気分で調整し直されるからである。

『恋の骨折り損』とは似ても似つかぬ他のさまざまな劇において、我々は、言語そのものが決定的に重要であるような文脈において言語が用いられるのを耳にする。[3]『マクベス』における門番の台詞や墓掘り人とハムレットとの対話など、いわゆる「加筆部分」とされていたところですら、劇中の主要な出来事や傾向を増幅させる主題が響いているのが、いま我々には聴き取れる。『リア王』でケントが言葉遣いを偽るのは、明らかに、彼が正体を隠すための「外衣」であるが、にもかかわらず、本来の姿で喋っているコーンウォール、オズワルド、邪悪な姉たちには及びもつかぬ正直さが滲み出ている。リアの偉大な台詞は、エドガーが言うように、「狂気のなかの正気」[4]を示している。コリオレイナスの歯切れの悪い物言いは、政体と誇りが葛藤するさまをありありと描き出す。『ジュリアス・シーザー』においては（ある程度までは『コリオレイナス』にもあてはまることであるが）、言語的な抑制が見られるが、批評家たちはそこに、文体と厳格な主題を即合《マッチ》させ、ことのほか「ローマ風の」スタイル[5]を創ろうと劇作家が試みているさまを見てきた。どちらの劇においても、言語の問題（*la questione della lingua*）、あるいは少なくとも文体の問題（*dello stilo*）が、プロットの深部に書き込まれている。アクションは、ローマの政治生活に関する劇にふさわしく、男たちが何を言うかということと同様、男たちがいかに話すかということをめぐっても展開する。

『ジュリアス・シーザー』の見せ場であり、最も偉大な決め台詞《セット・ピース》でもあるのが、シーザーの死をめぐって民衆を味方につけようと、二人の錚々たる演説家が弁舌を競う場面である。ブルータスはストア主義者であり――モンテヴェルディのセネカ〔『ポッペーアの戴冠』という正歌劇に登場する〕を別にすれば、いままで舞台に登場したなかで最も魅力的なストア主義者だろう――、それにふさわしく、発話様式は「簡素」である。彼は、ストア主義の修辞が命じるとおり、語や統語法をつうじて「己れ自身」を表現しようとする[6]。このような場において、自己のそうした表現は何よりも重要である。というのも、ブルータスの高潔さというお墨つきがあってこそ、共謀者たちの正当化が可能になると言えるからである。シェイクスピアが利用した材源のなかで、プルタルコスは、シーザーの葬儀でのマーク・アントニーの演説についてずいぶん多くを語っているが、演説そのものを書こうとはしなかった――この演説は純然たるシェイクスピアの創造物であり、彼はその仕事に怖じ気づくことはなかったのだ。また、ブルータスの演説は、シェイクスピアが筋に新たに書き入れたものである。ブルータスはアッティカ主義者——すなわち、飾り気のない話し手であり、修辞的文体はそれを用いる人間の率直な人となりに一致すべきだと説く者——として名を馳せていた。アントニーがアジア様式好みであることも、プルタルコスが詳細に記述しているように、同じくよく知られていた。シェイクスピアは、プルタルコスや修辞学の書物を手がかりにして、ブルータスとアントニーを、ただのトポスでしかなかったであろうものの生きた見本として扱った。彼は二人に、自らが選択した話し方の様式を生きさせることができたのである。[7]

と同時に、シェイクスピアは、散文の文体をめぐる同時代の議論の諸相にも目を配っていたが、それは古代の対立を甦らせたものであった。ギリシア人は、ごく当然のことながら、アテナイの東方に住むペルシア人や諸民族を「アジア風」と特徴づけ、官能的で、遊蕩に耽《ふけ》り、放埒で、富裕で、物質主義的で、華美で、柔弱であるという意味をそこに込めた。そのパラダイムによれば、アジア人は、装飾的な芸術作品や肉体と精神を精妙に楽しませるものに取り巻かれ、安逸、快美、怠惰ですらあるような生活を営んでいるとされた。東方の隣人たちに向けられた道徳的非難は、しだいに、ペルシア人の生活の「ようなもの」として概念化された弁論の様式に、すなわち、複雑な形式をそなえ、仰々しく、きらびやかで、精緻な様式にあてはめられるようになった。必然的に、単純で、率直で、比較的平明な様式が「アッティカ風」[8]であるとされた。言うまでもないことだが、どれがアッティカ様式で、どれがアジア様式であるかは、文脈、時代、世代によっていちじるしく異なっていた。ある文体が、他の文体よりも平明であると見られたり凝っていると見られたりする可能性はつねにあったし、ある世代にはアッティカ風であったものが、次の世代にはアジア風と見えることもときにあった。ローマでは、キケロの文体ないしはその他の文体を軸にした議論が繰り返しなされた。ある世代（キケロ自身の世代）にとって、彼の文体は、明快で、わかりやすく、直接的で、文体と内容が即合《マッチ》していると見え――それゆえアッティカ風であるとみなされた。だがその文体を改良することを求めた次の世代にとって、それは精緻で、凝りすぎていて、空疎なまでに形式張っており――それゆえ人工的でアジア風なのであった。[9] 人文主義後期に、その議論の争点が、今回はいみじくも「キケロ主義」をめぐる論議となって復活してきた。「キケロ主義（Ciceronianism）」とは、キケロの著作に由来する諸例をふまえて確立された厳密な形式をもつ文体のことであり、人文主義者たちは己れのラテン語をスコラ学の野蛮〔ルネサンスの人文主義者は古代ローマのラテン語を規範とし、中世スコラ学のラテン語を堕落したものとした〕から純化する道具としてそれを用いた。モリス・クロウルらは、後期ルネサンスにおけるこの散文論争について貴重な分析や仮説を提示しており、[10] 彼らの著述には私も随分助けられた。今日、クロウルの定説をすべて鵜呑みにすることはできない。彼の仮説ですら、ずいぶん見直されてきた。だがアッティカ様式とアジア様式というクロウルのパラダイムはすばらしく有益であり、散文の諸文体ばかりか、作家たちが少年時代から修辞の修練を積み、技をすこぶる闊達《かったつ》にふるって俗語を操った、あのきわめて修辞的な時代における多彩な詩の文体についても多くのことを教えてくれる。とすれば、「アッティカ風」と「アジア風」という概念が我々に何をしてくれるかが明らかになる。すなわちそれは、ルネサンスの諸文体間でやりとりされる〈ピン〉と〈ポン〉[11]、すなわち比較を一揃い、我々に示してくれることになる。ある一節を別の一節と、ある文体を別の文体と比較することによって、そのような事柄に関心を抱いていた当時の読者が何を「平明」で何を「飾り立てている」とみなしたかが、何かしらわかってくるのだ。

　ここで問題になるのは、『ジュリアス・シーザー』における、決定的な弁舌合戦の場面である。我々は、シェイクスピアが二人の弁士を二つの文体の代表者と見ていたことを知っている。ブルータスとマーク・アントニーが民衆の賛意を求めるこの争いで、劇作家は文体を、人物と動機をともに特徴づける指標として用いている。ブルータスとアントニーの文体の明らかな違いは、まさに彼らの性格の違いを表している。劇中では、ブルータスが先に話す。彼は散文で話すが、それは己れのほうが率直で誠実であることを示すための手段である。だが、彼のその平明な散文を吟味すれば、それが彼の人となりをありのままに表現する（アッティカ様式の理論家たちが、文体はかくあるべしと主張していたように）だけのものではないことが看て取れる。というのも、彼の文体から、ブルータスがいかに巧緻で、いかに諸派の修辞法に精通していたかがわかるからである。

ローマ市民、わが同胞の諸君、私の訴えに耳を傾けていただき、聴こえるように、静粛にしていただきたい。私の名誉にかけて私の言うことを信じていただき、信じることができるように、私の名誉を尊重していただきたい。おのおのの智恵をもって諸君に私を判断していただき、よりよく判断できるように、思慮分別を目覚めさせていただきたい。

率直には響く。だがずいぶん回りくどいところがある。

シーザーは私を愛してくれたので、私は彼のために泣く。シーザーは幸運であったので、私はそれを喜ぶ。シーザーは勇敢であったので、私は彼を尊ぶ。だがシーザーは野心家であったので、私は彼を殺した。彼の愛に対しては涙、彼の幸運に対しては喜び、彼の勇気に対しては尊敬、彼の野心に対しては死をもって私は報いた。喜んで奴隷になろうと思うほど卑屈な者がここにいようか。もしいるのなら、声をあげてもらいたい。その人に対して私は罪を犯したのだ。愛国の心を否むほどよこしまな者がここにいようか。もしいるのなら、声をあげてもらいたい。その人に対して私は罪を犯したのだ。

（三幕二場一三―一七行、二五―三四行）

こうした統語的な規則性は偶然のものではない。ブルータスは雄弁家であり、技をいかにふるうかをよく心得ていた。今回彼が果たすべき任務は、己れの演説のなかで、それゆえ自らの口から、入り組んだ状況ながら己れの動機は非の打ちどころのないものであったと論証することである。演説は、なるほど率直さを利用している――「私は彼を殺した」という言葉は、責任はわれにありとみごとなまでにきっぱりと表明している。とはいえその率直さは、きらびやかな連辞畳用（polysyndeta）、くびき語法（zeuguma）、類節反復（parison）をもつ精妙なものだ。そこからわかるのは、飾り気のない物言いをするブルータスでさえ、弁舌の心得が骨の髄までしみついており、ジュリアス・シーザー暗殺よりも随分前に、生まれながらの未加工の人格を修辞学校に委ねて磨きをかけていたことである。

ブルータスは名誉を尊ぶ男だった。マーク・アントニーがシーザーの遺骸とともに広場に入ってくると、ブルータスは演壇を彼に譲り、アントニーの言い分を聞くようにと群衆に要請する。アントニーが何を言ったかは、あまりにも有名なので引用するには及ぶまい。マーク・アントニーは、拍手喝采や話しながらも胸にこみあげてくる感情で長い演説を何度も途切らせながら、人々の共感を勝ち得る。「私はブルータスのように弁はたたない／（諸君がみなご承知のように）単純で武骨な男です」（三幕二場二一九―二二〇行）というアントニーの言葉は、見たところ、まったく訓練されてないアッティカ風の訴えのようであるが、我々はそこに真実と韜晦《とうかい》を読むことができる。アントニーは、その言葉通り、雄弁家ではない――表向きは。だがプルタルコスが述べているように、彼はアテネで修辞の技術を学び、そこでアジア様式に傾倒した。彼がここで見せつけているのは、より親密で、より感動的な――そして、ブルータスの文体よりもはるかに扇動的な――文体である。もちろん、うわべは謙遜してみせることでアントニーが意図しているのは、自分は修辞を駆使することができないので演説しても聴衆を感動させられるとは思えないが、言辞を弄することができないぶん信用してもらってもよい、とほのめかすことなのだ。

シェイクスピアがそれら二つの文体を対決させる方法は、きわめて複雑である。シェイクスピアは、「素朴な」が正直であり（「つつましい毛織の言葉」）「飾り」が欺瞞であるという、一枚岩的あるいは道徳的なパラダイムに頼ってはいない――というよりも、彼は、己れが用いる文体によってあらわにされ隠されもする二人の男たちの性格における限界を示そうとしたのである。それを最も簡単に行う方法が、二人の演説を対置することであった。ブルータスは散文で話し、アントニーは韻文で話す。自明のことながら、韻文は散文よりも装飾的なので、その意味においては、アントニーの演説のほうがより装飾的であることになる。だがブルータスの演説は、統語法上はるかに形式張っており――換言すれば、より整然と構成され、よりキケロ主義的であり――アントニーの演説から意図的に排除された構造上の首尾一貫性をしっかりとそなえている。アントニーの闊達な演説は、はじめは形式張っているが――「私が来たのはシーザーを葬るためであって、彼を称讃するためではない」、「もしそうならば、それは由々しき欠点であり／シーザーはそれがために由々しき報いを受けたのである」――結びでは、驚くほどの率直さと親密感に変化している。

善きわが友たちよ、わが愛する友たちよ、どうか私の言葉によって
そうした突然の暴挙に出ることはやめてほしい。

この行いをなした人々はみな名誉を重んじる者たちである。
心中にどのような憤りがあって、このことをなすにいたったのか、
悲しいかな、私にはわからない……
私は機智もなければ、言葉にも乏しい、つまらない人間であって、
人々を熱く奮いたたせるような、行動力も、弁舌も
説得の才もないのだから、ただ訥々《とつとつ》と語りかけることしかできないのだ。
（三幕二場二一一―一六行、二二三―二五行）

技巧を凝らした狡猾なこの演説において、文節は単純ながらも多様性があり、ストア主義者のブルータスの演説の文節よりも、より「さりげなく」配置されている。変化に富む統語法とごつごつした口調が目につくため、ある意味では、アントニーの言語のほうがブルータスの言語よりも「より平明」で、話者の心情をより正直に反映しており、それゆえより「アッティカ風」であると言える。ブルータスの統語法は精緻で、入念に構築され、均整がとれているが、その調子はゆるぎなく直截で、全体として見ると、彼の演説はいちじるしく無駄がない。アントニーの調子は、「それにブルータスは名誉を重んじる男だ」と繰り返すたびに風向きが変わり、ゆらゆらと変化する。そう繰り返されるたびに、我々は繰り返し主音へと連れ戻され、アントニーがいかに巧みに言葉を操るかを――そして言葉によって、聴衆の感情をいかに操っているのかを――見せられる。要するに、演説のなかに、我々は二人の男の違いを聴くことができるのである。アントニーの狡猾さに比べると、ブルータスの無邪気さは輝かしいばかりである。アントニーのあからさまな策謀に比べると、ブルータスの自己欺瞞など他愛ないものでしかない。

マーク・アントニーは、まこと、「弁論術を学んでいた」。彼の修辞は積極的で、感情的で、感動的であり、競争相手の、それに比べてより淡々としたより厳密な修辞を最後には打ち負かす。アントニーの十八番《おはこ》であるアイロニーや扇情主義といった芸当が、気まぐれで定見のない民衆を魅了し、重大な政治的結果をもたらす。だが我々が認識すべきは、二人の男がともにきわめて政治的であり、弁論術を政治的武器として大いに利用していることである。民衆の怒りという火種を、ブルータスは消そうとし、アントニーは煽ろうとし、おのおの異なる目的をまったく異なる文体を用いて遂げようとする。誠実さの背後で、ブルータスがその誠実さをいかに意識的に利用しているかに我々は気づく。アントニーの演説によって、我々は、彼がシーザーに寄せる愛とともに、彼自身の政治的意図がいかに術策に満ちているかを理解するようになる。

　マーク・アントニーの文体も、劇中で与えられている彼の性格と合致《フィット》している。アントニーは、徳の高さを売り物にしたりはしない。我々は彼が、殺害を終えた共謀者たちと日和見的なやりとりをしているのを見るし、劇のはじめのほうで、マーク・アントニーは才能に恵まれながらも放埒な若者だということを耳にする。彼の演説から、我々は、優れた政治能力と、おそらくは野心をも感じとる――そして、その気質の変幻自在なさまも。修辞だけで判断しても、アントニーの人格がブルータスより廉直であるとする者はいないだろう。『ジュリアス・シーザー』において、シェイクスピアは、政治の問題を性格や動機の問題として考察している。ここには何ひとつとして単純なものはない――公式に「平明である」と銘打たれている修辞でさえ、そうなのである。シーザーは、暴君であったし暴君ではなかった。ブルータスは、哀れなまでに唆《そそのか》されやすい善人であった。アントニーは、賢明で功利的な男であるが、その一方で、無定見な振舞いや狡猾な修辞からは意外であると思えるほどの忠誠心ももちあわせている。劇中の文体の優劣比較《パラゴーネ》のなかに、これらすべてが暗に含まれている。すなわち、ブルータスの廉直と自己欺瞞、アントニーの忠誠心と政治手腕、出来事全体の倫理の胡散臭さ、利己的な元老院議員たちと移り気な民衆――議員たちの権威は、ひたすら民衆の支持に依存している――とのあいだの深い断絶。シェイクスピアはずいぶん多くのことをなしてきたが、彼はここでは、巨大な権力に魅了された政治的人間たちの動機を吟味するだけではなく、そうした動機が明かされる――あるいは隠される――伝統的手段である公的弁論がいかなる問題をはらんでいるのかも吟味したのだ。

II

『アントニーとクレオパトラ』において、スタイルの問題は、同じくらい多くのことを明かしているが、まったく異なる背景のなかに置かれている。雄弁術や公共の場における演説はこの劇の関心事ではないし、『ジュリアス・シーザー』や『コリオレイナス』におけるように、プロットの構成要素になっているわけでもない。また、『恋の骨折り損』においてはスタイルが人物の姿をとっていたが、そのように、スタイルが劇の表面に現れているわけでもない。にもかかわらず、ジョンソン博士からモーリス・チャーニーに至るまで、批評家たちが連綿と指摘してきたように、ここには独特の言語があり、それが劇の主要な力となっている。他のローマ劇のより平明な台詞に比べると、『アントニーとクレオパトラ』の言語の豊かさは、その壮麗なイメジャリばかりか、劇の主題を媒介することにおいても注意を惹く。『ジュリアス・シーザー』においては、無駄のない文体がその厳粛な主題にぴったりと調和しているように見えたが、それと同様、『アントニーとクレオパトラ』においては、豊饒な言語が、主題の豊かさ、エジプトという舞台の肥沃な風土、主人公と女主人公の感情的広やかさと合致しているように見えるのである。この劇の言語には、活力と生気がみなぎっており、文彩に満ちている。チャーニーがいとも巧みに示したように、[12] なかでも特によく目につくのが、比喩表現のなかでも身のほど知らずの張喩（hyperbole）である。まこと、文彩があまりにも数多く、あまりにも豊かなので、それらはときに蝟集《いしゅう》して他の意味を押しのけ、アクションやプロットを停止させ、己れの響きだけに耳を澄ませよと強いているようにも見える。クレオパトラについてのイノバーバスの台詞はその一例であり、この劇の最も有名な聴かせどころ《セット・ピース》である。不在のアントニーを懐かしむクレオパトラの台詞、彼女がドラベラに語るアントニー讃歌、アントニーが己れ自身の感情と世間的立場に優劣をつける台詞は、プロットの進行を止めるほどの聴かせどころを創り出している。

　誇張表現は聞く者と話す者双方を魅惑する。三頭政治家として夫として、ローマにおける己れの責任を果たさんとするアントニーの「まっとうな」決意は、こみあげてくる感情のうねりに呑みこまれ、怒濤のような言語となってたちどころに表現される。さらに目を惹く例としては、クレオパトラの魅力の源を数えあげるうちに、イノバーバスが世に知られた冷静さを失うことである。彼女の美点について朗々と語る彼の台詞は、それまでの素気なく皮肉な語り口とはうってかわって、大仰な言葉をとどろかせている。イノバーバスは、その台詞を語るうちに、われを忘れてクレオパトラにのめりこみ、内面をあらわにしてしまうのである。彼の性格には明らかにそぐわないその反応の熱さから、彼女の魅惑の大きさが感じられる。まこと、誇張表現に身を委ねるイノバーバスは、彼女の前で性的に乱れているかのような印象すらある。エジプトとその生活様式に猜疑の目を光らせていた皮肉屋で老練なローマの戦士も、感極まって女王を称讃する己れの声を抑えることはできないし、そうしようともしないのである。

　言語はときに濃密になりすぎて、アクションや判断力を押しのけてしまうとも見えるが、意味を押しのけることはない。というのも、ある批評家が論じているように、劇中の意味の大半は、登場人物たちがいかに言語を用いるかに掛っているからである[13]。既定の筋書きをもつこの劇のアクションは、それ自体、言語にいやます壮麗さを誇っている。この劇は叙事詩的なものを志向し、ローマの視点から見ると全世界であった地中海世界全体が舞台となる。アクションと場面は、ローマとエジプトという両極のあいだを揺れ動く[14]。ファイローの冒頭の台詞が示しているように、かたやシーザーとオクテイヴィア、かたやクレオパトラを擁するローマとエジプトは、はじめから対立空間として描かれている。二つの場所は、それぞれにふさわしい代表的な登場人物をそなえており、マーク・アントニーの精神と意志をわがものにしようと競い合っているように見える。アントニーは、偉大な先祖のヘラクレス神のように、義務と官能性、自己滅却と自己耽溺の交差する地点にたたずんでいる〔美徳の道か悪徳の道かという〈岐路に立つヘラクレス〉の図像のように〕。ローマは義務、しがらみ、厳格さ、政治、戦争、名誉である。ローマは公的生活である。エジプトは慰安、快楽、安逸、誘惑、感覚の喜び（官能の歓びも加えたいところだが）、多様性、気晴らしである。エジプトはその民に、濃厚でけだるい快楽と満足を約束する。ローマは仕事、エジプトは実りであり、ローマは戦争、エジプトは愛である。エジプトは「東方」にあり、そこでは寝床が柔らかい――そしてこの劇では、「寝床」の意味しうるものがなおざりにされることは決してない。ローマ人自身の目から見るとクレオパトラの生活は唾棄すべきものであるが、彼らは、同衾するにはすばらしい相手だという評判に、アントニーが現実のクレオパトラに魅せられているのと同じくらい、魅せられている。そのことは、クレオパトラの力を我々につねに意識させておくことになる。エジプトは妖艶で、華美で、欺きに満ち、手練手管を弄し、豊満で、官能的で、怠惰である。すなわちそれは、「誇張され」（inflatus）、「抑制されず」（solutus）、「膨れた」（tumens）、「溢れ出し」（superfluens）、「過剰な」（redundans）、「軟弱な」（enervis）、「空虚な」（inanus）ものなのである。[15] 私はこの一連のラテン語の形容詞を、エジプトの酒池肉林に対してではなくアジア風の文体に対するさまざまな批判からとってきた。これらの形容辞は、この劇の枠内では、アレクサンドリアの淫らで放逸な生活、アントニーの気質に合っていて結局は彼が己れのものとして選んだと材源が言う生活にあてはめることができる。

ここで問題になっているのは、文体の、すでに論じた諸相とはまた異なる側面である。衣装としての、あるいは修辞や自己提示を選択したあげくの文体でもなく、人を操る道具としての文体でもなく、根源的な道徳性としての文体、生としての文体である。発話《スピーチ》の様式は、人格、価値観、倫理観を否応なしにさらけだす。オクテイヴィアの廉直と冷淡、レピダスの愚昧、ドラベラの機略を、我々は、彼らが何を言うかということと同様、彼らがいかに話すかということによっても知ることができる。アントニー、クレオパトラ、オクテイヴィアス、イノバーバスの台詞のなかに、我々は、話者の気分のさまざまな変化ばかりか、彼らの複雑な内面性をも察知する。まこと、そうでなければ、劇の登場人物がどのような人間であるか推測することなどできないであろう。言語には資質や性格を示す作用があって当然であるが、ここではそれ以上の働きをしている。アントニーとクレオパトラが直面する道徳的な問題の核心に触れることによって、二人の劇の言語は、発話と生活様式の切っても切れない結びつきを我々に改めて認識させる。ローマの発話と生活様式の「四角四面《スクエア》」は独自の価値をもっており、ローマ人たちがそれをあらわにするのを見るにつけ、我々は、そうした価値をより容易に理解することができる。[16] エジプトの「実り」、その肥沃と腐敗は、葛藤《アゴーン》のなかで表現される。この劇が生活様式としての文体に関する単なる論考にすぎないのであれば、我々はそれを浅薄でつまらないものとしてとりあわないだろう。だが『アントニーとクレオパトラ』は人間味のない演劇上の類型《タイプ》を提示するだけの劇ではないし、この劇がときに、そうしたものと単純化されることのある単なる〈魂の戦い《プシュコマキア》〉

でもない[17]。『アントニーとクレオパトラ』をこれほど胸に迫るものにしているのは、ひとつには、この劇がこれらすべてのもの——見せびらかし、道徳性、権力の行使——で現にあるためなのだ。それは驕奢や濫費についてと同様、安っぽさについての考察でも現にある。主要な登場人物たちは、あからさまに利己的で、しばしば軽薄である。この劇の力は、いったいどこから生じるのか。ここでもまた、言語がひとつの指標となる。なぜなら、壮麗さと誇張の爆発をもつ文体そのものが、真の問題のありかを最終的に指し示しているからである。権力があり、わがままで、支配を好む性格の二人が、それぞれの生活様式、身にしみついたそれぞれ異質な習慣を、愛という理由だけで互いに調和させようとする努力にこそ、それはある。

　道徳劇とはまったく異なる意味において、『アントニーとクレオパトラ』は、道徳性、慣習《モレス》や生のありようについての劇である——性愛の問題はなおざりにされていないが、性的な意味における道徳性だけが問題視されているわけではない。すなわちこれは、道徳的文脈において生きられた生についての劇なのである。「文体」は——とりわけ、アッティカ様式とアジア様式の対立をめぐっては——道徳性の指標であるが、それはここでは、二つの生活様式の心理的・文化的根源に深く根ざしたものとして提示される。この劇において、所与のスタイルは、何かを表現するためのひとつの可能な手段ではない。そうではなく、スタイルは、登場人物の選択や操作を超えた文化的源泉に由来している[18]。

　だが劇のはじめには、そんなふうに見えない。アントニーは、言葉においても生活においても、エジプトとローマのスタイルを、必要に応じて自在に使い分けていると見える。劇が終わるまでには、ひとつの発話と振舞いのスタイルに落ち着いているが、そのスタイルは、アントニーの最後の決定的な行為が証しているように、彼の最も根源的な性質の表明である。すなわち、彼が選択したスタイルは、最も深い自我感覚を表現するだけではなく、生のありかたを選択した結果に関わってもいるのである[19]。マーク・アントニーの生がクレオパトラによって台無しにされたとみなすこと、ひいてはこの劇を武徳（*virtus*）〔ローマ的な男らしさを表す徳性〕と快楽（*voluptas*）の葛藤とみなし、アントニーは岐路に立つ先祖ヘラクレスが示した模範に倣うことができなかったとみなすことは——これこそまさに、プルタルコスが懸命に提示しようとした古典的な見方である——可能である。だがプルタルコスが入念に語っているように、また『ジュリアス・シーザー』においてシェイクスピアがはっきりと伝えているように、アントニーの気質には、ローマで育まれながらエジプトに強く惹かれるのが頷けるようなところが多分にあった。それにイノバーバスの例もあるように、エジプトには誰しも魅了されるのである。劇中で、ローマとエジプトは構造や主題において対比され、場面が交互に入れ替わるため、両極間を揺れ動くというあの強い感覚がもたらされる。だがこの劇は、相異なる価値観の葛藤[20]と言い切れるほど単純なものではない。

ある観点から見れば、ローマがこの劇を支配している。ローマの広大なアーチが叙事詩的場面に影を落とし、ローマの政策が出来事の順序を、ひいては重要人物の私生活を決定する。この劇は、ローマ的観点を表明することによって幕を開け、幕を閉じる。ローマの尺度からすれば、アントニーは、ローマ人として機能しなくなったために滅んだのだ。だが別の角度から見れば、この劇を支配しているのはエジプトである。アクションはそこで始まりそこで終わり、すべての重要な出来事がそこで起こる。この点において、二つの場所のあいだを揺れ動くことは、ひとつのゆるぎない権力がどこにあるかを定めにくくする。さらに、二つの領域はかならずしも画然と区別されているわけではない。ローマとエジプトは、過去の歴史が劇の現在にたえず侵入してくるように、互いに侵入し合っている。また、エジプトでの経験がアントニーのローマ人気質を鈍らせるように、彼のローマ人らしさはエジプトでのクレオパトラを今ある姿にしたのには、ローマのエジプトに対する影響力が関与している。

快楽を損なう。アントニーとクレオパトラは、一緒に、また別々に、己れのそして互いの過去を呼び起こす。オクテイヴィアスはアントニーとともに過ごした日々を述懐する。ポンピーは、劇が始まるずっと前に起こった出来事のために行動を起こす。我々は、アントニーが、己れの現在は己れの過去の振舞いによって形成されるという事実、あるいは、己れの「ローマ」がもう二度と無条件の価値になることはないという事実をいやいやながら受け容れるようになるのを見る。自分でそう思い込んでいるだけにせよ、クレオパトラはローマ人として死ぬ——だが、その死に方の華々しさ《デコール》はまさにエジプト風であり、死ぬための手段もいかにもエジプトらしい。クレオパトラの目印となる持物、最後の劇的場面《タブロー》のために彼女が采配する図像上の細部は完全にエジプト風であるが、自殺そのものは彼女が意識的に選んだ最後のローマ風身振りである。

　クレオパトラのなかにローマとエジプトが混淆しているのは偶然ではない。彼女の経験の深部には、マーク・アントニーとオクテイヴィアス・シーザーの両人に絶大な影響を及ぼした、かのジュリアス・シーザーの姿がある。開幕前から、クレオパトラと彼女の統治するエジプトはローマ化されていたのである。幕が閉じるまでに、彼女はいまひとたびローマ化され、エジプトはついにローマの属領となる。まことと、劇をつうじて、エジプトはつねに変わらずローマに対して開かれている。ジュリアス・シーザー、ポンピー、アントニーとクレオパトラとの関係、オクテイヴィアスを魅惑しようと試みることさえ、彼女の国がローマ支配に依存していることを象徴的に表している。彼女の宮廷（それが「彼女のもの」なのも、ひとえに征服者の恩情による）はローマ人だらけで、彼女が疎ましげに言うところによれば、「ローマ人のものの考え方」で満ちているため、エジプトの酒宴が最高潮にあるときですら、エジプトにかかるローマの圧力が忘却されることはない。

　己れ自身のことをどう思おうと、アントニーはローマの戦士である。ローマ兵たちは、アントニーが死ぬときですら、つねに彼につき添っている。彼がエジプトにいないときは、ローマの使者がローマでの彼の動静と情勢をクレオパトラに知らせにくる。アントニー自身も行政官としてエジプトに派遣されてきた。劇の終わりには、シーザー自身がアントニーの後を襲い、帝国の支配権を宣言したサイディアス、ドラベラ、プロキュリーアスなど一連のローマ人たちの最後に連なる。人々――イノバーバス、イアロス、アントニー、チャーミアン、アイアラス――は、ローマ風《ア・ラ・ロメーヌ》に死ぬ。アントニーは長く苦しんだあげく、運ばれてローマの流儀で格調高く死んでいく。クレオパトラは似たような死を遂げようと約束する。死によって彼女は、公的にも私的にもいちじるしい「無限の変化」のなかで生きてきた生を終え、「ゆるぎない大理石」に変容する。エジプトやエジプトの生活様式がいかに魅惑的であろうと、ローマの歴史的運命を変えることはできないのだ。

　劇が始まると、ローマ的美徳を、アントニーの失墜を測る当然の尺度として受け容れよと我々は教えられる。だが劇が展開していくにつれて、我々は、ローマの批判すべき点を次々に見せられる[21]。レピダスは世界を支える三本柱のうちの一人であるが、彼ほど愚かな人間はいまい。彼は、どのエジプト人よりも野卑な道化者である。あるいはミーナスほど、日和見主義的な人間もいまい。彼の主人ポンピーは、自分が拒絶せざるをえないようにミーナスが謀ったと悔むのである。オクテイヴィアスはつねに打算的である。ポンピーは己れの野心を遂げようとする。オクテイヴィアスのローマという国家に対する関係には、身を捧げてというところがほとんどない。さらに、そして最も重要なのは、アントニーは「ローマ人」であるとき――ローマ人の妻たちとの、すなわち彼が心中で政治的機能をもつ駒でしかないと便宜的に考えているファルヴィアとオクテイヴィアとの関係において――、最も精彩を欠くことである。劇が進行するにつれて、ローマという概念にますます薄汚れてくる。とりわけ酒宴の一大場面では、オクテイヴィアスの舌ですら「ろれつが回らなくなる」し、レピダスは泥酔して寝床へ運ばれる（そうした当のローマ人たちの舌がひっきりなしに批判する「官能的な」エジプト人にも、劇中でこれに匹敵する場面はない）。酒宴の場面では、シーザーのひたむきな野心、三頭政治家たちの嫉妬、ポンピーの道義心の薄さ、ミーナスのなりふりかまわぬ権力欲、英雄たちが輪唱しつつ踊るなかに、ローマの卑しさが剝き出しになる。そのような者たちの手に、世界が掌握されているのである。もちろん、だからといって「エジプト」のほうが道徳的に優れているわけではない――クレオパトラは、始めから終わりまで、他の人々や自分自身に嘘をつき通す。欺く女であることに疑いの余地はないが、オクテイヴィアスや「信頼に足る」プロキュリーアスの狡猾に比べると、彼女の嘘の天真爛漫さは貴重であると思えてくる。クレオパトラの欺瞞は首尾一貫しており、それゆえ正直であると言える。策謀家のオクテイヴィアスの巧妙で習性化した欺瞞に比べると、彼女の策謀など児戯のごときものでしかない。さらにもうひとつ。象徴であれ生身であれ、クレオパトラがオクテイヴィアスと対峙する姿には、自然で自発的な生のありようと策謀との対比がある。そのような対立に照らしてみると、クレオパトラが人間の普遍的な欲求を満たすさまが、さらにはっきり看て取れる。彼女は満足させればさせるほどさらに欲しがられるとされるが、欲しがることも満たされることも、また自然にかなっている。ローマ的な権力への渇望は、けっして満たされることがない。そこにはつねに、どこか不毛で、非人間的で、ゆがんだものがある――だがクレオパトラは、愛の充足を求める一人のローマ人の餓えた心を、さらに貪欲に煽りながらも、和らげることができるのである。

Ⅲ

ローマ的価値とエジプト的価値がいかに鮮やかに対置されていようと、ここで問題になっているのはそれよりもむしろ、アントニーとクレオパトラの私的関係、互いに異なる背景と忠誠心によってつねに色分けされている関係である。常識的に言えば、公的な立場にある男性が女性のためにその地位を危うくするのは褒められたことではないし、無分別であるとすらみなされる。その男性が、ローマで立派な妻をもち、よそでも女には不自由しないアントニーで、相手の女性が経験豊かな熟年のクレオパトラであるとき、それをローマ人の目で眺めて、これは淫らな関係であり、中年の好色な者同士がここを最後と情事にふけり、無為と怠惰に陥って帝国の責務を怠っているとみなすのは容易である。それにこの恋愛にすら、日和見的なところはある――シーザーの鋭い観察眼が見抜いているように、クレオパトラの政治的立場は、アントニーがエジプトにいることで限りなく強化されている。好ましい男性であるとともに、役に立つからという理由でアントニーを愛しているのではないかという疑念はたしかにある。

劇は、物事を最悪の面から眺めるローマ人の口上によって幕を開ける。ファイロー（何とちぐはぐな名前だろう〔語源であるギリシア語のphilosは「愛」を意味する〕）は、主要な登場人物をローマの通常の尺度に照らして評価する。アントニーとクレオパトラが登場するとその台詞は打ち切られるが、二人は、ファイローが下品に描写したばかりの二人の典型的な振舞いとされるものを、そのまま実演してみせるのである。

いや、我々の将軍のこの色惚《ぼ》けぶりときたら
いくらなんでも目に余る。あの堂々たる眼は、
甲冑を身にまとった軍神マルスさながら
爛々と輝いて並みいる軍勢を見渡したものであるが

いまや果たすべき務めを忘れ、浅黒い顔のうえに
その視線をさまよわせている。将軍にふさわしい勇猛な心は、
大合戦の鍔迫《つばぜ》り合いで胸の留め金をはじき飛ばすほどであったが
いまはすっかり自制心を失って、ふいごとなり、団扇《うちわ》となって
ジプシー女の情欲を冷ましている。
　　ほら、ご両人がお出ましだ。
とくと見るがよい、世界を支える三本柱の一本が
娼婦の道化になったんだからな。変わり果てた姿を
さあご覧じろ。

（一幕一場一—一三行）

ここで主人公と女主人公が登場し、相思相愛の活人画を実演する。彼らは互いに対して自由に——まこと、奔放にと言えるくらいに——振舞うが、娼婦と道化としてではない。二人の言語は、理想の表現を志向する恋人たちの言語であり、それゆえファイローの人物評価はまっこうから否定される。

クレオパトラ　それがまこと愛ならば、どれほど愛してくださっているのかしら。
アントニー　どれほどと測れるような愛は卑しい愛だ。
クレオパトラ　どこまで愛されているのかその限界を知りたいの。
アントニー　それならば新しい天、新しい地を見つけねばなるまい。

（一幕一場一四—一七行）

二人の言語の大仰さが耳を打つかもしれないが、互いに夢中になっている恋人同士であれば、特別なこととも思えない。というよりも、二人の言語は、感情の言い知れぬ高みと深みを表現することを目指す、抽象的で一般化されたありふれた恋愛の修辞である。宇宙との類比は、この二人ほど「現実」世界のしがらみに縛られていない恋人たちが、きまって呼び起こしてくるものである。アントニーとクレオパトラが現実の政治世界にきわめて深く関与しているという事実は、彼らの習性化した誇張表現に、緊迫感、アイロニー、そしてある種の正確さを賦与している。自分たちだけのために自分たちが創造した二人の愛の「新しい天、新しい地」が、彼らを取り巻く現実の地理、彼らが影響力を行使し劇のアクションが展開する地中海世界に取って替わらねばならない。実在の場をもつ象徴的地理が喚起される。ローマ、アレクサンドリア、アテナイ、シチリア、サルディニア、パルティア、ユダヤ、メディア、メソポタミア、シリア、アルメニア、キプロス、リディア、キリキア、フェニキア、リビア、カッパドキア、パフラゴニア、トラキア、アラビア、ポントゥス——これらはすべてローマの広大な勢力を証している。シーザーによって宣言されたローマの「あまねき平和」が、身勝手に、分別なく、欲望にまかせて私的満足を追求するアントニーの世界情勢からの離脱によって、危機にさらされたのである。

とすれば、これほど広い現実世界も、二人にとっては十分ではなかったのだ——だがそれよりさらに重要なのは、その世界はまた、二人にとって重すぎるものでもあったことだ。二人の愛を安全に保つためには、現実世界を締め出して、愛よりほかの営みはできないほど小さいが、想像力が高々と羽ばたけるほど大きい新天地を発見したいと願うしかない(22)。この劇において、恋人たちが愛のために世界を棄てるというありふれた文学的メタファーは、現実上の前提条件と化している。精励すべき公的世界、戦争と行政の栄光と悲惨を一人の女への愛のためにおろそかにすることに、いかなる人的犠牲を払わねばならないのか、その一端をこの劇は見せてくれる。そしてそうすることによって、意味が溢れんばかりに寄せ返してきて、形骸化した常套句に実体が与えられる。

　アントニーとクレオパトラは、恋愛詩におけるごくありふれた慣用表現を用いて、はじめから「大仰に」話す[23]。だが留意すべきは、誇張した物言いをする癖はこの二人だけではないことである。ファイローの冒頭の台詞は、過剰な言辞に終始している。なるほど彼は、自分の指揮官とエジプト女王との色恋沙汰を卑しめる。だがその指揮官の軍事における卓抜さについての語り口は、情事におけるアントニーの巧者ぶりを軽蔑的に評するときとまったく同じ、大仰なものである。戦《いくさ》にあって、アントニーの眼は「甲冑を身にまとった軍神マルスさながら爛々と輝いた」。「将軍にふさわしい勇猛な心は……胸の留め金をはじき飛ばすほどであった」。シーザーの台詞も、大げさなことでは変わらない。アントニーの「淫らな酒盛り」や「プトレマイオスの寝床でのお楽しみ」を、モデナやアルプス山中における彼の驚嘆すべき克己心と同じくらい誇張して引き比べる（一幕四場五五—七一行）。アントニーは何をしても、「尺度を超えてしまう」かのように見える——だがローマ人たちが過剰であると認めることができるのは、アントニーの非ローマ的所業に限られている。それ以外の彼の英雄としての部分は、ローマ人にとっては自然なのだ。とすれば、過剰とは、文化的に条件づけられているものということになる。人々は「目に余る」とみなすものだけを、過剰であると認識する。だから、クレオパトラが法外な快楽を尊ぶのと同じくらい法外な戦歴を尊ぶローマ人は、彼女の恋人であるアントニーに賞賛すべき点を多々見出すことができる。オクテイヴィアスはアントニーの自己耽溺を非難して、アントニーを「ありとあらゆる人間が犯すありとあらゆる罪を一身に体現する男」と呼ぶ。悪の権化なのだから、これ以上の悪人はいないことになる。レピダスは、オクテイヴィアスの意見に異を唱え、いずれ劣らぬ誇張をもって次のように評する。

彼の善いところすべてを翳らせてしまうほどの
悪が存在するとは私には思えません。
彼の罪とは、空に点々としるされた星のようなもの、
夜の闇が深いほど赤々と目立つ。
（一幕四場一〇―一三行）

では我々は、アントニーのことを一体どう考えればよいのだろう。ファイローは卑しくて下品だと思い、恋人たちは言い得ぬほどすばらしいと思っている、彼の現在の愛の経験を、我々はどう考えればよいのだろう。まこと、アントニーとクレオパトラが現にしていることとは何なのだろう。我々は、二人が「アジア風」の極致とされるような振舞いをしながら、どのように日々を過ごしているかを（ローマ人によって）教えられる。エジプトは、なるほど「東方世界」であり、劇中でつねにそう言及されている。女王として、クレオパトラはしばしば国名で呼びかけられる。彼女は死ぬと、金星（ヴィーナス）を意味する「東方の星」と呼ばれる。アントニーとクレオパトラがしているのは、明らかに、アジア様式の属性にのっとった生活である。二人は、彼ら自身やローマ人が我々に告げるように、けばけばしく、放逸で、節度がなく、飾りたてられ、手管を弄し、人工的で、欺瞞に満ちた生活様式《ライフ・スタイル》を実践している。エジプトの宮廷は、怠惰で、豊麗で、官能的な、アジア風の場所であり、そこでは男たちは女々しく、女たちは大胆である。マーディアンという宦官《かんがん》の存在は、男性がそのような環境にいればどうなるかを思い出させ、我々は、アントニーがさまざまな方法で象徴的に去勢さ

れるのを見る。つねの作法が、この将軍、この女王によってたえず侵犯される。泥酔したアントニーはローマの使者の伝言を聞こうとはしない。クレオパトラと戯れていて、アントニーは自分の武具を彼女に渡し、彼女の「衣装や着物」を身にまとう。クレオパトラは彼の剣を取りあげ、戦の前にその剣は返すが、現実の戦の最中により由々しい仕打ちをしてアントニーを骨抜きにして＝武装解除《ディスアーム》してしまう。クレオパトラは、私生活でいかに夢中になっていても、公の場では彼を無視する。決戦の前に甲冑をまとい自らを男に匹敵する者と宣言しても、彼女は雄々しくはない。アクティウムでは恐怖にかられて逃亡し、進退きわまると引き籠ってしまう。アントニーが目の前で死にかけているのに、クレオパトラは霊廟から出てこようとしないし、彼を自分のもとに運びこみやすくしようとその扉を開けようともしない――彼女が言うには、恐ろしいからという理由で。

　エジプトでは、人々は宴を張り眠りにおちる。さまざまな意味において、「東方世界の寝床は柔らかい」のだ。エジプトでは、敗北も勝利も、もう一夜浮かれ騒ぐことによって祝われる。シーザーは、捕虜となったクレオパトラを安心させようとして「食事をして眠るように」と促すが、そのとき彼は、エジプト的なこの自己耽溺の欲求を理解しているように思える。「眠る」ことの意味は、劇が終わるまでには一変し深化しているが、この劇のはじめとそのほとんどの部分において、「眠る」ことはエジプトの怠惰と女々しさのしるしである。お祭り騒ぎも男らしいことではない。シーザーは、偉大な競争相手について、以下のように述べる。

　　　アレクサンドリアからのこの報せによれば
　彼は魚を釣り、酒を飲み、夜通しの遊蕩に
明け暮れているそうだ。クレオパトラのほうが

よほど男らしいくらいだ。いや、プトレマイオスの女王よりも
彼のほうがよほど女らしいと言うべきか。
（一幕四場三―七行）

「女らしい」云々という最後の評言は、シーザーにはあまり人を見る目がないことを示しているのかもしれないが、それはまた「淫らな酒盛り」の場所でしかないという、ローマのエジプト観を集約するものでもある。ほとんどのローマ人がクレオパトラをどう思っているのかを考えれば、ローマ中を引き回され「黄色い声の小童が売春婦まがいのクレオパトラを演じて／女王の威厳をおとしめる」のを見るのを、彼女が劇の最後におぞましく思うのも不思議ではない。クレオパトラは、自分がローマで何と呼ばれているのか知っている。アントニーが怒りにまかせて彼女に告げたからである。

おまえは死んだシーザーの皿にのった
冷たい食い残しだった。いやおまえはニーアス・ポンピーの
食い滓《かす》だった。いや、それだけではない、
世間の口の端にはのぼらずとも、あれこれの淫乱な楽しみに
とっぷり耽っていたはずだ。
（三幕一三場一一六―一二〇行）

appetite（食欲＝性欲）が、ありとあらゆる満足を表現する語として繰り返し用いられる。饗宴と愛（より正確に言えば、性の営み）は、上に引用した一節におけるように、同じものとみなされている。

クレオパトラはしばしば食べ物に還元される——イノバーバスはアントニーのことを、「またエジプト料理を食べにいくつもりだ」と語る。クレオパトラ自身も、自分は若い頃は「帝王の食卓に出された御馳走」だったが、それは後年の自分に比べるとずっと青臭くて冷たい「サラダ（青二才）の時代」だった、と言う。(24)ポンピーはアントニーに「君のおいしいエジプト料理」（二幕六場六三―六五行）とあけすけに言い、その前にはエジプトがアントニーにとって「いくら食べても飽きない味つけ」になればよいと言う。

　明らかに、この劇には、性やアントニーとクレオパトラの性的関係に対する強い関心が底流として流れている。エジプト人とローマ人が性を異なるふうに語ることから、わかることがある。チャーミアンと占い師、クレオパトラと宦官は楽しそうで自然な話し方をする。イノバーバスは、アントニーに対して、アントニーについて、「死」について、雄馬と雌馬について、皮肉な口調で語る。そして他のローマ人たちは、憑かれたように性のことばかりを喋っているが、その話題になると己れの淫らで野卑なところをさらけだす。イメジャリにも性的な意味がこめられている。クレオパトラの「汗をかくほどの労働《レイバー》」は、出産＝重みを支える《ベアリング》ことやのしかかる重みのイメジャリと結びつき、(25)愛の営みにおいて女性が果たす役割を想起させる。この言語は一転、壮麗で多彩な馬のイメジャリと結び合い、不在のアントニーが馬に乗っているさまをクレオパトラが想像するところで絶頂に達する。「ああ幸せな馬、アントニーの重みを身に受けているとは」。そのような言語は、セクシュアリティを生の通常の営みの一部として捉えている。「甦り」や「実り」への言及をともなうナイル河のイメジャリは、生殖と創造が自然のサイクルの一部であることを示唆している。自然はセクシュアリティに再生産のイメージを与え、戦争は別の種類のイメージを与える。現実のものであれイメージとしてであれ、剣へのたえまない言及は、男らしさの概念を登場人物たちの意識の前景につねに留めておくことになるが、我々の意識の前景にもつねに留めておくことになる[26]。

とすれば、愛は欲望や衝動にすぎないと、ほのめかされているだけではないことになる。愛がそれだけのものだったら、この情事をめぐるローマの見解は正しく、クレオパトラはただの娼婦で、アントニーは「色事に飽きない」女狂いということになる。だが、女の生まれがいかに高貴でも、ただの淫婦にすぎなければ、いかに無限の多様性をもっていようと、男が同じ女を相手に「色事に飽きない」ままでいることなどできようか[27]。二人の振舞いには批判的でも、アントニーとクレオパトラに多くの点で忠実なイノバーバスは、彼女のなかに何かそれ以上のものを看取し、その「それ以上のもの」が何なのかを表現しようと試みる。意味深いことに、彼はここでも、食べ物という文脈で語っている――「ほかの女だったら相手の男を満足させれば／飽きられるが、彼女は満足させればさせるほど／さらに欲しがられる」。単なる情欲、熱烈な性愛、理想化された恋愛。二人の愛がいかに描写されようと、アントニーとクレオパトラが分かちもつ感情は、ローマの軍事組織という英雄的世界への挑戦となる。

この愛の奇跡（あるいはそれが何であれ）は、舞台の上で実演されることはない。まこと、ロミオとジュリエットやデズデモーナとオセローとは異なり、我々はアントニーとクレオパトラが二人きりでいるところを見ることはない。我々が見るのは、何かまったく異質なものだ。男と女が戯れ合い、言い争い、仲直りする。女は拗《す》ねて、怒ったふりをし、本当に怒り狂い、危険から遁走し、大いなる恥辱と危機にあってすら媚びを売る。アントニーとクレオパトラが愛について語るとき、そこには恥知らずとか淫らとか、そんなふうに形容できるものはほとんどない。ローマ人だけがそう言っているのである。愛という、この心を捉えて離さない主題をめぐるクレオパトラの語り口は、はっとするほどさわやかである――だが、この絢爛たる恋人たちのことを取り沙汰するローマ人たちは、そうではない。

かくも陳腐で、かくも卑しい混合物から、そのためには世界を失っても惜しくない女を創り出すのは、いかなる劇作家にとっても至難の技である。われらのシェイクスピアは、それを、単純至極で家庭的とすら言える手段でなし遂げる。彼のクレオパトラには、何よりもまず、年端もいかない娘のようなおてんばな楽しさがある。彼女は明らかに、一緒にいて面白い相手である。彼女は、何であれ一度は試みてみようとする。すばらしい想像力に恵まれ、言葉をすこぶる自在に操る。難局をうまく切り抜けようと努め、ときに成功することもある。我々は、クレオパトラの娼婦ぶりについて多くを聞かされ、アントニーが二度、否も応もなく、彼女のあとをぶざまに追っていくところを見る。我々は、彼がこの恋愛のさほど愉快ではない側面について語るのを聞く。すなわち、彼をアレクサンドリアに拘束している「エジプトの足枷」や彼の「色惚け」について、そして後に、ローマで彼がクレオパトラを恋しがるときには、クレオパトラとの「快楽」について。クレオパトラを取るに足らない女とみなす理由は多々ある——だが彼女の粗野なところ（アントニーの釣り糸に塩漬け魚を付けさせたときのような）を帳消しにするかのように、我々は、彼女が礼儀に背いても、悪ふざけがすぎても、愚かな中年女でも、それでもなお魅力的であると感じさせられる。クレオパトラは大地のようにどっしりしていて、地に足がついている(28)。彼女が突発的に噴出させるリアリズムが、恋人たちのロマンティックな言動や、己れの欲望のはけ口というアントニーの単純化された恋愛観やクレオパトラ観を、点々と穿《うが》っている。この女性は、何かそれ以上のものなのである。

ねえ、あなたと私は別れなければならない……

ねえ、あなたと私は愛し合ってきた……

（一幕三場八七―八八行）

アントニーを褒めようとして、シーザーを貶《けな》したことがあった……
その報いをいま受けたのだ。

（二幕五場一〇七―九行）

私が夢で見たような
そんな男がいた、あるいはいるかもしれないとあなたは思う？

（五幕二場九三―九四行）

アントニーは
酔っ払って登場することだろうし、私は
黄色い声の小童が売春婦まがいのクレオパトラを演じて
女王の威厳をおとしめるのを見ることになるだろう。

（五幕二場二一八―二二〇行）

彼女の皮肉な常識が、自らの芝居がかった振舞いを鋭く省みるとき、彼女はこよなく魅力的である。そのような自意識のもとで行動することはまれであるが、彼女にも、己れ自身を知り、自分が生きている政略でがんじがらめの危うい世界を認識する瞬間がある。チャーミアンが亡きクレオパトラを「比類ない乙女」と呼んだのは、実際的な現実の女という彼女のこの側面を偲《しの》んでのことである。年齢も、自堕落な生活も、出産も、明らかに、彼女を衰えさせることはできなかった。
　だが、アントニーとの最初の別れの場面において、あるいはアントニーが死に自分もまさに死のうとしているときにドラベラと交わす会話のなかで、クレオパトラの常識は、何かより偉大なものに高められている。

　　ねえ、あなたと私は別れなければならない、でもそんなことではない。
　　ねえ、あなたと私は愛し合ってきた、でもそれとも違う……

別れなければならないという事実ははっきりしている――だがその事実は、アントニーへのこの愛は法外なほど重要であり、彼との別れは自分をひどくちっぽけな存在にしてしまうだろうという気持がなぜ胸にこみあげてくるのか、その理由をクレオパトラに教えてはくれない。彼女の言葉は、彼に寄せる想いを「さらに」表現しようとすればするほど、脈絡がなくなっていく。

　　それはあなたもよくご存じのはず。何か言いたいことがあるのに――
　　ああ、この忘れっぽさといったらアントニーそっくりね。
　　すっかり忘れてしまったわ。
　　　　（一幕三場八九―九一行）

クレオパトラが後で言うように、アントニーの不在から生じる「時間の巨大な隙間」を、彼女は眠り過ごしてしまいたいのだ。彼がいないと、自分が自分自身によってすら想像上で「忘れられ」、それゆえ存在しなくなる。アントニーとクレオパトラはいずれも、アイデンティティを喪失した感覚について切々と感動的に語る。彼らの悲劇の一端は、アントニーは彼女といると己れが溶解してしまうかのように感じ、クレオパトラは彼がいないと己れが「無」になると感じることにある。

クレオパトラは、アントニーへの愛は完璧に性的なものであると明言している。だが、すでに論じられているように[29]、この強調は、淫らな行為や会話のなかではなく、夢想のなかでなされるのである。重要なのは、もちろん、性的征服と享楽に明け暮れる生活のなかで、アントニーとの関係が彼女にとって何よりも大切であると感じられることである。シーザーとの昔のつながりに触れられたくないということではない。シーザーとのつながりとアントニーとのつながりの質的な相違が、彼女にはわかっているということなのだ。もちろん、クレオパトラは、過去の男性関係という事実から目を逸らしたりはしない。アントニーに対していかに蓮っ葉で奔放に振舞おうと、彼のために尻軽女であることをやめたことが彼女にはわかっている。性愛は、彼女にとって、劇冒頭でアントニーがほのめかした彼にとっての性愛、すなわち単なる「快楽」以上の意味をもつ。それは（最終的な印象として）、性愛以上のものとなって、「文学の」見地からも心理的にも定義づけできないような種類の愛に変容する[30]。まこと、文学の見地からすれば、これら二人の恋人たちが互いを極度に求め合うさまは、慣習的な恋愛の言語と、あまりにもとも言えるほどよく響き合っている。『オセロー』においてと同様、この劇においても、まったく異なる文脈であるとはいえ、愛と戦争のペトラルカ風混淆が脱比喩化《アンメタファー》されて現実のものと化し、この将軍とこの女王の日常生活にとって避けがたいさまざまな状況のもとで実体化されている。だが、恋愛詩人と同様、二人もまた超越を目指している——二人のあいだに通い合う名状しがたい愛、冷めた傍観者の目にはいたく凡庸で野卑に見えても、それを経験している恋人たちにとっては言い知れぬほど輝かしく貴重な愛をいかに表現するかということを、目指しているのだ。二人の言語は、文学が掲げるなじみ深い目標を目指している。恋人たちの常套句である「新しい天、新しい地」を、二人だけが住むための宇宙へと変貌させようというのである。彼らの恋の狂気の二重奏《フォリ・ア・ドゥ》は、部分的には、言語のうえでなされている。二人の言語は、高められた経験を記すべく、そしてその経験を、陳腐であれ個別的なものであれ他の人々の解釈から解放すべく、操作されているのである。

クレオパトラの想像力は、とりわけこの仕事に注がれている。もし性が愛の現実で、想像力が愛の幻想であるとすれば、不在のアントニーをめぐるクレオパトラの台詞には、それら二つが融け合っている。彼女の想像力は、いまその瞬間の彼の姿をありありと描き出す。

　　あのかたは立っているのかしら、それとも座っているのかしら。
　歩いているのかしら、それとも馬に乗っているのかしら。
　　　　　　　　（一幕五場一九―二〇行）

すると性の記憶が湧き上がってきて、「ああ幸せな馬、アントニーの重みを身に受けているとは」という一行に結集する。愛の行為を経験した女性だからこそ実感できる重さのイメージは、彼女が霊廟へとアントニーの身体を引き上げていく、恐ろしい死の場面で絶頂に達する。

　　あなたはなんて重いのでしょう。
　悲しみで力がすっかりなくなってしまって、
　それでこんなに重く感じるのね。

（四幕一五場三二―三四行）

そこには現実がある。我々の目に触れることはないが、彼女が産んだアントニーの子供たちという現実が。ポンピーの下卑た言い方によれば、「エジプトの後家の膝」は現実にアントニーを抱えたことがあり、その感触を知っているのだ。最後に、クレオパトラは彼女の「世界の半分を背負っているお方」に、誰も担うことはできないほどの重みを賦与する。己れの恋人を、世間の理解を超えるほど、あるいは、ドラベラがそうであったように、受け容れることが不可能なほど巨大な人物へと変容させるのである。

Ⅳ

表現を拡張するこの習慣、言葉や文彩がふつうできる以上のことを言おうとするこの習慣に、恋人たちが互いにどう影響し合っているのかを知るなんらかの手がかりが潜んでいる。二人は、年齢は充実した生を送るための妨げにはならない、と互いに感じさせている。二人は、まだ生きているというのではなく、ふつう以上に生きていると互いに感じさせていて、その感覚は、いかにはかないものであれ、尋常ならざる経験をつんだ男女に不可思議な力を及ぼすことができるのである。二人の絆は、明らかに、二人がいままで経験したものとはまったく異なっている。クレオパトラにはこのことが劇冒頭からわかっていたし、アントニーもそれを理解するようになるさまを我々は目撃する[31]。クレオパトラが自分にとってどのような存在であるのかをアントニーに悟らせるのは、まさに、益にはなるが冷めているオクテイヴィアとの結婚である。アントニーとクレオパトラは、互いの目に等身大以上の姿で映っている。それゆえ、クレオパトラは、アントニーを偲ぶ偉大な台詞のなかで、誇張しながらも真実を語っているのだ。

アントニーという帝王がいた夢を見た。
ああもう一度あんなふうに眠りたい、もう一度
あのような人に会えるように……
そのかたの顔は大空のようだった、太陽と月が
そこにかかって、軌道をめぐり、この小さな丸い
地球を照らしていた……
そのかたの両脚は大海原を跨《また》ぎ、かかげられた腕は
世界の頂を飾る冠のようだった。そのかたの声は相調和し
天球の奏でる音楽のようであった。そう、親しい者に語りかけるときは。
だが威圧し、大地を震撼させようとするときは、
とどろく雷鳴になった。そのかたの恵みには、
冬はなく、収穫すればするほど実りがいや増す
秋だった。そのかたの楽しむさまは
海豚《いるか》さながら、水のなかに住みながら背中は水のうえにあり
快楽の海に没してしまうことはなかった。国王も領主も
あのかたのお仕着せを着て闊歩し、王国も島々も
あのかたのポケットからこぼれ落ちる銀貨のようなものだった。

（五幕二場七六—九二行）

そう、アントニーはついに、あの「新しい天、新しい地」と化したのである。それは冒頭の場面で、見つけるようにと彼がクレオパトラに語っていた、二人の愛にふさわしい領土である。小宇宙が大宇宙に取って替わる。ありふれた宇宙のメタファーが、膨らんで空間をあまねく満たし、五穀がつねに実っている秋や、己れの生来の棲みかを超越する海豚《いるか》という生き物のイメージのなかで、時間をも超越し、それにつれて、地球はこの男よりも小さくなる。(32) 規模の異なる世界を貫く照応のイメジャリ——どのような宇宙像であれ、宇宙。大宇宙と小宇宙。星辰と瞳——は、一六世紀や一七世紀の詩にはあまりにもありふれたもので、まったくの常套句でしかない。だから、ある面においては、クレオパトラはこの壮麗な台詞のなかで、もともとすでに誇張的な概念をさらに巨大に膨らませているにすぎないと言える。だが、これらの恋人たちに限って、通常の誇張法は、この特別な心理的・政治的状況に「即合《マッチ》する」ほどの特異な現実性をそなえている。このイメジャリのなかでは、より大きな世界が縮小してアントニーの身体（ふつうならば小宇宙とみなされる）に収まり、次いでアントニーの拡大された身体が、それがもともと擬せられていた大宇宙を包括し凌駕する。まこと、これこそ、恋人たちに起こることにほかならない。「世界」——この場合は、二人の支配下にある文明世界の半分ないしは三分の一——が、まさしく文字通り、人間という「小さな世界」のために棄てられるのだ。この劇では「身体」がきわめて重要であり、アントニーもクレオパトラも、互いの身体や愛における肉体的な感覚についてはっとするほど繊細に語るが、この台詞は、そうした肉体的な愛に文学的な正当化を与えている。この台詞は、誇張的なメタファーを用いながらも、有限で、個別的で、盛りをすぎた肉体が、これらの恋人たちにとっていかに重要であるかを明示することによって、その文学的内容を脱比喩化《アンメタファー》している。

クレオパトラは幻想にいつまでも浸ってはいない。彼女はドラベラに、いかにも彼女らしい実際的な口調で次のように訊ねる。

私が夢で見たような
そんな男がいた、あるいはいるかもしれないとあなたは思う?

（五幕二場九三―九四行）

その問いかけに、ローマ人のドラベラはただ、「いいえ、女王」としか答えられない――その返答に刺激されて、クレオパトラはイメジャリをさらに壮大に膨らませ、アントニーという驚異に匹敵するものを自然はけっして提供することはできない、と語る。先によぎった一瞬のリアリズムは、ここでは、つねとは異なり、誇張表現の価値を重ねて主張するきっかけとなる。誇張表現が「真実」となり――さらには、その誇張的な言語ですら、生の限界を超えようとする恋人たちの激烈な感情には「十分」ではない。劇中では、二人はつねに、ただの人間以上のもの、三頭政治家と女王以上のものとして言及される。クレオパトラはヴィーナスを描いた最も美しい絵よりもさらに美しかった、と我々は耳にする。芸術は彼女を表現することはできないし、同様に、自然の事物はアントニーを表現することはできない。アントニーを讃えるとき、クレオパトラは彼の男らしさをかならず強調する――「男のなかの男たるあなた」とクレオパトラは言い、当然ながら彼女にはそのことがわかっている――だが、彼にそなわっていると彼女が言う男らしさは、死すべき運命にあるふつうの人間が望んで叶うものではない。アントニーの恵みは尽きることがなく――それは、彼がイノバーバスをいかに処遇したかを見てもわかる――、その喜びは無限である。彼の帝国は、蕩尽してもなおあまりある溢れんばかりの権勢を誇っている――「あのかたのポケットからこぼれ落ちる銀貨のようなものだった」。その豪奢なさまを、マーク・アントニーがいかに帝国を分配したかをシーザーが入念に数えあげる三幕六場の場面と比べてみるがよい。シーザーにとって、マーク・アントニーがばらまいたこれらの政治的なものはただの「銀貨」ではなく、ローマのために何があっても死守すべきローマの海外領土なのである。

クレオパトラの想像力は、アントニーの恵み深さと同じくらい豊かである。彼女の言語は彼女の住処と同じくらい肥沃であり、また彼女には、批判者と称讃者がともに指摘するように、すこぶる芝居がかったところがある。クレオパトラはシドナス河で自らを演出する。アントニーに対して死んだふりをする。自らの死を劇的場面に仕立てる。場、幕、舞台という演劇用語を用いて話し、またそのように語られもする。彼女は衝動的で気まぐれな女であり、さまざまな観客を前にしてその役回りを演じてみせる。ドラベラ、シーザー、アントニー、そして慣れ親しんだ侍女たちにすら演戯してみせるのだ。演戯する習慣は、彼女が最後にシーザーの裏をかくと決めたとき大いに役立つ。この劇は、マルクスの有名な寸言、「一度目は悲劇として、二度目は茶番として」を逆さまにして、二度目には悲劇になるものを、まずは茶番《ファルス》として演じるのだ。クレオパトラは死んだふりをする――戯れに。だがそのためにアントニーは恐ろしい結末を迎える――そして、ついに彼女は本物の死を遂げる。死の主題は、劇全体に鳴り響いている――恋人たちは、危機が訪れるずっと前から、自分たちの選択が大きな犠牲をともなうことを承知している。イノバーバスは、行かなければならない、とアントニーが彼に告げる最初の場面で、性交の隠語である「死（death）」をめぐる言葉遊びをする。彼の冷笑的態度《シニシズム》は、クレオパトラが病気や死を装うさまを見る観客にとっては、正しい反応であると見える。彼女の媚態は、宮廷という日常的な生活領域にとどまっているかぎりは魅力的であるが、戦場では命取りになる。マーク・アントニーが、自分の命を奪うことになるような嘘をついたとクレオパトラを一言も責めないのは注目に値する。それどころか、「死んで花婿になろう、花嫁の寝床に急ぐかのように／死に向かって駆けていこう」と約束する。彼女も愛と死を同じものとみなしている。「死の一撃は恋人につねられるようなもの／痛いけれども、嬉しいもの」。クレオパトラはマーク・アントニーとふたたび結ばれるために、彼の妻として死ぬ――「夫よ、いま行きます」。二人が生きているかぎり、ローマの世界では絶対に起こりえない単純な社会的行為（結婚）の意味を当然のこととして受け容れながら、彼女は死ぬ。簡潔至極に言うならば、「死」という語は、劇中で生起する出来事によってしだいに高貴さを帯びてくる――だが、その前にまず、その語のいかがわしい含蓄がすべて、我々の眼前にさらけだされねばならない。

すなわち、この劇は、自らの理想像を生きるようになるのである。ファイローの粗野が恋人たちの氾濫する言葉に押し流され、卑俗なものに高貴な一面があることが繰り返し示されるにつれて、ギリシア神話の醜悪な怪物ゴルゴンがまこと軍神マルスと化すのである。劇作家は、恋人たちの不快さ、軽薄さ、ときおり見せる残酷さすら如実に描き出している。あるいは、愛さずにはいられないという衝動や、その愛の文字通りの極端さを二人に認めさせ、あらわにさせている。だからこそ、その愛の特異な力が、過激な行為や度を越した言語によって裏づけられるようになってくるのだ。誇張表現が現実と化すのを目の当たりにするにつれて、我々は、はじめから等身大以上のものであった感情が成熟し、自らが創造した空間を支配し、互いの真価を敬い合うことを土台にしているのがわかってくる。この不完全な人間の愛の素朴さ、ひたむきさ、激しさは、恋人たちの政略や二枚舌、現実世界にはつきものの欺瞞にもかかわらず壮麗であり、ローマの権力追求の勝利をはるかに凌ぐ、より困難で偉大な業のように見えてくる。

そしてこれから述べるように、このことには、それを裏づける理論的先例がある。ロンギノスによる、アントニーや彼の知人たちが用いた文体の擁護である。それは寛大さ、度量の大きさ、雅量を表現するよう意図された文体、ロンギノスによれば「気高い心をありのままに響かせる文体」[33]である。シェイクスピアは、いかなる文体であれ、文化によって構造化され構築されている部分――ここではローマとエジプトの、別のところではナヴァールの――をなおざりにすることはない。だがこの劇において、彼の関心は、文化的母胎《マトリックス》の内部における個人的文体の重要性、ロンギノスが「メガロプロシュネー（μεγαλοφροσύνη 精神の偉大さ）」と呼ぶものに向けられている。我々は、ファイローの冒頭の台詞から、アントニーが偉大になりうることを知り、イノバーバスやクレオパトラへの処遇から、恐ろしい喪失にも動じない雅量をそなえた人間であることを理解するが、彼はなお、己れの魂の高貴さと天翔ける言葉にふさわしく生きることを学ばねばならない。男性の名誉と生命をもてあそぶ悪戯でおてんばな女王から、己れの誇張表現が軽んじていると見える道徳的能力をもつ女性に成長しなければならない。

それはずいぶん大きな賭である――神や女神の役割すら演じるほど仰々しく大げさに演戯していたのをやめて、男は、そして女は、いかにして主人公として死ぬのか、あるいは死ねるのか。恋人たちのまなざしは、はじめから高みへと据えられていた。二人が手本として選んだのは、ローマ神話に登場する超人的存在だった――劇冒頭の台詞において、アントニーはマルスに、クレオパトラはまぎれもなく、ヴィーナスに喩えられている。[34] 二人はその原型的な一対の男女の役割を生あるかぎり演じきり、神であるヴィーナスとマルスのように嘲られさえする〔ヴィーナスの夫ウルカヌスの網に捉えられた二人は神々の晒し者にされる〕。クレオパトラは愛の女神のいでたちをし、ローマのヴィーナスとエジプトのイシスの役割をともに演じた。彼女はアントニーに対する、そしてひいてはローマに対する己れの最大の政治的勝利を、シーザーが憤然として報告するように、「イシス女神の衣装」をまとって祝った。イシスは月の女神でもあり、その変化に富むさまは、女性心理を反映するものとして劇中でさかんに利用されている。プルタルコスが別のところで述べているように、彼女の「衣装」は多彩な色をもち、彼女が全自然と関わっていることを示している――闇にも光にも、水にも火にも、死にも生にも、始めにも終わりにも。そうした外衣は、クレオパトラにことのほかふさわしい。それは、ありとあらゆる物質を象徴し、「多様な側面を次々と覗かせて、それらがさまざまに変化する姿を観察する機会を与える」[35]。クレオパトラは、ヴィーナスであれイシスであれ、そのどちらかで「ある」には、あまりにもうつろいやすく不完全な人間の女であるが、その両方の役を演じる。これらの女神を装うことによって、マルスやヘラクレスがそなえている意味をアントニーがときに身に帯びることがあるように[36]、女神たちの属性を彼女はときにわがものにすることがある。付言するなら、この恋人たちは、そのような解釈をするには、あまりにも互いに没入しすぎている。彼らを神のごときものとする天性の資質が何であれ、アントニーとクレオパトラは、互いにとっても世間にとっても、ただの男と女なのだ[37]。

　クレオパトラがアントニーを最も尊ぶのは、一人の男としてである。だが彼女は、象徴的に、そしてまた現実に、彼を非男性化する。ヘラクレスを女装させたオムパレーのように、クレオパトラがアントニーに自分の衣装を着せたと我々は耳にする[38]。アントニーの悲劇の一端は、完璧な男らしさから何かそれ以下のものに彼が転落していくことにある。だがこの劇においては、ローマ的な男らしさの観念から発現するさまざまな事実が繰り返し吟味され、不完全であるとされ、とりわけアントニーがまさに潤沢に見せつける資質、すなわち寛仁の徳において欠けているとされる。アントニーは物惜しみしない放蕩児であるが、つねに心の広い人物であった。度量の広さこそが、いかなる意味においても、彼本来の資質である。敗北を喫したとき、彼は自分の財産を兵士たちに与える。彼の寛容さは、寝返ったイノバーバスを恥じ入らせ死に追いやる。アントニーの天性の偉大な性格に比べると、オクテイヴィアスは生彩を欠く。アントニーに匹敵するほどの雅量を示した人物は、ローマには一人もいない。ローマ人であることが、オクテイヴィアスのごとく狭量で計算高く、ポンピーのごとく野卑で、イノバーバスのごとく分裂しているということであるならば、アントニーはたしかにより優れたほうを選んだのだ。その冷厳な事実を、我々は繰り返し突きつけられる。アントニーの死を、オクテイヴィアスは美しく語る。

あれほどまでに偉大なものが毀れるときは、もっと大きな
響きをたてるものだ。丸い地球がぐらぐらと揺れて
獅子を街路に放ち、かわりに市民たちを、
獅子のねぐらに追いやっていたはずなのだ。アントニーの死は
人一人の災厄ではない。その名前には
世界の半分がかかっていた。
（五幕一場一四—一九行）

シーザーは、まことに美しい言葉で、同僚でもあり敵でもあった死者を讃える——が、いかにも彼らしく、相手の価値を「世界の半分」と計算せずにはいられない(39)。その誰もが欲しがる世界の半分《ドウミ・》＝娼婦《モンド》の世界は、ついに彼の手におちた。清算はすみ、世界はシーザーがあまねく統治することになった。「小僧」だった男は、クレオパトラの命名によれば、「世界の唯一人のお殿様」になったのである。

亡くなった「帝国の共同統治者」の喪をそそくさとすませると、彼はふたたび世界を運営する仕事に戻り、将来への布石を打つ。そのような男にとって、あの放蕩者のいい年をした無頼漢はなんとも心惹かれる存在である。なにしろ彼は、「どれほどと測れるような愛は卑しい愛だ」と本気で断言できる男であり、世界の半分（あるいは三分の一）を、己れ以上に大切な何か――それがいかに不完全なものであっても――のために賭けて失うことができる男なのだから。

というのもアントニーは、ローマ人たちが証言しているように、標準的なローマ人ではないのである。男たちは、彼の性格と行動の偉大さ、美徳も悪徳もともに極めていることについて語る。男たちは、そのような資質を尊んで行動する。彼は兵士たちに愛されている。彼の従者は主人を刺すのを厭って自刃する。イノバーバスは彼を裏切ったために死ぬ。ファイローは彼について、誇張的な言葉でしか語ることができない。シーザーもレピダスもそれは同じで、言葉遣いがどうしても大仰になってしまう。あらゆる人の心のなかで、この男は、ふつうの人間の次元を超えて誇大化され膨らまされている。先祖のヘラクレスのように、アントニーは、ほかの誰にもできないことを、ほかの誰にもできないほど大がかりにやってのける。このように感じるのはクレオパトラばかりではなく、彼を知る誰もがそう感じている。このアントニーの姿を、クレオパトラに二度騙された男、シーザーの使者を鞭打たせた男、宴を張り、冗談を言い、クレオパトラと同衾している男と比べてみると、シェイクスピアが己れに課した課題の大きさがわかる――それに我々は、そうした誇張表現のいくつかは、ただの大言壮語ではないかと疑わざるをえない。だがアントニーは、クレオパトラによって己れの想像力に火がつくと、武勇において偉大な業ができる。彼は東方世界をくまなく征服し、諸国を（ローマに伺いをたてないで）クレオパトラとその子供たちのあいだで再分配した。彼女が彼を武装させると、不利な戦にもかかわらずローマ人を打ち負かし、戻って彼女にその日の「戦果」を報告する。死に臨んで、ふつうの人間ならば責めたてているところを、極楽浄土に心を馳せ、二人でアエネアスとディドを凌いでやろうと言う。接吻を受けて死ぬ。クレオパトラに身の安全をはかるようにと警告し、偉大な恋人としての最期にふさわしく、跡形もなく消えうせている。己れの命は惜しみなく捨てても、彼女への激しい怒りも、偽りの伝言への非難も、彼女の命に対しては寛大であったのだ。それはまさしく、誇張的な文体と即合《マッチ》する身振りであり、ロンギノスが絶賛した振舞いである。それは、作用すべき領域である舞台をはみだすほどの想像力をそなえた、己れの限界を超えようとする男の身振りである。アントニーにとって、二人は「比類ない人間」である。クレオパトラはこう述懐する。

私たちの唇にも、そして眼にも永遠があった、
眉の弓は至福をたたえていた。身体のどの部分であれ、
天上の純粋さがあまねく宿っていた。
（一幕三場三五―三七行）

クレオパトラにとって、アントニーはついに、真にヘラクレス的な人物、「世界の半分を背負っているお方」、「両脚は大海原を跨《また》ぐ」巨人となったのである。彼は、帝国のアーチそのものよりも広大なもの、彼女の世界そのものになる。彼にとって、クレオパトラはヴィーナスにもイシスにもなることができ、老いを知らず、限りなく欲望をそそり、不滅で、人間以上の存在で「ある」ことができる。二人は、互いの目に映った己れの姿から己れの背丈を測っている。己れ自身や互いについて二人が抱いている観念は、非現実的で、軽薄で、うぬぼれていて、自己欺瞞的であるが、そこには容易には説

明のつかないもの、愛し合う男女が互いに与え合うことのできる独特な幸福感と力の感覚が映し出されている。だから二人のぎこちない駆け引き、おおっぴらに愛し合い、口論し、いちゃつき、酒を飲み、嘲るさまも、戯言や大言壮語から真の誇張表現へと、いまだ表現されたことがないものを表現しようとつねに張りつめている言語へと、ともかくも変化していくのである。理想的な恋人同士であるどころか、アントニーとクレオパトラは、二人の愛を表現するために、慣習的な誇張法によらない新しい誇張表現を、新しい形式の誇張表現を考案し創造する言語を求める。言語そのものに、彼らの愛の飽くことない貪欲さを読むことができる。あたかも言語までもが、満足させればさせるほどさらに欲しがられるかのようである。何ひとつとして、法外きわまりない比喩表現ですら、二人にとって十分ではないのである。

アントニーとクレオパトラが用いる言語、他の人々が二人について用いる言語は、上下の両極から引き伸ばされ、二人の身振りの崇高さと低俗さを実寸よりもさらに大きく表現する。興味深いことに、アントニーとクレオパトラが他の人々の想像力を虜にしてやまないのは、そのカリスマ的な存在によるばかりではない。その偉大な特質は、ほとんどの場合、二人がいないときに讃えられ、描写され、言及され、批判される。この二人は、世間の注目の的であり、人々は非難しているときでさえ魅惑されているのである。二人は世間を熱心な観客にして、己れ自身でこしらえた劇を演じる。だが彼らは、本当はその観客のために演戯しているのではない。彼らの想像上の演戯は互いのためだけのものであり、互いのことしか見ていないので、その見世物をたまたま誰が見ていようが関知しない。もちろんローマ人たちは、二人を眺めずにはいられない。表立っての非難の裏に、おびただしい、惜しみない、過剰な方法でものごとを行うこの非ローマ的なライフ・スタイルに、ローマ人が魅惑されているのがうかがえる。二人の余りある豊かさは冬を知らず、アントニーの言葉によれば、つねに「実り」のなかにある。

V

熟れること、熟れすぎること。たしかにそれは肥沃さのイメージである。とりわけナイル河のイメジャリは、生命を与えること、豊饒、創造、そしてそれらの美質とともに、腐敗や腐っていくことも強調している。行為は人を腐敗させる。行為しないこともまた同じである。有名な「浮き草（vagabond flag）」の一節において、シーザーが気まぐれなローマの民衆に用いたイメージは、ある種の腐敗の例を示している。アントニーの無為に、我々は別の種類の腐敗を見る。浮き草は水の流れにかき消えてしまう。「溶解した」という意味を表す"solutus"はアジア様式を非難するときに用いられた語のひとつであり、（チャーニーが指摘するように）この劇は溶解や融化のイメージで溢れている。[40]我々は、状況が溶けたり固まったりするのを見る――クレオパトラとの情事、オクテイヴィアとの結婚。アントニーは、こちらを選んだかと思えばまたあちらと、ローマの絆とエジプトの快楽とのあいだを揺れ動く。潮は、アクティウムの海戦では文字通りに、陸にあっては比喩的に、彼には不利に流れている。溶解を表す水のイメージがこのようなかたちで具現化されるのは意外ではない。というのも、このメタファーは劇が進むにつれて強力になり、アントニーが、己れ自身について語った偉大な台詞のなかで、自分は無定形で輪郭を失ってしまったと述懐するところで頂点に達するからだ。溶解のメタファーは、劇全体をつうじて、公然と用いられている――アントニーは冒頭で「ローマなどタイバー河に溶けてしまえばよい」と叫び、最期が近いころ「権威が俺から融けうせる」と口にする。クレオパトラもこのイメージを用いて、「エジプトもナイル河に溶けるがよい」と語る。もし一度でも不貞を働いたということなら、「わが命よ、溶けてしまえ」と彼女は言う。二人とも、シェイクスピアの造語である“discandy”（溶ける）を、クレオパトラは愛を誇張的に主張する台詞で、アントニーは己れの権威が失われていくという文脈のなかで用いている。

俺の後をスパニエル犬のようにつきまとい
欲しいものは何でももらっていた連中が
溶けては、その甘いへつらいの滴《しずく》をいま花盛りのシーザーに
たらたらと垂らしている。
（四幕一二場二〇―二三行）

溶解のイメージが出現する台詞のなかで最も重要なものは、アントニーが己れ自身を雲に喩えて語る台詞である。そこでは、さまざまな姿をしたものがひっきりなしに現れては消え、ふたたび形をなしたかと思うと「ちぎれ雲でその輪郭がぼやけて、わからなくなってしまう／水と水が溶け合うように」。彼がローマ人としての英姿を取り戻し、「ローマ人である己れが、ローマ人である己が手によって／天晴れな最期をとげるのだ」と言って死ぬと、クレオパトラは彼についてこう語る。私をひしひしと包みこむ虚無を残して「世界の王冠が溶けてしまった」、と。チャーミアンはクレオパトラの死を悼んで、宇宙よ溶解してしまえと訴える。「厚い雲よ、溶けて雨となって降り注いでおくれ／神々も涙していると言えるように」（五幕二場二九八―九九行）。
奇妙なことに、アジア様式を非難するさいきまって用いられる他の語も選び出され、この劇の強力なイメジャリのなかで、めざましい展開を見せている。“enervis”（軟弱な）は、そのような語のひと

つである——アントニーとクレオパトラは互いの自堕落をなじり合い（一幕二場一一三—一四行、一二七行、三幕一三場九〇—九二行）、アントニーは「怠慢」であったと己れを責める（三幕七場二七行）。女々しさという概念は、怠惰という概念と関係があり、イノバーバスのアントニーに対する最後の台詞のなかでは、溶解とはっきり結びついている。イノバーバスは泣き（「私まで、愚かにも目が潤んできた」）、話をやめるようアントニーに頼む——「頼むから／私たちを女に変えないでください」（四幕二場三五—三六行）。イメジャリのなかで作用している別の語として、「空虚な」という意味の“inanis”がある。「空虚」は官能性と結びつけられるか（一幕四場二六行）、イノバーバスがクレオパトラを讃美しようと試みる台詞のなかに現れる（二幕二場二一六行）。そのような語のなかで、劇中でとびぬけて重要なものとして用いられているのが、拡大し膨張するというイメジャリであり実践である。アジア様式は“inflatus”（誇張された、膨らまされた）であるとされていた。クレオパトラがアントニー像をつねに膨らませるさまや、アントニーの偉大さをドラベラに朗々と語るうちに、ついにはいつもの誇張表現癖を上回るさまを我々は見てきた。この劇の言語には、膨張に関するものも多く見られる。性的なものやその他さまざまなものに関するこの劇の含意がたっぷり幾重にも撚《よ》り合わされているファイローの冒頭の台詞において、アントニーは「ふいごとなり、団扇《うちわ》となって／ジプシー女の情欲を冷ましている」と言及される。まずもって、ふいごは膨らませるものであり、団扇は冷ますものである。だがここでは、その両方が膨らませることもできれば、冷ますこともできるのである。船上のクレオパトラは、あおりたてもすれば冷ましもする魔法の扇をもっているように見える。「風は／冷ましたばかりの頬をほんのりと輝かせる」（二幕二場二〇三—五行）。息を切らしているときも、クレオパトラは魅惑する力を放散する。イノバーバスが聴衆に請け合うように、彼女にあっては欠点もこのうえない美点となる。とすれば、アントニーとクレオパトラは互いを「膨らませて」いることになる

――より優美な言い方をするなら、二人は互いに霊感を与え合っているのである。アジア様式への反対論を唱えたアッティカ様式支持者たちにとって、そのような「膨張」は、ありのままの自然に背いており事実をゆがめて提示するので、よくないものであった。まこと、アントニーとクレオパトラは己れ自身について、また互いについて、誤った印象を抱いていたり創り出していたりしていたかもしれない。だが彼らは何か別のこと、何かきわめて尊く、きわめて詩的なことを試みていたのである。等身大よりも大きいという己れ自身の確信と感覚を言葉にしようと試みること――するとそこには、ありきたりの人間が用いる表現様式よりもさらに広大な様式が求められる。定義しえない「それ以上のもの」を目指して、つねにいっぱいに拡がっていこうとする文体をつうじて、これらの人物たちの果てしない渇望を理解することができる。だが、それだけではない。この劇はさらに、こよなく高揚した台詞をつうじて、濃厚な文体の価値のみならず、その文体がふさわしいものとして求める生き方の価値をも吟味する。この劇は、豊かさと成熟に関する研究であり、必然的に、熟れすぎることの研究ともなり、腐敗することの研究ですらある。だがどうか、後者の二つの特質は無価値であり、そんな話し方をする者たちは誇大妄想狂で己れを欺いている輩《やから》でしかないと教訓口調で断じるのは、やめていただきたい。まこと、この劇から現れてくるのは何かまったく別なもの、そうした生き方が危険をはらんでいることを承知のうえで、その価値を肯定することなのである。

劇を精査していくにつれて、いくつかのことがより明確になってくる。アントニーは、はじめは誇張的で大仰に話す。彼の率直な心情が皮肉な自己批判とないまぜになって語られるようになるのは、ファルヴィアの死まで待たねばならない。アントニーの大言壮語をさえぎり、誇張した物言いの誠実さを疑うのはクレオパトラである（「みごとな嘘だこと」、「使者たちにお会いなさい」）。彼を嘲りながらも、彼女は彼に惚れぬいている。クレオパトラも、アントニーに劣らず己れの恋情に左右される。

二人はともに、クレオパトラは使者に対して、アントニーは彼女の想像上のあるいは現実の裏切りに対して、われを忘れて激怒する。そこでは言語と身振りの両方に誇張法が作用している。第三幕までには、恋人たちのアイデンティティを明らかにするようなことが起こり始める。劇冒頭でアントニーが用いた誇張的な文体が、いまや、クレオパトラの口から発せられるようになるのである。

ああ、もしそうならば、
私の冷たい心臓から、天よ、雹《ひょう》を作り、
そのおおもとを毒で汚して、その最初の礫《つぶて》を
私の頭上に降らすがよい。それが溶ければ
私の命も溶けるように。次の礫はシーザリオンを打ち
そうしてだんだんと私の胎《はら》を痛めた子供たちを斃し、
わがすばらしきエジプト人たちすべてを道連れにし、
この雹の嵐が溶け失せるとともに、
死体は野晒《ざら》しになり、ナイルの蠅や蚋《ぶよ》に食いつくされて
その餌食となるがよい。

（三幕一三場一五八―一六七行）

「わかった、もうよせ」と答えるのは、今度はアントニーのほうである。己れ自身がその一部であると感じている「歴史《クロニクル》」に身を委ねるにあたって、そう保証してもらうことを彼は明らかに求めていた。劇のはじめのころ、アントニーとクレオパトラの誇張表現は互いに関連していなかった。二人の

結びつきが強まるにつれて、彼らの発話スタイルはたがいに歩みよってくる。これらの恋人たちは多くの点において気質的に似たところがあり、互いにとって意味ある存在であることが己れの生においてますます意識され、強い動機づけになるにつれて、二人はさらに似通ってくる。第三幕において、命運をふたたびともにしようとするときに二人が語る最も誇張的な愛の台詞は、絆の深まりを示しており、二人がしばしば激しく誤解し合うがゆえに、いっそう痛切に響いてくる。

このように、二人がかくも堂々と、かくも壮麗に、かくも率直に張喩で語るのは、アントニーとクレオパトラの性質に由来している。二人は、言語のなかに「己れ自身」のありのままの姿を表現することにおいては、つまるところ、アッティカ様式の（あるいは「キケロの」）掟をある一面では遵守している——とすれば、彼らの文体は二人の真情そのままに誇張的にならざるをえない、ということになる。だがそれは、アッティカ様式の掟によれば、このような意味にもなる。二人の文体は定めない卑しい性格とこそ即合《マッチ》しており、空威張とわめき声の奥には、ただの大仰な安っぽさ、借り物の感情、汚れた意図しかないのであると。ロンギノスは、高揚した文体が大言壮語にいかに近いかを十分に心得ていた。シェイクスピアはあたかも、この劇において、ロンギノスの問題を十分に検討し、崇高さへの希求が人間にとってどこまで可能かを人間の行為や言葉に照らして検証しているとも見える。

アントニーの誇張癖は、彼の行為が、壮大な文体のふさわしさや高潔をしだいに証していくにつれて、彼の性質の根源的な偉大さへと近づき響き合うようになる。クレオパトラの豪奢な美を表現するために、イノバーバスが——実際のところはプルタルコスが——誇張法を採用したことは、膨らまされた誇大な文体が適用されたときの「現実」について多くのことを教えてくれる。イノバーバスが口にすると、物事は等身大の姿のまま見えてくる。彼は〈ピン〉と〈ポン〉、ローマとエジプトの区別ができる人間である。イノバーバスは、良かれ悪しかれ、ローマ人であり、ローマ人として語り、ローマ人として行動する。にもかかわらず、クレオパトラについての偉大な台詞はこの男に与えられる。語っていくにつれて、そしてまた、彼女の魅力に触れたことがない人間に彼女がどんな女性かを理解させることの難しさを実感するにつれて、彼の用いる文彩はどんどん大がかりになってくる。イノバーバスも、その主人のように、生きているときはローマとエジプトのあいだを揺れ動くが、エジプトを棄ててローマを選ぶかのように見える。死に臨んで、彼はいずれの場所も選ぶことなく、人間を選ぶ。二つの象徴的な場所の双方に関わり、彼にとってはそのどちらも超越している人間を選ぶのである。イノバーバスは、最終的にマーク・アントニーとの関係において自己定義し、己れが裏切った主人の名を呼びながら死んでいく。誇張表現、大言壮語、仰々しい言葉、度量の広さが、イノバーバスのような男を強い力で惹きつけたことを考えると、アントニーがクレオパトラを惹きつける力がいかに絶大であるかがわかる——また、アントニーが偉大であるがゆえに、彼女が彼を惹きつける力の大きさも理解できる。二人の恋人たちは、互いを、そして己れ自身を是認し合う——それはいかにもありそうなことだ。だがイノバーバスは、つねの文体や振舞いから逸脱し、己れの意に反して、二人に外部からお墨つきを与えるのである。

クレオパトラを讃えるあの名台詞《セット・スピーチ》において、イノバーバスは、彼女の魅力を証するために自然界の奇跡に訴えた。

　　　　アントニーはただひとり
ぽつねんと広場に坐り、空にむかって口笛を吹いていた。
その空気すら、真空を作ることが許されるなら、
クレオパトラを見物しに出かけて、

自然界に穴をあけたことだろう。

（二幕二場二一四―一八行）

だが、比喩表現においてすら、この奇跡は起こりえない。自然界に穴はあいていないし、この劇でも穴はあかない。アントニーとクレオパトラが、存在のにぎやかさや一緒にいるときの喧騒で空間をいっぱいに満たしている。そのメタファーをさらに拡張してみよう。この劇の主要なスタイルは、空しさとは無縁である。もちろん、二人の主要人物の性格にはあからさまに虚飾が見受けられる。二人は身勝手で放恣である――だが、自己満足はしていない。二人はつねにいま以上のものを求めて、互いに希望をかける。二人は互いを、また自らを批判する。アジア様式にのっとり、溶解、誇大、大仰、無気力、緩慢、女々しさ、怠惰にいかに明け暮れようと、人生において二人が腐敗することはない。二人は満足すればするほどさらに欲しがる。その欲望は、二人が死ぬ瞬間ですら、つねに新鮮なまま飽くことがない。最終的に、二人の欲望は、特別な種類の愛、ロマンティックになることはめったにないが、性的経験を分かち合うことにしっかりと根ざしているような種類の愛として理解できる。死ぬときに互いのことだけ考えていられるのは、そのような愛なのである。

アントニーとクレオパトラは、無為に過ごしているときですら世界を震撼させる。公人が私的な楽しみを享受できないことに、(41) おそらくは彼らの悲劇の一端があるだろう（もっともこれは、ルネサンス的な意味での悲劇ではないが）。高みに憧れる気質であれ歴史的状況であれ、今風に言えば、彼らの抱えている問題には何の解決もない。二人は互いを必要としているのに、まわりの世界の現実によって、人生をともに平穏に過ごすことはできない。だが、これとは別の結末をあれこれ想像してみよう。アントニーがオクテイヴィアと二人のあいだにできた娘たち（プルタルコスには言及があるが、この劇では省かれている)と暮らすためにローマに戻ったとしたら如何。シーザーとの政治闘争は、まず必ずや頂点に達するだろう。アントニーがそうしなくても、シーザーが喧嘩の種を見つけてくるにきまっているからだ。クレオパトラが、東方の諸王やローマの大使たちと浮き名を流す生活に逆戻りしたとしたら如何。ただの退屈しのぎに政治をかき回してやろうという気持を、彼女は抑えることができただろうか。あるいは、さらに考えを巡らせると、アントニーは、自分と同じくらい極端なクレオパトラ観を抱いている——といっても正反対に極端であるわけだが——ローマ人のあいだで暮らしていくことなどできるのだろうか。レピダスの愚かさ、オクテイヴィアスの計算高さ、ミーナスや他の者たちの卑猥さ、自分たちの想像を超えるような個人的経験を卑しめるのに熱心な連中に我慢できるのだろうか。性格は「運命」の一因となる——シーザーとはしまいには雌雄を決せざるをえなかっただろうし、アントニーは、クレオパトラを選んだという充足感がないまま、あるいは、己れの人生がそれまでの艱難辛苦に報いてくれたという確信のうちに、己れが最後にこうむった恥辱も愛の最後の壮大な身振りによって解消されるという確信のうちに極楽浄土に安らかに赴かせてくれる、死に臨んでの英雄的身振り——それがたとえ自己欺瞞にすぎなくとも——のないまま、最期を迎えることになっただろう。

これは、要約することも範疇化することも定義することもできない愛の両面価値的な概念にもとづく、不可思議な劇である。我々はこの劇から、飽くことない欲望が存在しうること、優柔不断は腐敗を生み、ある領域での報償は別の領域では処罰の対象になることを学ぶ。クレオパトラの扇はそれが冷ましているものをほてらせ、しなかった(undid)ことが、した(did)ことになるのである。クレオパトラも同じである。彼女はアントニーを破滅(undid)させたが、彼を自分の望むような姿に、というよりは——まことと、彼女はそれには失敗した——彼が自分でそうありたいと望むような姿にしつらえた。この劇から全般的な結論を得るとすれば、それは、男と女の激烈な結びつきは他のすべてを正当化する、怠慢、無為、背信、生命と名誉の浪費すべてを正当化する、ということではありえない。この劇が、あるものと別なものを果てしなく天秤にかけ、大言壮語と崇高さとのあいだを延々と揺れ動き、欠点によって美徳を、美徳によって悪徳をたえず修正していくさまを見ると、シェイクスピアは、まぎれもなく、そうではないということを我々に示している。だが、すべてを考え合わせると、明らかなのは、いかなる源からであれ、人間を高めることができる経験はそうでない経験よりも優れていると判断されていることである。己れを高められる人間のほうが、狭量すぎて己れをそのように拡げていくことができない人間よりも、優れているとされるのである。アントニーとクレオパトラの愛は、いかなる但し書きが付されても、欠点すべてが認知され宣言され見せつけられても、なお肯定されており、娼婦とそのお抱え道化は、想像力豊かな武人と芝居がかった女王へと成長する。二人が過剰な人間であることは疑いないが、その過剰な言動の数々は、劇中の話し手たちと、それらが舞台のうえで実演されるのを見ている観客によって吟味され、考察され、再評価される。そうした過剰性のなかにこそ生そのものが宿るのだと、我々は学ぶ。それはいまにも腐敗しそうであり、恋人たちを腐敗させたと見えることもときにはあるが、彼らの生のスタイルは彼らの生を肯定する——たとえその過程で死が訪れても。

　まこと、我々は、死のなかにこそ生の価値を見る。アントニーはローマ人として死ぬのだと言うが、イアロスに先を越され、死のうと思って死に切れずにいたのだから、死に損なっているわけである。アントニーをクレオパトラの霊廟という「高みへと引き上げること」[42]がいかに意味深いことであろうと、それがぶざまな出来事であることに変わりはない。女王が霊廟の扉を開けられなかったのは、まさに最悪の瞬間に彼女の性格の最も弱い面を浮彫りにすることになった。瀕死のアントニーは、そのあいだ大言壮語すれすれの物言いをし、彼がローマの流儀で潔く死ねなかったのは、エジプトが押した烙印のひとつだと我々は思うかもしれない。

だが彼の性格の美しさは、このぎくしゃくした死の場面でも、ゆるぎなくはっきりと現れている。ぶざまであるにもかかわらず、我々が思い出すのは、アントニーの雅量とクレオパトラの天翔る詩《ハイ・ポエトリー》である。アントニーは、その死に方によって、己れの性質のローマ的側面と東方的側面をあいともに肯定した。クレオパトラもローマの流儀を受け容れるようになり、死ぬときはみずから進んでそれを選択しさえする。第一幕の「ローマ人のものの考え方」に対する軽蔑と恐怖の入り混じった思いは、アントニーに倣い彼のように「ローマの作法にのっとって」死にたいという願望の前に屈する。とはいえ彼女の自殺は、純粋にローマ風であるわけではない。彼女は苦しまずに死ぬ方法をあれこれ探し求めていた。格好の道具として、彼女はナイル河の蛇を選んだ。ローマ風の自殺にはふさわしくない心配りと愛情をこめて、彼女はみずからの死を見世物に仕立てる。二人の自殺において、ローマの範型は、エジプトの豪奢とエジプトの華美によって、とりわけアントニーとクレオパトラが世界に別れを告げるときの二人の凝った様式《スタイル》＝文体によって、拡げられ豊かになっている。現実世界は収縮し、二人から消えてしまった。極楽浄土で結ばれることを待ち望みつつ、二人は、彼らの愛が生み出した、荒唐無稽で法外な想像力の支配するより大きい世界を肯定する。劇の言語も、生を拡大せんとする二人の決意を肯定する。死ぬときですら、クレオパトラは、女として、恋人として、母として語る。主人公と女主人公を、放逸と過剰によって柔弱になった放蕩者でしかないと語るのは、結局のところローマ人だけなのだ。アントニーとクレオパトラの台詞は、一貫して活気に満ち、変化に富み、横溢し、鮮やかである。なかでもひときわ生彩を放つのが、過剰な振舞い、過剰な感覚、過剰な感情が発露する、あの数々のすばらしい一節である。

この誇張的な劇は、収拾がつかなくなりそうな気配を漂わせながらも、そうはならない。他の後期の悲劇群と同様、そのイメージはしっかりと制御されている。さらに、誇大な高揚感を表現する台詞と激しい嫌悪を表現する台詞の双方に見られる言葉の豊かさや華やかさは気質の豊かさと即合《マッチ》しており、そうした気質の豊かさこそが、同じ高みへと飛翔する特権をこれら悲劇の登場人物たちに賦与している。アントニーの台詞では、はじめは大言壮語と響いていたものが、劇が進行するにつれて自然なものとなってきて、ついには彼の話し方が他の男たちを判断する基準になる。女々しさ、自堕落、怠惰については、アントニーの振舞いを非難することもできよう——だが、彼のあるいはクレオパトラの言語を非難することは、けっしてできない。始めから終わりまで、そこに発現しているのは、活動、創造性、果てしない、そして果てしなく興味深い感情の道程の声高な主張である。息を引き取るその瞬間まで、これらの人物たちは変化し成長して、その成長の偉大さへの道程に観客を巻き込む。それゆえ、劇が展開していくにつれて、アントニーとクレオパトラは己れの修辞の高さまで背丈を伸ばしていくのである。劇冒頭で、ファイローは思うところをありのまま、露骨とすら言える口調で話した。対照的に、アントニーとクレオパトラは、傲岸で理想化された愛の言語を話す。劇が終わるころまでには、ファイローの言語実践はアントニーの誇張表現が実体化してくることで排除され、ついには我々も、「生の高貴さ」とはこのような恋人たちのためにこそあるのだと信じるにいたる。劇のまさしく結末まで、我々は、クレオパトラを完璧には捉えきれない。この劇とこの女性は、拒むかと思えばまた結びつき、罵ったかと思えばまた価値を認め、嘘をついたかと思えば真実に立ち戻り、けなしたかと思えば讃美するというふうに、極端から極端へと激しく揺れ動くのである。

二人がいかなる人間であるのかは、その死に方に示されている。ローマ世界は、その広大な現実空間をもってしても、アントニーのクレオパトラに対する愛を受け容れる余地はなかった。アントニーが現実世界における場を失い、世界そのものを失ってしまっても、彼の感情生活が想像の世界で充たされたことに比べれば、その喪失はささやかであるとこの劇は思わせる。アントニーとクレオパトラが行い口にすることは、その人間を表している。いかに二人が心定まらず揺れ動いていても、互いに対する究極的な献身ということではゆるがないままであった。アントニーは、活力と（奇妙なことに）熱意に満ちて死んでいく。クレオパトラは、己れの最期の瞬間とその彼方を、現世と極楽浄土の両方で待ち望む——彼女は息絶えるときまで生気に溢れ、感じ、想像を巡らしている。二人はともに、新しい天、新しい地のヴィジョンを捉えて表現するが、それはつねに、互いのこと、一緒にいることをふまえて見たヴィジョンである。彼らは、その生き方と同じような死に方をする——定義しがたいまま、いま以上のものを求めて。主題の大きさと拡がりに即合《マッチ》させるべく組み込まれた誇張的な言語によって、この劇が提示し、吟味し、批判し、ついには十全の理解をもって肯定しているのは、過剰なるものの力、躍動感、活力である。いまこちらが優勢であるかと思えばこんどはあちらと、平明な文体と大仰な文体の〈ピン〉と〈ポン〉によって、シェイクスピアは、スタイルというものの核にある問題（problem）と問題系（ploblematics）を、文学上の見地ばかりか道徳的な見地からも示すことができた。アジア様式に関連する諸概念を生そのものに浸透させることによって、シェイクスピアは、文体と生のスタイルを、それぞれの観点から、そしてそれらをひとつのものとして見るために、劇のアクションのなかで吟味し評価することができた。シェイクスピアは、文体の競い合い《アゴーン》という、とりわけ文学的な手法を用いることによって、大きさというものの道徳的な問題系を示し、華美でありながら正直なスタイルの価値を許容できるもの——いやそれどころか、称讃すべきもの、理解できるもの——にすることができたのである。

第五章 『ハムレット』——リフレクトする病としての憂鬱の解剖

I

劇そのものから、劇をめぐるおびただしい論評からも、そして今ならブリジット・ライアンズの細心で健やかな著書からもわかるように、王子ハムレットはメランコリーを患っていた。[1]『ハムレット』という劇を古色蒼然たる代物に見せてしまう——そうでないことはすでに歴然とはしているものの——のは覚悟のうえで、私は、シェイクスピアがこの劇でメランコリーのさまざまな症候を分析的かつ象徴的に利用する、そのいくつかの方法を探ってみたい。フリッツ・ザクスルとエルヴィン・パノフスキーの著作——今やレイモンド・クリバンスキーによって増補改訂され翻訳された英語版が出版されている[2]——から、あるいはエリザベス朝のメランコリーに関するローレンス・バブの価値ある研究書から、[3]我々は、メランコリーの多様きわまる症状が医療実践のなかでいかに定式化されてきたか、憂鬱症者の心理がルネサンス期には知的偉大さの概念といかに深く結びついていたかを理解する。[4]文学上の図式群《スケマータ》は、メランコリーをめぐる医学上の定式から発展してきた。憂鬱症者《メランコリカー》と不平家《マルコンテント》は、高貴な者も卑しい者も、文学や美術において繰り返し表現された[5]。シェイクスピアは、『ハムレット』の前後にも、メランコリーの類型のレパートリーを動員している――たとえば、〈人世哀傷《ラクリマエ・レルム》〉（*lacrimae rerum*）の人生観をもっているジェイクウィーズは、『お気に召すまま』において、持病のメランコリーと同じくらい厄介な役回りを演じおおせる。『十二夜』において、マルヴォーリオはメランコリーに苦しむ恋人の扮装をするが、それは、まったく異なるジャンルの劇でロミオが演じた役柄である。イアーゴーにはすこぶる不平家めいたところがあり、悪罵屋のサーサイティーズは、彼が論評を加える諸々の場面の下劣さを考慮しても、それを凌いであまりある毒舌を浴びせかける。タイモンの友人たちに対する幻滅は、彼をメランコリーの狂気に陥れる。アントーニオの喜びのなさや無気力は、彼が、大海原のごときこの病のもうひとつ別の症状に苦しんでいることを示している。『タイタス・アンドロニカス』のエアロンから『あらし』のプロスペローにいたるまで、シェイクスピアは、メランコリーのさまざまな規範的症状を利用してきた。

だがここでも、明らかに、ハムレット王子は何か別のものに仕上がっている[6]――そうした憂鬱症者の登場人物たちはみな、メランコリーのあるひとつの類型にのっとった振舞いをするのだが、シェイクスピアはハムレットをそれとはかなり異なるものにこしらえており、その方法を吟味すれば、ハムレットのように複雑な劇の登場人物がいかに単純に造型されるものかがわかるのである。というのも、ハムレットは、一種類に限らず多くの種類のメランコリーを示すうえ、メランコリーが己れの内部に引き起こしうる、あるいはまさに引き起こしつつある高揚や知的探究に、はたまた疑念や絶望にも観客を巻き込むような仕方で、己れのメランコリーを利用したり戯れたりするからである。ハムレットの振舞いがいかに展開し変化していくかに目を光らせているうちに、我々は、シェイクスピアが、メランコリーの症候の相異なる、相矛盾しさえする様相の多くをハムレットのなかで組み合わせ、そうすることで、この病の問題系をこの劇の示す問題系を構築するうえでの確かな手掛りにしていることがわかってくる。観想《コンテンプレーション》（contemplation）は憂鬱症者につきものとする見立てに、思索や思索行為を好むハムレットの性向のかなりの部分が由来しており、そうしたものとして理解することができたのである。たとえばマーロウのフォースタス博士とは違って、ハムレットは知的主人公として納得のいく存在だが、これはひとつには観想型の思索家というメランコリーの定型が広く受容されていたこともある。だがもちろん、ハムレットは単に瞑想好きな憂鬱症者というだけではない。彼のメランコリーは、確たるひとつの定型に帰せられるものではない。ハムレットが舞台に初めて登場するとき、彼は父親の急死によって誘発された、定型的で、伝統的で、完全に説明のつくかたちのメランコリーを患っている人物として示される。この喪失に追いうちをかけたのが、デンマークの王位継承という合法的な望みが挫かれたことであった。ハムレットのメランコリーは、結婚と新体制という文脈においては困惑の種であるが、個人としてはけっして常軌を逸しているわけではない――たとえば彼の母親が案じているのは、ハムレットの悲嘆が長引いていることであって、彼が悲嘆を感じていることではない[7]。

　次に我々は、ハムレットの恋のメランコリーのことをオフィーリアから聞かされるが、語られる症状があまりにも典型的なので、ポローニアスが王子は恋わずらいと診断したのももっともと思えるほどだ。ハムレットとオフィーリアのお膳立てされた出会いは、ハムレットの心が恋愛に向いてはいないことをクローディアスにはっきりと見せつけた。というのも王は、より深い苦悩の原因が王子の悪罵に潜むのを聞きつけるからである。悪罵は、もちろん、メランコリーの徴候のひとつである。本物であれ、偽装であれ、ハムレットの芝居がかった振舞いもまたそうである[8]。彼の狂人めいた振舞いは、彼自身の演出というところもたしかにあるが、〈鼠落とし〉の劇中劇の後のハムレットの乱心ぶりに、ホレイシオは、彼をより分別ある振舞いへと引き戻してやらねばならない（「[役者としては]半人前ですね」。「調子外れですな」）。航海から帰還した後、ハムレットは墓場でいかにも高貴な憂鬱症者らしい振舞いをしてみせるが、[9] オフィーリアの墓で彼が突然どこまで芝居がかれるかをレアティーズと競うことは、本物（the real thing）に至るため、決闘前のあのゆるぎない境地に至るために、ハムレットがいかに長い旅路をたどらねばならなかったかをまざまざと示している。

我々に見ることが可能なもの——そしてエリザベス朝の観客がさらにはっきり見ることができたもの——は、ハムレットが、メランコリーの全症候群から切り出された断面を単に数多く賦与されることによって、多面的な存在に見えるように造型されていることである。そのうえ、「しきたり通りの悲しげな黒の喪服」と内なる悲嘆の苦しさがどう違うかについて母親と交わす最初のやりとりを皮切りに、自殺、死、己れ自身の役割演戯という難題（*addubitatio*）[10] に思いを巡らす一連の力強い独白を経ていくなかで、ハムレット自身がメランコリーの諸相を繰り広げ開発しているということもある。「誰にでも演じられる見せかけの身振り（actions that a man might play）」（一幕二場八四行）というハムレットの言葉のなかに、劇全体を貫く主要主題となるものの最初の音色が打ち鳴らされ、この劇の、演じる《プレイング》こととしての、演じ出す《アクティング・アウト》こととしての、行為《アクション》としての、演戯《アクティング》のイメジャリ、さらにはプロットや象徴的なアクションそのもののなかに、絶妙にその響きを広げていく。「芝居すること（playing）」が主要な関心事のひとつとなり、主題ともプロットの一要素ともなるわけで、劇そのものが高度に自己省察的《セルフ・リフレクシヴ》になる。劇そのものが、演戯と行為の関係を象徴するものとなるのである。[11]

だが、見かけと実体、演戯と行為の主題は、言語の象徴的な層のどこかにのみ離れて存在しているというのではない。演戯と行為の問題に特異なまでに強調され、劇の必然の欲求にしっかりとからんでいる。たとえば、ハムレットは亡霊を見る——そしてその亡霊とともに、主人公と同じく観客も、ットが性格や道徳性の表現を批判的に眺める知的で洞察力のある主人公として提示されるいわれに、おのずと巻き込まれていくことになる。まず第一に、亡霊が本物の亡霊であるかどうか、亡霊の行動が主張通りの動機によるものであるかどうか、確定しなければならない。メランコリーの主要な徴候のひとつは幻覚（hallucination）であるが、なかでも亡霊の幻覚は最もありふれたもので、幻視された亡霊がとる最もありふれた姿は幻覚者が愛していた死者なので、この特定の亡霊の正体をただちに見定めるのは難しい。二人の常識ある兵士たちが、それを一度ならず目にしている。ホレイシオはそれを見るが信用はしない。ガートルードには亡霊がまったく見えず、息子が「眼を虚空に向けて」、「ありもしないもの」と話している姿を見るだけである。[12]

ハムレットは亡霊にさまざまなことを尋ねるが、[13]そのなかに「そなたは聖霊なのか……それとも地獄の悪魔なのか」という問いかけがある。〈鼠落とし〉の劇は、懐疑するハムレットが亡霊の信頼性を試す場である。亡霊、〈鼠落とし〉の劇、プロットのその他の紛糾によって、我々は、ハムレットのメランコリーのなかに、この病の主要な厄介さの一つが作用するさまを見ることができる。それこそが、『ハムレット』の上演からほぼ二〇年後、ロバート・バートンをしてこの病の、ひいては体液心理学の知的枠組全体を疑問に付させたものなのである。[14]見たところ、亡霊は、息子を当初の鬱状態から脱却させ、なんらかの復讐行動という伝統的課題へと向かわせている。だからはじめは、亡霊は、苦悩のより早い段階でハムレットがその欠如を痛切に意識していた活力や目的を与えることによって、当初のメランコリーを治療するための処方を差し出しているように見える。だが、メランコリーにありがちなねじくれた作用によって、亡霊の「治療法」は、また別の、より根深い種類のメランコリーのもと、ハムレットを引き起こすさらなる原因となってしまい、そうしてもたらされたメランコリーのもと、ハムレットは、他の人々と、己れ自身の人格と、己れ自身の生命とすら、己れがいかに関わっているのかと問いかけることになる。この時点で、劇中の病気は問題をはらむものとなり、治療法と原因がもつれからんでハムレットや我々をますます混乱させていく。

　ハムレットの病気には、他の「治療法」も試されている。たとえばオフィーリアは、策士の父親に操られ、はじめは王子から引き離されるが、後にふたたび効き目のない薬のごとく当てがわれる。[15] ローゼンクランツとギルデンスターンはハムレットに治療法として差し出されるが、クローディアスの手先として、二人の友情そのものが彼をはなはだ脅かすことになる。また、この策略で二人が演じる役回りは、当人たちにとっても良いものでないことはすぐにわかる。ローゼンクランツとギルデンスターンはハムレットの直接介入によって処刑され、オフィーリアはハムレットが自分の父親を殺したことに耐えられず死んでしまう。旅の役者たちも、治療法すなわち王子の気鬱を晴らすガレノス流の解毒剤であるとみなされている。役者たちがやってくることによって、因果関係の興味深い連鎖が生じる。彼らが提供する潜在的な治療法は、ハムレットによって叔父を攻撃する手段として用いられ、対する叔父は、メランコリーの一般的な療法である――とはいえこれに限って目的は、患者を殺すことであるが――航海と転地という気晴らし[16]を用意し、対するハムレットはその経験を逆手にとって、殺人行動の機会に変える。デンマークに帰還したハムレットは、海上での意図的な所業の責任を認めるが、待ち受けていたのは、ポローニアスを偶然に殺してしまったことの恐ろしい報いであった。

　ハムレットのメランコリーは、こうした事のなりゆきが示唆するであろうほど、全部が全部一筋縄ではいかなくて、種々様々で、不安定である、というわけではない。それ自体がいちじるしく自照的《スペキュラティヴ》な台詞となっている偉大な独白群において、ハムレットは、メランコリーのまた別の心理的側面を、それとともに、作劇術《ドラマトゥルギー》のまた別の次元を、一貫して示している。伝統に従い、役者は己れの最深部に潜む「自我」を独白で明かす。慣習に従い、我々はハムレットが内なる自我を眼前にさらけだしていると信じようとする。[17] だが、いったいどのような自我が、そこに開陳されているというのか。この男の数ある自我の側面のそのいくつまで、我々は考慮しなければならないのか。それらの独白は、劇的動機を測るための単なる慣習的な試金石ではない。ハムレットの「自我」は高められた経験を経るたびに変化していくので、独白は、ハムレットの自己定義への意識的な試みともなり、観客を満足させるだけではなく、ハムレット自身を専心させる意図ももつ。[18] 独白は、ハムレットが、自ら選んだ、あるいは押しつけられたと感じている役柄を身にまとい、脱ぎ捨て、そのなかで葛藤するさまを示しており、決定的な行動を先延ばしにする理由も示している。ハムレットは、役そのものを演じることに、感情のかなりの部分を費やしている。

　独白は、ハムレットがかくもさまざまな心的状態にあり、かくも勇敢に自己分析を行っている姿を示しているので、観客は、この文学の主人公がいかに複雑な人格をそなえているかを否が応でも悟らざるをえない。ハムレットの自己省察は、知的で認識論的《エピステモロジカル》ですらある文脈でなされるが、それは、悲劇の主人公であれば必ずや課される己れ自身を知るための苦闘とは異なっている。シェイクスピアの主人公のなかでハムレットにとってのみ、「知ること（knowing）」そのものが問題になっているのだ。「生きるべきか、死ぬべきか」と、「ああ、俺はなんという心根の卑しいごろつきなのか」という二つの主要独白をとってみても、ハムレットはいずれにおいても、独白内部でさまざまな立場をとり、己れ自身と己れが置かれている状況を相異なる視点から眺めている。この遠近法主義《パースペクティヴィズム》（perspectivism）によって、行為をめぐる、そしてまた、いかに行為するかを知ることをめぐるハムレットの問題の巨大さに、観客はつねに目を見開いていなくてはならない。だが同時に、独白は二重の声で話しており、ハムレットがいかに感じているかを我々に知らせると同時に、我々が受け容れるように求められているメランコリーの状態を、彼に超えさせてしまうのである。というのも、ハムレットは、己れの問題に取り組みながら、同時にそれと戯れてもいるからである。たとえば自殺をめぐる独白において、彼は自殺への誘惑を、それを言葉にして語ることによって、それを想像のなかで演じ出して《アクト・アウト》みせることによって、切り抜けていく(19)。この独白そのものが、自殺による死から彼を遠ざけている。ハムレットの知性は、オフィーリアの知性とは異なり、自己破壊への誘惑から彼を護ることができた。この種の人間、真に知性的な人間にとって、己れの問題を考え抜くことは、言ってみれば、殺人が行為であるのと同じくらい、行為に匹敵するものなのである。我々観客や読者にとって、独白は内なる動きを外在化するが、表立つ動きはこの内なる動きによって支配され導かれている。

　というのも、ハムレットの怠惰や優柔不断について多く語られてきたとはいえ、この劇は表向き行動に満ちているからである。ハムレットは現実世界のなかで行動し、〈鼠落とし〉の劇を上演し、盗み聞きをしていた者を殺すが、それはポローニアスであることが判明し、その取り返しのつかない死の時点から、ハムレットはただひたすら突き進んでいく。航海から戻ると、ハムレットはオフィーリアの「ぞんざいな葬儀」にポローニアス殺害のさらなる余波を発見し、「今でなく」とも終わりは必ず来ることを発見しなければならない。彼は大いなる殺戮を引き起こすが、だからといってハムレットは、イアーゴー、ボゾラ、デ・フローレスのような、まわりの者すべてを滅ぼさずにはいられない気分屋の不平家《マルコンテント》ではない(20)。アイロニーを濃厚にはらむこの劇におけるきわめつけのアイロニーは、ハムレットが、不平家さながらに行動することによって、不平家のなす破壊をなすことである。実生活では役割には必ず結果がともなうことを、彼は学ばねばならないのだ。

　そして、結果に対しては、責任をとらねばならない。ハムレットが繰り返し学ぶように、役を演じることは、責任を免れるための真の防護壁にはならない。ハムレットはときに、心中の想いを舞台上の聞き手に悟られまいとしてポーズを取るように思える——隠れていたポローニアスがハムレットに殺される壁掛けの場面や佯狂のエピソードがそれだ。またあるときには、ハムレットのポーズは、彼を自我のくびきから解き放つこともある〈鼠落とし〉の劇が終わったときのように。おそらくは危険なことだ）。そしてふたたび、それはハムレットに振舞いの変化を強い、彼の気分、修辞、様式を変化させるだろう[21]。劇の終盤になってようやく、卑しいメランコリーは高貴なメランコリーによってめざましく浄化され、本物であれ偽装されたものであれ、ハムレットが示していた卑小な諸症状は剝がれ落ち、当人も観客もともにハムレットの決意のゆるぎなさを確信する。「今であるなら、あとでは来ない。あとで来るのでなければ、今来るだろう。今でなくとも、やがては必ず来る」。策をめぐらすことも、もはやない。「覚悟がすべてだ」。

　だから、メランコリーが終息するのは、結末まで待たねばならない——それとともに、プロットも、策謀《プロッティング》することも、劇も、終わる。メランコリーの諸症状が消えるとともに、そうした症状がプロットや策謀することにいかに不可避にからんでいたか、真に知的な主人公を知的に理解するために、シェイクスピアがこの病をいかにみごとに利用したかがわかるのである。そのような人間に復讐者の役を割り振ることがいかに大胆なことであるか[22]、あらがいがたい情熱の虜になりながらも情熱の奴隷にはなるまいと苦闘するこの懐疑的でストア主義的な王子を、分別ある劇作家ならば復讐劇の主人公に選ぶことは絶対にあるまいと我々が認識するにつれて、さらにはっきりとしてくる。メランコリーの諸形態は、復讐悲劇という古風な劇のプロットの慣習と対位法を奏でつつ、利用される。メランコリーのさまざまなかたちをつうじて、復讐族たるヒーローのありかたの価値が疑問に付され、この恐ろしい問題を考え抜く人間の姿が華々しく繰り広げられる。思慮深さ、懐疑、観想を処方するひと揃いの医学的定式が文学の世界に移植され、登場人物、社会、知ることについて——そして劇を書くことについてすら──考えるための機会を我々に与えるのだ。

己れ自身の性格《キャラクター》を探究する登場人物《キャラクター》を過剰なまでに描いたこの劇を、劇作家の創意工夫の実践作として扱うことは、その感情の奥深さを矮小化し、主人公の自己克服という感動を損なうものと見えるかもしれない。だが、私にとっては、古臭い心理学の類型や定石から一人の登場人物を構築することができたのだから、劇作家はさらにめざましい功績をあげたのである。己れ自身とともに生きるという苦悶を、不完全な世界のなかで不完全な同胞たちとともに生きるという、よりありふれた（そしてより卑小な）痛みとともに、きわめて古典的なかたちで我々に伝える主人公が、ここにいるのだ。シェイクスピアは、生に対する、生きることに対するその鋭いまなざしをもってメランコリーの諸問題を取り上げ、認識論的な諸問題を劇化して『ハムレット』の核に据えた。メランコリーは、主人公自身の混乱や解決、ヴィジョンや修正されたヴィジョンを媒介する役割を果たしている。それはまた、判断にはつきものの不均衡、相対主義、不安感をある程度まで当然として許容するような表現形式《イディオム》としても作用している。遠近法《パースペクティヴ》が変化すると、主要な登場人物も変化し、主人公の遠近法主義《パースペクティヴィズム》の定めない視点を共有する観客もまた変化する。シェイクスピアは、まったくの偶然ながら、体液心理学（humoral psychology）の体系の不十分さについて論評することにもなった。そこにはさまざま没関係な範疇があること、それが扱う「人物」や人物類型があまりにも平板なので、なすべきことを命じられつつもそれに逆らい、逆らいつつも己れがなりうるものになろうと良心的に努力する人間のもつ複雑性を表現することができないこと、をである。シェイクスピアは、ハムレットがローゼンクランツとギルデンスターンに許さなかったように、我々が主人公の謎の核心を抉《えぐ》り出すことを許さない。というよりも我々は、思いに満ちた人間の心の果てしない謎を、ハムレットが経験をつうじて認識するように、認識し、経験するようになるのである。

II

手中の頭蓋骨を観ずる（contemplateする）墓場のハムレットは、己れ自身の生とともに万人の生を、己れ自身の死とともに万人の死を映し出す（reflect onする）さながら寓意画《エンブレム》のような場面において、己れ自身と己れの死について観想（contemplate）し始めている。瞑想やメランコリーの伝統が、自己没入や自己言及にいかに大きく依拠しているかはすでに見た。だがくだんの場面は、他の何にもまして、『ハムレット』における自己言及（self-reference）のひとつの根本的なありようを我々に提示している。ハムレットはそこで、己れ自身について内観し、あたかも鏡に映る像のように己れ自身に眼を凝らし、外部にある、客観的で独立した諸要素を、己れ自身を見つめるための鏡であると考えている。内容的にも技法としても、この劇はそうした鏡像《リフレクション》に満ちており、それが知的観照《リフレクション》の主題と即合《マッチ》して、劇の中心的な関心事である〈認識の営み《エピステモロジー》〉をめぐる問題を、さまざまな方法で強調しているのである。このセクションでは、「高貴なメランコリー」のまわりに蝟集《いしゅう》する観念や主題の群れが文学や演劇の文脈にいかに移し替えられているのか、そのありようのいくつかを考察してみたい。

高貴なメランコリーという概念がルネサンス期に晴れやかに出現してきた理由としては、ひとつには、それが知的才能や創造性の理想と結びつけられていたからであるが、それは他の星のもとで生まれた誰にもまして、とりわけ土星のもとで生まれた人間の特質であるとされた。この種のメランコリーが称揚された、それほど明確なものではないがまた別の理由としては、その徴候が、知力《マインド》の称揚という全般的な風潮――それは、まさしくこの時期に、形而上学から認識論《エピステモロジー》への顕著な哲学的転換を生じさせることになった――を後押ししていたからであろう。ルネサンス期に生じた知的様式のあらゆる変化のなかでも、認識論へのこの移行こそが、ルネサンスにおいて創造的思考の主要な関心は宇宙、神、位階秩序、あるいはあれやこれやのより大きい抽象的様式ではなく「人間」に向けられた、という見解を裏づける主要な、そして最も重要な要因であるように私には思える。

認識論に対するルネサンスの関心が記された文学的な書きもののなかで、『ハムレット』が主要な作品であることはたしかである。というのも、この劇では、〈認識の営み〉という主題が復讐悲劇という最も似つかわしくない文学的文脈に組み込まれているからである。主人公は己れ自身を探求し吟味するが、それは課せられた義務と役割を遂行するうえでは不可欠な――それゆえ、彼が帰属する劇のプロットにとっても不可欠な――吟味である。だが、それだけではない。彼は自分がそうしていることを知っており、意識的に、計画的ですらあるかのように、それに取りかかるのである。ハムレットは、己れが何を考え知っているか、己れが考え知っていることを己れがいかに考えいかに知るのかを理解しようと努める。シェイクスピアは、ハムレットのこの特異なまでに知的で批判的な自己探索を、我々が実に余念なきまでに意識するようにと仕向けるのであるが、そうするために、自分探しのプロセスをただ描写する――とはいえ、その描写にしても技巧を凝らした繊細きわまりないものなのだが――という方法はとらなかった。

ハムレットの偉大な独白群は、王子が自己吟味と自己批判の痛ましい過程をくぐり抜けていくさまを示しており、我々は、〈認識の営み〉そのものが眼前で演じられつつあるのだと理解する。この男は、己れが何を考えているかについて、いかに考えているかについて考えている、とわかるのである。この男は、知性を働かせることによって知性の働きそのものを確定しようとする過程自体に含まれる無限後退（infinite regress）によって脅かされている。自己吟味するさい、吟味する人間は己れ自身を思索の対象にしなければならない。己れ自身を己れ自身に向けて掲げる鏡としなければならないのだ。

だからこの過程が、「鏡映」と「観想」の両方の意味を持つリフレクション（reflection）とかスペキュレーション（speculation）とかと呼ばれるのは、不思議ではない。それらの語は、そのようなプロセスに内包される無限性および限界のすべてを含む鏡映プロセス（mirror-process）こそが〈認識の営み《エピステモロジー》〉なのだ、と我々が認識していることを示している。

この劇には――それは、認識のプロセスにさほど関心を示していない他の多くのルネサンス劇にもそなわっているものであるが――そうした後退的な鏡映プロセスを寓意的に表す仕掛けがある。劇中劇（play-within-the play）である。(23) 入れ子細工（chinese-boxing）になった劇中劇は、プロットの中で同語反復的でありながら推進させる力ともなり、観客に対しても相矛盾する作用を同時に及ぼす。外側の限界枠いっぱいにぴったりと収められているので、それはきちんと「合わさって（fit）」いて、正確無比であるように見える。だが容器とその内容物の自己＝言及と、それが同時に喚起する多層なリアリティは、果てしないプロセスを暗示してもいる。劇中劇や画中画は、なべて、遠近法がもたらすイリュージョン、「枠《フレーム》」、模倣と発明、美的な尺度や価値の問題を問いかけてくる。劇中劇は、それがはめこまれている劇のプロットを、あるいはプロットの一部を、鏡のように映し出し、己れ自身を果てしなく映し返す、合わせ鏡の演劇版として機能している。知（knowing）と脱＝知（unknowing）、道徳的な現実と虚構の問題にあからさまに憑かれた『ハムレット』のごとき劇において、〈鼠落とし〉は、「スペキュレーション」と「リフレクション」を舞台《いた》の上に演出する劇的なイメージとなる。まこと、『ハムレット』では、俳優たちに配役表の役を割り振る仕組自体が、この同じ主題を反復し、強化している。職業俳優が素人俳優を測る物差しとして登場し、この劇のプロット、イメジャリ、主題にとってきわめて重要な、役割や演戯という概念を強化する。旅役者たちは職業能力をまことに誠実に発揮して、劇中に数多く存在する役割演戯者たちとは一線を画す。クローディアスは借り物の役割を演じている。ポローニアスは賢しげに振舞っている。ローゼンクランツとギルデンスターンは、人を操ろうとするがしくじってばかりで、どう見ても三文役者である。オフィーリアは父親の、レアティーズはクローディアスの操り人形である。ハムレットは劇全体をつうじて、さまざまな役割を演じている。ガートルードでさえ、貞淑でなくても貞淑であるふりをするようにと促される。旅役者たちは生ける隠喩であり、抽象的な主題を具体的に示すために劇中にはめこまれた仕掛けなのだ。表面的な次元では、「演戯（playing）」という概念全体が、この劇の背景をなす宮廷的で病理学的な環境にごく自然になじんでいる。役者たちは、ハムレットの病を癒す特効薬になったかもしれない。というのも、喜劇は鬱屈した想念の浄化薬であるとみなされていたからである。ローゼンクランツとギルデンスターンは旅役者たちのことをそう考え、気鬱の病と診断された王子を癒すために呼ばれているものとみなした。だが、これらの旅役者たちは、喜劇役者ではなく「都の悲劇役者たち」である。彼らは別の種類の芝居を携えてやってくるが、それはハムレットのメランコリーを悪化させかねないものであった。だが、エルシノアやメランコリーという逆しま世界において、どのように事が運んだかと言えば、旅役者たちは予想に反して正しい治療を施すのである。ハムレットの病は矛盾に満ちているので、彼はイタリアの流血悲劇からいささかの安らぎを得ることができる。

　旅役者たちは、その職業からして、ハムレットの気分や彼の抱えている問題を鏡のように映し出す。彼らが上演する芝居は、表向きは王子を元気づけるためということになっているが、デンマークの状況をわずかなひねりを加えただけで映し出しているのである。それゆえ彼らは無限後退運動の実例を、劇を観ている我々に示すことになる。芝居がかった憂鬱症者のハムレットは、己れを真に苦しめているメランコリーとは異なる種類のメランコリーを患っている憂鬱症者の役を演じ、己れ自身が陥っている状況が劇中劇に鏡のごとく映し出されているさまを眺めている。ハムレットは、こういう人物であると彼が思われている姿によって、ありのままの姿からわずかに歪められた姿で映っている。劇中劇はまた、現実の状況を歪曲したかたちで映し出す。もちろん、事はそれだけでは終わらない――旅役者たちの到来とともにハムレットは劇作家に転じ（あるいは、劇作家を演じ）、己れの家族状況を映し出す鏡となり、はたまた亡霊の真偽を、自分自身を、新王の良心を試す実験装置となり、「搦《から》め手からの攻略」（二幕一場）となるべき芝居を考案する。旅役者たちは、ハムレットが自分がいると信じている状況を演じ出す。状況を客観化して示すことで、ハムレットが独自に行動するための手助けをするのである。旅役者たちの芝居の演出家《インプレサリオ》として、ハムレットは、己れの心理を演じ出す《アクト・アウトする》ことから行動《アクション》を選び取ることへと、己れ自身の振舞いの次元を変えることができる――その行動《アクション》とは、いみじくも、「演戯《プレイング》」することであり、「演戯」とはまさに、演じ出すこと《アクティング・アウト》が行動《アクション》ともなりうるような一つの活動なのである[24]。

劇中劇は、意味に深さの感覚を与えるための昔ながらの仕掛けである。というのもそれは、心理的振舞いのさまざまな次元と知覚のさまざまなパースペクティヴを同時にもたらすからである。ともに、それは観客に混乱をもたらす装置ともなりうる。すなわち、何が真実なのかという問いかけを生じさせながらも、装置自体が答えることはまずないような装置となりうるのだ。『ハムレット』において、観客はある一つのプロットを所与の条件として示されるが、そこでは役がさかんに演じられている。劇の登場人物は（どの劇のどの登場人物であれそうであるように）、「本物の」人々、すなわち俳優たち――バーベッジ、ケンプ、ギールグッド、オリヴィエなど――に割り振られた役である。その俳優たちのうちの何人かは、この場合、劇中の役柄によってみせかけの演戯が要求される人物役を割り振られている（クローディアス、ハムレット、亡霊）。そうしたなかに、旅役者の一行が、すなわち役者の役を演じている俳優たちの一行がやってくる。彼らは別の芝居を打つことにする――すなわち、役者の役を演じている俳優たちが、今度は王、王妃、毒殺者の役を演じるのだ。そのようにして演じ出された劇中劇は、「本物の」劇、すなわちその受け皿になっている劇本体の状況を伝える寓意画となる――だがその寓意画は、なかで演じている役者たちや観客の宮廷人たちにとっては意味不明であり、劇中ではハムレットだけが（おそらくはホレイシオも）、そして劇のまったく外部にいる観客や読者だけが、理解できるものである。すべての人がわかることとは、王、王妃、毒殺者に扮した役者たちを演じる役者たちを、王、王妃、その他のエルシノアの宮廷の人々がじっと見ていることである。そこでは、ハムレットが、劇中劇の演出家であるとともに謎めいた解説者でもある（「まるでコーラス役のようによくご存知ですこと、殿下」）。周囲の宮廷人たちと同様、ハムレットも芝居を観ており、芝居を観ている人々のことも観察している――そしてこれらすべてが、プトレマイオスの同心円宇宙さながらのこのイリュージョンの最も外側の層から、本物の観客によって観られているのである。

こうして、劇中劇が注視の中心に据えられることになる。劇中劇は文学的には価値のないものではあるが、しばし「本物の」劇を回していく中心軸となる。劇中劇は、いかに拵《こしら》え物めいていようと、作劇術のうえから見ても劇的な観点から見ても「ぴったり《コレクト》である」。〈鼠落とし〉の後、ハムレットとクローディアスの互いに対する関係は一変するが、それは、本体の劇のアクションが変化したことを意味している。また（おそらくさらに重要なことに）、〈鼠落とし〉はメタ芝居として作用し、デンマークの宮廷生活の状況を縮図にして映し出すことによって、押しつぶさんばかりの道徳的重みをもつその状況を、ハムレットにとって扱いやすいものにするのである。それはまた、本物の状況を映し出すことによって、認識《エピステモロジカルな》のプロセスを、その自己注視、自己批判、その無限後退、その鏡映作用を映し出してもいるのである。それと同様、劇中劇もその中にさらに黙劇という鏡像をもっている。この黙劇は、それを取り巻く芝居の中心をなす行為を、さらに次元を異にして再現する短い幕間劇《インタルード》である。黙劇では、パントマイムがその行為を猥雑なほど直截になぞってみせ、その残酷さや狡猾さをとりつくろう言葉すら付いていない。ガートルードが気づいたように、劇中劇において、言葉はすでに欺きの道具と化している。だが黙劇は、入れ子のさらに奥へと行って、身振りだけでも欺瞞や嘘を伝えられる舞台なのだ。[25]

〈鼠落とし〉は、『ハムレット』という劇を鏡のように映し出すことによって、〈認識の営み《エピステモロジー》〉に対するハムレットの飽くなき関心を強調する。そして、それを主題として強調することに加え、それを演じ出して《アクト・アウト》みせることでアクションを変化させる。〈鼠落とし〉の劇中劇は、本体の劇の中心（三幕二場というアクションの転換点）に据えられているので、はっきり重要であるとみなすことができるのである。とすれば、それは一種のメタファーとして、ハムレットの自己観照がアクションをいつまでも滞らせはしないだろうということをほのめかしていることになる。

　劇中劇はまた、懐疑的な台詞という別の方法をつうじてハムレットが強調していること——すなわち、知るという人間の営みはつねに視点（point of view）や「先見（set）」に依存しており、それらはともに変化するものであって、変化していくことによって、人間の知いっさいが条件や文脈にいかに大きく左右されるかがまざまざとわかること——にも、我々の注意を促している。この粗雑な劇中劇は、ただの装置としてでさえ、ハムレットの思考過程がはらんでいる諸問題を客観化して見せてくれる。というのもそれは、そうした思考のさまざまな過程を映し出す鏡であるとともに、それらの過程から生み出された所産でもあるからだ。

　この劇の思想的な背景にも、鏡映作用が大きく関わっている。体液心理学の根底にある基本的な前提には、ある種の鏡映作用が含まれている。というのも、この思想体系においては、人間と地球と宇宙が文字通り照応し合っていることが当然のこととみなされていたからである。四体液と四大元素は、人間、人間の住む惑星である地球、宇宙という三つの自然「諸世界」の物理的組成のなかに等しく配分されているとされた。こうした万物照応（correspondence）の世界観が暗に伝えているのは、人間のする観想《スペキュレーション》は、たとえそれが外的自然に関するものであっても、ある程度まで自己言及的にならざるをえないということである。思索にふける憂鬱症者は、世界について考えていても、とどのつまりはめぐりめぐって己れ自身について考えていることになる。なぜなら、世界は彼自身を映し出し、彼は世界を映し出しているからである。このように、彼は世界とことのほか「意識的な」共生関係を取り結んでいるので、そうした照応関係は、彼が己れを見定めたり、客観的真実を見定めたりするとき、いたって厄介なものになる。アルキメデスをもじって「われに足場を与えよ、さすれば世界を知ってみせよう」というわけである。照応の原理は、己れの観照の対象を測るための足場となる外部の参照点を、あらかじめ排除してしまう。そのような状況からは、よくてパラドックスか、最悪の場合は唯我主義《ソリプシズム》が生まれてくるだけであろう[26]。

この知的問題のいくつかの相が、旅役者たちの劇中劇装置によって、舞台上で実際に視覚化される。そこではある役者が王の役を演じ、それとは別の役者が王の役を演じる役者を演じる。王権のはらむ厄介な内実を丸ごと表すなじみ深いメタファーが、にわかに眼前に示されるのだ。「王権」とは、偶然がもたらしたり堅忍不抜の精神によって得られたりする、単なる役割以上のものなのだろうか。『ハムレット』という劇は、演戯者としての王（player-king）という主題を繰り返し奏でる。クローディアスは兄の正当な役割を奪い、その猿真似をしている。ポローニアスはジュリアス・シーザー（帝三役を引き受けるのを拒んだにもかかわらず、帝王のように振舞っていると思われたために殺された男）の役を演じたことがあった。ハムレットは本来ならば彼のものである国王役を担おうと出番をじっとうかがっており、贋《にせ》国王を演じることで、すなわち父王の国璽で死刑執行状に封印をすることで、学友たちを片づける。フォーティンブラスは、いずれは自分のものになると信じている統治権のための予行演習をする。レアティーズは、宮殿に押し入って王を殺したあかつきには王に推挙されたいと願う。旅役者の一人は劇中王を演じ、もう一人がその王から王位を奪う簒奪者の役割を演じる。[27] こんなふうに縷々《るる》役割を書きつけていくと、劇のアクションよりもイメジャリを見れば主題が把握しやすくなると教わってきたときのような感じで、主題が浮き彫りになってくる。書きつけられた役割は、そのほとんどが、本物の王様役ではなくて偽王の役である。というわけで、この劇は、主題のありようそのものからして一筋縄ではいかないのだ。

リフレクションは、そうしたものとはまた別の手段によっても強調される。とりわけ、そのものずばりの鏡のイメジャリによって。最も注目すべきは、旅役者たちが「自然に対して鏡を掲げる」ように演戯せよと注文を付けられることである。シェイクスピアは、王子に一家言もたせることで、演戯法について思うところをいささか披瀝することができた。演目として選ばれた芝居と付随する黙劇は、本体の劇の状況を鏡のように映し出している。[28] オフィーリアはハムレットを「流行の鏡」、宮廷人の鑑《かがみ》と呼ぶ。というのも、宮廷ならばその中心人物は、群小の宮廷人たちが自分たちの姿を映し出すための手本となるべきであり、手本となる当人は、己れの姿がまわりの宮廷人たちによって映し返されているのを見るからである。[29] ハムレットは、母親の私室で父親の死に一役買ったと彼女を責め、「鏡を見せてあげましょう／あなたがご自身の心の奥底をご覧になれるように」と迫る。ハムレットは、レアティーズについて、オズリックの玉虫色の弁舌さえも凌ぐほどのソフィストじみた同語反復を用いてこう言う。「あの男の真似ができるのは、その鏡像のみである」、と。

リフレクションはそれ自体、これもしばしば多重な働きをするが、また別のさらに複雑なかたちとして、合わせ鏡、鏡のなかに映し出される鏡という手法がある。ハムレットは、己れの姿が周囲の登場人物に映し出されているという印象をもっている。これは、君主と廷臣のあいだに結ばれる通常の関係を脱比喩化（unmetaphor）し、それを劇の「生」に組み込んでいくための仕掛けである。理想の君主像を映し出す鏡となるのは、古典的にはカスティリオーネが示しているように、彼の理想の宮廷である。そのような完全無欠の環境においては、善人はどこを見ても、己れ自身の姿が鏡のように映し返されているのを見る。もちろん、エルシノアはそのような場所ではない。エルシノアの宮廷は、理想の宮廷のパロディであり、戯画である――だが、にもかかわらず、ハムレットは己れの姿がぼやけて歪んでいると感じながらも、まわりのひずんだ姿の宮廷人たちに己れ自身の姿が映し返されていることを、彼なりにきちんと捉えている。ヘキュバのために涙する旅役者に己れ自身の姿を見て、ハムレットはこう断じる、自分が己れの義務の遂行に専心する度合いよりも旅役者が己れの職務の遂行に専心する度合いのほうが強いのだから、これは旅役者に一本取られたな、と。彼は自分自身の姿をフォーティンブラスにも見る。この「名誉にはやる若い王子」は、劇冒頭で老人たちの外交政策によって父親の仇討ちを邪魔される。レアティーズについては、「自分の悲しみの姿によって／彼の悲しみの姿を知る」と、ハムレットは語る。ハムレット、フォーティンブラス、レアティーズという三人の若者たちは、みな父親を殺されており、それぞれの流儀でその仇を討とうとする。旅役者が朗唱し、ハムレットを激しくゆさぶった一節もまた、復讐の主題を強化している。というのもそれは、アキレウスの息子ピラスが、プライアム王とトロイに対して父親の仇を討とうとトロイの王に剣を振りかぶっているのだが、なぜか一瞬麻痺したように静止しているさまを物語っているからである。オフィーリアもハムレットを映し出す鏡であるが、彼自身はそのことにまったく気がついておらず、似た者同士であることの認識は観客に委ねられる。二枚舌を使う墓掘り人にすら、そうした謎めいた二枚舌を用いてポローニアスとクローディアスに応酬する狂ったハムレットの面影が感じられる。その口達者《アブソリ》な下賤の者《ユート・ネイヴ》〔五幕一場でハムレットが“How absolute the knave is!”と舌を巻く〕は、ハムレットが顧問官と国王をあしらうように、ハムレットをぶしつけにあしらう――そして、見ての通り、ハムレットは苛立つ。というのも、両義的な物言いは、それを発する者だけを楽しませる一方的な言葉遊びだからである。ハムレットは、墓場の場面にいたる頃までには、攻撃や防御のために言語を用いる段階をすでに超え、言語を、ゆるぎない心の内を表明するための真の道具とみなしている。ブリジット・ライアンズが示しているように、ハムレットがまわりの不完全な世界を受容したことを示すひとつのしるしは、彼が両義的な物言いをしなくなることである。[30] フォーティンブラスは、王国の継承権を思いがけずも手にするまではエルシノアに足を踏み入れることはない。にもかかわらず、フォーティンブラスの副筋はハムレットの状況を反映する鏡となり、ハルにとってのホットスパーにも似て、ハムレットを苦しめているたぐいの難題に対して別の解決法を掲げている。その名も「強い腕」という意味の好戦的で活動的なフォーティンブラスは、力を行動原理とする《ストロング・アームドな》男の見本である。彼は選挙で王に推挙されることだろう。というのも彼のような男こそ、当世の君主政治の苛酷な現実を生きるのにふさわしい人物であるからだ。[31] フォーティンブラスは、二人の若い王子がともに父親の生き方であるとする行動的で英雄的な生を、そうした生の理想に明らかに何の疑問ももつことなく、より近代的な文脈のなかで満喫している。フォーティンブラスは、名誉という大義を振りかざしてあちこちを行軍し、偉大な王や王国に喧嘩を売る。旅役者の朗唱に出てくるピラスのように、フォーティンブラスは亡き父のために躊躇なく行動する。もっともピラスやハムレットのように、彼もまた、目的を遂げようとして長い雌伏を強いられることにはなるが。[32]

クローディアスのマキアヴェッリ的修辞とハムレットの洗練された知性主義の背後から聞こえてく

るのは、失われた英雄的時代の響き、たとえば王と王が王国を賭けて一騎打ちをするような時代の響きである。世代間のこの相違を修辞のうえで表現しているのが、旅役者の朗唱と〈鼠落とし〉の劇中劇で用いられている古色蒼然とした文体であり、それらはともに、本体の劇の言葉遣いとは異なる、より古い時代の言葉遣いで書かれている。先だつ時代になされた古典叙事詩の英語翻訳と言い回しがそっくりなトロイをめぐる言及や、英語のセネカ風悲劇を彷彿とさせる押韻二行連句によって、我々は、今や遠い過去ではあるが、かつては英雄たちの時代があったことを思い起こし、より二枚舌的な——そして、多くの点において、より厄介な——修辞と時代が到来したことを悟るのである。(33) 英雄性を基準にすると、まさしく時の関節が外れている、ということになる。劇言語の様式という観点からすれば単に、旅役者たちの言語は、時代の流れや世代という劇の主題について、また別の角度から論評を加えていることになる。

Ⅲ

というのも、『ハムレット』は世代について多くを語っている劇なのである。この劇は、つまるところ若者に味方し、子供たちから継承権を奪い、彼らの当然の権利を奪い、生命そのものすら奪おうとたくらむ老人たちを批判している。ハムレット、ホレイシオ、ローゼンクランツ、ギルデンスターンはみな学生である。レアティーズはフランスで若気の放蕩に耽《ふけ》っている。フォーティンブラスは王になる準備に余念がない（彼の慎重な叔父は、生きてはいるが寝たきりである）。オフィーリアは結婚適齢期の娘である——これらすべては、常ならば若々しい未来を感じさせるものであるが、この劇に限っては、若さはそれが置かれた状況のために翳《かげ》りを帯びる。この劇は、若さには必ず終わりが来ることを実証することになった。『ハムレット』において、若者たちは現実に数多く死んでいく。ローゼンクランツ、ギルデンスターン、レアティーズ、ハムレット、オフィーリアは成熟しきらないうちに生命を絶たれる。そして彼らはみな、オフィーリアを除いて（と言ってもよいだろう）、暴力的な死を遂げる。フォーティンブラスは生きてデンマークを統治し、ホレイシオは少なくとも、ハムレットの物語を語るあいだだけは生き延びるが、両人とも責任と過去という重荷のもとで今後は粛々と生きなければならない。二人はもう、潑剌とした若さを失ってしまったのだ。演劇動向を伝えるちょっとした面白い細部も、世代間の関係をあらわにする。噂によれば、大人の役者たちを押しのけた「ひよっ子ども」が大人の座を「簒奪し」、成人劇団を流行遅れにすることによって己れ自身の将来を危険にさらしているという。重要なのは、この劇場戦争を継承の問題として捉えているのがハムレットであるということで、子供たちは大人になると働き口がなくなってしまうのだから、簒奪はいわば自殺行為に等しい、というわけだ。

この劇では、若さは輝きをまとっておらず、若いからといって危険から保護されてはいない。老人の子供返りも、『痴愚神礼讃』のなかで痴愚の女神が語っているのとは異なり、労苦から解放してくれはしない。子供返りをしたからとて、ポローニアスは死を免れはしなかった。息子たちは年長者たちが犯した過ちによって脅かされ、父親たちの思惑という荷にあえぎ、古い世代によって課された重荷を担うよう強いられる。息子たちは、己れが「それを正すために」生まれてきた、あるいは正そうという試みの途上で斃《たお》れるだろうと感じている。

若さとそのうつろいやすさという主題は、なじみ深いイメジャリ、すなわち花のイメジャリに託してその一端が伝えられる。こうした花のイメジャリはオフィーリアに集中しているが、それは、デンマーク宮廷を描写するために主にハムレットが用いる繁茂し腐った雑草のイメージとはくっきりした対比をなす。花々によって、オフィーリアのみずみずしさや無垢とともに、雑草のはびこる庭であるエルシノアに生きる彼女の存在のあやうさが、はっきりと伝わってくる。花々はまた、それとは別のあまり好ましくないもの、すなわち〈生の虚しさ《ウァニタス》（*vanitas*）〉のモティーフを暗示しており、そこでは花々が美のはかなさの主要な寓意として用いられる。花へのそうした言及は、破滅は必定《ひつじょう》という警告をつねにともなっている。

春の若芽も、つぼみがまだ開かないうちに
虫に食われて傷むことはよくあるし、
みずみずしい朝露を宿したばかりの青春も
枯死させる疫病にかかりやすい。

（一幕三場三九―四二行）

レアティーズはこう語りながら、ハムレットが欲望にかられて執拗にせがむのに屈するなと妹に警告する。観客のなかの教養ある者たちは、この台詞では、処女性をつつましく守るようにと説くために、通常の〈その日を摘め《カルペ・ディエム》（*carpe diem*）〉の主題が逆さまにされ、ひとひねりされているとわかるだろう。レアティーズは、いかにもポローニアスの息子らしく、父親の癖を受け継いでいる。すなわち彼は、慣習的な言い回しを用いて慣習的な情緒を喚起しようとするのだが、誤用してしまうのだ。オフィーリアに結びつけられている花々は、多様な意味をもっている――彼女についての言及で、最初と最後に用いられる花は菫《すみれ》である。それは含羞をひめた忠実な春の花で、すぐしぼんでしまうので、レアティーズはハムレットの妹に対する「愛」を菫に喩えて嘲っている。そして彼女が死ぬと、レアティーズは「妹の美しく汚れない肉体」から菫が咲きいづるようにと願い、完全な埋葬の儀式を拒む司祭を「くそ坊主」と罵る。最初の菫は脆《もろ》さやはかなさのイメージであり、最後の菫は愛らしさや自然の清らかさのイメージである。ここで菫が相反する性質をともに表すイメージとして用いられているように、花は概して相反する冠婚葬祭の双方に関わっている。ガートルードは、オフィーリアの墓で婚礼と葬儀を結びつけ、彼女自身もこれらの儀式をやつぎばやに行ったことを我々に間接的に思い出させながら、こう語る。

美しい乙女よ、あなたの婚礼の床に飾ろうと思っていたのに、
あなたの墓にこの花を撒《ま》くことになろうとは。

（五幕一場二二一―二二行）

他のところでは、花はまぎれもない完璧さのイメージとなっている。オフィーリアは、乱心乱脈に陥る前のハムレットを「この美しい国の薔薇」と呼ぶ――ハムレットは明らかに、父親が存命中は咲き誇っていた。レアティーズは、妹が同じように狂気に陥ってしまったのを見て、彼女を「五月の薔薇」と呼ぶ。薔薇のはかなさは、完璧さが荒々しく損なわれたさまを伝えるイメージである。物事がより単純だった頃、ハムレットは新床《にいどこ》をオフィーリアと迎えたいと思っていたかもしれない。だが二人の愛は花開かず、レアティーズが恐れたのとは異なる種類の「枯死させる疫病」が、それを根絶やしにしようと謀った。オフィーリアにとって、父親がハムレットの手にかかって不条理な死を遂げたとき、菫はすべてしおれて枯れてしまった。「狂気のなかにも教訓がある」とされた、オフィーリアが父親の葬儀でそれぞれの人物を寓意的に表す花々を配る場面は、彼女自身の葬儀を予示しているが、

そこでは花々がオフィーリアの上に撒かれる。そしてそれらの花々は、レアティーズが言うように、「若い乙女の理性が／老人の命のように脆い」ことを示している。花を配るという身振りによって、オフィーリアは、彼女がしていると当初見えたこととは何かまったく違うことをしているのかもしれない。彼女が口ずさむ小唄の一節にこめられた性的含意を、所作として演じているのかもしれない。花の女神フローラが花々を差し出すのが、自らの肉体を差し出している、あるいは差し出そうとしていることを表すイメージであるように。(34) オフィーリアは花冠を抱いて死ぬが、その草花は彼女の花束にあったマンネンロウ、ヘンルーダ、菫、三色菫のような温順なものではない。彼女は、庭にはびこる雑草――キンポウゲ、イラクサ、死人の指《エゾミツハギ》――で編んだ冠に飾られて死ぬ。オフィーリアに対する花のイメジャリの用い方が矛盾していることのなかに、彼女の引き裂かれた心の矛盾やゆらぎを見ることができる。そうした心のありようは、ハムレットの自己分裂ほど暴力的でも激しくもないが、オフィーリアにとっては同じくらい危険である。

　イメジャリが繰り出す連想の筋道は、あるがままの姿を反映するほうへ向かうよりも、誤った像や歪曲された像へと向かっているように見える。より大きい次元においても、映し返された像は歪められている。オフィーリアはハムレットを部分的に映し出しているが、その本質的な姿を示すにはいたらない。彼女は理性を失い、自分の陥っている状況を理解できないまま死ぬが、ハムレットはしまいには理性と意志を取り戻して死んでいく。レアティーズが映し出すハムレット像については、ハムレットはレアティーズの状況に己れの状況が映し出されているのを見るが、観客は二人の若者の根本的な差異を見抜いている。そうしたひねくれた反映は、同時に二つの作用をなす。すなわち、劇中の諸要素をひとつに結び合わせるとともに、そうして結び合わされた諸要素をそれぞれ区別するための基準をも示すのである。ハムレットの自己知も、長いあいだ歪められたままであった。だから、旅役者、フォーティンブラス、レアティーズのなかに己れの姿が鏡のように映し出されているのを認めたとき、己れ自身と彼らのあいだに重要な差異があることを——ごくごくうわべの差異は認知できても——ハムレットは見損ねてしまう。劇の始めから終わりまで、ハムレットは、他人の運命の回る輪に巻き込まれて破滅しやすいということでは自分とオフィーリアが気質的に似ていることを察知できない。オフィーリアは他人が犯した過ちによって実際に犠牲になってしまうが、ハムレットもずっと自分自身がそうであると考えていた。

ハムレットは最後に、オフィーリアに起こったことに照らして己れ自身をよりよく理解するようになる。彼女の状況がいかに破滅的であったかに気づくことで、自分自身の状況と折り合いをつけるのである。ハムレットはオフィーリアの墓で感情を爆発させ、それとともに彼の気質的なディレンマもはじけ散る。それまで彼は、目に見える外の世界と、その世界での己れの行動が、それら二つを合致させようと懸命に努力しているにもかかわらず、分裂していると感じていた。ハムレットはこれ以降、言葉を行為に、行為を言葉に合わせる〔三幕二場 "Suit the action to the word, the word to the action" から〕ことができるようになる。墓場でのハムレットの振舞いは、つまるところ、別の鏡映作用からもたらされた。芝居がかった身振りをするレアティーズに、ハムレットは自らの姿を認め、そうした大仰な身振りが不毛でしかないことに気づいたのだ。レアティーズはその対決から、いやどのような対決からも洞察を得て己れ自身を知ることはなく、欺瞞に満ちた役割を演じ続けるのであるが、ハムレットは、痛ましいが浄化をもたらす墓場での乱闘の後、演戯することをきっぱりとやめ己れ自身に立ち帰る——「そう、私だ、デンマーク王子ハムレットだ」。

最終的に到達した「覚悟」の境地に、我々は、ハムレットの真の鏡であり、手本であり、ハムレットの観想を映し返しているもの（reflexive reflection）を見ることができる——ホレイシオである。ハムレットにとって、彼と同じように理性的生活のなかで育まれ、物事を懐疑的に試すことに専心し、ストア主義の価値観を信奉するこの学友は、ハムレット自身が達成したいと願う自己充足や均衡を体現している。劇の前のほうで、ハムレットはホレイシオをストア主義の見地から讃美し、こう特徴づける。「君は、苦しみを嘗めつくしても／微塵も動じることのない人間である」、と。ホレイシオは、「祝福された」人間の一人である。

情熱と思慮が絶妙に混じり合い
運命の女神の指が押えるままに音をだす
笛になることのない人間……
（三幕二場五七―五八行、六一―六三行）

――ホレイシオは、まこと、ストア主義を完璧に実践する人間である。この一節でハムレットが用いた「運命の女神」と「笛」という二つの語を、ハムレットは日和見主義者の友人たちをあしらうときにも用いるが、その用い方の違いによって、ホレイシオのつねに変わらぬ誠実な振舞いが、友人たちの狡猾や軽率と対照をなす。ハムレットはホレイシオを次のように絶賛する。

情熱の虜ではない男
そのような男がいたら、私はこの心の真ん中に
そう、この心の奥底に、大切にしまっておくだろう、
君のことをいまそうしているように。

（三幕二場六三―六六行）

ホレイシオは、劇をつうじて、くるくる回る風車のように定めないハムレットを抑えるための重石であり――「なんとも理の通らぬ軽はずみなお言葉と存じます、殿下」、「せいぜい半人前というところでしょう」、「調子が狂っておりますよ」――、たゆみない支えでもある。ホレイシオはハムレットに亡霊の出現を最初に伝え、その後はずっと秘密を守る。ホレイシオは〈鼠落とし〉の実験のことを内密に知らされており、それが成功したと見るや、ハムレットはホレイシオにのみ快哉《かいさい》を叫ぶ。ホレイシオはハムレットが自ら選んだ腹心の友であり、航海から戻ったとき彼がまっさきに接触するエルシノア関係者である。ホレイシオはフェンシングの試合に立ち会い、ハムレットに制止されなければ、ともに死に就いただろう。ホレイシオは、ハムレットが開陳する哲学的考察に墓場で耳を傾ける。劇の最後で、ホレイシオは、詩の語り部になることを命じられる。

いましばらくは天国の甘美を遠ざけ、
このむごい世にあって苦しみに喘ぎながら、
わが物語を後世に伝えてくれ。

（五幕二場三三二―三四行）

試合の直前、みごとなまでに凝縮された台詞から、ハムレットがホレイシオのゆるぎないストア主義的態度にのっとって生きるようになったことを我々は知る――脱＝知（unknowing）を精妙に意識し受容することによって、柔和さを帯びて。ストア主義と懐疑主義がハムレットの心中でようやく安らかに共存するようになったことが、以下の一節からうかがえる。

雀一羽落ちるのにも神の摂理がある。
今来るならば、後には来ない。後に来るのでないならば
今来るだろう。それが今でないならば
後に必ず来るだろう。覚悟がすべてだ。
やがて去るべきこの世のことを、誰もが何も知らないのだから
そこを早く去ったとしても、かまうことはないではないか。
（五幕二場一九九―二〇二行）

この一節は、これら二つの哲学的立場――ホレイシオは明らかに二つを円満に和解させていたが、ハムレットは劇中ずっとそれらを融合させようと模索していた――につきものの諸トポスを響かせながら、ハムレットの知的決意を素朴な確信へとまとめあげる。それは、己れが自己分裂することなく行動するための基盤となる。その台詞には、別のことも記されている。すなわち、ハムレットがきちんと自己吟味しないまま己れが奉じていると信じていた劇冒頭の哲学的立場が確立された、ということである。ハムレットは、己れ自身の不可解な振舞いを観察し、そこから学ばねばならなかったので、彼の自己認識は誤っていた。己れの奉じる哲学を生来の振舞いとして血肉化することは、ハムレットにはとうていかなわないことであった。だが劇が終わるときまでには、ハムレットは、己れがはじめにいたと思っていた地点に到達し、混乱と欺瞞、自己言及と自己批判の迷路を抜け、ためらい惑乱しながらも、めぐりめぐって真実にたどりついた。それと同じことをごく手短に言うならば、劇が終わ

るときまでにハムレットは成長を重ね、生をその極限状態において受容する「覚悟」をもつにいたる。ハムレットの言う「覚悟（readiness）」とエドガーの言う「成熟（ripeness）」〔『リア王』五幕二場の 'Ripeness is all'〕はともに、ストア主義の定型表現《コモンプレイス》と同義である。異なる名詞が用いられているのは、『ハムレット』と『リア王』の主題上の相違をいくぶんか示している。エドガーの「成熟」という語は自然の過程に関わっているが、ハムレットの「覚悟」は人間の意志のありようのひとつ、決断と行動の文脈を示している。彼はついに、「情熱の虜ではない男」になる。情熱の正と負の力をみずからの意志をもって証明しようと、劇の大半を、まさに情熱のくびきのもとで苦闘したあげく、ようやく。

Ⅳ

登場人物が互いを映し合うという主題のほかにも、さまざまな種類の鏡映作用（mirror-action）がこの劇には見られる。言語も鏡の主題を奏でている（花のイメジャリが示しているように）。反復し、響き合い、引用することによって、言語は登場人物や状況のあいだの相違や類似を明らかにする。この劇には、たとえば、プロットの原動力をなす兄弟殺しという「人類最初で最古の呪い」が木霊《こだま》のごとく鳴り響いている。弟によって殺されたハムレット王自身も、息子たちがきわめて英雄的であると思った一騎打ちという原始的な方法によって、同輩の王を殺した。クローディアスがハムレットに最初に話しかけるときに言う「人間で初めて死体になった者」から、墓場で掘り返された頭蓋骨のひとつを見てハムレットが言う「人類最初の殺人者である、カインの使った〔驢馬の〕顎骨」に至るまで、「カイン」はいたるところにその姿を見せている。兄弟同士が傷つけ合う。ハムレットはレアティーズに、「屋根越しに放った矢が／わが兄弟を傷つけてしまった」と言う。ハムレットはレアティーズとの試合を「兄弟同士の試合」と呼ぶが、血縁らしからぬ遺恨がこの劇に渦巻いていることを我々は知っているので、それは凶事を予告している。『ハムレット』や『リア王』、そしてほとんどのギリシア悲劇が示しているように、最も激しい憎しみは、家族のあいだの根源的で避けることのできない摩擦から生じる。「兄弟同士の試合」のなかに、恐ろしい危険が潜みうるのだ。

　兄弟の死、父親の死。フォーティンブラスの父親、ハムレットの父親、ポローニアスはみな、生得権とアイデンティティを何らかのかたちで主張せよと息子をせっつき、復讐を促す。〈鼠落とし〉はデンマークの状況を反映しているが、そこにはある重大な相違がある。上演された劇中劇において、殺人者は甥であり、明らかに何の理由もなく叔父を殺す。兄殺しを叔父殺しにすりかえることで、ハムレットはいささか手の内を明かすことになった。

　ヘラクレスとシーザーへの劇中の言及も、同じ主題の異なる諸相を関連づけている。ハムレットは、改革者としての顔をもつストア主義的な英雄の典型としてヘラクレスに言及する。[35]「ネメアの獅子の筋肉」〔ヘラクレス十二の難業の第一、ネメアの谷の獅子退治を指す〕は、ヘラクレスが「それ〔関節の外れた世〕を正すために生まれた」こと、さらには全地中海世界を浄化するという運命を彼が受け容れ、それをまさしくやり遂げたことを思い出させる。両肩で地球を支えるヘラクレスへの言及は、英雄は重荷を担うというメッセージの一例であるだけではなく、それが演劇的な文脈で生じているために、自己言及とも、別種の合わせ鏡ともなっており、この場合は、劇が上演されている現実の場であるグローブ座――その看板には地球を担うヘラクレスの姿が描かれていた――が映し出されているのである。そして最後に、オフィーリアの墓を去りながらハムレットが口にする諦観漂う戯れ唄《ジングル》、「ヘラクレスには好き勝手にさせておくさ／猫にだって犬にだっていい日は来る」（五幕一場）のなかでは、ヘラクレスの英雄性は日々の暮らしのありふれた些事の下に埋没してしまっている。

シーザーへの言及も、ほぼ同様の調子でなされる。殺された支配者は、まず、ホレイシオの学問的な語りのなかで喚起される。ホレイシオは、存在すると信じていない亡霊が突然現れたため、故事を引用して心を落ち着かせようとする。問題の亡霊は、やはり亡霊となって現れたシーザーと同様、殺された支配者であるとわかる。次なる言及はポローニアスによってなされる。彼は、かつて芝居に出たことがあると述懐しつつシーザーとブルータスについて語るが、それは王殺しの主題の喜劇的な変奏である――もっともその喜劇的な調子も、王の代理を務めていたポローニアスが誤って本当に殺されると、暗転する。思索に耽るブルータスは、敷衍《ふえん》すれば、ハムレットになる――かつて、ブルータス役の役者はジュリアス・シーザー役のポローニアスを殺した。いまや、(ブルータスのように)苦悩に憑かれた男がポローニアスを殺し、(ブルータスのように)その殺害を悔いながら生きる。シーザーが最後に言及されるのは墓場の場面であり、ハムレットはシーザーが、他の人間と同様に塵になったと言う。この言及から我々は、王子が父親の死という事実を受け容れ、自分自身の死に直面する覚悟ができていることを知る。

主題のうえで、ヘラクレスとシーザーは劇全体に長い影を落としている。ヘラクレスは、困難な選択を従容《しょうよう》としてなし、古代世界を改革した英雄である――また彼は、まこと、妻の意図せぬ裏切りによって死ぬことになるが、事の起こりは他の男が妻を欲したことであった。ヘラクレスはまた、〈岐路に立つ(in bivio)ヘラクレス〉としても知られており、決断せよと挑まれて正しい道を選択した人物でもある。シーザーは、精神上の息子とも思っていた(噂によれば、実の息子であったかもしれない)若者に斃《たお》される支配者である。その物語を素材にしてシェイクスピアが創作した、『ハムレット』にわずかに先行して書かれた劇『ジュリアス・シーザー』において、ブルータスは、ある意味で己れの父のような存在である年長者を殺そうとして心中で葛藤するが、それはハムレットの苦悩に通じるところが多い。ブルータスもハムレットも、何が正しいのかわからない。両者とも己れの振舞いを正当化せねばならず、一人はあまりにも性急に事を起こし、もう一人はぐずぐずして行動を起こせない。

この劇のばらばらの細部をつなぐのに役立つ糸は、ほかにもある。友情のイメジャリは、ポローニアスとハムレットではずいぶん異なる用い方をされているが、化粧のイメジャリとともに、多くの道徳的次元において作用している。ポローニアスが息子に与える訓戒は、一聴するかぎりでは、純然たるストア主義を説いているようであるが、実際はレアティーズに抜け目なく功利的に立ち回るようにと教えている。だが、ポローニアスとその息子がいかに策略を巡らそうと、彼らはともにマキアヴェッリ主義者のクローディアスに唯々諾々として操られる道具であり、いずれも、彼が王であるからという理由だけで王の策謀に加担する。だから両人とも、自ら墓穴を掘ったわけだ。ポローニアスは息子にはなむけの言葉をかけるが、このような人間関係観にふさわしく、そこではストア主義を説く格言が卑しく用いられている。ポローニアス自身は明らかに自分がしていることに無自覚であるが、彼の道徳臭《モラリズム》は出世欲や名誉欲を隠す覆いの役を果たしている。だから、ポローニアスの言うには、折り紙つきの誠実な友人は「鋼のたが」で締めつけてでもけっして離してはならないのだ——“grapple”(締めつける)も“steel”(鋼)も、ともに機械装置(巻き上げ機やぜんまいなど)に関連する用語であり、人を道具とみなすポローニアスの功利主義的な世界観を明らかにしている。ストア主義の公理も、ハムレットが口にするとずいぶん違うかたちをとる。「そのような男がいたら、私はこの心の真ん中に/そう、この心の奥底に、大切にしまっておくだろう」。ハムレットにとって、友情は有機的な統合であって機械的な連結ではない。

うなずけることではあるが、レアティーズはまさにポローニアスの息子である。父親のポローニアスはハムレットの己れの娘に寄せる想いを、いかにも彼らしく「愚かなヤマシギを捕える罠」と呼んではねつけるが、同様の表現が、瀕死のレアティーズが語る、悪の報いが己れにふりかかってきたという台詞にも現れる。

ああ、愚かなヤマシギのように、自分で仕掛けた罠に捕えられてしまった。
オズリック、俺が死んでも、それは自業自得というものだ。
（五幕二場二九〇—九一行）

木霊《こだま》のように響き合う言葉は、先に強調された主題を観客に思い出させ、旋律を記憶に保持するための速記《ショートハンド》のようなものである。〈この父にしてこの子あり〉という言葉通り、レアティーズは、保身のために他の人々の真意を疑ってかかるところがありながらも、騙されやすく道具にされる。だがそれでも、レアティーズは父親とまったく同じではない。ポローニアスは自己欺瞞を貫き、彼の理解が及ばない重大な状況に介入し、自分がなぜ死ぬ羽目になったかがわからないまま死んでいく。レアティーズは、大仰でもったいぶった物言いをし、精力的で衝動的で画策する愚者であったが、父親のように道徳的に麻痺していたわけではない。彼は毒剣でハムレットを刺す前に躊躇する（「だがどうも、良心がうずく」）。死が迫り、それが正当な報いであると悟ると、レアティーズは、尽きつつあるが生あるうちに復讐が遂げられるよう、ハムレットに陰謀を明かす。

ハムレットでさえ、策略を巡らして人を操ったり、仕掛けやからくりの言語を用いることを完全に免れているわけではない。ポローニアスの「迂遠なやり方（windlass）〔windlassには、「巻き上げ機」あるいは「獲物を直接ではなく風下から徐々に追いつめていく」という意味がある〕やまわりくどい手法（assays of bias）〔assays of biasは、ローンボウルズという球戯に由来する表現。対戦相手のボウルを迂回して的のボウルに当てること〕」という語句は、間接的な方法で直接的な真実を探し当てることを意味している。ハムレットが〈鼠落とし〉でしているのは、まさにそのことにほかならない。また、鷹と鋸（handsaw）〔hernshaw（鷺）と校訂を施されることもある〕の区別はつく、とハムレットは言う。彼はまた、武器に関する言及もなす。「自分で仕掛けた罠に自分ではまる」、彼が比喩のうえでレアティーズを傷つける矢、叔父がハムレットを殺そうとして砥いでいる斧などが、それに当たる。ハムレットの矢はクローディアスの矢と結びつくが、それは、ハムレットを殺そうとして放っても戻ってきてわが身を傷つけてしまうため使うことができない矢〔四幕七場でクローディアスがハムレットを放置していた理由をレアティーズに説明するときに矢の比喩を用いる〕である。斧はクローディアスの言う、やがてハムレットに振り下ろされることになる「巨大な斧」〔四幕五場。「罪人に／巨大な斧を振り下ろそう」〕と結びつく。

　ハムレットとその叔父は、さまざまなところで、言葉によって結ばれている。二人とも相手を斃そうと決意しているので、同じひとつの目的を追求しているという点においても、両者は結ばれているのである。ハムレットが用いる、腐敗、汚染、血をめぐるイメジャリ、行動しないことを「誤魔化す《シャフリング》」ことにハムレットが執心していること――これらすべてがクローディアスの祈りに現れてくる。劇冒頭でマーセラスが言ったように、デンマークは病んでいるのだ。ハムレットはそうした感覚を繰り返し口にするし、クローディアス――「デンマーク（王）」――も己れ自身が病んでいることを認めている。もっとも王は、病の原因を「ハムレット」に、あるいは甥がまだ生きていることにあるとする。クローディアスにとってハムレットはデンマークの「病」であり、血液中の熱をはらむ部分を浄化すれば王も国家も健康体になる、というわけである。ハムレットの視点から見れば、もちろん、それとは逆のことが言えるだろう。すなわち、叔父こそが国を悩ます病であり、叔父を取り除けば、国が浄化されいくぶんかの清らかさが戻ってくる。そうした定式化は、現に病気の用語を本質的な関心事とするこの劇にとって重要である。観客は、デンマークが病んでいることを知っており、ハムレットがメランコリーに罹っていることも知っている。それゆえ、明らかに病んでいるハムレットこそが社会を苦しめている病因であるとするクローディアスの主張を認めることも、論理的には可能である。[36]なんといっても、ハムレットは現に病んでおり、国はぐらぐらと危うく、ハムレットの異様なポローニアス殺害によって、不安がさらに高まっているのだから。おそらく、ハムレットがいなくなれば、デンマークという国家も安定を取り戻すことができるだろう。もちろんこれは、イリュージョニズムがなす詐術のまた別の例であり、〈見せかけ〉の世界が生んだ論理もどきでしかない。デンマークは、まさに病に取り憑かれている。ハムレットはメランコリー患者なので病んではいるが、彼の病は、国家に巣食う病と共鳴し照応し、そもそもそこに根をもっている。彼の病は、内なるゆがみではなく外の世界のゆがみから生じてきた。だからそれを、真実の病気、正直な病気と呼ぶこともできよう。ハムレットがデンマークの不健康の源であるとクローディアスが言えば言うほど、ハムレットの病は、これぞまっとうな反応であるという模範を示しているように思えてくるし、クローディアスが求めてやまない「健康」は、異常なもの、不道徳なものとすら思えてくる。

意志をむしばむ世界を理解しようと努めるなかで、人間とは理性を行使する獣であるという定型表現が、ハムレットの台詞のなかで繰り返し口にされる。この決まり文句は、ハムレットが己れの置かれたさまざまな状況を試みていくにつれて、多くの文脈に出現する。クローディアスは狂ったオフィーリアを見て決まり文句を口にするが、それがいかにも紋切り型という感じなので、オフィーリアの状況であれ己れ自身の状況であれ、その由々しさを彼が理解しているとは思えない。クローディアスはつねに、「理性を行使する獣」の姿を見せてきた——すなわち彼は、獣じみた人間であり、自己を保存するためや行く手を阻むものすべてを破壊するために理性を用いる暴力的な捕食者なのだ。彼のそうした正体は祈りの場面で明らかになるが、そこからわかるように、クローディアスは欲望至上主義者であり、彼の野心は心の平穏を願う気持を上回っている。クローディアスはつねに、準備万端整っている――ハムレットのように「覚悟がすべて」であることを学ぶ必要はないのである。なぜなら、根っからのマキアヴェッリ主義者である彼は、一瞬たりとも警戒を怠ることなど考えもしないからだ。操り師としての手をいっときも休めることなく、過ぎていく一瞬一瞬をつかまえ、先を見越して計画をたて、休息の時があれば、それを利用して目標を練る。クローディアスは墓場で妻にこう告げる。

やがては平穏な時が訪れてこよう。
それまでは忍耐して凌《しの》がねばならぬ。
（五幕一場二七六―七七行）

だがその「時」を、クローディアスは彼女の息子の破滅を画策するのに費やすだろうということを観客は知っている。ハムレットの「すぐ知れるだろう／だがそれまでの時間は俺のものだ」という台詞には、危機的な状況にいたったという認識とともに、それを最大限に利用せんとする決意もうかがえる。二つの台詞は、鮮やかな対比をなす。クローディアスは欺くために語り、ハムレットはただ、己れの決意と忍耐を表明するために語るのである。

プロットの複雑な人物相関図がそうした連結子によって結ばれているのを見ると、『ハムレット』も『リア王』と同様、人間関係の網の目からけっして逃れられない劇であることがわかってくる。自分自身に対してであれ、他の人々に対してであれ、誰も責任を免れることはできない。シェイクスピアは、劇作上のさまざまな技を駆使して、登場人物を互いに結びつけている。そうした仕掛けはときに、ヘラクレスやシーザーへの言及のように主題をつなぐ働きをする。ときにそれは、同じ主題、同じテーマに対する異なる反応を吟味する試金石として働く。ときにそれは、同じ言葉を木霊《こだま》のように反復することによって、ほかには似たところのない登場人物たちが特質や状況を共有するさまを示すよう作用する。ポローニアスとレアティーズが似ていても、我々は驚いたりしない。だがクローディアスとハムレットの場合、二人が似通った特質をもつことに我々はなかなか気づかないし、気づいたときは、はるかに痛ましい気持になる。

V

そうした諸々の手法が劇の諸相を映し出す鏡の役割を果たしているかぎり、それらはまた、主題のうえでも構造のうえでも重要な、別の方法によってもつながっている。『ハムレット』は、同じ主題が範疇をまたいで異なる領域で反復されるという増幅（reinforcement）の原理のもとに構築された、多くのルネサンス期の文学作品のうちのひとつであり、この劇の場合は、アクション、登場人物、イメジャリ、言語様式《スタイル》において主題が反復されている。メランコリーは、ハムレットの性質や人格の問題を扱ううえできわめて便利な概念であり、鏡という増幅の様式によくなじむ。というのも、メランコリーにおける「スペキュレーション」や「リフレクション」の強調は、〈認識の営み《エピステモロジー》〉という主題を映し出すのに一役買う、鏡映する文学手法に移しかえることができるからだ。とはいえ、シェイクスピアは、象徴表現《シンボリズム》のために自然な表現《ナチユラリズム》を犠牲にすることはけっしてない。そうした鏡映作用をなす手法は、そのどれもが、比較的地味であったり、劇中の情報に照らしても意味をなさないものばかりである。たとえば、旅役者たちは、プロットに完璧に溶け込んでいる。旅役者たちが、エピソードとして主題として、メタファーをなしていることに我々が気づくのは、あくまで二次的なことでしかない。彼らの存在そのものが役割演戯（role-playing）の問題や主題を強めているが、役割演戯こそが、いっときはハムレットが世界を解釈するための切り口であったし、さまざまな登場人物の偽装や欺瞞に影のように溶け込んでいるものでもある。登場人物たちが劇中で演戯者や俳優として提示されているかぎり、我々は、入れ子箱をひとつなかに入ったところ、すなわち劇のアクション全体において、定型表現が肉化されているさまを見る――「すべて世は役者を演ず」、そして「男も女もただの役者でしかない」。そうした定型表現は、この劇では台詞として語られてはおらず、ジェイクウィーズやプロスペローの台詞とはまったく異なる意味をもつ。この劇において、そうした定型表現と劇全体との関係は、『夏の夜の夢』における関係とはまったく異なっている。『ハムレット』では、そうした定型表現が表立って議論されることはない。というよりそれは、ハムレットの人格のなかに吸収されているのである。世界そのものが、しばし、演劇の相のもとに《スブ・スペキエ・ドラマティス》（*sub specie dramatis*）眺められるが、ついにはそうした世界像もイリュージョンのように思えてくる。そしてようやくハムレットと我々は、世界を「あるがままの」姿で受容することができるようになるのである。

　劇中劇は、プロットの一要素として機能しているだけではなく、己れが〈見かけ〉を正しく判断しているかどうか評価する難しさ、ハムレットの自己探究、思索することについてハムレットが思索することを、寓意画のように提示するものでもある。劇中劇は、〈認識の営み《エピステモロジー》〉を演劇の用語に変換し、解釈することにまつわる、ハムレットを真に悩ませている諸問題を可視化した例を観客に示している。現実《リアリティ》の「さまざまな位相」とその理解をめぐるもうひとつの仕掛けは、劇中の毒殺という行為である。亡霊は、いま自分の王冠を戴く蛇によって「果樹園で」毒殺された、とハムレットに告げる。黙劇において、午睡中の劇中王は、ハムレット王と同様、耳に毒液を注入され殺される。劇の最後で、王、ハムレット、レアティーズはみな毒剣によって死ぬ。だから、毒殺という行為は、語られた歴史から出て、寓意的なアクションとなり、ついには劇中の恐ろしい事実となるわけである。「耳を毒すること」も主要な主題であり、それはまた別の方法によって、すなわち、劇中でたえず行われている〈盗み聞き〉によって表現される。ポローニアスは盗み聞きをしていて殺される。ローゼンクランツとギルデンスターンはハムレットの真意を「聞き出す」ために遣わされる——ハムレットが言うように、彼らは「両耳をじっと澄ましている」。クローディアスとポローニアスは、ハムレットの会話を盗み聞く。盗み聞いたことは、痛ましい真実であれ痛ましい嘘であれ、いずれにせよ「毒」になる。だが人は、聞いて真実を聴き取ることはめったにない。レイナールドは、レアティーズの行状を探れとポローニアスが命じるのを聞きながら、その真意をなかなか理解できない。オフィーリアはレアティーズの言葉を受け流している。ローゼンクランツとギルデンスターンは、ハムレットが本当は何を伝えようとしているのか、聞いて理解することができない。オフィーリアの私室に現れたハムレットは彼女に話しかけないし、王妃の私室に現れた亡霊も妻に話しかけない。まこと、互いに、そして他の人々の話を聞いて理解できるのは、ハムレットとホレイシオだけのように思える。ハムレットはその異様なまでに鋭敏な知覚をもって亡霊の話を聞き、他の人々——オフィーリアを除いて——が意図しなかった言外の意味までも聴き取ってしまう。ホレイシオは、直截的なものであれ戯言めいたものであれ、ハムレットの言葉に耳を傾け、いずれにせよ王子の真意を汲むことができる。

　幕開け早々〈聞くこと〉の実例が示されているのは、おそらくは、その主題がきわめて重要であることに加えて、この劇では盗み聞きばかりがはびこり、真の意味で聴くことがまれにしかないためだろう。第一幕で、人々は互いにたえず助言し合う。国王、王妃、亡霊はみなハムレットに助言する。レアティーズとポローニアスはオフィーリアに助言する。ポローニアスはレアティーズに助言する。

彼らが助言を与えたり受けたりする様子から、我々はこの劇の登場人物の性格を知るようになる。こうした与え方や受け方を比較することによって、我々は劇の人物の道徳的な特質も見分けられるようになる。

リフレクションという概念を演劇仕立てにするための主要な手段は、鏡の作用をなす言語であり、アクションそのものである。[37]鏡が、他の登場人物というかたちで、ハムレットに掲げられる。ハムレットは己れ自身の性質の諸相が、ときには真実の姿で、多くの場合は悲しくも歪曲されて、彼らのなかに映し出されているのを見る。その一方、言語も互いを引用し、互いの木霊《こだま》を響かせながら、結合の網の目を張り巡らせていく。そうしたなじみ深い増幅の手法は、『ハムレット』に限らず他の多くのシェイクスピア劇にも存在するものであるが、そこには、この劇特有のきわめて重要な自己言及が潜んでいる。それは、「演（遊）戯」（play）という語に集約される自己言及のありかたである。最も実践的な意味として、play は「成長するための練習」を指すことがある。あたかも若い動物たちが、大人の世界の本物の闘争に必要な、攻撃や守備の身振りをして遊ぶように。それゆえハムレットとフォーティンブラスも、若い動物と同様、ルネサンスの若き王子が必ずや直面する闘争に備えて練習《プレイ》する。フォーティンブラスは、王になる練習をごく自然にこなしている。ハムレットの気性は他の習慣に彼を導く。それもまた遊戯感覚に満ちてはいるが、肉体や力ではなく知性を行使する遊びである。狂気だろうが正気だろうが、ハムレットの意図的な言葉遊び[38]は、彼の頭脳が並外れて俊敏に働くことを証しており、彼ほどの能力をそなえた男に復讐を課すことがいかに破滅的であったかを、別の角度から我々に思い出させる。ハムレットは、果たすべき行為を果たせるようになるために、性質に反する役割を演じねばならない。その役割を適切に演じるには、他のさまざまな役割も引き受けて演じながら、他の人々の役者ぶりを観察することを学び、彼らの動機や意図を探らねばならない。それは、道徳的文脈において核心をなす重要な主題であり、純然たる文学的方法によって探究され強化される。『ハムレット』において、「役（role）」はつねに曖昧性をはらんでいるし、〈演じること（playing）〉はただの気晴らしどころではない。要するに、ハムレットが学ばねばならなかったように、当人の気質と割り振られた役割は必ずしも一致しない――それは、シェイクスピアが、たとえば『リチャード二世』において、提示し展開した主題である。ハムレットは、まことと、運命によって、神意によって、劇作家によって、復讐悲劇の主人公という身に合わない役を振られたのだ。ハムレットは、気質からして復讐につきものの道徳的ディレンマにできるだけ長く目をふさごうとするだろうが、その問題にやがては直面することになる。ハムレットは、さまざまな役を試すことによって、その問題を解決しようと努めるが、それは、ある次元では、実験的な若者がみな試みていることである。すなわち、人生に乗り出しながら、その一方で人生と戯れるのだ。だがこの実験は、ただの戯れ以上の意味をもつ。ハムレットは己れの立場や生活でがんじがらめになっているので、実験は、他の若者たちのように円熟への自由ですばらしい第一歩とはなりえない。それは由々しくかつ決定的なもので、文字通り、生死を左右する事柄である。

最後のフェンシングの試合は、ゲームのそうした深刻な側面を表すメタファーとして、舞台上で演じられる。[39] フェンシングには定まった規則がある。それは致死の暴力が行使されるゲームであり、殺戮をゲームの規則にのっとって行わせようとするゲームである。そのゲームでは、レアティーズもハムレットも己が身を危険にさらし、己れの生命を賭すことに同意する。フェンシングは攻撃と防御をともに含んでいる。それは殺人や自殺へと招くことで、永遠の地獄堕ちを賭すようにと男たちを誘う。ゲームの規則に従うことで、当人の生命と魂は永遠の危機に瀕する。自殺は、どのみちフェンシングには織り込み済みである。劇中の試合は、一見すると二人の若者によって競われる宮廷的な模擬戦のようであるが、実のところは生きるか死ぬかの闘争であり、この場合は騙し討ちの陰謀でもある。私たちは、「覚悟がすべてだ」という言葉を、ハムレットが最終的に到達した平穏な境地を指すものと考えるが、それよりはるかに実際的な事柄を指すようにも思える。すなわち、今回ばかりはハムレットも先見の明を発揮し、レアティーズの留学中に練習を積んだのだ。彼は、公正な試合をして勝つつもりだった。試合は公正ではなかった。それでもハムレットは勝利したが、命を失うことになった。フェンシングの試合において、「遊戯＝競技《プレイ》」は「悲劇」へと変わる。劇中劇と本体の劇において、〈見かけ〉が悲劇的真実へと変わるように。

　ハムレットとレアティーズの試合は、別の意味においても、ある種の模擬戦であると言える。というのもそれは、一対一の戦いであるが、剣士の一人が別の誰かの代理人として戦っているからである。レアティーズはクローディアスの代理を務めている。彼の父親も、殺されたとき王の代役を務めていたように。この代理がなければ、それは正真正銘の試合となる。試合の場面では、ほかにも多くのことが明らかになる。この、自殺にも等しい行為をなすために、ハムレットは己が手によって己れ自身を死から救い、イングランドでの死から逃れた。過去に起こった出来事とこれから起こる出来事の流れのなかでこの出来事を眺めるならば、ハムレットの自殺もどきは、オフィーリアの本物の自殺とホレイシオが遂げるであろう自死のなかにだんだんと溶け込んでいき、やがては劇中の自ら招いた死のすべてに溶け込んでいく。ポローニアス、ハムレットの学友たち、クローディアス、レアティーズ、ガートルード――彼らはみな、死の運命とあまりに長く戯れすぎたために死ぬことになった。知りながら、あるいは自分でもそれと知らずに、彼らはみな策に走って目的《エンド》を遂げようとしたあげく、策に溺れて自らの死《エンド》を招く。仕掛け、武器、道具、装置が操り手に牙をむくというイメジャリは、悲劇的になりうる状況には危険がつきものであること、いかなる操り手であれ己れの操る機械や装置を全面的に信頼することはできないことを、強調する働きをする。たとえばオフィーリアのように、悲劇的状況に置かれているだけでも自滅することがあり、自殺は、そうした自己破壊的行為における危険のひとつに数えられる。

自殺は自己言及であり(40)、人間が己れの存在を破壊して抹消する、生者にとって最も否定的な自己言及である。自殺という主題は、自己言及的な性質を帯びているがゆえに、〈認識の営み《エピステモロジー》〉における、しばしば根源的に自己を問いつめていくあの旺盛な自己言及性と結びつき、それを強める。エピステモロジーにおいて、人は己れの思考と思考過程を定義しようと試みる。自殺において、人は、別の方法によって、己れ自身を定義づける——すなわち、限界を定める。己れの意志の働きをもって己れの生を決定づけることによって、すなわち、自ら死を選ぶことによって、そうするのである。哲学思想におけるように、悲劇では、人間の生は死をもって実現し、生きることはいかに死ぬかを学ぶことであるというパラドックスが、しばしば例示される。人間の己れの生に対する態度が、その人が人生をいかに過ごすか、あるいは過ごそうと努めるかを条件づけ導くのだ。エピステモロジーと同様、自殺はつねにいくぶんかパラドックス性を帯びている。『ハムレット』という劇は、これらの自己言及の手段によって、内なる窓を開け放ち、はるか奥へと広がっていく渺々《びょうびょう》たる眺めを明らかにする。眺め渡すと、内面の意味が、彼方へと退いていく可能性の連なりが、果てしない複雑さの合わせ鏡のなかに、困難が困難へと消え失せていくなかに、自己回帰する謎のなかに、収斂していくのが見える。そしてそうした眺望によって、『ハムレット』は、主人公の混乱を観客に正しく伝えることができるのである。

劇中劇は、展開するアクションのまさに中心部に置かれ、焦点として機能している。それは単なる自己論評以上のものであり、本体の劇のアクションを促す装置でもあるために、ひとりよがりを免れている（ハムレット自身が免れているように）。かくも粗雑に上演されたこのささやかな〈鼠落とし〉から、ハムレットとクローディアスの生死をかけた闘争が始まるのだ。欺きについての、欺きに満ちたこの劇において、最も油断ならない要素のひとつは、復讐劇のプロットの粗雑で常套的な構造に知的な主人公を登場させ、お定まりの復讐の状況とともに、その状況を批判的に吟味し、割り振られた役割を果たすのにじっくりと時間をかける主人公を我々に提示するという劇作家の決断である。だからハムレットは、道徳的な批評家として劇中を生き、そのような劇、そのような状況がはらんでいる諸問題を分析し検討する。彼はまた、文芸批評家としても振舞い、復讐の図式に対する劇作家の批判を劇作家に代わって演じ出す。

　劇作家は、そのような主人公を納得のいく共感できる人物に仕立てるために、さまざまな型のメランコリーを用いることで、提示にともなう問題のいくつかを解決した。謎、鏡映作用、自己言及、同語反復、相対主義を強調する技法によって、ハムレットの思索的な性格の謎の数々を照応させることによって、劇作家は、単なる復讐悲劇にはとうてい到達できないような複雑で知的な劇を構築した。さまざまな哲学思想が振舞いとなって発現し、振舞いはふたたび哲学を志向する——己れの大義が、己れのとる行動が、正しいものであるという確信を得ようとするハムレットの試みが、懐疑主義とストア主義によって導かれているように。王子の優雅な知の姿は、他の一連の演劇的実践のなかにも同じ姿をもっている。すなわち、シェイクスピアがこの劇のためにことのほか深化させ発展させ、定めなさと果てのなさのあの独特のイリュージョンを生み出した、あの独特の鏡の手法のなかに。読者はそれをつねに強烈に意識し、と同時に、舞台上のほんのささやかな行為すら、そのどれもが、しばしば漠たるものながらかなり深遠な意味を帯びていると感じさせられるのである。

　それらの仕掛け《デヴァイス》は、ハムレットは思考する人であるという我々の確信を支えるとともに、劇中の難題を解きほぐそうとして懊悩するハムレットの頭脳も同じようなありさまであったはずだが、この劇はなるほど策略や変化に富み、なるほど脈絡や統一のない劇であると思わせる。劇（play）も頭脳（mind）もいかにも精緻に構築されたものであることがわかるのだが、この秩序の劇は、部分的には、劇のほぼ全面にわたる遠近法主義、謎、分断、あからさまな無秩序のために生じている。『ハムレット』は、何よりもまず、アン・ライター〔アン・バートン〕が「演劇の理念（the idea of the play）」と呼び、ライオネル・エイベルが「メタシアター（meta-theater）」と呼ぶ仕掛けについての劇でもある。だからこそ、〈世界は舞台〉という定型表現が根本的な重要性をもつことを我々は理解するのだ。もっとも、「演戯《プレイング》」の意味が舞台《いた》の上に丸ごと視覚化もされ精査もされる『ハムレット』という劇において、この転義《トロウプ》が用いられる際の独特な「厚み《リアリティーズ》」は、他のシェイクスピア劇すらも及ばないほど、装飾と寓意という定型表現のもつ機能を突き抜けてしまっている。

ハムレットという登場人物と同様、『ハムレット』という劇も、自己言及をめぐるさまざまな実験を行う。ハムレットという登場人物と同様、『ハムレット』という劇も、自己言及的で自己分析的である。当時の心理学にのっとって最も単純な言い方をすれば、演戯のメタファーは「真実を表す」ものとみなしうる。もっともシェイクスピアは、それがいかなるイリュージョンをなし、いかなる欺きをなすか吟味してからでないと、それがもたらす「真実」を示そうとはしない。メランコリーを患っている人間は、自分自身をも含めて、世の男女すべてが一生ずっと役を演じていると考えた。だから、メランコリーを患っている――真正なものであれ装われたものであれ――ハムレットも、さまざまな役を演じている。ときには攻撃のため、ときには防御のため、ときには熟慮して、ときには鏡のように映し返し、ときには愉楽のため、ときには真剣そのものに。シェイクスピアはメランコリーを、演じ出す《アクティング・アウト》ことが行動《アクション》の一部になることを可能にし、それを促しさえする親和性のある場として選んだが、そうすることによって、劇作家は、知的な主人公を興味深く共感できる人物として提示するためだけではなく——それだけでも劇作上の難問であるが——、己れが生業とする技芸《クラフト》がいかなる道徳的義務をもつかという自己吟味を劇化するためにも用いられる多くの隠喩《メタファー》や仕掛け《デヴァイス》を見つけ出すことができた。劇作家の自己言及は、プロットの要求を満足させるということに、ひっそり寄り添う亡霊のようなものでしかない。だがその影のような存在によって、我々は思い出すのだ、道徳的な自己吟味は、たとえそれが劇作家による劇の吟味にすぎなくとも、きわめて困難な試みであり、人間の状況の極限へと、まことまっすぐに通じている道なのである、と。

　劇作家たちの抱える問題を悲劇の言葉で語らせることによって、シェイクスピアは己れの劇に新しい次元を与えた。『ハムレット』において、生は吟味され、それが生きるに値するものであると——また、そのために死ぬに値するものでもあると——わかった。〈演戯すること《アクティング》〉が〈演じ出すこと《アクティング・アウト》〉と結びつき、それらが〈行動《アクション》〉と結びついていることが、単純な選択肢に代わる選択肢であるとみなされ提示される。そうした選択肢は、〈行動〉の不完全な模像でもなければその代用物でもない。ハムレット自身が円熟していくにつれて、芝居がかった振舞いは、さほど悪いものではないとわかる。演戯することは、ハムレットを懊悩させるのと同じくらい彼を護り、彼に屈辱を与える以上に学ばせもするからである。ハムレットは、さながら若い動物のように、演戯をつうじて行動することを学び、行為の真似事をすることによって行為することを学ぶ。演じることによって、己れ自身の知覚に開いたいくつもの深淵を——見かけと実体のあいだの、見解と事実のあいだの、知性と意志のあいだの、若さと円熟のあいだの、生と死を受け容れる覚悟と覚悟のなさとのあいだの裂け目を——渡ることができる。劇作上の問題を道徳的次元へと高めることによって、劇作家は、〈知ること（knowing）〉と〈演戯すること＝行動すること（acting）〉がいかなる関係にあるのか、そしてまた、〈知ること〉とはいかなることであるのかを吟味することができた。見解と事実がいかなる関係にあるかを吟味し、そうすることによって、虚構《フィクション》や虚構作品《フィクションズ》とはいかなるものであるのかも吟味することができた。そして劇作家は、虚構と事実のあいだには膨大な距離があるが、象徴化し分析する悟性のもとで、それらが不可思議にないまぜになるさまを我々に感じさせてくれたのである。『ハムレット』は、試行錯誤の果てに、啓示と否定の果てに、人間の状況の真実を「知る」ことがいかなることなのかを経験している男を我々に見せてくれる——ハムレットの経験さながら、ゆっくりと、痛ましく。この劇の虚構によって、「理解すること」が何を意味しうるのか、我々はいささかの理解を得る。『ハムレット』において、シェイクスピアは、虚構でしかないものが、想像的な知を得るうえで何ができるかを示したのだ。

第六章　牧歌の眺望――ロマンス、喜劇的で悲劇的な

I

牧歌様式（pastoral mode）は、一六世紀の終わりまでには、多くのさまざまなジャンルを取り入れて、文学上の実験、とりわけ混淆ジャンルに関心をもつ作家たちに豊かな選択肢を提供した。そしてさらには、ルネサンスの文芸理論を特徴づける大きな文学論争のひとつに巻き込まれていた。牧歌はひとつの作品のなかに、「模倣《イミテーション》」と「創意《インヴェンション》」を、芸術《アート》と人工《アーティフィス》を、技巧のなさ《アートレス》と技巧の豊かさ《アートフル》を混淆する機会を与え、かつ促し――そうした混淆物をめぐる議論を生じさせた。牧歌詩（eclogue）は、古典期以来の崇敬すべき主要な牧歌形式であるが〔テオクリトスが興した牧歌の伝統をウェルギリウスが『牧歌』（*Eclogues*）によって確立した〕、他の牧歌的抒情詩、すなわち、恋愛抒情詩、対話、歌も花開いた。牧歌的な挿話は、きまって、叙事的な武勇譚（epic gests）を主たる目的とする詩の息抜きとなってきた。イングランドの詩人、サー・フィリップ・シドニーは、英雄叙事詩的な作品を散文で書き、羊飼いにはさほどの関心を示していないにもかかわらず、それを『アーケイディア（*Arcadia*）』と題した。そし

て、この散文の叙事詩のなかに、それ自体が牧歌の形式や主題の一大選集となっている、一連の牧歌詩をちりばめた。マロやスペンサーは、イタリアの牧歌詩人たちから着想を得るとともに、ラテン中世の諸文学伝統を踏まえたキリスト教牧歌の堂々たる模範を提示し、後続の者たちのために想像力の可能性の幅を拡げた。これらの詩人たちはまた、牧歌様式の枠内で諷刺詩を書くことを試み、それにみごとに成功した。まこと、牧歌の業を網羅した選集さながらの作品もある――サンナザーロの『アルカディア』はその一例である。『羊飼いの暦』には牧歌の主題やトピックが咲き揃い、シドニーの羊飼いは、牧歌詩が形式と主題においてなすことができる多様な技を、『アーケイディア』のなかで、技量誇示しながら華やかに繰り広げる[1]。

　演劇は、コンメーディア・デッラルテや他の民衆的なもろもろの形式からタッソやグァリーニの壮麗な牧歌劇に至るまで、牧歌的場面や牧歌的な登場人物、そして抒情的牧歌の感応力（*pathétique*）とも呼べるもの（少なくともルネサンスにおいては）を利用してきた[2]。牧歌的場所が愛の戯れや恋愛詩のための公式の場としていかに理解されていたかは、時代は下り一六〇〇年に出版された牧歌抒情詩の詞華集『イングランドのヘリコーン』を見ればよくわかる。アルカディアの修辞のイングランド版や穏やかな風味のアルカディアの論理が世紀の変わり目に産出されたということは、イングランドという緑なす美《うま》し国において、アルカディアという文学上の概念が、文学的可能性の領域を広範にまたいでいかに強力に作用するようになったかを示している。牧歌の神話や型《パターン》は、社会と文学における位階秩序の最も高いものから最も低いものに至るまで、どこででも得ることができた。聖霊降臨節の祭り、牧歌的挿話、牧歌ロマンス、物語の本において、そして舞台上では牧歌的仮面《マスク》劇や（さらによく見られるのは）仮面劇のなかの牧歌的挿話において、観客は牧歌的経験を味わうことができた。すなわち、牧歌のありようは多種多様であったのである。牧歌における形式《フォーム》、慣習《コンヴェンション》、手法《デヴァイス》の混淆によって、さまざまな作法《デコールム》がきわめて幅広く混じり合うことになった。

その混淆の豊かさは、実のところ、さほど驚くべきことではない。演劇における混淆ジャンルの典型としての、それゆえ公式には悲喜劇[3]の場としての牧歌をめぐる文芸批評論争は、グァリーニの『忠実なる牧人（*Il pastor fido*）』に端を発し、牧歌劇を喜劇と悲劇（ときには諷刺）の正式な混淆物として認めることで決着した。混淆を示す代表的な手法としては、ダブル・プロット、様式の混淆、はたまた音楽や踊りや視覚芸術のような、文学外の芸術に由来する牧歌的間奏などがある。[4]どこを見ても、牧歌を見出すことができた——そしてひとたび目につくや、あちこちに見えてくる。というのも、牧歌の柔軟でほとんど無尽蔵な諸形式は、技《クラフト》と想像力に膨大な機会を提供したからである。

そのような背景を考えると、シェイクスピアが牧歌を洗練された手つきで捌《さば》いたのは、さほど意外なことではない。シェイクスピアは、いかにも彼らしく、初期の劇と後期の劇の双方において、その様式をさまざまな方法で試みている。『お気に召すまま』は、みごとなまでに緊密に主題が構築されている劇であるが、シェイクスピアは、散文物語を下敷きにした基本的にはロマンティックな恋愛物語に牧歌の類型的人物を登場させたことはもちろん、多くの牧歌の主題やモティーフに劇中で取り組んでいる。「ロマンス」とそれにふさわしい主題である恋愛がこの劇を支配しており、羊飼いの生活や詩作をすることはどちらかといえば装飾的なものであって、劇の心理的根幹をなしてはいない。にもかかわらず、このロマンティック・コメディの大枠の構造は、まさに標準的な牧歌劇の型——追放や出奔の後、自然界で休息＝再創造《リクリエイション》としての滞在をし、そしてついには、流謫《るたく》の地から「本来の住処へと」帰還する、それも田園で同胞（kind）と情（kindness）に触れることで道徳的な力を強められて帰還するという型——を踏まえている。

『お気に召すまま』は、最初で最後のただひとつの、羊についての劇である。だが、このプロットのかたちは、学校演劇〔一六世紀から一八世紀にかけてのイエズス会の学院では、教育の一環として演劇上演がさかんに行われていた〕からコンメーディア・デッラルテにいたるまで、牧歌としてすっかり定着していたため、あからさまな言葉を尽くさずとも、ひとつの定式として、牧歌のお定まりの主題群をほのめかすことができた。たとえば羊は、そうした劇にまったく姿が見えないことも珍しくなかったし、ときには田園風景すら欠けていることもあった。だが、このプロットの型をそなえていれば、牧歌に関連するもろもろの主題（宮廷対田園、人工対自然、生まれ［nature］対育ち［nurture］）が、劇を特徴づけることを当てにすることができたのである。それゆえ、こうした構想をもつプロットは、牧歌の諸主題をめぐる言説を示すための標識であり、〈生まれと育ち〉をめぐる諸問題——それらはもともと、より歴然と牧歌であることがわかる主題群に結びついていた——を解釈せよと促す抽象化のようなものなのである。

『お気に召すまま』は、牧歌劇のプロットをふまえており、羊や羊飼いと関わりをもっているが、けっして「公式に」牧歌であるわけではない。まずこの劇は、イタリアの牧歌劇理論におけるいくつかの主要な点を無視している。たとえば、純粋な意味におけるダブル・プロットはここにはない。ド・ボイス家の物語は公爵家の物語とは別々に進行するが、オーランドーは早くから宮廷に姿を見せロザリンドの目にとまる。劇をつうじて、彼の状況は彼女の状況と対をなすものと見られている。田園の恋人たちは、宮廷の恋人たちと二重写しになっているが、彼らは自分たちだけの「プロット」に枝分かれするというよりは、牧歌の選択肢を膨らませるために劇中に存在している。また、『お気に召すまま』においては、場所やジャンルの急激な変化もない。公爵家とジェントリ階級に起こった出来事は、追放という手段によって、森というひとつの場所にいわば都合よく収められている。悲劇の風は森中に吹いているが、公爵やロザリンドの努力によって、劇の主調音は「喜劇的な」響きをつねにはつきり保っている。
公爵、ロザリンド、オーランドー。彼らはみな流謫の身であり、そのお供をしているのがシーリア、タッチストーン、公爵の家来たち、アダムといった、離ればなれになるのがいやでついてきた精神的追放者である。森のなかで、それらの追放者たちは、何か気晴らしはないかと雄々しくも探し求め、すでに森に陣取っていた、あの象徴的で、孤立した、自発的亡命者の憂鬱家ジェイクウィーズに遭遇する。そうした俗世の犠牲者――ジェイクウィーズもそうであるが――はみな、アーデンの森の素朴な文化のなかで刷新され、ジェイクウィーズとタッチストーン以外のみなが、己れをかつて排除した社会を再構築するために、意気揚々と帰還していく。この基本的な構成が背景にあることに加えて、この劇は、牧歌の主題やモティーフに富んでいるが、その多くは、つまるところはテオクリトスやウェルギリウスに由来し、ラテン中世をつうじて再形成され、ルネサンスにおいて再概念化されたものなのである。

　この劇は、牧歌の顕著な特徴である対話と弁証を大いに利用している。シルヴィアスとコリン、シルヴィアスとフィービーの恋愛論議、コリンとタッチストーンの宮廷と田園をめぐる議論、オーランドーとロザリンドのそれぞれの求愛作法、オーランドーとオリヴァーが交わす生まれと育ちに関する対話。牧歌の諸議論がきらびやかに繰り広げられるスペンサーの『羊飼いの暦』さながら、数々の主題がすこぶる弁証的に展開され、互いを豊かに引き立て合う。牧歌的葛藤（コリン対シルヴィアス）と、現実に羊の世話をすることと文学上で羊を飼うことをめぐる牧歌的な優劣比較《パラゴーネ》（コリン対タッチストーン）が、ともに、劇の主題構造の一部をなす。盛り沢山の劇ではあるが、それは、何にもまして、競合するライフ・スタイルを比較する劇なのである。なかでもとりわけ、羊や子羊を消毒液に浸し、手からタールや羊毛の脂の匂いがする現実の羊飼いと、「詩的に」生きている羊飼いという、羊飼いの相反する生活がある。現実の羊飼いと文学的な羊飼いを、一度ならず幾度も突き比べて評価することを我々は求められる。羊飼いの生活についてのこのお喋りは、この劇では主題のうえで重要であるが、その背後にはより壮大な人類学的概念が潜んでいる。それは、黄金の世界という（牧歌の）神話、生まれつき善意しか知らない人々のあいだに完璧な交流や相互扶助が存在する「古き世界」、すなわち黄金時代の神話である。[5] 古典期には、牧歌的生活は黄金時代に営まれたとされた。そこで人々は相互信頼のもとに暮らし、羊や家畜の群をともに養い、生まれながらの性質は彼らが住む優しい世界に調和し、財産はみなで心地よく安らかに共有していた。そのような世界は、戦争をする必要がないので、イデオロギー的には平和主義の共同体であった。人々が苦しむような悩み事は人為的にではなく、自然の厳しさ（冬や悪天候）や、この平和な王国ではいまだ市民権を得ていない動物（古典牧歌における狼や蛇、『お気に召すまま』における蛇や獅子、『冬の夜ばなし』における比喩的な鳶《とび》や狼および現実の熊）からもたらされる。このような理想の主題が牧歌の弁証に関わっているかぎり、それは人間の不完全な世界――都市（*urbs*）、すなわち宮廷――の腐敗を言外に示し、対比によって、己れの完全無欠さをひしひしと感じさせるのである。

牧歌的な感応力《パセティーク》は、人々がより優しい生き物と交感し、ルネサンス期においては、自己陶冶《とうや》や己れの感情を探究するという愉楽に耽《ふけ》ることすらも可能にした。[6] そしてその感応力が展開するにつれて、恋愛が公式に牧歌の主要関心事となり、現実の羊であれ詩的な羊であれ、羊を飼うことすら二の次になってしまった。すなわち、牧歌というジャンルにおいて、羊飼いは生来詩人であったが、彼はほどなく詩人と恋人を兼ねることになったのである。当初は、牧歌世界は快適で自然で安楽であり、恋愛もまた同様であった――もっとも、冷淡でつれない、あるいは不実な恋人に対する羊飼いの嘆き（その感情的状況を反映して周囲の風景も悲しみに沈む）は、厄介で心惑わせ、牧歌社会の相互性を破壊する危険性を秘めた、別種の愛を称揚しているのだが。羊飼いたちはしだいに、そして後には女羊飼いたちも、愛のために死ぬようになっていった――牧歌の風景すら、恋にやつれた牧歌詩人たちの煩悶する心を癒しきれないこともあったのである。無時間性や調和を称揚する牧歌世界は、死の効力をまさに否定するために創られたとも見えるだろうが、死はなおも、その完璧な緑の世界にさえ長々と影を落とし、暖かい大気に冷気を吹き込んでいたのである。[7]

牧歌の哀歌《エレジー》は、個人的喪失を慰撫し和らげるみごとな古典的表現をそなえており、死のすばらしい理由づけを与えてくれる。それは、牧歌における人間と自然、創造と霊感との関係を示す範型《パターン》である。エレジーにおいて、羊飼いである歌い手、すなわち羊飼いである創造者は、自然の永遠性という牧歌の虚構に回収され、人間と自然が融合する。この育み養う想像上の自然と一体化した亡き羊飼いの詩人は、彼自身が自然の蓄えからかつて得ていた霊感の一部と化す。牧歌詩人は、生きているときは詩の優劣を競い――羊飼い、山羊飼い、牛飼いはたえず歌合戦をして、詩的活動へと儀式化されたおのおの独自の生活様式を讃美する――、死においては伝統を保持し、自らの気質に応じて思うがままに生きられる想像の世界を創出する。すなわち彼は、都市の贅沢に背を向け、自然が彼を養ってくれる力を信じて質素に暮らすこともできるし、あるいは、自然の無尽蔵の蓄えを存分に楽しみ、それによって己れ自身と己れの技《アート》を再創造しながら豊かに暮らすこともできる。いずれの「自然」を背景として選ぼうとも、その存在に期待されているのは、彼の美的な、そして感情的な欲求を十分に満たすこと――別の言い方をすれば、彼を育み養うこと――なのである。[8]

これらすべての始祖であるテオクリトス[9]は、都市と田園の相対的価値よりも、田園がもつ気晴ら《リクリ》し＝再創造《エイシヨン》の力に関心を抱いていた。いかなる宮廷と田園の葛藤を我々がテオクリトスのなかに見出そうと、それは我々が、その後に続く牧歌作家たちを読むことによって得たものである。だが、ウェルギリウスは、都市と田園の生活の優劣比較をあらわにした。彼の牧歌詩や、それ以降の牧歌の心理が確実に含意しているのは、日々の煩い（*negotium*）の圧力から逃れて、決まりきった日常生活とは意識的に対比される「自由」や「閑暇」（*otium*）のなかに、都会生活の人工性と対比される素朴さの（それゆえ、「自然」の）称揚のなかに、我々が見出す解放感である。[10] あえて念を押す必要もないが、文学における牧歌の発明者や実践者は、羊飼いを生業《なりわい》とする者ではなく、きわめて洗練された都市生活者であり、彼らが想像して描いた田園生活は、現実のアルカディアに暮らしていた住民や、アルカディア衰退後は、現実のシチリア島で住民が営んでいた生活とはまったく異なっていた。トマス・ローゼンマイヤーは、そこのところを絶妙に表現している。すなわち、テオクリトスのシチリアは、地理的な場所というよりはむしろ、絵地図に描かれた虚構の場所なのである、と。ウェルギリウスの『牧歌』の舞台さえ、虚実入り混じった場所であり、たとえば『農耕詩』の北イタリアのように特定できる背景ではない。[11] ローゼンマイヤーによれば、そのような場所を「アルカディア」と呼ぶことは、「現実の」地理がもつさまざまな意味合いをまさに捨象することであって、自然の場所でありながら、精神の拵《こしら》え物、概念、イメージそのものであると主張することなのである。

都市が緑の世界を――労働《ネゴテイウム》が閑暇《オテイウム》を――侵食することは、より素朴な社会形態のみならず、牧歌世界という心理的象徴をも破壊することになる。というのも、文学上の牧歌は、想像力の輝かしい非現実性、想像力が必要とする仕事や責任や義務からの休暇を称揚するからである。[12] 人間がふだん住んでいるのは、鉄の、あるいはよくてせいぜい青銅の世界である。シドニーが言うように、「詩人だけが黄金の世界を生み出す」ことができるのである。本章が扱う作品においては、都市（*urbs*）と田園（*rus*）の文学的対立が変化して、それ自体、ルネサンス期にひとつのトポスと化しているばかりか、ルネサンスの文学や社会的・経済的概念に合致《フィット》するような誂《あつら》えになっている――すなわち、その定式は「都市」から「宮廷」へと改められ、宮廷対田園のパラダイムが牧歌を構成するうえでのひとつの主要な焦点となっている。(13) 自然さ、自由、喜びを奉じる牧歌の倫理《エトス》は、しばしば、宮廷にはつきものの利己的で誇大で物質主義的な人工性を、あからさまにあるいは暗に批判してきた――「宮廷」は、人工的で体系化されたすべての社会組織を表す提喩《シネクドキ》であった。「シチリア」や「アルカディア」は、(ポッジョーリが信じていたように) アレクサンドリア、ローマ、パリのような巨大都市ばかりでなく、もろもろの社会形態、儀礼的手続き、礼儀のための嘘や追従など、厳密に組織化されたものどれいともと対比され、その価値を測られる。時代は下り、ヴェルサイユ宮殿で、王妃マリ・アントワネットや宮廷人たちは羊飼いの杖をもち、羊飼い娘や乳搾り娘の扮装をして遊んだ。意識していたか否かにかかわらず、彼らはいたく微妙な自己言及をなし、こよなく洗練された者だけがその含意を汲み取ることができるような、牧歌の虚構の唯我論を極端なかたちで実演していた。宮廷と田園が両面価値的に共生するなかで、少なくともルネサンスの牧歌作品においては、教えや確認を求めて羊飼いのもとに赴くのは宮廷人であった。宮廷人は見習い羊飼いとなって、自然の「慇懃さ」とは何であるかを羊飼いから学ぶことができたのである。

詩人の世界は想像力によって造型し直すことができ、慣習的な作法を拒んで王妃たちを搾乳場に配置してパンや蜂蜜を食べさせることができた。だから、詩的想像力は、牧歌的状況を扱うときは、いかなる奇跡も思うままになすことが可能だった。王妃が乳搾り娘ならば、羊飼い娘が王妃である、あるいは少なくとも王女であることも可能だろう――そして実際、牧歌の神話の願望充足的な満足感が漂うなか、彼女たちが高貴な身分であることが繰り返し判明する。(14) イタリアの批評家たちのあいだで果てしない論議の的であったあの「驚異的なるもの《メラヴィリア》」の主題は、牧歌の風土では定石であって、社会的奇跡は牧歌の主要な贈り物のひとつだった。そうしたなかで、とりわけ大きな贈り物は、黄金時代のような世界（「詩人だけが黄金の世界を生み出す」）、あるいは（よりふさわしい言い方をするならば）時間を超越した、いわば黄金〈無〉時代が、牧歌風土で再現されることであった。ジャンルをふまえたこの国には、四季の区別がなく、森に入ると時計もない[15]〔ただし、皮肉に造型された理想郷であるアーデンの森には時間が流れている〕。その風景が最も快適な姿をとるとき、泉は尽きることなく湧出し、果実や穀物はつねに実っている。最悪の姿をとっても、四季の巡りは、いかにも牧歌世界らしく温順である。風景にその芳醇な豊かさが見られないとき、責めを負うのは、たいていは牧歌の感応力である——羊飼いの失意や憂鬱を反映して、風景も病み衰えてしまうのである。すなわち、この虚構において、詩人は完璧に勝利している。この虚構を手段として、詩人は、己れの感情的状態と同一化することを唯一の詩的義務とするような自然を創造することができるのだから。そのような自然は、想像力の技に全面的に依存した、あからさまにかつ誇らかに人工的な自然であり、ふつうは芸術が自然を手本として仰ぐのであるが、この自然は、模倣の通常の手順を逆転させ、己れをより良くするために自然が手本として仰ぐような芸術形式を提供する。すなわち、牧歌は、模倣《ミメーシス》の原理が疑問視されたり拒絶されたりするような——まこと、作法《デコールム》という概念も、同様に問題視されるのであるが——、創造的想像力のパラダイムを提供する[16]。牧歌に独自の規則、条件、作法がないわけではない——ただその作法が、現実世界における作法の規範もろもろを意識的に逆さまにしているということなのだ。

　そのような理由によって、当時の批評のもうひとつの主要関心事である人工対自然の問題が牧歌様式に深く結びつけられ、牧歌の議論を育む通常の場となった。詩人たちは、牧歌的自然という概念と戯れ、それを別の倫理の虚構——それ自体が豪華で自意識的な拵《こしら》え物なのであるが——を測る隠れみのとして用いた。人々は、牧歌の書き物[17]（そこにはしばしば、ふつう農耕（georgic）として分類されるような、教育や陶冶《とうや》の概念が混じっていた）から、自然の事物の「改良」、とりわけ交配や接《つ》ぎ木による種《ブリード》の改良という主要なメタファーを得た。自然の手続きのなかで最も自然な「品種改良＝育ち《ブリーディング》」が、人工が最も力をふるうべき領域になったのである。その問題は愉しげに議論された。人間は知恵を用いて自然を完璧にする権利を有するのか、あるいは自然の過程に介入することによって（「庭を責める草刈り人」〔アンドルー・マーヴェルによる草刈り人ダモンをめぐる一連の詩のひとつ〕）、自然の型や所産を堕落させ不純にしているのだろうか。[18]

比喩的に語る詩人たちと同様、農業従事者にとっても、これは美的でも道徳的でもある問題だった——それはとりわけ、人工がなすことを諸学芸（たんに詩や、ましてや牧歌詩に限定されない、すべての学芸）がなす権利があるのかという問題を含んでいた。すなわち、己れが模倣する自然を「改良する」権利があるのかという問題である。ルネサンスの理論家たちによって継承された（「体系化された」と言うほうがたしかにより適切であるが[19]）、様式や主題に関する単純化された厳密な図式によれば、羊飼いとは、ジョージ・ハーバートが「ヨルダン（I）」で歌ったように、正直な人々のことなのである。羊飼いたちは、彼らが営んでいる生活や住処とする風景にふさわしい、素朴な、あるいは粗野なスタイルで話す。とすれば、羊飼いや羊飼い娘の扮装をした王や王女たちも、簡素なスタイルで暮らし話すべきなのだろうか。そのような変装は、社会的身分とスタイルの貴賤との対応関係が厳守されている、価値の位階制にもとづく文学作法にいかなる作用を及ぼすのか。田園を選んだそれらの貴族たちは、宮廷風ではない話し方をビルーンのように学び、ラテン語風の仰々しい上流人士の話しぶりをケントのように棄てるべきなのだろうか。要するに、己れの言葉を己れの新しい振舞いに一致させなくてよいのだろうか。牧歌の虚構という枠組のなかで、これらすべてが問題視され、多くの作品において興味深く探究された。もし、ルネサンスの無数の牧歌詩人たちが示しているように、牧歌の自然世界が複雑な想像上の虚構であるのなら、洗練された絹織り言葉で話す王子や王女たちがアルカディアで歓迎されてもよいのではあるまいか。彼らの修辞の優美さが、さらなる想像上の美を牧歌のエコロジーに付け加えることになるのだから。そう、彼らはまさに歓迎された——それは、種々の様式《モード》がすでに多彩に入り混じったこの混淆物にまたひとつ、異種の作法の混淆物が加わったことを意味していた。

そのような混淆ジャンル（*genera mixta*）は、それぞれの矛盾をはらんでいる。たとえば、この文学倫理はみごとに素朴を装っているが、そこでは最良のものばかりが選ばれている。あらゆるジャンルのなかで最も優れたジャンル、あらゆるスタイルのなかで最も優れたスタイル、人間の抱える諸問題に対する最も優れた解決法。とすれば、タッソの『アミンタ』において、自殺によって主人公をあわや失ってしまうかというときに、愛の魔力と繁みが都合よくあったおかげで〔恋人が死んだと誤解したアミンタは崖から身を投げるが、繁みで墜落の衝撃が和らぎ一命をとりとめる〕、その人物を生きたまま取り戻せるのは、なんら不思議ではない。アミンタは失うにはあまりにも貴重な人物であり、風景は、最も深く絶望した羊飼いすらも救えるほど驚異に満ちているのである。人工《アート》は人間を生の試練から救い出し[20]、牧歌はそれを公然と認める。だから、グァリーニが獰猛な論敵を相手に骨を折って主張し、フレッチャーがいとも優美に述べたように、文学的牧歌という育み養う土壌において、喜劇と悲劇がかくもたやすく共生するようになったのは驚くには当たらない。『お気に召すまま』の後、グァリーニ論争をめぐる主要な書き物よりもずっと後に書かれた、『忠実な女羊飼い』に付されたフレッチャーの序文は、喜劇様式と悲劇様式の混淆物を明快に定義している[21]。

悲喜劇がそう呼ばれるのは、陽気さや殺戮のためでなく、そこに死がないためであり、死がないためになるほど悲劇にはならないが、それに近いところまでいくので、なるほど喜劇にもならないのである。それは命には関わらない類の問題を抱えた、なじみ深い人々を表現するものでなければならない。悲喜劇においても、悲劇におけるように神が正当に存在でき、喜劇におけるようにありふれた人々が正当に存在できるように。

とすれば、悲喜劇的な混淆物は、一部にはアクションの性質から生じてくる。また一部には、ほとんどの牧歌ロマンスや牧歌劇において見られる異なる階級の混在――偉大な人物の変装が主要なプロット上の手法であるため、これが起こる――から生じてくる。

そうした文学上、ジャンル上、階級上の混淆は、道徳上の混淆をともなっている。それはすなわち、現実のあるいは含意された対比のなかに、もしくは矛盾のなかにすらはめこまれた、さまざまな生の様式を混淆することである。[22]テオクリトスを振り返ると、詩の優劣によって判断される――あるいは、別の言い方をすれば、牧歌生活におけるおのおの独自のありようをいかにみごとに擁護できるかによって判断される――歌い手たちの歌合戦という牧歌詩の競争的な提示には、なんらかの文化的区分が潜んでいることがわかる。牛飼い、山羊飼い、羊飼いが互いに競い合う。すると今度は漁夫、草刈り人、ときには狩人までもが彼らに挑戦してくるのである[23]――種々様々な田夫野人がこれほどまでに渾然としているのだから、宮廷人、とりわけ田園の住人の扮装をした宮廷人が歌合戦に加わってもよいのではあるまいか。[24]もちろん、牧歌の競技《アゴーン》がそこまで洗練される頃までには、牧歌の元来の民主主義はその力の大半を使い尽くしていた。宮廷が田園に侵入してきたとき、身分が、いかに表立つことはなくても、田園の人々が享受していた平等主義の相互性を侵害し、黄金時代の神話に記されていたような、社会階級が意味をなさない状況を変化させたのである。階級の混淆が牧歌体系においてひとたび容認されるや、疎外もまた意識的な主題になりうる。ウェルギリウスが「第一歌」で歌ったのも、おそらくこのことではなかったのか。とすれば憂鬱家のジェイクウィーズも、たとえ彼が「旅行家殿」で少なくとも大学出の才人くらいには見えようとも、アーデンの森でそれほど場違いというわけではあるまい。彼はおそらく、自分が見てきた洗練の競い合いに嫌気がさし、倦《う》んでしまったのだろう。そして、一行のなかでただ一人宮廷に帰るのを拒むとき、ジェイクウィーズは己れが批判するアーデンの森に対して、少なくとも誠実である。シーリアがアリイーナという偽名を選ぶのは、自ら進んで追放に赴いた理由を記念するとともに、森にあっては宮廷人という身分のひとつの証しともなっている〔“Aliena”はラテン語で「よそ者」を意味する〕。牧歌世界は、失意の人間や犠牲になった者だけが己れの尊厳を学び直すところではない。『お気に召すまま』のはじめのほうのロビン・フッドへの言及が示唆しているように、それはまた、社会からより深刻に疎外された者のためにも存在しているのである。

II

『お気に召すまま』[25]は、牧歌の主要な主題もろもろをみごとなまでに結集させ、それらを操作し対置することによって、その豊かな混淆物を批判的に精査できるようにした。牧歌劇の典型的な定式——宮廷からの離脱、自然界での再生、宮廷への勝利に満ちた帰還——のみならず、牧歌的な立場と非牧歌的な（ときには反牧歌的でさえあるような）立場からそれぞれの代表者が牧歌詩風《エクローグ》のやりとりをかわしながら議論する、生まれと育ち、人工と自然、芸術と技巧、宮廷と田園といった主題もまた、この劇の虚構の基盤をなしている。ジェイ・ハリオらによって鮮やかに分析された[26]この劇の「並置とパロディ」は絶妙に作用して、社会的であれ、道徳的であれ、文学的であれ、教条主義的な態度にゆさぶりをかける。この劇の遠近法主義《パースペクティヴィズム》は、牧歌がかくも巧みに象徴するようになった感情生活（*vie sentimentale*）の襞《ひだ》を隅々までさらけだす。

ジェイクウィーズとタッチストーンによって体現される諷刺と愚行さえ、やはり葛藤のなかに置かれ、この牧歌が奉じる諸々の価値に挑み、それらの価値を強化する。劇の中心をなす恋愛は、劇作家が愛の人工的で不自然な面や要素を排除しようと努めていることを除けば、とりたてて牧歌風というわけではない。だが牧歌は、伝統的に、感情の機微や恋愛の価値に精妙に専心するので、恋愛の主題を吟味する絶好の文学上の機会がここに生じた。

とはいえ、そのように精査される主題は恋愛だけではない。コリンは、宮仕えの身であることが明らかなタッチストーンとは歴然たる対照をなし、自分の日々の生活に満足していると語るが、それでもコリンは、彼自身が言うように、雇われ羊飼いであり、「羊の群の所有者であり雇われ人ではない」[27]というフレッチャー的な意味においては、真に文学的な羊飼いの仲間ではない。コリンは己れの立場に但し書きをつけている。その点はタッチストーンも同じで、羊飼いの生活よりも優れていると宮廷を讃美しながら、機智に富む詭弁によって、宮廷の習わしの浅薄さを暴いてみせる。羊飼いと道化は、結局は、一皮むけば兄弟のようなものだ。タッチストーンは、ジェイン・スマイルのことを思い出し、若い頃のその恋について、コリンのような百姓言葉で述懐する。「田舎者のつがいたち」は、互いについて、また宮廷人たちについて論評する。オーランドーは、相続権を本当に剝奪された宮廷風の贋羊飼いであり、ロザリンドに夢中である。シルヴィアスは、オーランドーと同様、恋人役が完璧に板についた本物の羊飼いであり、フィービーに夢中である。フィービーは、マーロウ（「死んだ羊飼い」と文学的に格調高く言及される）が定めた「一目惚れ《クード・フードル》」に一撃された本物の女羊飼いであり、ギャニミードに夢中である。そしてギャニミードは、自ら主張するように、女には魅了されない。

誰もが、そして小粋なギャニミードですら、澄ました顔で自分の領分の外にいて、牧歌の愛の徴候をなにかしら示している。誰もが、順繰りに、（馬鹿がみな呼ばれるように）輪のなかに呼び込まれる（二幕五場の「馬鹿どもを輪に呼び入れる呪文」といって森に住む宮廷人たちをからかうジェイクウィーズの台詞から）。ギャニミードは変装することによって（少年である俳優が娘に扮し、その娘が男装して娘役を演じるというこの仕掛けに、シェイクスピアの先駆的な才が発揮されている）、牧歌の恋人にふさわしい愛の態度、すなわち、伝統的に女羊飼いの特質であるとされる恋人へのつれなさを身に帯びる。オーランドーは、冷酷な兄のせいで紳士にふさわしい教育を受けられなかったかもしれないが、牧歌の恋する男たちは詩を木に掛けるものであることを心得ている。シルヴィアスは、ロザリンドがフィービーにけちをつけたにもかかわらず、非の打ちどころのない美人であるかのように、愛しい女に惚れ抜いている。フィービーはといえば、恋があらゆる思慮分別を、とりわけ常識の働きを奪う力をもつことを、我々の眼前で身をもって見せてくれる。

　とはいえ、すべてはやがて一変するはずである。はじめはそれぞれ間違った相手を愛していても、フィービーはしまいにはシルヴィアスに落ち着く。道化の斑服《まだらふく》とともに宮廷風の雰囲気も身にまとっているタッチストーンは、山羊飼い娘のオードリーを裕福な田舎者であるウィリアムから勝ち得る――すなわち、彼の宮廷での「地位」によって勝ち得るのだ。アリイーナは改悛したオリヴァーと結ばれるが、二人ともマーロウ的な一目惚れにフィービーのように射すくめられたのである。そしてギャニミードであるロザリンドは、森の人物から学んだとされる魔術によって、恋人のオーランドーを手に入れる。一同のなかでシルヴィアスとフィービーだけが、見かけ通りの人間であり、それ以上でも以下でもない。他の者たちは、他人や己れ自身からさまざまな方法で隔てられている。そして、シルヴィアスとフィービー以外の者たちすべてが、変装を解くことに対処しなければならない。オードリーは、道化が宮廷に連れて帰るか、無情にも棄てられるかのいずれかである。シーリアに戻ったアリイーナは、恵み深い自然と和解したしるしに羊飼いとして暮らすという恋人の、なされたばかりの誓いをたちどころにぐらつかせる。オーランドーは、愛しい女性がやがて相続するものの大きさを、これから知らねばならない。(28)

幻滅（*desengaño*）は、『お気に召すまま』において、牧歌からその甘美さを奪いはしない。そうした懸念が劇そのものを蝕むことはない。牧歌風恋愛がそこでどれほど嘲られようが、恋の甘美なひたむきさが報われもするのである。ロザリンドは、オーランドーの言語をからいながら冗談を言いつのって、彼にますます激しく愛を誓わせる。彼女はあらゆる恋人たちを嘲っているように見えるが、オーランドーが獅子に傷つけられたと聞くと、初心《うぶ》な小娘さながら気を失う。タッチストーンはアーデンにいることが不本意で、コリンの生活を自分が知っている宮廷暮らしと比較してけなすが、それでも彼は森がもたらす機会を最大限に活用する。そして、彼の理屈は、まこと彼自身に跳ね返ってきて、コリンの体現する素朴さに軍配をあげる。憂鬱屋で諷刺家のジェイクウィーズは牧歌の感傷主義を嘲るが、彼もお返しに嘲られる——しかも、牧歌のその感傷主義のせいで。さまざまな文学様式に由来する素材が嘲られるが、さんざん嘲けられるにもかかわらず、その価値は再肯定される。疑問に付され、からかわれ、試され、不十分であることがわかる——そして、あからさまに欠点があるにもかかわらず、価値あるものとされるのである。

遠近法主義《パースペクティヴィズム》は、こんなふうに、この劇に組み込まれている。それがこの劇の方法であるが、一方で、牧歌詩に内在する弁証的な傾向をはっとするほどめざましく展開していくことによって、牧歌の伝統的な合意に頼ってもいる。対立項がそこここでぶつかり合い、伝統を疑問に付しながらも、伝統の価値をしまいには裏づける。四組の恋人たちのそれぞれの輪唱は、愛の経験につきものの回転木馬めいた幻想を暗示している。コリンとシルヴィアスは、ただ恋愛について語るだけではなく、人生のさまざまな時期にふさわしいさまざまな種類の恋愛について語る。ジェイクウィーズは、人生の諸時期とそれぞれの時期にともなう幻想を大々的にこきおろしたとき、恋を成長につきものの愚行として扱った。タッチストーンとコリンは宮廷と田園の生活について議論し、そのいずれにも限界があることを示した。ジェイクウィーズは劇中を闊歩し、その憂鬱な孤立によって、すべての人々の社会的な前提や結論に挑みかかる。『アーケイディア』においてシドニーの象徴的自我を表すフィリシデスのように、ジェイクウィーズは実世界が与えるものに失望して森に隠棲する。アーデンに落ち着いたにもかかわらず、ジェイクウィーズは旅行家として、すなわち、(類型人物集が教えてくれるように)自国のものには何であれもはや満足できない大陸化された英国人として特徴づけられている。彼はまた──いささか思いがけないことであるが──この劇で最も尖鋭な牧歌主義者でもあり、生き物の苦しみと人間の不幸が情緒的に共鳴し合っていると主張する。公爵を取り巻く紳士たちがロビン・フッド的な徒党を組み、鹿の共和国に同胞らしからぬ攻撃をしかけ、そこの「よく肥えた住民」を人間の気まぐれや気晴らしのために虐殺していると批判するのは、彼なのである。だが、その反面、彼は牧歌にそぐわぬ憂鬱家であり、牧歌にそぐわぬ反社会的人物でもある。ジェイクウィーズをより仔細に眺めれば、彼の患うメランコリーが果たしている社会的役割や、公爵の家来たちが期待する役割通りに彼がつねに振舞っていることが見えてくる。「道化の斑服こそ我々にふさわしい」と叫び、森の自由よりもさらに大きい自由があることを認識するのは、彼なのである。彼は、すべての愚者を輪のなかに呼び入れる方法を知っているのだ。要するに、彼は、最も牧歌らしからぬ手段をつうじて、アーデンは快適な場所であること、そして厳しい気候にもかかわらず森は理想郷《コケイン》(Cockayne)でもあり、そこではすべてが、正しくなるためにいったんは逆さまになることを、我々に思い出させる。彼もまた、仲間の道化たるタッチストーンが一目見て悟ったことを知っているのだ。「いま俺はアーデンの森にいる。阿呆の上塗りをしたようなものだ。家にいたときのほうがずっとましな暮らしだったのに。だが旅する者は我慢せねばならぬ」。それでもなお、いまや彼の気質にかなうがらんとした森に留まることを選ぶのだから、アーデンはジェイクウィーズにとって家なのである。

　森が何であるのか、その全貌は決して明らかにならないが、はっきりしているのは、四季の区別があるにせよ、森は簒奪者の宮廷よりは良い場所だということである。森のなかでは「新しい宮廷の新しい噂」など無用である。浮き世の噂は、礼節、慇懃、人間性のような根源的な定数とは何の関わりもない。とはいえ、アーデンは、黄金郷といかに取り沙汰されようと、「本当に」黄金郷であったためしはない――コリンの主人は強欲な性質で不親切であり、金欲しさに牧羊場を売り払うつもりでいる。サー・オリヴァー・マーテクストは、牧師としては失格であるが、アーデンにしっくりとなじんでいる。老公爵とともに都落ちしてきた者たちは、身を切る風の冷たさについて、人間の忘恩ほど「無情」ではないにせよ、つらいものだと評するのをためらわない。牧歌の虚妄と同様、黄金郷の道徳的取り決めも、何があろうと細心に守られている。憂鬱家のジェイクウィーズは丁重に遇され、その奇矯さは尊重され、称讃すらされる[29]。オーランドーが盗賊を装って田園の宴《フェット・シャンペトル》に乱入したとき、剣を抜いて脅したにもかかわらず、撃退されずに歓迎される。田園の恋人たちは、しまいには互いを快く受け容れる。公爵は「イングランドのロビン・フッド」さながらの暮らしぶりで、彼のもとには若い紳士たちが「日々」群れ集ってきて「のどかに時を過ごしている」。だから、公爵のそのような身分は、ロビン・フッドと同様、同輩のなかの筆頭者でしかない。その森へ、タッチストーンを忠実な供としてロザリンドとシーリアがやってくる。その森へ、ジェイクウィーズがやってくる。その森へ、無法者となったオーランドーが、老アダムを背負ってやってくる[30]。この森で、オリヴァー・ド・ボイスとフレデリック公爵は改心し、それぞれが報われる。森を支配しているのは、おとぎ話の世界である。それまでは存在することなど考えられもしなかった蛇や獅子が、残忍さで知られる唯一の新参者を脅かす。オリヴァーは、内面の獣性を自らも認知したという証しに、外見も毛むくじゃらの獣人のようになる。(31) アーデンでは、学のない無垢な弟＝英雄が、己れの「性質（nature）」の「情（kindness）」によって、これらの生き物から新参者の兄を救うことができる。そしてそれこそが、教育（nurture）は欠いていようと、彼の生まれつきの気高さが発露したしるしである。森のなかでは、自然がたとえいかなる生来の欠点をもっていようが、自然は書かれた暦を用無しにする。森に時計はなく、すべての者の内的かつ社会的な欲求に応えるだけの時間はたっぷりとある。C・L・バーバーのほっとさせてくれるような主張によれば、森は休日の気質（holiday humor）を生じさせ、それが善いものであると保証してくれるのである。(32)

黄金郷では、少なくとも理論的には、時間は流れない――だがその規則は、この劇では通用しない。なぜなら我々は、本気であれ冗談であれ、劇中で時の流れをつねに意識させられるからである。世代間の対決において（シルヴィアスとコリン、二人の公爵とその娘たち、サー・ローランドの息子たちと年老いた従僕アダム）。(33) オーランドーはギャニミードとの約束に遅れ、叱責される――というのも、彼女が言うところの時間の心理学的類型論《タイポロジー》によれば、彼女みたいな恋する若い娘にとって、時間は恐るべき速さで駆けていくのだ。瀕死のアダムは、人生の最終段階の生きた寓意として運び込まれ、ジェイクウィーズの古典的な演説を強調する。別の言い方をすれば、この森は理想でもあり現実でもある。アーデンの住人たちは、黄金時代におけるように自分たちの生は不変であると主張するが、この劇は、経験という人間的現実が刻むリズムに従って進行する。一面だけ見れば、アーデンは現に休日《ホリディ》であり、それゆえ無時間である。それは回復と贖《あがな》いの契機を与え、いまや矯正され浄化された現実世界の、パロディ風の、より高邁な模倣となる。アーデンでは、愚者たちはまぎれもなく輪のなかにいて、男たちは鹿肉と葡萄酒で優雅に宴を張る——だが、我々がたえず思い起こさせられるように、彼らがそうしているあいだにも時は流れ、時計はなくても人々は熟れて腐っていくのである。

　森が提供するのは、自由である。恋は、求めるものを見つけ出す。ジェイクウィーズは好き勝手に批判することが許される。タッチストーンは嘲るかもしれない。コリンは窮迫しかけるかもしれない。だが不都合なことは、何ひとつとして起こらない。森は、流謫の者に償いを与えるとともに、男たちや女たちの生来の精神が拡がっていくような、はるかに重要な想像的自由を与える。公爵、ロザリンド、オーランドーは、この森こそが目的地であることを知っている。そこで彼らは、血のつながった兄弟ですら同胞愛で結ばれる世界を見出す。アーデンで心の開花が促されるにつれて、我々は、生がそれほど自由なものではないことも意識させられる。この劇では、それぞれの世代でカインとアベルのパターンが反復される。まこと、そのパターンのなかにすら、牧歌の相似形が存在している。牧羊者のアベルは瞑想的（contemplative）な人間である。耕作者のカインは行動的（active）な人間で、己れの生活様式とその産出物の価値を擁護するためには暴力も厭わない。わずかな数の人間しかいない世界で、カインは弟を亡き者にしたいという思いにかられた。同様に、フレデリックやオリヴァーも、兄弟に酷い仕打ちをしようとする。だが、それらのロマンス風の兄弟たちが森に入ると、事態はたちまち改善される。善人は、その生まれのよさ《ジェンティリティ》と性質のよさ《ジェントルネス》を保持し発揮する。悪人は、一度は拒んだ優しさ《ジェントルネス》を己れのなかに取り戻す、あるいは見つけ出す。老僕アダムのためという一念でオーランドーが蛮行に及ぶとき、暴力への威嚇が優しさで迎えられたため、彼はすぐさま本来の性質へと立ち戻る。牧歌の自然をめぐる議論にはつきものであるが、その構造をなしている用語——自然（nature）、自然の（natural）、情のある（kind）、情（kindness）、礼節ある（civil）、礼譲（civility）、優しい（gentle）、優しさ（gentleness）――を、劇中くまなく我々は見ることができる。というのも、自然は情深《カインドで》く、情愛＝種を同じくすること《カインドネス》でもあるからだ。自然には、己れと同種の者を認知すること、そして何であれ、互いを人間たらしめているものを保護し強化しようとする反応が組み込まれているのである。

そうした背景に照らしてみると、生まれにそぐわぬ育ち方（unnatural nurture）をオーランドーがなぜ嘆くのかが腑に落ちる。彼の兄オリヴァーは血縁者（kin）として、弟を生来の身分にふさわしく紳士として養育する義務があったが、そうはしないで弟の権利を剝奪し、できるなら弟に放蕩息子の役回りを演じさせようと謀った。オリヴァーはしまいに、没義道《もぎどう》（unkindness）の極みの身振りであるが、動機なく若者を殺そうとすら試みる。オリヴァーは、後続のイアーゴーと同様、純然たる悪――「生粋の」悪――として提示される。劇全体に頻出する〈生まれと育ち〉の問題は、直接議論されることはない。だが、論者たちははじめから、役を実際に割り振られて劇中に登場してくる。兄とは対照的に、オーランドーは、その振舞いがゆるぎなく裏づけているように、並外れて（preternaturally 字義的には「自然を超えて」）強靭であるにもかかわらず、並外れて「優しい《ジエントルな》」人間でもある。実際、彼も我々も気づくことになるのだが、授けてもらえなかったと嘆いていたあの漠とした教育などこの若者には不要であり、彼はやがては己れが相続するはずだったものよりもはるかに大きい象徴的分け前に与ることになるのである。オーランドーは、父に仕えて年老いた召使いアダムの面倒をみて、己れの性質《ネイチャー》＝自然に背いてまで、彼のために盗みを働こうとする。また、兄からさんざん酷い扱いを受けてきたにもかかわらず、眠っている兄をやり過ごして獅子の餌食にすることはできない。オーランドーは、生来の資質に従ってロザリンドと恋におち、その資質でロザリンドに恋させる。彼は、自分は賤しい生まれの者ではないと語り（「これでも私は宮廷育ち」[34]）、森育ちだと主張するわりには不自然なほど洗練されているギャニミードの言葉遣いに、同じ「宮廷風」の特質を認める。三人の息子のうちの末子という民話の英雄であるオーランドーは、劇の最後で家長の座につき、公爵の娘と結婚し、娘や公爵とともに宮廷に帰還して、つねにおのずと身に帯びていた宮廷的礼節を当然のごとく発揮するには、大いにふさわしい人物である。

〈生まれと育ち（nature and nurture）〉をめぐる議論は、〈自然と人工（nature and art）〉の問題にからんでいる。育ちとは教育であり、伝統的に「良いもの」であるとされる、変化させたり、改良したり、接ぎ木したりすることである。オーランドーの場合、彼がその欠如を嘆く人工は、実は余分なものであることが判明する。彼は「生まれつき＝自然によって《バイ・ネイチャー》」あるがままの人間であり――その彼が、牧歌の恋人役のような、様式化された宮廷風のさまざまなポーズをとるとき、ロザリンドはその努力をからかう。シェイクスピア流の牧歌にはしばしば起きることであるが、弁証を発動させるお定まりの対立項が生まれのよさと慇懃な性質が調和している人物（オーランドー、パーディタ、アーヴィラガス、グイディーリアス）のなかに融合していることが示されるにつれて、〈生まれと育ち〉の議論はたちゆかなくなり、しまいには否定される。そうした人々にとって、育ち《ナーチャー》は不必要なものである。弟が発揮した驚異的な情深さ（kindness）に触れるまでは、世の教育のすべてをもってしても、オリヴァーの性質を善くすることはできなかった。我々はジェイクウィーズに、教育が同胞（kin）への共感性を弱めさえすることを見る。ロザリンドは、そういうふりをしているだけで、本当はこんがり日焼けした少年ではない。学識のある魔術師の家系に生まれたというのは、彼女の洗練された性質や育ちを言い繕うための虚構である。まこと、彼女の場合、アーデンに落ち着くことを可能にした変装そのものがまったくの虚構である。彼女は、自然なもの、現実的なもの、心情的に嘘のないものの代弁者であり、オーランドーを説きつけて自然で様式化されていない愛へと向かわせるが、彼女はもちろん、そうしながらも、素朴でもなければ少年でもないのである。

すなわち森は、牧歌的で遊び心に富んでおり、可能性のひとつの見本を現実世界に提示する対抗社会（countersociety）を保護している[35]。それは、一方では、文学慣習の虚構によって造られたものであるが、他方では、己れの善性をあくまでも表現しようとする、その慣習に由来する種々の類型《タイプ》的人物を住まわせている対抗社会でもある。アーデンの森が与える牧歌的な再生の機会は、ただ劇中の人々のためだけではない。それは劇の登場人物たちが代表するより大きい社会にとっても、同じく再生の機会となっている。鹿の枝角を頭に戴いた男たち、日焼けか染液で栗色になり、田園の兄弟姉妹のような扮装をした娘たち、公爵や和解した兄弟たちが一同にぎやかに宮廷に戻っていくとき、我々は、脱出することの価値を信じ、彼らの思いもよらない帰還の価値を信じ、彼らが森で示したり学んだりした廉直な良識のために、あるいは彼らの生来の礼節、情深さ、燦然たる道徳的強さのために、彼らが刷新を保ち続けることができるだろうと信じる。だが我々は、牧歌的逃避が日常世界の不完全な現実をわがものとして認めたということによっても、彼らを信じる。休日が現実の経験を認めたのだ。経験が真実であるかどうかを試すことができるのは、タッチストーン〔touchstone には「試金石」という意味がある〕だけではない。彼らはみな、おのおの独自の遠近法《パースペクティヴ》で、牧歌の神話を試し、試練にかけ、試験してみる。そして彼らすべてが、その核心に、伝統によって約束された自然、同胞（kind）の絆、情（kindness）の再創造的な価値を見出す。この劇の遠近法主義《パースペクティヴィズム》は、その中心的な支配点のところに、すなわち文学的構築物のなかで最も人工的なこの虚構に宿る象徴的で単純な真実に、すべての観点を結集させようと努めてもいるのである。

『お気に召すまま』のみごとな幕切れは、シェイクスピアが牧歌の主題群（thematics）に内在する問題系をとことん追求していったからこそ、まさにそれだけ偉大な業であると思える。シェイクスピアは、慣習的な対立主題（多様で互いにせめぎ合っている）をさまざまに吟味したが、それらは明らかに矛盾していたり不完全であったりするので、我々は、文学様式のなかで最も理想化されているこの様式ですら緊張をはらんでいることに否応なしに注目せざるをえなくなる。『冬の夜ばなし』において、劇作家は、牧歌様式（pastoral mode）のまったく異なる相に向かい、ある特別なかたちの牧歌に関心を転じるが、それはこの劇が書かれる二〇年以上も前に、ルネサンスの文芸批評で最もかまびすしく議論された問題のひとつであった。すなわち、牧歌的悲喜劇の問題、文芸理論や文芸批評をめぐる多くの問題がことに激しく議論された一五〇〇年代《チンクエチエント》という時代における、あの決定的で激烈なジャンル論争のひとつを引き起こした問題である。[36] グァリーニの『忠実なる牧人』の出版が、物議をかもすことになった。厳格なアリストテレス主義者の批評家たち、なかでもジャソン・デノーレス（一六世紀のイタリアの文人でパドヴァ大学の教授）は、すぐさまその混淆性を攻撃し始めた。グァリーニは、一連の筆名を用いるとともに彼自身の名でも、悲喜劇という新しいジャンル、牧歌様式のなかに彼が見ていたジャンルの発展を鮮やかに擁護した。己れの劇と己れのジャンルを擁護する根拠を、グァリーニは論敵たちがよりどころにしているのと同じくらい非の打ちどころのない古典的権威に求めた。論敵たちと同様、彼もまたジャンルやジャンル理論の信奉者であり、プラウトゥス、エウリピデス、そしてアリストテレス当人さえをも権威として援用し、己れの新しい劇のジャンルを認めさせようと独自の論陣を張ったのである。

　グァリーニ論争に関するW・W・グレッグの記述から、悲喜劇というはなはだ混淆したジャンルを牧歌の文脈のなかに打ち立てるのがいかに自然と思えたかがよくわかる。バーナード・ワインバーグは一五〇〇年代の批評の絵図を巧みに描き出しており、この論争——結局はこれが、一連の批判的論議の最後のものになるのだが——は文学的意識におけるジャンル概念の不十分さと根強さをともに示した、と論じた。牧歌様式においてすでにきわめて重要なものとなっていた種々の混淆が、しまいには、種々の主要な劇形式の正式な混淆物として出現するであろうことは、どのみち予測できただろう。また、牧歌劇と悲喜劇が完璧に一体化したことも注目に値する。グァリーニと、彼の劇や演劇理論の擁護者たちは、ありとあらゆるところに典拠を求めた——プラウトゥスの『アンピトゥルオ』における、悲喜劇（tragicomoedia）という語が初めて出てくるメルクリウスの序詞は主たる典拠のひとつであり、他にはエウリピデスの『キュクロプス』やテレンティウスの『アンドロス島の女』がある。だが彼らは、悲喜劇にふさわしい内容は、牧歌様式のなかに、牧歌の虚構とともにあると主張した。この点において、彼らは、ルネサンスの新しいジャンルを厳格に規定する教師のように振舞っていた。ジャンル自体は新しくとも、古典の規範的な作品をふまえることで、悲喜劇の名を冠せられたいと望む競争相手を排除していったのである。チンティオの「幸福な結末の悲劇（*tragedia di lieto fin*）」は、悲喜劇となるには不十分である。キリスト教劇やプラウトゥスの劇ですら、グァリーニの規則によれば悲喜劇たる資格はない。メルクリウスは『アンピトゥルオ』について、この劇が「悲喜劇的」なのは、一部には、同じ舞台上の同じ場面で神や王や奴隷を一緒に登場させ、異なる作法を混ぜ合わせているからであると語るが、それは、アリストテレス的、キケロ的な演劇のジャンル区分を意識してのことであった。シドニーをいたく苛立たせたイングランドのあの「雑種の悲喜劇」、きちんとした作法を無視した芝居の数々は、グァリーニはもちろん、彼の追随者たちによっても合格とは認められなかっただろう。作法を混淆するだけでは十分ではなかった。混淆の種類——ダブル・プロットや、劇中の人物の社会的身分を混淆すること——についてのグァリーニの主張がこの新しいジャンルの規範を定めたが、そこには、大雑把に「悲喜劇」と呼ばれた古い劇を、アリストテレスによるジャンルの定義にうまくあてはまらないという理由を盾に排除するという目論見があった[37]。（グァリーニの成功がもたらした愉快な副産物のひとつは、「悲喜劇（tragicomedia）」と「喜悲劇（comitragedia）」を区別しようと試みた批評論文がおびただしく産出されたことである。イエズス会士の理論家たちは、この問題にとりわけ関心があった）。

シェイクスピア以前の牧歌的悲喜劇に関する学術的な見解は、主として、『忠実なる牧人』をめぐる長きにわたる論争に由来しているが、理論を明快にするためにも、ここで寄り道をして、ボローニャのイエズス会士マーリオ・ベッティーニの作品をいくつか考察してみたい。というのも彼は、悲喜劇と喜悲劇をめぐるイエズス会的な定義を興味深い方法で活用したと思われるからである。ベッティーニは、数篇の読まれることを目的として書かれたクロゼット・ドラマをすべてラテン語で、さまざまな形式を想像しうるかぎりに混ぜ合わせて書いた。『ルベヌス』（一六一二年、一六一四年）は、ヘブライ人羊飼いについての劇である。副題の『サテュロス劇的牧歌的快活悲劇（*Hilarotragoedia Satyropastoralis*）』[38]が、ベッティーニの手の内を明かしている。文学的には価値がないが批評史上は重要なこの作品に、ディオニュシウス（ドニ）・ロンフェールは評釈的な紹介文を付し、この劇を多くの点において擁護し、田園の住人や田園的な背景についてはスカリゲルを引用し、『ルベヌス』を「バプティスタ・クアリヌス」（バッティスタ・グァリーニ）の提唱した原理もろもろと関連づけている。換言すれば、これがどのような劇なのかは、そこに組み込まれた精緻な批評装置から明らかである。これは、劇における混淆ジャンルの限界を試した理論的な劇なのである。

作者はすべてを取り込んでいる。「親愛なる読者（*Amice lector*）」への辞のなかで、学識ある立派な読者諸氏はこの劇に以下のものを見出すであろう、と彼は請け合う。すなわち、「対話、独白、独吟、伴奏付き独唱、舞踏、またその他の、朗読しようとする者、上演しようとする者がいかなる計算にもとづいて朗読したらよいかが看て取れるように作成された幕のなかで読まれる書き込み」。ほとんどのことは「身振りをもって（*cum gestu*）」なされねばならない。羊飼いの合唱隊の踊りは、身振りはないが歌や踊りや笛をともなう。「黙劇風の踊り（*Saltationes pantomimicae*）」は、身振りや歌や踊りや笛をともなう。プロットは、まったくのごった煮である。主人公のルベヌスはヘブライ人の羊飼いであり、羊飼いの合唱隊を従えている。舞台はパレスティナであるが、そこにはレヴィ族、羊飼い、狩人の合唱隊に混じって、サテュロスの合唱隊も登場する。

場面にはきわめて複雑なト書きが付けられており、サテュロスたちが首の長い鶴の物真似をする、パントマイムのような無言の踊りに関するものもある。あるト書きは、犬のバアルを演じる役者に韻律正しく吠えるよう指示している。別の場面にはルベヌスの召使い（！）と合唱隊の複雑な歌によるかけ合いがあり、合唱隊は三部に分かれ、それぞれが異なる種類の鳥であるとされる。みながさまざまな鳥の言葉を、趣深く韻律もとりどりに歌うのである。機智に溢れる擬声語や韻律にロンフェールは感じ入り、機智には富むがきわめて杓子定規な、混淆の学術的実践たるこの劇の美点について自分が付した長い評釈のなかで褒めている。ロンフェールは、そうした混淆形が当代の関心を集めていることを意識して、ベッティーニが依拠したトポスや形式の目録を示した。叙事詩劇《エピコドラマ》（*epicodrama*）は、ロンフェールが（ベッティーニに倣って）用いた用語のひとつである。

ロンフェールによる「快活悲劇（*hilorotragoedia*）」という形式の擁護は、先の時代の著述家――グァリーニ、スカリゲル、フランチェスコ・パトリツィ〔アリストテレス主義を批判した一六世紀の哲学者〕――に依拠しているが、ロンフェールは、この混淆形を正当化する根本的な理由は、それがミメーシスの原理にかなっているからであると主張している。生においてはすべてが混淆しているので、この形式は生を模倣しているというわけである。後に、この形式の正典化における批評的先駆者として、古代ギリシアの著述家アテナイオスとスイダス〔一〇世紀末に東ローマ帝国で編まれた『スーダ辞典』の編纂者とされる〕の名が挙げられる[39]。そしてしまいに、その主要な価値は、すべての〈言い方の種類（*genera dicendi*）〉、すべてのトポス（*topoi*）、すべてのジャンル（*genera*）の意図的な混淆にあるとされる。そして、「サテュロス劇的牧歌劇（scena satyrica pastoralis）」を是認したウィトルウィウスが、ベッティーニのこの混淆劇にお墨つきを与えている。ベッティーニの劇は、一五八八年から一六〇一年までのあいだにかまびすしく議論された形式の諸要素や構成を公式のトポスとして固定化した、明らかに力業と言える作品である。この劇の生硬な厳密さが、論争のイデオロギー上の対立の熾烈さをまざまざと伝えている。この劇はたしかに、劇における混淆形式を突き詰めていった果てに生じた――生真面目そのものだったのか、まったくの冗談だったのか、そのいずれにせよ――極端な例である。可能な手法すべてが劇のなかに織り込まれ、その技巧をひけらかす。それらは、筋や形式にしっくりなじむからではなく、何ができるかを誇示するために織り込まれる。『ルベヌス』の副題もまた、我々に、牧歌劇《ファーヴォラ・ボスカレッツチャ》（*favola boscarecchia*）〔『アミンタ』の副題〕と諷刺的評言の双方を連想させるサテュロス劇を想起するようにと求めている。とすれば、『お気に召すまま』の森にジェイクウィーズが存在しているのは、ときにそう主張される以上に、正統的であるのかもしれない[40]。

　ベッティーニは、混淆ジャンルの劇を他にも書いた（そのうち二つはフランス王に捧げられている）。『ルドウィクス』（ルイ一三世に関する劇）[41]は「牧歌悲劇（*Tragicum Sylviludium*）」、『クロドウェウス』は「喜悲劇（*Comitragedia*）」と呼ばれている。つまるところ、私が言いたいのは、こうしたラテン語の劇作実践が重要であるということではない――愉快であるのはたしかであるが。というよりも、私が示唆したいのは、それらの劇にそこまでの苦心の跡がうかがえるのは、それらがグァリーニの悲喜劇論争と関連しているからであり、論争で提起された可能な手法、トリック、身振りがずらりと並ぶ目録と化しているからである、ということなのだ。ベッティーニの劇は、他の人々がより創造的に対処したあれこれの問題を、戯画化して示している。ベッティーニの劇は「混淆」劇の伝統をあからさまにふまえているが、シェイクスピアの『冬の夜ばなし』はより遠まわしにその伝統と関わっている、と私は示唆したい。というのも、大陸における熱い関心に照らしてみると、『冬の夜ばなし』は驚くほど時宜を得た劇なのだから。この劇が牧歌の混淆を吟味するさまは、『お気に召すまま』において追求された関心事とはうってかわって、グァリーニ論争の文脈のなかにはっきりと置かれている。

すでに見たように、『お気に召すまま』は、こよなく「完成度の高い」劇であり、それぞれの部分が美しく調和し、それぞれの言語が互いに融和し、プロットさえもが牧歌プロットの裁可のもとでみごとに構築されている。さらに、登場人物、象徴的な振舞いや身振り、象徴的な言語とのあいだの複雑な相互関係はつねに緊張を保っている。そして、牧歌の価値観をゆるがすにせよ、その繊細な含蓄を破壊することはけっして許されないまま、劇を見渡す遠近法《パースペクティヴ》がさまざまに変化して、人間の状況につきものの尽きることない決疑論（casuistry）とともに、人間社会が抱く素朴な願い、希望、夢もまた、見せてくれるのである。

Ⅳ

他のシェイクスピア劇と比較しても――まこと、いかなる基準に照らしても――『お気に召すまま』は、それぞれの要素が申し分なく調整されしっくりとかみ合って、ことのほか巧みに創られている。だが、シェイクスピアが牧歌の素材に対峙したもうひとつの主要な劇である『冬の夜ばなし』について、同じことを言う気には絶対になれない。『冬の夜ばなし』には、牧歌の神話がその信奉者に与える喜びの根本的な源が欠けている。また、『お気に召すまま』には、自発性、抒情性、具体的な出来事や遭遇や対話が差し挟まれ、慣習でがんじがらめにならないよう入念に配慮されているが、そのような、きわめて調和的に処理された議論と提示の構造も欠けている。『お気に召すまま』は、他の種類の伝統（民話、メランコリー、諷刺、ロマンス）も取り入れており、牧歌の主題を実践しただけの作品をはるかに凌ぐ豊かさをそなえている。この劇は、牧歌の主題群を、シェイクスピアが得意とする他の諸様式の主題に対置することによって和らげている。文学慣習が発現させる症候群に取り組み、そのなかに分け入り、くぐり抜けていくうえで、シェイクスピアは例によって二股をかけおおせた——すなわち、牧歌の虚構の限界を我々に悟らせると同時に、それが心に期待と慰めを与える途方もない力を味わわせてくれたのである。

『お気に召すまま』は、牧歌のある前提を、しばしば牧歌の他の前提に対置することで問い質し、牧歌の作法に由来する慣習的な態度や行為すべてに対するパースペクティヴを提供して、ふつうは牧歌の作法が認めない相対主義にあくまでも固執する。だが我々は終始一貫、問い質すことがどこにいたり、そこからどのような結果が生じるのか、劇作家は承知していると感じている。だが、『冬の夜ばなし』はそうではない。それはあからさまに拙劣に創られた劇であり、そこでは本当らしさを求める気持は挫かれ、動機を詮索することも叶わず、驚異的なもの、信じがたいもの、ありえないものがしきりに強調されるため（彫像、熊、赤ん坊）、それらが否応なしに批評の関心の的となる。牧歌様式に深く関わっているこの後期の、なんとも不可思議な劇において、『お気に召すまま』の快い闊達さは、本当らしくないこと（*invraisemblable*）への法外な執着に取って替わられる。模倣や現実性からの離反があまりにも過激で多様なため、「可能性」や「蓋然性」が劇の要素としていかなる意味をもちうるかという地点に我々は立ち戻り、改めて考えずにはいられない。

シェイクスピアは、牧歌における問題のいくつかをすでに円満に解決していたため、『冬の夜ばなし』において、牧歌様式におけるまったく異なる領域の問題、(己れ自身によっても他の作家たちによっても)いまだ解決されていない問題へと、関心を向けたように思える。すなわち、グァリーニの『忠実なる牧人』をめぐるイタリアの論争でいとも激しく議論され、ベッティーニの学校演劇でいとも愉快に軽やかに扱われた、ジャンルと構造の問題である。

『冬の夜ばなし』は、独特の速記法で書かれた、切り詰められた胴体部分しかないような劇である。それは、グァリーニとその擁護者たちを駆り立てて喜劇的なジャンルと悲劇的なジャンルをいかに混淆し、ひとつの作法にすべきかを入念に説明させた、ジャンルと様式の整合性という古典的規範への要請をまったく尊重していない。シェイクスピアの劇は、人生と芝居において「悲劇的」であるものと「喜劇的」であるものを直視せよと我々に強い、ジャンルと作法の問題を突きつけてくる。劇作家は、ジャンルが育む期待感や本当らしく見せようとする慣習的態度にすら、微塵も屈することはない。劇の身体に付けられた悲劇と喜劇の手足はぎくしゃくとしており、両者の差異は取り繕われるどころか、鋭く強調されている。

この点については、『お気に召すまま』のみごとな構成を思い出してみると有益かもしれない。劇作家はこんなふうに書かなくてもよかったのだ。だが彼は、明らかに、同時代の牧歌劇すなわち悲喜劇の、構造と主題における限界をじかに吟味することを選んだ。劇中の出来事――難破、熊、無垢な若者たちが幸運にも愛し合うこと、彫像――は、しばしば、不必要に風変わりだとみなされたり、どことなく「寓意的」であるからこそ理解できるのだとみなされたりするが、そうした出来事でさえ、驚異、虚構、変装という牧歌の枠組のなかではお定まりである。劇の主題は、『お気に召すまま』の主題と同様、明らかに牧歌に属している。パーディタをめぐる〈生まれと育ち〉の問題は、オーランドーの場合とよく似ている。洗羊液と麝香《じゃこう》をめぐる議論は、つまるところ、自然と人工の優劣比較の一例である。父親に対するロザリンドの鮮やかな返答は、太陽は皆を分け隔てなく照らすというパーディタの言葉（四幕四場）を予見させる。『冬の夜ばなし』を『お気に召すまま』から画然と分かつのは、虚構への没入を許さない赤裸々な作劇術であって、その主題や手法ではない[42]。

二つの劇は、多くの点で似ているが、多くの点で異なってもいる。森に時計がないというのは、人々がそこで熟して腐るのだから嘘であったが、時間が重要であることは、『冬の夜ばなし』の材源の副題（ロバート・グリーンの散文ロマンス『パンドストー――時の勝利』）から明らかである。無時間性が、両面価値的で曖昧な「時の勝利」のために棄てられたのだ[43]。劇のはじめの、レオンティーズの時の数え方――「時がもっと速く過ぎればよいと思っていても？／一時間は一分間のように短くなり、真昼がたちまち真夜中になればよいと思っていても？」――は、連続的な（それゆえ悲劇的な）生における「瞬間」の重要性を指し示している。だが劇の結末は、時の勝利を、純然たる喜劇的作法の枠内で提示している。いずれの劇においても貴族たちは変装するが、先行する『お気に召すまま』の女性たちは、自分が変装していることや変装することになった理由を承知している。後の『冬の夜ばなし』において、王女は、自分はフロリゼルとポリクシニーズが見ているままの本物の羊飼い娘であると信じている。だが、ハーマイオニの彫像という劇的奇想は言うに及ばず、ポリクシニーズとパーディタの対決場面にうかがえる、二つの主題（自然と人工、現実とその模倣）の特異なまでに不自然な融合は、『お気に召すまま』での自然と人工の戯れとは質においても密度においても異なっている。『冬の夜ばなし』では、悲劇と喜劇の赤裸々な結合によって、ジャンルに、そしてジャンル固有の劇的手法にも同じく「負荷がかけられて」いる。この劇は、まぎれもない悲劇のジャンルの枠内で始まるので、三幕の終わりまでにはすべてが失われてしまったかのように見える。マミリアスは死に、ハーマイオニは昏倒し、パーディタは棄てられて死を待ち、アンティゴナスは異様な死を遂げる。観客は、劇のぎりぎり最後まで、ハーマイオニが結局は生きているという劇作家の（そしてポーライナの）秘密を明かされることはない。それは、舞台上のすべての人々と観客に奇跡のごとく開示される。

　と同時に、熊についての驚くべき（いやむしろ驚異的な――それゆえ、いかにも牧歌らしい）ト書き（「熊に追われて退場」）が付されたアンティゴナスの無益な死は、その恐ろしさにもかかわらず、アンティゴナスの思いがけない死と同じくらい思いがけない方向へと劇が転回しつつあることを示唆している。なるほどその死は、はじめの二幕でレオンティーズが心理的暴力の限りを尽くすのと同じくらい突然で、理由がなく、意表を突く――が、アンティゴナスの死は、それとはまったく異なる様式、すなわちロマンスの様式に属している。熊など、まるで荒唐無稽ではないか――その状況があまりにもグロテスクなので、熊が人間を食べているという恐怖を観客はかえって実感しなくてもすむが、レオンティーズの発作は凄惨な結末をもたらし、そうした中和作用はあからさまに欠如していた。熊の挿話が本当らしさへの意志をきっぱり拒んでいることによって、我々は悲劇を期待することをやめて別の様式へと移行するが、それは非現実性、不可能性、誇張を自らの土台に据える様式である。また、アンティゴナスの惨《むご》たらしい最期は、羊飼いの道化の鄙《ひな》びた滑稽な言い間違い《マラプロピズム》によって語られ――笑いの種にされるのである。まこと、我々が『冬の夜ばなし』から距離を置くにつれて、そしてまた、劇作家が、不信を停止させるための通常の手法もろもろを提示から削ぎ落としていくにつれて、アンティゴナスの挿話はこの劇の技法を大いに物語るものとなる。このような図式を下絵《シノピア》（*sinopia*）とする劇にあって、手法はその限界を超えてたわめられ、その結果、それぞれの手法が主題や技法において帯びている含蓄がくっきりと浮かび上がる。そして、慣習的な文学手法というものは何であれ、技法としていかに「決められた《フィックスされた》」ものに見えようと、さまざまな主題上の含意をそなえていることを、我々に改めて思い起こさせるのである。すなわちこれは、アーネスト・シャンザーが述べたように[44]、ことのほか問題含みの「問題劇」なのである。この問題劇は、演劇全般につきものの問題についての、そしてとりわけ牧歌様式と悲喜劇形式の問題についての劇なのである。

牧歌にせよ他の様式にせよ、イングランドの演劇は、大陸での実践に比べると、形式における混淆がはなはだしかった[45]。おそらくは、そのせいだろう、シェイクスピアは、フレッチャーが『忠実な女羊飼い』の序文でなしたように、はたまたダニエルが『ハイメンの勝利』でなしたと見えるように、牧歌劇をめぐる大陸での論争に論戦的に訴える必要はなかった。この劇において、シェイクスピアは無邪気そのものである。彼はただ、劇を悲劇の様式で始め、悲劇に特有の心理に捉われた悲劇的な人物群を提示し、それから喜劇の慣習にのっとって問題解決をはかったのだ[46]。レオンティーズ王が説明不能の嫉妬に襲われ、その虜となって、宮廷ばかりか家族全員を滅ぼそうとしているさまを見せられた後、この王が激情においても暴君ぶりにおいても頂点を極めたところを見届けた後、我々はにわかに、牧歌ロマンスのお定まりの手法である神託(ハーマイオニが神託を主張したのは、何が好ましいジャンルかを彼女が心得ていたためではあるまいか!)を突き付けられる。レオンティーズは、当初は悲劇様式をあくまで長引かせようとする。彼は赤ん坊の娘を遺棄し、神託をきっぱり拒絶する。息子の死を知らされてはじめて、ロマンスの慣習に身を委ね、神託を真実として受け容れ、無期限に罪を償うことを決意するのだ。

そうして、本当らしさなどおかまいなしに一六年が過ぎ去り、我々は、問題の女の子が別の国で生きていたことを知る。反宮廷的な喜劇がここで始まる。赤ん坊のときに棄てられた王女パーディタは羊飼い娘になり、読み書きのできない道化者の妹として育てられた(あるいは、「養育された(bred)」、

「教育された（nurtured）」）。彼女の美貌が狩をしていた王子フロリゼルの心を捉え、彼は変装して求愛する。王子の求愛は父王ポリクシニーズによって糾弾される。レオンティーズのかつての犠牲者が、いまや、己れの迫害者が一六年前にしたのと同じくらい暴力的に振舞っているのである。ここからはロマンス仕立ての展開になる。若い二人は別れるに忍びなく、シチリア人亡命者であるカミロの助言に従って、レオンティーズの宮廷に手に手を取って逃れようと決意する。そこで二人はたいそう暖かく歓迎され、歯に衣着せぬポーライナは、レオンティーズ王が若い羊飼い娘＝王女に心惹かれるのではないかと恐れ、これを機にシチリアの問題を一気に解決しようとする。彼女は王一行を自分の美術品陳列室に招待し、亡き王妃の彫像を披露する。それは王妃に生き写しなので、娘の王女がハーマイオニに似ているために妻の記憶が甦っていた王は、喪失感に圧倒される。すなわち、自らの手で招いた劇前半の悲劇の「意味」に圧倒される――だがその瞬間、彫像が、生命と感覚をもつ血肉をそなえた人間となって台座から降りてくる(47)。彫像は、牧歌におけるあの対比の要素を可能なかぎり最も鋭く焦点化し、「人工」（彫像）と「自然」（許しを与える、生きた女性）をせめぎ合わせる。このことについては、後にさらに述べる。

他の、はるかに単純な牧歌の主題が、とりわけ宮廷と田園の対話のなかに現れる。この劇の場合、「宮廷」はフレデリック公爵の宮廷すら及びもつかぬほど、はるかに深刻に損なわれている。この逆しま世界はさらに顕著な逆しまぶりを示しており、『冬の夜ばなし』の宮廷には、牧歌の特権的な場所である無可有郷の名前が付けられている――レオンティーズはシチリアの統治者であり、彼自身が「シチリア」と呼ばれ、その牧歌的な島の王であり中心である。王は、彼のものであるその地でアルカディア的な若者時代を過ごしたと思われるが（彼とポリクシニーズ王子は「双子の子羊」であった）、すべてがまったく反牧歌的である。羊飼いや詩についての言及は一切なく、宮廷的礼節ですら、レオンティーズの妄念によって否定される。王は友人である客人に対して無礼極まりなく、顧問官たちには暴君のように振舞い、家族には酷い仕打ちをする——王の残忍な行為を正そうとして、宮廷の最良の者たちのうち、ある者は逃れざるをえなくなり、ある者は死んでしまう。さらに、その宮廷は病んでおり、シチリアの空気は「汚染されている」——あのシチリアの空気が！——パーディタがボヘミアの牧歌的慰安《オアシス》の場から帰還するまで、シチリアが浄化されることはない(48)。

この劇では、時も場所も混乱してしまっている。「悲しいお話は冬がいちばんいいんだよ」、とマミリアスは自分と家族にやがて起こることを予言するかのように言う。レオンティーズ王の一家は、キャンピオンが歌った、バウキスとピレーモン〔ギリシア・ローマ神話に登場する夫婦で、神々をもてなした褒美に何が欲しいかと訊かれ、同時に一緒に死ねるようにと願う〕やダービーとジョウン〔一八世紀の民謡で歌われた仲睦まじい夫婦〕さながらのおしどり夫婦とは似ても似つかない。キャンピオンの生活感あふれる牧歌は、しきたりに縛られた不安な宮廷暮らしの対極をなす(49)。

ジャックとジョウン、根っから善良な二人、
愛し合って生き、いつも陽気に暮らしている。
週日は労働をして、安息日には
敬虔に祈りをささげる。
草地のうえで愉しく跳ねて転んで、
夏至祭の女王を選ぶ手助けをする。
田舎の祭りでは、手持ちのペニー銀貨を、
惜しみなく上手に使う。

二人はうまいエールの利き酒名人、
おとぎ話をひとくさり語ることもできる……
ティブは父さんの喜びの種、
小さなトムは母さんのお気に入り。
満ち足りた心こそ彼らの喜び、
煩《わずら》いは、年毎の地代を納めること。

ティブ＝パーディタは棄てられ、トム＝マミリアスは父親が母親にした仕打ちを知って心痛のあまり死ぬ。レオンティーズの宮廷は家庭の平安を許さないし、反牧歌と反ロマンスの見本にすらなっている。彼の国には緑なすシチリアの詩神が存在する気配はない。というのも、文学の常道に反して、詩神はボヘミアに移住してしまったからだ。シェイクスピアは、従来の定式を覆し、材源からもより大きい伝統からも逸脱して、牧歌とはまるで縁のない土地に牧歌的可能性を賦与した。だがここにも問題はある。「ボヘミア」という場所も、本来の姿ではない。ボヘミアは、トマス・ローゼンマイヤーが牧歌の場として選ばれたすべての地名にそなわっているとした、あの神秘性、あの地理上の中立性を宿している。牧歌には無可有郷の雰囲気が必要である。そして、たいていの読者は、ボヘミアには海岸などないし、熊などの猛獣が生息する砂漠でもないことをよく知っているのである。
　パーディタを迎え入れ、祭りの女王や羊の毛刈りが存在しているにもかかわらず、牧歌的であると同時に非牧歌的でもあるボヘミアは、牧歌の無情さということではシチリアに劣らない。パーディタを連れてきた船を沈め（ここにも、不必要な、誇張されたロマンスの慣習が認められる）、ボヘミアの浜辺でアンティゴナスをすみやかに始末する。主題のうえから期待されるシチリアの解毒剤としての作用は、この海岸ではすぐには発揮されないが、ボヘミアの資質はほどなく開花し始める。

　棄てられた赤ん坊を見つけた道化は羊飼いの息子であるが、その羊飼いは牧歌の主題系をたちどころに会得する（「さあ、ありがたいことじゃ。おまえは死にかけていく者に出遭ったが、わしは生まれたての者に出遭ったぞ」三幕三場一一二―一一三行）[50]。羊飼いの道徳観《エトス》は、キャンピオンの詩に登場する「ジャックとジョウン」が奉じるものと似通っており、レオンティーズの生き方とは、身分を異にする以上に、多くの点で正反対である。パーディタは自然の循環の一部として、自然を奉じ自然の絆で結ばれた家族のなかで成長することができるが、人々はそのなかで、キャンピオンの最後の詩行で歌われた「愚かな田吾作」のように、「宮廷の貴婦人や騎士」よりも「安らかな生活」を送るのである。少なくとも、そう考えてよいと思える。パーディタは羊飼いの家族と幸福に暮らしているが、宮廷人たちが毛刈り祭に侵入してきたとき、田園の生活は脅かされる。だが田園の牧歌が輝くには、そこにいくぶんかの翳りが要る。先行する劇に登場するジェイクウィーズのように――とはいえ、ジェイクウィーズとは似ても似つかぬ一匹狼の策士であるが――、オートリカスは牧歌的充足を破壊する。都市を追われた無法者のオートリカスは、狭い世界に暮らす羊飼いの初心《うぶ》な騙されやすさに田園の限界があることを示す。フロリゼルにかつて仕えていたと触れこんでいるが、オートリカスは詐欺師であり、宮廷の代表者とはなりえない。彼はむしろ、都市の裏世界を代表し、ウェルギリウスの『牧歌』が都市生活者の必然とはっきり歌っているように、そこでの腐敗を田園へと蔓延させる。

　当然ながらパーディタは、「ジャックとジョウン」によって、田園生活の純粋無垢を体現する夏の女王に選ばれた。時間が彼女を成熟させ、いまや彼女は家族や友人に囲まれ、街から来た優雅な求婚者や見知らぬ客人たちに称讃されながら、牧歌的な収穫の宴を毛刈り祭の女主人としてとりしきっている。女神のようだとみなが言うが、彼女はまこと、女神の化身のように見える。パーディタとフロリゼルの婚約には、社会的身分の混淆が見られる。身分の混淆は、牧歌様式に内在する平等主義を実験的に利用した「近代の」牧歌主義者たちには評価されたが、社会的・文学的作法をアリストテレスに即してより厳格に遵守する者たちには蔑まれた。

フロリゼルは、ロマンスの主人公にふさわしく、恋に身を捧げ、羊飼い娘の内的な価値を認め、いざとなれば彼女のために身分をなげうつ覚悟がある。彼が尊ぶのは、フランス王がコーディリアを尊んだように、パーディタの本質であると我々は知らされる。フロリゼルが讃美するのは牧歌的な善性をそなえた人間性であるが、それは、ほぼ完璧な人間性でもあり、彼はそれをこのような言葉で高らかに称揚する。

　　君は何かするたびに、
前にしたことを凌《しの》いですばらしくなっていく。ねえ、君が何か言うと、
そのままずっと喋っていてほしいと僕は思う。君が歌うと、
ものを売り買いしたり、施しをしたり、お祈りをするときも、
歌でやってほしいと思う。それに、家事をとりしきるのも、
歌でやってくれたらなあって。君が踊るのを見ると、僕は君が
海の波だったらと思う。そうであれば、ほかのことはなにもしないで
寄せては返す波のように、ずっと変わらずやむことなく、
いつまでも踊り続けているだろうから。君がすることはどれをとっても、
そのそれぞれが特別で唯一無二のものであり、
君がいまその瞬間にしていることを、玉座に据えるわけだから、

君の行為はどれもみな女王なのだ。
（四幕四場一三五—四六行）

フロリゼルは、パーディタの行為にはどれもみな優雅さが宿っていると明敏にも讃えるが、それらすべてがパーディタの根源的な性質から湧き出ていることに気づいている。パーディタの喜びに満ちた変化はすべて、その美を彼女の生来の本質に負うことを、彼は知っているのである。

　フロリゼルの変装した父親ポリクシニーズは、悲劇とロマンスをつなぐ架け橋の役目を果たしており、毛刈り祭の場面での彼の振舞いには、息子のパーディタへの讃美とレオンティーズの嫉妬にかられた暴虐が入り混じっている。彼もまた、えもいわれぬ魅力がある乙女に心動かされ、その喜ばしい愛らしさを褒めるが、それは偏狭な身分観にもとづいており、これほどの美女が百姓の幹から生まれたとは信じられないと断言する。とすれば、ポリクシニーズは、眼前の乙女を造り直す、すなわち彼女の文学的起源を書き直し、いわば彼女を別種の劇に振り替える用意があるのだ。意識的に変装しているポリクシニーズとわれ知らず変装しているパーディタとが交わすあのみごとな対話には、膨大な伝統から資源が引き出され利用されている。変装そのものは、牧歌ロマンスのプロットの定番のひとつであり、これほど重要な対決場面には必要不可欠である。パーディタの変装には、彼女が他人に対してと同様、自分自身にも真の姿を隠しているという側面がある。パーディタは、己れの真の出自をまったく知らない。自分は拵《こしら》え物の女王、一日だけの女王であると思っているので、フロリゼルの真の身分が明かされると、女王の真似をするのをたちどころにやめてしまう——すなわち彼女は、シドニーやデノーレス〔ジャンルの作法を遵守すべきであるとグァリーニに反論した保守派〕の批評的立場に与《くみ》して分を守り、花にせよ社会階級にせよ「接《つ》ぎ木」を是としないのである。

だが劇中であれその外であれ、見る者にとって、祭りの女王としての扮装は、パーディタの真の姿を隠したり顕《あらわ》したりするものというよりは、彼女の本質を表現するものである。「羊飼いの娘などではない、花の女神フローラだ」と言われるのを我々は耳にする——女王に変装した羊飼い娘は、女神のように見えるのである。彼女はフローラとして、女神の持物《じぶつ》である花を、それぞれの受け手の状況に合うようにと念入りに選んで配る。劇を観ている観客にとって、そこにはより多くのことが作用している。ここにいるのは少年であり、この虚構の枠内では王女である乙女を演じている。虚構は変装を要求する。だから乙女は羊飼い娘でも「ある」し、そう育てられているので十分にそれらしく見える。だが、その虚構には劇中劇というもうひとつの虚構が含まれており、そこでは王女（自分が羊飼い娘だと思っている）を演じている少年俳優が女王の役も演じなければならない。我々はロザリンドを、すなわち、少年に変装した娘といった複雑な役割を演じる少年のことを思い起こす——ロザリンドは自ら仕掛けた求愛芝居のなかで、劇中での真の役どころを演じている。パーディタは、ロザリンドが知ったうえでしていたことを知らないでしているが、やはり己れ自身を演じている。さらに、我々は彼女の「正体」を知っているので、パーディタとは異なり、イリュージョニズムのからくりがわかっている。後述するように、劇中の牧歌の主題にとってきわめて重要なこの出来事は、ハーマイオニの偉大な彫像場面と対をなす。あの場面では、観客に種明かしがされていない。だから観客は、虚と実のはりつめた駆け引きがなされていることを知らないでいる。

パーディタは、中年には「冬の野草」がふさわしいとして、ローズマリーとヘンルーダを贈ることで、ポリクシニーズとの議論の基調を定める。彼女は、フロリゼルの「若さの盛り」にふさわしい「春の」花々がないと残念がる——ロザリンドのように、この乙女は時のうつろいを認め、聞き手にもそれを思い出させる。そして、牧歌的な祝祭がたけなわの時ですら、四季の巡りという自然の掟があることを認めている。だから彼女は、「双子の子羊」がいずれは年寄りの雄羊になり、人々は円熟して老いていくという憂鬱な事実を受け容れることができる。ポリクシニーズはパーディタを試し、人工的な庭の花々を讃えるが、パーディタはいまや羊飼いのイデオロギーに与する側なので、これを拒否する。彼女にとって縞石竹は「自然の私生児」であり、そのようなものを「土を掘って／植えよう」とは絶対に思わない。というのも、そうした花々は雑種であり、己れの自然の姿でないものになろうとするからである。パーディタは己れの花の好みと一致した行動をとり、女王の扮装を解いて羊飼い娘に戻るが、そうすることによって、ポリクシニーズが現実に奉じる、社会における（それゆえ、この劇における）様式《モード》の混淆を否定するというアリストテレス的見解を支持している。

だが、それでも彼女は「聞いたことがあります／あの縞模様は人工の手が／偉大な造化の自然に加わってできたものだと」、と言わずにはおれない。彼女にとって唯一の合法的な創造主であるナトゥラ・ナトゥランス（能産的自然）は、その神秘的な力を人間と分かちもつとされてきた[51]。ポリクシニーズは、彼が「改良」と呼ぶものを擁護する点で、近代的でベイコン的な統治者である。縞石竹は、パーディタにとっては雑種であるが、彼にとっては良い花なのだ。ポリクシニーズの論議における時事的な用語は、文学的意味を超える広い含蓄を含んでおり、彼が息子に、パーディタに、パーディタの家族に、容赦なく強いる社会理論とは対立する。だが、ポリクシニーズが花のことだけを語っているとするならば、種の混淆というグァリーニの見解を擁護していることになる。

だが何らかの手立てを用いて自然がよりよくなるならば
その手立てを造るのも自然そのものである。だから、
あなたが自然を加工していると言うその人工の手も

自然の造る手に支配されている。だから、美しい娘さん、我々は
荒々しい野生の幹に、育ちのよい若枝を結婚させ、
素性卑しい木に、高貴な血筋の芽によって
子をなさせることがある。これは人工の技であり
自然を改良し——というよりも一変させる——ものであるが
その人工の技こそが自然そのものなのである。

（四幕四場八九—九七行）

表面的には、パーディタが素朴な田園の立場から語り、ポリクシニーズが洗練された宮廷の立場から語っているように見える。彼女は、前技術と反技術を謳《うた》う牧歌主義者である——彼女はいわば、グァリーニの見解を拒むのである。だが現実の状況に照らしてみれば、二人は自分とは正反対の立場を奉じていることになる。明らかに、種をめぐるこのような議論が、文学の諸伝統によって是認されたより広い社会的文脈にどのようにあてはまるのか、そしてまた劇にどのようにあてはまるのかを具体的に理解しようとするならば、我々は、その矛盾や両義性に直面することになるであろう。『冬の夜ばなし』という、問題をたっぷりはらむこの劇では、牧歌的滞在においてさえ問題があることを、我々は受け容れねばならない。シェイクスピアは、メタファーをつうじてもろもろの問題に対峙したが、そのメタファーには膨大な伝統的用法があるため、問題はさらに複雑化している。シェイクスピアは、たとえパーディタ当人は知らなくとも、我々はその正体を知っていることがわかっている。パーディタは、己れの本来の姿と思いこんでいるものに忠実に従い——彼女の本質は真実であるがゆえに——、己れの真の姿に対立する論を張る。なぜなら、彼女は素朴に与する能力も意志もある

からである。それゆえ彼女は、己れが最も欲すること、すなわちフロリゼルと結婚することに背くような主張をせざるをえない。ポリクシニーズの議論は、もちろん、結婚するのに好都合な理論をフロリゼルに提供する。そして、ポリクシニーズの振舞いも、たしかに、彼が植物で推奨するような混淆が王家にも必要であることを示している。というのも、息子とこの完璧な収穫祭の女王との結婚を祝福することによって、レオンティーズの教訓を生かしたり自説を実践したりするかわりに、ポリクシニーズは己れ自身の理屈を、己れ自身のメタファーを、口にしたこともないという風情で撤回し、レオンティーズが遠い昔に娘を棄てたように、己れの息子を勘当するからである。我々は観客として、この王にもっと期待をかけていたかもしれない。とりわけ王はパーディタの物腰に、「何かしら身分以上の／このような鄙《ひな》びた場所にはそぐわない気品」を感知していたのだから。だがポリクシニーズは、羊飼いの生活――それを営むのが本物の羊飼いであろうが、ちょっとした安らぎを求めて多忙な生活から逃れてきた貴人であろうが――は人を高貴にするというグァリーニの言明の理論的力を理解することができない[52]。

パーディタは(気高くも)自分が議論で開陳した立場を、それにともなう、羊飼い娘は王子とは結婚できないという含意とともに受け容れる。だが、それでも彼女は、それと同じくイデオロギー的な、とはいえ正反対の牧歌的見解を口にする。

口に出そう、王様にはっきり申し上げようとさえしていた。
あなたの宮廷を照らす、それと同じ太陽が
私たちの小屋も、その顔を隠すことなく
平等に照らしてくれるのです、と。

（四幕四場四四四―四七行）

羊飼いに身をやつした貴人であるフロリゼル王子は、民主主義と愛という羊飼いの理想を受け容れ、それが、出自による権利ではなく自然の理《ことわり》という概念にもとづくものであることを理解している。

僕が誓いを破らないかぎり、君はいまのまま
僕の愛しい人なのだ。誓いを破るようなことがあれば
自然が大地の腹を打ち砕いて、
なかにあるすべての種子を破壊してしまうがよい！　さあ、顔をあげて。
父よ、僕の王位継承権を取り消してくれ。僕は
愛の継承者になるのだ。

（四幕四場四七七―八二行）

牧歌劇では珍しいことではないが、身分の問題がその含蓄を究め尽くされることはない。ロザリンドは公爵の娘で、オーランドーは騎士の息子だったので、最終的には似た者同士の結婚となるわけである。パーディタは実は王女なので、接ぎ木を是とするポリクシニーズの見解は、息子の結婚には実際にはあてはまらない。そして、縞石竹という観点から表明されたパーディタの階層的な身分概念は、プロットの最終的なはからいによって、論駁されず裏づけられる。この劇で耳にする現実的な身分批判は、牧歌の平等主義という概念に実際には反している。たとえば、パーディタの家族が新たに獲得した紳士の身分について、道化と羊飼いがオートリカスと交わす会話が示しているように（五幕二

場）。道化は、ここ四時間ばかり生まれながらの紳士であり、父に先んじて生まれながらの紳士（リアの道化を参照せよ〔『リア王』三幕六場に「自分より先に息子を紳士にするのは狂った郷士」という道化の台詞がある〕）になったと言うが、いまや成りあがりの拵《こしら》え物の紳士でもある。パーディタは、王女であることが新たに判明してもなお、老羊飼いを「父」と呼び、道化は彼女をいまだ「妹」と呼ぶ。パーディタを養育した家族の自然で寛大な反応は、社会的品位《ジェンティリティ》＝紳士階級にいまや正式に組み込まれる。身分という社会慣習が人工的なものであることは、道化の言葉によって強調される。道化は新たに得た特権を利用して、誓いは守らないことにしようと考える——これは、より素朴な倫理観への懐旧の念がこめられた諷刺的瞬間である。『お気に召すまま』においてオードリーがしていることにどこか通じているのだが、道化は牧歌世界の外部へと手を伸ばし、貴族の不実をもぎ取ろうとしているのだ。その父親は、真の羊飼いであるゆえにけっして堕落することはなく、自然の紳士とは正反対の社会の紳士に表向きは変身しても、その誠実さは変わらない。劇作家はいまやふたたび、二股をかけている。パーディタの再発見された高貴な血は、彼女がつねにたたえていた気品を裏づけている。その一方で、彼女の家族は、田舎の流儀を都会の作法のために棄て、飾り気のない素朴さを洗練された社会の手管や嘘のために棄てることによって、何を失ってしまうかを我々に思い出させる。

　パーディタとポリクシニーズのやりとりは、育ち、訓練、教育という文脈のなかで、自然と人工をめぐる議論に関わっている。己れ自身の才覚であれ社会が与える手段であれ、紳士を「造る」という社会的問題は、カスティリオーネの偉大な書物、『宮廷人』の中心的な主題であり、シェイクスピアの他の諸劇（とりわけ『リア王』）でも徹底的に探究されるが、ここでもちらりと触れられている。すでに見たように、パーディタ自身は社会的に保守的な立場をとり、通念に従ってフロリゼルを諦める意志がある。にもかかわらず、パーディタが王女であるため、批判的議論は、結局のところ、この劇にはまったくあてはまらないものであった。シェイクスピアは、牧歌の主題系や牧歌の文芸理論における主要な問題を探究するとともに、我々にも探究させ、その問題に含まれている変種についても考察させ――そうしてやおら、すべての議論を根底から覆してしまったのだ。より大仰な言い方をするなら、彼は己れの文学的洞察を劇中の客観的相関物にあえて即合《マッチ》させようとはしなかった。種《カインド》の議論は、空騒ぎでしかなかったのだ。

　とはいえ、パーディタはなお、彼女の議論の主題のいくつかを体現しているところがある。彼女は、羊飼い娘として人工とは無縁であるが、異なる意味における人工主義者《アーティスト》＝芸術家であり、「大いなる造化の自然」と気脈を通じている。客人たちにふさわしい花束を作るための花々は手許にはないが、それらの花々を想像して語る台詞は、劇中で最も詩情豊かだ。彼女は自然を――あるいは、少なくとも自然の規範を――はるかに凌ぐ存在なので、現実の事物がなくても想像力を羽ばたかせることができるのである。この場面は、多くの点において、明らかに劇の要所になっているが、劇全体との関連はきわめて曖昧である。そこでは、劇全体に満ちている牧歌の用語が声高に主張され、くっきりと浮き彫りにされているので、我々はそうした用語に頼って劇を解釈したくなる。だがそれは叶わない。その議論は放擲され、それがもたらす洞察は、プロットのその後の展開には無用なものとして拒まれる。それでは、この場面はいったい何を意味しているのか？　私はただ、こう思う。牧歌の手法は、劇全体の根幹にあるものを強調する――牧歌様式のメタファーや属性の派手なうわべを強調する――と同時に、自然と人工、生まれと育ちをめぐる慣習的で隠喩的なお喋りがかしましくなされるなか、人間の本質的な性質の問題を考えねばならない、「種《カインド》」の絆や同種のものに対する情愛《カインドネス》に己れが与《あずか》っていることを個人がそれぞれ認知するという問題を考えねばならない、と我々に教えているのである、と。

ハーマイオニの彫像の場面は、[53]ポリクシニーズとパーディタの議論とはまったく異なる文脈のなかで自然と人工の問題を提起しているが、予想外の結末になることでは同じである。その有名な彫像は、ハーマイオニの似姿であり、模像であり、ありし日の彼女を偲ぶ記念碑へと固定化されたハーマイオニ、美、忠節、高潔へと象徴化されたハーマイオニの像である。レオンティーズはこのことに感謝し、ハーマイオニを彫像として受け容れる。己れの利己心のために失われた妻を悼むかの王〔後述のアドメトスは、己れの身代わりとなって死のうとしている妻に、死後は妻の似姿を作らせて愛おしむと言う〕のように、レオンティーズは、生身の女性であるかのごとく彫像に接することを望み、アルケスティスの彫像にアドメトスが捧げるであろうほどの献身をもってそれを崇めると誓う。[54]彫像を目にしたレオンティーズの混乱の彼方に、また別の神話が見えてくる。すなわちそれは、命あるもののごとく生きて呼吸しているかと見える創造物を拵《こしら》える、神としての芸術家の神話、ピュグマリオン神話である。[55]

だがこの場面も、我々が再考察を促されている問題（人工対自然）そのものを、的外れにしてしまう。なぜならこの芸術作品は、結局のところ、自然であると判明するからである。パーディタとポリクシニーズの対話と同様、優劣比較への我々の期待を、プロットが挫くのだ。ウェヌスがピュグマリオンのために行った奇跡がレオンティーズにも起こり、彫像が動き、台座から降り、彼を抱擁する。だがこれは彫像などではなかった――それはつねに生きた女性そのものであり、「ハーマイオニ様の絵姿にそっくりのお方」であり、復活と許しをもたらす生身のハーマイオニであり、比喩的な意味で石化していて、冬のお話が一六年続いているあいだペルセポネのように冥界に留まり、夫の悔悛によってのみ復活し温かい命が通う。彫像が甦ることによって、あの凍えて宙ぶらりんになっていた夫にも、充実した生が戻ってくる。人工だイリュージョンなのではなく、生がイリュージョンであるということ――それがこの場に作用するイリュージョンなのである。

それがどのようなトリックであったのか、しばし考えてみよう。ピュグマリオンは自然と人工の優劣比較におけるひとつの原型的な範例となっており、そこでは自然が勝利する。ドナテッロは、己れが創った生きた人間さながらの像『ズッコーネ』（フィレンツェ大聖堂鐘楼を飾るために制作された預言者ハバククの彫像）に「喋れ、喋れ」と話しかけていたとされる。それでは、「生き写し」を創造できる芸術家としてジュリオ・ロマーノが選ばれたのはなぜなのだろう。[56] それでは、「造化の神の技を騙しとってしまうのではないかと思わせるほど、造化の神の完璧な模倣者」であるのは誰なのか。マントヴァのテ宮殿にある〈巨人の間（sala di Giganti）〉にジュリオ・ロマーノが描いた巨人族は、そのイリュージョニズムによって見る者を怖がらせたという。ジュリオの奇跡のようなイリュージョニズムについては、ヴァザーリもこう評している。「劇場のような円形の建築物に、こよなく美しい彫像がみごとに配されている。それらの彫像のなかに、糸を紡ぎながら雛《ひな》を連れた雌鶏を眺めている女性の像があるが、まるで生きているかのようですばらしい」[57]。この奇跡が、人間さながらの彫像で飾られているさまが描かれた建築物の絵画なのか、現実にそのような彫像が並んでいる建物なのかは、この一節からは定かではない。ポーライナはハーマイオニの彫像に色が塗られていると言うが、彫像は彩色されないのがふつうである。『ズッコーネ』の素材は大理石である。ピュグマリオンの恋人は象牙でできており、彼は像を美しい衣装や宝石で飾ったが、彩色した様子はない。絵画においても、生者が肌色で着色されるのとは異なり、彫像はグリザイユ（灰色や褐色など単色を用いた画法）で描かれることによって、たいていは生きている人間とは区別されている（たとえば、アランデル卿と彼の美術品陳列室《ガレリア》を描いた絵におけるように）。だが演劇では、どのみち現に彫像は甦る傾向がある。『修道士ベイコンと修道士バンゲイ』においても、『老妻物語』においても、エリザベス王女の結婚式のためにキャンピオンが書いた仮面劇『卿たちの仮面劇』においても、彫像は口をきくし、動きもする。（キャンピオンの仮面劇では、プロメテウスによって造られ、怒れるゼウスによって一並びの彫像に変えられた女性たちが甦って壁龕《へきがん》から降りてくる)。

ハーマイオニを演じたのは彫像のふりをした生身の俳優であっただろうが、それは演目のなかの役どころとしては特異なものではなかった。とすると、このトリックは、舞台上のイリュージョンが合法的に生み出す眼騙し《トロンプ・ルイユ》のひとつでしかないことになる。だが、この種の変身あるいは擬似変身の他の例では、身体の細部について生々しく語ることも、イリュージョンのつねの覆いを押しのけることもない。ハーマイオニの皺《しわ》に言及することによって、シェイクスピアは、この劇全体のむきだしの虚構作用——悲劇的なものと喜劇的なものを公然と妥協なく組み合わせること、悲劇を喜劇に転じることで不可能を解決すること——へと、我々を連れ戻す。イリュージョニズムが最大に発揮されるまさにその時、イリュージョニズムそのものが放棄される。人工がいかに技巧を凝らそうとも、現実はそれよりさらに驚きに満ち、それよりさらに奇跡的であるという主張のもとに——生そのものが、その最も重要な瞬間には、ほとんど虚構めいているという主張のもとに。パーディタの滑らかな頬に発露する完璧な美も、それらの皺が発する意味や情念の前では色褪せる——審美的理想を強調する様式が掲げる理想美さえも、長いあいだ経験されてきたがゆえに真正であるとされる、苦悩や感情に賦与される価値にはかなわない。

劇作家は、模倣的即合《マッチング》をめざす芸術家の努力を斜《しゃ》に見て、模倣《ミメーシス》の原理全体をからかっている——そして、そうすることによって、芸術からイリュージョニズムを剝奪してしまうのである。ポーライナの作り話によれば、ジュリオ・ロマーノは神を演じ、生きていればこのようになっていただろうという姿でハーマイオニ像を造ろうとした——だから彼は、レオンティーズには見慣れない皺を加えねばならなかった。模倣という観点から見れば、シェイクスピアは〈信じうること〉をつきつめていったあげく、彼の虚構やこの劇のプロットが「事実」であると信じるよりは、ふつうでは信じられないものを信じるほうが容易であると思わせる地点へと至ったのだ。事態はそういうところまで来ていると、無名の紳士が劇中で警告する。「この報せは真実の話だと言われていますが、お伽噺さながらで、それが本当のことかどうかは疑わしい限りです」（五幕二場二七―二九行）。その主題は、最終幕を貫いて流れている（五幕二場六二行、九六―一〇一行、五幕三場一一五―一一七行）。シェイクスピアは、皺の〈本当らしさ（*vraisemblable*）〉に注意を促すことによって、〈本当らしくないこと（*invraisemblable*）〉を際立たせ、牧歌劇における「驚異的」なるものの慣習や、奇跡を馴致して文学的手法に囲い込むことの意味を再考することへと我々を向かわせる。サナトリウム以外のいったいどこで、牧歌的滞在が、自己や他人の人間の破壊性に実際的な解決をもたらすのか〔『魔の山』への言及か〕。牧歌は、生に不可避の苦しみの代わりに、自らの拵《こしら》え物を差し出してくる。影像の挿話では、種《カインド》をめぐる（ポリクシニーズとパーディタの）議論がそうだったように、技巧《アーティフィス》が畳みかけられ、そしてそのように畳みかけられた技巧が象徴する人間的源泉へと我々を投げ返す。ハーマイオニが甦るのは、彼女に許す能力があるからである。レオンティーズが、いかなる男も期待する権利のないもの、このうえなく身勝手な夢を叶える許しを彼女の手から授かりたいと望むがゆえに、彼女は許し、甦るのだ。[58]

ハーマイオニの影像化は尋常ならざる仕掛《デヴァイス》けであり、死から生への信じられない甦りばかりか、さらに多くの劇作上の要求を満たさねばならない。影像化は、技巧をあけすけに駆使するこの劇が、多様なアクションの果てにふさわしい和解を得ることを可能にする手段であるだけではない。それはまた、レオンティーズとポーライナの二人がなんらかの立ち直りをはかるための手段でもある。影像としてのハーマイオニは、猶予の瞬間を与える――それをくぐり抜けていくことで、ポーライナは復讐の世界から、レオンティーズは妄想の世界から、個としての人格と血肉をそなえた世界へと、妻たちが慈しまれ接吻されても塗りたての絵の具が損なわれない世界へと、帰還することができる。ハーマイオニは彩色されているのではなく、血が通っており（縞石竹と比較せよ〔四幕四場のポリクシニーズとの議論でパーディタは人工的な化粧に喩えて縞石竹を蔑んだ〕）、石ではなく生身の肉体をそなえている。レオンティーズが人間としての自我を回復するためには、なんらかの沈黙、なんらかの合間、なんらかの象徴が介在しなければならない。さもなければ、グロスターのように、喜びがあまりにも大きすぎてその衝撃に耐えることはできないだろう。レオンティーズは「優れた技《アート》に惑わされた」と言う。だが実際には、人工《アート》が介在することによって、妻が聞くことも話すこともできない影像であると思っているあいだだけは、彼は感じたままのことを口にすることができるのである。もちろん彼は、観客と同様、作劇術によってまさに「惑わされ」ている。この劇のトリックの本質的な特徴は、それらのトリックが実際はイリュージョンを紡ぎ出してはいないこと、舞台慣習そのものが暴露され嘲られていることである。劇作家は、ハーマイオニの皺を、人工が現実と即合《マッチ》することにしくじった失敗例すべての象徴とした。影像が一六年前の妻よりも老《ふ》けて見えるとレオンティーズが評するとき、ポーライナに何と言うことができただろう。伝説的な名匠が、ある特定の自然の創造物を再現するために、理想化を凌ぐ業をふるったと言うほかには。かくしてポーライナは、芸術における理想的なるものの価値を否定し、模倣の原理をもゆるがす。皺は、人工と自然、理想的なものと現実の写しであるものをきっぱりと分かつことが、いかに単純な線引きであるかを示している。

　本当らしくもあり本当でもあると同時に主張すること――それはパーディタと母親の影像とのほとんど言葉のない対面によって象徴されている。その母親の娘であるパーディタは、母親の美しさを受け継いでおり、己れ自身の存在のなかに母親の失われた姿を再現している。あの一場面のなかに、我々は、無時間性（影像、すなわち人工）と有限の時間（生きている娘、すなわち自然）をあいともに目撃する——にもかかわらず、彫像の頬には皺があり、娘の頬は滑らかである。皺は熟年につきものの反ロマンティックな特徴である。ハーマイオニがレオンティーズのもとに戻ってくるのであれば、そしてその帰還がなんらかの意味を帯びてなされるのであれば、彼女が帰還するためには失われた時間という代償をすべて払い、彼女が何を失ったかが量られ意識化されねばならない。皺は、苦悩が本当に本気で伝えてくるしるしなのだ。

だが皺には、シェイクスピアが、自ら手がけた様式の主題系と戯れ、演劇上や文学上の技《クラフト》のもつ可能性と戯れるさまも見ることができる。本当らしさにこだわった結果として、頬に皺のある生身の女性を登場させたということであれば、彫像という手法が荒唐無稽だといって彼を非難することができようか。シェイクスピアは、生のありのままの姿を指し示すことによって、己れの技のイリュージョニズムから離れ、人々が己れの人生を素材にして創るイリュージョンを志向した。劇作家は、己れの牧歌を有限の時間のなかに組み入れることによって、時間の破壊を免れない定めにある現実の生のなかで、牧歌の理想の想像的価値を強調することができる。虚構——彫像、劇——をつうじてのみ、我々は、生から抽出された、生に由来する、豊饒で凝縮された意味のエキスを、想像力によってたちどころに味わうことができる。虚構のなかであるからこそ、劇中であるからこそ、彫像が生身の女性になることも、生身の女性が彫像になることもできるのである。この芸術上の問題にとって、この劇のモードは重要である。牧歌の主題系のうちで、自然と人工の相対的価値を吟味することは、牧歌というモードが命じることのひとつだからだ。『冬の夜ばなし』において、自然と人工の関係は、逆さまにされると同時に再肯定される。というのも、この劇は、その独特のありようを、女性が芸術作品のふりをすることも芸術作品になることも可能にするような牧歌の劇的慣習の寛大さに負っているからである。人工＝芸術が生に変わるという仕掛けによって、レオンティーズのシチリアは人工と自然のすべての象徴的恩恵に与ることをふたたび許され、劇をつうじてさかんに問題視され修正を施されてきた牧歌は、その本来の住処（シチリア）を取り戻す。

ハーマイオニは人間として比類ない傑作であるために復活し、夫、彼女自身、そして劇そのものを救うことができた。彫像という仕掛けによって「貰い生が［死から］救い出した」のである。人工が人工でないものになるこの劇において、人工は見かけどおりのものではない。だが、寓意画《エンブレム》のようでもあり謎《エニグマ》めいてもいるその結末に見ることができるように、生もまた、見かけどおりのものではない。危機にあるとき、人間は、人間性と創造的能力という資源をともに必要とする。自然という資源とさまざまな学芸《アーツ》を備えた文明という資源を、必要とするのである。横溢する技巧をひけらかしながらも小手先の技など一顧だにしない、この法外に誇り高く自信に満ちた劇において、人工は人間の性質《ネイチャー》＝自然にその獣性を文明化する機会を与え、人工と自然との交歓がかくして肯定されるのである。

第七章　「その点では自然が人工に優っている」——牧歌の定式の限界

I

劇における牧歌の定式《パターン》（追放、自然界に滞在、新たな力を得ての帰還）は、たしかに、人間の希望と恐怖を深々と秘めた神話的な定式である。と同時にそれは、作家にとって、扱いやすく、羊飼いや羊に関係するものがいっさい含まれていなくてもそれと認識しやすい、主題的な図式（a thematic *schema*）である。それは、献身の度合いこそさまざまながら、人間の生や環境における「自然的なるもの」や養い育むものに対する称揚となっている。さらに、この定式は、牧歌の優劣比較の一方の相である自然（羊の気配はごくたまにしか感じられない）が、きわめて人工的で自意識的な社会がもたらす個人的な、そしてときには集合的な苦悩の癒し手になることを抽象化し形式化して、「プロット」——ときにはひどく貧弱なプロットしかないこともあるが、それでも途切れない物語——に組み込んでくる。[1] あるいは、思うに、こうも言えるのではないだろうか。牧歌はつねに、宮廷対田園の弁証法を暗示するものを帯びている。その弁証法は、鋭く強調されることもあれば（『シンベリン』、『冬の夜ばなし』)、歴史劇において、ヘンリー六世が悲惨な戦闘のさなかに羊飼いの生活に憧れたり、リチャード二世が羊とわずかばかりの土地を切望するように〔『リチャード二世』に類似した台詞はあるが、羊や土地に関する言及は見当たらない〕、牧歌には属さない主題を際立たせるためだけに呼び起こされることもある。主題という観点からすれば、都市《ウルブス》(*urbs*)の抑圧が自然[2]――たとえそれが観念でしかなくとも――への回帰を促すという構図は、牧歌の暗黙の弁証法のなかに吸収され、ルネサンスのあまたの牧歌作品の血肉をなしている。シェイクスピア劇において、この定式は、どこか邪悪なものとなった宮廷から善人たちが離脱して田園や森に赴き、やがてそこから追放者たちの一行が、自然の申し子さながらの、あるいは自然によって再生した仲間たちをしばしばともない誇らかに凱旋し、一度は離れた宮廷を再建すべき適任者としてその任を引き受けるというふうに展開する[3]。この抽象化された牧歌に不可欠な属性は非牧歌的な暴力であり、それは、回復のいかなる物語であれ、再生をもたらす牧歌的挿話を納得のいくものとするためには欠かせない――だから、牧歌ロマンスの周辺には、物語形式であれ劇形式であれ、はなはだしい残酷さや残忍さ(それは、しばしばきわめて杓子定規に無感情に行使される)が見られる[4]。だからこそシドニーは、不快なことは多々あるが羊の世話はほぼしない騎士道的行いの数々を描いた叙事詩的散文を、あたりまえのごとく、『アーケイディア(*Arcadia*)』と題することができたのである。まこと、アーケイディアという国のなかは平穏であるが、この物語のなかには暴力が怖いほどはびこっている。アーケイディアにおいてさえ、王と王妃は牧歌的静謐の模範とは言いがたい。牧歌あるいは田園の挿話は、閑暇《オティウム》(*otium*)が抒情的に発揮される場というよりも(その意味合いが完全になくなってしまうことはないが)、主題としては農耕詩的な挿話[5]――背景となる牧歌の場が具体的なものであれ象徴的なものであれ、活力を与え、レクリエイショナル(recreational)、すなわち気力を回復させ、かつレクリエイティヴ(recreative)、すなわち再創造をするとともに、教育的で有益でもあるような挿話――であることに、主要な意味を見出している。牧歌の挿話は、人間として果たすべき複雑な役割に倦み疲れた人々に与えられた第二の機会、人間という生き物の本来の性質――人間が同じ種である人間と結ぶ絆（kind）や人間の情（kindness）――を認知し、涵養し、発達させるための第二の機会なのである。

アーデンもボヘミアの牧羊地帯も、我々が考察したばかりの劇のなかで、同じ機能を果たしていた。プロスペローの魔法の島とシンベリンのウェールズの山岳地は、アーデンやボヘミアとは、そしてまた互いとも、まったく異なる方法で、そこに住む登場人物たちのみならず、彼らを追放したより広い社会――あまりにも病んでいて、彼らの美徳を受け容れる余地がない社会――にも、第二の機会を与えている。これらの劇は明らかに、〈宮廷と田園〉のパラダイムについて一家言もっており、宮廷生活に義務として帰還はするものの、「田園」状態の方をあからさまにひいきしている。『シンベリン』でも『あらし』でも、開幕早々、宮廷がいちじるしく堕落していることを我々は見聞きする。シンベリンとプロスペローは、いずれも本来果たすべき責務を怠り権力を放棄する。シンベリンは邪悪な義母の典型である二番目の妃によって、プロスペローは無情な弟によって、権力を奪われる。ブリテンもミラノも、もはや本来あるべき礼節の地ではなくなってしまった。カスティリオーネが叙述したような真の慇懃さの作法《アーツ》が、欺瞞と手管の詐術《アートフルネス》に取って替わられたのである。そうした状況が潜在的にいかに悲劇的と見えようとも、劇作家は、最終的に、喜劇という形式にこの主題を盛り込むことを選択した。劇のみごとな結末によれば、結婚と和解が幸福な未来を約束している。ミラノ大公の娘とナポリ王の息子は、真の愛で結びつき、互いの王国を真に結びつけるだろう。イモジェンとポステュマスの再会は、シンベリンとさまざまな試練を経て浄化された子供たちの統治を復活させるのに必要な善性と分別のいずれもが、培われることを約束することだろう。

これらは、喜劇的様式に、純然たる虚構——人間の秩序への願望の純然たる充足——に固執する劇であるが、我々は、牧歌形式の本質的理念である自然そのものが、そうした腐敗した宮廷から逃れてきた傷ついた人々に何をなし、またそれらの人々にとって何を意味するかをじっくりと見ていかねばならない。『あらし』には、リーがみごとに示したように、[6] コンメーディア・デッラルテが実践したような卑俗な牧歌喜劇の常套的要素——難破、魔法の島、魔術師、完全あるいは部分的に変装した恋人たち——が数多くそなわっている。『あらし』には羊がまったくいないので、牧歌としてはいたく奇妙な例と見えるかもしれない。より歴然と牧歌に属している作品との共通点が、離脱、自然界での滞在、帰還という定式しかないので、『あらし』が牧歌であることを思い起こさせるものが他にほとんどないのである。牧歌様式に通常含まれている外的自然すべてからまさに隔絶しているという理由によって、また、自然（外なる自然と内なる自然＝人間性をともに含む）の力とそれら二つの自然の関係を探究することによって、『あらし』は、牧歌の基本的な劇的図式にあくまで忠実に従いながら、牧歌様式のひとつの極端なかたちを提示するものともなっている。[7] 忘恩と許し、無情《アンカインドネス》と情《カインドネス》を対置させたこの劇は、魔術のメタファーを根本に据えることで、人工そのものがはらむ問題系を強調することにもなった。[8] プロスペローは魔術師である。彼は自然界ばかりか、超自然的な世界も支配している。彼は〈人工に通じた者（artist）〉である——この捉えにくい語のルネサンス的意味（「学識ある人」）においても、「芸術家」という現代的意味においても。この劇において、牧歌的環境、すなわち、人々が己れの真の性質を発見し、認識し、証しする田園的な自然の世界という概念は、極限までたわめられ、ほとんど自己矛盾が生じている。「自然」は超自然と化したのである。他のところでも同様であるが、シェイクスピアは、ここでもみごとに二股をかけおおせた。この劇には、自然のすべてのありようと自然のなすすべての業が含まれている。だがそのありようとその業は、この劇では、日常生活のなかで我々が知っている自然の可能性をはるかに超えているのである。
『あらし』において、〈人間《ヒューマンカインド》〉[9]は、水と火をともに操ることができる空気の精エアリアル。体がねじまがり、獣じみ、己れの属する自然界の現実に奇妙に通じている土の申し子キャリバンは、彼独特の曖昧性をはらんだ野蛮人である[10]。エアリエルは性を捨象されているが、キャリバンは官能的である。エアリエルは超人的な能力をもち、キャリバンは単純で鈍重である。エアリアルは特定の相手に愛着を抱くことはないが強い義務感をそなえており、キャリバンは自分より人間らしい人々と対等の関係を結ぶことができない――悲しいことに、ステファーノやトリンキュローのごとき、愚劣なためにキャリバンと外界との親和性を引きたててくれるような堕落した人間の見本にすら牛耳《ぎゅうじ》られる。エアリアルは、「本物の」自然ばかりか幻の自然も操っている。彼は主人の手先として、プロスペローが望むとおりの幻影を現出させる――だがキャリバンは、昔の主人とであれ新しい主人とであれ、己れ自身の革命計画すら実行することができない。

　人間のようではあるが完全な人間ではないこれら二人の人物を両極に据え、トリンキュローからプロスペロー、単純な人間から複雑な人間、不実な人間から誠実な人間、無垢な人間から罪深い人間、無責任な人間から責任感のある人間、恩知らずの人間から寛容な人間、無情な人間から優しい――この最後の語“gentle”(優しい)のもつすべての意味において――人間にいたるまで、さまざまな人間が勢揃いしている。高尚な人間も卑しい人間も、すべての登場人物が、自然という尺度ばかりか、プロスペローの島で人間が測られるさらに高い克己という尺度によって、さまざまな方法で吟味される。トリンキュローとステファーノは、エアリアルが操る幻影のみならず、酒、キャリバン、彼ら自身が抱いている滑稽な野心によっても容易に欺かれる。彼らの卑小な性格があますところなく、易々と暴かれる。アントーニオとセバスチャンは、特権的で「身分ある《ジェントル》」階級に生まれ、人間社会の洗練によって教育されたが、近親者、友人、仲間に対する振舞いはいちだんと下劣である——そして、たとえその罪は許されても、本性はすっかり暴露される。アントーニオとゴンザーローは、人間性の正反対の見本として、人間性に関する正反対の見解を披瀝する。アントーニオの態度は便宜主義そのものであるが、ゴンザーローの態度は、己れが仕えている王国よりもより素朴な共和国に奇妙に憧れる台詞に表明されているように、生来の情《カインドネス》と理想主義に貫かれている。これらの老練な人物群とは対照的に、ファーディナンドとミランダは、宮廷と田園がともに、よしんばいかにゆがめられ、限界があり、無情であるにせよ、優れて精妙な徳性をもつ人間を生み出すことができることを証しする存在である。プロスペロー——失意の統治者、恵み深い魔術師——は、魔法にかけられた人々を改心させるだけではなく、己れ自身をも刷新する覚悟がある。ゴンザーローは自分が投げ込まれた残酷な状況のなかで最善を尽くしながら、プロスペローが我々に瞥見させてくれる——すべての者が裁かれるが、裁き手の主要な資質が慈悲であるような——自然のユートピアを想像する。ミランダは人間たちの世界を見てすばらしいと称讃するが（その場の状況を考えるとなんとも皮肉ではあるが）、逆に、彼女のこの世のものと思えない美しさと、その美に劣らぬ善性のために、彼女自身が「驚異（wonder）」であると讃えられる。ファーディナンドは、己れの氏《うじ》育ちに逆らい、ミランダの父親にミランダのために服従することによって真に高貴な品格を発揮する。そしてふたたびプロスペローは、劇はこの人物で始まりこの人物で終わるのだが、純粋な白魔術、「自然魔術（natural magic）」[11]だけを使い、道徳的向上をはかろうとするがゆえに厳格であるという点で、牧歌劇における典型的な魔術師のようではないし、プロスペローの魔術師としての責任を強調するためだけに劇中で言及されるあのシコラックスとも異なっている。

観客も登場人物とともに暴力と死を経験しながら、その光景すべてが「ただの」虚構《アート》でしかなかったと判明する幕開けの挿話の、あの大嵐の真に迫るイリュージョンによって、この劇では尋常ならざる人間が尋常ならざる関係を自然と結んでいるということを我々は悟らされる。この劇の自然が、冷酷な文明から逃れてきた人々に、人間という生き物に必要な慰安（creatural and human solace）を与える――すなわち、一時的に損なわれた人間としての能力を回復させる――一方で、きわめて特異な種類の人間の能力に支配されていることにも、我々は気づかされる。さらに、プロスペローは書物を沈め杖を折って、彼が幕切れの口上で言うように、劇中の他の人々と同じ次元にまで降りていく。だが、プロスペローと彼の創造主（少なくともこの劇における）にとっては、「最も飾り気がなく純粋な」自然でさえ、ここで果たされている類の刷新を人間にもたらすには十分ではないことも、我々には理解できる。自然の技《アート》だけではなく、それ以上のものが必要とされるのである。自然を操る人工《アート》は、慰安、支援、気晴らし＝再創造のありとあらゆる可能性を自然から引き出してくる。必要な善い目的に向かって作用する自然の過程を容易にし速めるために、人工が呼び入れられる――この劇は三一致則（unities）を守っているので、大団円を導くために、レオンティーズの一六年という自然な時の流れを待つことはできない〔三一致の法則によれば、劇中の出来事は一日のうちに完結しなければならないとされる〕。そこで、人工が召喚される。自然だけではできないことをなし、分別《センス》をそなえた人間の五感を欺き、自然の法を変化させ、自然の女神が独力では保証できない回復を容赦なくはかるために。

　だから、人工《アート》こそが、我々の得るものである。たとえ、劇中の超自然的なるものがその地の自然といかに心地よく融和していようとも、そうなのである。エアリエルは家族の一員としていつもその姿があるし、キャリバンも本来ならば家族の一員になるはずであった。プロスペローの術《アート》は、自然に反するものではなく、自然の過程の深部からその力を汲み出している――彼の術は、文字通り、自然魔術なのである。彼が呼び起こす嵐は、たしかに自然の嵐「のように」見える――水夫や他の犠牲者たちは、それが本物の嵐だとすっかり信じ込んでいたし、それを見て心を痛めていたミランダもそうであった。この島での冒険は、多くの場合、いかにも真に迫っている。男たちはたいてい、酔ったり衝撃を受けたりしてわれを失う。そして牧歌の風景のなかでは、羊飼いでさえ、人を惑わす妖精に騙されることがあるし、動く火の後を追って沼地に誘い込まれることもある。またときには、危害を加えられそうになった者たちが、ほどよい時に目を覚まして迫りくる危険を免れることもある。凶暴な男たちは、悪事を働こうとすると、ときに身動きがとれなくなる。プロスペローの魔術は人工に属する。だが（サー・トマス・ブラウンの見解によれば、ともかくも）、自然は神の業にほかならないのだから、神の技巧のごとき人工なのである〔『ある医師の宗教』第一部第一六節に、「自然は神の業なのだから、万物は人工の産物である」とある〕。

プロスペローはもちろん、きわめて演劇的な、演出家さながらの魔術師である。(12)彼は、自然が提供する通常の手段よりもさらに劇的な手段を用いて、改心あるいは再生という目的を遂げようとする。多くの場合、イリュージョンをもたらす演劇技法は、再考中の批評家としての我々にとっては、仮定のうえでもメタファーとしても、自然と比較され対比される「人工《アート》」となる。しかしながら、劇の虚構の内部では、自然にまた現実にそうなるのである。まこと、この人工は、さまざまな方法で、自然なものと見えるようにしつらえられている。というのも、この劇では、プロスペローの恵み深い魔術が牧歌につきものの善神《ヌーメン》（*numen*）に取って替わり、それ自体が超自然的な回復をなしとげる力をそなえているからであり、慣習的な牧歌の風景よりもさらにはっきりあからさまに、島全体が超自然的な力に満ちており、魔力がひときわ強められているからである。プロスペローの魔術に演劇的な文脈をまとわせ、演劇のメタファーをあてはめることによって、劇作家は、劇的イリュージョンや全般的な文学的想像力を彼がどのように用いているかを我々に意識させ続ける——もっともこの劇のどこをとっても、プロスペローの技を魔術師や自然の技と同一視せよと強いているところはないのであるが。まさにこうした戦略から、我々は、詩人が牧歌の虚構のもう一つの側面を完璧に理解していたことを知るのかもしれない。すなわち、詩人は自ら創出した牧歌的自然を支配し、自然は詩人の想像力の赴くままに千変し万化《ばんか》するという側面である。我々は、たしかに、プロスペローの強力な想像力をはじめから見せつけられる。いきなりの嵐の衝撃から覚めると、我々は、ミランダがそれを本物の嵐と信じ込んでいること、彼女の父親がその創造に関与していたことを知る。そして、そのような幻の嵐をプロスペローがなぜ起こしたのかという理由と、そのイリュージョンがどのように演じられたかというエアリエルの報告を聞かされる。ある身振りをしようとすると、しかるべき結果が生じないようにと、そうした身振りの道徳性、あるいはむしろ不道徳性が理解できるようにと、それが途中で阻止されるのを我々は繰り返し目撃する。仮面劇《マスク》とアンティマスク〔宮廷仮面劇に先立って、あるいはなかに挿入されて上演された滑稽で無秩序なパフォーマンス〕の意味深い劇的場面が、道徳的寓意に生命を吹き込み、劇中に繰り返し出現する主題群を要約し視覚化して見せてくれる。

　とすれば、これこそが、プロスペローの「人工＝技《アート》」なのだ。その目的は、自然の効果を高め、人間の情、人間の結ぶ絆、人間の品格の比類ない成果を、それが稀少であるゆえに際立たせることである。自らを錬磨した男女が、獣じみた生活を退ける一方、他方では社会や文明につきものの複雑さに偏在する道徳的誘惑をはねつけ、忍耐と才能をもってなしとげた業を際立たせることである。

『あらし』は、牧歌の理想の定式を、抽象的で超現実的な極点においてあらわにし、その舞台として名前の付けられていない島を選んだ。その島は、チュニスのように、一生旅をしても行き着けない隔絶した場所にあり、その島にさらされると、人々は“kindness”の語源的な意味、すなわち同種のものに対する情を強化されてそこを去る。そして、統治の務めを果たすために、それぞれの喜劇が定めるミラノやナポリといった我々の知る場所に帰還する。この劇では、善人であれ悪人であれ、宮廷人たちが本国にいるところを我々は見ることがない。「故国」が完璧ではないことを、我々は、プロスペローの述懐やゴンザーローがすぐさま思い描いた庭園国家のイメージから推察しなければならない――もちろんそのことは、アントーニオとセバスチャンや、彼らを戯画化したステファーノとトリンキュローの二人組からもわかる。宮廷がどのようなところであったにせよ、それはプロスペローの島とはまったく異なる別世界にある。そのことは、語りや記憶のなかでしか我々にはわからない。それが精神的経験のなかに浮上してきたときや、幾人かの宮廷人の異様なまでにねじ曲がった「性質《ネイチャー》＝自然」によって認識できるだけである。人間を条件づけるそうした諸々の状況は、島そのものが払拭するが、その魔法の岸辺にあってすら、過去にいかなる人間であったかは、その人の現在のありようや将来なりうる姿と無縁ではない。島は、かつての、そして未来の大公であるプロスペローに与えられた、プロスペローによって与えられた、第二の機会となる。島というオアシスでは、「誰もが自分を見失っている」ときに自分自身を見出す機会が、みなに等しく（魔術ショーの主催者も含めて）与えられる。この劇は許しや恩寵に関わっており、それは他人に与えられるだけではなく、自分自身にも与えられる。[13]贖罪がなされると、島を離れてもよいのである。そのような恩寵を得るためには、通常の自然では十分ではない――『冬の夜ばなし』と同様、『あらし』においても、真の回復をなすためには、それ以上のものが必要である。牧歌の神話が語りの超自然的次元にまで高められ、つねの純粋さすら凌《しの》ぐほどの高貴さを帯びるのは、このためである。[14]牧歌の神話を図式化し抽象化することも、それに応じて強力に行われる。詩人は、人口に膾炙《かいしゃ》した慣習的なプロットを削ぎ落とし骨だけにして、自然に分娩されたものがふつうそなえているよりもはるかに霊的な肉体を、そこに新たにまとわせたのだ。

Ⅱ

宮廷で幕を開け宮廷の再建で幕を閉じる『シンベリン』では、そうしたことはいっさい起こらない。この宮廷が、良かれ悪しかれ、洗練され、欺瞞に満ち、軋轢があり、おおむね酷薄な場所であることを、我々はすぐさま痛切に気づかされる。ポステュマスが、身分を飛び越えたために追放されるのである――王子たちの相手役として養育され、王室の精華として成長したという事実にもかかわらず、王の娘を望むのは許されないことなのだ。すなわち、生まれつき善良であるとされる二人の人間が自然に愛し合うことは、劇のはじめから否定されている。「育ち《ナーチャー》」もまた否定される。なぜなら、ポステュマスを養い育てた王その人が、若者を自らの手で教育しておきながら、それが「身分」の欠如を埋め合わせるものだとは考えていないのだから。生まれや育ちではなく、身分が優先されるのである。だが身分とは偶然の産物でしかない。クロートンは、周辺の宮廷人たちが忌み嫌う人物であるが、新しい妃の息子としてやりたい放題、好き勝手に振舞っている。王妃が庭の毒の花でめぐらす陰謀は、牧歌の手順を逆さまにしたものであるが、医師の介入によって挫かれ中和される。その毒をめぐって起こる一連の出来事のなかに、我々は、自然の働きがいったんは阻害されながらも回復するさまを見る[15]。宮廷生活の他の領域においても、王妃の作為《アーティフィス》に類するものが散見される――イモジェンの盛期ルネサンス風の私室さえも、イアーキモの企みにふさわしい背景と見えるような過度の装飾性をそなえている。ここには、イモジェンとポステュマスの罰せられた愛以外には、自然のものはほとんど存在していない。すなわち、宮廷に属するものは何であれ、技巧《アーティフィス》にめだって侵略されていなくとも、人工的に見えるようになっているのだ。こちらでは王妃の計算づくの策略、あちらではイアーキモのいわれのない姦計というのっぴきならない状況にあって、イモジェンはただその場所から逃れるほかない——そして彼女は、主題のうえからも、牧歌の図式のうえからも、宮廷とは正反対の場所へと逃れていく。それは「文明」の境界の向こう側、荒涼とした丘陵地帯にある岩窟である。変装してフィディーリとなったイモジェンは、ウェールズの山間にある洞窟に避難する。その住人は留守《カインド》だったが、そこを住処とする二人の若い狩猟者は、もちろん彼女を喜んで迎え入れる。彼女と同種の代表的な人物であるこの二人が彼女の血族《キン》でもあるとわかるのは、取り替え子、盗まれた子供という状況に満ちている牧歌劇やロマンス全般における、単なるお定まりの設定である。本性からして高貴な一族の再興は、牧歌喜劇的な解決法であるとともに、ロマンスにおける典型的な解決法でもある。

『シンベリン』においては、牧歌の道徳的な主題系がいちじるしく強調され、宮廷と田園をめぐる議論が、さまざまな主題の変奏を奏でながら、劇中でひそかにやむことなく続いている。イモジェンは、乞食たちに騙されたとき、人間の嘘は宮廷人だけに限られたことではないと悟る。だが彼女は、宮廷人にはこの言い訳はできないが、乞食たちの不人情《アンカインドネス》は貧乏と田舎者の粗野ゆえに許容されるのではないかと気づく。ここだけではなく他のところでも、イモジェンが生来の善良さを発揮し、他の人々の境遇を察知するところが繰り返し見られる。生まれながらの洞察力があればこそ、彼女は羊飼い娘になりたいと願うのである(一幕二場七九行―八一行)。だが最も重要な教義表明は、ベレイリアスの語る台詞にある。ベレイリアスは、養い子の息子たちと送ってきた生活が純朴さのイデオロギーに貫かれていると高唱し(彼らの住んでいる岩屋はあまりにも殺風景なので、イモジェンははじめ獣の巣かと思ったほどである)、養い子たちに自然を礼拝するようにと促し、苛酷なまでに簡素な生活を課す。

ここの暮らしのほうが
……宮仕えをして叱責ばかり食らっているよりよほど高貴だ。
ぶらぶらしながら官位ばかり欲しがる連中よりも富み、
支払いの済んでない絹の衣装で着飾っている連中より誇り高い……
（三幕三場二一―二四行）

だが息子たちは、「我々の生活に優るものはない」という彼の主張には賛同しない。ルクレティウスが言う人間の政体の循環的な発展の最も初期の段階にあるあの原始的な人々のように、少年たちは明らかに団栗《どんぐり》を食べ飽きていて、人生に何かそれ以上のものを求めている(16)。ルクレティウスは、ベレイリアスが息子たちに掲げる理想の人間にとてもよく似た原始的な種族について語っている。その種族は現在の人間よりもはるかに頑強で、「より大きくてがっしりした骨をもつ」人々であり、団栗を食べ小川の澄んだ水を飲み、洞窟に住み、狩をし、地面を寝床にした。ベレイリアスの息子たちのように、火打ち石が彼らの枕であった。こうした点においては原始的であったが、これらの人々は並外れて高潔であり、非の打ちどころのない完璧な人間味をそなえていた。だがそれも、文明状態に向かって彼らがさらに「発達」していくにつれて変質する。養い子のグウィディーリアスの言葉には、ルクレティウスが記述する社会的進歩における別の段階の響きがある。洞窟での生活、洞窟のエコロジーを拒絶することである。団栗ではもう満足できず（「かくして団栗に対する嫌悪が始まる(17)」）、食事と生活はいまよりずっと洗練させる必要があると感じられるようになる。グウィディーリアスは、洞窟暮らしにも欠けているものがあるとベレイリアスに言う。

これが最もよい暮らしなのかもしれませんし
（静かな生活が最善であるとすれば）より苛酷な暮らしをご存知の
あなたには快いでしょうし、老骨を休めるには
ふさわしい暮らしです。でも我々にとって、それは
何も知らず井の中にいるようなもの、広い世界をただ夢見るばかり、
牢獄です、あるいは借金があるため一歩も外に出られない
人間のようだ。

（三幕三場二九―三五行）

これらの少年たちは、オーランドーのように、自分たちから奪われた教育（nurture）を切に求める。彼らは、オーランドーのように、町育ち（inland bred）であり、内なる何かがそうした文明社会の涵養を望んでやまない。

我々は何を話せばよいのでしょう
あなたと同じように年老いたとき。暗い一二月に
雨風が吹きすさぶ音を聞いているとき。
この身を切るように寒い岩屋で凍えながら、何を語って
時間をやりすごせばよいのでしょう。我々は世間のことに何も知らない。
獣と同じだ。獲物を狙う狐のように狡猾で、

食べ物を追うときは狼のように猛々しい。
（三幕三場三五―四一行）

これらの少年たちは、動物さながらに自給自足し肉体が強靭であるが、自分が獣じみていることをうとましく思っている。冬の天候も不満のひとつに数えられ、好んではいない。彼らの生活は、まさに、ハードな牧歌（hard pastoral）の典型的な生活である――だが彼らは、ハードな牧歌のイデオロギーの真正な信奉者（hard-pastoralists）とは異なり、そこにまさしく教育が欠けていると批判する。ベレイリアスは――観客が劇のはじめで見聞きしたような――「宮廷の術策」がなす不正のあれこれを述懐し、二人の境遇のほうが恵まれているとすぐさま保証しにかかる。

あのころの儂《わし》は
枝がしなるほどたわわに実をつけた木だった。だが一夜にして、
嵐か、盗賊か（それが何でもかまわぬが）
熟した果実を、いや茂った葉まですっかり揺さぶり落とし、
儂を野ざらしの丸裸にしてしまった。
（三幕三場六〇―六四行）

この有機体のメタファーに我々が感じるのは、ベレイリアスを丸裸にしてしまった園芸術《ハズバンドリイ》の不自然さである。少なくとも彼は、山中では、「権勢ある人々のところにはつきものの／毒」を盛られる心配もなく、「この岩とあたり一帯」を住処として「正直に自由に生きてきた」――ローゼンマイヤーが

指摘するように(18)、それは牧歌的状態には何よりも欠かせないものである――、と主張することができる。また観客も、イモジェンを殺そうと王妃が庭で薬草を集める劇のはじめの場面で、彼のメタファーが現実と化すところを見ていたので、少年たちが高邁な思いを馳せるのを抑制するベレイリアスに賛同せざるをえない。

どれほどの大志を抱こうとも、謙譲のトポスを表現するしぐさとして、少年たちは洞窟に入るたびに頭を下げなければならない。ヘラクレスが人間の住居に入るために身をかがめ、アエネアスがエヴァンデルの小さな宮殿に入るために腰を折らねばならなかったように、これらの少年たちは、彼らがなかに入るたびに、自分たちの卑小さを認めるしぐさをする。だが彼らは誇り高くもある。彼らは山々で狩をし、ベレイリアスは低地を行く――それは二人が敏捷でベレイリアスの身体が強張っているからだけではなく、牧歌では真の地位と性格は一致しているので、高みこそ彼らの象徴的住処であり、まさにふさわしい場所だからだ。ベレイリアスが二人に植え付けようと努める教養がいかに厳格なものであれ、彼自身、そのイデオロギーが完璧であると信じ込んでいるわけではなく、少年たちが自分の送っている生活の外にある世界に憧れるのを喜ばずにはいられない。彼らの世界は、不公正で人工的で欺瞞に満ちた宮廷からの逃避所として気高くはあるが、この風景は、テオクリトスが頼りとした豊かな牧歌の風景とも、あるところでは快くあるところでは苛酷なアーデンの森の皮肉に理想化された風景とも、ひどく異なっている。これは純然たるハードな牧歌であり、岩だらけの困難な地であり、そこの住人を鍛え、削ぎ落とし、筋力を付けさせ、乏しく物惜しみするわずかな資源から養分をもぎとるに足る力を養わせる。食べる者の口に向かって枝から垂れ下がってくる果実はここにはない。笛を吹き鳴らして木陰でまどろむ暇はここにはない――そしてネアエラ〔ウェルギリウスの『牧歌』第三歌で羊飼いが言及する恋人の名前〕は存在せず、少年たちの生活に暗い影を投げかけはしない。ここでは、彼らが言うように、粗末なものがご馳走となり、枕にするには硬い石しかない。獲物が料理できるまで、空腹は冷肉でまぎらわさねばならない。要するに、少年たちは、都市の「金に汚いやり口」にはまったく無縁の穴居人、洞窟に棲む者（troglodytes）なのである。そうした自然の申し子であるがゆえに、彼らは本能的に「金銭」を蔑む。イモジェン＝フィディーリが彼らの食べ物を分けてもらったことに対して支払いをしようとすると、アーヴィラガスは、いかにも自然の貴族にふさわしい返答をする。

金貨も銀貨も塵になってしまえばよい、
そんなものには何の価値もない、ただし
汚れた金を神のように崇める奴らは別だがな。
（三幕七場二六―二八行）

少年たちは繰り返し、自然の貴族さながらに反応するので、ベレイリアスは禁欲的な道徳的訓戒を垂れながらも、二人には現在の境遇を超える神秘的な気高さがあると誇らしく思う。

生まれつきのきらめきは隠しおおせるものではない。
この子たちは自分が国王の息子だということを知らないし、
シンベリン王も二人が生きているなどと夢にも思ってはいまい。
彼らは儂《わし》が実の父親だと思っており、こんなふうにつつましく、
身をかがめねば入れぬ洞窟で育ちながらも、考えていることは

宮殿の屋根に届くほど高遠である。自然が促すのか
ささやかでつまらぬことをするのにも、並みの人間には及びもつかぬ
生まれながらの気品がある。

（三幕三場七九―八六行）

生まれつき慇懃なので、洞窟の一家はさすらい人を寛大に受け入れ、情のこもったもてなしをして、あるものすべてを分かち合う。彼らは何も所有していないが品格があり、物惜しみしない。少年たちがフィディーリを身内のように思い、彼女もそう感じるのは、この混淆した劇の枠組をなすある種の奇跡的認知と調和している。類は類を呼ぶのである。変装も、その人間を認知することの妨げにはならない。この種の虚構において、己れと似た者の認知は己れの血族の認知ともなる。さらに、イモジエン＝フィディーリは、これらの少年たちの生来の品位《ジエンテイリテイ》にすぐに気づく。

本当に親切な人たちだ。神々よ、なんという嘘を私はいままで聞かされてきたことか。
宮廷の人たちは宮廷以外の人間はみな野蛮だと言う。
でも実際にこの目で見ると、まこと、百聞は一見にしかずだわ。

（四幕二場三二―三四行）

思慮深い性質のイモジェンとは対照的なクロートンは、そのようなものはいっさい認知しない。不運なことに、クロートンはグウィディーリアスをただの卑しい山賊とみなし、人にみすみす見下されたり、ましてや侮辱に甘んじたりしないこの激しやすい貴族の手にかかって死ぬ。グウィディーリアス

のこの振舞いは、宮廷的名誉の掟に明らかにかなっており、ベレイリアスはふたたび、これらの少年たちに生まれながらの権利を授けたと、自然の女神を称讃する――

習わずとも王者の品格が備わり、教えられずとも名誉を尊ぶ、
他人に倣わずとも礼節を知り、勇気は身のうちに
自然に生いいづる。

（四幕二場一七八―八〇行）

そうした資質は、彼らの根っからの高貴さを示している。アーヴィラガスは、これとは別の方法で、すなわちフィディーリの美しさを花尽しでみごとに語ることによって、兄同様の優雅さを発揮する。彼女を悼む挽歌として少年たちが歌うのは（彼らの養母から習ったのだろうか）、素朴でひなびた小唄ではなく、素朴さと素朴さの力に対する洗練された知覚とを対比させた複雑な詩であり、牧歌の語彙は用いられておらずとも、まぎれもない牧歌様式の歌である。

プロットの展開によって、騎士道的資質を証明する機会が少年たちにやってくる。クロートン殺害によって、ベレイリアスが長きにわたって阻んでいたブリテンの脅威が洞窟近くに迫ってくる。と同時に敵軍の進攻も、彼らが人里離れたところでひっそりと営んでいた生活を脅かす。ベレイリアスは少年たちの安全を思って、山奥に（「山のさらに高いところに」）逃げ込もうと提案する。そこまで行けば、「夏の酷暑に真っ黒になる子供」、「冬の寒さに縮みあがる奴隷」を、どちらの軍も追ってきはしないだろう。だがグウィディーリアスは召集のざわめきを耳にした。そして少年たちは、自分たちを育んだ乏しく不毛な生活から逃れる機会をつかもうとする。「そんなふうに生きるよりは」、とグウ

イディーリアスは言う――「死ぬほうがましだ」。彼らは山を去り、その後に続く混沌とした戦闘でめざましい手柄をたてたので、少年たちとその養父は武勲によって戦場で勲爵士に叙せられる。隠されていたことがしだいに明るみに出て、少年たちは父親と再会し、養父は彼らを誘拐したことを許され、正義と慈悲がいあわせた者すべてに与えられて、劇はめでたく幕を閉じる。悪から自意識的に立ち直った宮廷世界は、すべての者を迎え入れ、それを宮廷が再起するための手段となす。みなが、過去に犯した過ちや、他所にあるより苛烈な風景に背を向ける。師と住処から克己心を学んだすばらしい若者たちは、他の宮廷人たちとともにごく自然に彼らにふさわしい地位を占める。彼らの若々しい鍛練によって、シンベリンの王国が新しい異なる道徳的基盤のうえに再編成されることが約束される。自然はこれらの少年たちを高みへと引き上げた。彼らがいないあいだに堕落してしまった宮廷での生得権を取り戻し、生まれもった性格の素朴な力をもってそれを浄化するために。

　このパラダイムにおいて、田園の挿話は、超自然的な島であれウェールズの山中であれ、生命を維持し甦らせる自然の力、個人であれ社会であれ人間の組成でどこか悪いところがあれば、それを再構成する能力を肯定している。この意味において、田園の挿話は、人間が自然と接触し、人間の自然《ヒューマン・》＝人間性《ネイチャー》が不自然な社会的世界で必要とする、生き物としての強さを摂取することを可能にしている。

　ポッジョーリが「オアシス」[19]と呼ぶこの空間は、完璧である必要はない。それはただ、休息と気晴らし《リクリエイション》＝再創造を差し出してくる――キャリバンの存在が示しているように、プロスペローの島は純然たるエデンの園ではない。キャリバンが何者であれ、彼は梯子《はしご》の獣のほうの端に位置する人間の見本であり、女たちが共有され、近親相姦が性のありふれた営みになっているような、あの道徳的に野蛮な自然状態にいまだある[20]。すなわち、キャリバンは、ハードな牧歌の細部とともに、黄金時代にどのような欠点があったのか、そのいくつかを我々に思い出させる。プロスペローの魔術には、男女が何の儀式もなくそのように野合することへのピューリタン的な嫌悪がない混ぜになっており、ファーディナンドが性的な意図をもっているのではないかという不信の念は、地上の楽園の神話におけるこの側面を忌避するあまりの過剰反応というところがある。クロートンは宮廷版キャリバンであり、近親相姦の主題は、彼の母親がイモジェンの父親の妻であることに暗示されている。善人——プロスペロー、ミランダ、イモジェン——は、そのような態度を凛《りん》としてはねつける。『あらし』における結婚の仮面劇があまりにも意味深いせいなのだろう、我々は、処女性には神秘的な価値があり、愛と法によって結ばれた婚姻の絆のもとでのみ放棄できるということを、つねに思い起こさせられるのである。

まこと、『あらし』においては、好色で獣じみたキャリバンが一方の地の極に、こよなく霊妙なエアリエルがその対極の高みへと据えられ、そのあいだに人間たちが配されることによって、人間の状況に内在する問題性が浮き彫りになっている。ピーコ・デッラ・ミランドラが述べたように、人間は純然たる空気になり、他の人間たちのことをすっかり忘れてしまうこともできれば（ミラノにおけるプロスペロー）、高位の身分から（アントーニオ、アロンゾー、セバスチャン）、あるいはパロディ化された高位の身分から（ステファーノ、トリンキュロー）、獣の次元まで堕落することもできる。プロスペローは、ファーディナンドとキャリバンがともに娘を強姦して処女を奪おうともくろんでいるかのごとく、この二人をしばし同列に考えているように見える。ファーディナンドは、己れが別種の存在であることを証明しなければならない。キャリバンになるのは堕落であるが、エアリエルになるのも不都合である——人間は己れの人間としての本性を全うしなければならないのだ。人間であることは、たしかに、自然なことである。ミランダとファーディナンドは汚れない人間性を体現する人物であり、無垢で善良であることに加えて、この先さらに成長し、教育を受け、よりすばらしくなる能力がある。自然《ネイチャー》と養育《ナーチャー》が二人を結婚させる——それも、人工《アート》の支援のもとで。

『シンベリン』には驚嘆すべきことが多々あるが、我々が『あらし』で経験する驚異は、それとはまったく質が異なっている。「驚異（wonder）」は劇全体におおっぴらに書きこまれ、その驚異《メラヴィリア》（*meraviglia*）はミランダ（Miranda）という驚異、ミランダの驚嘆を凌いでいる。地図に載っていないこの島の場合、「つねに嵐が吹き荒れているバミューダ諸島」(21)やケルキラ（コルフ）島のような地中海の島々との連想から、その場所はいっそうの謎をはらみ、その魔術的性格は日常生活から真に隔絶したものとなる。この島は素朴どころではない。その奇妙で変幻する完璧性のただなかには、つまるところ、ピエートロ・マルティーレが記述した新世界の珍奇な野蛮人さながらの姿をした半人半獣のキャリバンが棲んでいるのだ。(22)この島は、人間における自然的なものと超自然的なもののいずれをも、養うことができるのである。『あらし』において、島は恩寵に満ちた状態の象徴になっているが、そうなるためには、しっかりと治められ律せられねばならない。地図からも歴史からも切り離されたこの島は、人間の振舞いの理想を強いて実現するのではなく、ほのめかしている。プロスペローでさえ、道徳的再生を保証することはできない。ファーディナンドがミランダを愛さなければ、その父のために薪を運びはしなかっただろう。また我々は（W・H・オーデンが長詩『海と鏡』において示したように）、アントーニオとセバスチャンが改心していないのではないかという疑念をもつ。

それでもなお、プロスペローは、歴史を、己れ自身の歴史と歴史が己れに及ぼした影響を意識している唯一の人物である。すなわち、自意識をもっているのは彼だけなのだ。プロスペローはミランダのために過去を呼び起こして、生まれたときに彼女を取り巻いていた貴族的な家庭の雰囲気を再現してやらねばならない。プロスペローは、現実世界から島に新たにやってきた珍客たちをかつて知っていたので、それが誰なのかがわかる。プロスペローは、娘の将来を慮《おもんぱか》って、ファーディナンドに田園での隷属状態を象徴する卑しい仕事——薪運びや水汲み——を課し、彼を試す。そうした苦役は、いかなる環境であっても、そのなかにある自然的なものと超自然的なものをあいともに強調する。薪からは火が、水からは浄化が生じ、そのいずれもが、聖書からの遠い響きが思い出させてくれるように、生命の存続をもたらす[23]。プロスペローは、島で起こっている出来事の「現在」を操れるだけではなく、その深遠な力によって、他の人々の記憶、印象、希望、そして彼らの未来すら呼び覚ます。メタファーのうえで、しかしながら、活力と生命が吹き込まれたメタファーのうえで、この島はまさにプロスペローなのであり、この島を、想像力の赴くがまま自由に造型できるのである。牧歌の風景が詩人その人であり、その想像力に委ねられているように。

だがこれは劇であり、抒情詩ではない。だからプロスペローの活力ある風景は、劇という文脈にあって、単に比喩的なものではなく、現実にも自由に利用できるものだ。この風景は、主要な住人プロスペローの精神的欲求に合わせるためだけでなく、彼の道徳的目的を満足させるためにもその姿を変える。牧歌的風景のメタファー上の魔術は、その舞台を支配する人物の変容魔術となり、我々は、自然が何かそれ以上のものに姿を変えていくさまを眼前で目撃する。牧歌抒情詩の根本的な前提が演劇にあてはめられ、それによって、より拡がりのある、よりみごとなものになった。我々は、イリュージョンの采配者かつ詩人兼劇作家としてのプロスペローを、彼に付随する——というよりは、彼から切り離すことができない——風景との関わりにおいて見る。

プロスペローは、自覚的で、自己批判的で、自制心のある人物として描かれている。目的が果たされてしまうと、彼は魔術を棄てる。劇が始まる前にはうまくいっていなかった生活に、自信をもって帰還することができるのである。他の登場人物たちは、この島での滞在によって、己れの道徳的諸力を結集させ編成し直す——彼らは、己れの本来の居場所であるそれほど意のままにはならない世界へと帰還する前に、組み直され、再創造される。それぞれの人間が、自意識をもつ機会を与えられる。それは、己れ自身の人格を考え直し造り直しさえして、日常生活の労働《ネゴテイウム》のなかで失われたり損なわれたりした自我を取り戻し、それとふたたび相まみえる機会である。罪は認められ悔い改められ、無垢は証明されふたたび迎え入れられ、こうして牧歌のオアシスは、旅の途上で一新された訪問者たちを青銅の社会へと送り返す。プロスペローの島は黄金の世界であり、シェイクスピアの描いた数ある自然の中間的風景のなかで最も輝かしい場所である。なぜなら、創造者にして変容者、すなわち詩人その人がすべてを司っているのだから——羊飼いが魔術師になったのだ。

『シンベリン』におけるウェールズの山地は、そのような魔術的場所ではない。まこと、プロスペローの島とは正反対の自然環境を想像するとすれば、ベレイリアスが住処としたような侘《わび》しい岩だらけの人里離れた洞窟が思い浮かぶことであろう。住まいとして象徴としてのその場所の厳しさこそが、シンベリンの息子たちの生まれながらの、かつ試練のうえの廉直さを保証している。彼らは野蛮人の生活を送る貴族であり、厳しい風景を完璧に支配しているので、その苛酷な要求を満たすのに明け暮れながらも、そうした風景のなかで営まれる生活に価値があるかと問い質すことができる。彼らは、ストア主義者やキュニコス学派が称揚するハードな牧歌主義者であり、環境——生涯にわたる苦闘を強いる——によって本質的なところまで切り詰められ、己れ自身を道徳的、社会的真実を試す試金石としたあの質朴な人々である。彼らの高貴さは擦り切れて、粗野でさえあるかもしれない。だがそれは、錬成されているがゆえに真実と化している。だからグウィディーリアスは、無作法な輩《やから》に対処する正しい方法はその人間を殺すことだと知っているし、王子たちはいずれも戦《いくさ》の訓練を受けていないのに、制約のある洞窟暮らしから飛び出すや勲爵士に叙せられる。これらすべてのことにおいて、シェイクスピアは二股をかけおおせた。なぜなら、ある特定の宮廷は非難されているかもしれないが、

「宮廷」そのものはけっしてとがめられていないからだ。シェイクスピアは、宮廷人がいかに堕落しうるか、宮廷人がいかに堕落しているかを我々に示した。と同時に彼は、生まれながらの高貴さと現実社会における貴族階級を、つねに結びつけている——オーランドー、パーディタ、ミランダ、アーヴィラガス、グウィディーリアスは、高貴な生まれ、いや王家の生まれですらある。劇が終わるまでには、生まれと育ちのあいだにはなんの区別も競争もないことが判明する。これらの貴族たちは、牧歌的幕間を、そこに参入することのない、あるいは心ならずもそれに屈する登場人物たちに比べて、はるかに必要としていないのである。牧歌の精神的風景は、その道徳的状態の作法を彼らの社会的身分と即合《マッチ》させるのだから。

イモジェン＝フィディーリは、まこと、そうした劇において牧歌的幕間がいかに重要であるかを示している。なぜなら彼女は、宮廷では己れの性質にふさわしい風景のなかにいなかったからである。洞窟のあの優しい住人たちの暮らしのなかで発露する人情がなければ、彼女は生きていくことができなかっただろう。彼女は死に、彼らのおかげで甦る。洞窟で、そこの一家によって示された虚飾のない人間的価値に触れるという決定的な経験に支えられ、甦るのだ。差し出せるものを惜しみなく分け与える、この家族の乏しいが寛大な養《ナーチャリング》いによって、彼女は再生するのである。また宮廷も復活する。なぜならこうした最も優れた宮廷人たちが、どこまでも苛烈で容赦ない自然、性格を錬成する自然との深いまじわりを経て、人間性を保証され帰還するからである。岩のように峻厳なこの生活によって、彼らは己れをより善いもの、最善のものにし、風景に劣らぬほどの堅固な高潔さをそなえるにいたった。

これら二つの劇において、劇作家は、牧歌の神話を極端なかたちにして我々にぶつけてくる。我々は、それぞれの劇のなかで、受容された伝統的な牧歌的環境がこれほどの究極的な特質をもちうることを認めよと迫られるが、牧歌の公式そのものは変形され、引き伸ばされ、修正されて、外的自然が人間の自然＝性質《ネイチャー》に奉仕するさまざまなありようを見せてくれる――まこと、自らの環境の創造者としての人間こそが問い質すべき根源的な問題であることを、見せてくれるのである。『シンベリン』において、「オアシス」である自然環境は、このうえなく非牧歌的であり、そこにとどまる人間を容赦しない――だが我々は、Ａ・Ｏ・ラヴジョイとジョージ・ボアズが「ハードな」牧歌と呼んだ、もっぱらストア主義に由来する古典の長い伝統があることを、人間を鍛えて克己と自己知を培わせる苛酷ながらも安心して頼れる外的自然があることを、知っている。『あらし』においては、劇全体が現にオアシスである。牧歌的気晴らし＝再創造の主題が、背景に、そしてプロットにも生き生きと組み込まれている。我々は、詩人兼魔術師が、絶対にありえない、通常の牧歌の夢のような景観すらも凌駕するような自然を用いて、創造的で再創造的な驚異を現出させるさまを見る。我々は、メタファーが劇的現実へと、そして劇のアクションへと変容するさまを見るのである。

Ⅲ

牧歌の定式が過激なまでに書き換えられるのを目の当たりにしたため、『リア王』のなかで同じ定式がさらにはっきり図式化されて現れているのを見ても、我々はさほど驚かない。それは、脱出と帰還の物語、宮廷の腐敗から田園の厳然たる質朴へ逃れていくという、もうひとつの物語である。この劇において、「宮廷」と「田園」は幾度となくぶつかりあう。オズワルドと変装したケントとの戯言めいたやりとりのなかで。グロスターへの仕打ちに両極端の反応を示す、かたやリーガンと彼女の夫、かたや思いやりのある召使いという対比において。宮廷人であるケントとエドガーは、追放されているときは「身をやつす」。己れの義務を果たすため、二人とも己れ自身をはなはだしく質素にする。ケントは前庭でオズワルドに無骨きわまりない田舎者の口調で話しかける（コーンウォールには、宮廷人の金ピカ言葉をわざとらしく真似して話す）。エドガーは、後に気取り屋のオズワルドがグロスターを殺そうとやってくると、すぐさま百姓訛りに切り替える。『シンベリン』や『冬の夜ばなし』におけるように、宮廷は善良な人々にとって安全な場所ではない。宮廷人は礼節などすっかり忘れてしまい、暴力と残虐の限りを尽くそうとする。この劇の脇筋が、シドニーの『アーケイディア』に由来しているのも頷ける。我々は、あの苛酷な羊飼いの物語から、残酷さについてかくも多くを学ぶのである。そこにはめこまれたパフラゴニア王の物語——王は、己れが盲愛した庶子によって王座を追われ盲目にされるが、己れが無情にも迫害した実の息子によって田野を優しく導かれていくという物語——は、友愛のうちに和解するという結末をもつ、暴力に満ちた一連の挿話のうちの一つでしかない。だがアーケイディアは、シドニーの作品であれどこであれ、人間性《ヒューマニティ》と人間《ヒューマンカインド》という種がはらんでいる問題を、陳列し試練にかける場である。『リア王』全体がそうであるように、この物語においても、寛大さ（generosity）、世代（generation）、あるいは種（genes）そのもの〔いずれも、「種」や「生まれ」を意味するラテン語のgenusと語源上の関連がある〕さえもが問題となり、それらが人間という種のはらむ問題であると認識される。〈生まれと育ち〉が、さまざまな方法で、精査され寓意的に形象化されるのである。(24)

　メイナード・マックはその挑発的な書物のなかで、『リア王』は壮大な反牧歌であり、羊飼いとその平穏な環境との照応という通常の牧歌の構図を逆さまにしたものであると述べた。(25)それについては、そうであるとも言えるし、そうでないとも言える。この劇はたしかに、暴力や残酷さに、非牧歌的で反牧歌的ですらあるような強調を加えていることにおいては、牧歌の調子《トーン》を裏返したもの、牧歌様式がそなえている伝統の多くを逆さまにしたものである。だが同時に、この劇は、牧歌の定式の要素を数多く保持している。シオドー・スペンサー、E・M・W・ティリヤード、そして彼らの忠実な追随者たちから、一世代もの学生たちが教えられてきたように、リアの精神状態と外界の天候状態は照応している——逆さまにされたのは、牧歌のイデオロギーであって、牧歌の慣習ではない。作法であって、手法ではないのである。たしかに、リアの荒野に刷新や回復を期待する気にはなれない。だが、養い育む能力のまさにその欠如こそが、『リア王』の自然を牧歌の規範から訣別させているものなのだ。

　伝統的な牧歌においては、自然がいかに無秩序であると見えようとも、羊飼いが死んだり羊飼い娘が彼の求愛を拒んだりすれば、季節ごとの再生がたえず呼び起こされ、現在の不均衡を正すことを約束する。だがここではそうではない。混沌が訪れ、自然は、未来の復興のしるしも四季が巡るという約束すらも与えない。それでもなお、嵐は絶望した王に慰めを与えているという感覚がある。王に苦しみを和らげる薬を与えることを拒むときでさえも。リアにとって、自然はまさにその荒涼たるさまと頑なさゆえに、人間の運命にはまったく無関心に見えるが、彼の気分と精神状態にふさわしい雰囲気の劇的背景を用意することにおいては共感的である。リアとの類似がしばしば指摘されるプロスペローは、リアと同様、といってもそれはひそかになされたことであるが、君主の座を追われた。プロスペローは、術《アート》を用いて自然の奥義に通じ、それによって、己れの環境に生じた人間的かつ社会的な混乱を全面的に正していくことができた。プロスペローの自然界における滞在は、まこと、きわめて活動的な閑暇《オティウム》をともなっている。だが、リアが自らの意志によって王としての責務や仕事《ネゴティウム》を放棄したとき、彼には（文字通り）何の資源も残されていない。『リア王』においては、追放された者の危機的状況を解決してくれる、都合のよい神秘的な救いなど存在しない。娘たちは彼を公然と迫害し、彼は残酷な巡回宮廷から公然と逃れる。この劇においては、自然も同じくらい露骨である。嵐はあたり一帯を容赦なく荒れ狂う。リーガンはその気配を察知し、人々は老王が酷い目にあうだろうとはっきり口にする。リアは王衣をまとったまま荒天の夜のなかに走り出るが、魔法服がプロスペローに与えていた守護は彼にはない。リアは、身を護るすべもなく、徒手空拳で自然に立ち向かうのである。

リア王を迎え入れ、窮迫したエドガーを迎え入れる自然は、ベレイリアスが養い子たちを連れて逃げ込んだ岩だらけの荒れ地よりもさらに不毛である。『シンベリン』において、野生の動物は少年たちを脅かしたかもしれないが、彼らはそれを食料として狩ることを学んだ。『リア王』においては、オールバニーが言うように、野蛮な生き物はすべて人間であり、「人間同士が共食いをする」とオールバニーが思うほど、互いを追いつめ狩りたてる。謎めいていて、どこにあるかもわからず、同類相食《は》むその宮廷とは対照的に、『リア王』における自然はむきだしで、苛酷で、人の気配がなく、感応しない。それは、そこに入っていく人間と同じくらい切り詰められた自然であり、最も抽象的な特質だけを残して他のところはすべて削ぎ落とされた自然であり、そこの住人には無関心な生態系をなしている。にもかかわらず、それは、極限状況そのものを生きている人間に照応すべく配された、ふさわしい自然である。それは、絶対的で禁欲的な風景である。(26)それはあまりにも抽象的な場所なので、この荒野でいかなる生活が営まれているのか、問うことすらできない。エドガーは、マクベスの魔女たちのように、本当に蝦蟇《がま》やひき蛙を食べていたのか。リアは、かつては狩猟から帰るやいなや夕食を出せと叫んだあのリアは、もし何か食べていたとするならば、いったい何で身を養っていたのだろう。そうした日常的想念を巡らすには、この荒野はあまりにもがらんとしている。この荒野はまさに、生存するための最小限の場、人間が赤裸な存在をからくも維持できるような、最も簡素なところまで切り詰められた空間である。

だがここにおいてすら、シェイクスピアは牧歌の主題系に内在する慰安をひとつ、我々にひそかに差し出している。我々がこの劇で目にする自然は、リアやリアの同伴者たちとの関わりのなかで喚起される。嵐はリアの心的状態を表す脱比喩化《アンメタファー》されたメタファーである――荒れ狂うことでは同じだが、はるかに残酷な娘たちの心を、自然が反映することはない。外部のものと人間のものという、ここで問題になっている「二つの自然」がいかにいびつであるにせよ、人間と自然の触れ合いの可能性がかすかながらもほのめかされるのは、リアとその味方に対してだけである。だから、この荒野では、自然の具体的な風景を描こうという努力（『シンベリン』の荒涼とした洞窟の描写にあるような）は一切なしていないにもかかわらず、それでもやはり劇作家は、人間の自然《ネイチャー》＝性質というきわめて重要できわめて抽象的な議論にふさわしい風景を提示しているのである。この劇においては、牧歌の用語すべてが重要な意味をもっている。“nature”（自然）、“natural”（自然に適う＝情のある）、“unnatural”（自然に背く＝無情な）、“kind”（同類の絆に適う＝親切な）、“kindness”（親切）、“unkind”（同類の絆に背く＝不親切な）、“unkindness”（不親切）、“generous”（種に適う＝寛大な）、“ungenerous”（種に背く＝物惜しみする）という語が繰り返し現れ、その問題が熟考されているという証しが場面が進行するにつれてさらに増える。だが、それらの語が風景に関連して用いられることはまれであり、牧歌の養い育む能力が期待される場面との関連で用いられることは決してない。劇の関心は、人間の自然《ネイチャー》＝性質にあり、メタファーとして支援としての「自然」という主題の可能性は、そのぶん弱められている。

　にもかかわらず、メイナード・マックが述べたように、この劇にはたしかに牧歌の定式が存在する。この劇はまた、通常の、より歴然とした牧歌の議論よりもはるかに深い次元において、牧歌様式の古典以来の主題である、生まれと育ち、宮廷と田園、人間という類《カインド》、人間が同じ類たる人間に対して思いやり《カインドネス》をもつことや残酷《アンカインドネス》になることの問題を探究している。まず第一に、『リア王』においては、レオンティーズのシチリアやシンベリンのブリテンにおけるよりもはるかに根本的に、文明そのものが疑問に付されている。『リア王』においては、生まれも育ちも、親切であるかどうかとはあまり関係がない。家族だからといって安心はできないし、生まれが高貴であるからといって品格があるわけではない。エドマンドは九年間「外地」にいた——すなわち彼の父親は、オリヴァーの弟のように、彼に貴族としての教育を授けなかった。我々は、それを理由に、彼が宮廷的な振舞いのパロディを演じるのは仕方がないという気になるかもしれないが、コーンウォールは言うに及ばず、ゴネリルやリーガン、あるいはバーガンディ公ですら、みな身分にふさわしい育ち方をしているがゆえに、なんの言い訳もできないのだ。もし彼らが品位ある世界にふさわしい振舞いかたを「すべきだった」というのであれば、「すべきだった」という点では、リアとても同じである。儀典《プロトコル》という観点から見れば、リアの善い娘ですら礼に欠ける（もっとも彼女の沈黙は、父親がその沈黙に対して示した反応と対照をなし、彼女を謙虚に見せている[27]）。

　優れた批評家たちが我々に教えてきたように、この劇の自然は、それぞれの人間にとってそれぞれ異なる意味をもっている。エドマンドは、弱肉強食の人生に乗り出していくとき、自然を召喚して仰ぐべき師であるとする。リアも、ゴネリルが石女《うまずめ》になればよいと呪うとき——自分もそうだったら娘を産まずにすんだのにと悔みながら——、同じくらい無情な自然に祈願している。後に、万物がつがっていると言うとき、リアはルクレティウス風の快楽主義的自然を呼び起こす。ケントと名前のない紳士は、自然の嵐は人間の「自然」が耐えるにはあまりにも苛酷であると述べる。グロスターは、自然は運命そのものであり、人間の運命の不可思議な決定者であると考えている。この劇では、寛大で、養い育み、支援を与える自然に訴える者は誰もいない。この劇の構造にのみ、自然と人間との関係をめぐるこの哲学的見解の痕跡がうかがえる[28]。自然に適う《ナチュラル》＝情のあるものと自然に背く《アンナチュラル》＝無情なもの、同類の絆に適う《カインド》＝親切なものと同類の絆に背く《アンカインド》＝不親切なもののいずれについても、我々は随分多く見聞きする。登場人物たちは、生まれと育ちについて、繰り返し思い巡らす。血縁《カインド》の絆は、さまざまなかたちで認知される。グロスターによって、劇冒頭のやりとりのなかで。コーディリアによって、愛に貪欲な父親に対する、生硬で言葉は少ないが断固たる返答のなかで。エドマンドとグロスターの二幕一場のやりとりのなかで。二番目の娘の「孝心《カインドネス》」に、彼女がいま果たすべき「子としての義務」に、リアが訴えることにおいて。“breeding”という語は、子供を産むという生物学的な意味とともに（グロスターがエドマンドについて語るように、コーディリアが彼女の父が自分を生んでくれたと言うときのように）、その子供を育てること、すなわち養育し教育することを指す。たとえばエドマンドの場合、グロスターは最初の意味での“breeding”には関与したが、二番目の意味においては責任をまったく果たすことができなかった。それはリアにもあてはまるだろう。もっとも劇からは、二人の年長の娘たちが彼の望んだようには育たなかったということしかわからないが。コーンウォールの命令よりもより高次の自然秩序に忠実な第一の従僕は、「子供のときから」公爵に仕えてきたと語り、コーンウォールによって「躾られた《ブレッド》」あるいは育てられた者であると語られる――にもかかわらず、そうした育ちにもかかわらず、その従僕は同類の絆《カインド》と情《カインドネス》に根をもっており、コーンウォールも明らかにその根を絶やすことはできなかった。物事を狭い視点から見ると（リーガンの見方のように）、従僕がコーンウォールに歯向かったのは衝撃的である。だが我々は、養育《ブリーディング》という語のさらに深い含蓄に注目しているので、その従僕の価値感覚がいかに正しかったかと驚嘆してもよいだろう。ケントは、「同じ夫婦」から「かくも気質の違う子供たちが生まれる」とは、とリアの娘たちのことを不思議がる。不思議だと思っているのはリアも同じで、ほんのかすかな妄想として心をよぎるだけであるが、妻に間男をされたのではないかとさえ考える。とはいえ、己れ自身の血肉からそのように非情な娘を生むよりは、不貞を働かれたほうがまだましなのだ。

この劇では、階級や社会的身分は、礼節（courtesy）、情（kindness）、品位（gentleness）――これらの語の語源が何を示唆しているにせよ――を保証するものではない。狂人は郷紳（gentleman）なのか郷士（yeoman）なのかとリアの道化は訊くが、それは、狂気においてはみな平等とほのめかしているのである。我々がトムから聞き、エドマンドを見て感じるのは、闇の王は紳士の身分をもつことである。伯爵が客人である公爵によって目を潰されたり、エドマンドが名乗らない挑戦者に向かって「身分」のことを無作法に言いたてたり、ゴネリルとリーガンが獰猛な牧羊犬のごとき本性をむきだしにして父親を絶望へと追いやったりするのを見ると、たしかにこれは真実ではないかと思える。だから我々は、高い身分や特権の世界、「やんごとない《ジェントル》」と伝統的に呼ばれている世界において、ケントが見知らぬ紳士に己れが身分ある家に生まれ育ったと断言し、彼の行為が実にはっきりそれを裏づけているのを見ると、大いにほっとする。紳士として、紳士をつうじて、彼は舞台の外にいる真実と品位《ジェントルネス》のあの象徴、貴婦人のコーディリアに伝言を送るのである。

とすれば、習慣、振舞い、観念が渦巻き変転するなかで、リア王が、合法的であれ不義のつながりであれ、「生み育てること（breeding）」という想念に憑かれるのは不思議ではない。トムは、おちんちん（pillicock）についてのお喋りで、リア王にそのことを忘れさせまいとする。また、グロスターが灯火を掲げて入ってくると――それは、情欲に燃える彼のかつての自我を表す寓意画であるが――「忌まわしい悪魔のフリバーティジベット」や「歩く鬼火」がやって来たと言うことで、トムは我々にもそのことを忘れさせない。この主題が、こうした素材すべてを含みながら最高潮に達するのは、その後の四幕六場、好色と姦淫に関するリアの偉大な台詞においてである。小さな金蠅から身分の高い貴婦人にいたるまで、すべてのものがまぐわっている。快楽主義的自然が――それがただ一つの目的に憑かれていることだけが不自然なのだが――、リアが耐えねばならないすべてのことをひとまず正当化する。それはルネサンス期にあっては自然状態《ナチユラリズム》を表す常套表現ではあるが、エドガーにとってと同様、リアにとっても、自然状態にかくも限定された振舞いは、人間の能力外の、それゆえ人間にはとてもできない、怪物じみたものと感じられるようになる。「半人半馬のケンタウロスで、腰から下は馬／上半身だけが女なのだ」はその最たるものだが、劇中ずっと執拗に出現する怪物性、野蛮、捕食の概念やイメージへの訴えかけはますます激しくなっていく。怪物性が偉大な人物の心に宿るのはたしかに皮肉なことではあるが、リアの状況を辛いものにしているのは、そのような野蛮さが、伝統的に文明の中心とされる場所、すなわち、法、礼節、優美が伝統的に発信される場所とされてきた宮廷にはびこっていることである（『冬の夜ばなし』におけるように）。人間は獣なのだ。なかでも宮廷人はとりわけ獰猛な獣であり、最も身分の高い者が最も残忍である。変装したエドガーは、彼の本来の性質ではないが新たな人格の一部として、自分は（宮廷に残してきた連中同様）「豚のように怠惰で、狐のように狡賢く、狼のように貪欲で、犬のように凶暴で、獅子のように獰猛だった」と語る。獣じみた生活を嫌ったグウィディーリアスのように、己れの獣性に対するエドガーの自己嫌悪が、この台詞から滲み出ている。

捕食の定式――ジェイクウィーズが感傷的に思い巡らし、シンベリンの息子たちが生存のために実践した――は、この劇では逆さまになっている。それもまた、劇の反牧歌性を奏でる変奏のひとつである。とともに、権力の中枢に巣食う耐えがたいばかりの非人間性は、牧歌劇が提示する神話をまさに強めてもいるのである。それは、文明が腐敗と残酷をもたらし、その唯一の避難所は自然であり、生に反するそのような洗練とは無縁な田園であるという神話である。『リア王』において、善人は無無法者と宣告される。そして彼らが逃げこむ唯一の「自然」は、重荷にあえぎ、追放され、迫害された者の最後のよりどころであるが、そこには、あまりにも苛酷なので他に誰も住もうとはしない風景、あまりにも厳しく峻烈なので心しか慰めることができない（「哲学者」風情に差し出されるのが、そういうものであるとすれば）風景が拡がっている。

　リア自身もその存在を認めている胸中の嵐はあまりにも激しく、王は自分が棄てた家の屋根を恋しがっているようには見えない。だが道化とケントは、自分たちを締め出した「無情な館」よりもましだとは思いつつも、見つけた避難所は十分ではないと感じている。小屋のなかで、道化（自然児《ナチユ》＝痴《ラ》愚《ル》者）と王（彼は己れの愚かさを認めたし、この先ふたたび認めることになるだろう）は、己れ自身の、ひいては人間すべての惨めさの寓意画を目にする。それは知性、社会的地位、物質的状況において明らかに極端に乏しく、文字通り「裸の男」、「素のまま、まさに身ひとつの男」としか見えない人間の姿である。我々が知るように、エドガー＝トムは、変装前の姿をうかがわせる痕跡すべてを意図的に消し去って、社会から見棄てられた者、狂人、乞食という役割と状況を選んだ。逆しま世界をひたすら生き延びようとするエドガーは、現実世界ではふつう危険であるとされる生き方を、身の安全をはかるために選ばざるをえない。だがこの劇ははなはだしい逆さま状態にあるので、社会から排除された者としてのみ、無法者としてのみ、同胞相食む野獣と化した人間から身を護ることができるのである。トムのこの姿からは、本物の道化も、獰猛な獣か化け物にでも会ったかのごとく逃げ出す。だが落魄した王は、この新たな流浪者にあたかも同類の姿を見出したかのように、すぐさま近づいていく。リアが人間の本性をめぐる哲学的な省察を始めるすばやさには、ひどく恐れていた狂気に彼が現実に苛まれているこのようなときですら、生来の知力の発露が認められる。エドガーは、そうした議論の主題とも例証ともなる寓意的人物である。裸同然の彼の姿は[29]、リアが先刻一般化して述べた「頭を入れる屋根もなく、すきっ腹を抱えて」、「穴だらけどころか窓だらけの襤褸《ぼろ》を着た」、「何ももたない惨めな人々」の具現化である。身なりも所作も狂人になりきったエドガーは、またひとつ次元が下がって、あらゆる社会的境遇の「最悪のところ」に位置している。

　荒野の場面は、たしかに、劇中の「人間」をめぐる考察のなかでひときわ重要なものを含んでいる——「人間」とは、リアが言うように、「このようなものでしかない」。だがいったい、どのようなものでしかないというのか。リアは知らないが、エドガーの正体を我々は知っている。どのような姿であろうと、彼はリアが考えるような身ひとつの男ではなく、リア自身と同じような方法で「剝奪された」人間なのだ。エドガーはひとかどの人物であったし、本来のアイデンティティを棄てて役割を演じねばならなかったとしても、その役割が特徴づけるもの以上のはるかに複雑で深遠な人物であり続ける。寓意という観点からみれば、この問いかけは十分になす価値がある。人間はこのようなものでしかないのか?——このようなものとは何なのだろう。家族、環境、社会から切り離され、己れがいままで知っていたよりどころをすべて断たれ、自ら王権を棄てて放浪する王、子に棄てられた父のことか。荒野まで主人についてくることを選んだことで、愚かさと偉大さを最大限に発揮した宮廷道化のことか。とすれば、ある特定の限られた意味において「自然児＝痴愚者《ナチュラル》」とされる人間のことであろうか。あるいは王と同じく窮迫し、王と同じく生まれなじんだ宮廷社会で占めていたきわめて高い特権的地位から転落した、狂人に変装した男のことだろうか。これら三人の者たちはみな、たしかに極限状況を生きている。それだけではない。我々は、彼らの極限状況は人間の苦悩の極限でもあると感じさせられる——だがこれらの人々は誰一人として、目に映じるままの者ではないし、何ももたない惨めな人々についての台詞でリアが思い描いているような落魄者ではない。変装という牧歌の慣習はここでも、この凄まじいまでにハードな牧歌的場面においてさえ作用している。これらの男たちは、観客に対しても、互いに対しても、見かけ通りの者たちではない——うわべを超えたところにある彼らの実体こそが、「人間性」をめぐる、重要で、価値があり、偉大ですらある部分なのだ。

強調されることも押しつけられることもないこの曖昧性こそが、人間性における――人間と己れ自身との関係、そして己れの世界の他の人々との関係における――深い問題性を帯びている部分をまっすぐに指している。いやしくも一人の人間が「まさに身ひとつ」に還元されているのを見ると、我々は、人間がただ人間らしくあることを阻むような体制、制度、習慣とはいかなるものであるのかと考えずにはいられない。『お気に召すまま』、『冬の夜ばなし』、『シンベリン』、『あらし』について私は複数の章で論じたが、そうした歴然たる牧歌劇の場合と同様、〈生まれと育ち〉の関係、人間と環境、文化、文明との関係をいかに考えるかということを、我々は根本に据えなければならない。『リア王』において、我々が目にする自然人たち、剝き出しでいびつかもしれないが基本的な人間性をそなえたそれらの極端な人物たち、逼迫と窮乏の道徳的寓意にされた人々、あるいは己れの意志でそうなった人々は、ぎりぎりのところまで切り詰められた人間としてさらけだされ、同じように切り詰められた自然を背景にして提示される。我々は、人間という種（humankind）と外的自然との関係のみならず、人と獣を分かつ唯一の特質である人間の情（human kindness）が（宮廷であれ田園であれ、どこであれ）いかに重要であるかも、考えずにはいられない。驚くべきことに、人情は、ゆがんだ宮廷においてすら発揮される。グロスターの従僕たちは、眼をくりぬかれた主人を素朴な方法で手当てしようとする。人情は田園にも作用している。小作人が領主を助け、恐ろしい「裸の男」の面倒もみてくれる（四幕一場）。人情はまた荒野にもある。リアは「小僧、先に入れよ」、と道化をいたわる。劇のずっと後のほうで、従僕、小作人、流浪人とは対極の立場にいる人間も、自然の情を発揮する。コーディリアの深い慈悲心[30]と無条件の許しは、宮廷に染まった姉たちの計算づくの残忍さを瞬時中和する効果をもつ。

生来のものであれ計画的なものであれ、恐るべき残虐さを枠として、そのなかに慈悲心がちりばめられ、そのまわりで人間の本性＝自然、剝き出しにされた人間と赤裸々な人間性をめぐる問いかけが活発になされる。人間とはこのようなものでしかないのか。襤褸《ぼろ》をまとい、己が手によって身体がずたずたに傷ついた[31]エドガー＝トムは、「このようなもの」の象徴であり動物同然であるが、リアが看破したように、動物には依存していない（「おまえは羊から毛織物をもらってないし、猫から麝香《じゃこう》をもらってもいない」）。孤立し、寄る辺なくさまよい、人間としてどん底状態にありながらも、エドガー＝トムは人間なのである――彼はその荒涼たる風景を背に、一個の人間として屹立している。エドガーは、ぎりぎりまで切り詰められ、落ちるところまで落ちた人間のぞっとするような生きざまについて語りながらも、その奥からいびつながらも慰めとなるメッセージを発している。それに先立つ豪奢と衣服をめぐる台詞を、エドガー、ケント、リア、道化が舞台上ですでに見せた衣装や属性がくるくると変わるハンディダンディ（handy-dandy）状態を、権力者や権力追求者の二面性を見聞きした後では、これ以上削ぎ落としようのない人間、「哀れで、裸の、二本足の動物」としての人間、「このようなものでしかない」人間について考えることは、ほんの一瞬であれほっとさせる。

極限状況によって哲学的省察へと駆り立てられたリアは、次いで、省察を刺激するトムを哲学に結びつける。リアにとって、トムは極限状況を表す人物、「この哲学者」、「善きアテナイ人」、「こちらの学識あるテーベ人」〔キュニコス学派のテーベのクラテスへの言及であると推測される〕になる。狂気と哲学との結びつきは、道化とリアの両人が体現する〈知ある無知《ドクタ・イグノランテイア》（*docta ignorantia*）〉、〈愚者《イデイオテス》（*idiotes*）〉、聖なる狂気の長い伝統と関わりがあるばかりか、裸で貧しく「物をもつこと」[32]から免れていることこそ本来の人間の姿であるとするストア主義やキュニコス主義の人間論にも由来している。リアがトムを人間として認知することは、彼を同胞《カインド》として認知したことを象徴的に表している。最低限のところまで切り詰められた人間は、最も都会的に洗練された人間と変わらぬ人間らしい存在として認知されるべきであるという議論は、何世紀にもわたって続いていた。ルキアノス作と称せられている対話篇『キユニコス学徒』において、エドガー風の人物は、都市（*urbs*）、市民政治共同体（*civitas*）、労働（*negotium*）を代表する広場（*agora*）型人間のリュキヌスに反駁して、極端にハードな牧歌の道徳性がいかにさまざまな美点をそなえているかを弁じる。対話は、リュキヌスの以下の問いかけから始まる[33]。

> そこの君、髭も髪も伸び放題というのにシャツ一枚着ていないとは、いったいどういうことなのだ。裸体を人目にさらして裸足で歩き、定まった住処をもたず、社会に背く獣じみたこのような生活をどうして選び取ったのか。いつも肉体が好まないことばかりして肉体をいじめ、あちこちさまよっては固い地面の上であろうがどこにでも身を横たえ、そのため君の古びた外衣は、もともと美しくも柔らかでも華やかでもない品ではあったとはいえ、真っ黒に汚れている。どうして君はそのように、ほかの者たちがしないようなことをしているのだ。

そのような身なりの人物はキュニコス学徒であり、リュキヌスの言によれば「日々の糧を乞う浮浪者同然の人間[34]」である。キュニコス学徒は質問者を議論に誘うが、それは、本質的には理性と行為に関する議論である。リアの家来の人数について、「一人とて必要でしょうか」とリーガンは問うた。キュニコス学徒ならば、まったく別の理由から、リーガンに同意したことであろう。自分の足は並みの人間の足よりも疲れを知らず、それと同じく身体の他の部分も、つましい食生活（すなわち――エドガーが「泳いでいる蛙、ひき蛙、おたまじゃくし、壁や水中にいるイモリ」を食べていたように――「手に入るものはなんでも食べる」ということ）のおかげでより頑強になっているから、という理由によって。リュキヌスは、キュニコス学徒の習性は嘆かわしいものであると言う。犬のように、あるいはトムのように、手当たり次第に食べあさり、麦藁の床に眠るからだ。するとキュニコス学徒は、リュキヌスが着ている衣服ではほとんど暖がとれないし、贅沢な食事や立派な屋敷は当人の強欲ぶりを喧伝しているにすぎない、と主張する。[35] キュニコス学徒はさらに言葉を続け、あたかもこの劇に銘文を付けるかのごとく、以下のように述べるのである。[36]

金銀財宝には用がない、私も私の仲間もだ。というのも、こうしたものを欲しがることから、人間のあらゆる悪が生じるからである――内紛、戦争、陰謀、殺人。これら諸悪の根源には果てのない欲望が潜んでいる。このような欲望よ、われらから遠ざかれ。願わくば、己れの持ち分以上のものを望まず、それ以下のもので我慢できるようでありたい。

物質的、道徳的な充足のパラダイムが、劇中であますところなく探究される別の要素――すなわち、文明社会の物質的な要求を疑問視するという意図をもつストア主義のパラドックスをルネサンスの文脈に即して言い換え、それを劇のアクションのなかでくまなく検証すること――の背後に潜んでいる。『キュニコス学徒』は、辛苦に耐える肉体の力と道徳的な力との関係という『リア王』をつうじて論議され、例証され、反証される問題を考察するための参照点のひとつである。削ぎ落とすことをめぐるこの喧《やかま》しいお喋りの背景を考えることによって、我々は、この劇の牧歌がまことアルカディアの装いを剝ぎ取られ骸骨だけになっていることを改めて認識する。この劇の物語のかなりの部分が由来する散文叙事詩『アーケイディア』におけると同様、シェイクスピアは、理想郷の概念をほのめかしながら用いることによって、牧歌的自然の記憶や意味を規範として強いる。我々は、その規範に照らして、理想郷がここでは欠落していることを意識しつつも、劇中に蔓延する弱肉強食の文化の野蛮さを測ることができる。骨格だけが残っている牧歌のパラダイムと牧歌のイデオロギーが、『リア王』で声を響かせている他のあまたの知的、文学的要素を支えている。弁解もなく、ジャンルを暗示するつねの色合いを帯びることもないまま、牧歌の定式と主題が劇全体にわたって展開される。おそらく、牧歌の諸観念は、抑制されているためにひとしお強く劇中で感じられるのだろう。別の作法、すなわち反牧歌とも言えるほどの厳しくも生粋の自然が、土俵――場面、衣装、言語――を提供する。それは、あまりにも苛酷なのでほとんどの人々がその存在すら認めたくないと思うような、人間と自然が窮極の対決を果たすための土俵である。

だが「同類であること＝情《カインドネス》」は、荒野で図式《スケマータ》的に示された人間性の認知ということにとどまらない。それはまた、人間の欲求を認知することでもある。老人の意に従うと見えながら彼が望む自殺を妨げていた「裸の男」がグロスターにかける情も、それに当たる。(37)エドガーはこの場面においてすら、父親の目が見えないということもあって、ひっきりなしに役割を変える。エドガーによる人間の情の象徴的な肯定は、ますます偉大に感じられる。というのも、舞台上の父親はそれが誰だか気づいてないが、それを見ている観客は、勘当された息子という正体を知っているからである。ドーヴァーの崖で、思いやりをかわす場面は、作劇術によってみごとなまでに手際よく表現される。かたやシドニーの散文ロマンスでは、パフラゴニアの王による長い修辞的な語りというかたちで、そのすべてを描写し説明せねばならなかった。シェイクスピアは、他のところでふるった技をここでもまたふるい、容赦なく凝縮し、詩法と劇作法のありったけの技術的語彙を結集して、先行モデルを豊かにした。父親に対するコーディリアの振舞いのように、グロスターに対するエドガーの関係は、人間のつながりの大いなる複雑さと基本的な単純さの両方を表現している。この特定の状況にあるこれらの特定の登場人物たちをつうじて、我々は、人間が全般的に何を必要とし、そうした必要性がいかに満たされるかを知る。人間においては、そのような認知が、同胞への支援という具体的でふさわしい反応を引き出すことを、我々は知るのである。
グロスターの自殺未遂に、我々は、同類《カインド》であることをめぐる議論が渦巻くそれに先立つ荒野の場面で感知したことが、寓意画《エンブレム》的に演じられるさまを見る。老人は（ストア主義に反して）死のうとするが——彼にとっても、我々にとっても、驚くべきことに——結局はストア主義的生き方を学ぶのである。アンタイオス〔ギリシア神話。大地の女神ガイアを母親とする巨人で、大地に触れることによってますます強くなる〕のように、グロスターは、自然の諸力に、自然そのものに身を委ねるという身振りによって、力を回復する。大地とのグロテスクな接触から身を起こしたとき、グロスターは、耐えること、生きることができるようになるばかりか、（考えもしなかったことだが）道徳的にさらに成長し洞察力を得さえする。大地に身を投げるという彼の身振りは、先行する異なるふうに視覚化された議論がはらむ象徴的内容を、生々しく表現している(38)。いかに頑固で無反応であるとはいえ、この劇の自然は、峻厳で苛烈であるが信頼できる支援を人間に与えるのである。

　自殺の試みが阻まれるや、グロスターは、狂った王の姿に、己れを自殺の淵にまで追いやったのと同じ苦悩を別の人間がいかに解決したのかを示される。盲人と狂人は、互いのなかに、己れ自身と相手の姿、極限状態にある人間の姿をどこかしら認め合い、認知の間欠的なひらめきをつうじて、共通の人間性を認めたことをどうにかして伝え合わずにはいられない。リアが言うように、グロスターは「〔彼の〕耳で見る」必要がある。グロスターには、王が聖霊降誕節の牧歌的な祭りのときの装いをもじったような狂った扮装をしているのは見えないが（「奇矯にも野草の花で身を飾って」）、そんなふうに話すのが誰なのかはすぐにわかる。リアもまた、「自然」のなかに——彼が身ひとつの男と遭遇した不毛の荒野とは随分異なってはいるが、自然の風景のなかに——ふたたび駆け戻っていったのである。コーディリアが伝えるように、いまや雑草はぐんと茂り、「生命の糧である穀物」は収穫をひかえて高々と伸びている——あまりに背丈が高いので、王を野で見失いそうになるくらいだ。この場面では、リア自身が牧歌の言葉で語り、グロスターは王の「自然」に言及する。「いや、贋金を造ったからといって、儂《わし》に手をかけることはできないぞ」とリアは抜け目なく言う。「儂は王その人であるからな」——すなわち、ブリテンにいかなる王が現れようと、それは拵《こしら》え物の王であり、自分こそが生まれと育ちによって貨幣鋳造（mintage）を許可する権利をもつ真正な王なのである、と。そこでにわかに話が飛んで、とはいえ聞き手たちが認めるように「狂気のなかの理性」は失われてはいないのだが、牧歌の優劣比較《パラゴーネ》による古典的判断を付け加える。「その点では自然が人工に優っている」、と。すなわち彼は、生まれながらの王なのである。貨幣であれ王であれ、贋物ではだめなのだ。彼の座を奪った者たちの術策や姦計は、牧歌における自然と人工の競合のなかで批判にさらされ拒絶される拵え物でしかない——ただの模倣、ただの空想、ただのイリュージョンでしかないのである。

王の言葉に対するグロスターの反応——「ああ自然の傑作が朽ち果ててしまった」——は、自然が人工に優るというリアの主張の誇らしい前提を超えて、さらにその先へと我々を導く。つまるところ、自然も衰えるのである。この劇では随分さまざまなことが起こったが、これだけは言える。情愛においても怒りにおいても激しかった王はもはやなく、このぶざまで滑稽な人物——歌いながら野原を行き、そのきれぎれの言葉のなかに、良きにせよ悪しきにせよ、かつてのリアを特徴づける力の片鱗をうかがわせるこの人物——しか残されていないのであると。彼はまだ自然の王だ。といってもそれは、リアが優っているとした自然とは違う意味においてである。彼はいまや、運命に翻弄される自然の道化と化したのである。同様にグロスターも（リアが残酷にも見抜いたように）、廃墟と化した自然の傑作であり、孝心厚い息子に救われたものの、己れの導き手がその孝行息子であるとわかると、喜びと悲しみを同時に感じながら息絶える。二人の老人は寓意画《エンブレム》のようでもある。明らかに生の深淵に臨みながら、広い野原にたたずみながら、四大元素、嵐、荒野、ドーヴァーの崖にさらされてよりよいものになった姿、麦畑で互いに出会ってよりよいものになった姿がここにある。たしかにリアは、いまやすっかり気が狂ってしまったが、狂人になることで最悪の苦悩を少しでも忘れることができ、やがては孝行娘の夢のような許しによって報われる。嵐の荒野におけるリアと同様、グロスターも想像上の崖っぷちで己れの自然のどん底に触れた。エドガーも、二人の老人たちのように、荒野における哲学的代弁者の姿から、本来の役割とアンデンティティをしだいに取り戻していく。彼は、家族としての残された義務を順々と果たし、父を救い弟を罰して、乱れた一門の立て直しをはかり、劇の終わりには己れに課せられた社会的責任を全うしようと決意している。リア、グロスター、エドガー――この三人はみな、日常生活から最も遠く離れたところで自然の実相に触れ、その接触から力を得て、己れ自身の人間性と人間の本性に関して、痛ましく修正はされたものの、新たな理解を得る。この劇のハードな牧歌は、ぎりぎりまで切り詰められた苛酷な姿の自然をもち、牧歌の挿話がロザリンドとその父親に役立ち、牧歌の挿話がプロスペローとその娘や他の人々に役立ち、あるいは牧歌の挿話がパーディタとフロリゼルのみならずシチリアとボヘミアをも救うように、彼ら三人の役に立つ。自然とのそのような接触から、人間は本来の住処である世界へと帰還する力を得る。『リア王』の自然は、風景も感情も苛酷である。それは、『シンベリン』において牧歌の機能を果たしている岩の洞窟に似ており、風景が生と同じく死も容易に育み、並外れた業がなせるようにと人々を鍛える。だが『リア王』の自然は、ベレイリアスの岩屋よりもはるかに苛烈で、より乏しい。『リア王』において、登場人物たちは、リアが出奔しグロスターが眼球を失う「無情な館」と同じくらい自然は無情だと感じるが、そのたゆみない中立性とゆるぎなさは、それでもなお、そこに逃れてきた者たちに支援を与える。この自然は、生きている人間とは異なり、たとえ極限状況にあろうとも、人間を迫害したりはしない。

その仮借ない厳しさにもかかわらず、この自然は、伝統的な牧歌の閑暇と同様、ぎりぎりまで追いつめられた人間に、実相に対する感覚、己れ自身に対する感覚を取り戻す新たな機会を与えるのだ。もちろん、リアは正しい。四大元素は親子の情とは無縁である。

雨も、風も、雷も、火も儂《わし》の娘たちではない。
四大元素よ、おまえらを無情だといって責めたりはしない。
おまえらに王国をやったことも、わが子と呼んだこともない、
だから儂に忠義を尽くす義理はない。
（三幕二場一五―一八行）

狂人の戯言さながらであるが、この台詞は劇の根底にある図式《スキーム》について何かきわめて重要なことを語っている。自然は人間に十分なものを、生命を与える――それ以上のものではなく、それだけのものを。人間が他に何を所有し、達成し、受け取り、獲得しようと、人間はそれを人間から、己れ自身や他の人間から得ねばならず、己れの社会的知覚から築かねばならない。最近起こった日蝕や月蝕は、世代間の葛藤や人間が同胞になす所業とはまったく関係がない。この劇がもたらす収穫は、狂ったリアがそのあいだを駆け抜けていく生命を養う穀物ではなく、暴力や心痛で死んだ偉大な人間たちである。自然は、エドマンドが同一神とみなして召喚する「機会」の女神ではない。というのも、日和見主義者も寛大な人間も、等しく失墜するのだから。コーンウォール、オズワルド、リーガン、ゴネリル、エドマンドはみな、彼らより道徳的に優れた者たちとともに死に、法律、慣習、感情的絆を蔑むそれぞれのありようにふさわしい死を遂げる。自然はただそのあるがままであり、ストア主義者の見

解にあるように厳しくも簡素なぎりぎりのところでのみ助けてくれる。にもかかわらずこの劇は、他の多くの点でそうであるように、この点においてもパラドックスに彩られている。素気なく、非人間的で、隔絶したこの自然に触れることによって、ずたずたにされた人間が、耐えがたいまでの苦悩に呻吟しつつも、己れの人間性と人間の情を再主張し、(狂気にあってすら)人間であること＝人間の情《ヒューマン・カインドネス》という己れ自身の不変の部分に頼ることができるのである。自然の手に己れ自身をあえて委ねる智恵をもつ者たちに対して、このハードな牧歌の自然は、苛酷さ《ハードネス》からもたらされる恩恵を与える——ただそれだけのものでしかないことを認知したうえ、それを受け取ることができる者に、不快で、不毛で、仮借ない援助を与えるのである。

第八章　形式とその意味——「墓に飾られうち棄てられる」

『トロイラスとクレシダ』において、読者は『恋の骨折り損』で提示されていたものときわめてよく似た問題に直面する。劇作家は、多くの異なる手法や形式に取り組むことで、それらの問題を真剣に問い質し、その空疎さをあらわにし、その意味に挑む。『トロイラスとクレシダ』において、詩人としてのシェイクスピアは、官能詩においてはあまりにもありふれたメタファー、すなわち恋愛は戦争の「よう」であるというメタファーから、ダブル・プロットを創り出した。(1) 戦争が全面的に展開するプロット（戦争のこのプロットたるや、なんと豊かな含意をはらんでいることか）を、劇の表題が由来する、恋愛が全面的に展開するプロットとぶつかり合わせ、さらには、この対置を我々が見逃した場合にと、毒舌論評家のサーサイティーズ(2)まで用意して、類似と対置を我々に繰り返し思い出させる——「牝一匹のための戦争」、「つまるところ娼婦と間男のことだ」、「淫欲だ、淫欲だ、いつだって淫欲と戦争だ」。

シェイクスピアはさらに、文学そのものを、まさにその源泉に立ち返って攻撃し、ホメロス的な価値観を逆さまにした。しかもそうした価値観を、問題提起的《プロブレマティカル》なものにしたり（それはシェイクスピアがいつもしていることなので、この劇でもと我々は期待するかもしれないが）、登場人物に体現させたりするかわりに、秘めた欲望を覆い隠すための瑣末な偽善[3]へと卑しめてしまった。彼は、ルネサンスのあまたの文芸理論によれば、すべての文学の生みの親であるとされる叙事詩[4]を戯画化しようとしただけではない。シェイクスピア自身の先達のなかで最も偉大なイングランドの詩人であるチョーサーをも傷つけ、詩人が賦与した[5]――その賜物は不滅であると思われたが――個性的で、豊かで、きわめて複雑な人間性を、トロイラス、クレシダ、パンダラスから剝ぎ取ってしまった[6]。トロイや道徳性の権威としてのホメロスを貶《おと》めたという先例は中世にもあったし、同時代の劇にもトロイの物語を滑稽化するような言及がある[7]。だが、そうした事実を斟酌してさえも、シェイクスピアの素材の扱い方は、やはり明らかに不可解であり大胆である。というのも彼は、ホメロスが公然と偶像視されていた時代にホメロスの物語の卑俗版を、チョーサーの名声が再認識されていた時代にチョーサーの叙述の卑俗版を、ロマンスと叙事詩がアリオスト、タッソ、スペンサーの詩に偉大な手本を見出していたまさにその時、ロマンスと叙事詩の諷刺を提供したのだから。

ある批評家は、『トロイラスとクレシダ』のなかで異なる作法に由来する多様な技巧が幅広く用いられているのは――そのかなり多くのものが滑稽化されているが――、シェイクスピアがこの劇で同時代の作劇術を総花的に集約しようと試みているからである、と示唆した[8]。これは、この劇がもつ謎や問題のすべてを解き明かすには不十分な答えであると見えるが[9]、我々は、この劇では喜劇と悲劇が混淆していること、そしてまた、幾人かの批評家たちにこの劇を実質的な諷刺劇として分類させた諷刺の強力な流れがあることを、少なくとも認識しなくてはならない[10]。まこと、恋愛の物語（喜劇）と戦争の物語（英雄悲劇）の対置は、サーサイティーズが諷刺というジャンルから出来事を解釈し、それをことあるごとに押し売りすることがなくとも、諷刺を示すに十分であろう。これらあまたの諷刺的言及のほかにも、この劇は、他のもろもろの作法に由来する多くのモティーフ、手法、慣習を利用している。アガメムノン、ネスター、ユリシーズなどギリシア諸王の演説は、現実の政治的な雄弁術《レトリック》の諸形式のなかに、また叙事文学で軍議として描写されるもののなかに、その文学的起源をもつ。プライアムがもちだした議題をきっかけにして、さまざまな気質が弁証法的にせめぎ合うが、そこで我々は、名誉をあれこれ解釈し頑として固持するうちに理性が崩れゆくさまを見る。口上役は――「甲冑姿」なので、叙事詩にふさわしい装いであるとともに、劇場戦争（theater-war）にまつわる約束事も想起させる[11]〔『トロイラスとクレシダ』の口上役は、エリザベス朝演劇界で勃発した諷刺合戦「劇場戦争」たけなわのときにベン・ジョンソンが書いた『へぼ詩人』の甲冑姿の口上役をほのめかしているとされる〕――、続く物語が叙事的な仕立てになっていると予告する。

　　われらの芝居は
この戦争のそもそもの発端のところは跳びこして、
いきなり真ん中から始めます――
（プロローグ　二六―二八行）

とはいえ、劇が実際に始まるのは、戦争の渦中《メディアス・レス》（*medias res*）ではなく、色男の情事の始まりからである。だがそこですら、並みいる英雄たちの顔ぶれをクレシダが叔父から聞き出すにおよんで、叙事詩の作法はパロディ化され滑稽化される。「あれがイニーアスだ」。「あの人は誰」。「あれはアンティーノ……あれはヘクターだ」等々。劇をつうじて、戦争の主題と恋愛の主題、戦争のプロットでの出来事と恋愛のプロットでの出来事は互いに折り重ねられており、そうして重なり合うなかで、いずれの期待も挫かれることになる。それらは、互いを支え合うかわりに、互いの劇的な力や興味を弱めてしまうのである。

異なる主題のそれぞれが個々に堂々としているのかと言えば、それも違う。たとえば、叙事詩が滑稽化されるのは、クレシダの子供じみた問いかけにおいてだけではない。口上役のことさらに朗々とした古風な言葉遣いは、大言壮語の伝統を嘲っている。「誇り高き王侯たち（princes orgillous）」、「堅固な城壁（strong immures）」、「戦意みなぎる精兵（war-like fraughtage）」、「王の冠（crownets regal）」、「巨大な鉄輪と／それに見合う巨大でどっしりした閂《かんぬき》（massy staples / And corresponsive and fulfilling bolts）」といった表現は大げさであり、喜ばしくもそれに取って替わるのが、対極にあるトロイラスの愛の言語である。だがトロイラスの言語も、すぐにそれとわかるのだが、独創的であるとはとても言えない。

なぜわざわざトロイの城外で戦わねばならぬ。
心のなかは酷い戦いの只中であるというのに。
（一幕一場二―三行）

叙事詩からロマンスへと、作法は切り替わったのに、言語は陳腐なままである。トロイラスの言葉によれば、ホメロス的な主題は「瑣末な」のだ（「こんな瑣末な筋書きのために剣を揮うわけにはいかん」（一幕一場））。その主題がすでに活力を失っていることは、一幕三場で劇の叙事詩的な様式が再始動するさいの、ギリシア軍の指導者たちの居丈高な言語からわかる。

望みを抱いて大きなもくろみをたて
人間の住むこの下界で周到に始めたことが
当初の壮大さのままに実現するとはかぎらない。障害や不運は
天上の神々によって育まれた企ての葉脈にすら流れている。
たとえば幹をめぐる樹液が合流して瘤《こぶ》が生じ、
健やかな松を損ない、その木目をゆがめ
生長をねじまげ阻害してしまうように。

（一幕三場二―九行）

叙事詩的直喩（epic simile）〔比喩を延々と繰り出して描写すること〕の慣習は、ネスターも用いている。それは、形式こそ正しく踏まえているが、その場にはそぐわない。

海が穏やかならば、
おもちゃのような小舟もわらわらと漕ぎ出し
なめらかな水面を、堂々たる巨船とともに
揚々として進んでいく。
だが暴れん坊の北風《ボレアス》が
優しい海の女神《テティス》を怒らせると、さあご覧
肋骨たくましい船は山なす波のあいだを、
ペルセウスの天馬のように切り進む。だがひ弱な船体で、

つい先ほどまで巨船と競い合っていた
あの生意気な小舟はどうなる。港に逃げこむか
海神ポセイドンの餌食になるかいずれかである。
（一幕三場三四—四五行）

ユリシーズが述べるように、二人の武将はともに、公式通りの正統的なヒロイズムの言語を用い、「真鍮板に刻んで掲げるべき」金言を連ねる——だがここでは、あまりに長く権威の座にいすわっている男たちの空疎で機械的な大言壮語としてパロディ化されている。

　ユリシーズの秩序に関する偉大な演説は、王者らしく話そうとするアガメムノンやネスターの大仰でぶざまな努力と似たり寄ったりである。それはさまざまなトポス——巣と蜜蜂と蜂蜜、惑星と太陽と彗星、共同体と学校と都市、長子と長老、王冠と王笏と月桂冠、和声と不協和音——によって構成されているが、多弁《コピア》によってそれらのトポスに潜在的にそなわっている活力が奪われ、権威者の冗長な演説のなかのただの常套句と化している。『リア王』で用いられている同様の定型表現《コモンプレイス》——嵐に呼びかけるリア、娘たちの父親に対する反逆に対峙するリア、妻とその妹の所業に気づいたオールバニー——と比較してみれば、ユリシーズの用法は最悪の意味において「修辞的」である。『リア王』における類似した一節（三幕一場一—三行、三幕四場一—三行、四幕二場四八—四九行）が特定の状況や心理状態を表現しているのにひきかえ、『トロイラスとクレシダ』におけるトポス群は、ユリシーズの精神の根本的な凡庸《コモンプレイスネス》さを際立たせるものでしかない——これが、人間であれ、神々であれ、怪物であれ、自然であれ、一〇年間も敵を出し抜いてきた機略あふれるユリシーズなのである。彼はいまや、グロスターやポローニアスのたぐいにまで堕ちてしまい、劇そのものがたえず秩序を覆しているとい

うのに、秩序の原理についての紋切り型の言辞を無自覚に口にしている。[12]

ルネサンスにおける道徳品目の定番がしかるべく扱われていないのは、劇全体で起きていることを象徴しているのかもしれない。物事が、成就されるのではなく瓦解するのがこの劇である。ヘクターが冷徹に嬲《なぶ》り殺されること、それは、この模範的な名将や神のごときアキリーズの名声を斃《たお》しただけではない。英雄的な夢にとって何か本質的なものが、武装していない英雄とともに殺されてしまったのだ〔ヘクターは武装を解いて休んでいるときに殺された〕。口上役の大仰な弁舌を皮切りに、その後もずっとこの劇が英雄幻想に裂け目を生じさせていたにもかかわらず、我々はその喪失に、真の痛みを感じる。叙事的な世界は、現代の政治的、精神分析的な解釈には傷つけられやすいものではあるが、それでもそれは、高尚な振舞いとはいかにあるべきかという模範を示してきた。だがそれも、そうした卑しい行為にまで堕ちてしまうと、それに代わる栄光はもう何も残されていない。

　この劇では、英雄的なものと同様、喜劇的なものも堕落している。恋愛は結婚というお定まりの結末を拒まれる。というのも、これほどいびつな価値観をもつ世界にとって、喜劇はふさわしい作法とはなりえず、汚染が蔓延しすぎていて治癒的な浄化にもなりえないからだ。かといって、この劇は教訓を垂れもしない。蓄積された文学伝統によって、トロイラスは死に、クレシダは癩病患者として棄てられることを、我々は知っている。だがシェイクスピアは、そのような結末につきもののメロドラマや道徳性から我々を隔離し、荒れ狂う復讐心と中途半端で猥褻な不平を組み合わせた結尾《コーダ》、チョーサーの詩の末尾でトロイラスが天上で抱く神秘的な感慨よりもはるかに皮肉で苦々しい結尾《コーダ》を響かせて幕を閉じる。戦争の現実、数々の死、主人公と女主人公の個人的失敗が描かれるにもかかわらず、この劇は悲劇的要素を否定する。背景が都市で、姪の肉体を商品にする女衒《ぜげん》の市民パンダラスが存在しているにもかかわらず、この劇は、和解と再会の喜劇的機会や、固い絆で結ばれた主人公と女主人公が帰属できるような社会を与えない。諷刺としては、この劇固有の不決定性（それは、劇がどの種《カインド》に属しているのかがはっきりしないことにまで及ぶ）(13)に似たものは、ダン、マーストン、エヴァラード・ギルピン、ジョウゼフ・ホールなどの詩的諷刺にもあるが、そこで詩人のペルソナが神経を病んだがごとく微細に経験を物語るさまは、ここではサーサイティーズとパンダラスという登場人物となって劇化されている。サーサイティーズの悪罵は、エピグラムやユウェナリスの毒舌をとことん下劣にしたものであり、パンダラスの仮借ないあてこすりは、諷刺詩の語り手《ペルソナ》が自分たちの社会における他のすべての人間がもつとする純粋な邪悪さに、どこか通じるものがある。

大陸であれイングランドであれ、ルネサンス期の諷刺にはありがちなことだが、この劇は、世界のさまざまな欠陥に我々の目を開かせながら、慰めも、そこからの脱却も、改善のための手本も与えない。『トロイラスとクレシダ』には、シェイクスピアの最も暗い劇においてさえ示されている贖《あがな》いへの希望、残虐で計算づくの世界から愛と忠誠に満ちた私的世界――アントニーとクレオパトラがかくも長く探し求めた個人的な愛のための「ささやかな空間」、リアとコーディリアの監獄――へのなんらかの逃避が可能であるという希望は微塵もない。恋愛も戦争も、そのいずれもが、サーサイティーズのとりわけかしましい声によるばかりか、西洋文学におけるどの登場人物にもまして純粋に尊敬されてしかるべき人物たちの戦場での行為や恋愛における振舞いによっても、損なわれているのである。

恋愛と戦争は、文学的な手段によっても損なわれている――アキリーズとヘクター、ヘレンとユリシーズ、エイジャックスとアガメムノンを、そのたぐいの人間の鑑《かがみ》として、いかにすんなり無批判に我々が受容するかを、劇作家がまるで見せつけているかのようだ。『恋の骨折り損』におけるコンメーディア・デッラルテ風の一群の登場人物のように、『ソネット集』における抒情詩のジャンルとエピグラムのジャンルのように、文学的常套に生命を吹き込み現実の登場人物として肉化するかわりに、シェイクスピアはこの劇では、その過程を逆転させることを選んだ。そして、人間的な状況がはらんでいる個人的かつ一般的な意味が、いかにして削ぎ落とされ、文学が提示する常套句でしかないものに——常套句にしか値しないものに——なりうるかを示そうとした。

[14]我々も、口上役に倣って中途から（*in medias res* に）、己れ自身と恋人たちを類型化するパンダラスの台詞から、始めることにしよう。「万一互いに不実を働いたということになれば……同情心ある仲人役はすべて、世界の果てにいたるまでわが名にちなんで呼ばれるがよい——これからはみなパンダーだ。忠実な恋人はみなトロイラス、不実な女はみなクレシダ、取り持ち役はみなパンダーと呼ばれるがよい」（三幕二場一九四—二〇〇行）。パンダラスは、このアクションのコーラス的な解説者として、観客が自分と同様すべてを知っていることを承知のうえで、恋人たちの行動を司る忠節という道徳律について語る。二人の名前は、シェイクスピアが『トロイラスとクレシダ』を創作したときには、すでに人口に膾炙《かいしゃ》していた。これによって、観客の期待は、くすぐられつつ挫かれることになる。まこと、劇が展開していくにつれて、観客には劇中の登場人物に与えられるものと同じ、知覚の同語反復的な代用物しか与えられないことになる。これこそが期待されていたことなのだから、それだけは与えるがそれ以上は与えない、というわけである。だが実際は、最低限のそれだけのものですら、期待に満たないことがわかる[15]。劇中の人物たちが、唯々諾々として、生きた人間から比喩表現へと己れを還元してしまうのを我々は見る——しかも、いとも敬虔な誓いの文句をもって。

パンダラス　「アーメン」と言いなさい。
トロイラス　アーメン。
クレシダ　アーメン。

パンダラス　アーメン……

（三幕二場二〇〇—二行）

愛の誓約は伝統的に宗教的な言葉でなされてきたため、劇のこの文脈でパンダラスは当然、宗教的な裏づけを求める権利がある。それは文学慣習にかなっているし、我々が後知恵を働かせなければ、なんらおかしなことではない。この「アーメン」の三重唱は、ことのほか空疎である。その空疎さは、陳腐な慣習的様式のもとでなされるそのような誓いすべてが空疎であると示唆しており、恋人たちやこの女衒がたんなる典型《ノーム》として、範疇化するためのたんなる符号として、いかなる「意味をもつ」のかを我々が知っていることから生じている。キムブロウがいみじくも述べたように、(16)修辞の書物に出てくる文彩になり果てたサーサイティーズのように、この三人の人物はみな人間としての含蓄を失い、単なる名詞と化してしまう。さらに、その「アーメン」は、パンダラスをサーサイティーズに結びつける。サーサイティーズも、二幕三場で病気と祈りを組み合わせては、長広舌を「アーメン」で締めくくるからである。

もちろん、パンダラスの散文の台詞は、トロイラスとクレシダがすでに交わした一連の献身の誓いを受けて、それを要約したものでしかない。

真実を喩えるものを並べたてた後で、
恋の真実を真正に証するものとして、
「まことなることトロイラスのごとく」という比喩をひきあいに出し、
それをもって詩をみごとに締めくくり聖別することだろう。

（三幕二場一七六―七九行）

トロイラスがそう言うと、クレシダはこう答える。

もしわたしが不実なら、髪の毛一筋でも真実に背いたら……世々に記憶にとどめて
不実な恋をする娘たちのあいだで、わたしの不実を言い伝えて、
私の不実をなじるがよい……
そう、不実の心臓を貫いてとどめを刺すように、
「クレシダのように不実な」と言わせればよい。

（三幕二場一八〇―八五行、一八六行、一九一―九二行）

これらの登場人物たち（修辞表現として存在するにすぎないとはいえ）は、作法通りに話している。トロイラスは文学という文脈から語り、クレシダは行為という文脈から語るが、それは偶然ではない。この劇において、トロイラスの経験は、恋愛はかくあるべしというロマンティックで文学的な理解に由来している。クレシダの経験は、トロイラスの言葉遣いや、出会いを期待で彩っているトロイラスの感情的文脈にいったんは反応するが、己れの過去の実体験という流動的な基盤にもとづいている。トロイラスは詩的価値という観点から朗々と弁じ、「まことの恋をする若者たち」について語り、また彼らに語りかける。そうした若者たちは、

来るべき世界で

誓いの言葉や、約束や、大仰な比喩であふれる詩を作るとき、己れの恋の真実をトロイラスによって証することであろう。

——すなわち、「若者たち」とは、トロイラスが恋愛にふさわしいとみなす様式、彼自身がかくも熱烈にわがものとして用いている文体で書く詩人のことなのである。とすれば、これらの若者＝詩人たちは、

うまい直喩が見つからず、まことの恋を語る言葉が使い古され——
鋼のように真実だとか、月に対する植物のごとく、
昼に対する太陽のごとく、連れ合いに対する鳩のごとく、
鉄の磁石に対するがごとく、地球のその中心に対するがごとく、真実であるとか、

（三幕二場一六九—七五行）

言葉に事欠いたとき、「まことなることトロイラスのごとく」という語句によって、ふさわしい誇張をこれ以上探さずにすむことだろう——すなわち、トロイラスは、自分を材料にした直喩が文学創造の頂点をなすと言明することによって、文学創造の息の根も止めてしまうのである。

クレシダの「不実な恋をする娘たち」も、彼女自身と同様、常套的な直喩に満ちた言語を話すことができる。

「空気のように

水のように、風のように、砂土のように、
狐が仔羊に対するごとく、狼が仔牛に対するごとく、
豹が雌鹿に対するごとく、継母が息子に対するごとく、不実な」
（三幕二場一八六―九〇行）

だが、彼女が用いるイメージは、彼女の恋人が用いるイメージよりも文学性にはいささか劣る――それに、「継母」は一連の流れすべてを脱比喩化《アンメタファー》し、非ロマンティックにしてしまう。これらの恋人たちは（ビルーンと仲間たち、ロレンゾとジェシカ、ロミオのように）、教本通りに喋るのである。魅力的な常套句をよどみなく繰り出すことで、己れが懸命に表現しようとしている意味そのものを、己れの発話から搾り出し空っぽにし、恋愛の言語を根底からゆるがすのだ。だが、ビルーン、ロミオ、ジェシカやロレンゾとは異なり、この二人には、己れが言語でしくじっているという感覚、言語が己れの役に立たず、人生の危機には対処できないかもしれないという感覚は微塵もない。ふさわしいことを言うことができれば、それで事足りるのである。

クレシダがトロイラスのもとを去るころまでには、彼女は自らの忠節を「不実」という観点からのみ語るようになっている。彼女がやがてその見本になることを、我々は知っている。

ああ、神々よ、
クレシダという名前を不実のきわみを示すものにして下さい、
もし彼女がトロイラスを棄てることがあれば！
（四幕二場九八―一〇〇行）

己れ自身についても己れの用いる作法についても無自覚なまま、恋人たちは、表情豊かで意図的な言語を痩せ細らせ、社会的にも言語的にもただの駒でしかないものにしてしまう。二人が言語から意味を搾り取っていくにつれて、彼らの名前も私的で個人的な意味を失い、非人格的な道徳劇的機能を表すだけのものになる。さらに、彼らが口にする誓いは、それがなんらかの意味をもつためには、たとえその意味が、恋人たちがほのめかすこととは裏腹なものであろうと、知識ある観客を必要とする。これらの常套句が緊張を帯びるのは、かつては気高かった伝統的な虚構が放っていた真実味が悲しくも衰えてしまったことを、我々が知っているからである。

当然のことながら、トロイラス、クレシダ、パンダラスに関する劇を書くことは、これらの登場人物や彼らが用いる言語を否定的に扱うことになる。恋人たちの歴史を考えると、シェイクスピアが、観客による同一視、理解、共感を求めるような資質を彼らにまったく与えなかったのは、おそらくは賢明であっただろう。そうしたお定まりの人物を登場人物として選び、比喩としての機能をあえて強調することによって、劇作家は、彼らの特有の振舞いがいかなる状況のもとで型通りのものとなり、類型《ステレオタイプ》へと転じるかを吟味しているように思える――だがシェイクスピアは、それすらも放棄し、それとともに、チョーサーのロマンスが巧みに利用した説得力のある寛大な理解を得る機会をも棄ててしまう。類型として定義づける行為が起こる前から彼らを類型として受容し、そうした類型化が己れ自身の文学構築のもととなる叙事伝説全体にとっていかなる意味をもつのかを吟味するために、そうしたのだ。

『恋の骨折り損』とは異なり、『トロイラスとクレシダ』は、個性の発露を拒む登場人物、演劇とりわけシェイクスピア劇に我々が期待しがちな心理的なイリュージョニズムの慣習に従うことをきっぱり拒む登場人物を提示している。これらの登場人物は、平板であり、成長せず、二次元的で、血の通わない人物である。まこと、サーサイティーズは、こうした人物造型の見本である。人文主義思想の自習教本とも言えるエラスムスの有名な『格言集』で、ヨーロッパ中の学童が「サーサイティーズのような顔（*Thersitae facies*）」という言い回し（「醜い顔」という意味）を知っていたし[17]、「サーサイティーズよりも汚い（*faedior Thersite*）」は、さまざまな文学的用途に用いられているありふれた諺《ことわざ》であった[18]。パンダーが一般単語となったように、サーサイティーズは、諺や修辞のうえの人物となったのである。両者はともに、どこをとっても、決まり文句そのものである。この種の言葉遊びは、他の登場人物たちにもなされている。たとえばヘレンは、この劇の言語が不十分であり、それゆえその価値体系も不十分であることを示すひとつの尺度となっている。いまや七年間も続いている戦争の原因として、ヘレンは再考察され再評価されるべき対象となる。プライアムは明らかに、ヘクターの当初の（そしてはじめはきっぱりした）「ヘレンを引き渡す」という意見が武将たちのあいだで優勢になることを望んでいる。もっとも、見たところ、己れが治めている国であるにもかかわらず、年老いた王は言い争う息子たちに対して何の発言権ももっていない。他の者たちが戦争をとりしきっており、王は彼らの助言に従っているだけである。トロイラスが、ギリシア側にヘレンを返したいとするヘクターやヘリナスに反対を叫ぶと、ヘクターはなおも「弟よ、あの女には犠牲を払ってとどめるに足る／価値はない」と応酬し、それが彼の真意である。というのも、「戦争に徴用されたあまたの男たちの一人一人の貴重な命が」彼女のために失われているからである。我々はこの時、一幕一場でのトロイラスの的外れと見える言明を思い出すこともできよう。

ヘレンは美しくて当然だ、

こうして毎日おまえたちの血であの女を塗りたてているのだから。

（傍点筆者）（八九—九〇行）

だがあの時には、トロイラスは本気でそう言っていたわけではなかった。いまここで、決定的な集団的行為として発揮せよと彼が説く騎士道の概念を、彼はあの時は否定していた。ヘクターの現実的な見解は、恋に燃える若者——恋愛を名誉の源泉として讃美しながら、まだ恋愛を真に経験したことがない若者——によって言い負かされる。トロイラスは、己れの根本的な論点である「価値というものは、人がその値打ちを認めてはじめて生じる」ことを例証しようとして、論理性を欠く意見を猛烈にまくしたてる。この劇では、「価値」ということがしきりに語られてきた(19)。トロイラスは、内在的にあるいは客観的に価値があるからというよりは、価値づけるという心理的価値が重要であると弁じている。だがそれでも、我々にはわかる。ヘクターがヘレンを返したいとする際に示した人道的な現実主義が彼の本心ではないように、トロイラスも本心から語っているわけではない、と。トロイラスは、戦争を遂行するための文学的正当化を求め、トロイ軍とギリシア軍の男たちの命をわけへだてなくとりたてる虐殺の信じがたい美化を求め、そのロマンティックな非論理にあえて反駁するだけの覇気がない他の面々にそれを強いる。マーロウからの木霊《こだま》がトロイラスの文脈のなかで皮肉に響く。

　　まこと、あの女は真珠だ。
千艘をこえる船がその貴重な宝を求めて大海に乗り出し、
三冠を戴く王たちを商人に変えてしまったではないか。

（二幕二場八一—八三行）

商人のメタファー[20]は、愛する女性とその女性をわがものと主張する男たちのいずれをも卑しめている。だが、その一方で、いかに漠然としたものであれ、ヘレンの価値のこの見積もりは、台詞としては貧弱ながらフォースタスのただの「千」よりも数においては優っている〔クリストファー・マーロウの『フォースタス博士の悲劇』では、「これが千艘もの船を船出させた顔か」となっている〕。だが、この大風呂敷の熱弁は効を奏した。偉大なヘクターは、彼が擁護していたと思しき「道徳律」を放棄し、青二才の弟の説く騎士道の理論に与《くみ》する。その未熟な戦士は、この戦争のあからさまな原因を再評価する必要を一瞬でも真剣に感じたことがある者ならば誰しも納得できるような言葉で、「彼の」ヘレンを表現し直す。

彼女は名誉と名声を求めるために掲げられる主題《シーム》であり、
勇猛で高潔な行いに駆りたてる拍車なのです、
彼女のために発揮される勇気が我々の敵を斃し、
我々の名声を世々にとどろかせることができるのです……
（二幕二場一九九―二〇二行）

彼女は、世々にとどろく名声を得るための主題である。すなわち、トロイラスは、ヘレンが何を象徴しているかを知っていたのだ。その尋常ならざる美貌のために、一〇年もの殺戮を引き起こし、一つの偉大な文明を破滅させ、もうひとつの文明を破壊したこの女性。文明人が文明そのものをそのように根絶しても、その女性を手に入れる価値がある、と思わせた女性。それほどまでに由々しきこと――だがそれは、トロイラスにとっては、弁舌の技量（*epideixis*）を誇示するための話題《トピック》でしかない。

とすれば、トロイラスは、ホメロスの描いた戦争とシェイクスピアの劇のあいだに存在する長大な文学的文化が生んだ伝統的価値を心得ていたことになる。そして、現実がどうであれ、ロマンスの根幹に存在するそうした危険な虚構の価値を、あくまで美化しようとした。彼がはじめて登場してきたまさにその時、ヘレンが主題としては不十分であると自棄になって口にしていなければ、我々は彼のこの演説を信じただろう。トロイラスは、己れ自身の生と味方たちの生を、文学的創造の価値にあふれる源泉であると己れが認識するものに適合させようと努める。だが、そうした虚構を信じる道を彼はあえて選択し、自分自身を偽ってそうするのだということを、我々は知っている。

ギリシア軍の陣営において、汗水たらして勝利を追い求めている武将たちは、その活動のまぎれもない原因であるヘレンにはなんの敬意も抱いていない。ダイオミーディーズにとって、彼女は「淫売の腹」をもつ「気の抜けたワインのような女」である（四幕一場六四―六八行）。サーサイティーズと同様、彼はヘレンを娼婦とみなし、トロイでヘレンをいまや得意げに囲っている女々しい小僧のパリス相手に、彼らしい荒っぽい流儀でひるむことなく応酬する。淫売女に間男された夫のメナレイアスはといえば、彼のために軍勢がトロイに来たわけであるが、彼はヘクターの「かつての奥方」という巧みな言及に、「あれのことはいま言ってくださるな。死を招く主題ですから」と答えるにすぎない（四幕五場一七九―八一行）。両陣営にとって、彼女は「主題」なのだ――だが、いずれの側であれ残虐行為を正当化するには、この主題だけで事足りることがやがてわかる。

トロイラスのヘレン讃美や妻を評するメナレイアスの身勝手なすげなさにこめられた皮肉を見逃すことがないようにと配慮したかのように、我々は、当のその婦人がパリスと一緒にいるところを見る。パリスは、戦争の汚れ仕事《いくさ》をさせまいとヘレンが側から離さないので、愛玩物になりさがっている。「今日は武具をつけて戦に出たかったのだが、僕のネルがどうしても駄目だというのでね」、と彼は我々に告げる。「主題」から「僕のネル」へ。ここにいるのは伝説に歌われたあの比類ない人間の女性であるが、いまや文学という観点からも家庭という観点からも値がぐんと下がっている。彼女には、このヘレンという人物には、ほぼ何の価値もない。その淫奔さが、クレシダのように、ヘレンのつまらない俗っぽさ、つまらない官能性を際立たせている。クレシダの恋のように、ヘレンの恋は戯れの恋であって、クレオパトラのアントニーに対するような運命的な恋着ではない。

登場人物に起こっているのと同じことが、より大きい文学上の主題や伝統、たとえばシェイクスピアがめざましい創意の才を発揮したあの豊かなソネットの伝統にも起こっている。彼はまたもや独創性を発揮する。だがここでは、劇作家は、己れの創ったサーサイティーズやパンダラスになりきっており、ソネットの伝統は娼婦や寝取られ亭主を主題として歌うものでしかなく、心中の戦いは好色のメタファーでしかない、とするのである。若いトロイラスは、戦争に行ったのだから次は恋人を得る番だと心得ている程度には文学に通じている。しかも、その恋人は、高尚な様式をふまえたソネットの貴婦人でなければならない。トロイラスは、大望を抱く恋人として自己演出し、冒頭の台詞でペトラルカ風の言語を高らかに響かせるが、それは武装を解きながら語られたものであり、彼は武具を脱ぎながら「トロイの城外での戦い」を「心のなかの酷い戦い」へと内面化する。ブラゾンで讃美される身体部位（*blason*-topics）をひとわたりさらった後で、彼は彼女の手について饒舌な比喩を繰り出す――

ああ、あの女《ひと》の手といったら、
あの手に比べればどんな白いものだって
己れの醜さを書きとめるインクのようなものだ。その手にそっと握られると

白鳥の雛《ひな》の柔毛《にこげ》さえ荒く、感覚を伝える鋭敏な精髄さえ
農夫の掌《てのひら》のようにこわばっている。
（一幕一場五四―五八行）

トロイラスも、彼の恋人と同様、問いかけを発するが、それは真の問いかけではなく、あらかじめ答えがわかっている問いかけである。

アポロンよ、ダプネへの愛にかけて教えてくれ、
クレシダとはどのような人なのか、パンダラスとは、そして私たちとは。
あの女の寝床はインド。そこに横たわるあの女は、真珠なのだ……
（一幕一場九七―九九行）

彼は、自らもメタファーを創り出す。

このイリウム〔プライアム王の宮殿がある場所〕と彼女の住処とのあいだに
茫漠たる荒海があるとしよう。
われらは貿易商人、そしてこの舵取りをするパンダラスが
われらの覚束ない希望、われらの案内人、われらの船……
（一幕一場一〇〇―三行）

彼は己れ自身を書く詩人なのだ。だから、トロイラスは自分が用いる言語を入念に吟味する――が、彼の手持ちの言語（富、貿易商人、海、船）は、ペトラルカ風ソネット詩人が用いる陳腐きわまる手垢のついた語彙でしかない。トロイラスの手にかかると、言語は的を外してしまい、愛する女性（商品）と恋人たちをとりもつ「この舵取りをするパンダラス」のいずれをも卑しめる。商取引のイメジャリは、四幕四場にふたたび出現する。それはトロイラスとクレシダが別れる場面で、彼らはいまや「何千もの溜め息をもって／購《あがな》った二人の愛」を、「たったひとつのすげない溜め息と引き換えに／安売りしなくてはならない」（四幕四場三八―四〇行）。ソネットの言語が繰り返し響いているが、調子外れの耳障りな音でしかない。もちろんそれは、高尚なソネット風の恋愛が入りこむ余地のないプロットには、ふさわしいことである。

この劇において、トロイラスのソネット風の発話には、さらなる皮肉がこめられている。というのも、トロイラスは、ソネットの伝統につきものの平板でありふれた文彩を用いるばかりか、シェイクスピア自身のソネットからも主題、言語、文彩を借用しているからである。トロイラスの言葉の用い方から我々が学ぶのは、文脈が重要であるということ――というのも、彼の舌にかかると、ソネット六七番でシェイクスピアという名前をほとんど明かさんばかりであった（ウィルという名前は間違いなく明かしてしまったが〔willという語を用いることで〕）一語一語が、いまやトロイラスの名前を、名前ばかりで実体のない浅薄なトロイラスの名前を、明かしていると思われるからである。トロイラスがクレシダの家に入る前の三幕二場の独白「ああ目がくらむ、激しい期待でくらくらする」において、彼は、未経験の官能のえもいわれぬ歓びをはじめて味わう者の感覚を表現する。その経験を、彼は「恋のエキスのような美酒」と語る。それは、以下のようなものであろう。

死んでしまうのではないだろうか。
気を失って壊れてしまうのではあるまいか。あるいはそれは絶妙で、
繊細きわまりない強力な歓びであって、辛みをきかせた甘みにあふれ、
私の粗野な感覚では味わいきれないものなのかもしれない。
（三幕二場二一―二四行）

彼は、甘み（*mel*）と辛み（*sal*）を処方通りに混ぜ合わせ（「恋のエキスのような美酒」、「歓び……辛みをきかせた甘みにあふれ」）、奇妙なまでの無邪気さをもって恋愛と戦争を類比する。

さらに恐れているのは
歓びのあまりわれを失い、なにがどう嬉しいのかわからなくなること。
戦《いくさ》で、山なす軍勢が押し寄せてきて、
敵が逃げていくときのように。
（三幕二場二五―二八行）

この一節は、トロイラスが現に味わったことがあるのはどちらの経験であるかを示している。『ソネット集』において、詩人は蒸溜を死ではなく生に喩えた。愛する人の美と芳しさは変わらぬ姿で記憶にとどめておくために蒸溜されるのであり、トロイラスのように散逸や解体のためにではない。『ソネット集』の蒸溜は、エキスを作るためのものである。トロイラスは、そのエキスを失ってしまうのではないかと恐れる。ソネット一一四番において、詩人＝恋人は、心から愛するがゆえあばたもえく

ぼに見えてきて、怪物ですら智天使に変えることができる。トロイラスにとって、その文彩は逆向きに作用する。すなわち、「恐怖が智天使を悪魔に変えてしまう」のである。トロイラスは、自分の言語をうまく操れていない。だが彼がふと漏らす不吉な予感は、（もちろん）我々が知る彼の最期や恋の末路にふさわしい。恋人役と同様、詩人役においても、トロイラスは徒弟のように未熟である。恋人に対するのと同様、詩の技法に対しても、彼はあまりにも性急でがむしゃらすぎる。男にとって言語とは、また女とは、何を意味しうるかと、しばし沈思して悟ることができないのだ。

　にもかかわらず、彼はほとんど悟っている。彼は恋愛と恋愛の言語に潜む「怪物性」をまざまざと感じている。恋する男たちが「涙で海ができるとか、火のなかで生きるとか、岩をかじるとか、虎を馴らすとか、あれこれ途方もないことを誓う」のは、男たちの、自分はけっして全能ではないと知ったうえでの口先だけの偉業でしかない。トロイラスが認めるように、実行できることには現に限度があり、行為には限界という足枷《かせ》がかけられている。トロイラスが円熟すれば、「恥ずべき放埒のうちに精気を費やしてしまうこと」に真の洞察を見出していたかもしれない。だがトロイラスがそのような円熟に至ることはけっしてない。彼は恋愛のとば口のところで、若者は誇大な約束をしがちだと考え、ためらいながら佇《たたず》んでいる。だが彼は、人間の男が与えられる以上のものを自分に期待してほしいとクレシダに主張しながら、そのなかに飛び込んでいく。

　これらすべてに対するクレシダの反応は、豊富な経験を物語っている。若い恋人に対する馴れ馴れしさは、彼女が百戦錬磨の恋愛の世界から劇世界に登場してきたことをほのめかしている。[21] だが、彼女と恋人とは多くの共通点がある。下卑てはいるが、彼女もまた、誇張の高みへと駆けのぼる。トロイラスの台詞がいかに天翔けるものであろうと、己れの恋の「真実」を繰り返し誓うことで我々に信じ込ませようとするほど、それは無垢であるわけではない。「真実が口にすることができる最高の真実すら、トロイラスほど真実ではないのです」という台詞は、よそのところで彼が怪物じみていると評したのとまったく同じ、大げさな物言いである。後にクレシダが「ねえ、まことを貫いてくださるわね」と尋ねると、彼は二行連句で応答する――[22]

私のまことを疑ってはなりません。私の信条は
「率直誠実」なのです。それに尽きます。
（四幕四場一〇六―七行）

それは、それに先立つ一節を締めくくる役割をもつ。

他の人々は狡猾をもって名声を釣りあげるのに、
私は真実一路で愚直という評判をつかむだけだ。
銅貨を巧みにめっきして金貨と偽る者もいるのに、
私はただ真実と質朴しか身に帯びていない。
（四幕四場一〇二―五行）

この締めくくりの言葉から、己れの真心はゆるぎないというトロイラスの確信がうかがえる。だが、主要なイメージを構成する「釣りあげる」、「狡猾」、「つかむ」、「巧みに」、「めっきして」という一連のイメジャリのため、その真心も疑わしいものになっている。

トロイラスの誓いは、彼が試練にかけられる前になされている。ソネット一〇五番の「真善美」の

同語反復を歌う詩は、酷い試練にかけられてもなおゆるがない愛へと語りかけている。詩人は、己れが最大に誇るもの、すなわち、己れの詩の技量を抑制しており、同じ表現を自発的に繰り返すことによって、観念、イメージ、語彙を狭めているが、そこには身を屈する喜びがある。そのソネットにおいて、詩人は、理解され、そして得られた和解のために、詩人としての技巧を喜んで犠牲にしているのである。トロイラスは、いつものように大仰な主張をした後で、ソネット詩人が一〇五番で犠牲を払って研摩した質朴を約束する。だが別離やクレシダの不実に直面すると、彼自身の忠節はたちどころに消え失せ、質朴への誓いも、クレシダとダイオミーディーズを華々しく痛罵するなかにきっぱりと忘れ去られる。

文脈は重要である。だから、ヘレンとパリスという官能主義者にパンダラスという窃視者がからむ場面（三幕一場）では、「美しい（fair）」と「優しい（sweet）」という称讃や愛しさの素朴な英語表現も異なる意味合いを帯びてくる。それらの語がソネットのイメジャリというさらに華麗な背景にはめこまれたとき、シェイクスピアやスペンサーのソネットでは真実のしみじみした響きがした。だが、ここではそれは、言葉の単なる痙攣でしかない。

パンダラス　さあ、お殿様、そしてお連れの方々もどうぞご機嫌麗しゅう！　麗しいお望みの数々が、いと麗しく心ゆくまで、麗しく叶いますように――とりわけ、あなた様、麗しいお妃様、ご機嫌よう。麗しい想いの数々があなた様の麗しい枕ともなりますように。
ヘレン　まあ、麗しい言葉の大盤振舞いだこと。
パンダラス　優しいお妃様、それはまた麗しい御意でございますね。麗しいお殿様、これはまたけっこうな奏楽でございますね。

（三幕一場四一―四七行）

蜜《メル》が滴る。ヘレンはパンダラスを「蜂蜜のように甘いお方」、パリスを「優しい殿《スイート》」と呼ぶ。彼女は「優しいお妃様《スイート》」と、一一回呼ばれる。このように、ただ繰り返されるだけで、言葉は単なる音、陳腐な戯言、無意味さに堕してしまう。「まことなることとトロイラスのごとく」という言葉は単なる畳句《リフレイン》でしかない。それと同様、カサンドラも単なる鬨の声《スローガン》――「号泣せよ、トロイ人よ、号泣せよ」――と化している。言葉は意味を吸い取られ、単なる音と化している。

より大きい伝統についても、同じことが起こっている。パンダラスは、鹿殺しの卑猥な洒落をつうじて、性行為をがさつにまねる冷笑的な唄を歌い、恋愛と恋愛の言語を解体する。この唄においても、ただ音節を繰り返すことによって、感情は無意味なものと化している。

恋人たちは声あげて、おお、ほお、死ぬ、と泣く。
　だが命取りとも見えていた傷は
おお、ほお、の呻《うめ》きを、はっ、はっ、ひー、に変える。
　だから二人は死にもせずまだ生きている。
おお、ほお、はただの一時、その後は、はっ、はっ、はっ、はっ。
おお、ほお、の呻きは、はっ、はっ、はっ、に変わる――ヘイ、ホー。

（三幕一場一一四―一一九行）

外では戦争が荒れ狂っているというのに、なかではパリスが、三人にとってきわめて重要な関心事である恋愛を矮小化する屁理屈をこねている。「恋、こ奴は鳩しか食べない。それで血がかっかして、熱い血は熱い想いを、熱い想いは熱い行為を生み、その熱い行為がすなわち恋というわけだ」（三幕一場一二一—一二四行）。一見筋が通っているようであるが、しまいには、ただの同語反復《トートロジー》であることがわかる——円環を描いて我々を、非定義[23]（non-definition）と無意味さ（meaninglessness）の渦中という、いつもの場所に置き去りにするのである。

　パリスがここでしているように、物を物自体に還元することは、指示関係の外部に出ることであり、それゆえ文脈を断ち切ってしまうことである。それはたとえば、能弁《コピア》の一形態として、反復が文や行やテクスト全体を豊かにするといった、存在論的実在を詩的に表現するような場合には有効なこともあるが[24]、シェイクスピアはこの劇でそうした壮大な試みなどしてはいない。『トロイラスとクレシダ』においては、ナンセンスへの還元が繰り返しなされることによって、通常の——劇中で、また現実生活のなかでの——共通理解の織物から、ますます多くのものが切り離されていく。この劇では、アイデンティティをめぐる一見脈絡のない問いかけがしきりに発せられるが、それは、人から、社会から、己れ自身の名前から、人がこうして切り離されていくことと関係がある。それは、この劇の主たる傾向である。クレシダは、彼女が街で長いあいだ暮らしていたことを考えると、信じられないような質問をする。

クレシダ　いま通りかかった方たちはどなた。

アレグザンダー　王妃のヘキュバ様とヘレン様です。

彼女は、行き当たりばったりという風情で質問を続ける。

クレシダ　それで、どちらにお出かけなの。
なぜお怒りになったのかしら……
あら誰が来たのかしら……

この問いかけに対する返答には、まこと仰天させられる。

アレグザンダー　叔父様のパンダラス様ですよ。

質問はさらに続き、次々に答えられる。

クレシダ　あの方はどなた？
パンダラス　あれはアンティーノだ……
クレシダ　あれは誰？
パンダラス　あれはヘリナスだ。トロイラス様はどこにいるのだろう。あれはヘリナスだ。今日は出陣なさらなかったのかな。あれはヘリナスだ。
（一幕二場一八二―二一三行）

ここでの要点は、アンティーノやヘリナスといった個々の英雄にあるのではなく、そこにはいないトロイラスを、パンダラスが気にしていることにある。パンダラスはただ名指ししているだけとも見え、これらの英雄を姪のために選んだ男と比較しているだけとも見える。彼はヘリナスの名前を何度も口にするが、それはこの若者のことを考えているからではなく、トロイラスとの取引で頭がいっぱいであるからにすぎない。ヘリナスはアンティーノ（クレシダの波瀾万丈の人生における、きわめて重要な人物〔彼はギリシア軍の捕虜となりクレシダと交換される〕）よりも頻繁に言及されるが、彼の名前がしばしば口にされるというまさにその理由によって、さらに瑣末な人物となる。彼はただの名前と化し、名指しすることは、ここではその当人を表現するものにはならない――他と区別する特質が示されないかぎり、名前にはなんの意味もないのだから。クレシダの問いかけは、冗談ないしは言葉の痙攣のようなものであるが、劇中を貫流する全般的な問いかけの一部をなす――「あれは誰」、「あら、誰が来たのかしら」、「アガメムノンとは何者だ……アキリーズとは何者だ」、「誰だ、サーサイティーズか」、「パトロクラス、誰だお前は」。イーニーアスは、ギリシア軍と七年間も戦っているというのに、「いと高く大いなるアガメムノン殿は、どのお方でいらっしゃいますか」と尋ねずにはいられない――アガメムノンも、そうした事情に照らして、それがいささか奇妙な質問であると感じている。彼はこのトロイの使者に、「トロイのお方、あなたはイニーアス様では」と問い返す。さらなるやりとりの後、アガメムノンは自分が当人であると認め、ヘクターの挑戦というイニーアスの布告を聞く。真剣な戦務の遂行というこの文脈で、己れの正体を明かすのを遅らせる意味はとくにはない。これは喜劇であり、混乱である。

そして、ヘクターの挑戦の口上が、女性の美への献身という騎士道の言葉を用いて述べられるが、これほど愚かしいものもない。我々は、ヘクターが出陣をやめてとすがる「アンドロマケを叱った」ことを知っている。我々はすぐに、彼がヘレンをどう思っているか知ることになる。すなわち、ヘクターは、いついかなる時においても自己矛盾しているのだ。この劇では、突きが入ればそれはすぐさま突き返され、期待は芽生えるやいなや裏切られる。この愚かしい挑戦を受けてたつのが、ネスターの心温まる愚かさである。ネスターは、自分が愛した女性——すなわち、彼の老妻——はすべての女性のなかで最高の美女だったので、ヘクターからの一騎打ちへの誘いに応じる立派な理由がある、としわがれた声で宣言する。

後に、アキリーズが正体を明かさないでイニーアスに呼びかけたとき、イニーアスはこう応じる。「あなた様のお名前は?／アキリーズ様でないとすれば」。アキリーズの答えは、この劇の骨格をなす主題に照らし合わせると重要である。「アキリーズでなければ、ろくでなしだ」(四幕五場七五—七六行)。アキリーズは古代世界の英雄であり、アレクサンダー大王にとっては仰ぐべき模範であり、さらにはその大王がアウグストゥス帝の模範となった。このアキリーズが「ろくでなし」であることを、我々はすでに目にしている。すねていたり、パトロクラスとふざけていたり、サーサイティーズのようにからかったり罵ったり、エイジャックスに怒ったりしているのだ。我々はやがて、彼のはるかに悪辣なところを見ることになるだろう。武装していないヘクターを、手下に命じて殺させるのである。英雄的な背丈にはとうてい及ばないこのアキリーズは、その呼び名が何であれ、この劇では「アキリーズ」の域に達せず、自らの言う「ろくでなし」であることがわかる。

その後、ヘクターがギリシア側の陣営を訪問するとき、メネレイアスとネスターは彼に紹介されねばならないが、先刻の試合のさいヘクターを「しっかり観察して吟味した」傲岸な戦士の名を、ヘクターは推測することができる。「アキリーズ殿か」。「われこそがアキリーズ」——だがヘクターは、その偉大な名前がいかに意味のないものであるか学ぶことになるだろう。問いかけはたえずなされる。アイデンティティはゆらいでいる。同様に、英雄的な伝統すべてを司る掟もゆらいでいるが、というのもそうした伝統は、つまるところ、人間の「名前」、すなわち自らの名に恥じない生き方をするという名声にもとづいているからである。英雄的世界では、「名前」が価値を保証する。ここではそれとは逆のことが起こっている。名前が定められると、その名前をもつ人間の価値が否定されるのである（パンダラス、サーサイティーズ、クレシダ、トロイラス）。また、主要人物以外には、名前は定められていない。不合理な疑念が蔓延する。人々は、己れが熟知している人々の名前をたえず訊ねる。ギリシア側の陣営では、来訪した見知らぬ婦人が誰なのかわかりきっているのに、アガメムノンはなおも訊ねずにはいられない。「このご婦人がクレシダさんか」。他の男たちは、そこまで目が曇っているわけではない。クレシダをしばらく観察すると、ユリシーズもサーサイティーズも彼女がどのような女性であるか見抜くが、それは彼女自身がいまだ自覚していない潜在的可能性にまで及んでいる。

劇のはじめのほうで発せられた、エイジャックスに関するクレシダ自身の質問には、当の人物にまったく特徴を与えない同語反復的な答えが返ってくる。「そのお方はまさに男そのものということでございます／独り立ちの方だとか」（一幕二場一六―一七行）。エイジャックスがいかに男らしくないか、いかに自分のことがわかってないか、いかに手酷く扱われるか、また扱いうるかということを、我々は知るようになる――そしてこの劇では、かくも些末な人間に言葉を費やすのは無駄なのである。登場人物たちは、形ばかりのただの名前に矮小化されるにつれて、同語反復によって文脈を奪われ、彼らを識別できるはずの特徴的な資質は、無意味な同一性に堕してしまう。比較は、通常ならば、あるものの多面性を表すための能弁の綾《あや》であり、単なる言葉にすぎないものを豊かにし、多様にし、膨らまして満たすものだが、ここではまったく機能しない。能弁な比較すべてが無意味であったり偽りであったりすることが明らかになるにつれて、比較は頓挫し、単なる同語反復になってしまう。一幕二場のやりとりにおいて、クレシダは叔父がひいき目で比較するのをやめさせようとして、それらの比較がまこと同語反復的であると示す――この場合、それは、彼女の叔父その人の空虚さを表す重要なしるしとなる。

パンダラス　誰が、トロイラス様が？　トロイラス様はヘクター様よりもいい男だぞ。

クレシダ　あらとんでもない、比べものにならないわ……

パンダラス　まあ、トロイラス様はトロイラス様だからな。

クレシダはなおも、叔父をやりこめる。

クレシダ　それだったら、叔父様は私と同じことをおっしゃっているのよ、というのもあの方は、たしかにヘクター様ではありませんもの。

パンダラス　その通りだ、ヘクター様はトロイラス様ではない、だいぶ違っておられる。

クレシダ　それはお二人に言えることだわ。自分は自分ですものね。

パンダラス　自分自身だと！　ああ、お気の毒なトロイラス様！　あの方が自分自身でおありならよいのだがなあ！

クレシダ　だって、そうなんでしょう。

パンダラス　あの方がそうであれば、儂《わし》は裸足でインドまで行ってみせる。

クレシダ　だってあの方、ヘクター様じゃないわよ。

パンダラス　自分自身！　いやあの方は自分自身ではない。自分自身であってくれればなあ！

（一幕二場五九―七三行）

クレシダは、トロイラスがヘクターでないことに同意させようとして、トロイラスはトロイラスでありトロイラスではないとパンダラスに認めさせ、トロイラスの顔の色についてさえ、「まこと、本当のところを言うと、褐色であって褐色でないのだ」、と肯定と否定を同時にさせるところまで彼を追い込む。この種の言明を、彼女は次のパラダイムをもって締めくくる。「本当のところを言うと、本当であって本当でないってことね」。クレシダとパンダラスはともに、〈であり＝でない〉という言語、おなじみの〈嘘つきのパラドックス（Liar-paradox）〉〔「クレタ人は嘘つきだ」とクレタ人が言った、という有名な自己言及のパラドックス〕の言葉を用いる。[25]二人はともに、嘘つきのクレタ島人のように、二枚舌を使う者たちであり、完全な嘘つきではないが、明らかに、真実を語る者でもない。同様に、ついにはトロイラスも、まこと忠実なクレシダか不実なクレシダか、どちらかきっぱり選び取ることを拒み、クレシダについて同じ言明をすることになる。彼らの二枚舌的な統語形態は、この世界にふさわしい。そこは、同語反復の応答がなんの必然性もなく返ってくる世界であり、さまざまな問いかけが、〈嘘つきのパラドックス〉によって喚起される不安定で疑わしい認識《エピステモロジー》の営みの世界を、〈であり＝でない〉の世界（the world of is-and-is-not）を、なんの必然性もなく問い質す世界である。劇中にどの程度、どのような性質の「哲学」が含まれ表現されているのかをめぐる、長きにわたる（私の見るところ、筋違いの）批評上の議論を生じさせたのは、この劇がほのめかす認識論的混乱にほかならない。[26]クレシダが叔父の目論見に対して鋭い機智をもって冗談で口にする「本当であって本当ではない」という言葉は、〈である／でない〉という主題（is/is-not theme）を端的に表明している。その主題が頂点に達するのは、浮き浮きと奔放に、唯々諾々と心から、クレシダが他の男に身を任せるのをトロイラスが目撃し、「あれはクレシダであって、クレシダではない」という絶望的で断固たる叫びを発するときである。

きわめて重大な事柄において、男たちは、物事を名指ししないし、名づけることもできない。にもかかわらず我々は、並みいる英雄たちをその名前で呼ぶことによって、名前が人物そのものであり人物が名前そのものであるような叙事詩の作法がいかに愚弄されるかを見た。この劇にとって、そうした名前のありようは意味のないものである。ある男の名前が、出自、故国、武勲を意味するあの英雄的世界は失われてしまった。このトロイでは、トロイ人もギリシア人も等しく、伝統が彼らの名前に賦与した貴い神話作用を明け渡す。はじめはサーサイティーズをつうじて、後にはそれを裏づけるアクションをつうじて、我々は、トロイラスはトロイラスではない(――というのも、つまるところ、ロマンスの枠内にいないあのトロイラスはトロイラスと言えるのだろうか)ことを知ることになるばかりか、甲冑欲しさに敵を追いかけて殺すヘクターもヘクターではないとわかる。そしてアキリーズは、『イリアス』においては神が製作した甲冑をまとうほとんど神のような存在であったが、ここでは暗殺団の首領になりさがっている。

すなわち観客は、まずなじみ深い文脈を想起することから始めるが、ギリシア人やトロイ人にまつわる慣習的な連想はすぐに棄てねばならなくなる――だから、劇中の人々が互いや自分自身が誰であるかを悟るのに困難を覚えても、さして不思議ではないのである。登場人物のなかで最も単純なエイジャックスですら、自分のことがわからない。その人物は、エイジャックスだけがすることができ、エイジャックスだけがするような風情で、憤慨し喚きたて威張って歩いて罵っている。憤慨し怒鳴り罵る劇のなかで、エイジャックスは阿呆のなまくらな毒舌をそなえているが、たいていは意味不明であるために、劇中の他のすべての憤慨や喚きや罵りのなかでも異色である。サーサイティーズは、「彼はエイジャックス」なので、己れを知らない人間であると察知する。そしてユリシーズはエイジャックスに、己れを「エイジャックスたらしめ」、しっかりと身を処し、「エイジャックス」という名高い英雄はかく振舞うという振舞い方をするように、と言ってやらねばならない。ユリシーズは彼をしきりに英雄ともちあげるが、それは彼のためを思ってではなく他に目的があるからであり、このエイジャックスをアキリーズに変身させようとしているからである。カモを騙す手管として、ユリシーズは英雄の命名という概念を巧みに操り、「エイジャックスのようであること」はホメロスのアキリーズのようであることを意味する、とエイジャックスに信じ込ませようとする。(サーサイティーズは、もちろん、そのからくりを見抜いている)。劇中においても、ユリシーズは、アキリーズを英雄化すること、人間という実体から名前だけを抽出することが、彼を破壊してしまったことに気づいている。ユリシーズは、エイジャックスのなかに偽りのアキリーズを創出することによって、本物のアキリーズを再英雄化したいと願っている。「命名」は、ここでは、個としての存在や個としての選択という意識が根本的に欠落している人間を操る方法のひとつでしかない。エイジャックスは、サーサイティーズがあの有名なふざけた語呂合わせに従って呼ぶ、エイ・ジェイクス(a jakes)〔初期近代イングランドにおけるトイレの口語表現〕そのものの人間である。[27]トロイラス、クレシダ、パンダラスが自らの名前を定型として提示するとき、彼らは個としての特性や人間としての背丈をもつ権利を放棄し、サーサイティーズが男も女もみなそうだと考えているような塵芥になることに甘んじている。

男たちは個から名前を切り離し、名前を無意味なものにする。女たちもまた、もろもろの社会的特質を放棄し、ただひとつの機能と化す。クレシダもヘレンもともに、純然たる娼婦である。蔑称(駄犬、象、雄狐、寝とられ亭主、寝とられ亭主の売女、浮かれ女等々)が繰り返し現れるのは、人間をひとつの特質に自発的に還元しようという執拗な身振りである。戦時下特有のでたらめでほぼ無動機の振舞いが蔓延するなかでは、おそらく、そのような世界観、人間を何か人間以下のものに矮小化することが振舞いの公式基準として生じるのだろう。それは、社会的敬意や社会秩序を現実に護るものとも、名誉と勇気、腐敗と破滅を表明する宣伝行為《プロパガンダ》ともなる。この劇において、人々はのっぺりと平板になり属性に還元され、ただひとつの属性に還元されることさえある――パンダラスはただの女衒、クレシダはただの娼婦、エイジャックスはただの法螺吹き兵士、ネスターはただの「古い年代記」と化す。あるいは定義し直されて、ヘクターは貪欲な獣、アキリーズはごろつきとなる。かくして彼らは意味のないものになり果てる。その死が悼まれているのは、このヘクターではなく、概念として存在する別のヘクター、あの「本物の」ヘクターである。我々は、かの「クレシダ」がダイオミーディーズに早晩棄てられるのを一瞬たりとも憐れむことができないのと同様、トロイラスがクレシダを失ったことに同情することはできない。

「まことなることとトロイラスのごとく」という言葉も、無意味さをはらんでいる。まことこそが己れの本質的属性であると宣言したトロイラスは、その十数行前の台詞で、「己れ自身」について以下のように説明する。

私は真実が素朴であるがごとく二心を知らず、
幼子さながらに清らかな真実よりもさらに無垢なのです。
(三幕二場一六五―一六六行)

開幕早々、我々に請け合ったように、トロイラスはまこと幼児的な人物である。[28]

だが私ときたら、女の涙よりもか弱く、
眠りよりもおとなしく、無知よりも愚かで、

闇夜の乙女よりも怖がっていて、
いとけない幼子よりも無力なのだ。
（一幕一場九―一二行）

彼は、己れの今のありようを、あらかじめ定めている。クレシダもまた、己れのありようをあらかじめ定めている。すなわち彼女は、あらがいがたい伝統の力によって劇が始まる前から不実であると定められているうえ、浮薄きわまりない性格によっても不実である。二人は、そのありようにふさわしい話し方をする。トロイラスはくどくどしい物言いと常套句を好み、彼よりもアイロニーの感覚に恵まれているクレシダは、〈嘘つきのパラドックス〉の形式で自己を開陳するにいたる。クレシダと同様、〈嘘つきのパラドックス〉は、他人と自分をともに裏切る。

悪罵屋のサーサイティーズも、同語反復的な一語へと変身を遂げる。仲間のギリシア人たちに叩きのめされるのは厭わないのに、殺す気でかかってくる敵と戦う勇気はない。ヘクターが挑もうとして身分を問うと、サーサイティーズは「いや違います――ただのならず者、下っ端の口汚いごろつき、汚らわしい無頼の徒でございます」ときっぱりと言い、ヘクターがそれを真に受けて「よりふさわしい」相手を求めて去っていくと、その騎士道的な誇りに目をみはる。彼はこの応酬から、戦いの相手となりうる人間にいかに呼びかけるかを学ぶ。「おまえは誰だ」というおなじみの問いをサーサイティーズがマーガレロンに発すると、はからずも庶子であることが告げられる。サーサイティーズは、プライアム王のこの庶子よりも、庶子ということでは自分のほうが上をいくと得々として語る。「おれも庶子だ、庶子が好きだ。庶子として生まれ、庶子として育ち、心も庶子なら勇気も庶子、何においても道外れというわけだ」（五幕七場）。だが、これらすべてもまた、修辞でしかない。サーサイティーズは、長きにわたって、特権的な悪罵屋、苦い真実を告げる者、諷刺的な道化とみなされてきたので、彼が現実の生の領域に参入することは不可能であり、他の男たちのように父親の種を受けて母親の腹から産まれた人間であるとは納得しがたい。むしろ、強調されているのは、紐帯がない者、絆から切り離された者――家族のない、社会的文脈の枠外にいる人間――という側面である。

この劇は、事物、個性、価値に代わるものとして、ひと揃いの名前を我々に差し出してくる。劇中の修辞は節度なく跳ねあがり、互いにぶつかり合い、嘲弄と笑劇に堕し、あらゆるものを疑問に付す。恋愛と戦争の言語は、もてる力を限界以上に引き伸ばされ、あちこちに大きな穴が空いて、そこから意味がこぼれ落ちる。トロイの壮大なあちこちの城門を守護するかの名高い「巨大でどっしりした門《かんぬき》」は、イニーアス、クレシダ、トロイラスの行き来に応じて、閉じたり開いたりするだけのものでしかない。擬叙事詩の演劇版とも言えるこの劇では、君主の威厳はこけおどしでしかなく、言葉は実体的な指示物から乖離しており、無責任な行動を正当化するものとして用いられる。

我々が劇世界に参入するとき、戦争は麻痺状態にある。七年が過ぎたが、儀式のようになっている殺戮で男たちが毎日死んでいくこと以外には、トロイにはなんの変化もない。ギリシア側は――あるいは、どのみちユリシーズは――勝つための方策を探っている。トロイ側は、ともかくも戦い続けるための大義名分しか求めてはいない。〈である／でない〉という言語のありかたは、そうした意志の麻痺を反映している。この劇において、そうした言語はそうした麻痺そのものであり、そのように麻痺しているからこそ、男たちは偶然性や偶発性に、あたかもそれが運命であるかのように身を委ねる。だからクレシダも、トロイラスとダイオミーディーズという、一方は宮廷的で理想化する男、他方は残酷で無粋な男に身を任せる。女を欲していたダイオミーディーズは、この女を見染めると、クレシダを戦士に都合のよい女へと卑小化する。だが結局、彼女はそのような女でしかなかったのだ。四幕四場でダイオミーディーズはクレシダの「価値」について詩的に語るが、それは、彼女を讃美するためではなく、トロイラスを苛立たせるためである。二人の男が修辞を尽くしてクレシダを褒め競った後、「このご婦人は、そのご身分にふさわしい／もてなしを受けるでしょう」とダイオミーディーズは言う。すると我々は、冒頭の場面でパンダラスが述べたあの不吉な一言、「あるがままの彼女で結構じゃないですか」を思い起こさせられる。

「あるがままの彼女」こそ、クレシダと恋人同士になる前も、彼女を失ってしまった後も、トロイラスがまさに容認できないものなのである。まこと、「どのようであっても」という状態は、トロイラスにとってつねに十分なものではなかった。彼は、クレシダをヘレンに優る女性とし、愛の行為にその行為以上の偉大さを帯びさせ、ヘレンをロマンティックな意味の集合体に祭りあげずにはいられない。この空想の高揚のなかで、彼は愛国の弁をふるい、並みいる者たちはみなそれに賛同する。だが何よりも重要なのは、クレシダが、自分がどんな人間なのか知っていると見えることだ。彼女は一幕二場で自らの性質について淡々と語り、五幕二場では苦々しく語っている。ダイオミーディーズは彼女の人となりを見抜き、その弱さを容赦なく利用する。ユリシーズも、ギリシア軍の陣営に到着したクレシダが挨拶のキスをするのを見て、どのような女かを見抜く——だがトロイラスは盲目のままである。劇全体の調子にふさわしく、トロイラスは、文体や比喩を披瀝するため、あるいは行為や振舞いの様式をさらに華々しく展開するための主題《トピック》へと人々をたゆみなく転化する。かくして、ヘレンがトロイのための主題《シーム》となったように、クレシダは彼自身のための主題となる。そしてついには憎悪と暴力のための主題、己れを残酷に苛《さいな》むための口実となる——理想化された言語で語られているとはいえ、まこと、ヘレンもまたそうであったのだ。

自らの主題《トポス》がトロイラスを裏切るとき、自らの行為も彼を裏切る。クレシダの不実を悟り、しばし麻痺状態に陥ったトロイラスは、理想が粉々に砕け散るのを見る。「どんなに懇願しても屈しない貞淑な」婦人のために出陣に遅れたほどのトロイラスは、当の婦人が卑しめられ追軍売春婦のように扱われるのを目にしなければならない。それをする男は、トロイラスの恋人を讃えるためではなく、トロイラスを嘲るために騎士道的な身振りを装う（贈り物、馬〔五幕五場でダイオミーディーズは、トロイラスの馬を盗んでクレシダに贈るよう、そしてあたかも恋人の名誉をかけて一騎打ちをして勝ったかのごとく彼女に伝えるよう、従者に命じる〕）。放心を物語る大仰な修辞に、トロイラスの驚愕がにじみ出ている。

私の魂に記録するため
ここで話されたことすべてを細大漏らさず。
だがあの二人がともに何をしたかを語っても、
真実を告げているのに、嘘をつくことにはならないでしょうか。

（〈である／でない〉の言語が、おなじみのパラドックスのなかに現れている）。

私の心にはまだ信じたいという気持が、
頑固なまでに強い希望が残っていて、
眼と耳が定かな証拠として捉えたものにあらがうのです。
これらの器官があたかも人を欺くために作用し
口傷するためにだけ造られたかのように。

（五幕二場一一四―一二一行）

問いかけを畳みかけるように繰り出すなかで、それに対するユリシーズの返答が気に入らなかったため、彼は自らそれに答え、真実を見定めようとする。

トロイラス　クレシダはここにいたのか？
ユリシーズ　幻術ではありませんよ、トロイのお方。
トロイラス　いや、間違いなくいなかった。
ユリシーズ　いや絶対におりました。
トロイラス　ああ、否定したからといって、私は狂っているわけではありません。
ユリシーズ　それは私とて同じです。クレシダはほんのいま、そこにおりました。
トロイラス　……あれはクレシダではなかったと考えましょう……
いいえ、何も。あれは彼女ではないのですから。

（五幕二場一二二—二六行、一三一行、一三三行）

そしてついに、彼の主張は頂点に達する。

これが彼女だって？　いや違う。これはダイオミーディーズのクレシダだ。
美に魂があるならば、これは彼女ではない。
魂をこめて誓いがなされ、誓いが神聖であり、
聖なるものが神々の嘉《よみ》し給うものならば、

一はあくまで一であり分かちえないものであるならば、
これはクレシダではなかった。ああ、道理のたがが外れたのか、
ひとつのもののなかに肯定し否定するものがせめぎあう！
矛盾した論拠だ！　理性にあらがいながら理性を滅ぼすことなく
理性を失うことが、理性にあらがわずに、まったき道理をもたらしてくる。
これはクレシダであり、クレシダでない。
（五幕二場一三五―四四行）

「これはクレシダであり、クレシダでない（This is, and is not Cressid）」。パラドックスも、同語反復のごとく、己れ自身の感覚が証しするものを肯定し否定するこの若者の心理にはかなっているが、パラドックスは、確固たる存在であるものを、無意味と戯言《ナンセンス》へと卑小化し、否定する。ヘレンがトロイ人にとって憎悪や殺戮のための口実であったように、クレシダは、反応を引き起こすための単なる理由、正当化するための語になり果てる――だが、そもそも彼女は、それだけのものでしかなかったのではあるまいか。
断片化のイメジャリも、トロイラスのこの台詞で頂点に達する。砕け散ったヴィジョンにトロイラスは懊悩する。

証拠が、ああ証拠ならあるぞ！　プルートーの門ほどもゆるぎない証拠が。
クレシダは私のもの、天の聖なる絆で結ばれている。
これこそが証拠、ああ、りっぱな証拠！　天ほどもゆるぎない証拠だ。

天の聖なる絆は忘れられ、解消され、ほどかれてしまった。
そして別の結び目が、移り気な女の指で結ばれ、
女の忠節のかけらが、愛情の残飯が、
大盤振舞いした誓言の、はんぱ物、屑、細切れ
油っこいお余りが、ダイオミーディーズのものになったのだ。

（五幕二場、一五一―五八行）

パラドクシーの文学において、そのように事物を細分化するのは定番のトポスである。モンテーニュがレーモン・ド・スボンの美しい宇宙体系を瓦解させたのも、ロバート・バートンが普遍的な体液心理学をゆるがしたのも、「証拠が、ああ証拠ならあるぞ！」という叫びから始まる。(29) 文脈から切り離すことは、文脈を消滅させることと同じく、秩序正しい真実あれこれを壊すのに有効である。トロイラスにとって、クレシダはその両方をなしたのである。これらを手がかりとして、劇の主要な主題に戻り、均衡のとれた腐敗の均衡がゆらぐことについて、個人、社会、道徳における安定した基盤がゆるがされることについて、考えてみよう。手段も目的も、ともに疑問に付される。どの「証拠」も万全とはみなせず、どの行為も中途半端に終わる。この劇は、さまざまな作用をなして「通念（received opinion）」を突き崩す。

『トロイラスとクレシダ』は、「通念」がもたらす共通の安定感を、証拠や定石の逆転（counter-commonplace）によってゆるがしている。この劇で通念がそんなふうに扱われるさまを見たのだから、ホメロスのかくも多くの登場人物が、古代以来のまた別の形式、すなわちパラドキシカルな称讃の辞《エンコミウム》（encomium）――それは、世間一般の通念や価値観に挑み、それを試し、覆すという意図をもつが、

この劇では、まさしく同じ方法で、そうした価値観が論じられ問い質される――に登場してくるのを、我々は意外とは思うまい。パラドキシカルな称讃文は、その定めるところによれば、慣習的な価値体系のもとでは称讃するに値しないとされるものを讃美することになっていた。文明の破壊者であるヘレンは、パラドックスの書き手にとって、有名な主題のひとつだった[30]。エイジャックス[31]、サーサイティーズ[32]、アガメムノン、パリス[33]もまた同様である。英雄たちはもちまえの悪い特質ゆえに讃えられ、悪人たちはもちまえの特徴ゆえに讃えられる――そうした欠陥はしばしば、何か思いもよらない良い結果をもたらすと都合よくパラドキシカルに解釈されるのである。『ナッシュの四旬節料理』において、トマス・ナッシュはヘレンについてパラドキシカルに語る[34]。

> ヘレンの顔を、男たちが注視する麗々しく飾り立てた夏の五月柱のごとく据え、悲劇役者に朗々と華々しくその美を高唱させた詩人たちは愚かだったが、魔女の手品から出てきたものは、あの疫病のような女を連れ戻すために千艘もの軍船をトロイに引き寄せたことだけ。ギリシアの賢人たちもやはり同じで、娼婦を褒めそやす愚か者ばかり。

サーサイティーズは、彼が修辞的な慣用句になる前からでさえ、パラドキシカルな称揚文に座を占めていた。そして我々にも、劇中の彼が、汚穢絵師（rhyparographer）〔古代ギリシアの画家ピュレイクスは貧しく卑しいものばかりを描いたため、プリニウスは彼を〈汚穢を描く者〉と称した〕の見本、汚物の礼讃者、美徳の貶《けな》し屋であるとわかる。サーサイティーズの詩的ペルソナは、パラドキシカルな称揚の言葉で語る。

> 貨幣を鋳造するように悪口雑言をひねり出す奴隷のサーサイティーズをせっついて、

我々を汚物に喩えさせたりしているのだ。
（一幕三場一九三—九四行）

すなわち彼は、病気、糞便、塵芥といった汚物ならなんでも引き合いに出してくるのだ。サーサイティーズの語彙にある、おでき、腫れもの、疫病、駱駝《らくだ》野郎等々は、まさにこの法則に合致している。まこと、そのうえサーサイティーズの題材《トピック》は、規範的なパラドックス作者の扱う題材と同じである——彼は病名をずらりと数えあげるのだが（五幕一場一六—二二行）、その壮大な目録のなかで、十全な人間はばらばらにされ、サーサイティーズの言うおぞましくも病んだ身体部分へと卑小化される。小さいもの、瑣末なもの、豆粒へと——「このひょろ絹糸のカセ野郎、痛み目にする眼帯みたいなけちな奴、放蕩者の財布の房飾りめ……ブヨどもめ——できそこないの寸詰まり……雀の卵野郎め」（五幕一場二九—三四行）。やはりありふれた題材である虱《しらみ》は、サーサイティーズにとっては十分に卑小ではない。だから彼は、メネレイアスになるくらいなら「癩病者の虱」になりたいと言わねばならない。同様に、英雄のエイジャックスも、「軍神の道化」、駱駝野郎、荷牛、雑種犬、駄犬と呼びうるのだ。初めて登場したときのサーサイティーズのエイジャックス描写たるや、称讃文を細切れにして裏返しにしたような代物である。劇のさらに前のほうでは、クレシダの従者アレグザンダーがエイジャックスについて論評し、パラドキシカルな悪口の見本をいち早く示している。

ヘクターに「われこそがアキリーズ」と宣言できるそのアキリーズ当人も、サーサイティーズにかかれば「阿呆大盛り」でしかない。パトロクラスは、「アキリーズの男の小間使い」であり「男妾」であるという、小者には身にあまる栄誉を劇の最後のほうで与えられる。メネレイアス、アガメムノン、ネスター、「雄狐ユリシーズ」も散々な扱いをうける。サーサイティーズはこれらの英雄たちを、卑しいものに託して語る。そのおなじみの卑小なものとは、パラドキシカルな称讃文で讃美される「尊ばれないもの（things without honour）」であり、――我々もしまいにはわかるのだが――それこそが、英雄たちのあるがままの姿なのだ。シェイクスピアはまたもや、文学用語を脱比喩化《アンメタファー》した。それもすこぶる大がかりにやってのけたのである。

パラドックスを語るのは、サーサイティーズだけではない。クレシダの愛と忠節の「残飯」、「はんぱ物、屑、細切れ、油っこいお余り」について語るとき、トロイラス自身も汚穢絵師になる道をしっかりと歩んでいる。それに、もちろん、彼らはみなそうなのである。パトロクラスによるギリシアの将軍たちの物まね《パロディ》は、ユリシーズが述べたように（一幕三場）、「パラドックス」である。ユリシーズはその台詞で、劇全体に蔓延する劇化された二枚舌（equivocation）を理解する手がかりを与えてくれる。ギリシアとトロイのあいだの危機は、英雄とされる人々自身によって滑稽化されている。

我々の能力、才能、性質、容貌すべてが、
個人のものであれ、全体のものであれ、我々を飾る美質や、
勲功、作戦、命令、防御、はたまた、
出陣にさいして檄を飛ばしたり、休戦の演説をしたりすること、
成功であれ失敗であれ、あることもないことも
あの二人にはパラドックスをこしらえる種になるのです。
（傍点筆者）（一幕三場一七九―八四行）

パラドクシー（paradoxy）という背景に照らせば、『トロイラスとクレシダ』における混沌とした反

作用的な要素がすこぶる腑に落ちてくる。始めから終わりまで、通念は疑問視される。ホメロスについて、文学上の偉大さについて、チョーサーについて、戦争と恋愛について、そしてついには根源のところから、文学表現について、疑義が唱えられる。このたえまない問いかけは、比較か同一化のどちらかが答えを導くのではあるまいかという感覚をかきたてる。だが、答えはパラドックスの流儀によって与えられ、的外れであるか、自己言及的であるか、真実でないか、そんな答えしかないのである。パラドキシカルな様式に連動しているのが、事物、主題《トピック》、人物を断片化したり微細化したりすることによって、慣習的な形姿や慣習的な文脈を破壊し、価値を測る通常の物差しを役立たずにすることである。このこともまた、さまざまな作法が互いにぶつかり合うなかに——だから、たとえば、戦争の不条理が恋愛の非理性によって「説明される」というような——映し出されている。そしてしまいに、同語反復への容赦ない還元が（痴愚神の痴愚礼讃と比較せよ）、断片化がなすよりもさらに激しく文脈を無効化する。だから、規範的な型が肯定されるにしても、それが文法的にも論理的にもいかにも馬鹿げたかたちで肯定されるので、それが愚かしいものであるとたちどころにわかるのである。規範的な型が失われることによって、期待が挫かれ、ついには期待そのものが消え失せ、なんであれ、物事を判断することが不可能になる。事物をその文脈から引き離すこと、秩序、つながり、論理、因果関係に関する——知性が取り決めた事柄に関する——通常の見解に挑むこと、これこそがパラドクシーの公然たる効能である。だからこの劇でも、ものごとは我々がふつう期待するようには進んでいかない。トロイラスは、ヘレンが名前倒れの女性であることを知っているが（我々も知っている）、己れの、また他の人々の血をもって、彼女がその名に値することを証する行動に出る。ヘクターは、ヘレンを返還すべきだと知りながらも、その確信に背を向ける。クレシダは、トロイを絶対に離れないと叫ぶ——が、召喚されるやすみやかにトロイを去る。トロイラスの彼女に対する大いなる献身は、彼女を一夜だけ楽しもうという欲望に変わる。ヘクターとエイジャックスが鳴り物入りの一騎打ちを始めたとき、我々は何か見せ場を期待するが、始まったかと思うともうそれは中断され、血縁だの、従兄弟だの、叔母だのというお喋りが延々と続く。我々は、ヘクターがさぞや雄々しく戦うだろうと期待するが、彼は甲冑が欲しいがために相手を殺す。アキリーズの英雄ぶりはと言えば――まことに惨憺《さんたん》たるありさまである。

パラドックスと同様、この劇は、期待を挫くことを、我々をゆさぶって通常の認識方法から脱却させることを、執拗に主張する。パラドックスと同様、この劇は「であるもの、あるいは、でないもの」に等しく仕える。それゆえ、「である」であれ「でない」であれ、当事者の登場人物にとってほとんど違いがないときですら、この劇が、「である」もの、あるいは〈かくあるべき〉ものを、果しなく疑問に付すのは驚くに当たらない。このことは、劇の抱える問題のひとつである。だがその問題は、たとえその現れようはそう見えずとも、パラドクシーの認識論的様式といううきちんとした文脈をそなえている。そこでは、最も重要な問題が、胡桃《くるみ》、禿頭、瘧《おこり》など、瑣末なものをとおして論じられる。瑣末なものが哲学的言語で論じられ、威厳ある地位へと高められる。これほど多くの批評家が、「哲学」や「形而上学」の声をこの劇に感じたのも不思議ではない。パラドクシーにおけるがごとく、それらの声は劇中に響いている。パラドクシーにおけるがごとく、哲学や形而上学こそまさに、欠陥だらけということが暴かれるのだ。

そのような状況のもとでは、伝統的に尊ばれてきた事物が、易々と卑小化される――ホメロスとヘクターの徳《アレテ》、チョーサーとトロイラスの恋愛の作法《コード》。文明そのものも、野蛮性、愚鈍、残忍、偽善、自己満足、サディズムの混合物に易々と卑小化できる。この劇において、パラドックスの手法は、ぎりぎりまで押し拡げられ膨らまされて劇構造に浸透し、多種多様な演劇的言語や身振りへと分け入っていく。さらに、パラドクシーにおけるがごとく、通念を通念となす条件《タームズ》そのもの――すなわち、言語そのもの、文化がみずからを解釈し投影する手段、文化が存続し文学が生き延びるための手段である、あの網の目――が疑問に付される。言語がその指示対象から切り離されると、何でもありになってしまう――この劇が、このトロイが、そうなっているように。「これはクレシダであり、クレシダでない」。ヘレンであり、ヘクターであり、アキリーズであり、オデュッセウス（ユリシーズ）であり、エイジャックスであって、そうではない――それに、どちらでもかまわないのだ。たまにもたらされる真実ですら――サーサイティーズのヘクターに対する、マーガレロンのサーサイティーズに対する、自己描写――は、「たまに」しか起こらないので重要性をもちえない。自己言及が定義上信頼できないものであることがわかるにつれて、そうした真実も文脈を失っていく。張りぼての恋人、張り子の戦士であるトロイラスは、定型化された様式《コード》にはめこまれているので、学ぶことができない。彼の場合、『ソネット集』の語り手がそうすることを学んだように、虚構の恋人――その本性は浮気女――に対するやむにやまれぬ肉欲に屈することはありえない。心中の激しい混乱を抽象的な言語で語った後（それは、つまるところ、より幸せだったときに彼が語った「恋人を待ちわびる」台詞における混乱と対をなす）、トロイラスは相変わらず、いまや戦場での活躍という文脈で語られる、はなはだしい大言壮語に慰めを見出している。

あやつが自分の兜に付けると言ったあの袖は私のものだ。
よしんばそれがウルカヌスの技をもって鍛えられた兜であろうと
わが剣で斬り裂いてくれる。船乗りがハリケーンと呼ぶ
あの恐ろしい竜巻、

太陽の大いなる力によって巨大な塊となって巻きあげられるや、
海神の耳が痺れるほどの轟音をもって
落ちてくる、あの竜巻をも凌ぐほどの勢いで
血に飢えた私の剣は、ダイオミーディーズのうえに降りかかるだろう。
（五幕二場一六七―七四行）

「恋人を待ちわびる」台詞では、トロイラス自身がめくるめく期待で痺《しび》れていた。いまや彼は、剣をふるってダイオミーディーズを永遠に痺れさせようとする。そのような「痺れ（dizziness）」を達成することは、パラドックス作者の目的のひとつである。トロイラスの最初の台詞において、戦争さながらのものとして語られた恋愛は、本物の戦争と化した――そして、彼の恋愛はそもそもの起源において腐敗していたので、トロイラスは腐敗したまま戦争に参入し、恋の恨みが卑しい行為へと彼を駆り立てることであろう。トロイラスが戦争の口実としてヘレンを擁護したことは、彼がクレシダを愛の対象から憎悪の対象に変え、殺戮のための口実に転化することをいみじくも予示している。

それゆえ、他の行為も、とどのつまりは卑しいものに堕してしまう。ヘクターの騎士道的な挑戦は、無名のギリシア人を甲冑欲しさに殺すことによって、その卑劣さをさらけだす。ダイオミーディーズがトロイラスの馬を盗んでクレシダに贈るのは、トロイラスも今やみずから進んで騎士道を棄てたのだから、どっちもどっちというところだろう。トロイラスとダイオミーディーズは役割を交換したのだ。劇をつうじて、恋愛と戦争をめぐる最も支配的な主題から、最も些末でささやかな比喩表現にいたるまで、劇の諸要素はまとまりを断たれ、ばらばらになる。恋愛の主題は、戦争との形而上的で隠喩的なつながりがはらむ真の衝撃力を利用することはない。『ロミオとジュリエット』、『オセロー』、

『アントニーとクレオパトラ』においては、まさにそのつながりが豊かに展開するさまが見られたというのに。戦争行為は、オセローがデズデモーナに、アントニーがクレオパトラに抱くような愛によって豊かになることはないし、それどころか、そもそも肉欲がらみであったため汚されている。便宜主義は、ヘクター殺しに恐ろしい頂点を迎えるが、主要な英雄たちの信念の欠如や、両陣営における戦士たちや恋人たちの怪しげな大義名分の卑しさに比べれば、さして卑しいとは思えなくなる。パリスがある種の女々しさの見本とすれば、パトロクラスは別種の女々しさの見本である。エイジャックスがある種の残忍な愚かさの見本であれば、アキリーズは別種の残忍な愚かさの見本である。アキリーズの男らしさは、サーサイティーズの的確な人物評によってはじめから但し書きが付けられており、名誉あるヘクターは略奪のための殺人を辞さない。ヘレンにとって戦争は、恋人のパリスがときおりしばし留守にするときだけ存在しているかのようだ。クレシダも、己れ自身の行く末が戦争の帰趨にかかっていることを知っているのに、政治や公的出来事にほとんど関心を示さない。プライアム王は、子作りの能力には恵まれたが支配者としては無能である。アガメムノンは部下の武将たちを統率できない。ネスターは耄碌《もうろく》した智恵によろよろと取りすがり、ユリシーズは長広舌のきらいがある。ユリシーズの策略家ぶりは、パンダラスの女衒ぶりによってパロディ化される。そして、世界が薄汚れた場所であるという暗黙の了解がパンダラスの行動原理であるならば、そこからさほど遠くないところにサーサイティーズの呪詛がある。この劇のどこを見ても、状況、行動、人物の浅薄さ、瑣末さ、身勝手さが否応なしに目に入ってくる。

にもかかわらず我々は、「道徳的なヴィジョン」(35)をもつことも、あからさまに阻止される――そうしたヴィジョンが必要であることをたえず思い起こさせられるにもかかわらず。我々は何が重要であるかに気づき、何が病んでいるかがわかるのだが、行動の連鎖がでたらめで、無統制で、狂っているため、首尾一貫した改善策を把握する機会を与えられない。この劇の、空洞化した、そして空洞化する言語もまた、我々を惑わせる。繰り返すが、この劇を支配しているのは、パラドックス作者が使う方便である。「私は真実しか申しません」とパンダラスは言い、「おまえは真実すら言わないではないか」とトロイラスが応じる。我々は、物差しを奪われるのだ――たとえいっとき、サーサイティーズがこの劇の道徳的次元を測る物差しであると思い込まされたとしても、我々はすぐ迷いから覚める。サーサイティーズが、語る主体としての自らの合法性をなし崩しにすることによって、修辞的パラドックス（rhetorical paradox）の最終的な作用である自己抹消（self-cancellation）を行うからだ。他の人々と同様、彼は、己れ自身を最も卑しいありふれた呼び名に切り詰めるという道を、唯々諾々とたどっていく。

　シェイクスピアが、この劇において、つねの手順を逆にして人間を喋る駒にしてしまうのは重要なことであるが、この劇で肝心なのは、そうした登場人物たちがそういうふうに生きているということである。すなわち彼らは、お手本通りに、定石通りに、形式通りに生きているにすぎないのだ。シェイクスピアはこの劇において、言葉がはらむ危険を、言葉が「うわべだけのもの」に堕し、真の応答や献身に自動的に取って替わる危険を、そして言葉の幻惑的な大言壮語に潜む危険を、我々に示している――言葉が彼の生活の資であり人生だから、たじろぐことなく。パラドクシーからわかるように、言葉とは、操りようで何でもさせることができるものだ――これこそが、プラトンがパラドクシーの名手たるソフィストたちを難詰した原因である。言葉は、創造することもできれば、無にすることもできる。我々は、特徴的なことであるが、シェイクスピアが言語の疲弊した土壌を肥やし、より新しくより精妙な指示対象《レファレント》をそこに植え付けることによって、いかに言語を再創造したかを見てきた。だがここで、シェイクスピアは、通常の指示対象から遊離した言葉が、世界が知るなかで最も偉大な文学伝統において称揚されている価値観ですら解体できるということを我々に示している。トロイラス、クレシダ、パンダラス、サーサイティーズ、エイジャックス、ヘクター、アキリーズ、そしてその他の人物たちがその解体を黙認し、受け継いだ豊かなアイデンティティを棄てて規則のないゲームの駒になり、己れ自身も、己れを育んだ伝統も貧しくするさまを、シェイクスピアは我々に示すことができたのである。（パラドックスの定石にならって）自己否定する者となった彼らは、たんなる定型、〈言葉、言葉、言葉（words, words, words）〉になり果てる。古代文明の記憶の基盤をなす誇らかな技量誇示（*epideixis*）は、自己言及し、自己を疑い、自己否定するパラドックスによって、称讃のレトリックと同じ技法を用いつつここではそれを覆すパラドックスによって、逆手にとられ空しくされる。

エピローグ

『トロイラスとクレシダ』は、シェイクスピアの作品における限界例である。それは、他の「暗い喜劇群」よりもなお暗く、正式に「問題劇」とされているほとんどの劇よりもさらに多くの問題をはらんでおり、大いなる負の道徳性を大いなる負の文学的言語で提示しているので、慣習的な定型に我々がふつう見出す慰めさえもぎとられ、ましてやさらに豊かで価値のある形式など期待できるはずもない。「解体すること（undoing）」をめぐるそのような実践は、シェイクスピアが「構築すること（doing）」をつねの習わしとして伝統を吟味し肥沃にしてきたことを――それが正の対極をなすからこそよりはっきりと――見せてくれる。シェイクスピアは、さまざまな文学形式を、さらに豊かな想像力によって胚胎された模倣的現実と新たに結び合わせることによって、刷新し甦らせる。そして我々は、『トロイラスとクレシダ』における空虚化を考察することによって、シェイクスピアが己れのなしていることをいかに十全に理解していたかを、道徳性と文学技巧との関係の危うさを、「生」と「文学」との関係の危うさを、いかに十全に理解していたかを実感するときにこそ、シェイクスピアのなす業をさらに鮮やかに意識させられる。名匠の筆をたわめ表現力を最低限に抑えこむことによって、「言葉をもたない、まさに怪物」のごとき生のパラダイム（エイジャックスのような）を、模倣原理の解体実践を、シェイクスピアは示したのだ。

だが、本書のような書物を『トロイラスとクレシダ』をもって終わらせることはできない。それはきらめきを放つ魅了する劇ではあるが——文学伝統の豊かさを考察した書物を、文学伝統を解体する劇、しかも伝統を保存し伝えるために通常用いられる手段そのものを逆手にとって解体する劇で終わらせることはできない。それはシェイクスピアとて同じであり、彼だって劇作家としてのキャリアをそのような劇で閉じることはできなかっただろう。『トロイラスとクレシダ』では、即合《マッチ》させること（matching）をめぐるさまざまな試みが真剣に行われている。言葉の詐術、謎、ジャンルや作法の混淆は、このような劇——体制が壊れ秩序が覆されるさまを表現し、戦時下の状況では、いかなる体制であれそれを壊したり、いかなる秩序であれそれを覆したりすることがいかに容易にできるかを提示する劇——においては、あって当然と見ることができるだろう。『トロイラスとクレシダ』において、シェイクスピアは意味をとことん切り詰めたあげく、最小限のところまでくると反転して、ふたたび、より彼らしい問題に向かった。すなわち、ふつうは表現を上回るとされている、言葉を超える意味に——表現を下回る意味に、ではなく——いかに形式を与えるかという問題に向かったのである。

『リア王』もまた、正常な秩序が逆転し人々がその転覆をたえず口にする劇であるが、『トロイラスとクレシダ』に優るとも劣らぬ、ジャンルと作法のはなはだしい混淆が見られる。だが、さまざまな要素が対置され混じり合っているとはいえ、その意味合いは、これら二つの劇において異なっている（どの劇であれ、その意味合いは劇ごとに異なってきて当然だろう）。『リア王』において、そのような混淆物は、人間同士の絆が断ち切られているさまを映し出しているのはたしかであるが、表現はしていない——最終的に、それは、正反対の作用をなす。『リア王』は、『トロイラスとクレシダ』との技法的な類縁性にもかかわらず、断絶の末路とともに絆を肯定することの意味を扱い、しかも曖昧にせず取り上げている。『トロイラスとクレシダ』において、パラドクシーはすべてのものを他のすべてのものから切り離し、そのあげく、断片化された意味のない存在だけが後に残った。『リア王』においても、パラドクシーは、主題、モティーフ、さらにはプロットの構造においてすら、等しく重要な役割を果たしている。[1]『トロイラスとクレシダ』において、パラドクシーは、劇的な部分であれ詩的な部分であれ、ほぼすべての領域にわたって劇中にいともみごとに組み込まれていた。だが『リア王』のパラドクシーは、多くの点において、『トロイラスとクレシダ』のパラドクシーよりもより正統的である。『トロイラスとクレシダ』において、パラドクシーは、言葉や、文法、修辞、論理の体系がいかに空虚になりうるかを示している。だが『リア王』において、パラドクシーはきわめて異なる機能を果たしており、ひとつの意味、ひとつの観念、一個の人間を他から切り離してばらばらにするのではなく、それらすべてをさまざまな意味の網の目のなかで結びつけるべく作用している。そうした意味の網の目のなかでは、貧しさ、盲目、愚かしさ、私生児であること、不妊などのパラドックスが撚《よ》り合わされ、とともにそれらが意味、観念、人々を撚り合わして、ひとつの堅牢な構造を織りなしているのである。

『トロイラスとクレシダ』におけるように『リア王』においても、パラドクシーは、我々をぐらつかせ、期待を挫き、劇中の互いに矛盾しせめぎ合う意味をつねにはりつめた状態に保つべく作用している。『トロイラスとクレシダ』においては、観客や読者が確たる結論を得ようとしてもその努力を挫かれ、双方向的な理解に公平に与《あずか》ることを拒まれるが、『リア王』においてはそうではない。『リア王』においては、パラドックスが互いに手を取り合って、意味や理解のある次元からまた別の次元へと、観客や読者を滑らかに動かしていく――たとえば、エラスムスの規範的なパラドックスの書において痴愚神がするように――だから、『痴愚神礼讃』におけるように、我々は劇の含意の暗闇にさらに深く分け入ることができるし、そうすることを強いられさえする。パラドクシーは、このようにして、離脱や不確定性というつねの行き先に背を向け、ほとんど気づかれないままに、読者を感情の深奥に投げ込むのである。『トロイラスとクレシダ』において、劇作家は、パラドクシー流の技量誇示《エピデイクシス》の逆転にいかなる含意があるのかを探った。だが『リア王』において、劇作家は、パラドクシーそのものを手段として用いることによって、パラドックスの限界を超え、パラドックスという形式がそもそもその定義上なせるはずもない業を――すなわち、大仰な讃美の慣習もろもろにおいて伝統的に表現されてきた高みと深みを表現するという業を――、パラドックスがなすようにさせるのである。

それゆえ、この点において、『リア王』は『トロイラスとクレシダ』とはまったく相貌を異にしている。それは、シェイクスピアらしい本道を行く劇であり、さまざまな文学手法や慣習がそれ自身の限界を超えて「跳ね上がり」、何か思いもよらぬことをする劇にはるかに近い。『リア王』における驚くべき混淆に関しては、メイナード・マックの著書、『われらの時代の「リア王」』が、この劇がいかに豊かであるかということを示している。(2) その書物は教えてくれる――この劇が民話や年代記の素材で満ちていること、この劇が喜劇的・悲劇的・歴史劇的・牧歌的というポローニアスの挙げた演目にぴったりとあてはまること、文彩が範型や常套を離れてはっとするようなナチュラリズムの高みまで駆けのぼること。マックの著書から、そうした問題意識にもとづく議論が多く生じてきた。『リア王』における格言《センテンティアエ》の機能に関するマーサ・アンダスンの論考は、そのような常套句がいかに含蓄豊かなものになりうるかについて我々の目を開いてくれる。(3) それに関連した主題として、この劇では言語とアクションの両方に聖書のイメジャリが見出せるということがある。(4) ブリジット・G・ライアンズは、グロスターのドーヴァーでの自殺未遂とエドマンドとエドガーの決闘という二つの不可解な場面を考察し、それらの古風なはめこみ場面が、かたや道徳劇の一幕、かたやロマンスの勧善懲悪（*judici-*

um）として、いかに機能しているかを示した[5]。ずいぶん前に、ウェルズフォード女史は、リアが娘たちを糾弾する裁判の場面が阿呆劇《ソティ》〔中世フランスに起源をもつ、愚者が活躍する喜劇〕の形式に類似していると指摘したが[6]、『リア王』にはルネサンスの痴愚の伝統という掘り起こすべき豊かな鉱脈が存在している[7]。この劇の牧歌に関するマックの考察は、『リア王』における牧歌の主題系の意味に関するナンシー・リンドハイムの論考によってさらに深められている[8]。そして私も、先の章で、正統的ながらも退行的な牧歌の定式が、この喜劇的・歴史劇的悲劇において、いかにひとつの構造的要素をなしているかを示そうと試みた。

シェイクスピアがこの劇のために汲み出した源泉の、その驚くべき多様性を理解するまた別の方法は、登場人物を見て、彼らの言うことを聞き比べることである。エドマンドは、インタールードの狂言廻し、道徳劇の〈悪徳《ヴァイス》〉であるとともに[9]、マキアヴェッリ的人物でもある。チャイルド・エドガー〔“childe”は「試練を受けて騎士になることを望んでいる貴公子」を意味する〕は、無垢という必須とされる状態から儀式的な段階を踏んで責任ある大人へと移行し、ロマンス流の試練としての決闘ではありえないが、名を明かさないまま決闘に臨む。エドガーは、最終的にはからずも王座に向かって進んでいく途上で、テオプラストゥスの描いた人物群〔古代ギリシアの哲学者テオプラストゥスは、『人さまざま』においてとりどりの気質をもつ人々の姿を活写した〕のように、寓意画めいたベドラムの狂人乞食や棍棒を振りかざす生粋の百姓といった多様な役柄を次々に演じる。古い芝居〔材源とされる『リア王実録年代記』〕のあの美しい宿命の女コーディリアにも対応する登場人物が道徳劇に存在するし[10]、姉たちも〈欲望〉と〈意志〉を巧みに造型し直したマキアヴェッリ風人物である。ゴネリルとエドマンドはロマンスの恋愛の簡略版を、陰謀渦巻く宮廷を舞台にしたジェイムズ朝悲劇の流儀で演じ切る。自らにそうした役を割り振ることで、二人はまたもや独自の近代性を発揮する。ケントは〈善い助言〉であり、オズワルドはテオプラストゥス風の軽佻浮薄な新時代の人間である。道化は、喜劇、笑劇《ファルス》、祝祭という土壌から出現する。フランス王は、ロマンスの正統的なソネット言語を話す。[11] コーンウォールとオールバニーはともに、歴史劇や宮廷悲劇につきものの典型的な陰謀者のように見える。権力をひたすら追求しながらも、しまいに二人の登場人物は袂《たもと》を分かち、一人は残忍な策を弄して権力をつかもうとしたあげく命を失い、もう一人は同じくらい貪欲に追求してきた権力を瀬戸際で放棄する。グロスターは気楽な〈老人《セネックス》〉であり、因習的で、説教じみた、騙されやすい人物であるが、しまいには己れがどこに忠誠を誓うべきかを虚心に悟る（オールバニーのように）。そして、リア――彼はいったい何者なのか。すべての作法を覆す、狂わされ狂ってしまった王。舞台では狂人役の持ち分である狂気の言語をとりとめなく喋る王――そして同時に、エドガーがその脈絡のない戯言からすぐさま看破したように、狂気のなかに根源的な人間の理性を頑として発揮する王。

『トロイラスとクレシダ』のように、『リア王』は仮装《トラヴェスティ》（travesty）によって動いていく。登場人物たちは、繰り返し変装する（*en travesti*）。外見もしくは精神において自分でないものを装うのである――ケントはケイアスに、エドガーはトムに、エドマンドは孝行息子で兄思いの弟に、ゴネリルとリーガンは愛情深い娘に。グロスターは自分の屋敷から放り出され――コーンウォールの魅力的な示唆に従い糞溜めにというわけではなかったが、ほぼどん底に落ちていく――盲目にされ、無法者とされ、彼自身が追放した息子のように、安全な地位から何ももたない者に瞬時のうちになり果てる。その息子は、謀反の疑いによって真の性質が隠されてしまったように、父親の手を引きながらもその正体は隠されている。リアは後に、色目をつかう「盲目のキューピッド」に言及し、正義について熱弁をふるうが、しばらくはグロスターのことはわからないか、わからないふりをする。コーディリアは愛するがゆえに黙っていて、まぎれもない真実の情愛を秘めたままにしているように見える。王もまた

（グロスターとエドガーのように）、この娘をひいきしているにもかかわらず、その内面をまったく理解していなかったと思える。だからリアも、子供によって零落し子供によって救われたグロスターのように、仮装する——嵐のなかで衣服を引き裂いたり、ドーヴァーで草花を身に飾ったり、コーディリアによって新しい服に着替えさせられたりして、文字通り、装いを変えるのである。リアは王権を脱ぎ捨てることを望んだので、別の衣装、別の役割、別の作法をまとわねばならない。それゆえ、彼の社会的で政治的な身振りは、その象徴性を失い脱比喩化《アンメタファー》される。リアが「国王の身」にとどまるのは、きわめて特別な意味においてのみ、ということになる。だが「衣服（vestment）」は、この劇の主題としていかに重要であれ、それを身に着けているのがどのような型の人物であるかを明かしてはくれない。道化は自分が「小僧《ネイヴ》」であることを否定することによって、己れの奉じる実践的な哲学を裏切る。ケントはケイアスでいるときに最も本領を発揮する。オズワルドは、上昇志向に駆られたいかにも新時代の人間らしい役柄を身にまとっているが、実際は（ケイアスが看破したように）仕立屋のマネキンのような、人間以下の存在である。コーンウォールの召使いは、劇中で正規の役は何も割り振られていないのに、無名の人間から激昂した復讐者へと変身し、天罰がすぐに下ったという身振りをして、主君を打ち倒す。そこにも仮装はある。だが仮装は、けっして首尾一貫した働きをするわけではない。

別の言い方をするならば、こういうことになる。登場人物たちは、自発的にせよそうでないにせよ、さまざまな役割を身に着け、試み、実験する[12]。彼らは、己れ自身ではないものに、あるいは他の人々の目に映る己れの姿とは異なるものに「なる」ために、己れに割り振られた作法の通常の枠を超えた振舞いをする。この劇が我々を魅了する力は、一部には、まさにこの意外性と多様性に、変装と役割の象徴性に由来している。ケントは忠実な臣下であり、ケイアスがそれを表す人物類型である。自分自身をきっぱりと否定したにもかかわらず（「エドガーではもうだめだ」）、エドガーはどう変装してもエドガーであり、姿を変えてどのような役割を演じようが、そこにはエドガーの声が響いている。その変装ぶりが、いかにみごとで狂人らしくとも、元の単純な役割を特徴づけていた伯爵の息子らしい闊達な鷹揚さからいかにかけ離れていようとも、エドガーは変わらない。

ミュリエル・ブラッドブルックが『ハムレット』についていみじくも言ったように、我々も、『リア王』についてこう言うことができるだろう。この劇は、インタールードや道徳劇から同時代の宮廷劇（coterie-play）〔シェイクスピアに代表される民衆演劇とは流れを異にする、私設劇場など屋内で上流の観客のために上演された劇〕という最も洗練された形式に至るまで、さまざまな種類の演劇を要約し集めたものである、と。(13) マックの著書が教えるように、『リア王』は、さまざまな劇形式の力強い集大成である。それはまた、現代の用語で言うところの「解剖《アナトミー》」（anatomy）〔ノースロップ・フライが『批評の解剖』で提唱したフィクションの一ジャンルで、人間生活を包括的な観点から百科全書的に披瀝することを特徴とする〕である。それは、ある特定の知的な考察点から眺められた世界、逸脱点や問題点という観点から提示された世界であり、廃嫡された者、追放された者、狂人、道化など、その世界での居場所を奪われた孤立者の苦境に対する明快な理解をともなっている。(14)

孤立者がそのような世界で演じる役割がいかなるものになりうるかは、この劇が作法をあからさまに侵犯することによって強調される。とりわけはなはだしい例が、王を、落魄した狂人にして道化、即興阿呆劇《ソティ》の主人公、狂人と盲人が即興的にかわす対話の主役に切り詰めてしまったことだ。王を狂人にすることがいかに想像力の力業であったかは、さまざまな材源と比べると理解できる。というのも、リアの狂気は、シェイクスピアが材源を衝撃的に改変したものなのだから。先行する作品群において、リアは、姉娘たちからひどく虐待されるし、末娘を不合理にも勘当し父親の愛情と社会において彼女が占めていた座を奪いもする。だが王は理性を保ち、海峡を渡って末娘との和解を求めるという分別ある行動をとる。だが『リア王』では、王ははじめからキャンバイシーズ王〔古代ペルシアの暴君カンビュセス〕さながらの口調でわめきちらす。「己れの子どもを食らう／蛮族のスキタイ人」を召喚するリアは、例のあの不埒な幼児虐殺者であるヘロデ王さえ凌いでいる（out-herods Herod）。シェイクスピアの劇では、リアはさまざまな手段によって原始的に造られている[15]──シェイクスピアはリアを古代風にして、野蛮で荒々しい振舞いをさせ、子供に逆戻りさせた（子供老人〔*puer senex*〕）。だがリアは、はっとするほど人間的で、文明化され、己れ自身と他の人々の窮状に敏感であるようにも造られている。

リアは、嘲笑的で大仰な怒りを爆発させる。

国王がコーンウォールと話したいのだ。愛しい父君が
娘と話したいのだ。迎えにこい、いや迎えてほしい。
両人にはこのことを伝えたのか。ええい何ということだ。
火のようなだと。火のような公爵だと。そのかっかと燃える公爵に言え──

すると、にわかに語調を一変させてこう言うのである。

いや、いまはまだよい。加減がよくないのかもしれぬ。
健康であれば果たさねばならぬ務めも
病気となれば怠ってしまうものだ。体調が狂い

体とともに心も苦しめられるときは
つねの自分ではいられなくなる。ここはじっと堪えよう……
（二幕四場一〇〇—九行）

こうした変化は、人格に裂け目が生じていることを示してもいる。それは、王が自らの状況を普遍化して他人の状況を思いやる洞察の瞬間であり、まこと、彼の生涯にわたる習慣の逆を行くものである。シェイクスピアは、文学手法を象徴的に示す標識——同時代の人々が理解するための素養をもつ——をつうじて、文学形式を分析するうえで己れがいかなる技をふるったかを、リアという人物像のなかに映し出した。この劇において、登場人物は多様な視点から精査され（すなわち、他の登場人物たちと比較対照され、転変する状況のなかに置かれ）、さまざまな部分に分解され（狂気のはじまり）、材源の人物造型に秘められた含蓄をもとに再構成され甦るが、この新生は明らかに、劇作家が分析的に分解したことの成果である。ここでもふたたび、二〇世紀半ばのいまの時代の通俗的な言い方にあるように、打破（breakdown）が打開（breakthrough）となっている。リアの「性格」、この王の人格は、劇作家がまさに言うとおりのものである。すなわちそれは、さまざまな文学形式に由来する人間の性質のごった煮なのだ。文学の諸形式は、人格の概念化の仕方が変化するにつれて、それに即合させるべく変化していくが[16]、変化するたびに新しい人格を「創造し」、それを観客に媒介する。

リアの場合、その複雑な人物像を提示するためにいかなる技がふるわれたかは、王と道化を比べてみれば（我々はどうしても比べてみないわけにはいかないのであるが）、さらにはっきりと理解できる。フォールスタッフやハムレットと同様、道化という人物も一連の定型的な愚行からなる。彼は、社会や舞台における道化たちの持ち分である古風な唄や戯れ歌、なぞなぞや継ぎはぎの諺《ことわざ》を用いて喋る。彼は宮廷お抱えの賢い愚者であり、真実を語る特権をもっている。エラスムスの痴愚神のように、この道化も「人間の営為」を――すなわち、さまざまな人間模様が繰り広げられている、問題含みの遠近法主義的（perspectivist）な世界を、狂気の沙汰とひとくくりにされているが、愚のそれぞれのありようはみな実に多彩で独特な世界を――指し示す。道化は、子供と教師、諷刺家と慰め手の役をともにこなし、主人と主人が陥っている窮状を冷めた目で眺めつつ案じてもいる。道化は――打ちのめされた王の荷が軽くなるようにと――その窮状が課す耐えがたい重荷をリアとともに背負い、無礼講の身分から得られる智恵のある洞察を分かち合う。と同時に、道化の発する言葉のひとつひとつは、その特定の発話者と場にぴったりとあてはまる。道化は、苦くもあり甘くもある存在で、物事の真実を見定めて抉《えぐ》り出す。

とすれば、道化の弱さと強さ、道化の痴愚と智恵を身にまとう「王その人」は、どれほど厄介な問題含みの存在であることだろう。王もまた、道化のように相反する態度を帯びる。人の営為を冷然と眺め、

ケント　姉の二人の姫様たちはみずから身を滅ぼされ、
　絶望のうちに最期を遂げられました。
リア　ああ、そうだろう。
（五幕三場二九一―九二行）

かと思うと、全身全霊をあげて関わりもする。

ああ、命が、命がなくなってしまった。
犬も、馬も、鼠も、命をもっているのに、
なぜおまえには息がないのだ。お前はもう戻らない、
二度と、二度と、二度と、二度と、二度と！
（五幕三場三〇五―八行）

権力を乱用し、まわりの世界から正義と愛を押し除けてしまった、わめきちらす狂気の王。猛り狂い、荒野で衣服を引き裂く王。生まれつきの阿呆（エドガーが扮している物乞いの狂人）と第一原因について問答するパロディ版哲学者。草花の冠をかぶり、社会正義を諄々と説く狂人。「子供のせいで乱心し子供返りした父」。生から切り離されること――根を抜かれ、理性によっても狂気によっても生から遠ざけられること――がいかなる意味をもつかを、そして（それよりもはるかに苦痛に満ちているが）圧倒的な絆や情愛を生きた人間に対して抱くことがいかなる意味をもつかを味わい尽くし、いまや最期を迎えようとするリアの姿がここにある。「叫べ、叫べ、叫べ」から、哀れなほど慇懃な「どうかこのボタンを外してくれ」に至るまでのあいだに、リアは、かつての猛々しさや心的変化とともに、どこまでも深い感情や優しさをいまひとたび発揮する。ボタンを外すという行為のなかに――リアのボタンだろうか、それともコーディリアのボタンだろうか――リアは「ええい、要らんぞ、こんな借り着は」という非理性を、いまやまったく異なる方法で生き、自分が他人の助けを求めている、何ももたない人間でしかないことをただ純粋に伝えるのだ。（ボタンを外してもらって）「ありがとう」。

グロスターのように、リアは瞬時に死ぬ。「これが見えるか」――リアにとっても我々にとっても、定かには解釈できない言葉である。「見ろ、この顔を、ほら、この唇を／見ろ、ほら、ほら」。コーデ

ィリアの息だけが、リアにとっては今や唯一の現実である。リアが彼女を生きていると思っていたか、死んでいると思っていたかは知るべくもないが、今までの人生で彼が望んだ他の何にもまして、彼女が生きていることを望んだということだけはわかる。コーディリアからかつては貪欲に得ようとした愛を、リアはついに与えることを——それも、この劇がなす恐ろしい脱比喩化《アンメタファリング》の作用によって、「無《ナッシング》」とひきかえに」与えることを——学んだのだ。すなわち彼は、最後には愛を無償で与えるが、彼女の沈黙は、最初の場面の「何もございません」という言葉を行為として演じ出している。リアは彼女を追放した。そして今、彼女は「もう戻らない／二度と、二度と、二度と、二度と、二度と！」。(17)『トロイラスとクレシダ』において、否定は生の拒絶であった。だが『リア王』において、否定は生きていること、生きたことを肯定するものである。「命がなくなってしまった」という叫びは、どうしても受容しなければならないことを受容することを拒んでいる。この場合は、己れ自身の過ちのために最愛の人が死んでしまったということを。この劇の深遠なパラドクシーにふさわしく、リアは両面価値のなかで死んでいく。すなわち、人間として死にあらがいつつも死を喜んで迎え入れることによって、いずれの態度も疑問に付しながら死ぬのである。シェルドン・ジトナーが述べたように、(18)『リア王』の最後の場面は、この劇の他の多くのところで見られるように、作法を完全に侵犯し、ジャンルが定める可能性に背を向けて、特定はできないが、明らかに異なる何か新しいものを目指している。オールバニーは、ジャンルが定める作法を課して、恐ろしいほど手に負えなくなった事態を収拾しようと意志的に努める。リアが死んだ娘を腕に抱いて登場した後、そしてエドマンドの死が知らされた後、オールバニーは必死に秩序を回復しようとして、荘重に宣言する。

諸侯ならびに高貴な味方の方々、余の意向を披露しよう。

この偉大なる落魄の王には、あらんかぎりの手を尽くして
お慰め申しあげたい……

オールバニーは、周囲の状況を収拾してありふれた期待に沿うものにしようとする。彼は、リアとコーディリアを「見る」ことを、その姿を直視することを、拒むのである。

さて余としては、余は、
この老王がご存命のかぎり、
余に譲られた大権をお返し申す……

オールバニーは限られた理解力を用いて出来事をあるべき姿に書き換えようと努めるが、鼻につくのは、彼の鈍感さや身勝手さだけではない。尊大な、彼が用いる資格のない言葉遣い――「余はお返し申す」、「余に譲られた大権」――もまた同様である。リアが劇冒頭で用いた言語に立ち戻ることによって、オールバニーは、統治者としても、さらにはこの劇にとってさえも、まったくふさわしい人物ではないことを自ら露呈したのである。彼はさらに言葉を続けて、エドガーとケントにこう呼びかける。

ご両人がた、お二人についてはもとの諸権利をお返しいたす、
恩典や栄誉《アディション》とともに――

「栄誉」とは、なんと致命的な言葉だろう〔劇冒頭でリア王が「王の身分にともなう栄誉」という意味で“addition”という語を用いている〕――

その名誉ある功績に報いてあまりあるほどに
お授け申す。味方はみな
それぞれの働きに応じた褒賞にあずかり、敵はみな
処罰の苦杯を嘗めなければならない。

これは、悲劇の締めくくりとしては正統的な道徳的結びなのかもしれないが、そのような決まり文句はこの場にはまったく通用しない。オールバニーでさえ、眼前で繰り広げられる寓意画《エンブレム》さながらの恐ろしい光景《タブロー》の意味に打ち負かされる。慣習を回復しようとする彼の努力など、虚しいものでしかない。

ああ、見よ、見よ。

（五幕三場二九六―三〇四行）

オールバニーがついに「見る」ものは、彼の言葉を覆し、消去してしまう。彼が言っていたことを誰も聞いていなかったし、誰も覚えてはいない。だが（またもや、『トロイラスとクレシダ』とは異なり）、『リア王』においては、言葉、手法、慣習が極限状況ではいかに不十分なものであるかが示されながら、現実に起こる出来事が言葉になり替わることによって言葉が卑しめられたりはしない。オールバニーは、そのささやかな未来図を実現することはできない。彼は「国をあげての喪」に服し、

より簡明な言葉で話さねばならない。ケントは、彼にとっても我々にとってもつねに明快な、ゆるぎない道徳的価値観をもつ人物であるが、オールバニーが申し出た役割を固辞し、「つくべき〔死への〕旅路」(19)というイメージで人生を語ることによって、我々を悲劇的雰囲気に連れ戻す。そしてエドガーが、はっとするほど沈鬱で反劇的な寸言《センテンティア》を述べて、静かに劇を閉じる。(20)

　そのような寸言、そのような静けさが、波乱万丈の、めくるめく、ぎくしゃくした、暴力的な、意外性に満ちたアクションをもつこのような劇を締めくくるのに、いかにすればふさわしいと言えるのだろうか。ロバート・ハイルマンは、シェイクスピアの「心と手が相和している」ことを、ある観点から示している。(21)すなわち、この劇においては、イメージ、モティーフ、主題がしっかりと撚《よ》り合わされ、出来事すべてを編み込める重厚な網が作られているとしたのである。それとはまったく方法は異なるが、パラドックスも、ばらばらの見解、観念、主題、価値観を結びつけ、この劇のばらばらの部分をひとつにまとめている。対位法がたゆみなく作用しており、象徴的な儀式は自然主義的な再現性に対置され、華やかな文体は質朴な文体に、複雑な主筋は単純化された副筋に、対置されぶつかり合う。(22)この劇と類似したものは、文学技法の多種多様な諸形式のなかに広範に存在するばかりか、「現実生活」全般のなかに、あるいはその個々の事例のなかにも見出せる。(23)「彼の心と手が相和している」のである。あるいはメイナード・マックが述べたように、「シェイクスピアは野に吹き渡る風のようである。すべてのものが同じ方向を目指していく」と言ってもよい。『トロイラスとクレシダ』で正反対の例を見ているので、『リア王』がばらばらの部分を織り合わせていくさまを、我々はよりいっそう正確に、かつ痛切に、味わうことができるのである。この劇においては、互いにまったく縁のない劇作の諸技法が呼び出され、生に連綿と織り込まれている決疑論（casuistry）を意味づける（メイク・センスする）――あるいは文字通り、そこから意味をメイクする・創り出す。一味違う批評家の言葉を私なりに言い換えると、こうなる。詩人は己れが自意識的に受け継いだ伝統から力を得て、己れの悲劇的ヴィジョンを実現するための形式を創ることができた、と。シェイクスピアの悲劇的ヴィジョンはまた、本質的に「古典的」なものでもある（マリ・クリーガーは、シェイクスピアの偉大な悲劇群は「悲劇的」ヴィジョンと「古典的」ヴィジョンが分裂しておらず、人間の悲劇的な極限状況が美的・形而上的に昇華されているとした）。というのもそれは、生および生きるという日々のさしせまった営為と折り合い（terms）をつけ、それを表現する言葉（terms）を見出しているからである。[24]

明らかに、シェイクスピアにとって、劇作の技は生業であり生そのものであった。その掟に身を委ねることによって、彼はその力（「染物屋の手」）を身に宿した。笑劇と喜劇、悪夢、夢、ヴィジョンを紡ぎ（ボトムのように）、絢爛たる模様を織り上げることによって、シェイクスピアは、苦しみを経験した後のエドガーのように「感じるがままに話す」ようになり、己れの技と経験から得た洞察から「生ける芸術（living art）」を創造するようになったのである。

訳者あとがき

自然は人工に影響を及ぼすが、人工はそれ以上の影響を人工に及ぼす……
——『シェイクスピアの生ける芸術』より

『シェイクスピア・サーヴェイ』誌には、年間のシェイクスピア研究を概観する欄がある。一九七五年の批評欄において、評者のＤ・Ｊ・パーマーは、本書をまっさきにとりあげ、コリーの死を悼んでこう述べた。

批評的な議論を展開する精妙さといい、学識の豊かさや幅といい、『シェイクスピアの生ける芸術』は、まさに第一級の文学研究書である。悲しいかな、コリーはこの本を完成させた直後、逝ってしまった。彼女の才能の深さが、この人を失った我々の哀惜の深さを表すものになってしまったのである。（149）

コリーに対する称讃と喪失感、それはパーマーに限らず、ルネサンス研究に携わる者すべてが共有するものであっただろう。そしてその不在は、いまもなお感じられる。ルネサンス的知の営みをパラドックス精神に求めた『パラドクシア・エピデミカ』、マーヴェルの詩と視覚的伝統との関わりを論じた章がみごとな『「我が谺《こだま》なす歌」』、ルネサンスにおけるジャンル理論を考察した『種の源泉』をはじめ、ケンブリッジのプラトン主義者とオランダのアルミニウス主義者との知的交流、ダン、ミルトン、ロック、スピノザなど、多岐にわたる主題を論じた膨大な量の書き物において、コリーは、思想であれ文学であれ、テクストの底流をなしている観念や表現のかたちを一貫して追い求めてきた。ルネサンスの知的伝統を俯瞰するという点ではフランシス・イェイツに相通じるものがあるが、イェイツが何よりもまず歴史家であったとすれば、コリーの本領は文学にあった。そしてもちろん彼女にとって、文学とは、文化を表現する術や技の一つではなく、「その活力の多くを、文学の外なる観念から引き出してくる」(『シェイクスピアの生ける芸術』19)文化の大全であり、パイディア(総合知)そのものだったのである。

コリーのそうした持ち味は『シェイクスピアの生ける芸術』においてもいかんなく発揮され、本書もまた、ルネサンスの知の演目をたゆみなく繰り出して我々を魅了する。コリーは序章で開口一番、シェイクスピアはイングランドの作家ではない、ヨーロッパの作家であると宣言し、シェイクスピアを英語や島国といった窮屈な枠から解放し、ルネサンスの思想や文学の伝統という広い流れに位置づけようと言う――「長期にわたる豊かな大陸のルネサンスと親和した、比較研究家(comparatist)から見たシェイクスピア像を提示しようと試みたのである」。(21)

シェイクスピアをルネサンスの作家として捉えることは、あたりまえのようでいて実に壮大な試みである。コリーは本書で、シェイクスピアの詩や劇の形式的な面をとりあげている。彼女の言う「形式」とは、作家が先人から踏襲する文体、技法、主題、ジャンル、慣習といったさまざまな文学上の「形式」であり、メランコリーや〈人工対自然〉のような観念上の「形式」である。作家は形式から逃れて「新しくやること」(18)はできないが、それを叩き台にして「新しいもの」(18)を創ることができる、とコリーはまず主張する。形式である以上、それは型として、固有の表現の作法、さらにはその形式が呼び起こすお定まりの反応や連想を含んでいる。たとえばコンメーディア・デッラルテで法螺《ほら》吹き兵士が出てくれば、観客は説明されなくとも、彼が何を言いどう振舞うかがわかるように。だが作家は、形式を制約ではなく可能性とみなすことによって、それを材料にしてさまざまな実験を行い、独自のものを創り出すことができる。コリーにとって形式とは、創造の核に作用する力であり、詩的生成の現場を探る鍵であった。

芸術を存在せしめ、想像力から想像力へ、世代から世代へ、専門家から素人の公衆へ、創り手から芸術愛好家へと伝えるのは、その規範《ノーム》と形式《フォーム》をつうじてなのであり、芸術は、規範と形式、および規範としての形式によってのみ理解できると考えるのである。そのような見解は、創造的知性の斬新さや価値ある芸術作品の独創性を重んじるロマン主義以降の姿勢を脅かすように見えるが、実際は必ずしもそうではない。むしろ、こうした見方をすることによって、我々は、芸術作品が現実にどのような状況から生じてきたかということばかりか、作品を独自のものにする個々の方法も認知できるようになると思う。(17)

本書は八章に分かれ、各章一つの主題をめぐって、一つないしは複数の作品を分析するという構成になっている。伝統と対決しつつ創作したシェイクスピア——コリーの関心は、シェイクスピアが、継承した文学や観念の諸形式にいかに関わったか、それらをいかに「利用し、誤用し、批判し、新しいものに創り直し、ときには一大変革したのか」(16)にある。たとえば、『ソネット集』には辛いエピグラムと甘いソネットがせめぎあっていると論じた第二章、エジプトとローマの価値観の対立を古代以来の「アジア様式」と「アッティカ様式」の文体論争にからめた第四章の『アントニーとクレオパトラ』論、主人公と劇構造の自己回帰性をメランコリーをつうじて考察した第五章の『ハムレット』論。『お気に召すまま』、『リア王』、および後期のロマンス劇において牧歌の変容を論じた第六章と第七章。パラドックスの視点から読まれた第八章の『トロイラスとクレシダ』論など。どの章も、シェイクスピアがさまざまな形式を文化から拝借し、それらをいかに「豊かにし、価値を変え、形を変え」(47)たかを、鮮やかに示している。そうして彼が「惜しみなく送り返してきた」(47)ものは、形式のなかにみなぎる生命であった。

本書は、人工《アート》がいかに人工によって影響され、創り直され、生命をつないでいくことができるかについて論じている。だがコリーはこうも言う。常套と化し形骸と化した形式を甦らせていくうえで、「文学の理論や実践に内在する問題系は人生の問題系に通じている——すなわち文字は精神へと至る道を指し示すために存在しているのであるという仮定から、シェイクスピアが出発したのだと考えている」(33)、と。

> ある特定の問題をめぐって働いている想像力がある特定の要求をするとき、それは何を措いても従うべき重要な文学上の命令となる——だが想像力は、自らの知的・芸術的環境や文学的・道徳的相関物に頼ることなしに、その問題に作用することはできない。シェイクスピアの作品は、その「意味」を表現手段に頼っており、それらの表現手段にしても中立的で空疎な形式ではない。それらもまた、それぞれが観念の文脈をそなえているので、それゆえ文学的な意味は、少なくともこの時代においては、ひとつの劇や詩の枠をはみ出して、より大きな道徳的・社会的状況を含もうとするのである。(33)

形式における問題は、道徳と社会における問題に関わっており、芸術と人生、人工と生は分かちがたく結びついている——これはまた、コリー自身の信念でもあったのではないだろうか。まさに、本書の冒頭と締めくくりで living art への言及があることからもわかるように、コリーはこの、art と life という果てしない拡がりをもつ二つの語に、そしてそれらが対峙したとき何が起こるか、に各章をつうじてこだわり続けた。『シェイクスピアの生ける芸術』というタイトルには、art と life の関係についての、コリーの深甚たる思いがこめられているのである。

本書はジャンルの問題を多く扱い、シェイクスピアがいかに自由にジャンルを混ぜ合わせたかを語っている。さて、本書を理解するうえで、最もよく私たちを導いてくれるのは『パラドクシア・エピデミカ』(一九六六)である。というのも、円熟期のこの始まりの書物は、その後に書かれたジャンル論の源泉をなすからである。パラドックスに混淆ジャンルはつきものであり、これらはいわば、双子の主題のようなものだ。というのも、そもそも、「人間の分類と表象の能力を疑問に付すパラドクシカルな感性は、静的なジャンルの区分を融解しないでは措《お》かない」(高山「『文学のパラドクス』について」233)からである。『パラドクシア・エピデミカ』によれば、パラドックスとは「まったくちがったカテゴリーから来た材料を……計算ずくで混ぜ合わせる」(10) 知の様態であり、

範疇分けにうるさい世界で、一見するところ互いに「合致 (fit)」しそうにも見えぬあらゆる種類の観念と事物の間を媒介するのに与って力あったのである。(544)

コリーにとって、シェイクスピアは、何よりもまずパラドキストであった。だからこそまず、『パラ

ドクシア・エピデミカ』を読むべきだと思うのだ。以下に、この始まりの書と本書をつなぐ要素をいくつか示す。

『シェイクスピアの生ける芸術』で印象深いのが、脱比喩化（unmetaphoring）という仕掛けである。たとえば、知的瞑想の図像にはつきものの髑髏《どくろ》がヨリックの本物の髑髏に転化しているといったふうに、それは、お定まりの詩的比喩が、劇世界で文字通りの現実として扱われることを指す。脱比喩化が最も効力を発揮するのは恋愛の領域であり、ペトラルカ風恋愛詩の定式があえて鵜呑みにされるときである。第三章で論じられているように、シェイクスピアは、『ロミオとジュリエット』で試した後、『オセロー』において全面的にこの技をふるった。〈恋愛と戦争〉の対比を軸に、白い女主人公と黒い主人公をめぐって、ソネットの慣習を、劇のアクションをつうじて脱比喩化したのである。脱比喩化は、何よりもまず、形骸化した言語を批判することに向かうが、それを甦らせ再創造するための仕掛けでもある。そしてもちろん、それこそが『オセロー』における愛に悲劇的な深さを与えているものなのだ。コリーは章をこう結ぶ。

人工性を利用しつつ同時に批判することによって、文学的な愛の伝統の核をなす道徳体系や心理的真実を再検討し、生命を吹き込むことができた。愛の慣習をめぐる問題系を明らかにし、その現実離れした理想の美しさを、新たな、そしてきわめて深刻な文脈のなかで改めて肯定したのである。（266）

シェイクスピアが比喩を実体化するとき、そこには異化の衝撃が生じる。我々は、いわば、否応なしに問題意識をもたされ、愛の言語を批判的に吟味し、シェイクスピアが何をなしているかについて自覚的になるのである。続く『アントニーとクレオパトラ』をめぐる章では、言語の様式が恋人たちの生の様式となり、次いで二人が誇張法に見合うだけの背丈を獲得していくさまが語られる。そうした「再比喩化」のプロセスを意識するとき、われわれは、この劇のもつ果てしない膨らみの感覚を、それがなぜかくも感動的なのかを、よりよく理解できるだろう。

脱比喩化は、いわば、人工を生に「ねじ戻す」（高山、解説「〈知〉をねじ戻す」からこの言葉を借用した）ためにシェイクスピアが用いた主要な仕掛けの一つである。un- を、通念を否定するという意味の接頭辞であると考えれば、unmetaphor という造語は、『パラドクシア・エピデミカ』の読者にはさほど奇異には響くまい。というのも、高山宏氏が述べているように、un- は「〈ほどく〉〈解く〉運動」（86）を表し、unknow や unfigure とともに、「コーリー批評のキー・コンセプト」（86）となっているからである。パラドックスは、

一度定型と化して「オーソドクシーにと硬ばっ」た〈知〉や常套化して生命力を失ったメタファーの諸形式を再編成に向けて一度〈ほどき〉、〈解体〉する弁証法的な〈否定〉のメトーデ（86）

であり、まさに「〈知〉のねじ戻し」をするための装置である。『シェイクスピアの生ける芸術』には「脱比喩化」という否定の手法をはじめとして、『ハムレット』における自己言及性、『リア王』における〈無〉や〈知ある無知〉、『トロイラスとクレシダ』における〈嘘つきのパラドックス〉や偽礼讃など、パラドックスをめぐるさまざまな主題がちりばめられており、本書が『パラドクシア・エピデミカ』の延長線上にあることを如実に示している。すなわち、パラドックスがシェイクスピアにとっていかに本質的であるか、シェイクスピアがルネサンスのパラドックス文化にいかに深く根差してい

るか、がここで改めて主張されているのである。

通底するものとして、目につくものをもう一つ、「即合（matching）」について触れておきたい。マッチングとは、言うまでもなく、ゴンブリッチの有名な知覚理論に由来しており、関連概念の「心的構造（mental set）」（受容者にあらかじめ組み込まれている解釈の型）とともに、本書の理論的根拠をなしている。ゴンブリッチによれば、芸術家は見たものをそのまま写し取っているのではない。彼が見ているのは、すでに描かれたもの、それまでに集積された図式によって媒介されたものである。図式がなければ認識し、表現し、伝達することは不可能であり、芸術家はいわば、己れがすでにもっている図式から出発し、それに修正を加えつつ、再現したいものに即合《マッチ》させながら仕事をしているのである。そうした試行錯誤のプロセスこそが、ゴンブリッチの言う「作ることと合わせること（making and matching）」の創造的努力にほかならない。

以下のくだりは、さまざまな壺から取り出した素材をこねまわし、作ることと合わせることを繰り返しながら定型を生の似姿へとだんだんと近づけていく、コリーの描くシェイクスピアの姿を彷彿させる。

名匠と言われるような美術家を卜する手の技術や眼は、おしなべて倦むことを知らぬ学習への気構えであり、作っては合わせ、また作り直し、描画が受け売りの方式の痕跡をとどめず、美術家が把握したいと願うユニークで繰り返しのきかない経験を反映するところまで精進する飽くことなき心組みである。（ゴンブリッチ 245）

作品とは、おしなべて、伝統と学習へのそうした取り組みの成果である。シェイクスピアが偉大であったのは、受け継いだ型を修正し、己れが表現しようとするものにすり合わせて、作品をいまある姿へと整えていく、その比類ない手捌《さば》きにある。matchという語は本書の随所に散見され、ジャンルの求めにしたがって様式と観念を一致させることから、ソネットの作法を己れが愛の現実とするものに合わせようとする詩人の努力、あるいは人工と自然の究極の合わせ技たるハーマイオニの彫像にいたるまで、実にさまざまな文脈で用いられており、明らかに、模倣的再現《マッチング》をめぐるシェイクスピアの問題意識を集約的に言い表している。先述した脱比喩化も、matchingのために繰り出される技であり、人工を生に合致させるための図式の修正であると考えることができるだろう。

そもそもジャンルとは約束事であるがゆえに、形式と内容の即合《マッチング》が関心事になるのは当然であるが、本書が『パラドクシア・エピデミカ』のシェイクスピア版である以上、この問題が全面にわたって追求され、シェイクスピアが範疇をまたいで繰り広げるパラドキシカルな即合の妙技が饒舌に語られるのも、また当然であると言えよう。お定まりの「即合」を突き崩すことを起点とするパラドックスはまた、自己言及を旨とするはてしない即合に取り憑かれた運動でもあり、ジャンルや様式のあいだを自在にゆきかい、混ぜ合わせ、通常ではありえない即合の様態をつくりだす。あまつさえ、メタシアトリカルな劇構造が主人公の鏡映的な知の営みと合致する『ハムレット』のように、全体的な構造と主題のありようが即合することもしばしばである。コリーは『パラドクシア・エピデミカ』において、そのような、ほどいてつなぐパラドックスの力学を吟味しているが、そのさいmatchとともにfit、set、fixという語を、ほとんど身体的な感覚をこめて用いており、これらもまた、本書を含め、コリーのパラドックス論とジャンル論を読み解くための鍵概念となっている。

さてもう一つ、『シェイクスピアの生ける芸術』を理解するためには、その前年に出版された、混淆ジャンルの理論書である『種の源泉――ルネサンスにおけるジャンル理論』(一九七三)も読まなくてはならない。

『種の源泉』は、一九七二年、死の二か月前にコリーがカリフォルニア大学バークレー校で行った四つの講義の記録であり、ブラウン大学の同僚バーバラ・ルウォルスキーの前書付きで、死後出版された。ルネサンスには、種（ジャンル）を弁別する排他的な態度と、種を組み合わせて生の諸相をより広く描こうとする包括的な態度が見られたが、コリーの関心は、言うまでもなく、後者にある。コリーは、種の混淆という包括主義こそがルネサンス文学を活気づかせた、文字通り、力の源泉（resources）であるとする。種は窮屈なものではない。それは作家を解放し、「文学的変化と想像的実験」（8）を促すための媒体であったのだ。

コリーによれば、ルネサンスが古典から受け継いだ諸種は、狭い意味での約束事や定型であるとともに、「世界に対する『枠組』あるいは『定点』の一揃いの型」（8）をもつ認識装置としても機能していた。種はたんに、形式と内容につながりをつけるだけのものではない。それは世界に対して掲げられた鏡のようなものであり、世界観の表明である。そして、「文学の諸種（kinds）が知識や経験の諸種といかにつながっているか」（29）、種の語る言語がいかにルネサンス文化を伝える声となりうるかを示すことが、コリーの最終的な目的である。けっしてわかりやすい書物ではないので、以下に内容を要約する。

第一章は、冒頭で、ルネサンス文学を理解するうえで種の理解は不可欠であるとしたうえで、ルネサンスにおけるジャンル概念について論じている。コリーが注目するのは、アリストテレス派のジャンル理論家ならばぜったいに認めなかったような種の多様性と、それらの種が混じり合うさまである。理論のうえでは厳しい掟がありながらも、作家たちは実践において種を自由に混ぜ合わせた。コリーは、混淆ジャンルこそが、ルネサンス文学を特徴づけ、偉大にしたものであるとみなしている。

第二章と第三章は対をなす章で、混淆ジャンルの個々の例が扱われている。第二章ではエラスムスに代表される格言（adage）、モンテーニュのエッセイ、マーヴェルとハーバートのエンブレム、エピグラムとソネットなど、小さい形式が扱われ、第三章ではラブレーの『ガルガンチュアとパンタグリュエル』およびバートンの『憂鬱の解剖』といった百科全書的な大きい形式が扱われる。これらは圧巻の章であり、ルネサンス文学における種とその用い方のめくるめく多様性と、種が対置され組み合わされていくなかで意味の凝集や重層性が生じていくさまが語られている。第四章は、諸種を混ぜ合わせることによって、人間の経験の諸相を複合的に描き出すことができるとする。最も偉大なルネサンスの文学作品は種の大全である。種のすべての領域を網羅することによって、人間の可能性のすべての領域が網羅され、作品そのものが生に近似していくのである。結論として、コリーはそれを、種を「隠喩化し神話化する」過程でもあるとする。

諸種がみずからの主題を隠喩化し神話化するのであれば、諸種そのものも同じ過程にさらされており、隠喩として神話として用いることができるのである（127–28）。

とすれば、こうした過程が十全に見られるのは、叙事詩と悲劇という懐の深い種ということになるであろう。コリーによれば、『失楽園』と『リア王』は、種のフル・オーケストラのごときもので、混淆ジャンルのとりわけ偉大な実践例である。たとえば『失楽園』は、基本的には叙事詩であるが、牧歌、農耕詩、神学論議、悲劇、合唱讃歌、ペトラルカ風求愛、スペンサー風寓意など、「キリスト教的人文主義の主題の大全」（120）とも呼ぶべき種の集成からなっている。これらの作品は、genus universum（二一〇頁の定義によれば「総体としての文化、種全体」）の要約であり、すべての知を含み伝えるパイデイアと化している。詩人は、諸種を「それぞれ固有の形式をもつとともに、それぞれ固有の習わし、居場所、観念の構造をもつ副次的文化」(116)を喚起するものとして隠喩的に用いながら、すべての種を統合することによって、作品を人間の「知識や経験の諸種」の隠喩にすることができる。シドニーが、「パイデイアは詩として生まれ、詩によって伝えられる」(20)、といみじくも言ったように。

kindは「種」と訳したが、コリーはこの語を芸術上の範疇という全般的な意味におけるgenreととくに区別せず用いている。kindを用いた理由としては、「ジャンルと同源・同義の英語であるkindのほうを好む」(1)としか述べてないが、芸術様式を意味する語として一九世紀半ばに英語化されたフランス語由来のgenreよりは、同時代に用いられていたkindのほうがおそらくしっくりきたのだろう。ジャンルは認識装置であるという冒頭の有名な宣言からわかるように、コリーは本書で「種」をきわめて広い意味で用いている。最も狭い意味において、それはアレクサンドリアの図書館における分類法やアリストテレス的なジャンル概念にのっとったものを指し、そこには悲劇や叙事詩といった規範的な種が含まれる。とともに、ルネサンスは、厳密な定義の及ばない非正典的な種の宝庫である(76)。コリーは、正統的な種から非正統的な種まで、詩的な種から非詩的な種にいたるまで、ときには主題によって、形式的構造によって、調子によって、長さによって、種をさまざまに規定しながら、さまざまな種がぶつかり合い、混じり合い、戯れ合うなかを、縦横無尽にかけめぐる。その生き生きした語り口は、種が閉ざされた体系ではなく多様性や異種混淆性を志向するいのちあるものであることを伝えている。まこと、『種の源泉』を読むたびに、その先見性に驚かずにはいられない。ポストモダンを特徴づけるジャンルのハイブリッド性が、ルネサンスの常態であるというのも卓見であるが、その先見性は何よりも、分類学という伝統的なジャンル観から脱却することによって、(1)ジャンルの多様性ばかりか、その歴史的可変性も示唆したこと。外的形式とともに概念によっても規定しうるものであるとしたため、ジャンルの境界侵犯性が強調され、（2）テクスト間の広範なネットワークをふまえた新たな文学史への視座が開けたこと。ジャンルと文化を接続することによって、（3）ジャンルはそれぞれの時代の文化的・社会的諸力との交渉のなかで生起するものであるとする、いわばジャンルの歴史化への道が予示されたこと、の諸点に尽きる。現代のジャンル理論の批評的前提がここに先取りされている。そのいっぽうでこの本は、愉悦に満ちた情報の宝庫でもあり、コリー自身が「見取図を描こうとする教師の試み」(2)と述べているように、ルネサンスのジャンル辞典という趣もある。いずれは大部の著書に結実するはずのものであったが、果たせず実に残念であった。だが、一〇〇頁ほどながらも、あたかも〈世界の鑑《かがみ》〉のようなこの小著は、ルネサンス詩学のみならず、ジャンル理論への特異な貢献としていまなお輝きを放っている。

コリーはジャンルを、美的なものと文化的なものの双方に関わる認識枠であるとした。いくつかの書評では、ジャンル概念をかくも自在に捉えることに疑念が示されているが、七〇年代初頭ではそれも無理からぬことであろう。ルネサンスのジャンル理論といえば、バーナード・ワインバーグの概説的な大著『ルネサンスにおけるイタリアの文芸批評の歴史』（一九六〇）しかなかっただろうし、混淆ジャンルが論じられるさいしばしばコリーとともに言及されるアラステア・ファウラーの『文学の諸種』（一九八二）はまだ出版されていなかった。コリーは、理論枠として、ゴンブリッチの図式概念のほかに、文学の分野では、ジャンルの概念は創作および解釈をするうえで不可欠であるとするE・D・ハーシュの『解釈の妥当性』（一九六七）や、カウンタージャンル（シェイクスピアがソネットとエピグラムを組み合わせたように、対立する種が双子のように組み合わされている形式）という概念を提唱したクラウディオ・ギリェンの『体系としての文学』（一九七一）を主に用いている。六〇年代前半は文学全体を分類し体系化したノースロップ・フライの『批評の解剖』（コリーの初期の著作『光と啓蒙』と同年の一九五七年に出版された）が鮮烈であったが、『種の源泉』では「アナトミー」をめぐる言及が二か所あるだけで、『シェイクスピアの生ける芸術』においてもフライへの言及は少ない。おそらくコリーは、フライの批評の方法や姿勢に自分とは相容れないものがあると考えていたのだろう。一つには、原型や神話という普遍的構造にテクストや文学ジャンルを収斂させていくことにおける非歴史性であり、もう一つは、思うに、ヒューマニズム的な発想がフライのジャンル論から抜け落ちていたためではないだろうか。コリーにとって、ジャンルとは生の複雑性を構成する記号の体系のようなもので、倫理や道徳の問題と切り離せないものであった。それは彼女が、新批評が輝きを放っていた四〇年代に教育を受けたことと無縁ではない。「文学のパラドクス」のなかで控え目に言及されているように、新批評は曖昧性を優れた詩の本分であるとした。コリー自身も学生時代に精読の訓練を受け、この流派の最良の成果の一つであるクリアンス・ブルックスの『精緻に細工された壺』（一九四七）を熟読し、パラドックスへの関心をはぐくんだはずである。だが、フライが登場した五〇年代後半のアメリカでは、個々のテクストの自律性を謳う新批評は閉塞し、新しい方法論が求められていた。『批評の解剖』は、新批評のエリート主義的な主観性を批判し、ジェフリー・ハートマンによれば「批評の民主化と芸術の脱神秘化」（110）をおしすすめたが、それは文学を脱ヒューマニズム化する過程でもあった。コリーが分かち持っていた「人生と道徳性に対するルネサンス劇作家たちの関心」（Ornstein 187）が、新批評が奉じたアーノルド的な人間形成の理念に由来するのか、あるいは詩や雄弁に道徳的目的があるとするルネサンス人文主義に由来するのかはわからない。だがコリーは、このカナダ人の「科学的な」批評家に、みずからの信念とは異質な、脱人間化され脱道徳化された批評実践を見ていたのではないだろうか。そのことが、この一世を風靡したジャンル論に対するある種の冷やかさにつながっていると私は思う。

ファウラーはコリーの先駆的なヴィジョンをふまえ、ジャンルの流動的な開放性を主張した。『文学の諸種《カインズ》』は、kindsという語が用いられていることからもわかるように、名実ともに『種の源泉』の衣鉢を継ぐジャンル論であり、コリーも依拠したハーシュの影響がとりわけ強く、献呈先にもなっている。「本書は、批評のレパートリーを拡げるべき時、文学形式の多様性の感覚を取り戻すべき時が来ているとの確信から生まれた」(v)、とファウラーは冒頭で宣言する。といっても彼は、新たな分類法を試みているのではない。重要なのは、ジャンルが何かということではなく、ジャンルが何をなし、またどのように生成していくかである。ファウラーはkind、sub-genre、modeという語を駆使しながら、豊富な作品例にもとづいて、ジャンルがまるで有機体のごとく(彼はジャンルを生物学的な種に喩えている)変容し混淆し消長するさまを通時的に辿っている。批評が政治性を強めていく八〇年代初頭にあって、おそらくファウラーだからこそ、このようにイデオロギー性を免れた概説書を書きえたのだろうが、少なくとも、この秩序ある書物によって、初期の新アリストテレス派に見られるような本質主義的な態度は払拭され、種の、そして種と種が結ぶ関係の変化や連続性を前提とするジャンル論が準備されることになった。ファウラー以降、現代のジャンル論は、文学と社会をラディカルに接続してきた。ジャンルは、創造と解釈を可能にする規範性をもっている。だがそれは、普遍的なものではなく、その時々の場の力学によって生起する恣意的なものなのだ。範疇そのものではなく、範疇化を規定する文脈に、今後ますます関心が向けられることであろう。

いささか先走ってしまったが、ふたたび、『種の源泉』の出版時に戻ろう。書評を読むと、「ルネサンスのジャンル理論と実践に関する先入観の多くに挑んだ」(Evans 401)、とおおむね好意的であるが、『種』の概念がかくも広範であることは、先行作の『パラドクシア・エピデミカ』で著者が『パラドックス』をあまりに広く用いていると批判されたときのように、批評の道具としての有用性を壊してしまうかもしれない」(Nelson 379)、と懸念もまた示されている。論述が論理的に展開せず、構築的な定義がなされないまま、諸領域を横超し、概念が拡散していくことについてのとまどいを、コリーの同僚にしてよき理解者であったシアーズ・R・ジェインは、こんなふうに「ねじ戻し」ている。

こうした disjunctive な〔『パラドクシア・エピデミカ』におけるコリーの言葉を借りれば、「何かにはまらない(50)」〕方法を受け容れるとき、コリーの著作から得られる報いは甚だ大きくなるのである。(110)

この洞察が正しかったことは、その後の歴史が証明している。[1]『シェイクスピアの生ける芸術』の姉妹篇となるもう一つのジャンル論、フレイヒフとの共編書である『「リア王」の諸相――プリズム的な批評における論文集』にも触れておきたい。本書の序論にも記されているように、この論文集は、メイナード・マックの『われらの時代の「リア王」』(一九六五)へのオマージュとも、その続篇とも言えるものである。マックは、小著ながら影響の大きかった『リア王』論において、この悲劇の相矛盾する異種混淆的な印象がいかに創り出されているかを、上演史、文学的背景、解釈において探った。その結果、『リア王』が背景とし、創作され、受容されるそれぞれの時代の相が重ね書きされ、そのいっぽうで『リア王』が「われらの時代」の受苦と希望の声であることが伝わってくる、歴史的重層性に満ちた複雑な名著ができあがったわけであるが、エッセンスは、広い意味での材源を扱っている第二章「原型、寓話、ヴィジョン」にある。『「リア王」の諸相』の論者たちが下敷きにしているのもこの部分であり、とりわけサブプロットの機能について論じたライアンズ、牧歌悲劇を切り口にしたリンドハイム、民話のモチーフを探ったヘニンガーは、マックの洞察を出発点にしている。表題の「プリズム」とは、序文によれば、芸術作品の多面性を表す比喩とされる。それぞれの論文が、プリズムの各断面に光を当て、『リア王』の複雑な輝きがどこから、いかにして生じるのかを探ろうというのである。シェイクスピア劇の中で、『リア王』ほど、テクストの内部からまた外部からこの種の試みを誘い、それによく耐える作品は他にあるまい。だからこそ、独立した書物が作られねばならなかったのだろう。

『「リア王」の諸相』は、ふたたび、シェイクスピアが、入手可能な形式をいかに批判的に用いたかを検討しており、そこにはイメジャリ、レトリック、ジャンル、エンブレムなど文学や視覚的伝統に由来するものとともに、社会的・歴史的なふるまいや表現の様式も含まれている。収録された一二篇の論文のうち、コリーは二篇を寄せている。まず「忍耐の力――『リア王』における聖書の谺」において、コリーは、極限状態におかれた人間を軸として、受苦と偉大さをめぐるパラドックスが劇中でいかに作用しているかを、聖書におけるヨブなどの類似箇所に照らして論じている。聖書という参照枠があればこそ、『リア王』のハンディ・ダンディな世界でパラドックスが複雑に展開するさまが認知され、人間が甘受しなければならない状況や、人間を人間たらしめているものは何であるかということが、よりよく伝わってくるとされる。

もう一つの論文「道理と必要――『リア王』と貴族制の危機」は、劇中の対立集団間の緊張を、ローレンス・ストーン（コリーは論文のタイトルが由来する名著を書評している）が言うイギリス・ルネサンス期における旧い貴族制エトスの衰退を反映したものであると論じている。このように、文学テクストを精読したうえ歴史化することは、私たちにとってはあたりまえの手順であるが、とすると、コリーの論文の価値は先駆的な意味にのみあることになるのだろうか。たしかに、マックの『リア王』

論が後に続くべき書として歓迎されたのは、シェイクスピアを生の現在にラディカルに接続したヤン・コットの『シェイクスピアはわれらの同時代人』（一九六四）の衝撃がさめやらぬなか、アカデミックな方法で歴史的姿勢を打ち出すことで、テクストという閉域を外部へと開くための手本を示したことにあるだろう。だが、マックの魅力は、その滋味あふれる語り口にもあるのであって、絆が断たれることと絆が結ばれることについて執拗に論じながら、人間が関係の中にしか存在しえないということの悲劇的意味を追うところは胸をゆさぶられるし、また同様に、価値体系の危機が人物間の関係に浸透するさまを論じたコリー論文後半部にも、マックと同質の惹きこまれるような魅力がある。それに伝統的ヒューマニズムというレッテルを貼ることはいともたやすい。だが、手法のうえで現代性を感じさせるがゆえに、彼らの批評は、二一世紀に生きる私たちがいま、何を失ってしまったかを意識させる。ノスタルジアに駆られて、ということではない。ヒューマニスティックなヴィジョンを湛えた、前批評理論時代のこうした良質の批評を読むたびに、「人間」にとって価値あるものは何かという問題が再考察できるような、新たな「倫理的転回」を待ち望む気持になるのである。

ここで改めて、ロザリー・コリーの全著書を紹介したい。

1 *'Some Thankfulnesse to Constantine': A Study of English Influence upon the Early Works of Constantijn Huygens*. The Hague : Martinus Nijhoff, 1956.

2 *Light and Enlightenment : A Study of the Cambridge Platonists and the Dutch Arminians*. London : Cambridge at the UP, 1957.

3 *Paradoxia Epidemica: The Renaissance Tradition of Paradox*. Princeton : Princeton UP, 1966. ／『パラドクシア・エピデミカ――ルネサンスにおけるパラドックスの伝統』高山宏訳、白水社、２０１１年。②

4 *"My Ecchoing Song": Andrew Marvell's Poetry of Criticism*. Princeton: Princeton UP, 1970.

5 *The Resources of Kind: Genre-Theory in the Renaissance*. Berkeley: U of California P, 1973.

6 *Shakespeare's Living Art*. Princeton: Princeton UP, 1974.／本書。

7 Colie, Rosalie L., and F. T. Flahiff, eds. *Some Facets of King Lear: Essays in Prismatic Criticism*. Toronto: U of Toronto P, 1974.

8 *Atlantic Wall, and Other Poems*. Princeton: Princeton UP, 1974.

1『コンスタンティンへいささかの感謝をこめて』は、オランダ黄金時代に生きた文人であり、作曲家であり、知識人であり、まさにルネサンス的万能人であったコンスタンティン・ホイヘンス（一五九六―一六八七）の若き日の、とりわけ詩人としての形成を、ジェイムズ朝文化の影響という視点から論じている。ホイヘンスは二〇歳台に外交使節の一員として四度イングランドを訪れ交友の輪を広げたが、なかでも彼が傾倒したのがジョン・ダンとフランシス・ベイコンであった（この二人とは実際に会っている）。彼はダンの詩をオランダ語に翻訳し、ベイコンの『学問の進歩』に奮い立ち、新科学を信奉した。本書は、ホイヘンスの初期の詩や科学への関心のなかにイングランドの刻印を探っている。これはコリーの初めての書物であり、それにふさわしく、きわめて端正に書かれているが、ダン翻訳をめぐる章には、後年のマーヴェル論でお馴染みの詩的能力がきらめいている。謝辞にはマージョリー・ホープ・ニコルソンとルネサンス外交史家のギャレット・マッティングリーが含まれているが、詩と科学の交渉を汎ヨーロッパ的文脈で扱ったこの書物は、これら二人のコロンビアでの恩師を満足させたことであろう。

2『光と啓蒙――ケンブリッジ・プラトン主義者とオランダのアルミニウス主義者の研究』は、前作と同様、一七世紀イングランドとオランダの知的交流を描いているが、ここでは、一人の人物ではなく、二つの思想集団に焦点が当てられている。海を隔てたこのリベラルな二つの派には宗教、哲学、政治にわたる思想的類縁性があり、いずれもデカルト、ホッブズ、スピノザを批判し、機械論的世界観という同時代の脅威に抗っていた。彼らは互いに交流があり、いわば共闘して論陣を張っていたのだ。リンボルフはモアやカドワースと二〇年間にわたって文通し、ルクレールはみずからが編集している雑誌をつうじてケンブリッジの共鳴者たちの見解をオランダに広めた。彼らはまさしく、輝かしい「啓蒙」の時代の先触れをなす「光」であり、一七世紀後半の知的争点が渦巻く光芒の一つだった。本書は、研究史の隘路を辿るようにしてつながりを追い求め、過渡期のヨーロッパの知の相を浮かび上がらせた観念史の名著である。

3 『パラドクシア・エピデミカ――ルネサンスにおけるパラドックスの伝統』は、後期ルネサンスの時代精神を「流行病としてのパラドックス」に探った記念碑的著作である。詳しくは、注1に挙げた高山宏氏の解説を参照のこと。

4 『「我が訝なす歌」――アンドルー・マーヴェルの批評の詩学』は、いまや自明と思えるマーヴェルの抒情詩のメタポエトリ性をいちはやく宣言した画期的な書物である。マーヴェルの詩に特有な捉えどころのなさを、コリーは、詩人としての自意識や、異様なまでの自己精査に根があるとする――「マーヴェルは、その詩において批評家である」(xi)。彼は詩的伝統にメタ的に関わった。伝統的な主題、ジャンル、修辞法を用いながらも、誇張、パロディ、矛盾した対置法をつうじて、art と life の関係を模索し、己れの継承した術の美的・道徳的な限界を露呈してみせたのだ。本書はマーヴェルの詩的技法を広範に分析している。じらしながらも真剣な詩人の批判的戯れにコリーが見ているのは、「アプルトン屋敷に寄せて」にみなぎるうつろいと相対性の感覚であり、混淆ジャンルであるがゆえの「庭」の万華鏡的なめまいであり、「入れ子細工、合わせ鏡、内と外の反転……」(177)が詩的言語のなかに構造化されているさまである。コリーの描くマーヴェルは、パラドックス詩人であり、認識論にとり憑かれたハムレットである。予期できることであるが、そうした詩人像を提示しているこの書物もなかなかの難物で、マーヴェルの詩のように捉えにくいところがある。そのことをジョン・ウォレスは書評でこんなふうに述べているが、それはきわめて精妙な讃辞であると受け取ってよいのだろう――「コリー自身の活力ある精神世界がパラドキシカルなので、優れた詩のなかの説明不能なものに寄り添うことができる……これは高い次元のネガティヴ・ケイパビリティである」(325)。

5の『種の源泉――ルネサンスにおけるジャンル理論』、6の『シェイクスピアの生ける芸術』、7の『「リア王」の諸相――プリズム的な批評における論文集』についてはすでに述べた。

なお、5、6、7、8はすべて死後出版である。

8『大西洋の壁、および他の詩』は詩集である。「序言」によれば、プリンストン大学出版局編集者のジョージ・ロビンスンは、コリーの父親から遺稿の詩を贈られた。それは「友情のしるし」としてであったが、既発表の長詩「大西洋の壁」と数十篇の未発表の短詩を合わせ、ここに出版することにした、とある。タイトル・ポエムは、主知的、抒情的、寓意的、個人的でもあるような恋愛詩である。どの詩にも鋭い感性がみなぎり、神話、古典、聖書への言及や暗示引用に満ちているところに、コリーの博識が偲《しの》ばれる。

以上は著書であるが、他に論文と書評が数多く残っている。早逝したため著作集もなく著作目録も発表されていないので、その全容を正確に把握することはできないが、ＪＳＴＯＲやＭＬＡのオンライン・データベースで検索してみると、だいたいの雰囲気はわかってくる。まず論文は、当然ながら、そのときどきの書物の関心事に呼応して書かれたものもあるが（たとえば、外国人技師ドレベルとコーをソロモンの館の霊感源とした五五年の論文や、バートンがエラスムスからパラドックスの手法をいかに学んだかについての六七年の論文）、そもそも私が入手した数が少ないうえ、論文なので紙幅が限られているせいもあろう、『パラドクシア・エピデミカ』の出現時のような大きな研究上の節目は感じられず、むしろ彼女の主題の継続性を、そしてふたたびその幅広さを印象づけるものであった。観念史を手法とする学者の射程は当然ながら広くなるが、その一連の広範な著述から改めて感じたのは、言うまでもないことだが、コリーの関心の根底にはつねに認識論があったということである。知のかたちや営みが、ルネサンスから啓蒙期へといたる過渡期において発現する特有の様態を、彼女はずっと見続けていた。そしてはじめは、哲学、神学、自然科学にわたる思想家や思想の交流に関する著作をなし、ついで、形而上詩人への当初からの関心をつうじて、コリーの天性の領域とも言える文学が諸学をつなぐ要として前景化され、マニエリスム的な知の表出を記述した、真骨頂をなす傑作が次々に生み出される。そして、それらすべてが、相互参照の網の目をなすがごとく、驚くほどつながり合っているのである。

イギリスの理神論におけるスピノザの影響に関する論文（一九五九）は、『光と啓蒙』をイギリス側の視点から補完するものであるし、ロックの言語観を『人間語性論』のなかに探った論文（一九六五）を読めば、『パラドクシア・エピデミカ』でスケッチされたパラドクシーに背を向けるロックの姿がよりよく理解できるだろう。科学革命期のヨーロッパで、近代認識論の台頭に震撼する思想世界の大変動は、コリーの一大関心事であった。やがてそこから七〇年代へと向けて、パラドックスと混淆ジャンルを軸とするもう一つの流れが浮上し、これが我々の知るコリーの学問の本流をなす。先述したように、形而上詩人への関心は最初期から見られ、マーヴェルの「バーミューダ諸島」を新大陸文学の系譜のなかで論じたもの（一九五七）、トラハーンの無限概念について考察したもの（一九五七）、詩業をつうじて神のロゴスに接近しようとするハーバートの試みを跡づける『聖堂』論（一九六三）などがある。マーヴェルへの関心は一九七〇年の『「我が谺なす歌」』に結実し、形而上詩人に顕著な自己検証性や、主題と手法の両面におけるパラドックス性は、文化の支配相としてのパラドックス全般に対するコリーの関心と相俟《あいま》って、畢生《ひっせい》の大作『パラドクシア・エピデミカ』（一九六六）を生み出した（前述のトラハーン論とハーバート論もここに収録されている）。それらの仕事と連動して、混淆ジャンルへの関心は、理論篇として『種の源泉』を、応用篇として『シェイクスピアの生ける芸術』と『「リア王」の諸相』を相次いで生み出していく。観念史家コリーが追い求めてきた持続的な観念のさまざまな流れは、このように、知的交流史から、時代の文化風土へ、そして作家やその作品へと文脈を移していく。歴史家、文学者、そして詩人の顔をもつコリーが、観念のかたちを追ってジャンル論に逢着し、作家の創作の場において大きな仕事をなしたのは、ごく自然な道程であるように思う。もっと長く生きていたら、コリーは計画通り大部のルネサンス・ジャンル論を完成させ、これはたんなる推測にすぎないが、ミルトンについて書いていたのではないだろうか。もしそうならば、「種のゆるぎない伝統のもとで」（*Resources* 122）神と人とのありようを語るパラドックス詩人ミルトンについての壮大な書物を、私たちは得たことだろう（バーバラ・ルウォルスキーがコリーの知見を起点にして、『「失楽園」と文学諸形式の修辞』を一九八六年に上梓しているが、これもまた、ルネサンス文化の精髄のごとき書物である）。

　コリーにはまた、おびただしい書評があり、その数の多さはそのまま彼女の人脈の広さを物語っているかのようだ。コリーが手がけた書物の主題は、彼女の広範な関心——ルネサンスの文学や芸術、および啓蒙思想を準備した一七世紀の科学革命、経験論、合理論などをめぐる文化史的・観念史的関心——の総目録の観があり、牧歌論からロンドン王立協会にいたるまで、実に多彩である。書評という気さくな小宇宙のもつ特性なのか、評者が日頃考えていることが凝縮されて、親しく響いてくるときがある。コリーの肉声が聴こえたと思えた、そんな瞬間を以下にいくつかご紹介したい。『失楽園』に関する複数の書物の書評において、きわめてコリーらしい機智をもって――「これらの書物もまた、『失楽園』の誕生日〔創作三百周年〕を祝うためのケーキと蠟燭なのである――そしてこの祝宴から私は少なくとも浮き浮きして帰宅し、ミルトン批評の次の百年という考えに立ち向かう心構えができるのである」（"Paradise" 677）。ミルトンも、コリーの愛する詩人であるが、シェイクスピアや形而上詩人と同様、自分が何をしているかを心得ていた――「私は、高度に意識的なミルトン像のほうを大いに好む」（676）。あるいは、一五六〇年代に低地地方から流入した文人や芸術家がイングランド文化に与えた影響に関する書物を、「さまざまな事柄（すなわち、文化、知的状態や観念、文学、芸術）の比較にもとづく（comparative）」（"Radical" 76）模範的な研究であると褒めている――「それは学芸を、専門家によって個々に考察されるべき、文化的文脈から切り離されたばらばらの『主題』ではなく、より大きな母体のなかの文化的活動として扱っている」（75-76）。

コリーは、フランス語やドイツ語で書かれた書物も書評しており、その博識のみならず、ルネサンスの教養人さながらのポリグロットぶりにも驚かされる。古典語を含め近代諸語に通じていることは、ルネサンス研究者にとって当然のことなのかもしれないが、日本人の私からすれば羨望をこえてただ敬服するしかない。大学院生のときにオランダ語を学び、ホイヘンスの詩を翻訳し、デン・ハーグで家族文書を渉猟する若き日のコリーの姿に、正式には習ったことがないのに、中世カタルーニャ語の手稿を読みたいがあまり一心に読み通した老年のフランシス・イェイツの姿が重なってくる。

ロザリー・リテル・コリーは一九二四年にニューヨークで生まれた。川で生まれたピカロの始祖のあのラサリーリョ・デ・トルメスのように、私はフェリー上の車の中で病院に着くのを待たず産声をあげた、という誕生時のエピソードを、『種の源泉』でコリーはふと語っている。[3] だが、ピカレスク小説の主人公とは異なり、彼女には「きちんとした家族と社会的立場」(94)があった。父親のフレドリクは水車番ではなく、後にニュー・ジャージー州最高裁判所判事となる教養ある人物である。コリーは、女子教育の名門ヴァッサー・カレッジを卒業後、コロンビア大学大学院で一九四六年に修士号、一九五〇年に英文学と歴史の博士号を取得した。研究者として教育者として、彼女はさまざまな場所に足跡を残している。最初に教鞭をとったのはニュー・ジャージー州にあるダグラス・カレッジである。その後はバーナード・カレッジ、ウェズリアン大学、アイオワ大学での任用を経て、イェール大学において客員教授、オックスフォード大学のレイディ・マーガレット・ホールにおいて客員研究員、トロント大学において英文学教授をそれぞれ一年ずつ務めた後、一九六九年にナンシー・デュークス・ルイス寄附講座教授としてブラウン大学に着任した。一九七二年一月には、ブラウン大学初の女性所属長として、比較文学科長に任じられた。彼女の死はその半年後のことである。七月七日、コネティカット州オールド・ライムの自宅近くのリューテナント川で、おそらくは川下りをしていたのだろう、カヌーが転覆して亡くなった。四八歳であった。

本書の『アントニーとクレオパトラ』論は、修辞の様式を生の様式と重ねているが、コリーの文のスタイルもまた、彼女の人となりを偲ばせているのではないだろうか。というのも、彼女の書き物は、学術書にはまれな「個性と生気の感覚」に満ちており、文に人が発露しているという印象をもたらしているからである。コリーの著書を評するうえでよく用いられる語は、「該博な」、「機智に富む」、「人間味のある」、「精妙な」などであるが、書評を書いた人々の多くは彼女をじかに知っていただけに、ロバート・オーンスタインの辛辣な書評(4)も含めて、コリー自身の姿もそこにだぶっているのではないかと思いたくなる。彼女はまこと、ナタリー・ゼーモン・デイヴィスの追悼文によれば、その闊達な学識と人柄によって知られており、(5)多くの同僚や知友に囲まれていた――「人文学者であるがゆえに、ロザリー・コリーは、人間にこのうえない関心をもち、個々の絆を大切にしていた」。(758)

その知的人脈の拡がりは、本書の謝辞からも感知できる。碩学ジョン・クロウや若き日のグリーンブラットなど思いがけない名前も挙がっているが、まず目につくのは、本書に理論枠を提供したE・H・ゴンブリッチであり、前作のマーヴェル論、パラドックス論とともにその影響は大きい。J・B・トラップの名も挙げられているように、コリーは、大西洋の向こう側のルネサンス学の拠点ウォーバーグ研究所と縁が深く、まさに第二の故郷とも感じられたのだろう、この沃野をしばしば訪れていた。おりしも六〇年代はフランシス・イェイツの全盛期で、コリーはおそらく彼女とも面識があったはずだ。互いの書物を書評し合っており、イェイツの『記憶術』について、コリーはこんなふうに語っている。

イェイツの仕事は、最も高次の意味において、比較にもとづいている(comparative)――ラテン語で書かれたヨーロッパ文学という山ばかりか、さまざまな自国語で書かれた文学をも踏破しているので、それはごく自然に比較にもとづくものになるのである。彼女の仕事は、より広い意味においても、比較にもとづいている。というのも、文学はイェイツの関心事の一つにしかすぎず、文学を他のあまたの主題や創造性の表出との関連のなかで扱っているからである。彼女はさまざまな観念を扱う。それらの観念の比較的「純粋な」歴史において、それらの社会的な、そして(とりわけ)知的な文脈において……イェイツの方法は、彼女が自分自身について述べている

ように、読んでつなぐということである。(155)

comparativeという語は、本書の序論冒頭のcomparatistという語と響き合う。コリーはそれを、ルネサンスの汎ヨーロッパ的な知的伝統という視点からシェイクスピアを考察するという意味で用いていた。国、言語、学問領域の境界を越え、観念の脈々とした流れを辿り、「はっとするようなつながりの連鎖」(159)を見出す——ここで称賛されているイェイツの「結合術 (ars combinatoria)」はまた、コリーのものでもあり、この一文は彼女自身を語るものともなっている。コリーはまた、みずからも越境し移動する人であり、行く先々で人々とつながった。そうした知的交友の一端は、学者仲間の進行中の仕事や刊行予定の著作が本書でも数多く言及されていることからも窺える。

そうしたコリーの人脈のなかでも、特筆すべきは、一人はハンナ・アーレントであり、もう一人は、本書では言及されていないが、マージョリー・ホープ・ニコルソンである。いずれも、コリーが形成期を過ごした戦後ニューヨークの知的世界において、卓越した地位を得ていた。

はしがきの最後でコリーが心に浮かべたのが、ハインリッヒ・ブリュッヒャーと「その妻」のことであった。アーレントとの交友は、謝辞の口調からも親密なものであったことがわかる。二人が出会ったのは、コリーがウェズリアン大学で教えていた一九六一年のことで、アーレントはその秋学期に客員研究員として滞在しており、講演やセミナーを行っていた。それはアイヒマン裁判の年であり、アーレントはその春にイェルサレムで裁判を傍聴したばかりであった。ユダヤ人社会で物議をかもした裁判報告が『ニューヨーカー』誌で発表されるのはそれからおよそ二年後のことであり、コリーもやがてその連載を熱心に読むことになる。この高名な政治哲学者に対する若き学者の敬意から始まった交流はやがて友情へと発展し、コリーは夫妻が共有する友人の輪に加わった。コリーがアーレントに宛てた書簡は、二人が多忙な生活の合間に、時事問題から私事にいたるまで、くつろいだやりとりを交わしていたことを伝えている。(6)

アーレントは、亡命知識人の拠点であった二〇世紀中期ニューヨークの知的世界において、まぎれもなく抜きん出た存在であった。『ハンナ・アーレント伝』によれば「交友の天賦の才」(17)があったとされるが、何をおいても、知的同族とみなされないかぎり、そのきらびやかなサークルにコリーが迎え入れられることはなかっただろう。アーレントは、オックスフォード大学への推薦文のなかで、「私がいままで知るなかで、最も学識ある女性の一人」(Jones 316)、とこの年下の友人を絶賛した。また、一九六九年のブラウン大学への推薦文においては、コリーを知る人々が伝える溌剌たる個性について、こう記した――「厳しい要求を課すにもかかわらず、学生たちには慕われています……礼節に富み、洗練されており、文学のあらゆる領域に深く通じていて、機智に溢れ、生気に満ちています。彼女はすばらしい同僚になることでしょう」。(Jones 316)

互いのなかにひとたび親和性を認め合うと、まるで血族《トライブ》のように、どこにいようと心の中でつながっている。アーレントとのまじわりはまさにそうしたものであって、その絆はコリーの死まで絶えることはなかった。二人とも、人々と深い絆を取り結ぶ能力をそなえていた。アーレントは、名声と友人と信奉者と論敵に囲まれながら不断の思考生活を送り、一九七五年に急死した。コリーの仕事を友人たちが死後出版したように、アーレントの『精神の生活』は盟友メアリ・マッカーシーによって編まれ、遺著として世に送り出されたのである。

そしてもう一人、ニコルソンは、何よりもまず、観念史派の代表的学者として知られている。ニコルソンの針路を決定づけたのは、一九二三年のこと、ジョンズ・ホプキンズ大学でのA・O・ラヴジョイとの出会いである。近隣のカレッジで教え始めたばかりの若きニコルソンは、ラヴジョイのセミナーに参加し、「それぞれの講義が……我々の精神の眼が見ている前で、有機的全体の不可欠な一部となって成長していく」(Nicolson 430) さまに魅了された。一九四一年、コロンビア大学大学院で女性として初の教授職を得た彼女は、学者として教育者として声望をとどろかせていく。コロンビアで、コリーはニコルソンの指導を受けた。コリーは、四〇年代後半に修士号と博士号を得ているが、彼女が大学院生だったとき、ニコルソンは科学と文学が相互交渉するさまを活写した『ニュートン、詩神を召喚す』、『月世界への旅』、『円環の破壊』といった観念史派の名著を次々と著わしていた。[7] 大戦はアメリカの大学の知的風土を一変させた。何よりも失われてしまったのは、スキエンティアという概念が表していたような、知の連環の感覚である。学問の専門分化は総合知であるべき「科学」を区分して痩せ細らせ、戦争による科学技術の偏重や実用主義が人文学の軽視を招いている——ニコルソンは、知の断片化によってアカデミアが荒地と化しつつあることに危機を覚え、さまざまな場で警鐘を鳴らしていた。コリーがニコルソンに出会ったのは、終戦前後のそのような時期であった。彼女の師は、そのゆるぎない敢然とした声によって、やがて「コロンビアの良心」(Walton 195) と称されることになるが、すでにキャンパス内外で傑出した存在であった。

ラヴジョイとニコルソン、ニコルソンとコリー——二組の師弟は、ほぼ一世代を隔てて出会っている。[8] われわれはそこに、反復と成長のサイクルを見ることができるだろう。ニコルソンは、みずからの仕事を「ラヴジョイへの脚注」(Tayler 665) であると称するのを好んでいた。それは、恩師に対する敬意という以上に、彼女が観念史の創設初期からラヴジョイとともに歩んできたことを示している。ニコルソンは、ラヴジョイが創ったクラブとジャーナルに多年にわたって関わり、観念史の理念と手法を規範的に実践しながら、彼女自身の言葉によれば、「魚でも、肉でも、鳥でも、良い燻製ニシンでもない〔「どっちつかずで得体が知れない」という意味〕」ために「正しい」手法ではない、という批判と戦ってきたのである（Nicolson 437）。ラヴジョイから発した観念史の系譜は、彼の死後、*Dictionary of the History of Ideas*（1968–74）によって一つの結実を見る。奇しくもそれは、『パラドクシア・エピデミカ』とほぼ同時期の六〇年代末の所産であり、「文学のパラドクス」を寄稿したコリーは、五項目を執筆したかつての師のニコルソンとともに、「各自の研究が関連した他の分野と文化的・歴史的に通底しあっていることに明敏にも気づいている」（『西洋思想大事典』3）各国の錚々たる学者たちと肩を並べることになった。いまなお、あるいはいまだからこそ鮮烈なフィリップ・ウィーナーの事典への序を以下に引用する。

> さまざまな観念の歴史的な相互関連をこうして研究していくことは、いやましに専門分化と疎外の色を濃くしていく世界のただなかにあって、人間の思考とその文化的表現とに統一性《ユニティ》があることを感じるための大きな助けとなるであろう。幾世紀にも相わたって芸術と科学が獲得し蓄積してきてくれたもの、それこそ知的・文化的破産に抗うための最強の拠りどころではないだろうか。（5）

「統一性」を志向する知のパラダイムが、両大戦による「知的・文化的破産」に挑む対抗知であることを、この序文は高らかに宣言している。円環する学知のヴィジョン、領域横断、知の手法への実践的自覚、そしてそれらを可能にする百科全書的な博識――コリーにはそのすべてがあった。ニコルソンは、たしかに、この才能ある弟子に知の沃野を開いたのだ。[9] 二〇年代に生まれたコリーは、近代知の成立過程を検証することをみずからの仕事とした。彼女は、ホッケ（マニエリスムを歴史のなかで反復される「常数」としたクルティウスの弟子）やプラーツと同じ時代の空気を吸い、いわば彼らと並んで仕事をし、六〇年代後半の対抗文化のうねりのなかで、パラドックスという非合理の知をつうじて近代知を問い直した。コリーはまさしく、六〇年代末に描かれた、同時代の「知性の肖像」であり観念史という「知の形式の肖像」ともなっている（高山「『文学のパラドクス』について」235）。転換期の知のありように魅せられ、みずからも知の転換期に生きた彼女の輝かしくも完璧な精神の軌跡を、いま思う。[10]

本書は Rosalie L. Colie. *Shakespeare's Living Art*. Princeton : Princeton UP, 1974 の全訳である。付記にあるように、コリーが原稿を提出した直後に急逝したため、シェイクスピア学者のライアンズ（彼女の『メランコリーのさまざまな声』はコリーに献じられている）と編集者のロビンスンが最小限に手を入れたうえ、死後出版された。はしがきの日付が七二年七月になっているので、まさに本書が絶筆になったものと思える。そのような事情もあって、些少の誤りが散見された。だが、よほど丁寧に校閲がなされたのだろう、この大きさの書物にしては、私が見つけられるかぎり、その数はわずかであった。誤りについては、幕場の表記などささやかなものはそのまま直したが、訳注で訂正の断りを入れたものもある。できるだけ事実確認をしながら翻訳を進めていったが、なおも誤りが残っていれば、それは訳者である私の責任である。どうかご寛恕いただきたい。

翻訳にあたっては、いつものように、多くの方々にお世話になった。英語の不明箇所はモーリス・ジャマール氏、フランス語は松本伊瑳子氏、ラテン語は平田眞氏に助けていただいた。多年にわたって、惜しみなく知識を分け与えてくださったこれらの同僚や友人たちに、改めて感謝したい。

イタリア語は、ふたたび、埼玉大学の伊藤博明氏にご教示願った。そのさい、第二章のミントゥルノの引用文に脱落箇所があることをご指摘のうえ、原典に当たって引用文を正確に再現し訳出してくだをさった。これもまた、長い孤独な時間をときに明るく彩ってくれた、得がたいエピソードの一つである。

また、コリーを翻訳するきっかけを与えてくださった二宮隆洋氏に、ようやく形になったことを報告できて安堵している。二〇年越しの仕事になってしまい、そのあいだ批評風土は一変したが、「いいものはいいんだよ」と例の口調であっさりとおっしゃるのではないだろうか。氏もまこと、物惜しみすることを知らず、ささやかなものを倍にして、両方の手で返してくれた。"multum in parvo"――私もまた、これを感謝の銘として氏の思い出に捧げたい。

わずかなものを豊かにするということでは、高山宏氏には驚嘆するばかりである。氏は私の訳稿を精細に読んでくださったうえ、そこここ（というよりもいたるところ）に絶妙な筆を施し、私の拙い散文にコリーの精妙な機智がどこかしら感じられるようにしてくださった。「コリー本を通じ最大に個性的な使い方がなされているのが"fix"、"fit"（"match"）、"set"の三語」だから、それらの訳語を工夫するようにとおっしゃったときは、ジャンル論としての本書の性格やコリーの思考のかたちまでもがくっきりとして、目からうろこが落ちたような気持がした。だが、恩義はそれだけにとどまらない。そもそも私がコリーを初めて読んだのは、学部生の頃、氏の翻訳によってである。『ユリイカ』に掲載されたこの『ハムレット』論（第四章を訳出するさい参考にさせていただいた）は、「文学のパラドクス」、『パラドクシア・エピデミカ』とともに、つねに私を助けてくれた。そしてまた、ホッケとコリーを学の原点として挙げる氏の著作群も、たえざる霊感源であった。訳業を終えたいま、コリーが無比の導き手を得て世に出ることを、ただひたすらうれしく思う。

そしてまた、寛大にも出版の労をとってくださった白水社の方々に感謝したい。とりわけ、編集者の藤原義也氏は、無から有を生み出していく工程のすべてにおいて一心に力を尽くしてくださった。

だから私もここまで来ることができたのである。振り返ってみれば、私がお世話になった方たちはみな、「染物屋の手」のように、「有用で美しいもの」を創るのにその技をふるっている。みずからの扱う素材によって染めあげられた、そんな手をもつ方たちとともに仕事ができたことを、誇らしく思う。

最後にふたたび、タイトルについて触れておきたい。原著の *Shakespeare's Living Art* というタイトルは、はしがきにあるように、『恋の骨折り損』冒頭のナヴァール王の台詞に由来している。現代の諸版本で living art の注釈を見ると、これは ars vivendi（生の技法）というストア派の用語の英訳であり、生きた学問、すなわち人がいかに生きるかに関わる実践的な知識を意味する、とまず説明されている。また、living を「永続的な」と読むならば、小田島雄志訳のように「不滅の学芸」とすることもできる。また、そこには、アーデン版編者のワウドハイスンが示唆するように、宮廷が代表する「人工《アート》」と王女一行が代表する「自然」の対立も含意されているだろう（113）。しかしながら、本書において、art は何よりもまず、シェイクスピアが継承したジャンルや慣習など、創作上の形式的側面を指している。そして本書の目的は、シェイクスピアが定型にいかに新しい生命を吹き込んだかを考察することにあるので、art と同じく living も重要な関心事となっている。

living art は、本書の文脈において、さまざまに解釈できる。それは、己れをつねに刷新し続ける「生きている技法」である。また、art を存続せしめるのはその規範と形式をつうじてである、というゴンブリッチの見解のいかにもコリーらしい言い換え――「それによって芸術家が生き、それゆえ芸術また生きる形式もろもろ」（4）――に従えば、「生命を与える技法」、「不滅の技法」、あるいは「生業としての技法」という意味にもなる。そしてまた、シニイクスピアの「生きている技法」は「生の技法」にも通じている。タイトルは、『シェイクスピアの生ける芸術』としたが、これは living にも art にも日本語におけるふくらみを最大限にもたせたいがためであり、art と life の関係が本書に通底する主題であることを銘記するためでもある。そしてまた、前近代の art を「芸術」と訳しても、芸術の営みのおおもとに慣習的素材をいかに捌くかという技法の脈々たる営みがあるとしたら、そしてまた、シェイクスピアが新しい知覚の様式を創出するうえでいかに「独創的」であったかを考えるなら、さほど時代錯誤的であるとは言えまい。

思えば、living art とは、まるで撞着語法ではないか。相反物につながりをつける この技こそが、おそらくは、シェイクスピアに長きにわたる死後の生をもたらし、われわれの生を富ませてきた、シェイクスピアの生ける芸術なのであろう。

二〇一六年五月

正岡和恵

注

（1）パラドックスと混淆ジャンルについて、また研究史におけるコリーの位置づけについては、高山宏氏の『パラドクシア・エピデミカ』邦訳版に付された「ロザリー・コリー讃——全てここより出でて、ここに帰る」と「訳者あとがき」、および「文学のパラドクス」に付された解説がすばらしいガイドになる。また、『ユリイカ』第15巻9月号（1983年）、85—86ページの解説も参照せよ。これらの解説では、一九二〇年代から六〇年代にかけての知のパラダイム変換に連なる文献がつぶさに紹介されており、知の生成史におけるコリーの立ち位置が一目でわかる。

コリーの著作、とりわけ一九六六年の『パラドクシア・エピデミカ』に始まる後期五作は、JSTORを検索してみても、今日にいたるまで数多く言及され、彼女がいかに多くの思考の糧を残したかがわかる。ルネサンス研究との関連で引用されることがほとんどであるが、ロマン派牧歌の研究書がコリーに献呈されていたりもし、その影響力は随所に及ぶ（Metzger, Lore. *One Foot in Eden : Modes of Pastoral in Romantic Poetry*. Chapel Hill : U of North Caroline P, 1986）。ポスト・コリーの文献を挙げるのは私の手にはあまるうえ、屋上屋を架すことにもなる。それゆえ、シェイクスピア関連で、ある種の里程標になりそうな文献のみを数点、以下に挙げる。

Platt, Peter G. *Shakespeare and the Culture of Paradox*. Farnham : Ashgate, 2009.
（コリーのパラドックス論をポスト構造主義の観点から読み直したもの。*Dictionary of the History of Ideas* の旧版と新版のように、『パラドクシア・エピデミカ』とぜひ読み比べてほしい）。

Lewalski, Barbara Kiefer, ed. *Renaissance Genres : Essays on Theory, History, and Interpretation*. Cambridge : Harvard UP, 1986.
（ギリェンやファウラーも含め、コリーに関わる錚々たる人々が寄稿している。論文集であり統一感はないが、『種の源泉』の後でまっさきに読むべき書物）。

Richards, Jennifer, and James Knowles, eds. *Shakespeare's Late Plays : New Readings*. Edinburgh : Edinburgh UP, 1999.
（九〇年代には悲喜劇をめぐる書物がいくつか出たが、これもその一つで、混淆ジャンルの境界侵犯性やコリーの「総体としての文化」という見解をジェイムズ朝社会に文脈づけ、ロマンス劇の政治性を論じている）。

Wilcher, Robert. "*Antony and Cleopatra* and Genre Criticism." *Antony and Cleopatra*. Theory in Practice. Ed. Nigel Wood. Bristol, PA : Open UP, 1996. 92–131.
（『アントニーとクレオパトラ』を、ハーシュ以降のジャンル理論に言及しつつ検討しており、個々の作品にジャンルという観点からアプローチするときの方法論を意識するうえで有益である）。

（２） コリーの邦訳は、高山宏氏によるものがさらに二点あり、それぞれに解説が付されている。
「鏡の国のメランコリア――『ハムレット』の劇中劇」『ユリイカ』第7巻11月号（１９７５年）、１８８―９５ページ。『シェイクスピアの生ける芸術』第五章のエッセンスをなす部分を訳出したもの。
「文学のパラドクス」『愚者の知恵』〔叢書〕ヒストリー・オヴ・アイディアズ７、平凡社、１９８７年、８―４３ページ。解説は２１４―４５ページ。『西洋思想大事典』の一九九〇年の出版に先駆けてコリーの執筆項目を翻訳し紹介したもの。

（3）　水上で生まれたことにこだわっていたのだろうか。自伝的解釈を誘う詩「大西洋の壁」では、こんなふうにも。

ウェヌスのように、私は水の上で生まれた。
カローンの気まぐれな舟に乗って此岸へと渡り
私は生へとやってきた（裸で、泣きながらこの世に）、
陸と陸のあいだを漂いながら、最初の息を吸ったのだ。

（4）『パラドクシア・エピデミカ』の高山宏氏による訳者あとがきにはオーンスタインの書評全文が訳出されている。書評自体は辛辣であるが、エレガントで的確な人物評が含まれているので、繰り返しになるが、その部分をここにふたたび引用する。

コリー教授の学殖は深く、才能豊かな批評家だし、秀れたヒストリー・オヴ・アイディアズの逸材である。実際、機知と言語に対するルネサンス詩人たちの快楽、人生と道徳に対するルネサンス劇作家たちの関心、そして百科全書的定式化に寄せるルネサンス哲学者たちの本能をことごとく女史自身、分かち持っている……学殖の後に姿を隠すのでなく、芸術と生で女史が価値置くものについて語る時には、女史自身の生まの声が聞こえてくるのも面白い。（588）

（5）　ナタリー・ゼーモン・デイヴィスはまた、コリーの学識は「ロバート・バートン――彼女のお気に入りの一人――をも感服させたことであろう」（757）と、最大級の讃辞（コリーならそう感じたことだろう）を捧げている。

（6）コリーがアーレントとりかわした手紙は、アメリカ議会図書館手稿部門のハンナ・アーレント文書に収蔵されている。私は原本を見ていないが、フェミニスト政治哲学者であるキャスリーン・B・ジョウンズが自伝と伝記を交錯させてアーレントを論じた『真珠を求めて潜る』のなかで、コリーとアーレントとの書簡をもとに、コリーの（感情）生活を再構成しているくだりがある。コリーの溺死を、同僚のリリアン・ブルワがスイスにいたアーレントに手紙で知らせたとき、アーレントは「自殺だったのね、そうでしょう？」（327）と返答した。ブルワはそれを肯定し、「でも、友人の多くにとって、それは避けられない死ではなかったと思えるのです」（328）、とアーレントに書き送っている。

私はこの一節を読んだとき衝撃を受けたが、それは、自殺ではないかと示唆されたこと以上に、学術書の著者を、もろく傷つきやすい一人の人間として意識したせいであった。何をいまさら、ということにもなろう。というのも、先述したように、コリーの著作そのものが、彼女がいかに人間味に溢れていたかを伝えており、とりわけ詩集には、学者の顔とともに、豊かな内面生活を営む個人の顔が垣間見えるからである。稀有なルネサンス学者としてのコリーはまた、喜びや痛みをひときわ深く感じることができるような一人の女性でもあった。コリーの書き物が魅力的なのは、そんな彼女の存在が息づいているためでもある。

（7）コリーには、科学と他の諸分野をいかに連関させるかを、手本となる書物を挙げながら語ったエッセイがあり、ニコルソンの『円環の破壊』もそこに言及されている。

"'Method' and the History of Scientific Ideas." *History of Ideas News Letter* 4 (1958): 75–79.

（8）ニコルソンがラヴジョイの思い出を綴ったように、コリーもまたニコルソンを回想するエッセイを一九六五年に書いている。その当時、コリーはアイオワ大学で教えており、ニコルソンはすでにコロンビア大学を退いてプリンストン高等研究所に所属していた。この一文に、短いながらもユーモアに溢れており、大学院時代のエピソードが満載で、ニコルソンの人物像や学問観を鮮やかに伝えている。たとえばニコルソンは、多くの大学教員が行っていることであるが、執筆しながらそれを授業でも教えていた。だから院生は、師がニュートンの

『光学』について書いているときは、光の理論を求めて「一八世紀の英詩の深い泥沼に分け入り」（466）、師が円環について書いているときは、円環のイメージをせっせと収集したのである。あるいは、ニコルソンは破壊や混沌について思考しながら、そのまなざしは「一八世紀の前提をなす世紀、人間の精神を理性のまったき太陽に掲げようと無知の経帷子を脱ぎ捨てつつある世紀」（467）としての、一七世紀の合理と理性の側に向けられていた、というはっとするような記述もある——コリーも、パラドックスや混淆ジャンルをつうじて「非理性、非合理、神秘、非知」（467）を追求したが、彼女の心はその活力ある創造的な面にくみしていた、と（私には）思える。コリー曰く、ニコルソンは「啓蒙主義の真の申し子たる女性」（467）であり、そうした人間にとって、謎は知ることができ、解くことができ、秩序立てられるものなのである。この鋭敏な弟子は、六〇年代という地点から俯瞰する者の利点もあろう、師を、その世界観も含めてきわめてよく理解していた。そして、偉大な師に弟子が覚える普遍的な畏怖をもって、こう結ぶ——「並外れた女性。恐れさせ、支配し、駆り立て、称讃させ、運命的に愛せざるをえない（愛する勇気があるならば）、人がみずからの思想を彼女に合わせて膨らませなければならないような、等身大以上の存在……そのような人間は、神の笞であるとともに、神の人間への贈り物でもある」、と。（470）

Colie, Rosalie. “*O quam te memorem*, Marjorie Hope Nicolson!” *American Scholar* 34 (1965): 463–70. タイトルは『アエネイス』第一歌の、「ああ、御身を何と呼べばよいのでしょう、乙女よ（O quam te memorem, virgo）」（これはT・S・エリオットの詩「泣いている娘」のエピグラフでもある）のもじり。乙女の姿で現れてきた母神ウェヌスにアエネアスが、あなたは人間ではなく女神に違いない、と語りかけている場面。このような細部にもコリーの機智が宿っている。

（9）優れた弟子と認められていたのだろう、コリーは、ニコルソンのコロンビア大学退職を記念する論文集『理性と想像力』（一九六二）に、ラヴジョイやダグラス・ブッシュなどの著名学者に混じって、“Some Paradoxes in the Language of Things”（『パラドクシア・エピデミカ』第十章の土台をなす論文）を寄稿している。

Mazzeo, J.A., ed. *Reason and the Imagination : Studies in the History of Ideas 1600–1800*. New York : Columbia UP, 1962.

（10）二〇年代に生まれたコリーは、学生時代に第二次世界大戦と冷戦初期のマッカーシズムを、学者としての確立期には公民権運動の高まりとヴェトナム戦争の泥沼化を経験した。近代的な支配秩序が個人の生に暴力的に介入するさまを繰り返し目撃したことが、コリー自身の学問観や世界観の形成に影響を与え、対抗知を志向させたと考えるのは合理的な推測である。

引用文献

Colie, Rosalie L. Rev. of *The Art of Memory*, by Frances A. Yates. *Comparative Literature* 21（1969）: 155–59.

——. "Cornelis Drebbel and Salomon de Caus : Two Jacobean Models for Salomon's House." *Huntington Library Quarterly* 18（1955）: 245–60.

——. "Logos in *The Temple* : George Herbert and the Shape of Content." *Journal of the Warburg and Courtauld Institutes* 26（1963）: 327–42.

——. "Marvell's 'Bermudas' and the Puritan Paradise." *Renaissance News* 10（1957）: 75–79.

——. "Paradise Lost Regained." Rev. of *The Logical Epic*, by D. H. Blunden, *Paradise Lost*, by Ernest Sirluck, *The Reader in Paradise Lost*, by Stanley E. Fish, and *Unpremeditated Verse*, by Wayne Shumaker. *The Kenyon Review* 30（1968）: 671–77.

——. "The Social Language of John Locke : A Study in the History of Ideas." *Journal of British Studies* 4（1965）: 29–51.

——. Rev. of *The Radical Arts : First Decade of an Elizabethan Renaissance*, by J. A. van Dorsten. *Renaissance Quarterly* 26（1973）: 74–76.

——. "Some Notes on Burton's Erasmus." *Renaissance Quarterly* 20（1967）: 335–41.

——. "Spinoza and the Early English Deists." *Journal of the History of Ideas* 20（1959）: 23–46.

——. "Thomas Traherne and the Infinite : The Ethical Compromise." *Huntington Library Quarterly* 21（1957）: 69–82.

Davis, Natalie Zemon. "Recent Deaths." *The American Historical Review* 78（1973）: 757–58.

Evans, Maurice. Rev. of *The Resources of Kind : Genre-Theory in the Renaissance*, by Rosalie L. Colie. *Renaissance Quarterly* 28

(1975): 401–02.

Fowler, Alastair. *Kinds of Literature : An Introduction to the Theory of Genres and Modes*. Oxford : Clarendon Press, 1982.

Hartman, Geoffrey. "Ghostlier Demarcations." *Northrop Frye in Modern Criticism. Ed. Murray Krieger*. New York : Columbia UP, 1966. 109–31.

Jayne, Sears. Rev. of *Paradoxia Epidemica : The Renaissance Tradition of Paradox*, by Rosalie L. Colie. *Modern Language Quarterly* 29 (1968): 108–10.

Jones, Kathleen B. *Diving for Pearls : A Thinking Journey with Hannah Arendt.* San Diego : Thinking Women Books, 2013.

Nelson, William. Rev. of *The Resources of Kind : Genre-Theory in the Renaissance*, by Rosalie L. Colie. *Comparative Literature* 26 (1974): 378–80.

Nicolson, Marjorie. "A. O. Lovejoy as Teacher." *Journal of the History of Ideas* 9 (1948): 428–38.

Ornstein, Robert. Rev. of *Paradoxia Epidemica : The Renaissance Tradition of Paradox*, by Rosalie L. Colie. *Comparative Literature* 20 (1968): 187–89.

Palmer, D. J. "1. Critical Studies" *Shakespeare Survey* 28 (1975): 149–64.

Shakespeare, William. *Love's Labour's Lost*. Ed. H. R. Woudhuysen. The Arden Shakespeare. The Third Series. Walton-on-Thames: Thomas Nelson,1998.

Tayler, Edward W. "In Memoriam: Marjorie Hope Nicolson (1894–1981)." *Journal of the History of Ideas* 42 (1981): 665–67.

Wallace, John M. Rev. of *"My Ecchoing Song" : Andrew Marvell's Poetry of Criticism*, by Rosalie L. Colie. *Modern Language Quarterly* 32 (1971): 320–25.

Walton, Andrea. "'Scholar,' 'Lady,' 'Best Man in the English Department'? : Recalling the Career of Marjorie Hope Nicolson." *History of Education Quarterly* 40 (2000): 169–200.

ウィーナー、フィリップ　序　『西洋思想大事典』高山宏訳　東京、平凡社、１９９０年。

コリー、ロザリー・Ｌ　『パラドクシア・エピデミカ――ルネサンスにおけるパラドックスの伝統』高山宏訳　東京、白水社、２０１１年。

ゴンブリッチ、E・H　『芸術と幻影』瀬戸慶久訳　東京、岩崎美術社、1979年。

高山宏　解説「〈知〉をねじ戻す――ルネサンス・パラドックス文学の観念史」『ユリイカ』第15巻9月号（1983年）、85―86ページ。

――「『文学のパラドクス』について」『愚者の知恵』〔叢書〕ヒストリー・オヴ・アイディアズ　7　東京、平凡社、1987年、214―45ページ。

――　訳者あとがき『パラドクシア・エピデミカ――ルネサンスにおけるパラドックスの伝統』高山宏訳　東京、白水社、2011年、581―96ページ。

ヤング＝ブルーエル、エリザベス　『ハンナ・アーレント伝』荒川幾男他訳　東京、晶文社、1999年。

索　引

イタリック体の数字は原註の頁数を示す。

ア

アーウィン　Erwin, John W.　*25*
アップダイク　Updike, John　87
アテナイオス　Athenaeus　403
『アテネのタイモン』 *Timon of Athens*　327
『あらし』 *The Tempest*　327, 365, *25*, *36*；牧歌の定式　432–440, 449–453, 455, 457–458, 466
アリオスト　Ariosto, Lodovico　132, 477
アリストテレス　Aristotle　399, 401, 414, *25*
アルキダムス　Alcidamus　*41*
アルチャーティ　Alciati　*10*
アルパース　Alpers, Paul J.　*2*
アレグザンダー，ナイジェル　Alexander, Nigel　*27*
アレグザンダー，ピーター　Alexander, Peter　4
アレティーノ　Aretino, Pietro　*34*
アンダスン　Andresen, Martha　5, 532, *43*
『アントニーとクレオパトラ』 *Antony and Cleopatra*　27, 214, 233, 240, 267–325, 483, *19*, *21*

イ

イェイ　Yeh, Max　6, *34*
イェイツ　Yates, Frances A.　59, *4*
『為政者の鑑』 *Mirror for Magistrates*　37
『イングランドのヘリコーン』 *England's Helicon*　376, *9*

ウ

ヴァザーリ　Vasari, Giorgio　424, *35*
ヴァルキ　Varchi, Benedetto　132
ヴァレンシー　Valency, Maurice　*16*
ウィーヴァー　Weever, John　145, 149, *9*, *13*
ウィットコウアー，マーゴット　Wittkower, Margot　*24*, *26*
ウィットコウアー，ルドルフ　Wittkower, Rudolf　*24*, *26*
ヴィットリーノ・ダ・フェルトレ　Vittorino da Feltre　59
ウィトルウィウス　Vitruvius Pollio　403
『ヴィーナスとアドニス』 *Venus and Adonis*　150
ウィンターズ　Winters, Yvor　109, 150, 166, *7*, *20*
ウェイス　Waith, Eugene M., Jr.　*22*, *28*, *31*
ウェッブ　Webbe, William　138, *13*
『ヴェニスの商人』 *The Merchant of Venice*　28, 49, 236
ウェルギリウス　Vergil　379, 387, *30*；『アエネイス』 *Aeneid*　237, *21*, *32*；『牧歌』 *Eclogues*　152, 382, 413, 445
ウェルズフォード　Welsford, Enid　533, *2*
ヴェルテッロ　Vellutello, Alessandro　*6*
『ヴェローナの二紳士』 *The Two Gentlemen of Verona*　215
ウォーカー　Walker, D. P.　*36*
ヴォークラン・ド・ラ・フレネ　Vauquelin de la Fresnaye, Jean　137
ウォタスン　Watterson, William A.　6, *43*
ウォディントン　Waddington, Raymond B.　*21*
ヴォルテール　Voltaire, François-Marie Arouet　21

エ

エイベル　Abel, Lionel　372, *27*
エヴァンズ　Evans, Bernard　*39*
エウリピデス　Euripides　399, 400, *34*
エトリンガー　Ettlinger, D. D.　*2*
エドワーズ　Edwards, Philip　5, *26–27*
エラスムス　Erasmus, Desiderius　38, 82, 490, 531, 539, *37, 40, 41, 42*
エンプソン　Empson, William　42, *3, 27, 30*

オ

オウディウス　Ovid　50, 70, 149, 223, 224, 229, 232, 239, 240, 243, 244, *34*
オーエン　Owen, John　123
『お気に召すまま』 *As You Like It*　19, 25, 43, 70, 216, 327, 365；牧歌としての──　377–380, 388–398, 399, 404–408, 413, 420–421, 466
『オセロー』 *Othello*　25, 29, 34, 46, 207, 214, 215, 230, 232–266, 267–269, 299, 327, 526；──のソネット　235, 245, 260, 262, 265；『ロミオとジュリエット』との比較　233, 235–236, 240–241, 243, 245, 255, 259–262, 265
オックスフォード伯爵　Oxford, Edward de Vere, Earl of　53
オーデン　Auden, W. H.　451
『終わりよければすべてよし』 *All's Well That Ends Well*　43, 241
オーンスタイン　Ornstein, Robert　16, *20, 21, 24, 40, 42*

カ

カイザー　Kaiser, Walter　*3, 38, 42*
カイヨワ　Caillois, Roger　*27*
カーサ　Casa, Giovanni della　88, 151
カスティリオーネ　Castiglione, Baldassare　59, 60, 69, 70, 345, 432；『宮廷人』 *The Courtier*　19, 58, 421, *28*
カトゥルス　Catullus　50, 170, 181, *10, 11, 12, 16*；エピグラム　128–129, 132, 134, 135, 139
カーモード　Kermode, Frank　4, *29, 30, 35, 36, 37, 43*
『空騒ぎ』 *Much Ado About Nothing*　34, 215
カントーロヴィチ　Kantorowicz, E. H.　30

キ

キケロ　Cicero　129, 271–272, *20*
キッド　Kyd, Thomas　*27*
キムブロウ　Kimbrough, Robert　485, *38, 39, 40*
ギャスコイン　Gascoigne, George　*9*
キャロル　Carroll, Lewis　49
キャンピオン　Campion, Thomas　411, 413, 424, *9, 34*
キャンベル，リリー・ベス　Campbell, Lily Bess　*23*
キャンベル　Campbell, O. J.　*4, 23, 25, 38, 39*
ギリェン　Guillén, Claudio　15, 22, 23, 49, 150, *1, 13*
『ギリシア詞華集』 *Greek Anthology*　126–129, 188, 253, *10*
ギルピン　Guilpin, Edward　483

ク

グァリーニ　Guarini, Giovanni Battista　35, 376, 386, 399–403, 406, 417–419, *32, 34*；『忠実なる牧人』 *Il pastor fido*　35, 377, 399, 406
クラーク　Clark, Kenneth　53, *3*
クラットウェル　Cruttwell, Patrick　86, 148, *6, 8, 13*
クラブ　Clubb, Louise　16
グランディ　Grundy, Joan　*5*
クリーガー　Krieger, Murray　6, *5, 6, 17, 43*

クリバンスキー　Klibansky, Raymond　326, *23, 30*
グリフィン　Griffin, Bartholomew　175–176
クリーン　Klene, Sr. Jean　6, *1*
グリーン，リチャード・レイトン　Green, Richard Leighton　*28*
グリーン，ロバート　Greene, Robert　56, *34*
クルティウス　Curtius, E. R.　19, 22, 24, 96, *1, 4, 20*
グレッグ　Greg, W. W.　399, *29, 32, 35*
クレメン　Clemen, Wolfgang　45, *3*
クレメンツ　Clements, Robert　*14*
クロウ　Crow, John　7, *9*
グロウヴ　Grove, Matthew　145, *13*
クロウル　Croll, Morris W.　272, *20*
クローチェ　Croce, Benedetto　31

ケ・コ

ゲッリウス　Gellius, Aulus　*41*
ゲーテ　Goethe, Johann Wolfgang von　21, 25
ケンドル　Kendall, Timothy　*12*
『恋の骨折り損』　*Love's Labour's Lost*　3, 25, 34, 48, 55–82, 278；―の言語　55–57, 64–80, 267–269；祝祭劇としての―　57, 76–77；『ソネット集』と―　62, 68–69, 73, 83, 85, 92, 108, 144–147；『トロイラスとクレシダ』との比較　476, 483, 489
コウプ　Cope, Jackson I.　*25, 27, 28*
コックス　Cox, Leonard　*41, 42*
コリー　Colie, Rosalie L.　*31, 43*；『パラドクシア・エピデミカ』*Paradoxia Epidemica*　25, *1, 5, 6, 17, 18, 27, 28, 40, 42*；→『「リア王」の諸相』
『コリオレイナス』　*Coriolanus*　234, 270, 278
コールダーウッド　Calderwood, James　7, 16, 57, 67, *1, 4, 5, 17, 19, 21, 27*
コールリッジ　Coleridge, Samuel Taylor　52
コロンナ　Colonna, Stefano　151
ゴンゴラ　Góngora y Argote, Luis de　49
コンスタブル　Constable, Henry　146, 157, *14, 18*
コンデル　Condell, Henry　51, 53
ゴンブリッチ　Gombrich, E. H.　5, 6, 17, 22, 31, 33, *1, 2, 19, 20, 29, 34, 35*

サ

サウゾール　Southall, Raymond　*40*
ザクスル　Saxl, Fritz　326, *23, 24, 33*
サミュエル　Samuel, Irene　6, *11*
サリー　Surrey, Henry Howard, Earl of　112, 248, *9, 18*
サン＝ジュレ　Saint-Gelais, Mellin de　136, 137
サンナザーロ　Sannazaro, Jacopo　376

シ

シェイクスピア　Shakespeare, William；→劇の題名を見よ
ジェイン　Jayne, Sears R.　6, *2, 32, 35, 38, 42*
ジェイムズ　James, D. G.　*24, 25, 33, 36, 37*
詞華集（ギリシアの）　Anthology；→『ギリシア詞華集』
ジトナー　Zitner, Sheldon　6, 16, 45, 541, *1, 3, 19, 26, 28, 35, 37, 38, 39, 42, 43*
シドニー　Sidney, Sir Philip　23, 42, 245, 382, 400, 415, *6, 9, 33*；『アーケイディア』*Arcadia*　375–376, 392, 431, 456, 469, *35*；『アストロフェルとステラ』*Astrophel and Stella*　89–90, 159, 163, 235, 247, *14*；ソネット　89–91, 112, 114, 122, 142, 148, 159, 163, *15*
シャー　Schaar, Claes　*7, 8, 15*
ジャスティス　Justice, Donald　*8*
ジャドスン　Judson, C. Richard　*24*

ス

セ

ソ

タ

ヘ

ホ

マ

ミ・メ

モ

ユ

ラ

リ

368, 431
リプシウス　Lipsius, Justus　268
リリー　Lyly, John　55, 56
リルケ　Rilke, Rainer Maria　49
リンチ　Linche, Richard　175
リンドハイム　Lindheim, Nancy R.　533, *32*, *37*

ル

ルイス　Lewis, C. S.　*16*
ルーカス・ファン・レイデン　Lucas van Leyden　*24*
ルキアノス　Lucian　467, *38*
『ルークリースの凌辱』 *The Rape of Lucrece*　147, 150
ルクレティウス　Lucretius　442, *37*, *38*
ルノワール　Renoir, Jean　*14*
ルーベンス　Rubens, Peter Paul　53, 54

レ

レヴィ　Lévý, Jiři　111, 123, *7*, *9*
レヴィン　Levin, Harry　16, 227, *3*, *17*, *24*, *25*, *26*, *28*, *29*, *38*
レムニウス　Lemnius, Levinus　*25*, *26*
レンブラント　Rembrandt　53–54

ロ

『老妻物語』 *The Old Wives' Tale*（ジョージ・ピール） 424
ロウリンズ　Rollins, Hyder E.　*5*, *9*, *14*, *38*
ロック　Locke, John　19
ローゼンマイヤー　Rosenmeyer, Thomas G.　382, 412, 444, *29*, *30*, *31*, *32*, *35*, *37*
ロッジ　Lodge, Thomas　175, *18*
ロボルテッロ　Robortello, Francesco　129, *10*
ロマーノ　Romano, Giulio　424, 425, *34*
『ロミオとジュリエット』 *Romeo and Juliet*　25, 27, 34, 36, 44, 214–232, 327, 525, *16*, *17*；『オセロー』との比較　233, 235–236, 240–241, 243, 245, 255, 259–262, 265；―のソネット　217, 220–221, 224–229
ローレンス　Lawrence, W. W.　*39*, *41*
ロンギノス　Longinus　307, 311, 318, *22*
ロンサール　Ronsard, Pierre de　88–89, 91, 137, 245, 247, 248, 251–254, 256, *6*, *15*, *16*, *18*
ロンフェール　Ronsfert, Dionysius　401, 402

ワ

ワイアット　Wyatt, Sir Thomas　91, 112, 122, 246, *11*, *12*, *18*
ワインバーグ　Weinberg, Bernard　35, 399, *2*, *32*
ワーズワス　Wordsworth, William　87
ワトスン　Watson, Thomas　112, 122, 126, *9*

A～Y

Aphthonius　*42*

Bachrach, A. G. H.　*33*
Barnet, Sylvan　*31*
Barroll, J. Leeds　*20*, *21*, *22*
Bayley, John　*16*
Berger, Harry, Jr.　*28*, *30*, *32*, *36*, *39*
Bernheimer, Richard　*32*, *36*
Berry, Francis　*17*
Berry, Ralph　*32*
Bethell, S. L.　*18*, *33*, *41*
Biggins, Dennis　*33*
Blackmur, R. P.　*8*
Blissett, William　*33*, *34*
Blunden, Edmund　*3*
Bonjour, Adrien　*22*
Boughner, D. C.　*2*
Bowers, Fredson　*26*
Brockbank, J. P.　*37*

原　注

序論

（1）　次を参照。Sigurd Burckhardt, *Shakespearean Meanings*（Princeton, 1968）; James L. Calderwood, *Shakespearean Metadrama*（Minneapolis, 1970）; Hilda Hulme, *Explorations into Shakespeare's Language*（London, 1962）; Sheldon P. Zitner, "Shakespeare's Secret Language," 未公刊論文 ; "*King Lear* and Its Language," *Some Facets of King Lear*（Toronto, 1974）.

（2）　London, 1960.

（3）　次の書物への言及。E. H. Gombrich, *Norm and Form: Studies in the Art of the Renaissance*（London, 1966）.［エルンスト・H・ゴンブリッチ『規範と形式――ルネサンス美術研究』，岡田温司・水野千依訳，中央公論美術出版，1999］

（4）　E. R. Curtius, *European Literature of the Latin Middle Ages*, tr. Willard Trask（New York, 1955）.［E・R・クルツィウス『ヨーロッパ文学とラテン中世』南大路振一・岸本通夫・中村善也訳，みすず書房，1971］

（5）　Claudio Guillén, *Literature as System*（Princeton, 1971）.

（6）　*Ibid.* とりわけ次の章を参照。"The Aesthetics of Literary Influence," pp. 17–52; "A Note on Influences and Conventions," pp. 53–68.

（7）　*Ibid.*, pp. 111, 119.

（8）　本書 66 頁を参照。

（9）　本書 392–393 頁を参照。

（10）　Berkeley, 1965.

（11）　未公刊博士論文。Yale University, 1972.

（12）　Toronto, 1974.

（13）　*Paradoxia Epidemica*（Princeton, 1966）, Chapter 15.［ロザリー・L・コリー『パラドクシア・エピデミカ――ルネサンスにおけるパラドックスの伝統』，高山宏訳，白水社，2011］

（14）　次のすばらしく包括的な研究書を参照。William Elton, *King Lear and the Gods*（San Marino, 1966）.

（15）　『シェイクスピア・クォータリー』誌に掲載予定のシスター・ジーン・クリーンによる論文が，『オセロー』における名誉の問題を扱っている〔Jean Klene. "Othello: 'A fixed figure for the time of scorn'." *Shakespeare Quarterly* 26（1975）: 139–50〕。

（16）　Bridget Lyons, *Voices of Melancholy*（London, 1971）.

（17）　E. H. Gombrich, "Expression and Communication," *Meditations on a Hobby Horse*

(London, 1963), pp. 66–67［E・H・ゴンブリッチ『棒馬考――イメージの読解』, 二見史郎・横山勝彦・谷川渥訳, 勁草書房, 1994]; E. D. Hirsch, *Validity in Interpretation*（New Haven, 1966）. シャーマン・ホーキンズの次の論文は, シェイクスピアのジャンルを考察するうえできわめて有益である。Sherman Hawkins, "The Two Worlds of Shakespearean Comedy," *Shakespeare Studies*, III（1967）, 62–80.

（17a） この問題については近刊予定〔1973 年に死後出版された〕の自著 *The Resources of Kind* で詳細に扱った。

（18）「〔作品に内在する〕固有のジャンル」については, 次を参照。E. D. Hirsh, *Validity in Interpretation*, pp. 78–89. また, ジャンルについては pp. 89–126 を, 解釈と批評については pp. 127–207 を参照せよ。

（19） E. H. Gombrich, *Art and Illusion*, pp. 181–290［E・H・ゴンブリッチ『芸術と幻影――絵画的表現の心理学的研究』, 瀬戸慶久訳, 岩崎美術社, 1979]. この原理を拡張して文学に応用した重要な例を, スタンリー・フィッシュ, ポール・アルパーズ, スティーヴン・ブース〔この三人は 1960 年代後半, カリフォルニア大学バークリー校で同僚だった〕の最近の著作に見ることができる。

（19a） また, ミケランジェロにしても, 通常思われているほど新プラトン主義に凝り固まってはいなかった。この点については, D・D・エトリンガー, シアーズ・R・ジェイン, ゲイヴリエル・モウジズにご教示いただいた。

（20） Bernard Weinberg, *A History of Italian Literary Criticism in the Renaissance*（Chicago, 1960）.

（21） 本書 399–404 頁を参照。

（22） Louis Martz, *The Poetry of Meditation*（New Haven, 1954）.

（23） J. W. Draper, "Falstaff and the Plautine Parasite," *Classical Journal*, XXXIII（1938）, 390–401; D. C. Boughner, "Traditional Elements in Falstaff," *Journal of English and Germanic Philology*, XLIII（1944）, 417–28; "Vice, Braggart, and Falstaff," *Anglia*, LXXII（1954）, 35–61; D. B. Landt, "The Ancestry of Sir John Falstaff," *Shakespeare Quarterly*, XVII（1966）, 69–76; E. E. Stoll, *Shakespeare Studies*（New York, 1942）; Northrop Frye, "The Argument of Comedy," *English Institute Essays*（New York, 1949）, 58–73.

（24） J. Dover Wilson, *The Fortunes of Falstaff*（Cambridge, 1943）. 次も参照。James Monaghan, "Falstaff and His Forebears," *Studies in Philology*, XVIII（1921）, 353–61.

（25） C. L. Barber, *Shakespeare's Festive Comedy*（Princeton, 1959）.［シーザー・L・バーバー『シェイクスピアの祝祭喜劇――演劇形式と社会的風習との関係』, 玉泉八州男・野崎睦美訳, 白水社, 1979]

（26） Enid Welsford, *The Fool*（London, 1935）［イーニッド・ウェルズフォード『道化』内藤健二訳, 晶文社, 1979]; J. W. Draper, "Falstaff as Fool and Jester," *Modern Language Quarterly*, VII（1946）, 453–62.

（27） Walter Kaiser, *Praisers of Folly*（Cambridge, Mass., 1963）, pp. 195–275.

（28） Harry Levin, "Falstaff Uncolted," *Modern Language Notes*, LXI（1946）, 305–10.

（29） この点については，カイザー（Kaiser）のフォールスタッフ論がとくに役立つ。

（30） 次を参照。Gareth Lloyd Evans, "'The Comical-Tragical-Historical Method: *Henry IV*,'" *Early Shakespeare*, ed. John Russell Brown and Bernard Harris（London, 1961）, pp. 145–63.

（31） William Empson, *Some Versions of Pastoral*（reprinted New York, 1960）.［ウィリアム・エンプソン『牧歌の諸変奏』，柴田稔彦訳，研究社出版，1974］

（32） Caroline Spurgeon, *Shakespeare's Imagery and What It Tells Us*（Cambridge, 1935）; Robert B. Heilman, *This Great Stage*（Baton Rouge, 1948）; *Magic in the Web*（Lexington, 1956）; R. A. Foakes, "Suggestions for a New Approach to Shakespeare's Imagery," *Shakespeare Studies*, V（1952）; Wolfgang Clemen, *The Development of Shakespeare's Imagery*（London, 1951）; Maurice Charney, *Shakespeare's Roman Plays*（Cambridge, Mass., 1961）; *Style in Hamlet*（Princeton, 1969）.

（33） ジトナーはこの点を敷衍して論じている。Sheldon Zitner, "Shakespeare's Secret Language."

（34） 次を参照。Edmund Blunden, "Shakespeare's Significances," *Shakespeare Criticism, 1915–1935*, ed. Anne Ridler（London, 1962）, pp. 326–42; Sheldon Zitner, "*King Lear* and Its Language."

（35） Bernard Spivack, *Shakespeare and the Allegory of Evil*（New York, 1958）.

（36） これについては，ジューン・フェロウズに負う。

（37） これについては，本書の第1章と第4章で詳細に論じている。

（38） Northrop Frye, *Anatomy of Criticism*（Princeton, 1959）.［ノースロップ・フライ『批評の解剖』，海老根宏・中村健二・出淵博・山内久明訳，法政大学出版局，1980］

（39） Kenneth Clark, *Rembrandt and the Italian Renaissance*（London, 1966）.［ケネス・クラーク『レンブラントとイタリア・ルネサンス』，尾崎彰宏・芳野明訳，法政大学出版局，1992］

第一章　技《クラフト》の批評と分析

（1）『恋の骨折り損』の言語的側面を論じているものとしては，次を参照。G. D. Willcock, *Shakespeare as a Critic of Language*（Shakespeare Association Pamphlet, London, 1934）; B. Ifor Evans, *The Language of Shakespeare's Plays*（London, 1965）, pp. 1–16; C. L. Barber, *Shakespeare's Festive Comedy*（Princeton, 1959）; Philip Edwards, *Shakespeare and the Con-*

fines of Art（London, 1968）, pp. 37–48. とりわけ次を参照。Calderwood, *Shakespearean Metadrama*, Chapter 3.

（2） イェイツとブラッドブルックの著書は有益であるが，私は「夜の学派」をあてこするためにこの劇が書かれたとは思わない。次を参照。M. C. Bradbrook, *The School of Night*（London, 1936）; Frances A. Yates, *A Study of Love's Labour's Lost*（Cambridge, 1936）. イェイツは，フローリオと劇の言語とのつながりを，きわめて興味深い方法で強調している。

（3） Calderwood, pp. 64–76. 劇中の登場人物が徳性を高めたり，自己錬成するといった教育をめぐる議論については，次を参照。Cyrus Hoy, *The Hyacinth Room*（New York, 1964）, pp. 21–38.

（4） この一節は，アーデン版に依拠している。Ed. Richard David（London and Cambridge, Mass., 1956）.

（5） Frances A. Yates, *French Academies of the Sixteenth Century*（London, 1947）.［フランセス・A・イェイツ『十六世紀フランスのアカデミー』，高田勇訳，平凡社，1996］

（6） 男の誓約と誓約を守る能力が何を意味するかを他のシェイクスピア劇において考察した研究書としては，次を参照。Sigurd Burckhardt, *Shakespearean Meanings*（Princeton, 1968）. とりわけ第 2 章と第 8 章を見よ。

（7） 恋愛の議論と理論の学問的な背景を考察したものとしては，次を参照。John Charles Nelson, *Renaissance Theory of Love*（New York 1958）.

（8） 本書 187 頁を参照。

（9） Anne Barton, "Love's Labour's Lost," *Shakespeare Quarterly*, IV（1963）, 411–26.（アン・バートンは，Bobbyann Roesen や Anne Righter の名前でも執筆している）

（10） E. R. Curtius, *European Literature in the Latin Middle Ages*, pp. 178–79.

（11） O. J. Campbell, "*Love's Labour's Lost* Restudied," *Studies in Shakespeare, Milton, and Donne, University of Michigan Studies in Language and Literature*, I（1925）, 32–45. K. M. Lea, *Italian Popular Comedy*（Oxford, 1934, 2 vols）. これはコンメーディア・デッラルテの権威ある研究書である。次も参照。Allardyce Nicoll, *The World of Harlequin*（Cambridge, 1963）［アラダイス・ニコル『ハーレクィンの世界――復権するコンメディア・デッラルテ』，浜名恵美訳，岩波書店，1989］; Maurice Sand, *History of the Harlequinade*（London, 1929）, Vol. I; Pierre Duchartre, *La comédie italienne*（Paris, 1925）.

（12） Barton, *op. cit.*; Calderwood, p. 67.

（13） 中世の論争文学全般と，劇中のこの冬と春の論争の背景については，同僚のミシェル＝アンドレ・ボーシにご教示いただいた。彼の未公刊博士論文には『恋の骨折り損』への具体的な言及がある。Michel-André Bossy, "The Prowess of Debate: A Study of a Literary Mode"（Yale University, 1970）, p. 15. 次も参照。B. H. Bron-

son, “Daisies Pied and Icicles,” *Modern Language Notes*, LXIII（1948）; Caroline M. McLay, “The Dialogues of Spring and Winter: A Key to the Unity of *Love's Labour's Lost*,” *Shakespeare Quarterly*, XVIII（1967）, 121–27.

（**14**） Calderwood, p. 80.

（**15**） マリ・クリーガーの『批評への窓』は，私の知るかぎり，『ソネット集』についての最も尖鋭なメタ詩的解釈を提示している。私は，他の箇所と同様，ここにおいてもクリーガーに深い恩義を受けている。Murray Krieger, *A Window to Criticism*（Princeton, 1964）. 次も参照。Philip Edwards, *Shakespeare and the Confines of Art*, esp. pp. 21–31. ランドリーとグランディの論考は有益な素材を与えてくれる。Hilton A. Landry, *Interpretations in Shakespeare's Sonnets*（Berkeley, 1964）; Joan Grundy, “Shakespeare's Sonnets and the Elizabethan Sonneteers,” *Shakespeare Survey*, XV（1962）, 41–49.

（**16**） この種の議論としては，次を参照。*The Sonnets*（New Variorum Edition）, ed. Hyder E. Rollins（Philadelphia, 1944）. それ以降に書かれたソネット研究のほとんどがこの問題を取り上げているが，ここでは次の論文から引用した。Richard Levin, “Sonnet CXXIX as a ‘Dramatic’ Poem,” *Shakespeare Quarterly*, XVI（1965）, 175–81.

（**17**） ソネットの順番を抜本的に見直したものとしては，次を参照。Brents Stirling, *The Shakespearean Sonnet Order: Poems and Groups*（Berkeley, 1968）. それより先に順番を見直したものとしては，ブルック編の『ソネット集』がある。*The Sonnets*, ed. C. F. Tucker Brooke（New Haven, 1936）. 順番については新ヴァリオーラム版にも触れられているので参照せよ。

（**18**） James Winny, *The Master-Mistress*（London, 1968）.

（**19**） ソネットの伝統を劇の恋愛プロットに応用することについては，本書の第 3 章と第 9 章を参照せよ。

（**20**） ソネット集やソネット理論に関する理解を得るうえで，私はシンシア・グラント・タッカー博士に多くを負っている。ソネット詩作の本質的要素に関する彼女の考察は有益であるうえ刺激に富む。彼女の博士論文を参照。Cynthia Grant Tucker, “Studies in Sonnet Literature”（University of Iowa, 1967）. この主題の背景をあますところなく論じたものとしては，次を参照。Walter Moench, *Das Sonett*（Heidelberg, 1955）.

（**21**） タッカー博士の論文が示しているように，ソネットには独特なかたちの自己言及が見られる。私は『パラドクシア・エピデミカ』第 2 章でこのことに触れたので，参照していただきたい。明らかに，ソネット連作は，文学や心理学における自意識を 20 世紀に研究するうえでのある種の資料となっている。ソネットも，自己分析を実質的なトポスのひとつとみなすとともに，際立ってメタ詩的で批判的な自意識を示している。

（22） Patrick Cruttwell, *The Shakespearean Moment* (New York, 1955).

（23） ソネットと古典の詩形式〔エピグラム〕との批判的融合については，本書の第2章126–137頁を参照。

（24） Giordano Bruno, *De' gli eroici furori* (*Les Fureurs héroiques*), ed. and tr. Paul-Henri Michel (Paris, 1954)［ジョルダーノ・ブルーノ『英雄的狂気』，加藤守通訳，〈ジョルダーノ・ブルーノ著作集〉第7巻，東信堂，2006］. ブルーノのこの著作は，混淆ジャンルの一例として，はなはだ興味深い。それは（少なくとも）哲学的論考であり，恋愛対話篇であり（J. C. Nelson, pp.163–233を参照せよ），ソネット選集であり，文芸批評の書である。

（25） 近代の評釈本のなかでも，ペトラルカの『カンツォニエーレ』はすでに定番の古典的作品となっていた。フィレルフォ〔1476年〕，アントニオ・ダ・テンポ〔1513年〕，ヴェルテッロ〔1525年〕，ベンボ〔1501年〕，ダニエッロ〔1541年〕およびその他の人々による評釈は，評釈者の価値観や興味のもとに詩を説明し，しばしば，偉大な連作の全体像を捉えるうえで欠かせない全般的な背景とともに，個々の詩の解釈も提供しようと試みた。そうしたもろもろの版本を文体論争に照らして考察する優れた研究が大いに待たれる。ミュレとベローは，ロンサールの『恋愛詩集』に註釈を施すことによって，イタリアの編纂者たちがペトラルカに払っていたのと同じ古典としての敬意を，この同国のフランス詩人に示したのである。

（26） 『パラドクシア・エピデミカ』第2章を参照。

（27） シドニーに関する優れた論考としては，次を参照。David Kalstone, *Sidney's Poetry* (Cambridge, Mass., 1965); Richard B. Young, "English Petrarke: A Study of Sidney's 'Astrophel and Stella,' " *Three Studies in the Renaissance* (New Haven, 1958); Robert Montgomery, *Symmetry and Sense* (Austin, 1961); Douglas L. Peterson, *The English Lyric from Wyatt to Donne* (Princeton, 1967), pp. 186–201.

（28） Stephen Booth, *An Essay on Shakespeare's "Sonnets"* (New Haven, 1969).

（29） クリーガーはこのイメージ群の含意についてひときわ雄弁に論じている。

（30） ソネットとエピグラムとの関係，ひいては石に刻まれた墓碑銘との関係については，本書126–130頁を参照。〔数秘学の観点から〕行数を数えることによって得られた，これらの詩の「ピラミッド形の」記念碑性に関する興味深い仮説については，次を参照。Alastair Fowler, *Triumphal Forms* (Cambridge, 1970), pp. 183–97.

（31） 本書153–155頁を参照。

第二章　甘みと辛み

（1）　Yvor Winters, "Poetic Styles, Old and New," *Four Poets on Poetry*, ed. Don Cameron Allen（Baltimore, 1959）．次も参照。Winters, "The Sixteenth Century Lyric in England," *Poetry*, LIII（1939）, 258–72; 320–35; LIV（1939）, 35–51; John Crowe Ransom, "Shakespeare at Sonnets," *Sewanee Review*, IV（1938）, reprinted in Barbara Herrnstein Smith, ed., *Discussions of Shakespeare's Sonnets*（Boston, 1964）, pp. 87–105; Edward Hubler, *The Sense of Shakespeare's Sonnets*（Princeton, 1952）, p. 27; C. L. Barber, "Introduction to the Laurel *Sonnets*"（New York, 1960）, p. 14. アーサー・マイズナーのソネット124番（「私の貴い愛が偶然から生まれた子供にすぎないのであれば」）に関する論文は，このソネットや他のソネットに関するランサムの解釈と好対照をなす果敢な試みである。Arthur Mizener, "The Structure of Figurative Language in Shakespeare's Sonnets," *Sewanee Review*, V（1940）, 730–37. ウィンターズの流れを汲む，より寛容で，私が思うに，より洗練されたかたちの批評が次に見られる。Douglas L. Peterson, *English Lyric*, Chapter 6. ソネット詩作における定型表現のいくつかを論じた，次も参照。Claes Schaar, *An Elizabethan Sonnet Problem, Lund Studies in English*, XXVIII（1960）.

（2）　バーバラ・ハーンスタイン・スミスの価値ある書物『詩の終わり方』の「エピグラムとエピグラム風」には，きわめて興味深い考察があるが，シェイクスピアのソネットをエピグラムの観点から扱ってはいない。Barbara Herrnstein Smith, *Poetic Closure*（Chicago, 1968）．だが他の箇所で，ソネットに関する重要なコメントが散見される。pp. 142–45, 158–59, 170, 214–22, 227–29. とりわけ121頁と148頁を見よ。

（3）　Stephen Booth, *An Essay on Shakespeare's Sonnets*（New Haven, 1969）．ブースは，シェイクスピアの個々のソネットにおける驚くべき技巧的多様性を鋭敏にかつ巧みに示すことによって，後続の評釈者すべてに恩恵を施すとともに，彼らの時間を大いに節約してくれもした。私はこれから，弁明は口にせず，とはいえ彼の根本的な議論に深く感謝しながら，現代の詩学の規範に照らせば絶対にしてはならないことをしようとしている。すなわち，二行連句自体の多様性および二行連句とそれが結ぶ詩本体との関係の多様性を示すために，結びの二行連句の問題をソネットの問題全般から切り離して考えようとしているのだ。

（4）　Jiři Lévý, "On the Relation of the Language and the Stanza Pattern in the English Sonnet," *Worte und Werke: Bruno Marckwardt zum 60. Geburtstag*（Berlin, 1961）, pp. 214–31.

（5）　論理が言語構造によって制約されることについては，とりわけ次を参照。Roman Jakobson and Lawrence F. Jones, *Shakespeare's Verbal Art in "Th' Expence of Spirit"*（The Hague and Paris, 1970）．次も参照。Jakobson, "Poetry of Grammar and Grammar of

Poetry," *Poetics* (Warsaw, 1961).

(6) *Elizabethan Sonnets*, ed. Sidney Lee (*An English Garner*), reprint (New York, 1964), 2 vols.

(7) Smith, pp. 142, 159, 162.

(8) Booth, pp. 30–31, 41.

(9) シカゴ美術館で『グランジャット島の日曜日の午後』を前にして座って，ドナルド・ジャスティスはこう述べた。シェイクスピアはおそらく二行連句を数多く貯えており（彼が書くことはなかったエピグラム詩集のために？），そこにつなぎ合わせるべく四行連句をひねり出したのだろう，と。二行連句が，重要な意味において，「創作された」ものであり，交差二行連句からなる三組の四行連句にしばしばでたらめに添えられた，ただのおまけの警句ではないというジャスティスの提言を，本章は真剣に受けとめている。

(10) この主題については，次を参照。Moench, *Das Sonnett*, p. 37; James Hutton, *The Greek Anthology in Italy to the Year 1800* (Ithaca, 1935), p. 57. ソネットとエピグラムの関係については多くの批評家がことのついでに言及してきたが，このしばしば口にされる，シェイクスピアのソネットにおける「エピグラム的」側面がいかに含蓄に富むものであるかを吟味した者は，私が知るかぎり誰もいない。クラース・シャーは，シェイクスピアの定型表現の類似形であるとして多くのルネサンスのエピグラムについて触れ，それらを引用しているが，エピグラム的要素がソネットにおいてもちうる重要性については考察していない。Claes Scharr, *Elizabethan Sonnet Themes and the Dating of Shakespeare's Sonnets, Lund Studies in English*, XXXII (1962).

(11) エドワード・ハブラー（Edward Hubler）の著書の「シェイクスピアと非ロマンティックな恋人」という章は，この女性像に関する山なす評釈のなかで最も分別ある見解を示している。ほとんどの批評家たちは，そのような心的構造《メンタル・セット》〔ゴンブリッチの用語で，受容者をあらかじめ条件づけている知覚の図式〕が刷り込まれていることはわからなくもないが，シェイクスピアのソネット連作における女性について，その言語や属性をペトラルカ風あるいは反ペトラルカ風の慣習という観点から考察している――それはシェイクスピアの巧みさを際立たせるには役立つが，恋人をめぐるソネット群でこれこそが根本的な改革であると私が思うものを文脈づけるには十分ではない。次の議論を参照せよ。James Winny, *The Master-Mistress* (London, 1968); Northrop Frye, Leslie Fiedler, and R. P. Blackmur in *The Riddle of Shakespeare's Sonnets* (Princeton, 1962); Philip Edwards, *Shakespeare and the Confines of Art*, Chapter 8.

(12) シェイクスピアのソネットにおける諷刺的要素については，主として次を参照。Cruttwell, p. 19; J. W. Lever, *The Elizabethan Love Sonnets* (London, 1956), p. 174.

(13)　John Davies of Hereford, *The Scourge of Folly* (London, 1611), p. 217.

(14)　T. K. Whipple, *Martial and the English Epigram from Sir Thomas Wyatt to Ben Jonson, University of California Publications in Modern Philology*, X (1920–25), pp. 279–414.　ホイト・ホウプウェル・ハドスンの次の著書は，著者が亡くなったため〔1944年に死去〕未完成であるが，優れた着想や情報に満ちている。Hoyt Hopewell Hudson, *The Epigram in the English Renaissance* (Princeton, 1947).

(15)　George Gascoigne, *Certayne Notes of Instruction*, in G. G. Smith, ed., *Elizabethan Critical Esssays* (Oxford, 1904), II, 55.「さて次はソネットです。すべての詩は（短詩であれば）ソネットと呼べると考える人もおります。まことにそれはsonare〔イタリア語で「響く」「奏でる」などの意味がある〕に由来する指小語でありますが，私は一四行からなり，各行が一〇音節でできている詩をソネットと呼ぶのが最もふさわしいと思います。最初の一二行は交互に韻を踏む四行の連によって構成され，末尾の二行は対韻をなして全体を締めくくるというものです……フランス人がよく用いるディザンやシザンといった十行詩や六行詩もありますが，イングランドの作家のなかには，それらの詩をソネットの名で呼ぶ者もおります」。

(16)　Lévỳ, "Language and Stanza Pattern," p. 224.　ジョン・クロウから頂戴した十四行詩のリストには，以下の作品が含まれていた。グレヴィルの『シーリカ』，『トッテル詞華集』，サリー伯の『詩集』，ニコラス・グリマルドの詩，サー・ジョン・デイヴィーズの『エピグラム集』，ウィーヴァーの『ファウヌスとメリフロール』，バーナビ・グージの詩，『華やかな創意が並ぶ豪奢な回廊』（ロウリンズ編），『エリザベス朝のロマンスや散文小冊子からの，主として抒情的な詩』（ブリン編），チャーベリーのハーバートの詩，ジョン・サザンの『パンドーラ』，『イングランドのヘリコーン』，ギャスコインの『いくつもの花束』，トマス・ロジャーズの『女神たちやミューズたちによる天における挽歌』，ソネット連作『イマリックダルフ』，サー・ロバート・エイトンの詩，『詩的ラプソディ』（ブリン編），ジャーヴェス・マーカムの長詩『デヴルー』，キャンピオンの『詩集』，チャップマンの『詩集』，『フェニックスの巣』，ドレイトンの詩，サー・アーサー・ゴージズの詩，シドニーの詩，ジョージ・ハーバートの『神殿』，ヘンリー・ロクのソネット，トマス・ワトスンの詩，アレグザンダー〔初代スターリング伯ウィリアム・アレグザンダー〕の詩。すなわち，このリストは，十四行詩で扱われる基本的な主題を網羅し，結びの二行連句が先行する交差二行連句といかに多様な関係を結ぶことができるかを見せてくれるのである。

(17)　Thomas Bastard, *Chrestoleros. Seven Bookes of Epigrames* (London, 1558), in *Poems*, ed. A. B. Grosart (Manchester, 1880), pp. 6–7, 37.

(18)　Francis Thynne, *Emblemes and Epigrames* (1600), ed. F. S. Furnivall, The Early English Text Society, LIV, 35, 44.

（19） Davies of Hereford, *The Scourge of Folly.* ジェイムズ王とヘンリー王子に宛てた詩を見よ。

（20） F・T・プリンスは，ソネット126番は，「第一部」のソネット群〔若者をめぐる125番までのソネット〕全体に対する返歌《エンヴォイ》ではないかとしている。F. T. Prince, *Shakespeare: The Poems*（British Council, 1963）, p. 26.［F・T・プリンス『詩』，高松雄一訳，英文学ハンドブック，研究社出版，1972］

（21） Sir John Harington, *The Most Elegant and Wittie Epigrams*（London, 1633）, p. 37. 次も参照。William Nelson, *The Poetry of Edmund Spenser*（New York, 1963）, pp. 85–86.

（22） これに関する資料については，次を参照。T. K. Whipple, *Martial and the English Epigram*; Hudson, *The Epigram in the English Renaissance.*

（23） ギリシア風《ア・ラ・グレック》の「ポイントのない」エピグラムをめぐる逸話が，『メナギアナ』〔17世紀フランスの文人ジル・メナージュをめぐり，語録などの諸々の素材を友人たちが集めて死後出版したもの〕に出てくる。ラカンがグルネ嬢のもとを訪れたおり，彼女から自作のエピグラムを幾点か見せられた。それらのエピグラムにはポイントが欠けていると彼が不満を漏らすと，それはギリシア風のエピグラムだからポイントは要らないのよ，と彼女は答えた。後に二人に味のないスープが出されたときグルネ嬢が苦情を言うと，それはギリシア風スープだからね，とラカンは応じた。次を参照。Hudson, p.6; James Hutton, *The Greek Anthology in France*（Ithaca, 1946）, p.252.

（24） この文学複合体については，ジェイムズ・ハットンの有益で概説的な著書が参考になる。彼はこの主題を批判的に吟味するとともに，文献も提示している。アルチャーティ〔『エンブレム集』〕やセーヴ〔スタンツァと象徴的な挿画からなる詩集『デリー』〕を少しでも目にしたことがあればわかるように，エンブレムとエピグラムがきわめて近しい関係にあることをここで改めて指摘しておきたい。これもまた，従来にもまして注目すべき主題である。

（25） James Hutton, “Analogues of Shakespeare’s Sonnets 153–154,” *Modern Philology*, XXXVIII（1941）, 385–403.

（26） すなわち，どちらも「短い詩形」であったので，遡及的な発想によって，ソネットが『ギリシア詞華集』の恋愛エピグラムの末裔であるとみなされた。カトゥルスはそのジャンルのローマ側の代表として引き合いに出され，ギリシア詩人たちとペトラルカをつなぐ結び目であるとされた。『ギリシア詞華集』が有名になった後，その恋愛の言語がルネサンスの恋愛詩（古典語や諸俗語で書かれたもの）に影響を及ぼしたので，『ギリシア詞華集』を起源としカトゥルスを経てペトラルカにいたるのがソネットの系譜だとする見解が強化されることになった。

（27） Francesco Robortello, *In Librum Aristotelis de Arte Poetica Explicationes*（Basel,

1555), pp. 27–30; Tomaso Correa, *De Toto eo Poematis Genere quod Epigramma vulgo dicitur* (Venice, 1569), pp. 50–51.

(28) Jacobus Pontanus, *Poeticarum Institutionum Libri III* (Ingolstadt, 1597), pp. 160, 190, 192–98.

(29) マルティアリスとカトゥルスの競合関係については，次を参照。Hutton, *Anthology in France*, p. 51（モンテーニュを引用している）; *Catullus et in eum Commentarius*, ed. Antonius Muretus（Venice, 1554）; Pierre Nicole, *Epigrammatum delectus*（Paris, 1659）. マッタエウス・ラデルス（マーテイウス・ラデア）〔ルネサンス期ドイツのイエズス会士・人文主義者〕はヤヌス・レルヌティウス〔ルネサンス期ネーデルラントの人文主義者・詩人〕とパウルス・ヨウィウス（パオロ・ジョヴィオ）〔16世紀前半のイタリアの歴史家〕に言及している。*Martialis Epigrammata*, ed. Matt. Raderus (London, 1832). 次も参照。Guillaume Colletet, *Traitté de l'épigramme et du sonnet*, ed. P. A. Jannini（Geneva, 1965）, pp. 55, note 1; 86, 89–101.

(30) Thomas Sébillet, *Art poétique françoyse*（Paris, 1548）, f. 43^{v}.

(31) Lorenzo de' Medici, *Scritti d'Amore*, ed. G. Cavalli（Milano, 1958）, p. 114.

(32) Antonio Sebastiano Minturno, *L'arte poetica*（Venice, 1563）, pp. 240–42. アントニオ・セバスティアーノ・ミントゥルノ〔16世紀イタリアの詩人・批評家〕は，詩学に関する別の書物のなかでエピグラムを扱っている（だがソネットは，古典期からの形式ではないので扱われていない）。*De poeta*（Venice, 1559）, pp. 411–12. ソネットとエピグラムの関係をめぐる正反対の見解については，次を参照。Girolamo Ruscelli, *Del modo di comporre in versi nella lingua italiana*（Venice, 1558）, p. 155.

(33) Minturno, *De poeta*, p. 412.

(34) Giovanni Pigna, *I Romanzi* (Venice, 1554), p. 55.

(35) Benedetto Varchi, *L'Hercolano* (Venice, 1570), p. 217.

(36) Torquato Tasso, *La Cavaletta ovvero della Poesia Toscana, Dialoghi*, ed. E. Raimondi (Firenze, 1958), II, p.623（詩の末尾については，蜜蜂の一刺しのように）; p. 629（ペトラルカを手本とし，とりわけ甘さが重々しささすら凌ぐほど重要であるとされる）; p. 634（ソネットの構成）; p. 635（ダンテのソネットにおける，卑俗さと素朴な文体）. この点についてはアイリーン・サミュエルにご教示いただいた。

(37) ワイアットはセラフィーノの詩を何篇か翻訳し翻案しているので，彼がセラフィーノの作品を知っていたことは確かである。これを理由として，イギリス型ソネットの結びの二行連句はストランボットの影響によって生じたものとされることが多かったが，（私の知るかぎり）当時の詩人や批評家はまったくそのことに触れていない。これについて，詳しくは次を参照。Hutton, *Anthology in Italy*, pp. 297–98; *Anthology in France*, p. 33; Whipple, p. 312; D. G. Rees, "Italian and Italianate Poetry," *Elizabethan Poetry* (Stratford-upon-Avon, 1960), p. 58; Patricia Thomson, *Sir Thomas*

Wyatt and His Background（Stanford, 1964）, p. 211; J. W. Lever, *Elizabethan Love-Sonnet*, p. 31. リーヴァーは，ワイアットのソネットの詩形をストランボットとエピグラムに結びつけている。

（**38**） Julius Caesar Scaliger, *Poetices Libri Septem*（Lyon, 1561）, pp. 169–70. 傍点筆者。次も参照。Correa, pp. 19, 20, 31, 38.

（**39**） イングランドのエピグラム作者たちは，エピグラムの内容が貞女のように淑やかであるようにと心がけた。ティモシィ・ケンドルは，自作のエピグラムについてこう述べている。「浮ついた価値のない言葉はすべて，雑草のごとく抜き去った。有害な一節は，病斑のごとく削ぎ落とした。汚らわしく不潔な語句は，獣じみた大枝や小枝のごとく細切れにして切り落とした……」（*Flowers of Epigrames*［1577］スペンサー・ソサエティの1874年の復刻版）。トマス・バスタードはこう述べている。「私はエピグラムが淑やかに喋るよう教えた。さらに私は，より重々しい意味をエピグラムに引き合わせて，かつての放埒さを締め出し，エピグラムが私事を語るのを禁じたばかりか，その毒舌をすべて舌鋒の鋭さに変えたのであった」（*Chrestoleros*, 1598, in *Poems*, ed. Grosart）。ヘレフォードのジョン・デイヴィーズはヘイウッドのエピグラムについてこう述べた（*The Scourge of Folly*, p. 252）。

> 君は自分のエピグラムが貞淑であると褒め讃える。
> そりゃ当たり前。死者を抱くことはできないから……

エピグラム作者としての「善意」をヘイウッドが表明したものとしては，次も参照。John Heywood, *The Workes*（London, 1578）, "To the Reader."（「百篇のエピグラム集（*The First Hundred of Epigrammes*）」に前置きとして付されている）。

（**40**） Ben Jonson, *Complete Poetry*, ed. William B Hunter, Jr.（Garden City, 1963）, p. 4.

（**41**） Sébillet, ff. 39^{r}–44^{v}.

（**42**） Joachim du Bellay, *Deffense et illustration de la langue françoyse*, ed. Henri Chamard（Paris, 1948）, pp. 108–10.

（**43**） マルク＝アントワーヌ・ミュレやポンタヌス〔15世紀ナポリの人文主義者で詩人のジョヴァンニ・ポンターノ〕（そしてこの主題について書いたほとんどすべての人々）が，こう述べている。"Idcirco epigramma quidem cum scorpione contulerunt. Nam scorpio, quanquam minatur undique, tamen in cauda gerit aculeum, quo lethalem plagam infligit"（本章注29に引用した，ミュレのカトゥルス註釈書より）

（**44**） Jacques Peletier du Mans, *L'Art poétique*（1555）, ed. André Boulanger（Paris, 1930）, pp. 161–62; 165–66（綴字は慣用的なものに改めた）.

（**45**） Jean Vauquelin de la Fresnaye, *L'art poétique*, ed. Georges Pelissier（Paris, 1885）, p. 35.

（46） *The 'Délie' of Maurice Scève*, ed. I. D. MacFarlane（Cambridge, 1966）, p. 119.

（47） William Webbe, *A Discourse of English Poetry*（1586）, in *Elizabethan Critical Essays*, ed. Smith, I, p. 249.

（48） *All Ovids Elegies: Three Bookes, by C. M. Epigrams by J. D.*（Middelburg, n. d.）. 現代の版本としては，次のものがある。Sir John Davies, *Epigrams*, ed. Frederick Etchells and Hugh Macdonald（London, 1925）.

（49） Sir John Davies, *Epigrams*, ed. Etchells and Macdonald, p. 93.

（50） Francesco Berni, *Rime, Poesie Latine*, ed. A. Virgili（Firenze, 1885）, pp. 137–38.

（51） Thomas Nashe, *The Anatomie of Absurditie*（1589）, in *Elizabethan Critical Essays*, I, pp. 326–27.

（52） Sir John Davies, *Poems*, ed. Clare Howard（San Marino, Calif., 1941）, pp. 223–27.

（53） Du Bellay, *Œuvres poétiques*, ed. Chamard, IV, p. 206.

（54） *Ibid.*, I, p. 45.

（55） Weever, *Epigrammes*, ed. R. B. McKerrow（London, 1911）, p. 5.

（56） Matthew Grove, *The most famous and Tragicall Historie of Pelops and Hippodamia. Whereunto are adioyned sundrie pleasant devises, Epigrams, Songes and Sonnets*（London, 1587）. Iiiijv.

（57） *The Returne from Parnassus*（1601）, in *Elizabethan Critical Essays*, II, pp. 400–02.

（58） Cruttwell, p. 19.

（59） Edward Hubler, *The Sense of Shakespeare's Sonnets*, p. 79.

（60） Weever, *Epigrammes*, p. 75; Francis Meres, *Palladis Tamia*, in *Elizabethan Critical Essays*, II, p. 317; Richard Barnfield, *Poems in Divers Humours*, *An English Garner*, XIV, 120.

（61） Guillén, p. 50.

（62） ダグラス・ピータースンは，修飾的な文体と平明な文体（あるいは，黄金色と鈍色と言ってもよいのだが）にきっぱり線引きできないような複雑さがあるとして，その一端を示すことで多くを明らかにしてくれた。次の書物の，とりわけ 212–18 頁を参照。Douglas Peterson, *English Lyric*.

（63） ペトラルカ風のイメジャリ全般については，次を参照。Leonard Forster, *The Icy Fire*（Cambridge, 1969）; Janet Scott, *Les sonnets élisabethains*（Paris, 1929）; Lisle C. John, *The Elizabethan Sonnet*（repr. New York, 1964）.

（64） 次を参照。Lever, p. 165. 友人にせよ恋人にせよ，それが誰かということを私は論じたいと思わない。たとえシェイクスピアが，友人，恋人，競争相手の詩人と自分との関係をソネットにそのまま書き込むほど実体験に依存していたにせよ，そうした情報は，『ソネット集』のプロットや言語を理解する大した助けにはならないし，それらのソネットを書くためにふるわれた技巧を理解する助けにはまったくならない。さらに，ホモセクシュアリティの問題は，詩そのものの

なかで解き明かされているように私には思える。シェイクスピアは，己れの心《サイキ》の深層では，二人の男性に一人の女性を共有させることによって象徴的な男同士の愛について書いていたのかもしれないが，よしんばそうであったにせよ，これは古典のエピグラムではありふれた主題だということだけは言っておきたい――そのトポスは，ジャン・ルノワールの『大いなる幻影』におけるフォン・ラウフェンシュタインとド・ボワルディユとのやりとりにも現れてくるし，他の多くのところでも見受けられる。詩人がいかに入念に，友人は異性愛者であり，恋人に対する己れ自身の肉欲は「規範に適う《ノーマル》」ものであると提示しているかを考えると，これらの詩にいかなる伝記的事実が隠されているかを探るのはしばしやめ，詩の文学的な意味合いだけに集中してもよいのではないかと思う。

(65) ミケランジェロが書いたソネットや他の短詩を論じたJ・B・リーシュマンやロバート・クレメンツなど，批評家たちは彼の詩や韻文のいちじるしく偶成的《オケイジョナル》な性質を考慮してこなかったように思える。新プラトン主義にせよ，愛（あるいは芸術）についての他の理論にせよ，一貫したものを抽出しようとすることは，それらの詩の本質をねじ曲げるものであると私には思える。

(66) 庇護者に詩人が呼びかけるときの言語が，呼びかけられた庇護者の人間性を疑問に付す場合もあるが，シェイクスピアの庇護者は個人として移り気な性格をもち，それは公的な地位にある，あの抽象的でひたむきな庇護者たちにはふつう見られない性質である。このことは，繰り返すが，注目に値する。若者を特徴づけるこのような態度は，ソネットで歌われる女性の振舞いと一致している。

(67) *The Sonnets*, A New Variorum Edition of Shakespeare, II, p. 123. ロウリンズは，バーンフィールドのソネット連作のなかの詩人も美しい若者に結婚するよう説きつけているというプーラーの主張を引用している。この指摘は繰り返しなされているが，それを裏づける箇所を私はどうしても発見することができない。

(68) 庇護者については，次を参照。F. T. Prince, *Shakespeare: The Poems*, pp. 21–31. T・G・タッカーは，「高みに憧れる」と彼女が呼ぶソネットの特徴に関する論考を執筆中である。その特徴のひとつとして，オード（頌歌）に，あるいは重要な公的人物や出来事をオードが荘重な様式で称揚することに，ソネットが憧れるということがある。

(69) J. B. Leishman, *Themes and Variations in Shakespeare's Sonnets* (repr., New York, 1966), pp. 27–91; Hubler, pp. 11–37.

(70) Henry Constable, *Diana*, ix, in *Elizabethan Sonnets*, ed. Lee, II, 83.

(71) 「甘い（sweet）」という語とその関連語を用いているソネットについては，次を参照。*Elizabethan Sonnets*, ed. Lee, II: pp. 144, 168, 271, 272, 273, 283, 303.

(72) Sir Philip Sidney, *Astrophil and Stella*, in *Poems*, ed. William A. Ringler (Oxford, 1962), p. 206. ［サー・フィリップ・シドニー『アストロフェルとステラ』，大塚定

徳他訳，篠崎書林，1979］

(**73**)　Sidney, p.182.　まこと，シドニーが，称讃表現に内在する多くの問題をみごとに処理してくれたおかげで，とりわけソネットの慣習を興にまかせて自己言及的に吟味してくれたおかげで，シェイクスピアは自らの詩集でこの問題を探究しなくてすんだのかもしれない。

(**74**)　甘さと酸っぱさの奇想を同じように連ねた例としては，スペンサーの『アモレッティ』ソネット二六番を参照［『スペンサー詩集』，和田勇一他訳，九州大学出版会，2007］。シェイクスピアのソネットについては多く論じられてきた。Peterson, pp. 238–40; L. C. Knights, "Shakespeare's Sonnets," reprinted in *Elizabethan Poetry. Modern Essays in Criticism*, ed. Paul J. Alpers (New York, 1967), pp. 282–84.　このソネットに関するすばらしい評言が次にある。Booth, pp. 3–8, 58–59.

(**75**)　Richard Carew, *The Excellency of the English Tongue*, in *Elizabethan Critical Essays*, II, 293.

(**76**)　Booth, pp. 152–67.　そこに引用されている文献も参照。

(**77**)　Barnfield, p. 18.

(**78**)　*Elizabethan Sonnets*, II, pp. 6, 284, 317.

(**79**)　*Ibid*., II, p. 284.

(**80**)　ベルニの詩がこの種の詩の典型例であるが，次も参照。Giordano Bruno, *De'gli eroici furori*, ed. Michel, pp. 91–93.　次も参照。Jorg Ulrich Fechner, *Der Antipetrarkismus. Studien zur Liebessatire im Barocker Lyrik* (Heidelberg, 1966); Schaar, *Elizabethan Sonnet Themes and the Dating*, pp. 23–24.

(**81**)　Joseph Hall, *Poems*, ed. Arnold Davenport (Liverpool, 1949), p. 18.

(**82**)　*Poètes du XVIe siècle*, ed. A. M. Schmidt (Paris, 1953), p. 733.

(**83**)　Sir John Harington, *The Most Elegant and Wittie Epigrams* (London, 1633), p. 40.

(**84**)　次を参照。Paul A. Jorgenson, "Much Ado about *Nothing*," *Shakespeare Quarterly*, V (1954), 287–95; Thomas Pyles, "Ophelia's Nothing," *Modern Language Notes*, XLIV (1949), 322–23.

(**85**)　Prince, *Poems*, p. 32.

(**86**)　他の黒い女たち（ついでながら，その黒さや美しさのかなりの部分は「雅歌」に由来している）については，次を参照。*Variorum Sonnets*, II, 755.　マルティアリス，ジュゼッペ・マルッロ，ミケランジェロ，アマディス・ジャマンはみな黒い女性を讃美した。ロンサールのソネットで歌われた女性たちの一人は，栗色の髪をしている。

(**87**)　Rosemond Tuve, *Elizabethan and Metaphysical Imagery* (Chicago, 1947), pp. 302–04.

(**88**)　前述したように，これはエピグラムの慣習であり，そこでは詩人と友人

が恋人を共有する例が多く見られる。だがそのような場合，当の女性はたいていは，比喩上ではなく職業上の娼婦である。カトゥルスの『詩集』（*Carmina*）第91歌でも，詩人と友人が女性を共有している。

(89) 次を参照。Pierre de Ronsard, *Œuvres complètes*, ed. G. Cohen（Paris, 1965），I, 7. このパウロ的な女性嫌悪の転義《トロウプ》は，ソネットの伝統に自然に取り入れられたものと思われる。

(90) 英語の lie は，このつながりにおいて（「嘘をつく」と「共寝する」），便利に語呂合わせができる語である。次を参照。Davies, *The Scourge of Folly*, "Epig. 68. Against Lawrentia's Lying" :

In lying lyeth all Lawrentiaes grace,
Who to, and with men lyes, in Deede and word:
She paints her selfe : so, lyeth in her face:
Then gut'rall *Lauds* she doth her knaves affoord;
So, in her throat she lyes: and in her Heart
She needs must lye, when, for an abiect fee,
She love pretends to Swaines of no desert:
So shee, in summe, lies all, as all may see:
Then sith still thus she lyes, twere good for her
Still to be shipt, to make her still to stirre.

第三章　『オセロー』と愛の問題系

(1) 「文学における恋愛表現」に関する研究は多すぎて，とても引用しきれないが，そのいくつかは私にとってきわめて有益であった。John Bayley, *The Characters of Love*（London, 1961）の，とりわけ『オセロー』を論じた第3章を参照せよ。「宮廷風」恋愛の伝統については，モーリス・ヴァレンシーおよびC・S・ルイスの古典的な（そして規範的に論述された）名著を参照。Maurice Valency, *In Praise of Love*（New York, 1961）; C. S. Lewis, *Allegory of Love*（Oxford, 1936）［C・S・ルイス『愛のアレゴリー――ヨーロッパ中世文学の伝統』玉泉八州男訳，筑摩書房，1972］.『ロミオとジュリエット』については，H. A. Mason, *Shakespeare's Tragedies of Love*（London, 1970）の第1章から第3章までと，次も参照。Karl-Heinz Wenkel, *Sonettstrukturen in Shakespeares Dramen, Linguistica et Litteraria*, I（1968）; Inge Leimburg, *Shakespeares Romeo und Julia, Beihefte zu Poetica*, IV（1968）. ライムブルクは『ロミオとジュリエット』の「ロマンス」との関連を強調している。

(2) ソネットとソネット理論の展開については，次を参照。Moench, *Das Sonett*. ペトラルキズムについては，次を参照。Leonard Forster, *The Icy Fire*（Cambridge,

1969）．また，タッカーの近刊予定論文を参照せよ〔Cynthia Grant Tucker. "Meredith's Broken Laurel: *Modern Love* and the Renaissance Sonnet Tradition." *Victorian Poetry* 10（1972）: 351–65.〕。

（3） タッカーの論文が明確に示しているように，明らかに，ソネット連作は，自己没入や内観を展開するうえでとりわけ重要であり，主要な文学媒体であった。

（4） スカリゲルは喜劇的人物群について論じている。Scaliger, *Poetices*, pp. 20–22. 次も参照。John Vyvyan, *Shakespeare and the Rose of Love*（London, 1960）.

（5） 次の優れた書物を参照。Nicholas Brooke, *Shakespeare's Early Tragedies*（London, 1968）, pp. 80–106.（ソネットやソネット風については，とりわけ 87–88 頁を参照）。Calderwood, *Shakespearean Metadrama* の第 4 章も参照。

（6） 本書 200–213 頁を参照。

（7） ロミオがここで，一幕五場九〇行でも繰り返されることになるが，苦《フェル》みと甘《メル》みに言及していることにも注目せよ。詩人としてのロミオを辛口に評したものとしては，次を参照。Joseph Chiang, "The Language of Paradox in *Romeo and Juliet*," *Shakespeare Studies*, III（1967）, 22–42.

（8） これに関する議論としては，『パラドクシア・エピデミカ』第 2 章を参照。シンシア・グラント・タッカーのソネット研究も参照せよ（未公刊博士論文，アイオワ大学，1966）。

（9） Harry Levin, "Form and Formality in *Romeo and Juliet*," *Shakespeare Quarterly*, XI（1961）, 3–11; Calderwood, pp. 87ff.

（10） 作品の最後にこの種の「決め事《フイクシング》」をすることについては，次を参照。Francis Berry, *The Shakespearean Inset*（London, 1965）; Murray Krieger, "The Ekphrastic Principle and the Still Movement of Poetry," *The play and Place of Criticism*（Baltimore, 1967）.

（11） 『オセロー』の主要研究書としては，次を参照。Robert B. Heilman, *Magic in the Web*（Lexington, 1956）; G. R. Elliott, *The Flaming Minister*（Durham, N. C., 1953）.

（12） Robert A. Watts, "The Comic Scenes in *Othello*," *Shakespeare Quarterly*, XVIII（1967）, 349–54; Barbara H. C. de Mondonça, "*Othello*: A Tragedy Built on Comic Structure," *Shakespeare Studies*, XXI（1968）, 31–38. 次の書物には重要な見解が示されている。K. M. Lea, *Italian Popular Comedy*, II（Oxford,1934）, 378–79; Allan Gilbert, *The Principles and Practice of Criticism*（Detroit, 1959）, pp. 27–45. この主題に関する資料は，ジューン・フェロウズにご教示いただいた。

（13） Eldred Jones, *Othello's Countrymen*（Oxford, 1965）.

（14） 次を参照。Alvin Kernan, Introduction to the Signet *Othello*（New York, 1963）, XXV–XXX; Allan Bloom, "Cosmopolitan Man and the Political Community: An Interpretation of *Othello*," *American Society for Psychical Research*, LIV（1960）, 139–58. 同論文には Sigurd Burckhardt の応答が付けられ（pp.158–66），同誌にはブルームとブルクハル

トの両著者によるさらなる議論が収録されている（pp.457–64, 465–71, 474–93）。

（**15**） キプロス島におけるウェヌス崇拝に言及した規範的な叙述については，以下の編纂書を参照。Natalis Comes［Conti］, *Mythologiae*（Venice, 1581）, Lib. iii, cap. xiii, pp. 251–52; Vincenzo Cartari, *Le Imagini de gli Dei degli Antichi*（Venice, 1609）, pp. 387–92.

（**16**） Bernard Spivack, *Shakespeare and the Allegory of Evil*（New York, 1958）; G. N. Murphy, "A Note on Iago's Name," *Literature and Society*, ed. Bernice Slote（Lincoln, 1964）, pp. 38–43; S. L. Bethell, "Shakespeare's Imagery: The Diabolic Images in *Othello*," *Shakespeare Survey*, V（1952）, 62–79.

（**17**） この意味における「声」については，次を参照。Maynard Mack, "The Jacobean Shakespeare," *Stratford-upon-Avon Studies*, 1（London, 1960）.

（**18**） 『パラドクシア・エピデミカ』第2章。

（**19**） Thomas Wyatt, *Collected Poems*, ed. Kenneth Muir（London, 1949）, p. 63.

（**20**） Francesco Petrarca, *Canzoniere*, ed. G. Contini and D. Ponchiroli（Torino, 1964）, p. 207（cli）［フランチェスコ・ペトラルカ『カンツォニエーレ』，池田廉訳，名古屋大学出版会，1992］; Spenser, *Amoretti*, lxiii.

（**21**） Ronsard, *Œuvres complètes*, I, 298.［『ロンサール詩集』，高田勇訳，青土社，1985，他］次を参照。Philippe Desportes, *Amours de Diane*, ed. Victor Grahame（Geneva, 1959）, II, 211; Joachim du Bellay, *Œuvres*（Rouen, 1592）, p. 76（*Olive*, civ）.

（**22**） Henry Howard, Earl of Surrey, *Poems*, ed. Emrys Jones（Oxford, 1964）, P. 3.［『歌とソネット 1557――トテル詩選集』，上利政彦訳注，九州大学出版会，2010］

（**23**） たとえば次を参照。*Elizabethan Sonnets*, ed. Sidney Lee, II, 159（*Zepheria*, Canzon 4）, 4（Thomas Lodge, *Phillis*, III）; Scève, *Délie*, p. 103［モーリス・セーヴ『デリ――至高の徳の対象』，加藤美雄訳，青土社，1990］; Ronsard, I, 23（*Amours de Cassandre*, lii）. 天国と地獄の結合については，（シェイクスピア自身の有名なソネット 以外にも）次を参照。Henry Constable, *Diana*, vii dec.（*Elizabethan Sonnets*, ed. Lee, II, 106）. この主題に関する定評ある研究書としては，次を参照。Leo Spitzer, *Classical and Christian Ideas of World Harmony*（Baltimore, 1963）.

（**24**） Ronsard, I, 24（*Amours de Cassandre*, liii）. 25（*Cassandre*, lvi）も参照。

（**25**） 次を参照。*Amoretti*, lxiv; Petrarca, *Canzoniere*, lxxi, clxxxv, cccxxxvii; Scève, *Délie*, pp. 65, 166, 372.

（**26**） Ronsard, I, 41（*Cassandre*, xcvi）.

（**27**） Ronsard, I, 184–85（"Sur la mort de Marie," iv）.

（**28**） chrysolite〔「トパーズ」「緑色の貴石」「白い透明の貴石」などの説がある〕の意味については，次を参照。Lawrence J. Ross, "World and Chrysolite in *Othello*," *Modern Language Notes*, LXXVI（1961）, 683–92; pearl（真珠）については，次を参照。John

E. Seaman, "Othello's Pearl," *Shakespeare Quarterly*, XIX（1968）, 81–85.

（**29**） Heilman, *passim*; Matthew N. Proser, *The Heroic Image in Five Shakespearean Plays*（Princeton, 1965）, Chapter Three.

（**30**） 本書 189–200 頁を参照。

（**31**） *Amoretti*, lxxix.

第四章 『アントニーとクレオパトラ』

（**1**） 次を参照。E. H. Gombrich, *Art and Illusion*, pp. 370, 381.

（**2**） 本章は『アントニーとクレオパトラ』の先行研究に多くを負っているが，とりわけモーリス・チャーニーの『シェイクスピアのローマ劇』第 1 章と第 4 章に負うところが大きい。Maurice Charney, *Shakespeare's Roman Plays*（Cambridge, Mass., 1961）. 私は自説を，チャーニーよりもはっきりと，おそらくはより衒学的に主張している。すなわち，シェイクスピアはこの劇で，文体上のパラダイム——それは同時代にさかんに議論され，シェイクスピア自身も意識していたパラダイムである——を登場人物として意図的に肉化し，発話の様式，ライフ・スタイル，ひいては（こちらのほうがさらに重要であるが）文化様式との交換可能な関係を再考察した，というのが私の説である。次も参照。Benjamin T. Spencer, "*Antony and Cleopatra* and the Paradoxical Metaphor," *Shakespeare Quarterly*, IX（1958）, 373–78; Proser, *The Heroic Image in Five Shakespearean Plays*; Madeleine Doran, *The Endeavors of Art*（Madison, 1954）, pp. 245–50; Burckhardt, *Shakespearean Meanings*.

（**3**） 本書の第 1 章を参照。

（**4**） Sheldon P. Zitner, "*King Lear* and Its Language"（*Some Facets of King Lear*）; "Shakespeare's Secret Language"（未公刊論文）.

（**5**） とりわけ次を参照。Maurice Charney, Chapter 5; James L. Calderwood, "*Coriolanus*: Wordless Meanings and Meaningless Words," *Studies in English Literature*, VI（1966）, 211–24.

（**6**） こうした「〔言語様式と人間性の〕即合《マッチング》」という概念の背後にいかなる理論が存在しているかについては，次を参照。Gombrich, *Art and Illusion*, pp. 29, 73, 116–18, 188–89.

（**7**） Plutarch, *The Lives of the Noble Grecians and Romanes*, tr. Thomas North（London, 1595）, p. 969.［『プルターク英雄伝』全 12 巻，河野與一訳，岩波文庫，1952–1956，他］

（**8**） M. von Wilamowitz-Möllendorf, "Asianismus und Atticismus," *Hermes*, xxxv（1900）, 1–52; Eduard Norden, *Die antike Kunstprosa*（Leipzig, 1915–1918）; G. L. Hendrickson, "The Original Meaning of the Ancient Characters of Style," *American Journal of Philology*, XXVI

(1905), 248–90; C. N. Smiley, “Seneca and the Stoic Theory of Literary Style,” *Wisconsin Studies in Language and Literature*, III (1919), 50–61; A. D. Leeman, *Orationis Ratio: The Stylistic Theories and Practice of the Orators, Historians, and Philosophers* (Amsterdam, 1963); F. Quadlbauer, *Die antike Theorie der genera dicendi* (Vienna, 1958).

(9)　キケロ自身がこのプロセスを体現している。次を参照。*Tusculan Disputations*, II, I［『キケロー選集——トゥスクルム荘対談集』，木村健治訳，岩波書店，2002］; *Brutus*, xiii, 51; lxxxii, 284–lxxiv, 291; *Orator*, viii, 27–31; xxiii, 76–xxvi, 90.

(10)　モリス・W・クロウルについては，便利なことにいまや論文集が出版されているので，それを参照。*Style, Rhetoric, and Rhythm : Essays by Morris W. Croll* (Princeton, 1966); 次も参照。George Williamson, *The Senecan Amble* (Chicago, 1951); Brian Vickers, *Francis Bacon and Renaissance Prose* (Cambridge, 1968); E. R. Curtius, *European Literature and the Latin Middle Ages*, pp. 67–68.

(11)　ウィンターズは詩の文体を質朴なものと装飾的なものに分けたが，そうした線引きにこめられた道徳的意図は，ゴンブリッジがピン＝ポンという相互関係のパラダイムを提唱することによって見直しを迫られることになった。

(12)　Charney, pp.79ff.

(13)　Charney, *Shakespeare's Roman Plays*, pp. 93ff.　次も参照。John Danby, “The Shakespearean Dialectic: An Aspect of *Antony and Cleopatra*,” in *Poets on Fortune's Hill* (London, 1952); William Rosen, *Shakespeare and the Craft of Tragedy* (Cambridge, Mass., 1960); Robert Ornstein, “The Ethic [*sic*] of Imagination: Love and Art in *Antony and Cleopatra*,” *The Later Shakespeare*, Stratford-upon-Avon Studies, VIII (1966); Maynard Mack, Introduction to *Antony and Cleopatra* (Pelican Shakespeare, Baltimore, 1960), p. 19.

(14)　“oscillate” はダンビー（Danby）の用いた語である。次も参照。Northrop Frye, *Fools of Time* (Toronto, 1967), pp. 70–71［ノースロップ・フライ『時の道化たち』，渡辺美智子訳，八潮出版社，1986］; Mack, Introduction, pp. 19–20; Ernest Schanzer, *The Problem Plays of Shakespeare* (New York, 1965), pp. 138–39; Charney, pp. 93ff.; Dipak Nandy, “The Realism of *Antony and Cleopatra*,” *Shakespeare in a Changing World*, ed. Arnold Kettle (London, 1964), pp. 172–94.

(15)　Leeman, pp. 140–41.

(16)　この点については多くの批評家が指摘している。次を参照。Julian Markels, *The Pillar of the World* (Columbus, 1968), pp. 35, 41–43.

(17)　たとえば次を参照。J. Leeds Barroll, “Enobarbus' Description of Cleopatra,” *Texas Studies in Language and Literature* (1958), pp. 61–68.

(18)　アントニーの自己欺瞞についてはプロウザーやマーケルズがみごとに論じているが，それは義務や奉仕とともに，寛仁や偉大さについてのローマ的概念を源泉とする，言語の文化的力に由来するものでもある。私はそうした側面につ

いてここではあまり触れていない。アントニーの台詞や自己提示には，文学においても主要な源泉がある。『アエネイス』である［ウェルギリウス『アエネーイス』，岡道男・高橋宏幸訳，西洋古典叢書，京都大学学術出版会，2001，他］――もっともアントニーは，彼がアエネアスとディドーに言及した台詞からわかるように，（アエネアスとは異なり）使命のために情熱を抑制する道は選ばなかった。アントニーは，この意味において，物語の改訂者である。このことについては，他の多くのことと同様，ロジャー・ホーンズビーとの議論に負っている。

(19)　次を参照。Arnold Stein, "The Image of Antony: Lyric and Tragic Imagination," reprinted in *Essays in Shakespearean Criticism*, ed. James L. Calderwood and Harold E. Toliver (Englewood Cliffs, 1970), pp. 560–75.

(20)　Barroll, *passim*; Schanzer, p. 155.　この見解は，バーバラ・ボウノウ（著作はまだ出版されていない）〔Barbara Bono, *Literary Transvaluation*. Berkeley : U of California P, 1984〕とレイモンド・ウォディントン（Raymond Waddington）によって修正されている。本章注34を参照。

(21)　繰り返すが，ほとんどの批評家がこの点に言及している。次を参照。Markels, pp.35, 41–43; とりわけ興味深い見解が次に見られる。Ornstein, p.393.

(22)　世界のイメジャリについては，チャーニーのこよなく洞察に富む分析を参照。Charney, pp.82–93.

(23)　次を参照。Stein, *passim*.　アントニーとクレオパトラの言語は，慣習上は恋人たちが用いるとされる表現に頼っているが，奇妙なまでに一般化された具体性を欠くイメジャリをともなう二人の台詞は，より広範な愛の領域を示唆している。二人の愛は，言語においても生き方においても極端な愛であり，きわめて人間的でありながらも，人間の能力の限界に挑んでいる。

(24)　Charney, pp. 102–04.

(25)　G・ウィルスン・ナイトは劇中の馬のイメジャリを集め，そこから喚起されるさまざまな連想について論じている。G. Wilson Knight, *The Imperial Theme* (repr. London, 1965), pp. 212, 213.

(26)　Charney, pp. 127–29.

(27)　この点については，次の書物のとりわけ150頁を参照。Markels, *The Pillar of the World*.

(28)　「いまや風と火」であるという事実にもかかわらず，彼女はやはり大地にも根を下ろしている。四大元素である地，水，風，火のすべてがクレオパトラとの関わりで用いられ，彼女自体がひとつの世界なのである。

(29)　Ornstein, p. 391.

(30)　シーザーを，若く，未熟で，人間の経験に対して閉ざされているように見せるひとつの方法は，アントニーにせよクレオパトラにせよ，二人のこの側面

をシーザーがまったく認識していないことにある。

（31） 繰り返すが，マーケルズは，この劇で描かれている恋愛の，万人に共通する普遍的な相と個別的で特殊な経験という二つの面をひときわみごとに表現していると私には思える。

（32） アントニーが人間を超えた存在であるという「哲学的な」示唆は，生き物が生来属すべき領分《エレメント》を「超越する」という，この直喩の含意にも窺える。それゆえ，アントニーは人間でありながら，（少なくともクレオパトラの想像のなかでは）神となる。この劇の「巨大志向《ジャイガンティズム》」と「パジェント仕立てにされた宇宙的なるもの」については，次も参照。Ruth Nevo, "The Masque of Greatness," *Shakespeare Studies*, III（1967）, 111–28.

（33） Longinus, *On the Sublime*（Loeb Classical Library）, pp. 144–45.［ロンギノス『崇高について』，小田実訳，河合文化教育研究所，1999］

（34） この劇の記述神話学的な要素については，次の諸論文に大いに助けられた。Raymond B. Waddington, "Antony and Cleopatra: 'What Venus Did with Mars,'" *Shakespeare Studies*, II（1966）; Harold Fisch, "*Antony and Cleopatra*: The Limits of Mythology," *Shakespeare Survey*, XXIII（1970）, 59–68.（フィッシュの議論は，とりわけ彼がキリスト教の神話に依拠しているところは，細に穿ちすぎていると私には思える）。また，バーバラ・ボウノウの未公刊論文は，この劇についてきわめて精妙で啓発的な結論を示しており，参考になった。次も参照。Adrien Bonjour, "From Shakespeare's Venus to Cleopatra's Cupids," *Shakespeare Studies*, XVI（1963）, 73–80.

（35） Plutarch, *Isis and Osiris, Moralia*, v.［プルタルコス『エジプト神イシスとオシリスの伝説について』，柳沼重剛訳，岩波文庫，1996］．次を参照。Michael Lloyd, "Cleopatra as Isis," *Shakespeare Studies*, XII（1959）.

（36） アントニーの性格や振舞いにおけるヘラクレス的側面についての議論は，次を参照。Eugene M. Waith, Jr., *The Herculean Hero in Marlowe, Chapman, Shakespeare, and Dryden*（New York, 1962）．アントニーが自らをヘラクレスに喩えることについてはプルタルコスの『対比列伝』（Plutarch, *Lives*）913 頁を，ヴィーナスとしてのクレオパトラについては 921 頁を参照。プルタルコスがアントニーをバッカス（ディオニューソス）として言及した多くの箇所をシェイクスピアがこの劇で用いなかったことは注目に値する。バッカスは，ローマ人たちの酒宴の場面で，ローマとの関連においてのみ言及される。次を参照。J. Leeds Barroll, "Shakespeare and the Art of Character," *Shakespeare Studies*, III（1967）, 159–235.

（37） マーケルズの著書と，バーバラ・ボウノウの未公刊論文を参照せよ。

（38） Waith, p. 113; Schanzer, p. 158.

（39） この点については，次を参照。Terence Eagleton, *Shakespeare and Society*（New York. 1967）, p. 127.

（**40**）　Charney, pp. 18–19; 137–40; Danby, p. 131.
（**41**）　次を参照。Markels, Chapter 2.
（**42**）　アントニーを「高みへと引き上げること」の意味については，次が有益である。Charney, pp. 134–36.

第五章　『ハムレット』

（**1**）　Bridget Gellert Lyons, *Voices of Melancholy*（London, 1971）．本章で用いた『ハムレット』の版本はノートン批評校訂版である。*Hamlet*, ed. Cyrus Hoy, A Norton Critical Edition（New York, 1963）．本章はたしかにハムレットの「性格」を扱っているが，私が関心をもっているのは彼の文学的な性格や性格造型であり，A・C・ブラッドリー流の〔A. C. Bradley, *Shakespearean Tragedy*. London: Macmillan, 1904〕［A・C・ブラッドリー『シェイクスピア悲劇の研究』，鷲山第三郎訳，内田老鶴圃新社，1978］，あるいはG・ウィルスン・ナイト流の実在の人間さながらに概念化された王子ではない。G. Wilson Knight, *The Wheel of Fire*（London, 1948）［G・W・ナイト『煉獄の火輪――シェイクスピア悲劇の解釈』，石原孝哉・河崎征俊訳，オセアニア出版，1981］．また私は，O・J・キャンベルのように，ハムレットが古典的な躁鬱病患者であるとは思わないし，アーネスト・ジョウンズのように，ハムレットはただ単純にオイディプス・コンプレックスに苦しんでいる――それが彼の問題の一要素であることはたしかであるが――とも思わない。O. J. Campbell, "What's the Matter with Hamlet?" *Yale Review*, XXXIII, 1942; Ernest Jones, *Hamlet and Oedipus*, London, 1949. ハムレットは憂鬱症者であると私が言っても，それはべつだん新しいことではない。リリー・ベス・キャンベルを例外として〔Lily Bess Campbell, *Shakespeare's Tragic Heroes*. Cambridge : University Press, 1930〕，ブラッドリーこのかた，ハムレットがメランコリーに罹っていることは当然のこととして受けとめられてきた。本章の関心は，メランコリーの諸形態をとくに意味深い文学的な方法でシェイクスピアが利用したことにある。私はとりわけブリジット・G・ライアンズの著書と，それ以上に，『ハムレット』をめぐる彼女との議論から恩恵を受けている。
（**2**）　Erwin Panofsky and Fritz Saxl, *Dürers' Melencolia I, Studien der Bibliothek Warburg*, 1923. この著作をもとに，レイモンド・クリバンスキー（Raymond Klibansky）の助力によって英訳され改訂増補された新版が *Saturn and Melancholy*（New York, 1964）［レイモンド・クリバンスキー，アーウィン・パノフスキー，フリッツ・ザクスル『土星とメランコリー――自然哲学，宗教，芸術の歴史における研究』榎本武文・加藤雅之・尾崎彰宏・田中英道訳，晶文社，1991］である。
（**3**）　Lawrence Babb, *The Elizabethan Malady*（East Lansing, 1951）．以下も参照。

John W. Draper, *The Hamlet of Shakespeare's Audience* (Durham, N.C., 1938), pp. 175–79; J. Dover Wilson, *What Happens in Hamlet* (Cambridge, 1935).

(4) ハムレットの哲学の幅広さに言及したものとしては，次を参照。Maynard Mack, "The World of *Hamlet*," *Yale Review*, XLI (1959), 502–23; Harry Levin, *The Question of Hamlet* (New York, 1959); D. G. James, *Shakespeare and the Dream of Learning* (Oxford, 1951); Hiram Haydn, *The Counter-Renaissance* (New York, 1950); Robert Ornstein, *The Moral Vision of Jacobean Tragedy* (Madison, 1960); Theodore Spencer, *Shakespeare and the Nature of Man* (New York, 1952); Geoffrey Bush, *Shakespeare and the Natural Condition* (Cambridge, Mass., 1956); Ruth M. Levitsky, "Rightly to be Great," *Shakespeare Studies*, I (1965), 142–57. ニコラス・ブルックは，ハムレットが「思考すること」についてことのほか洞察に富む見解を示している。Nicholas Brooke, *Shakespeare's Early Tragedies* (London, 1968), pp. 165–66.

(5) 次を参照。Timothie Bright, *A Treatise of Melancholie* (London, 1586), p. 126; Andreas Laurentius, *Discourse of the Preservation of the Sight: Of Melancholike Diseases* (London, 1599), tr. Richard Surphlet, pp. 82, 85–86. 創造的なタイプのメランコリーについては，次を参照。Panofsky and Saxl, pp. 15–42, 241–74, esp. pp. 254–74; Marsilio Ficino, *Opera Omnia* (Basel, 1576), I, 731–32. 次も参照。Seneca, *De tranquillitate animi*, XVII, 10–12 (Loeb Classical Library, II, 285) ［セネカ『生の短かさについて――他二篇』，大西英文訳，岩波文庫，2010］; Rudolf and Margot Wittkower, *Born under Saturn* (London, 1963), esp. pp. 98–113 ［ルドルフ＆マーゴット・ウィットコウアー『数奇な芸術家たち――土星のもとに生まれて』，中森義宗・清水忠訳，岩崎美術社，1969］. 中世とルネサンスの美術には，頭蓋骨をもつ人物が数多く描かれている。頭蓋骨とともに描かれている憂鬱症者は，男性よりも女性のほうが多い。頭蓋骨とともに描かれている男性像としては，ルーカス・ファン・レイデンの銅版画がまさにぴったりである。(ライアンズの著書〔*Voices of Melancholy*〕で口絵として用いられている。次も参照。Max J. Friedlaender, *Lucas van Leyden*, 1924, pl. 174; G. J. Woogewerff, *De Noord-Nederlandsche Schilderkunst*, The Hague, 1939, III, fig. 287; F. K. J. Rezniček, *Hendrick Goltzius*, Utrecht, 1961, II, fig. 11). 最後の二つの図像については，スミス・カレッジのC・リチャード・ジャドスン教授にご教示いただいた。

(6) マック，レヴィン，ジェイムズは（もちろん，他の人々も）ハムレットの多様性と奥深さに言及している。次も参照。Peter Alexander, *Hamlet, Father and Son* (Oxford, 1955), pp. 183–85; John Holloway, *The Story of the Night* (Lincoln, 1961), p. 21; L. C. Knights, *An Approach to Hamlet* (London, 1960), p.11. レヴィンは，ハムレットは劇のはじめは「一途で，首尾一貫しており，メランコリーそのものである。それから彼は仮面をかぶり狂人を演じる」と述べているが，その言い方には（その意図はともかく）異議を唱えざるをえない（*The Question of Hamlet*, p. 51. 傍点筆者）。

というのも，私の見るところ――また，ほとんどのルネサンス人も，このよく知られた主題について少しでも知識があればそう考えたはずであるが――，メランコリーは，陰気で人と距離を置く鬱屈した態度のみならず，奇矯でヒステリカルで道化た振舞いもともなっている。ハムレットのメランコリーのいくつかの側面は，プロスペローの内観的でありながら人を操るという態度に相通じるものがあるだろう。これらの主人公たちは，いずれも，己れの問題を考え抜いて解決しようとするだけでなく，役を演じたり，あれこれ「演出」したりすることに関心をもっている。

（7）　ティモシー・ブライトは，大切な人間を失ったことによって引き起こされるメランコリーについてとくに詳しく述べている。

（8）　罵倒すること，あるいは諷刺的なタイプのメランコリーについては，次を参照。O. J. Campbell, *"Comicall Satyre" and Shakespeare's Troilus and Cressida*（San Marino, Calif., 1938）; Alvin B. Kernan, *The Cankered Muse*（New Haven, 1959）. また，次のとりわけ第 2 章と第 3 章を参照。Lyons, *Voices of Melancholy*. サーサイティーズについては，本書第 8 章を参照。芝居がかった振舞い《ヒストリオニズム》については，ティモシー・ブライトの論述が有益である。

（9）　ジョルダーノ・ブルーノの『英雄的狂気について』は，メランコリーによる高揚の典型的な例を示している。次も参照。Juan Huarte, *Examen de ingenios*, tr. R. C.（London,1596）, p.59.「……いやしくもこの世にあって学識で名を轟かせた人々は（アリストテレス曰く）みなメランコリーを患っていた」。Burton, *passim*.

（10）　Bright, p. 126; Levin, p. 48; Leon Howard, *The Logic of Hamlet's Soliloquies*（Lone Pine Press, 1964）; James, *Shakespeare and the Dream of Learning*, p. 48. 次も参照。Levinus Lemnius, *The Touchstone of Complexions*, tr. Thomas Newton（London, 1576）, p. 143.

（11）　ゲーテこのかた，『ハムレット』について書いた人々はみな，この劇が〈見かけと実体〉の問題を提示していることに何かしら触れてきた。近年のものとしては，次の批評家たちの著書が大いに有益であった。John Holloway, *The Story of the Night*; R. A. Foakes, "Character and Speech in *Hamlet*"（*Hamlet*, ed. J. R. Brown and Bernard Harris, New York, 1966, pp. 148–62）; Maynard Mack, "The World of *Hamlet*." この劇のメタシアター的仕掛けについては，アン・ライターの『シェイクスピアと演劇の理念』および，ジャクソン・I・コウプと私の同僚であるジョン・W・アーウィンの著作（近刊予定）も参照せよ。Anne Righter, *Shakespeare and the Idea of the Play*［アン・バートン『イリュージョンの力――シェイクスピアと演劇の理念』，青山誠子訳，朝日出版社，1981］;〔Jackson I. Cope, *The Theater and the Dream*. Baltimore Johns Hopkins UP, 1973〕.

（12）　エリザベス朝の舞台における亡霊に関しては，サン・フェルナンド・［ヴァリー］州立カレッジのイーヴァ・ラティフ博士に多大な恩義を受けた。

(13) この背景については，マックとレヴィンを参照。

(14) ロバート・バートンがメランコリーの病因，症候，治療をめぐる概念をみごとなまでに混淆し重ね合わせていることについての議論は，次を参照。*Paradoxia Epidemica*, p. 431; Lyons, *Voices of Melancholy*.

(15) 次を参照。Levinus Lemnius, p. 138.「艶めかしく美しいご婦人がた」とともにいると，「彼ら［憂鬱症者］は浮き浮きし，それまでの陰気さや気まぐれな振舞いをすっかり払いのけて，このうえなく陽気になる」というレムニウスの記述は，〈鼠落とし〉の上演中と中断後にハムレットが狂人のように振舞うことの「理由」の一端を示している。

(16) アンドレアス・ラウレンティウスは，恋愛に由来するメランコリーの最良の療法は転地（空気の変化）である，と述べている。Andreas Laurentius, p. 123. 空気全般については，ロバート・バートンを参照。

(17) この主題に関する洞察に富むコメントとしては，アイオワ大学ルネサンス学会で 1965 年春に発表された次の未公刊論文を参照。Sheldon P. Zitner, "Shakespeare's Secret Language." G・K・ハンターの価値ある論文も参照。G. K. Hunter, "The Heroism of Hamlet," in *Hamlet*, ed. John Russell Brown and Bernard Harris, pp. 103–06. 次も参照。J. B. Walker, "The Structure of *Hamlet*," *ibid.*, pp. 60–68; Patricia S. Gourlay, "Guilty Creatures Sitting at a Play," *Renaissance Quarterly*, XXIV（1971）, 221–25.

(18) Peter Ure, "Character and Role from *Richard III* to *Hamlet*," in *Hamlet*, ed. John Russell Brown and Bernard Harris, p. 27; Mark Rose, "*Hamlet* and the Shape of Revenge," *English Literary Renaissance*, I（1971）, 132–43; Stephen Booth, "On the Value of *Hamlet*" in *Reinterpretations of Elizabethan Drama*, ed. Norman Rabkin（New York, 1969）, pp. 152–55.

(19) 自殺の問題に関する優れた考察としては，次を参照。Rudolf and Margot Wittkower, pp. 133–49（"Suicides of Artists"）; S. E. Sprott, *The English Debate on Suicide*（La Salle, 1961）. エリナ・プロサーの『ハムレットと復讐』は，ハムレットの問題をいちじるしく単純化し，それを名誉とキリスト教神学との葛藤に帰しているが，重要な諸点を扱っている。Eleanor Prosser, *Hamlet and Revenge*（Stanford, 1967）. この点については，次の卓抜な論文を参照せよ。Sheldon P. Zitner, "Hamlet: Duellist," *University of Toronto Quarterly*, XXXIX（1969）, 1–18.

(20) E. E. Stoll, "Shakespeare and the Malcontent Type," *Modern Philology*, II（1906）.

(21) いまここで，まことに遅ればせながら，この劇の難所を切り抜けていくうえで測り知れない助けとなったモーリス・チャーニーのこよなく価値ある書物に感謝を捧げたい。Maurice Charney, *Style in Hamlet*（Princeton, 1969）.

(22) 復讐悲劇については，次を参照。Fredson Bowers, *The Elizabethan Revenge Tragedy*（Princeton, 1940）; Harry Levin, *The Question of Hamlet*, pp. 8–9; Helen Gardner, *The Business of Criticism*（Oxford, 1959）, pp. 59–61. フィリップ・エドワーズは最も重要

なキッドの劇〔『スペインの悲劇』〕とともに，復讐悲劇全般についても切れ味よく論じている。Philip Edwards, *Thomas Kyd and Early Elizabethan Revenge Tragedy*（London, 1966）．デイヴィッド・L・フロストは，『ハムレット』が後年の復讐劇に及ぼした影響について考察している。David L. Frost, *The School of Shakespeare*（Cambridge, 1968）, pp.167–208.

（**23**）劇中劇をめぐる議論については，次を参照。Anne Righter, *Shakespeare and the Idea of the Play*（London, 1962）; Thomas Stroup, *Microcosmos : The Shape of the Elizabethan Play*（Lexington, 1963）; Robert J. Nelson, *Play within a Play*（New Haven, 1958）; Charles R. Forker, "Shakespeare's Theatrical Symbolism and Its Function in *Hamlet*," *Shakespeare Quarterly*, XIV（1963）, 215–29; G. C. Thayer, "*Hamlet*: Drama as Discovery and Metaphor," *Studia Neophilologia* XXVIII（1956）, 118–29. 次も参照。Lionel Abel, *Metatheater*（New York, 1963）, esp. pp. 46–48. エイベルの解釈は私の解釈とは対立する。Jackson I. Cope, "The Rediscovery of Anti-Form in the Renaissance," *Comparative Drama*, II（1968）, 155–71. 私はジェイムズ・L・コールダーウッドから多大な助けを得た。シェイクスピアの初期の劇について論じた彼の『シェイクスピアのメタドラマ』に，大いに助けられたのである。James L. Calderwood, *Shakespearean Metadrama*（Minneapolis, 1971）．ナイジェル・アレグザンダーは『ハムレット』を，一連の策略――この場合は，策略についての策略――からなる劇として捉えている。Nigel Alexander, *Poison, Play, and the Duel*（London, 1971）.

（**24**）遊戯することについては，ヨハン・ホイジンガの古典的な著作を参照せよ。Johan Huizinga, *Homo Ludens*（London, 1949）［ヨハン・ホイジンガ『ホモ・ルーデンス――人類文化と遊戯』，高橋英夫訳，中央公論社，1963］．また，ここ一〇年間に現れてきた，遊びとしての文学に関するかなりの量の文献を参照せよ。たとえば次を参照。Jacques Ehrmann, "Homo Ludens Revisited," *Yale French Studies*, XLI（1968）, 31–57. およびロジェ・カイヨワのさまざまな著作を参照せよ。［ロジェ・カイヨワ『遊びと人間』，多田道太郎・塚崎幹夫訳，講談社，1973］

（**25**）劇中の楽屋落ち的な自己言及を劇作家がいかに利用しているか，また劇作家が観客の反応をいかに操作しているかについては，次を参照。William Empson, "*Hamlet* When New," in *Discussions of Hamlet*, ed. J. C. Levinson（Boston, 1960）, esp. pp. 100–01; D. J. Palmer, "Stage Spectators in *Hamlet*," *English Studies*, XLVII（1966）, 423–30. ミュリエル・ブラッドブルックは，ハムレットがイングランド演劇史をみごとに要約したことについて手際よく述べている。Muriel Bradbrook, *Shakespeare the Craftsman*（London, 1969）, pp. 122–32. 次も参照。Anne Righter, *Shakespeare and the Idea of the Play*.

（**26**）『パラドクシア・エピデミカ』第16章を参照。

（**27**）アン・ライターはそれらの諸点をさらに深く掘り下げている。次も参照。

Jackson I. Cope, “The Rediscovery of Anti-Form in the Renaissance”; Harry Berger, Jr., “Miraculous Harp: A Reading of Shakespeare's *Tempest,*” *Shakespeare Studies*, V（1971）, 253–83.

（28） リチャード・レイトン・グリーンは，劇のプロットにおける黙劇の主題上の重要性について論じた論文を準備している（シャリヴァリとしての黙劇）。シャリヴァリについては，次を参照。Natalie Zemon Davis, “The Reasons of Misrule,” *Past and Present*, Number 50（1971）, 41–75. 黙劇に関する規範的な研究書としては，次を参照。Dieter Mehl, *The Elizabethan Dumbshow*（London, 1965）.

（29） 次を参照。Baldessare Castiglione, *The Boke of the Courtier*, tr. Sir Thomas Hoby（Everyman, 1937）.［カスティリオーネ『宮廷人』，清水純一・岩倉具忠・天野恵訳注，東海大学出版会，1987］

（30） この点については，次を参照。Lyons, *Voices of Melancholy*; R. A. Foakes, “Character and Speech in *Hamlet*,” pp.156–57.

（31） 次を参照。Sheldon P. Zitner, “Hamlet: Duellist.” この点を全般的に考察したものについては，次を参照。Maurice Charney, *Style in Hamlet*.

（32） 次を参照。Harry Levin, *The Question of Hamlet*, pp.141–47.

（33） ユージーン・M・ウェイスは『ヘラクレス的英雄』においてこれらの諸点のうちのいくつかを指摘している（Eugene M. Waith, *The Herculean Hero*）。ウェイス氏との，この主題をめぐる会話にも啓発され助けられた。

（34） Julius S. Held, “Flora, Goddess and Courtesan,” *Essays in Honour of Erwin Panofsky*（New York, 1961）, pp. 201–18.

（35） ウェイスの『ヘラクレス的英雄』にはイギリス・ルネサンス期の文学におけるヘラクレス像に関する優れた記述がある。次も参照。Erwin Panofsky, *Hercules am Scheidewege, Studien der Bibliothek Warburg*, 1930; Lyons, *Voices of Melancholy*, pp. 107–09.

（36） これがウィルスン・ナイトの見解（*The Wheel of Fire*）であると思われるが，ホロウェイも参照。John Holloway, *The Story of the Night*, p. 30.

（37） 合わせ鏡のように互いを映し合うことについては，次の書物に収められているみごとな『ハムレット』論を参照。Francis Fergusson, *The Idea of the Theatre*（Princeton, 1949）［フランシス・ファーガソン『演劇の理念』，山内登美雄訳，未来社，1958］．デイヴィッド・ベヴィントンは劇中の鏡〔ポローニアスとクローディアス〕について共感的に評している。David Bevington, Introduction to *Twentieth Century Interpretations of Hamlet*（Englewood Cliffs, 1968）, p. 4.

（38） 次を参照。 M. M. Mahood, *Shakespeare's Wordplay*（London, 1957）, pp. 111–29.

（39） Zitner, “Hamlet: Duellist.” また，ジトナー論文に引用されている文献も参照せよ。

（40） 『パラドクシア・エピデミカ』第16章は，自己言及としての自殺につい

て論じている。

第六章　牧歌の眺望

（1）　Thomas G. Rosenmeyer, *The Green Cabinet*（Berkeley, 1969）. これは，牧歌の主題系を分析したものとしては，私が知るなかで最も価値ある書物である。次も参照。Alice Hulubei, *L'Églogue en France au xvi*[e] *siècle*（Paris, 1938）; Mia I. Gerhardt, *Essai d'analyse de la pastorale*（Assen, 1950）; W. Leonard Grant, *Neo-Latin Literature and the Pastoral*（Durham, N.C., 1965）; W. W. Greg, *Pastoral Poetry and Pastoral Drama*（London, 1906）; E. K. Chambers, *English Pastorals*（London, 1895）; Frank Kermode, ed., *English Pastoral Poetry*（London, 1952）, Introduction; Jules Marsan, *La Pastorale dramatique en France*（Paris, 1905）; Enrico Carrara, *La poesia pastorale*（Milano, n.d.）; Hallett Smith, *Elizabethan Poetry*（Cambridge, Mass., 1952）.

（2）　次を参照。Rosenmeyer, pp. 77–85. ローゼンマイヤーは，ポッジョーリが次の論文で表明した見解に修正を加えている。Renato Poggioli, "The Pastoral of the Self," *Daedalus*, LXXXVIII（1959）, 686–99. 次も参照。 Bruno Snell, *The Discovery of the Mind*, tr. Thomas G. Rosenmeyer（New York, 1960）, Chapter 13.［B・スネル『精神の発見――ギリシア人におけるヨーロッパ的思考の発生に関する研究』，新井靖一訳，創文社，1974］

（3）　これについては，次を参照。 F. H. Ristine, *English Tragicomedy*（New York, 1910）; Marvin T. Herrick, *Tragicomedy*（Urbana, 1962）, esp. pp. 125–71; Madeleine Doran, *Endeavors of Art*, pp. 182–215; Karl S. Guthke, *Modern Tragicomedy*（New York, 1966）, pp. 3–5, 45–92; Cyrus Hoy, *The Hyacinth Room*, pp. 270–73.

（4）　牧歌の「混淆形」については，次を参照。Rosenmeyer, pp. 145–67. コンメーディア・デッラルテの混淆形については，次を参照。K. M. Lea, *Italian Popular Comedy*, I, p. 196.

（5）　この主題については，ラヴジョイとボアズの古典的名著を参照。A. O. Lovejoy and George Boas, *A Documentary History of Primitivism and Related Ideas in Antiquity*（Baltimore, 1935）; Harry Levin, *The Myth of the Golden Age in the Renaissance*（Bloomington, 1969）［ハリー・レヴィン『ルネッサンスにおける黄金時代の神話』，若林節子訳，ありえす書房，1988］; Rosenmeyer, pp. 220–24; Mia I. Gerhardt, *Het Droombeeld van de Gouden Eeuw*（Utrecht, 1956）; E. H. Gombrich, "Renaissance and Golden Age," *Norm and Form*, pp. 29–34.［E・H・ゴンブリッチ『規範と形式』岡田温司・水野千依訳，中央公論美術出版，1999 年］

（6）　次を参照。Renato Poggioli, "The Oaten Flute," *Harvard Library Bulletin*, XI（1957）, 147–84; Poggioli, "The Pastoral of the Self"; Rosenmeyer, p. 223.

（7） アルカディアにおける死に関する古典的な論文としては，次を参照。Erwin Panofsky, "'Et in Arcadia Ego,'" in *Philosophy and History*, ed. R. Klibansky and H. J. Paton（Oxford, 1936）; reprinted in *Meaning in the Visual Arts*（Anchor, 1955）, pp. 295–320［アーウィン・パノフスキー『視覚芸術の意味』中森義宗・内藤秀雄・清水忠訳，岩崎美術社，1971］．次を参照。Rosenmeyer, pp. 224–31.

（8） 次を参照。Lovejoy and Boas, *passim*; Poggioli, "The Oaten Flute"; "The Pastoral of the Self."

（9） ローゼンマイヤーの研究書は，主として，牧歌的抒情詩の伝統におけるテオクリトス的な諸要素を扱っている。ウェルギリウスについては，次を参照。Michael Putnam, *Virgil's Pastoral Art*（Princeton, 1970）．都市対田園から宮廷対田園への移行については，次を参照。Frank Kermode, Introduction, pp. 14–15.

（10） Rosenmeyer, pp. 65–97, 98–129; C. L. Barber, *Shakespeare's Festive Comedy*, Chapter 2 and pp. 223–29.

（11）「場所」についてはRosenmeyer, *The Green Cabinet* の232頁を，「労働」については25頁を参照せよ。

（12） William Empson, *Some Versions of Pastoral*［ウィリアム・エンプソン『牧歌の諸変奏』，柴田稔彦訳，研究社出版，1982］; C. L. Barber, *Shakespeare's Festive Comedy*; Harry Berger, Jr., "The Ecology of the Mind," *Centennial Review*, VIII（1964）, 409–34; "The Renaissance Imagination: Second World and Green World," *Centennial Review*, IX（1965）, 36–78.

（13） ジャンルの伝統をまったく考慮することなく〔宮廷と田園の対比を〕論じた興味深い例が，チャールズ・バーバー（C. L. Barber）の『冬の夜ばなし』論に見られる。Charles Barber, "*The Winter's Tale* and Jacobean Society," in *Shakespeare in a Changing World*, ed. Arnold Kettle（London, 1964）, pp. 233–52.

（14） 次を参照。Baxter Hathaway, *Marvels and Commonplaces*（New York, 1963）, pp. 35–56.

（15） 無時間性を表す転義《トロウプ》については，ローゼンマイヤーの『緑の部屋』（*The Green Cabinet*）86–88頁と本章注5を参照。

（16） 牧歌様式は「卑しい様式」を用いており，その様式が，鄙びた事柄や，原始的な社会状態――多くの場合において――と即合しているという点では，ミメーシス（模倣）の厳密な規定に従っていた。だが（ともかくもルネサンスの頃までには），牧歌様式はその文学的な力の一端を，この種の社会を宮廷の聴衆のために描写することにともなうアイロニーから汲み出していた。〈驚異〉（maraviglia）（Baxter Hathaway の *Marvels and Commonplaces* を参照せよ）を中心に据える文芸批評の発展と，牧歌的背景を新しいジャンルに欠かせないものとする悲喜劇の理論によって，作法や「即合（matching）」をめぐる論議は続いていたにもか

かわらず，厳密な意味でのミメーシスは議論の俎上にはのぼらなくなった。

（**17**）　アラリク・スカーストロム博士の近刊予定の著作には，牧歌の「農耕的な」諸側面が示されている。

（**18**）　この問題は，プリニウスとセネカが取り上げているが，次の自著で論じた。Colie, "*My Ecchoing Song*": *Andrew Marvell's Poetry of Criticism*（Princeton, 1970）, pp. 36–38.　次を参照。Edward A.Tayler, *Nature and Art in Renaissance Literature*（New York, 1964）, pp. 16–17; Charles Barber, "*The Winter's Tale* and Jacobean Society," *Shakespeare in a Changing World*.

（**19**）　次の（どうしてこのような題を付けたかはわからないが）すばらしい論文を参照。Fred J. Nicholls, "The Development of the Neo-Latin Theory of the Pastoral in the Sixteenth Century," *Humanistica Lovanensia*, XVIII（1969）, 95–114.

（**20**）　本書 436–440 頁を参照。

（**21**）　ユージーン・M・ウェイスの価値ある書物に引用されている。Eugene M. Waith, *The Pattern of Tragicomedy in Beaumont and Fletcher*（New Haven, 1952）, p. 44.

（**22**）　次を参照。Rosenmeyer, pp. 68–70, 86–88.

（**23**）　J. C. Scaliger, *Poetics*, II, xcix.

（**24**）　すなわち，『冬の夜ばなし』において，フロリゼルの変装は単純な規定通りのものであるが，無邪気なパーディタが自覚しないで羊飼い娘を装っていることは，問題含みの領域に踏みこんでいる。次を参照。Rosenmeyer, p. 103.

（**25**）　次を参照。Edwin Greenlaw, "Shakespeare's Pastorals," *Studies in Philology*, XIII（1916）, 122–54; Mary Lascelles, "Shakespeare's Pastoral Comedy," *More Talking of Shakespeare*, ed. John Garrett（London, 1959）, pp. 70–86; Helen Gardner, "'*As You Like It*,'" *ibid.*, 17–32; Peter G. Phialis, *Shakespeare's Romantic Comedies*（Durham, N.C., 1966）, pp. 219–31; Harold Jenkins, " '*As You Like It*,'" *Shakespeare Studies*, VIII（1955）, 40–51; R. P. Draper, "Shakespeare's Pastoral Comedy," *Études anglaises*, XI（1958）, 1–17; Eugene M. Waith, *The Pattern of Tragicomedy in Beaumont and Fletcher*, pp. 80–83; Sylvan Barnet, "Strange Events Improbability in *As You Like It*," *Shakespeare Studies*, IV（1968）, 119–31; Marco Mincoff, "What Shakespeare did to *Rosalynde*," *Shakespeare Jahrbuch*, XCVI（1960）, 78–89.

（**26**）　Jay L. Halio, Introduction to *As You Like It*: *Twentieth Century Views*（Englewood Cliffs, 1968）.　次も参照。Helen Gardner, "'*As You Like It*,'" pp. 61–62.

（**27**）　Waith, p. 44; Rosenmeyer, pp. 99–103.

（**28**）　牧歌劇や牧歌的エピソードの定番になっている変装の慣習については，次を参照。K. M. Lea, *Italian Popular Comedy*, I, 191; Walter R. Davis, "Masking in Arden,' *Studies in English Literature*, V（1965）, 151–63.　回転木馬さながらの恋愛模様については，次を参照。K. M. Lea, I, 182.

（**29**）　諷刺と牧歌の結合については，次を参照。Waith, 81–85（ウェイスは，諷

刺という語〔ラテン語起源〕はサテュロス〔古代ギリシアの諷刺劇であるサテュロス劇に登場する主神で合唱隊が演じた〕に由来するとアエリウス・ドナトゥスが誤解していたことに言及している）; Rosenmeyer, p. 25; Greg, p. 411; Ralph Berry, "No Exit from Arden," *Modern Language Review*, LXVI（1971）, 11–20; James Smith, "*As You Like It*," *Scrutiny*, X（1932）．ジェイムズ・スミスは，諷刺的要素を悲劇におけるそれと比較している。

（**30**） ナンシー・R・リンドハイムは，これを『アエネイス』に由来する〈孝心《ピエタス》〉の寓意としている。Nancy R. Lindheim, "*King Lear* as Pastoral Tragedy," *Some Facets of King Lear*.

（**31**） 次を参照。Richard Bernheimer, *Wild Men in the Middle Ages*（Cambridge, Mass., 1952）.

（**32**） C. L. Barber, *Shakespeare's Festive Comedy*; Harry Berger, Jr., "The Renaissance Imagination: Second World and Green World."

（**33**） Jay L. Halio, " 'No Clock in the Forest,'" *Studies in English Literature*, II（1962）, 197–207; Frederick Turner, *Shakespeare and the Nature of Time*（Oxford, 1971）, pp. 28–44.

（**34**） Madeleine Doran, "'Yet Am I Inland Bred,'" *Shakespeare 400*, pp. 99–114.

（**35**） 対抗社会については，次を参照。Berger, "The Renaissance Imagination."

（**36**） 論争の基本的な経緯と文献については，次を参照。W. W. Greg, *Pastoral Poetry and Pastoral Drama*. さらに詳しい議論としては，次を参照。Bernard Weinberg, *A History of Literary Criticism in the Italian Renaissance*, II, pp. 656–79 and Chapter 21.

（**37**） G. B. Guarini, *Compendio della Poesia Tragicomica Tratto dai due Verati*（Venice, 1601）, pp.32; 4–5, 21–23, 39, 52.

（**38**） Mario Bettini, *Rubenus, Hilarotragoedia Satyropastoralis*（Parma, 1614, 2nd ed.）．このテクストのマイクロフィルムを見ることができたのは，シアーズ・ジェインのおかげである。

（**39**） その種の混淆物についてさらに知りたければ，カリフォルニア大学出版局から近刊予定の私の次の著書を参照〔死後出版された *The Resources of Kind: Genre-Theory in the Renaissance*. Berkeley: U of California P, 1973〕。

（**40**） 次を参照。John L. Lievsay, "Italian *Favole Boscarecchie* and Jacobean Stage Pastoralism," *Essays on Shakespeare and Elizabethan Drama*, ed. Richard C. Hosley（Columbia, Mo., 1962）.

（**41**） Mario Bettini, *Ludovicus, Tragicum Sylviludium*（Paris, 1624）: *Clodoveus, Comitragedia* はラテン語版が 1622 年にパルマで，イタリア語版が 1624 年にボローニャで出版された。両作品は次に収録されている。Mario Bettini, *Florilegium*（Bologna, 1632）.

（**42**） 次を参照。Nevill Coghill, "Six Points of Stagecraft in *The Winter's Tale*," reprinted

in *The Winter's Tale*, ed. Kenneth Muir, Casebook Series（London, 1968）, pp. 198–213; Dennis Biggins, "'Exit pursued by a Beare': A Problem in *The Winter's Tale*," *Shakespeare Quarterly*, XIII（1962）; Charles Lloyd Holt, "Notes on the Dramaturgy of *The Winter's Tale*," *Shakespeare Quarterly*, XX（1969）, 42–51. この章を書き終えた後で次の研究書が出版された。とりわけ 2–4 頁と 118–44 頁を参照せよ。R. A. Foakes, *Shakespeare: The Dark Comedies to the Last Plays*（Charlottesville, 1971）.

（43） 次を参照。Fritz Saxl, "'Veritas Filia Temporis,'" *Philosophy and History*; Inga-Stina Ewbank, "The Triumph of Time in *The Winter's Tale*," *Review of English Studies*, V（1964）, 83–100; L. G. Salingar, "Time and Art in Shakespeare's Romances," *Renaissance Drama*, IX（1966）; G. F. Waller, "Romance and Shakespeare's Philosophy of Time in *The Winter's Tale*," *Shakespeare Quarterly*, IV（1970）, 130–38; R. A. Foakes, pp. 130–31.

（44） Ernest Schanzer, "The Structural Pattern in *The Winter's Tale*," reprinted in Casebook Series, ed. Kenneth Muir, pp. 87–97.『冬の夜ばなし』の主要な研究としては，次を参照。S. L. Bethell, *The Winter's Tale: A Study*（London, 1947）; F. D. Hoeniger, "The Meaning of *The Winter's Tale*," *University of Toronto Quarterly*, XX（1950）; D. G. James, *Scepticism and Poetry*（London, 1937）; Derek Traversi, *Shakespeare: The Last Phase*（2nd ed. New York, 1956）; A. G. H. Bachrach, *Naar Het Hem Leek ...*（The Hague, 1957）, pp. 168–249（明らかに，英語に翻訳するに値する書物である）; Northrop Frye, *A Natural Perspective*（New York, 1965）［ノースロップ・フライ『シェイクスピア喜劇とロマンスの発展』，石原孝哉・市川仁訳，三修社，1987］; A. P. Nuttall, *William Shakespeare: The Winter's Tale*（London, 1966）; Fitzroy Pyle, *The Winter's Tale: A Commentary*（London, 1969）; S. R. Maveety, "What Shakespeare Did to *Pandosto*," *Pacific Coast Studies in Shakespeare*, ed. Waldo F. McNeir and Thelma N. Greenfield（Eugene, 1966）. 次も参照。E. C. Pettet, *Shakespeare and the Romance Tradition*（London, 1949）; Carol Gesner, *Shakespeare and Greek Romance*（Lexington, 1970）; Philip Edwards, "Shakespeare's Romances: 1900–1957," *Shakespeare Survey*, II（1958）, 1–18; Stanley Wells, "Shakespeare and Romance," *The Later Shakespeare*, Stratford-upon-Avon Studies VIII（1967）, 49–79.

（45） イングランドの演劇におけるジャンルの混淆をシドニーが批判したことについては，次を参照。*An Apologie for Poetry*, in *Elizabethan Critical Essays*, ed. G. G. Smith（Oxford, 1904）, I, 175, 196–99.［フィリップ・シドニー『詩の弁護』，富原芳彰訳注，英米文芸論双書，研究社出版，1968］

（46） 次を参照。William Blissett, "'This Wide Gap of Time': *The Winter's Tale*," *English Literary Renaissance*, I（1971）, 52–70.

（47） 次を参照。Northrop Frye, "Recognition in *The Winter's Tale*," *Fables of Identity*（New York, 1963）［ノースロップ・フライ『同一性の寓話——詩的神話学の研究』，駒沢大学 N フライ研究会訳，法政大学出版局，1983］; *A Natural Perspective*, pp. 112–

17.
（**48**）　この点については，次を参照。Frederick Turner, *Shakespeare and the Nature of Time*, pp 162–74; David Grene, *Reality and the Heroic Pattern*（Chicago, 1967）, pp. 68–86.
（**49**）　Thomas Campion, *Works*, ed. Walter R. Davis（London, 1969）, p. 80.
（**50**）　次を参照。 William Blissett, "'This Wide Gap of Time'."
（**51**）　G. Wilson Knight, " 'Great Creating Nature,'" *The Crown of Life*（London, 1947）. 次も参照。フォウクスは，劇中の〈自然と人工〉をめぐる問題を変装との関わりで論じている。 R. A. Foakes, *Shakespeare : The Dark Comedies to the Last Plays*, pp. 134–37.
（**52**）　この主題については，次を参照。 Guarini, pp. 51–52; Michel-André Bossy, "The Prowess of Debate: A Study of a Literary Mode, 1100–1400," pp. 37–38〔1970 年のイェール大学博士論文〕. ミシェル・アンドレ・ボーシがパストゥレイユ〔女羊飼いと求愛者の対話からなる中世の抒情詩〕に関して引用した文献も参照。パストゥレイユでは，必然的に，社会階級の問題が性的な観点から論じられる。
（**53**）　次を参照。Tayler, *Nature and Art*, pp. 121–41; Grene, pp. 84–86; Jean H. Hagstrum, *The Sister Arts*（Chicago, 1958）, pp. 81–88. グリーンの『パンドスト』には彫像は存在しないが，自然と人工の優劣比較《パラゴーネ》は，材源においても何かしらほのめかされていると思われる。次を参照。Robert Greene, *The Historie of Dorastus and Fawnia*（London, 1592, the Folear copy）, f. E3^{V}.「描かれた鷲は絵であって，本物の鷲ではありません。絵師ゼウクシスの描いた葡萄は本物の葡萄のようでしたが，影でしかありません。豪華な衣装を着ている人が君主だとは限りません。また，粗末な衣をまとっている人が乞食だとは限りません。羊飼いが羊飼いと呼ばれるのは，彼らが杖と袋を携えているからではなく，貧しい生まれで羊を飼って生活しているからです。ですから，この着物はドラストゥスを羊飼いらしく見せはしますが，本物の羊飼いにしたわけではないのです」とフォーニアは言う。この主題を論じるにあたっては，マックス・イェイにご教示いただいた。
（**54**）　次を参照。Euripides, *Alcestis*, 348–54, 1143（Loeb Classical Library, ed.）［エウリピデス『悲劇全集 1』，丹下和彦訳，西洋古典叢書，京都大学学術出版会，2012，他］; 次も参照。Callistratus, "On the Statue of a Bacchante" and "On the Statue of Eros," Loeb Classical Library, pp. 380–87; Ovid, *Metamorphoses*, X, 243–97（Pygmalion）［オウィディウス『変身物語』中村善也訳，岩波文庫，1981–1984，他］.
（**55**）　Otto Kurz and Ernst Kris, *Die Legende vom Kunstler*（Vienna, 1934）; E. H. Gombrich, *Art and Illusion*, pp. 93–96.
（**56**）　ゴンブリッチは，アレティーノが『書簡集第二巻』（*Il second libro delle lettere*, Venice 1542）でジュリオ・ロマーノを称讃していると述べている。次を参照。E. H. Gombrich, "Zum Werke Giulio Romanos," *Jahrbuch des kunsthistorischen Sammlungen in Wien*, n.s., VIII（1935）, p. 125. 次の衒学者の言葉も参照。"Si pittoribus, vu Titiano

emulus naturae. Immo magister, sara certo fra Sebastiano de Venitia divinissimo. Et forse Iulio Romano curie, e de lo Urbinate Raphaello allumno. Et ne la marmorarea facultate, che dovea dir prima（benche non è anchora decisa la preminentiasua）. Un mezo Michel Angelo, un Iacopo Sansovino speculum Florence.” Pietro Aretino, *Il Marescalco*（『主馬頭』）, in *Quattro Comedie*（London, 1588）, p. 40. ここに言及があることは，ゴンブリッチ教授にご教示いただいた。

（57） Giorgio Vasari, *Lives*（Everyman ed.）, II, 101［ジョルジョ・ヴァザーリ『美術家列伝』，森田義之他訳，中央公論美術出版，2014 年より全訳刊行中］．パラッツォ・デル・テの装飾への言及については，103 頁以降を参照。

（58） 次を参照。Robert K. Hunter, *Shakespeare and the Comedy of Forgiveness*（New York, 1965）, pp. 185–203; Frye, “Recognition in *The Winter's Tale*,” p. 181; Tayler, p. 139.

第七章 「その点では自然が人工に優っている」

（1） 次を参照。W. W. Greg, *op. cit.*; Maynard Mack, *King Lear*, pp. 63–66.

（2） Poggioli, “The Oaten Flute”; Rosenmeyer, *passim*.

（3） 次を参照。Lindheim, “*King Lear* as Pastoral Tragedy.”

（4） 牧歌世界に内在する暴力は，動物の姿（狼，蛇）をとることによって存在を許容される。人間のなす暴力は外の世界から牧歌世界を急襲し破壊する（たとえば，『ダフニスとクロエ』における海賊のように）［ロンゴス『ダフニスとクロエー』，松平千秋訳，岩波文庫，1987］。半人半獣のサテュロス的人物が，ときには牧歌世界における無秩序や危険を表し，ときには高揚したパトスを奔出させる。この型の人物がはらむ曖昧性は，キャリバンをいかに提示するかを左右する鍵となる。シドニーの『アーケイディア』は，牧歌の興味深い変奏である［サー・フィリップ・シドニー『アーケイディア』，磯辺初枝他訳，九州大学出版会，1999］。そこでは，ほとんどの身体的暴力はアーケイディアと呼ばれる国の外で起こるか，外に根をもっている。だがアーケイディアが抱える内的不安についても，その国の王一族のありようを考えると，さらに考察する必要がある。この主題を論じるうえで，シェルドン・ジトナーとシアーズ・ジェインにご教示いただいた。

（5） 先述したアラリク・スカーストロム（Alarik Skarstrom）の近刊予定の著作を参照。

（6） K. M. Lea, II, 201–203, 334, 443; 牧歌的「場所」としての島については，次を 参照。Angelo Ingegneri, *Della poesia rappresentativa e del modo di rappresentare le favole sceniche*（Ferrara, 1598）, pp. 12–13.

（7） Frank Kermode, Introduction to the Arden *Tempest*（London, 1954）, xxiv, lix–lxii.

（8） 〈世界劇場《テアトルム・ムンディ》〉は，そのさまざまな側面において，とりわけ特定の劇およ

び劇世界の外部にある役割演戯的な社会的世界を表す隠喩として，批評の関心をいまや大いに集めている。さらに，ある特定の劇において，楽屋落ち的な演劇技法（黙劇，劇中劇，「幕」や「場」や「退場」などの言語）の利用という自己言及的な主題がいかに展開していくかということが，しきりに議論されている。これについては，次を参照。Thomas F. Van Laan, "Acting as Action in *King Lear*," *Some Facets of King Lear*; Van Laan, *The Idiom of Drama*（Ithaca, 1970）; John W. Erwin, "Narcissus Ludens: Person and Performance in Baroque Drama,"（イェール大学博士論文，1970）; Harry Berger, Jr., "Theater, Drama, and the Second World," *Comparative Drama*, II（1968）; "Miraculous Harp: A Reading of *The Tempest*," *Shakespeare Studies*, III（1967）, 253–83.

（9） 次を参照。Frank Kermode, Introduction, Arden ed., xxi-xxiv; Enid Welsford, *The Court Masque*（London, 1927）, pp. 336–49; Stephen Orgel, *The Jonsonian Masque*（Cambridge, Mass., 1965）, p. 14; Anne Righter, *Shakespeare and the Idea of the Play*, pp. 201–203; Allardyce Nicoll, "Shakespeare and the Court Masque," *Shakespeare Jahrbuch*, XCIV（1958）, 51–62. フォウクスの著書は，『あらし』における仮面劇の機能をひときわみごとに論じている。R. A. Foakes, *Shakespeare: The Dark Comedies to the Last Plays*, pp. 157–64.

（10） 本章注 4 を参照。次も参照。Kermode, Introduction, Arden ed., xxiv–xliii; Richard Bernheimer, *Wild Men in the Middle Ages*.

（11） D. P. Walker, *Spiritual and Demonic Magic from Ficino to Campanella*（London, 1958）, esp. Part II, Introduction（自然魔術の全般的な理論）, pp. 75–84［D・P・ウォーカー『ルネサンスの魔術思想――フィチーノからカンパネッラへ』，田口清一訳，平凡社，1993］; D. G. James, *The Dream of Prospero*（Oxford, 1967）. pp. 45–71; Stephen K. Orgel, "New Uses of Adversity: Tragic Experience in *The Tempest*," *In Defense of Reading*, ed. Reuben A. Brower and Richard Poirier（New York, 1963）, 110–32.

（12） この点については，ゲイブリエル・モウジズにご教示いただいた。次も参照。Anne Righter, *Shakespeare and the Idea of the Play*, pp. 134–35; Berger, "Miraculous Harp," p. 255; Erwin, "Narcissus Ludens."

（13） Hunter, *Shakespeare and the Comedy of Forgiveness*, pp. 227–45.

（14） こうした理由で，多くの批評家たちが，プロスペローは神を表す人物であり，この劇はきわめてキリスト教的な寓意《アレゴリー》であるとみなしてきた。プロスペローの自らの世界における立場と神の自らの世界における立場はたしかに構造的に相似している。また，プロスペローの世界の儀礼は秘跡ともみなしうる。また，詩人の創造を神の創造に擬すことについては，プロティノスからパトナムに至るまで広範な文献がある。それでもなお，この劇における（理論においてもそうであるように）両者の関係は，代理であるというよりは隠喩的であると言うほうが近いと私には思える。キリスト教についての言葉による言及は，『あらし』にはいちじるしく乏しい。

（**15**）　次の博士論文には『シンベリン』に関する興味深い評言がある。Terry A. Comito, "Renaissance Gardens and Elizabethan Romance"（Harvard University, 1968）.

（**16**）　次を参照。Lucretius, *De rerum natura*（Loeb Classical Library）, V, 925–87.［ルクレーティウス『物の本質について』，樋口勝彦訳，岩波文庫，1961，他］

（**17**）　Lucretius, V, 1416.

（**18**）　Rosenmeyer, pp. 98–129.

（**19**）　Poggioli, "The Pastoral of the Self."

（**20**）　Lovejoy and Boas, p. 14.

（**21**）　次を参照。Kermode, Introduction, Arden ed., xxx-xxxiv; James, *The Dream of Prospero*, pp. 72–123; J. P. Brockbank "*The Tempest*: Conventions of Art and Empire," *The Later Shakespeare*, pp. 183–200.

（**22**）　Richard Eden, *The History of Travayle in the West and East Indies*（London, 1577［幸運にも私は，ウィリアム・ストレイチー〔『あらし』の材源とされる，バーミューダ諸島での遭難体験を綴った手紙を書いた人物〕自身が所有していた書物を利用することができた。イェール大学バイネッキ図書館，Eca/555Eb］）. Peter Martyr, *De Novo Ordo*, tr. Richard Eden and M. Lok（London, 1612）, pp. 138–40, 298–301.　ゴンザーローの言う自然のユートピアと類似したものについては，次を参照。Erasmus, *The Praise of Folie*, tr. Thomas Chaloner（London, 1549）, Aiiij^{v}.［エラスムス『痴愚神礼讃』沓掛良彦訳，中公文庫，2014，他］

（**23**）　シェルドン・ジトナーの言葉を借用した。

（**24**）　『リア王』における「自然」については，次を参照。John Danby, *Shakespeare's Doctrine of Nature*（London, 1949）．そして，何にもまして次を参照。H. A. Mason, *Shakespeare's Tragedies*（London, 1970）, pp. 136–37, 195–98.

（**25**）　Mack, *King Lear* in Our Time; Lindheim, "*King Lear* as Pastoral Tragedy."

（**26**）　リアのストア主義については，次を参照。William Elton, *King Lear and the Gods*（San Marino, 1966）, pp. 97–107, 272–76.　また，そこで引用されている文献も参照。リアと自然との関係に類似したものとしては，次を参照。Seneca, *Medea*, 426–28（「我が身とともにすべてが滅び消え失せるのを見ることにのみ，安らぎがある」）.［セネカ「メデア」，小林標訳，『悲劇集 1』，西洋古典叢書，京都大学学術出版会，1997］

（**27**）　コーディリアの台詞については，次を参照。Sheldon P. Zitner, "*King Lear* and Its Language," *Some Facets of King Lear*; Emily W. Leider, "Plainness of Style in *King Lear*," *Shakespeare Quarterly*, XXI（1970）, 45–53.

（**28**）　Paul J. Alpers, "*King Lear* and the Theory of the 'Sight Pattern,'" *In Defense of Reading*, pp. 133–52 は，リンドハイムと同様，悟性に対する感情の優位について論じている。Lindheim, *op. cit.*

（29） 次を参照。Maurice Charney, "Nakedness in *King Lear*," *Some Facets of King Lear*.

（30） 次を参照。Sears R. Jayne, "Charity in *King Lear*," *Shakespeare 400*, pp. 80–88.

（31） 次を参照。 Zitner, "*King Lear* and Its Language."

（32） 聖なる痴愚については，次を参照。Kaiser, *Praisers of Folly*, Chapter 1; *Paradoxia Epidemica*, Introduction and Chapter 15.

（33） Lucian, "The Cynic"（*Works*, Loeb Classical Library）, VIII, 381.

（34） Lucian, VIII, 383.

（35） Lucian, VIII, 397–99; Lucretius, V, 1423–29.

（36） Lucian, VIII, 405.

（37） 次を参照。Zitner, "*King Lear* and Its Language"; Van Laan, "Acting as Action in *King Lear*."

（38） 道徳劇的な詩学がこの場面でいかに作用しているかについては，次に詳細な解釈がある。Bridget G. Lyons, "The Subplot as Simplification," *Some Facets of King Lear*; Harry Levin, "The Heights and the Depths," *More Talking of Shakespeare*; Alvin B. Kernan, "Formalism and Realism in Elizabethan Drama: The Miracles in *King Lear*," *Renaissance Drama*, IX（1966）.

第八章　形式とその意味

（1） ダブル・プロットは，ある特別な意味において「相補的」であると論じたのが，ノーマン・ラブキンである。次を参照。Norman Rabkin, *Shakespeare and the Common Understanding*（New York, 1969）, pp. 30–57.

（2） サーサイティーズについては，次を参照。O. J. Campbell, *Comicall Satyre and Shakespeare's Troilus and Cressida*; Alvin Kernan, *The Canker'd Muse*; Robert C. Elliott, *The Power of Satire*（Princeton, 1960）.

（3） 中世におけるトロイ神話の堕落は，この劇の背景の重要な部分をなす。次を参照。Robert Kimbrough, *Shakespeare's Troilus and Cressida and Its Setting*（Cambridge, Mass., 1964）. 第 3 章および関連する言及を見よ。

（4） たとえば次を参照。スカリゲルの『詩学』pp. 10–11（喜劇と悲劇）, p. 43（葬送の詩）, p. 45（狂想詩）〔ラプソディとは，吟誦者ラプソードスによって歌われたホメロスの叙事詩の断章ラプソイディアに起源をもつ〕, p. 46（パロディ）, p. 149（諷刺）, p. 215（『イリアス』と『オデュッセイア』に由来するその他の詩形）。J. C. Scaliger, *Poetices*.

（5） 次を参照。Muriel C. Bradbrook, "What Shakespeare did to Chaucer's *Troilus and Criseyde*," *Shakespeare Quarterly*, IX（1959）, 311–19; J. S. P. Tatlock, "The Siege of Troy in Elizabethan Literature," *PMLA*, XXX（1915）, 673–770; Hyder E. Rollins, "The Troilus-

Cressida Story from Chaucer to Shakespeare," *PMLA*, XXXII (1917), 383–429; Robert K. Presson, *Shakespeare's Troilus and Cressida and the Legends of Troy* (Madison, 1953).

(6) ブラッドブルックの見解の修正意見については，次を参照。Kimbrough, pp. 27–28.

(7) 次を参照。Kimbrough, Chapter II.

(8) William W. Main, "Dramaturgical Norms in the Elizabethan Repertory," *Studies in Philology*, LIV (1957), 128–48; "Character Amalgams in Shakespeare's *Troilus and Cressida*," *Studies in Philology*, LVIII (1961), 170–78. この劇における諸形式の混淆については，次を参照。Madeleine Doran, *Endeavors of Art*, pp. 366–67; R. A. Foakes, "*Troilus and Cressida* Reconsidered," *University of Toronto Quarterly*, XXXII (1963), p. 154. フォウクスの近年〔1971 年〕の著書 *Shakespeare: From Dark Comedies to the Last Plays*, pp. 43–62 も参照せよ。J・N・ノスワージーとジャロルド・ラムジーの知見は有益である。J. N. Nosworthy, *Shakespeare's Occasional Plays* (New York, 1965), pp. 54–85; Jarold Ramsey, "The Provenance of *Troilus and Cressida*," *Shakespeare Quarterly*, XXI (1970), 223–40.

(9) 「問題劇 (problem play)」という用語は，F・S・ボアズの『シェイクスピアとその先達』において初めて用いられ，以降さまざまな意味合いで用いられている。F. S. Boas, *Shakespere and His Predecessors* (New York, 1896). 次を参照。W. W. Lawrence, *Shakespeare's Problem Comedies* (New York, 1931); E. M. W. Tillyard, *Shakespeare's Problem Plays* (Toronto, 1949); William B. Toole, *Shakespeare's Problem Plays* (The Hague, 1966).

(10) 本章注 2 と次を参照。O. J. Campbell, *Shakespeare's Satire* (New York, 1943).

(11) 次を参照。Campbell, *Comicall Satyre and Shakespeare's Troilus and Cressida*; Alfred Harbage, *Shakespeare and the Rival Traditions* (New York, 1952); John J. Enck, "The Peace of the Poetomachia," *PMLA*, LXXVII (1962), 386–96; Harry Berger, Jr., "*Troilus and Cressida*: The Observer as Basilisk," *Comparative Drama*, II (1968), 122–36.

(12) Kimbrough の前掲書の第 7 章と関連する言及を参照せよ。

(13) この劇がどの種《カインド》に属するのかという問題（本章注 8 を見よ）は，早くも第二・二つ折本〔1632 年〕において生じていた。そこでは「悲劇」に分類されている。

(14) エヴァンズはいみじくも，この場面全体を「ごてごてしている (gaudy)」と評している。Bernard Evans, *Shakespeare's Comedies* (London, 1967), p.175.

(15) この問題を軸にして劇の概念を築くうえで，私はシェルドン・P・ジトナーに多くを負っている。

(16) 次を参照。Rollins, *passim*; Kimbrough, pp. 38–39, 75.

(17) Desiderius Erasmus, *Adagiorum Chiliades* (Basel, 1551), IV. iii. lxxv: "Thersitae facies... De prodigiose deformi dici solitum, quod Homerus scripserit hunc omnium qui ad

Troiam venissent, foedissimum fuisse. Ac totum hominem, a capite, quod aiunt, usque ad pedes ita graphice depingit, & corporis vitia & animi morbos, ut dicas pessimum ingenium in domicilio se digne habitasse."『格言集（*Adagia*)』は，エラスムスの戦争嫌い――ホメロスの古典的な戦役ですら嫌った――を如実に記している。次を参照。III. ix. lxxvii（ヘレネ）; I. vii. xli, Ivii. vii（アキレウス）; III. iii. cii, IV. iv. lx, III. v. liii（パトロクロス）; II. vi. lx（アガメムノン）; I. iii. i（アガメムノンとアキレウス）; I. ii. i.（ディオメデス）; I. iii. xxvi（パリスとヘレネ）; I. iii. XXXV（ヘレネとアイアス）．論じられている事柄の組み合わせの妙（たとえば，〈パトロクロスの機会もしくは口実〉〔III. v.53 の格言で，他人を悼んだり褒めたりしつつ実は自分の不幸を嘆いたり自画自賛したりすること，という説明が付されている〕，ヘレネと糞〔の美顔術〕）には，パラドックスの諸要素ばかりか，シェイクスピアがこの劇で拡大し生き生きと描いた嫌悪のパターンに類似したものも看て取れる。次も参照。Erasmus, *The Praise of Folie*, tr. Sir Thomas Chaloner, ed. C. H. Miller（EETS, 1965）, p. 30.［エラスムス『痴愚神礼讃――ラテン語原典訳』，沓掛良彦訳，中公文庫，2014，他］

（**18**） 次を参照。Kimbrough, p. 39.

（**19**） たとえば，次を参照。Winifred M. T. Nowottny, "'Opinion' and 'Value' in *Troilus and Cressida*," *Essays and Studies*, V（1954）, 282–98; Philip Edwards, *Shakespeare and the Confines of Art*, pp. 102–104.

（**20**） 次を参照。Robert Ornstein, *The Moral Vision of Jacobean Tragedy*, esp. pp. 243–45; Terence Eagleton, *Shakespeare and Society*, p. 19. レイモンド・サウゾールはこの劇を市場経済と重ね合わせている。Raymond Southall, "*Troilus and Cressida* and the Spirit of Capitalism," *Shakespeare in a Changing World*, ed. Kettle, pp. 217–32.

（**21**） とはいえ，次を参照。Tucker Brooke, "Shakespeare's Study in Culture and Anarchy," *Essays on Shakespeare and Other Elizabethans*（New Haven, 1948）, pp 71–77. クレシダの窮状については，オーンスタインの分別ある評言を参照せよ。Ornstein, *The Moral Vision of Jacobean Tragedy*, p. 245.

（**22**） トコイラスは「二行連句」で結ぶが，そこには，つねのソネットによる終わり方よりもことさらソネット風に場を締めくくっているという響きがある。彼はソネットの主題を執拗に使い続け，本章注 20 にあるように，そこには商人のイメジャリすら含まれる。

（**23**） 次を参照。Eagleton, pp. 22–23, 27–28; Edwards, *Shakespeare and the Confines of Art*, p. 102.

（**24**） ロゴスについては『パラドクシア・エピデミカ』第 6 章を，反復については繊細にかつ幅広く論じられた次の論文を参照せよ。Kathleen Lea, "The Poetic Power of Repetition," *Proceedings of the British Academy*, LV（1969）.

（**25**） 『パラドクシア・エピデミカ』の序論と引用文献を参照せよ。

（26） 次を参照。Una Ellis-Fermor, *The Frontiers of Drama* (London, 1945), pp. 56–76; G. Wilson Knight, "The Philosophy of *Troilus and Cressida*," *The Wheel of Fire* (New York, 1957), pp. 47–72; L.C. Knights, *Some Shakespearean Themes* (London, 1956); S.L. Bethell, *Shakespeare and the Popular Dramatic Tradition* (London, 1944); W. W. Lawrence, *Shakespeare's Problem Comedies*, p. 119.

（27） 次を参照。John Harington, *A New Discourse of a Stale Subject Called The Metamorphosis of Ajax* (1596), ed. Elizabeth Story Donno (New York, 1962). これはパラドクシー文学のみごとな一例である。

（28） だが，次の論文には異なるトロイラス観が示されている。Willard Farnham, "Troilus in Shapes of Infinite Desire," *Shakespeare, Modern Essays in Criticism*, ed. Leonard Dean (New York, 1967), pp. 283–94.

（29） 次を参照。*Paradoxia Epidemica*; Ellis-Fermor, p. 73. W・W・ローレンスは，シェイクスピアはここで劇を最終的にどう考えるかをそれぞれの観客に委ねている，と述べることによって，劇が本質的にパラドックスの機能をもつ（ローレンスはパラドックスという語は用いていないが）としている。W. W. Lawrence, "Troilus, Cressida, and Thersites," *Modern Language Review*, XXXVII (1942), 422–37.

（30） ヘレンについては，次を参照。Theodore C. Burgess, *Epideictic Literature* (Chicago,1902), pp. 118, 159, 166; Aulus Gellius, *Noctes Atticae* (Paris, 1532), f. xxv (scholion): Gorgias "cuius et hodie extat in hoc genere encomium Helenae meretricis festivissimis argumentis oppletum." 次も参照。*Amphitheatrum Sapientiae... Joco-seriae*, ed. C. Dornavius (Hamburg, 1619), II, pp. 5–8. 意外ではないが，ヘレン礼讃がパラドキシカルな偽讃美であるかどうか判別しがたい場合もある。

（31） ハリントンの〔便所に〕特化したパラドックスは，偽讃美という古典の伝統にとりわけ敬意を表している。いっぽう，アルキダムスの『アイアス』は，あたかも偽讃美であるかのように言及されることが多かったが，実際はそうではない。エイジャックスを蠅に喩えたアウルス・ゲッリウスの『アッティカの夜』［京都大学学術出版会から近刊予定］に付された註解を参照（Paris, 1532, p. 126^{v}）。（これらの言及は，R・A・ホーンズビーにご教示いただいた）。

（32） これらのうちで最も複雑な人物がサーサイティーズである。ポリュビオスはパラドクシカルなサーサイティーズ礼讃文《エンコミウム》について言及しており（XII. 26b），また別に，アウルス・ゲッリウスがファウォリヌス作であるとする礼讃文がある（XVIII. 12）。『アッティカの夜』にヨドクス・バディウスが付した註解のなかで，サーサイティーズは猿（9）に，またアキレウス（126^{V}）に喩えられている。レナード・コックス〔16世紀前半のイングランドの人文主義者でエラスムスやメランヒトンの友人〕の『修辞の術あるいは技』には，サーサイティーズに関する次のようなコメントがある。「さて，このならず者［サーサイティーズ］を讃美すべく

弁舌を揮わんとする者がいるとすれば／中味自体が胡散臭いものであるから／前口上の代わりにほのめかしを用いねばならない。凡庸な評判しか得ていない詩人たちが褒めたり貶したりすることは信じてはならず／疑ってかかるべきである」。また，仰ぐべき模範は，エラスムスの『痴愚神礼讃』である。（コックスが挙げたサーサイティーズの例は，メランヒトンの『修辞学提要』に由来している）。Leonard Cox, *The Arte or Crafte of Rhethoryke*, ed. F. I. Carpenter（Chicago, 1899）, p. 53.

（**33**）　アガメムノンについては，次を参照。Burgess, p. 166.　パリスについては，次を参照。Aphthonius, *Progymnasmata*, tr. Rudolph Agricola（Frankfurt, 1598）, pp. 231–33.

（**34**）　Thomas Nashe, *Nashes Lenten Stuffe*（London, 1599）, p. 31.

（**35**）　この言葉は，オーンスタインの価値ある研究書の表題［*The Moral Vision of Jacobean Tragedy*］から借用した。

エピローグ

（**1**）　『パラドクシア・エピデミカ』第 15 章。

（**2**）　Maynard Mack, *King Lear in Our Time*.

（**3**）　Martha Andresen, "'Ripeness is All,'" *Some Facets of King Lear*.

（**4**）　次を参照。John Rosenberg, "King Lear and His Comforters," *Essays in Criticism*, XVI（1966）.

（**5**）　Bridget G. Lyons, "The Subplot as Simplification," *Some Facets of King Lear*.

（**6**）　Enid Welsford, *The Fool*（London, 1935）.

（**7**）　主に，次の書物とそこに引用されている文献を参照せよ。Walter Jacob Kaiser, *Praisers of Folly*.

（**8**）　Mack, *op. cit.*; Lindheim, "*King Lear* as Pastoral Tragedy," *Some Facets of King Lear*.　および本書第 8 章を参照。キャサリン・ストックホウルダーの論文は，『リア王』における錯綜するジャンルのいくつかについて，きわめて価値ある繊細な議論を展開している。Katherine Stockholder, "The Multiple Genres of *King Lear*: Breaking the Archetypes," *Bucknell Review*, XVI（1968）, 40–63.

（**9**）　次を参照。Spivack, *Shakespeare and the Allegory of Evil*.

（**10**）　次を参照。Sears Jayne, "Charity in *King Lear*," *Shakespeare 400*, ed. McManaway, pp. 80–88.　この点について，私はシェルドン・P・ジトナーに多くを負う。

（**11**）　私の知るかぎり，フランス王についてはほとんど論じられてこなかったが，次を参照。Sheldon P. Zitner, "*King Lear* and Its Language," *Some Facets of King Lear*.

（**12**）　次を参照。Thomas F. Van Laan, "Acting as Action in *King Lear*," *Some Facets of King Lear*.

（**13**） これについては，ジョン・ライベタンツの次の論文と近刊予定の著書〔*The Lear World*. Toronto : U of Toronto P, 1977〕を参照せよ。John Reibetanz, “Theatrical Emblems in *King Lear*,” *Some Facets of King Lear*.

（**14**） アナトミー〔ロバート・バートンの『憂鬱の解剖』に由来する〕という概念については，（もちろん）次を参照。Northrop Frye, *Anatomy of Criticism*（Princeton, 1959）.

（**15**） プリミティヴィズム（原始主義）については，次を参照。Mack, *op. cit*.; F. D. Hoeniger, “The Artist Exploring the Primitive,” *Some Facets of King Lear*.『リア王』における感覚性をめぐる問題については，次を参照。Lindheim, *op. cit*.; Paul J. Alpers, “*King Lear* and the theory of the ‘Sight Pattern,’” in *In Defense of Reading*, ed. Reuben A. Brower and Richard Poirier.

（**16**） この問題を論じるにあたっては，ジューン・フェロウズとウィリアム・A・ウォタスンに助けていただいた。この点において，『トロイラスとクレシダ』との対比は明らかである。『リア王』では登場人物の性格が「膨らんでくる」が，『トロイラスとクレシダ』では性格がしだいに平板になってくるのである。

（**17**） ふたたび，『トロイラスとクレシダ』との対比によって，支配的文脈の重要性が明らかになる。『トロイラスとクレシダ』では反復は言葉からその最も単純な意味すらも剥奪するために用いられていたが，『リア王』では反復によって語はますます力強く濃密になってくる。Kathleen M. Lea, “The Poetic Power of Repetition.”

（**18**） Zitner, “*King Lear* and Its Language,” *Some Facets of King Lear*.

（**19**） マーサ・アンダスン（Martha Andresen）の未公刊博士論文（イェール大学，1973）第3章を参照。

（**20**） Zitner, “*King Lear* and Its Language,” *Some Facets of King Lear*.

（**21**） Robert B. Heilman, “The Unity of *King Lear*,” *Sewanee Review*（1948）, reprinted in *King Lear*, ed. Frank Kermode, Casebook Series（London, 1969）, pp. 169–78.

（**22**） Lyons, “The Subplot as Simplification”; Burckhardt, “The Quality of Nothing,” *Shakespearean Meanings*.

（**23**） Colie, “Reason and Need,” *Some Facets of King Lear*; C. J. Sisson, “Justice in *King Lear*,” reprinted in Casebook *King Lear*, pp. 228–44; G. M. Young, “Shakespeare and the Termers,” *Proceedings of the British Academy*, XXXIII.

（**24**） Murray Krieger, *The Classic Vision*（Baltimore, 1971）.

ロザリー・L・コリー（Rosalie L. Colie）

一九二四年、ニューヨーク生まれ。英文学・比較文学者。ヴァッサー大学、コロンビア大学で学び、アイオワ、イェール、トロント大学などで教壇に立ち、一九六九年にブラウン大学教授に就任。十六・十七世紀のパラドックス研究『パラドクシア・エピデミカ』（一九六六、白水社）につづき、アンドルー・マーヴェル論『「我が竒なす歌」』（六九）を上梓、画期的なルネサンス研究を展開していた最中の七二年、自宅近くのリューテナント川でカヌーの転覆事故で急逝。没後、『種の源泉』（七三）、『シェイクスピアの生ける芸術』（七四）が出版された。ウォーバーグ研究所、観念史派との関わりも深く、『観念史事典』（邦訳『西洋思想大事典』）に「文学のパラドックス」の項を寄稿している。

訳者略歴

正岡和恵（まさおか かずえ）

一九五四年、愛媛県生まれ。東京大学大学院人文科学研究科博士課程単位取得満期退学。現在、成蹊大学文学部教授。著書に『シェイクスピアを教える』（風間書房、共著）、訳書にフランシス・A・イェイツ『ジョン・フローリオ』（共訳、中央公論新社）、ポーラ・バーン『パーディタ』（共訳、作品社）、マージョリー・G・ジョーンズ『フランシス・イェイツとヘルメス的伝統』（共訳、作品社）、メアリー・ヘイマー『クレオパトラという記号』（共訳、ありな書房）などがある。

高山宏セレクション〈異貌の人文学〉

シェイクスピアの生ける芸術

二〇一六年六月 一日 印刷
二〇一六年六月二〇日 発行

著者 ロザリー・L・コリー
訳者 © 正岡和恵
発行者 及川直志
印刷所 株式会社 理想社
発行所 株式会社 白水社

東京都千代田区神田小川町三の二四
電話 営業部〇三（三二九一）七八一一
編集部〇三（三二九一）七八二一
振替 〇〇一九〇‐五‐三三二二八
郵便番号 一〇一‐〇〇五二
http://www.hakusuisha.co.jp

乱丁・落丁本は、送料小社負担にてお取り替えいたします。

株式会社 松岳社

ISBN978-4-560-08307-9

Printed in Japan

▷本書のスキャン、デジタル化等の無断複製は著作権法上での例外を除き禁じられています。本書を代行業者等の第三者に依頼してスキャンやデジタル化することはたとえ個人や家庭内での利用であっても著作権法上認められていません。

高山宏セレクション〈異貌の人文学〉

道化と笏杖

ウィリアム・ウィルフォード　高山宏訳

中世の愚者文学、シェイクスピア劇から20世紀の映画まで、秩序と混沌の間に立ち、世界を転倒させ祝祭化する元型的存在〈道化〉の正体を解き明かす名著、待望の復刊。

シェイクスピアの生ける芸術

ロザリー・L・コリー　正岡和恵訳

『パラドクシア・エピデミカ』の著者が、英国ルネサンス最大の作家にしてパラドキスト、シェイクスピアに取り組み、その文学世界を様々な角度から論じた画期的大著。

形象の力 *

エルネスト・グラッシ　原研二訳

デカルトの合理主義に対抗して、形象、ファンタジー、芸術の力の優位を説き、メタファーによる世界解読の術を探った、マニエリスム形象論にしてフマニスム復興宣言。

アレゴリー *

アンガス・フレッチャー　伊藤誓訳

アレゴリーの宇宙的スケールを絢爛と語り、「思考の外交的仲介者」として再評価。18世紀以来のシンボル優位に異議をとなえ、アレゴリーの復権を謳った古典的名著。

ボーリンゲン *

ウィリアム・マガイアー　高山宏訳

世界中の知性を集めたエラノス会議と、ユングに傾倒したアメリカの富豪が創設したボーリンゲン基金と出版活動。20世紀を変えた〈知〉が生成される現場を活写する。

*＝未刊（タイトルは仮題です）

高山宏セレクション〈異貌の人文学〉

文学とテクノロジー

ワイリー・サイファー　野島秀勝訳

産業社会に反逆した芸術家たちもまた、テクノロジー思考に支配されていた。近代を蝕む「方法の制覇」「視覚の専制」をあばき、距離と疎外の問題を論じた文化史の名作。

ノンセンスの領域

エリザベス・シューエル　高山宏訳

『不思議の国のアリス』やエドワード・リアの戯詩は厳格なゲームの規則に支配されている。分析的知によって人間と世界を引き裂くノンセンスの正体を明らかにする。

オルフェウスの声

エリザベス・シューエル　高山宏訳

オルフェウスの神話に分断された世界を統合する詩の力を重ね合わせ、詩的思考が近代の分析的思考を克服し、人間を世界へと再び結びつける方法を探った画期的名著。

絶望と確信

グスタフ・ルネ・ホッケ　種村季弘訳

絶望と確信の間で揺れる世界舞台の上で、人間はどのような役を演じるのか。終末へ向かう絶望の中からマニエリスム的結合術によって確信に達する道を探る警世の書。

ピープスの日記と新科学

M・H・ニコルソン　浜口稔訳

ピープスの『日記』を通して、王立協会の科学者たち、顕微鏡や輸血実験、双底船の発明、科学ブームへの諷刺など、17 世紀英国〈新科学〉時代の諸相をいきいきと描く。

高山宏セレクション〈異貌の人文学〉叢書口上

高山　宏

二十世紀、ふたつのグローバルな終末戦争を介してヒューマニティ即ち人間であることが問われ、それは同時にヒューマニティーズを名乗る人文諸学の死、ないし失効と考えられました。然し、このクリティカル（危機的）な時代はまさしくもうひとつの意味に於てクリティカル（批評的）な時代でもあり、かえって開ける展望、深まる洞察を通して未曾有に活力ある人文学をうんだのです。これが二十一世紀の難題を解く鍵を示してくれる財産だったはずなのですが、その半ばも紹介されない。無知のまま私たちはいよいよ迫りくる文明の終りに立ち向かおうとして右往左往しています。勿体ないではありませんか。二十世紀が誇る領域越えの知恵の書を新たな光を当てて復刊し、また新たに訳しては、知恵を望んでいる皆さんにお届けしたい。知恵よりは快楽をと仰有る感心な読書士も満足される読む喜びにも満ちた本ばかりです。